Wie zonder zonde is...

Rally Hoen.

Elizabeth George

Wie zonder zonde is...

A.W. Bruna Uitgevers B.V., Utrecht

Oorspronkelijke titel
In Pursuit of the Proper Sinner
© 1999 by Susan Elizabeth George
Vertaling
Rie Neehus
© 1999 A.W. Bruna Uitgevers B.V., Utrecht

ISBN 90 229 8447 8
NUGI 331

Tweede druk, november 1999

*How sharper than a serpent's tooth it is
To have a thankless child!*
– King Lear

In liefdevolle herinnering aan mijn vader
Robert Edwin George
en uit dankbaarheid voor
rolschaatsen in Todd Street
tochtjes naar Disneyland
Big Basin
Yosemite
Big Sur
luchtbedvaren op Big Chico Creek
het Shakespeare raadspel
de raaf en de vos
en bovenal
omdat hij me de passie heeft bijgebracht
voor onze moedertaal.

Juni

West End

Proloog

Wat David King-Ryder inwendig voelde was een soort verdriet en een betrokkenheid bij de doden. Hij werd overweldigd door een somberheid en een wanhoop die volstrekt in tegenspraak waren met zijn situatie.

Onder hem, op het toneel van het Agincourt-theater, vertolkte Horatio Hamlets *Divinity that shapes us*, en Fortinbras verweerde zich met *O proud death*. Drie van de vier lijken werden het toneel afgedragen, Hamlet bleef in Horatio's armen achter. De acteurs, zo'n dertig in totaal, bewogen zich naar elkaar toe, Noorse soldaten kwamen van links, Deense hovelingen van rechts, om elkaar achter Horatio op het toneel te ontmoeten. Toen ze met het refrein begonnen zwol de muziek aan en het kanongebulder, waar hij oorspronkelijk bezwaar tegen had gemaakt vanwege het risico dat het vergelijkingen zou oproepen met Tsjaikovski's ouverture 1812, dreunde achter de coulissen. Precies op dat moment rees het publiek in de stalles onder Davids loge als één man op, gevolgd door de toeschouwers op het balkon. Daarna de zijloges. En boven de muziek, het gezang en het kanongebulder uit, klonk een donderend applaus.

Hier had hij meer dan tien jaar naar gehunkerd: een complete rechtvaardiging van zijn wonderbaarlijke talent. En bij god, eindelijk was het onder handbereik. Vlak bij hem en overal om hem heen, als je het wel beschouwde. Hij had drie jaar gewerkt, het had zijn geest verpletterd, zijn lichaam afgemat, maar nu was er de beloning in de staande ovatie die hem was ontzegd toen het doek viel over zijn twee voorgaande West End-producties. Want deze buitensporigheden, de aard van het applaus en van wat er op het applaus volgde, hadden het allemaal gezegd. Een beleefde en plichtmatige reactie op de prestaties van de spelers was voorafgegaan aan een haastige uittocht uit het theater, die weer was gevolgd door een premièreparty die meer weg had van een dodenwake. Daarna hadden de Londense recensenten afgemaakt waar de mond-tot-mondkritiek op de première mee was begonnen. Twee enorm dure producties waren ten onder gegaan als betonnen slagschepen die te zwaar waren bewapend. En David King-Ryder had het twijfelachtige genoegen gesmaakt talloze analyses te lezen van zijn creatieve aftakeling. LEVEN ZONDER CHANDLER was een van de koppen die hij had gelezen boven de verslagen van de paar toneelrecensenten die nog een beetje sympathiek waren. Maar de anderen, de figuren die 's ochtends boven hun cornflakes venijnige metaforen bedachten en maanden hadden gewacht op de kans om die te verwerken in een commentaar dat meer gelezen werd om het gif dat eraf droop dan om de informatie die het bevatte, waren genadeloos geweest. Ze hadden hem van alles genoemd, van een 'artistieke charlatan' tot een 'schip dat dreef op vergane glorie' en die glorie was dan kennelijk ook nog ontsproten aan een enkele bron: Michael Chandler.

David King-Ryder vroeg zich af of andere muzikale samenwerkingsverbanden net zo onder de loep waren genomen als zijn samenwerking met Michael Chandler. Hij betwijfelde het. Volgens hem waren musici en tekstschrijvers, van Gilbert en Sullivan tot Rice en Lloyd-Webber, opgebloeid, verwelkt, tot grote hoogte gestegen of mislukt. Ze hadden kritieken overleefd, waren gestruikeld en toegejuicht, maar dat alles zonder het begeleidende gehuil van de wolven die hem achterna zaten.

De romantiek van zijn samenwerking met Michael Chandler had natuurlijk om een dergelijke analyse gevraagd. Wanneer een van de partners van een team dat twaalf van de meest succesvolle West End-producties had uitgebracht, op zo'n afschuwelijke, stomme manier om het leven komt, dan komt uit zo'n sterfgeval een legende voort. En Michael was zo'n dood gestorven: hij was verdwaald in een onderwatergrot in Florida die de levens van driehonderd andere duikers had opgeëist; hij had alle voorschriften overtreden door in zijn eentje te gaan duiken, 's nachts, dronken, en hij had alleen maar een vijf meter lange boot verankerd op de plek waar hij het water in was gegaan. Hij had een echtgenote achtergelaten, een maîtresse, vier kinderen, zes honden en een partner met wie hij had gedroomd van roem, rijkdom en toneelsuccessen sinds de tijd dat ze samen in Oxford waren opgegroeid als kinderen van assemblagemedewerkers bij de Austin Rover-fabriek.

Er lag dus logica ten grondslag aan de belangstelling die de media hadden getoond voor David King-Ryders emotionele en artistieke rehabilitatie, volgend op Michaels te vroege dood. Hoewel de critici hem vijf jaar later bij zijn eerste solopoging tot het uitbrengen van een pop-opera hadden neergesabeld, hadden ze daarvoor omfloerste sabels gebruikt, alsof ze vonden dat iemand die in één klap zowel zijn partner als zijn vriend voor het leven had verloren, ten minste één keer in de gelegenheid mocht worden gesteld om te mislukken zonder in het openbaar te worden vernederd bij zijn pogingen om de muze in zijn eentje te vinden. Dezelfde critici waren bij zijn tweede mislukking echter minder barmhartig geweest.

Maar dat was nu voorbij. Dat behoorde tot het verleden.

Naast hem in de loge riep Ginny: 'Het is gelukt! David! Verdomme, het is ons gelukt!' omdat ze zich ongetwijfeld realiseerde dat ze, ondanks alle belachelijke opmerkingen over nepotisme toen hij zijn eigen vrouw had gekozen om de productie te regisseren, zojuist was gestegen tot de onvoorstelbare hoogte van artiesten als Hands, Nunn en Hall.

Davids zoon Matthew, die als manager van zijn vader maar al te goed wist wat er met deze productie voor hen op het spel stond, kneep hard in Davids hand en zei schor: 'Verdomme. Goed gedaan, pap.' David wilde iets voelen bij die woorden en bij wat ze inhielden: het was Matthews manier om de oorspronkelijke twijfel te herroepen die hij had getoond toen hij hoorde van zijn vaders plannen om van Shakespeares grootste tragedie zijn persoonlijke, muzikale triomf te maken. 'Weet je zeker dat je dit wilt doen?' had hij gevraagd en het was duidelijk dat hij zich afvroeg of dit de definitieve doodsteek zou zijn.

Dat zou inderdaad kunnen, had David destijds toegegeven, zij het dan alleen tegenover zichzelf. Maar hij had geen andere mogelijkheid om zijn naam als artiest nog één keer waar te maken.

Het was hem gelukt. Niet alleen waren de toeschouwers opgesprongen, niet alleen applaudisseerden de acteurs hartstochtelijk voor hem vanaf het toneel, maar de recensenten, van wie hij de genummerde plaatsen vanbuiten had geleerd 'om hen beter te kunnen opblazen' had Matthew sarcastisch opgemerkt, waren eveneens gaan staan. Ze maakten geen aanstalten om te vertrekken, ze gaven blijk van hun goedkeuring, waarvan David gevreesd had dat hij die was kwijtgeraakt, zoals hij Michael Chandler was kwijtgeraakt.

Tijdens de uren die erop volgden nam het enthousiasme alleen maar toe. Op de premièreparty in het Dorchester, in een danszaal die creatief was omgetoverd tot Elsinore Castle, stond David naast zijn vrouw aan het eind van de rij hoofdrolspelers. Langs die rij schoven de belangrijkste figuren uit de Londense jetset. Sterren van toneel en film deden overdreven tegen hun collega's, inwendig knarsetandend om hun afgunst te verbergen; beroemdheden uit alle denkbare kringen deden uitspraken over de *Hamlet* van King-Ryder Productions, die varieerden van 'klasse' en 'gewoon fantástisch, schat' tot 'ik heb aldoor op het puntje van mijn stoel gezeten'. Debutantes en jonge, rijke aristocraten, chic uitgedost met verbazingwekkende decolletés, en beroemd, óf omdat ze beroemd waren óf omdat ze beroemde ouders hadden, verklaarden dat 'iemand er eindelijk voor had gezorgd dat Shakespeare leuk was'; vertegenwoordigers van de notabele belasting van de verbeeldingskracht en de economie van de natie, de Koninklijke Familie, feliciteerden hen met hun succes. En terwijl iedereen enthousiast de hand drukte van Hamlet en zijn toneeltrawanten, en terwijl iedereen Virginia Elliott uitbundig gelukwenste met haar meesterlijke regie van de pop-opera van haar echtgenoot, wilde iedereen ook maar al te graag met de man spreken die meer dan tien jaar lang was belasterd en gehekeld.

Er viel dus ruimschoots te genieten van de triomf, en David King-Ryder wilde het voelen. Hij snakte naar het gevoel dat hem zou vertellen dat het leven weer voor hem openstond, in plaats van dat het was afgelopen. Aan dat laatste kon hij zich echter niet onttrekken. Het is voorbij, dreunde als kanongebulder in zijn oren.

David wist dat Ginny, als hij met haar had kunnen praten over wat hij had doorgemaakt vanaf het moment dat het doek was gevallen, tegen hem gezegd zou hebben dat zijn gevoelens van depressie, bezorgdheid en wanhoop volkomen normaal waren.

'Het is de reactie op de première,' zou ze gezegd hebben. Terwijl ze geeuwend in hun slaapkamer ronddoolde, haar oorbellen op de toilettafel liet vallen en haar schoenen achteloos in de kast schopte, zou ze hebben opgemerkt dat zij trouwens veel meer reden had om depressief te zijn dan hij. Haar werk als regisseur zat er nu op. Zeker, er waren diverse onderdelen van de productie die moesten worden bijgeschaafd – 'Het zou zo prettig zijn als de belichtingsman zou meewerken om de laatste scène beter tot zijn recht te laten komen, denk je ook niet?' – maar al met al zou ze er afstand van moeten nemen, om het hele proces van voren af aan te beginnen met een volgende productie van een volgend stuk. Wat hem betrof zou de volgende ochtend een stroom van telefonische gelukwensen brengen, verzoeken om interviews en aanbiedingen om de pop-opera overal ter wereld op te voeren. Hij kon zich bezighouden met een nieuwe bewerking van *Hamlet*, of iets anders gaan doen. Die keuze was voor haar niet weggelegd.

Als hij zou toegeven dat hij het niet kon opbrengen om met iets nieuws te beginnen, zou ze zeggen: 'Natuurlijk, niet op dit moment. Dat is normaal, David. Hoe zou je dat nú kunnen? Gun jezelf tijd om bij te komen. Je hebt tijd nodig om de bron weer te vullen.'

De bron was de oorsprong van creativiteit en als hij tegen zijn vrouw zou opmerken dat zij er nooit behoefte aan leek te hebben om haar bron te vullen, zou ze hebben tegengeworpen dat regisseren iets heel anders was dan het scheppen van een productie. Zij had tenminste het ruwe materiaal om mee te werken, om nog maar niet te spreken van een groot aantal artiesten met wie ze in de clinch moest naarmate de productie vorm begon te krijgen. Hij had niets anders dan de muziekkamer, de piano, een zee van eenzaamheid, en zijn verbeelding.

En de verwachtingen van de wereld, dacht hij somber. Die zouden er altijd zijn; de prijs van het succes.

Hij en Ginny verlieten het feest in het Dorchester zodra ze dat onopvallend konden doen. Eerst had ze geprotesteerd toen hij had laten merken dat hij weg wilde, net als Matthew die, als de manager van zijn vader, had verklaard dat het vreemd zou zijn als David King-Ryder wegglipte voor het feest voorbij was. Maar David had het gegooid op uitputting en tot het uiterste gespannen zenuwen, en Matthew en Virginia hadden die door hemzelf gestelde diagnose geaccepteerd. Hij had tenslotte al weken niet geslapen, zijn gelaatskleur was gelig en zijn gedrag tijdens de hele voorstelling – afwisselend staand, zittend en heen en weer lopend in hun loge – was dat van iemand die volkomen is opgebrand.

Zwijgend reden ze Londen uit. David hield een glas wodka in zijn hand geklemd en zat met zijn duim en wijsvinger tegen zijn wenkbrauwen gedrukt, terwijl Ginny verscheidene pogingen deed om een gesprek te beginnen. Ze stelde voor dat ze met vakantie zouden gaan, als beloning voor al die jaren van inspanning. Ze had het over Rhodos, Capri en Kreta. Of misschien Venetië dat, als ze tot de herfst wachtten, niet meer vol zou zitten met de horden toeristen die de stad in de zomer onverdraaglijk maakten.

De gemaakt-opgewekte klank van haar stem maakte David duidelijk dat ze zich in toenemende mate ongerust maakte omdat ze niet tot hem kon doordringen. Gezien hun achtergrond – ze was zijn twaalfde maîtresse geweest voor hij haar tot zijn vijfde vrouw had gemaakt – had ze ook gegronde redenen om te vermoeden dat zijn toestand niets te maken had met première-zenuwen, de reactie op de triomf, of bezorgdheid over de reacties van de critici op zijn werk. De afgelopen maanden waren voor hen als echtpaar niet gemakkelijk geweest, en ze wist heel goed wat hij had gedaan om van de impotentie af te komen waarvan hij last had gehad bij zijn vorige vrouw. Toen had hij zich tot Ginny gewend. Dus toen ze ten slotte zei: 'Schat, zoiets gebeurt nu eenmaal af en toe. Het zijn zenuwen, anders niet. Uiteindelijk komt het allemaal weer goed', wilde hij haar op de een of andere manier geruststellen. Hij kon de woorden echter niet vinden.

Hij probeerde ze nog steeds te vinden toen hun limousine de tunnel van zilveren esdoorns binnenreed, die karakteristiek was voor het bosrijke gebied waar ze woonden. Hier, op nog geen uur afstand van Londen, was het land dichtbegroeid met bomen; voetpaden die waren betreden door generaties boswachters en boeren waren nauwelijks te zien door de hoog opgeschoten varens.

De auto nam de bocht tussen de twee eiken door die de toegang naar hun oprit markeerden. Twintig meter verder zwaaide een smeedijzeren hek open. De weg erachter kronkelde onder elzen, populieren en beuken door en leidde vervolgens om een vijver, waarin de weerspiegeling van de sterren een tweede hemel te zien gaf. Daarna reed de auto een lichte helling op, vervolgens langs een rij stille bungalows, om tot stilstand te komen op de waaiervormige oprit van de villa van de King-Ryders.

Hun huishoudster had een souper voor hen bereid, dat bestond uit een grote verscheidenheid van Davids lievelingsgerechten. 'Meneer Matthew heeft gebeld,' verklaarde Portia met haar zachte, beschaafde stem. Op haar vijftiende was ze uit Soedan weggelopen. Nu was ze al tien jaar bij Virginia in dienst; ze had het melancholieke gezicht van een prachtige, treurende, zwarte Madonna. 'Ik feliciteer u allebei heel hartelijk,' voegde ze eraan toe.

David bedankte haar. Hij bleef staan in de eetkamer, waarvan de ramen, waarin ze alledrie weerspiegeld werden, van de vloer tot het plafond reikten. Hij bewonderde de tafelversiering, een middenstuk vol witte rozen en klimop. Hij speelde met een van de zilveren vorkjes. Met de nagel van zijn duim haalde hij een stukje kaarsvet van een kandelaar. En hij wist dat hij geen hap eten door zijn dichtgeknepen keel zou kunnen krijgen.

Daarom zei hij tegen zijn vrouw dat hij even alleen wilde zijn om te relaxen, na de opwinding van de avond. Hij kwam later weer terug, zei hij. Hij moest alleen even tot zichzelf komen.

Van een artiest werd altijd verwacht dat hij terugkeerde naar de hartenklop van zijn talent. Daarom ging David naar de muziekkamer. Hij knipte de lampen aan, schonk zich nog een wodka in en zette het glas op de onbeschermde bovenkant van de vleugel.

Nadat hij het glas had neergezet drong het tot hem door dat Michael zoiets nooit gedaan zou hebben. Michael was erg zorgvuldig geweest, hij kende de waarde van een muziekinstrument, had respect voor de begrenzingen, de afmetingen en de mogelijkheden ervan. Hij was met bijna alle dingen in zijn leven uiterst zorgvuldig omgesprongen. Alleen die ene, waanzinnige nacht in Florida was hij nonchalant geweest.

David ging aan de vleugel zitten. Zonder erbij na te denken of het van tevoren van plan te zijn geweest, begonnen zijn vingers aan een aria waarvan hij hield. Het was een melodie uit zijn grootste mislukking, *Mercy*, en hij neuriede onder het spelen, proberend zich de woorden te herinneren van een song die ooit de sleutel tot zijn toekomst had bevat.

Terwijl hij speelde liet hij zijn ogen over de wanden van het vertrek dwalen. Vier monumenten van zijn succes. Schappen vol prijzen. Ingelijste certificaten. Aanplakbiljetten met de aankondigingen van producties die tot op de dag van vandaag overal ter wereld werden opgevoerd. En massa's foto's in zilveren lijsten, die een overzicht gaven van zijn leven.

Michael was erbij. En toen Davids blik bleef rusten op het gezicht van zijn oude vriend, gingen zijn vingers als uit eigen beweging van de aria die hij speelde over op het lied waarvan hij wist dat het de hit van *Hamlet* zou worden. *What Dreams May Come*, een titel die was gekozen uit de beroemdste monoloog van de prins.

Hij speelde het voor de helft, toen moest hij ophouden. Hij merkte dat hij zo ontzettend moe was dat zijn handen van de toetsen gleden en zijn ogen dichtvielen. Maar nog steeds zag hij Michaels gezicht voor zich.

'Je had niet dood moeten gaan,' zei hij tegen zijn partner. 'Ik dacht dat succes alles zou veranderen, maar het maakt het vooruitzicht op een mislukking alleen maar erger.'

Hij pakte zijn glas op en liep de kamer uit. Hij sloeg de wodka in één teug naar binnen, wilde het glas naast een marmeren vaas in een nis zetten en merkte het niet eens toen hij het glas niet ver genoeg naar binnen schoof, zodat het op de met tapijt bedekte vloer viel.

Boven in het enorme huis hoorde hij een bad vollopen. Ginny was blijkbaar bezig de stress van de avond en de spanning van de maanden die eraan waren voorafgegaan, van zich af te spoelen. Hij wilde dat hij het ook kon. Hij had het idee dat hij er veel meer reden toe had.

Hij veroorloofde zich om deze verrukkelijke, triomfantelijke momenten nog een laatste keer op te roepen: het publiek dat opstond voor het doek viel, het gejuich, het schorre bravogeroep.

Dat alles had genoeg moeten zijn voor David. Maar dat was het niet. Het kon niet genoeg zijn. Zo het al niet tegen dovemansoren werd gezegd, dan toch tegen oren die een geheel andere stem hoorden.

14

'De hoek van Petersham Mews en Elvaston Place. Tien uur.'

'Maar waar... Waar zijn ze?'

'O, daar kom je wel achter.'

En nu, terwijl hij probeerde om de loftuitingen en het opgewonden gebabbel te horen, de lofzangen die zijn adem, zijn licht, zijn eten en zijn drinken zouden moeten zijn, was alles wat David kon horen deze laatste, uit vijf woorden bestaande zin: daar kom je wel achter.

Het was zover.

Hij ging de trap op en liep naar de slaapkamer. Achter de gesloten badkamerdeur genoot zijn vrouw van haar bad. Ze zong met een vastberaden vrolijkheid die hem vertelde hoe ongerust ze zich in werkelijkheid maakte: over alles, van de toestand waarin zijn zenuwen verkeerden tot de toestand van zijn ziel.

Ze was een goede vrouw, deze Virginia Elliott, dacht David. Ze was de allerbeste van al zijn vrouwen. Het was zijn bedoeling geweest om tot het eind van zijn dagen met haar getrouwd te blijven. Hij had zich eenvoudigweg niet gerealiseerd hoe kort die tijd zou blijken te zijn.

Drie snelle bewegingen waren voldoende om te doen wat hij moest doen.

Hij pakte het pistool uit de la van het nachtkastje. Hij hief het op. Hij haalde de trekker over.

September

Derbyshire

1

Julian Britton was een man die wist dat zijn leven tot dusver niet veel voorstelde. Hij fokte honden, hij beheerde de afbrokkelende ruïne die het familiebezit vormde, en hij probeerde dagelijks zijn vader te bepraten om de fles te laten staan. Daar kwam het zo'n beetje op neer. Hij had nergens een succes van gemaakt, behalve van gin door de gootsteen gieten, en nu, op zijn zevenentwintigste, voelde hij zich gebrandmerkt als een mislukkeling. Vanavond mocht hij zich daardoor echter niet laten beïnvloeden. Hij wist dat hij nu moest slagen.

Hij begon met zijn uiterlijk. Nauwlettend bekeek hij zich in de grote, draaibare spiegel in zijn slaapkamer. Hij trok de boord van zijn overhemd recht, plukte een pluisje van zijn schouder en fronste zijn voorhoofd. Terwijl hij naar zijn gezicht bleef staren, oefende hij de uitdrukking die hij in gedachten had. Hij zou er volkomen serieus uit moeten zien, besloot hij. Bezorgd, ja, omdat bezorgdheid redelijk was. Maar hij mocht niet overkomen als iemand die gebukt ging onder een conflict. En al helemaal niet als iemand die inwendig verscheurd wordt door twijfel en die zich afvraagt hoe hij hier verzeild is geraakt, juist op dit moment, terwijl zijn wereld één grote puinhoop lijkt.

Wat betreft datgene wat hij van plan was te zeggen: twee slapeloze nachten en twee eindeloze dagen hadden Julian ruim voldoende tijd gegeven om de opmerkingen te repeteren die hij wilde maken wanneer het zover was. Ja, voor het repeteren van dergelijke uitgebreide, maar zwijgende fantasiegesprekken, doorspekt met niet meer bezorgdheid dan voldoende was om te suggereren dat hij er niets persoonlijks mee bedoelde, had Julian het grootste deel van de afgelopen twee nachten en twee dagen gebruikt, die waren gevolgd op Nicola Maidens ongelooflijke aankondiging. Nu, na achtenveertig uur bezig te zijn geweest met eindeloze gesprekken onder zijn schedeldak, wilde Julian maar al te graag opschieten, zelfs al was hij er niet zeker van dat zijn woorden zo serieus zouden overkomen als hij het wilde.

Hij liep bij de spiegel vandaan en pakte zijn autosleutels van de ladekast. Het dunne stoflaagje dat meestal het notenhouten oppervlak bedekte, was weg, zag hij. Hieruit begreep Julian dat zijn nicht zich weer eens had overgegeven aan haar schoonmaakwoede, een teken dat ze voor de zoveelste keer niet was geslaagd in haar vastberaden pogingen om haar oom te ontnuchteren.

Met die bedoeling was Samantha acht maanden geleden naar Derbyshire gekomen, een reddende engel die op een dag op Broughton Manor was verschenen met als missie de hereniging van een familie die meer dan dertig jaar met elkaar overhoop lag. Ze had echter niet veel vorderingen in die richting gemaakt en Julian vroeg zich af of ze nog veel langer opgewassen zou zijn tegen zijn vaders voorliefde voor de fles.

'We moeten hem van de drank af krijgen, Julie,' had Samantha diezelfde ochtend nog tegen hem gezegd. 'Je begrijpt toch hoe belangrijk dat is, in dit stadium.'

Nicola daarentegen, die zijn vader al acht jaar kende en niet slechts acht maanden, had van het begin af aan de houding aangenomen van leven en laten leven. Meer dan eens had ze gezegd: 'Als je vader wil drinken tot hij erbij neervalt, dan kun jij daar niets tegen beginnen, Jule. En Sam evenmin.' Maar Nicola wist niet hoe het voelde om te zien dat het met je vader onafwendbaar de verkeerde kant opging, om hem steeds meer te zien afglijden in dronken waanvoorstellingen over de romantiek van zijn verleden. Uiteindelijk was zij opgegroeid in een huis waar alles precies was zoals het leek te zijn. Ze had twee ouders wier liefde nooit wankelde en ze had nooit, zoals hij, geleden omdat ze niet, zoals hij, op twee manieren in de steek werd gelaten: door een hippie-moeder die op de avond voor zijn twaalfde verjaardag ervandoor ging om te 'studeren' met een in gordijnstof gehulde goeroe, en door een vader wiens toewijding aan de fles elke genegenheid die hij voor zijn drie kinderen had kunnen voelen, ver te boven ging. Eerlijk gezegd dacht Julian dat Nicola, als ze ooit de moeite had willen nemen om de verschillen in hun beider opvoeding te analyseren, had kunnen begrijpen dat elk van haar eigen verdomde beslissingen...

Hij wilde er niet aan denken. Hij wilde niet die kant uitgaan. Hij kon het zich niet veroorloven om die kant uit te gaan. Hij kon zich niet veroorloven om zijn gedachten te laten afdwalen van de taak die op dit moment voor hem lag.

'Luister naar me.' Hij pakte zijn portefeuille en stak die in zijn binnenzak. 'Je bent goed genoeg voor iedereen. Ze is doodsbang geworden. Ze is een verkeerde weg ingeslagen. Dat is alles. Dat moet je voor ogen houden. En denk eraan dat iedereen weet hoe goed jullie altijd met elkaar overweg konden.'

Hij had vertrouwen in dat feit. Nicola Maiden en Julian Britton hadden jarenlang elkaars leven gedeeld. Iedereen die hen kende had al lang geleden ingezien dat ze bij elkaar hoorden. Nicola was de enige die zich klaarblijkelijk nooit bij dit feit had neergelegd.

'Ik wéét dat we ons nooit verloofd hebben,' had hij haar twee avonden geleden gezegd als reactie op haar mededeling dat ze voorgoed wegging uit de Peaks en dat ze van nu af aan slechts zou terugkomen voor korte bezoekjes. 'Maar er is toch altijd een stilzwijgende overeenkomst tussen ons geweest? Ik zou niet met je naar bed zijn gegaan als ik niet serieus was geweest over... Toe nou toch, Nick. Verdomme, je kent me toch.'

Het was niet direct het soort huwelijksaanzoek dat hij haar had willen doen, en ze had het dan ook niet als zodanig opgevat. Ze had openhartig gezegd: 'Jule, ik mag je enorm graag. Je bent geweldig, en je bent een echte vriend geweest. En we kunnen goed met elkaar opschieten, beter dan ik dat ooit met een andere vent heb gekund.'

'Zie je nu wel.'

'Maar ik hou niet van je,' vervolgde ze. 'Seks staat niet gelijk aan liefde. Dat gebeurt alleen in films en in boeken.'

Eerst was hij zo stomverbaasd geweest dat hij niets kon zeggen. Het leek wel of zijn hoofd een schoolbord was, en of iemand er een bordenwisser overheen had gehaald voor hij de kans had gehad om aantekeningen te maken. Daarom was ze doorgegaan.

Ze zou, zei ze tegen hem, zijn vriendin in het Peak District blijven, als hij dat wilde. Ze zou nu en dan haar ouders komen opzoeken en ze zou altijd tijd hebben – en zin ook, zei ze – om Julian dan ook te zien. Ze konden zelfs met elkaar naar bed blijven gaan, telkens als ze in de buurt was, als hij het wilde. Dat vond ze allemaal prima. Maar trouwen? Daarvoor waren ze te verschillend, had ze verklaard.

'Ik weet hoe graag je Broughton Manor wilt redden,' had ze gezegd. 'Dat is jouw droom, en die zul je zeker waarmaken. Maar ik koester die droom niet en ik ben niet van plan om jou of mezelf te kwetsen door te doen alsof. Dat is niet eerlijk, tegenover niemand.'

Op dat moment was hij voldoende bij zijn positieven gekomen om bitter te zeggen: 'Het is dat verdomde geld. En het feit dat ik niets heb, of tenminste niet genoeg om je alles te kunnen geven wat je wilt.'

'Julian, dat is het niet. Niet precies.' Toen had ze zich met een diepe zucht in haar stoel omgedraaid om hem aan te kijken. 'Ik zal het je uitleggen.'

Hij had geluisterd, het had hem een uur toegeschenen, hoewel ze waarschijnlijk tien minuten of nog minder aan het woord was geweest. Ten slotte, nadat alles wat tussen hen gezegd moest worden was uitgesproken, was hij als verdoofd naar huis gereden, verpletterd door verdriet, verwarring en verbazing, steeds maar denkend: nee, dat kan ze niet... ze kan het niet menen... Nee. Na de eerste slapeloze nacht was hij gaan inzien – door zijn pijn heen – hoe noodzakelijk het was dat hij in actie kwam. Hij had haar gebeld en ze had erin toegestemd om hem te zien. Ze zou altijd bereid zijn, had ze gezegd, om hem te ontmoeten.

Hij wierp nog een laatste blik in de spiegel voor hij de kamer uitliep en zei tegen zichzelf: 'Jullie hebben het samen altijd goed gehad, vriend. Hou dat voor ogen.'

Zachtjes sloop hij over de schemerige overloop op de bovenverdieping van het landgoed, en hij keek de kleine kamer in die zijn vader als zitkamer gebruikte. De steeds hopelozer wordende financiële situatie van zijn familie had tot gevolg gehad dat ze zich geheel hadden teruggetrokken uit alle grote kamers op de begane grond, die langzaamaan onbewoonbaar waren geworden naarmate hun diverse antieke voorwerpen, schilderijen en kunstvoorwerpen waren verkocht om de eindjes aan elkaar te kunnen knopen. Nu woonden de Brittons nog slechts op de eerste verdieping van het huis. Er waren meer dan genoeg kamers voor iedereen, maar ze waren klein en donker.

Jeremy Britton was in de zitkamer. Omdat het halfelf was, en dus al laat in de avond, was hij volkomen uitgevloerd, zijn hoofd hing op zijn borst en hij had een sigaret tussen zijn vingers. Julian liep naar zijn vader toe en nam de sigaret uit diens hand. Jeremy verroerde zich niet.

Julian vloekte zachtjes toen hij hem zo zag zitten: om de belofte van intelligentie, kracht en trots die volkomen te gronde was gericht door de drankverslaving. Op een goede dag zou zijn vader het huis in brand steken en er waren momenten, zoals dit, dat Julian dacht dat een enorme vuurzee misschien wel het beste zou zijn wat hen zou kunnen overkomen. Hij maakte de sigaret uit en daarna voelde hij in Jeremy's borstzak om het pakje Dunhill eruit te halen. Hij deed hetzelfde met zijn vaders aansteker. Vervolgens greep hij de fles met gin en verliet de kamer.

Hij was bezig om de gin, de sigaretten en de aansteker in de vuilnisbak te gooien die achter het huis stond, toen hij haar stem hoorde.

'Heb je hem weer betrapt, Julie?'

Geschrokken keek hij om zich heen, maar in het donker kon hij haar niet zien. Toen stond ze op van haar zitplaats, op de hoek van het stapelmuurtje dat de afscheiding vormde tussen het achtererf van het landgoed en de eerste van de overwoekerde, verwaarloosde tuinen. Een niet-gesnoeide wisteria, die bij het naderen van de herfst zijn bladeren begon te verliezen, had haar verborgen gehouden. Ze klopte de achterkant van haar kakikleurige korte broek af en ze slenterde naar hem toe.

'Ik begin te geloven dat hij zich dood wil drinken,' zei Samantha op de praktische toon die haar eigen was. 'Ik heb er alleen nog geen reden voor kunnen bedenken.'

'Hij heeft geen reden nodig,' zei Julian kortaf. 'Alleen de middelen.'

'Ik probeer hem van de drank af te houden, maar hij heeft overal flessen staan.' Ze keek naar het donkere landgoed dat als een fort in het landschap voor hen oprees. 'Ik probeer het echt, Julian. Ik weet hoe belangrijk het is.' Ze keek weer naar hem en naar de kleren die hij aanhad. 'Je hebt je netjes aangekleed voor vanavond. Ik heb er niet aan gedacht om iets speciaals aan te trekken. Had ik dat moeten doen?'

Niet-begrijpend keek Julian haar aan, zijn handen gingen naar zijn borst om op zijn overhemd te kloppen, zoekend naar iets waarvan hij wist dat het er niet was.

'Je bent het vergeten, hè?' zei Samantha. Ze was heel goed in het maken van intuïtieve gedachtesprongen.

Julian wachtte op een verduidelijking.

'De maansverduistering,' zei ze.

'De maansverduistering?' Hij dacht even na, toen sloeg hij met zijn hand tegen zijn voorhoofd. 'God. De verduistering. Verdomme, Sam. Dat was ik vergeten. Is het vanavond? Ga je ergens naartoe om het beter te kunnen zien?'

Met een knikje in de richting van de plaats waar ze vandaan was gekomen, zei ze: 'Ik heb wat eten ingepakt. Kaas en fruit, brood, een stuk worst. Wijn. Ik dacht dat we het nodig zouden hebben als we langer zouden moeten wachten dan je had gedacht.'

'Wachten? O, verdomme, Samantha...' Hij wist niet zeker hoe hij het moest zeggen. Het was niet zijn bedoeling geweest om haar te laten denken dat hij van plan was om samen met haar naar de maansverduistering te kijken. Hij was niet van plan geweest om haar zelfs maar te laten dénken dat hij naar de maansverduistering wilde kijken.

'Heb ik me in de datum vergist?' Uit de klank van haar stem sprak teleurstelling. Ze wist al dat ze de datum goed had en dat ze, als ze de maansverduistering vanaf Eyam Moor wilde bekijken, daar alleen naartoe zou moeten gaan.

Zijn opmerking over de maansverduistering was terloops geweest. Althans, zo had hij die bedoeld. Nonchalant had hij gezegd: 'Je kunt het heel goed zien vanaf Eyam Moor. Het moet zo ongeveer om halftwaalf plaatsvinden. Ben je geïnteresseerd in astronomie, Sam?'

Samantha had dit kennelijk opgevat als een uitnodiging en even was Julian geïrriteerd over de veronderstelling van zijn nicht. Maar hij deed zijn best om het niet te laten merken omdat hij haar veel verschuldigd was. Het was voor een goede zaak – de verzoening van haar moeder met haar oom, Julians vader – dat ze de afgelopen acht maanden vanuit Winchester haar lange bezoeken aan Broughton Manor had gebracht. De logeerpartijen waren steeds langer geworden omdat ze telkens meer te doen vond op het landgoed, hetzij bij de renovatie van het hoofdgebouw, hetzij bij het vlot laten verlopen van de toernooien, openluchtfeesten en toneelvoorstellingen die Julian organiseerde als een nieuwe bron van inkomsten voor de Brittons. Haar behulpzame aanwezigheid was een echt godsgeschenk geweest omdat Julians broer en zus lang geleden de schoot van de familie waren ontvlucht en omdat zijn vader geen vinger had uitgestoken sinds hij het landgoed had geërfd, om het vervolgens te bevolken met zijn hippie-vrienden en het te gronde te richten, kort na zijn vijfentwintigste verjaardag.

Toch, hoe dankbaar Julian ook was voor Sams hulp, wenste hij dat ze niet zo veel als vanzelfsprekend had aangenomen, omdat hij alleen een vriendelijk gesprek had willen voeren terwijl ze hard aan het werk waren om de drie zandstenen uitbouwtjes van de buitenmuur van de oude kapel te vervangen. Hij had zich schuldig gevoeld omdat Samantha uit pure goedheid zo veel werk verzette, en hij had vruchteloos gezocht naar een manier waarop hij iets voor haar kon terugdoen. Hij had geen geld beschikbaar om haar aan te bieden, niet dat ze het nodig had of dat ze het zou hebben aangenomen als hij het had gedaan, maar hij had zijn honden, en zijn kennis van en enthousiasme voor Derbyshire. En omdat hij haar het gevoel wilde geven dat ze altijd welkom zou zijn op Broughton Manor, had hij haar het enige aangeboden wat hij had: incidenteel werk met de brakken, de jachthonden die hij fokte, en conversatie. En zij had het verkeerd begrepen.

'Ik had niet gedacht...' Hij schopte tegen een kale plek in het grint, waar een paardebloem met een donzige stengel en blaadjes uit opschoot. 'Het spijt me. Ik ga naar Maiden Hall.'

'O.'

Gek, dacht Julian, hoe één lettergreep zo veel gewicht in zich kon hebben, van afkeuring tot verrukking.

'Wat ben ik toch dom,' zei ze. 'Ik begrijp niet waardoor ik de indruk had gekregen dat je wilde... Nou, in elk geval...'

'Ik zal het goedmaken met je.' Hij hoopte dat het oprecht klonk. 'Als ik al geen plannen had gemaakt... Je weet hoe dat gaat.'

'O, ja,' zei ze. 'Je mag onze Nicola niet teleurstellen, Julian.'

Ze schonk hem een koel glimlachje en daarna dook ze in de opening tussen de wisteria. Ze hing een mand aan haar arm.

'Een andere keer?' zei Julian.

'We zien wel.' Ze keek hem niet aan toen ze langs hem liep, om vervolgens de poort door te glippen en te verdwijnen naar de binnenplaats van Broughton Manor.

Hij voelde dat zijn adem hem in een diepe zucht ontsnapte. Hij had niet beseft dat hij die had ingehouden. 'Sorry,' zei hij zacht tegen haar verdwijnende rug. 'Maar dit is belangrijk. Als je wist hóé belangrijk zou je het begrijpen.'

Hij reed snel naar Padley Gorge en vervolgens in noordwestelijke richting naar Bakewell, waar hij de oude, middeleeuwse brug nam die de Wye overspande. Onder het rijden repeteerde hij nog een laatste maal wat hij wilde zeggen en tegen de tijd dat hij de licht aflopende inrit naar Maiden Hall had bereikt was hij er tamelijk zeker van dat, voor de avond om was, zijn plannen het gewenste resultaat zouden hebben opgeleverd.

Maiden Hall stond halverwege een met bos bedekte heuvel. Het land was dichtbegroeid met lage eiken en de helling die naar de Hall voerde was omzoomd met kastanjes en lindebomen. Julian reed de kronkelige oprit op met het gemak van jarenlange ervaring en zijn auto kwam puffend tot stilstand naast een Mercedes-sportwagen op de met grint bedekte, omheinde plek die voor gasten was gereserveerd.

Hij liep de hoofdingang voorbij en ging naar binnen via de keuken, waar Andy Maiden stond te kijken terwijl zijn kok de *crème brûlée* flambeerde. De kok, Christian-Louis Ferrer, was een jaar of vijf geleden uit Frankrijk binnengehaald om de degelijke, alhoewel niet exclusieve reputatie van het eten dat Maiden Hall te bieden had, te versterken. Op het moment had Ferrer, met de culinaire vlammenwerper in de hand, echter meer weg van een brandstichter dan van *un grand artiste de la cuisine*. De uitdrukking op Andy's gezicht duidde erop dat hij Julians mening deelde.

Pas toen Christian-Louis met succes de suikerlaag in een perfect, dun laagje glazuur had veranderd en had gezegd: '*Et la voilà, Andie*', met het neerbuigende glimlachje dat men een ongelovige Thomas schenkt wiens twijfels voor de zoveelste maal ongegrond zijn gebleken, keek Andy op en zag hij Julian staan kijken.

'Ik heb nooit zo gehouden van vlammenwerpers in de keuken,' gaf hij met een verlegen lachje toe. 'Hallo, Julian. Is er nog nieuws uit Broughton en omstreken?'

Dit was zijn gebruikelijke begroeting. Julian gaf het gebruikelijke antwoord. 'Met de rechtvaardigen is alles wel. Maar wat de rest van de mensheid betreft... Vergeet het maar.'

Andy streek de haartjes van zijn grijzende snor glad en keek de jongeman vriendelijk aan, terwijl Christian-Louis het blad met de crème brulée in het doorgeefluik zette dat uitkwam in de eetzaal. Hij zei: '*Maintenant c'est fini pour ce soir,*' waarna hij zijn witte schort vol vlekken van de sausjes van de avond, afdeed. Toen de Fransman in een kleine kleedkamer verdween, zei Andy zuur: '*Vive la France,*' en hij rolde met zijn ogen.

Daarna vroeg hij Julian: 'Drink je koffie met ons? Er is nog maar één groepje in de eetzaal, de anderen zijn allemaal in de lounge voor hun after-dinner koffie.'

'Veel gasten vanavond?' vroeg Julian. Maiden Hall, een oud Victoriaans landhuis dat vroeger was gebruikt als jachthuis door een tak van de familie Saksen-Coburg, had tien slaapkamers. Ze waren allemaal verschillend ingericht door Andy's vrouw toen de Maidens tien jaar geleden uit Londen waren gevlucht. Acht ervan werden verhuurd aan kritische reizigers die op zoek waren naar de privacy van een hotel, gecombineerd met de intieme sfeer van een thuis.

'Helemaal vol,' antwoordde Andy. 'We hebben een recordaantal gasten gehad deze zomer, dankzij het mooie weer. Wat zal het zijn? Koffie? Cognac? Tussen twee haakjes, hoe gaat het met je vader?'

Inwendig kromp Julian ineen bij de onuitgesproken associatie die schuilging achter Andy's woorden. Ongetwijfeld noemde iedereen in de hele omgeving zijn vader in één adem met een of andere alcoholische drank. 'Ik hoef niets,' zei hij. 'Ik kom voor Nicola.'

Andy zou niet verwonderd moeten zijn over het tijdstip waarop Julian was verschenen om zijn dochter mee uit te nemen. Tijdens de vakanties hielp Nicola meestal in de keuken of in de eetzaal, dus haar vriendschap met Julian werd gekenmerkt door afspraakjes die zelden voor elf uur 's avonds begonnen. Andy keek echter stomverbaasd. Hij zei: 'Nicola? Hebben jullie een afspraak? Maar ze is er niet, Julian.'

'Is er niet? Ze is toch niet nu al uit Derbyshire vertrokken? Omdat ze zei...'

'Nee, nee.' Andy begon de keukenmessen in een houten blok te plaatsen; hij schoof ze met een keurige *klik* in de gleuven terwijl hij doorging met praten. 'Ze is gaan kamperen. Heeft ze je dat niet verteld? Ze is gisterochtend weggegaan.'

25

'Maar ik heb haar gesproken...' Julian dacht terug, zoekend naar het tijdstip. 'Gisterochtend vroeg. Zo snel kan ze dat toch niet vergeten zijn.'

Andy haalde zijn schouders op. 'Het ziet er wel naar uit. Vrouwen, hè. Wat waren jullie tweeën van plan?'

Julian ontweek de vraag. 'Is ze alleen weggegaan?'

'Dat doet ze toch altijd,' antwoordde Andy. 'Je weet hoe Nicola is.'

Ja, dat wist hij heel goed. 'Waarheen? Heeft ze haar kampeeruitrusting meegenomen?'

Andy hield op met het opbergen van zijn messen. Kennelijk hoorde hij iets van ongerustheid in Julians toon. 'Ze zou nooit zijn weggegaan zonder haar spullen. Ze weet hoe snel het weer daarginds kan omslaan. In elk geval, ik heb haar zelf geholpen om alles in de auto te zetten. Waarom? Wat is er aan de hand? Hebben jullie ruzie gehad?'

Op die laatste vraag kon Julian naar waarheid antwoorden. Ze hadden geen ruzie gehad, tenminste niet wat Andy als ruzie zou beschouwen. Hij zei: 'Andy, ze zou nu toch terug moeten zijn. We zouden naar Sheffield gaan. Ze wilde een film zien.'

'Zo laat nog?'

'Een speciale voorstelling.' Julian voelde dat zijn gezicht begon te gloeien terwijl hij de traditie die ten grondslag lag aan de *Rocky Horror Picture Show* uitlegde. Maar de tijd die Andy als undercover had doorgebracht in wat hij altijd zijn 'andere leven' noemde, had hem lang geleden al aan die film blootgesteld, en hij wuifde de verklaring weg. Toen zijn hand opnieuw naar zijn snor ging om er bedachtzaam over te strijken, fronste hij er zijn wenkbrauwen bij.

'Je weet zeker dat het vanavond was? Ze kan niet gedacht hebben dat je morgen bedoelde?'

'Ik had haar liever gisteravond gesproken,' zei Julian. 'Het was Nicola die de afspraak maakte voor vanavond. En ik weet zeker dat ze zei dat ze vanmiddag terug zou zijn.'

Andy liet zijn hand zakken. Zijn ogen stonden ernstig. Hij keek langs Julian heen naar het raam boven het aanrecht. Er was niets anders te zien dan hun weerspiegeling. Maar Julian kon aan Andy's gezicht zien dat hij dacht aan wat erachter lag, in de duisternis. Uitgestrekte heidevelden, slechts bevolkt door schapen; verlaten steengroeven die door de natuur waren opgeëist; kalkrotsen bedekt met puin; voorhistorische forten van vervallen steen. Er waren ontelbare kalksteengroeven waar iemand in kon verdwalen, kopermijnen waarvan de wanden en plafonds konden instorten, bergen losse stenen waar een onvoorzichtige kampeerder een enkel zou kunnen breken, zandstenen richels waar een klimmer af kon vallen en dagen of weken kon blijven liggen voor hij werd gevonden. Het gebied strekte zich uit van Manchester tot Sheffield, van Stoke-on-Trent tot Derby en elk jaar werd Mountain Rescue er tientallen malen bij geroepen om iemand terug te halen die in de Peaks een arm of een been, of erger, had gebroken. Als de dochter van Andy Maiden ergens daarginds verdwaald of gewond was geraakt, zou er om haar te vinden meer voor nodig zijn dan twee mannen die in een keuken stonden.

Andy zei: 'Laten we de politie waarschuwen, Julian.'

Julians eerste opwelling was eveneens om de politie te bellen. Toen hij erover nadacht, werd hij echter bang bij de gedachte aan wat het inschakelen van de politie met zich meebracht. Maar tijdens zijn korte aarzeling kwam Andy in actie. Hij liep met grote stappen naar de receptiebalie om te gaan bellen.

Julian spoedde zich achter hem aan. Hij zag dat Andy met opgetrokken schouders over de telefoon hing, alsof hij van plan was eventuele afluisteraars te beletten om te horen wat hij zei. Toch waren hij en Julian de enige twee aanwezigen in de receptie, omdat de gasten van de Hall met hun koffie en cognac in de lounge zaten, aan het andere eind van de gang.

Uit die richting kwam Nan Maiden aanlopen, juist op het moment dat Andy contact kreeg met de politie van Buxton. Ze kwam uit de lounge met een blad, waarop een lege koffiepot stond en de gebruikte kopjes en schoteltjes van een café-complet voor twee personen. Lachend zei ze: 'Hé, Julian! Hallo. We verwachtten je niet...' maar haar woorden stierven weg toen ze haar man op zo'n verdachte manier over de telefoon gebogen zag staan, als een anonieme beller, terwijl Julian even verdacht dicht bij hem in de buurt bleef. 'Wat is er aan de hand?'

Bij haar vraag kreeg Julian het gevoel of het woord 'schuld' op zijn voorhoofd stond getatoeëerd. Toen Nan zei: 'Wat is er gebeurd?' zei hij niets, maar hij wachtte tot Andy het initiatief zou nemen. Het leek duidelijk dat Andy's geheimzinnige manier van doen iets met Nan te maken had, maar waarom dat zo was, was hem niet duidelijk. Op zachte toon sprak Nicola's vader in de hoorn. Hij zei: 'Vijfentwintig,' en sloeg totaal geen acht op de vraag van zijn vrouw.

Vijfentwintig scheen Nan echter te vertellen wat Julian niet onder woorden wilde brengen en wat Andy ontweek. 'Nicola,' zei ze fluisterend. Ze kwam bij hen staan naast de balie, waar ze het dienblad op liet glijden. Het verschoof een rieten mandje met hotelbrochures, dat op de grond viel. Niemand raapte het op. 'Is er iets met Nicola gebeurd?'

Andy antwoordde kalm. 'Julian en Nick hadden een afspraak voor vanavond, die ze blijkbaar vergeten is,' zei hij tegen zijn vrouw, met zijn linkerhand over de microfoon van het toestel. 'We proberen erachter te komen waar ze is.' Hij bracht het leugentje op een onschuldige manier, met de handigheid van iemand die ooit van onwaarheden zijn beroep had gemaakt. 'Ik dacht dat ze op weg naar huis misschien langs Will Upman was gegaan, om een balletje op te gooien voor een baan, de komende zomer. Alles goed met de gasten, schat?'

Nans snelle, grijze ogen vlogen heen en weer tussen haar man en Julian. 'Wie heb je nu eigenlijk aan de telefoon, Andy?'

'Nancy...'

'Zeg het me.'

Hij zei het niet. Aan de andere kant van de lijn sprak iemand en Andy keek op zijn horloge. Hij zei: 'Helaas weten we het niet helemaal zeker... Nee. Dat is nooit eerder gebeurd... Dank u. Goed. Dat stel ik op prijs.' Hij legde de hoorn neer en hij nam het blad op dat zijn vrouw op de balie had gezet. Daarna liep hij naar de keuken, met Nan en Julian achter zich aan.

Christian-Louis ging net weg. Hij had zijn kokskleding verwisseld voor een spijkerbroek, sportschoenen en een sweatshirt van Oxford University, met afgeknipte mouwen. Hij pakte het stuur van een fiets die tegen de muur stond en nadat hij de spanning die tussen de andere drie mensen in de keuken hing had bemerkt, zei hij: '*Bonsoir, à demain,*' waarna hij snel vertrok. Door het raam zagen ze het witte schijnsel van zijn fietslamp toen hij weg fietste.

'Andy, ik wil de waarheid horen,' zei zijn vrouw, die vlak voor hem was gaan staan. Ze was een kleine vrouw, bijna vijfentwintig centimeter kleiner dan haar echtgenoot. Maar haar lichaam was stevig en goedgespierd, ze had het voorkomen van een vrouw die twintig jaar jonger was dan haar werkelijke leeftijd: zestig jaar.

'Je hebt de waarheid gehoord,' zei Andy kalm. 'Julian en Nicola hadden een afspraak. Nick heeft die vergeten, Julian maakt zich ongerust en hij wil graag weten waar ze is. Ik help hem daarbij.'

'Dat was toch niet Will Upman, die je aan de telefoon had?' wilde Nan weten. 'Waarom zou Nicola bij Will Upman op bezoek gaan om...' Ze keek op de keukenklok, een functioneel uurwerk dat boven een rek met borden hing. Het was tien voor halftwaalf en ze wisten allemaal dat het een onwaarschijnlijk tijdstip was om een gelegenheidsbezoekje af te leggen bij je werkgever, en dat was Will Upman de afgelopen drie maanden voor Nicola geweest. 'Ze zei dat ze ging trekken en kamperen. Vertel me nu niet dat je echt gelooft dat ze naar Will Upman is gegaan om met hem te babbelen, tijdens een kampeertocht. En waarom zou Nicola niet komen opdagen voor een afspraak met Julian? Zoiets heeft ze nog nooit gedaan.' Nan richtte haar scherpe blik op Julian. 'Hebben jullie ruzie gehad?' vroeg ze slim.

Julian voelde zich onmiddellijk niet op zijn gemak, om twee redenen: de eerste was dat hij de vraag opnieuw moest beantwoorden en de tweede, dat Nicola haar ouders niet had verteld dat ze van plan was om voorgoed uit Derbyshire weg te gaan. Het was hoogst onwaarschijnlijk dat ze werk zou zoeken voor de volgende zomer, als ze van plan was om dit deel van het land te verlaten en slechts zo nu en dan terug te komen voor een bezoekje.

'Eerlijk gezegd hebben we over trouwen gesproken,' besloot Julian te zeggen. 'We maakten plannen voor de toekomst.'

Nan sperde haar ogen wijdopen. Opluchting maakte plaats voor bezorgdheid. 'Trouwen? Heeft Nicola erin toegestemd om met je te trouwen? Wanneer? Ik bedoel, wanneer is dat alles besloten? Daar heeft ze nooit iets van verteld. Nou, dat is geweldig nieuws. Het is absoluut fantastisch. Lieve hemel, Julian, ik word er draaierig van. Weet je vader het al?'

Julian wilde geen directe leugen vertellen. Maar hij kon er ook niet toe komen om de volledige waarheid uit te spreken. Hij koos de dubieuze middenweg. 'Eerlijk gezegd zijn we nog in het praatstadium. Om precies te zijn: vanavond zouden we er verder over spreken.'

Andy Maiden was Julian bevreemd blijven aankijken, alsof hij heel goed wist dat een gesprek over een huwelijk tussen zijn dochter en Julian Britton even onwaarschijnlijk zou zijn voor het tweetal als een gesprek over de schapenfokkerij. Hij zei: 'Wacht eens even. Ik dacht dat jullie naar Sheffield zouden gaan.'

'Dat klopt. Maar onderweg wilden we praten.'

'Nou, zoiets zou Nicola toch nooit vergeten?' verklaarde Nan. 'Geen enkele vrouw vergeet een afspraak om haar huwelijk te bespreken.' Daarna wendde ze zich tot haar man. 'Dat zou jij heel goed moeten weten, Andy.' Ze zweeg een ogenblik, blijkbaar peinzend over die laatste gedachte, terwijl Julian bleef piekeren over het onbehaaglijke feit dat Andy nog steeds geen antwoord had gegeven op de vragen van zijn vrouw met betrekking tot het telefoongesprek dat hij daarnet had gevoerd. Nan kwam zelf tot een conclusie. 'God, je hebt zo-even met de politie gebeld, waar of niet? Je denkt dat er iets met haar gebeurd is omdat ze niet is komen opdagen voor haar afspraak met Julian. En je wilde niet dat ik er iets van wist. Zo is het toch?'

Noch Andy, noch Julian reageerde. Dit was op zichzelf een antwoord.

'Wat had ik dan moeten denken wanneer de politie kwam?' vroeg Nan kwaad. 'Of dacht je dat ik dan zou blijven doorgaan met koffie rondbrengen zonder te vragen wat er aan de hand was?'

'Ik wist dat je je ongerust zou maken,' zei haar man. 'Daar is misschien geen enkele reden toe.'

'Nicola kan best daar ergens in het donker liggen, gewond, of verdwaald, of god mag weten wat nog meer en jullie, jullie allebei, vonden niet dat ik het zou moeten weten? Omdat ik me ongerúst zou maken?'

'Je maakt je nu al overstuur. Daarom wilde ik het je niet eerder vertellen dan nodig was. Het hoeft niets te zijn. Het is waarschijnlijk niets. Daar zijn Julian en ik het over eens. Over een paar uur hebben we het allemaal uitgezocht, Nancy.'

Nan deed een poging om een pluk haar achter haar oor te duwen. Haar kapsel was eigenaardig van mode, lang van boven en kortgeknipt aan de zijkanten, en het was te kort om iets anders te doen dan weer terug te vallen zoals het had gezeten. Dat gebeurde nu ook. 'We moeten achter haar aan,' besloot ze. 'Een van ons moet haar nu meteen gaan zoeken.'

'Het zal niet veel helpen als een van ons Nicola gaat zoeken,' bracht Julian naar voren. 'We weten immers niet welke kant ze op is gegaan.'

'We kennen al haar lievelingsplekjes toch. Arbor Low. Thor's Cave. Peveril Castle.' Nan noemde nog een stuk of zes andere locaties, die er allemaal, zonder dat ze het wilde, toe bijdroegen om datgene wat Julian had opgemerkt te onderstrepen. Er was geen enkel verband tussen Nicola's geliefde plekjes en hun locatie in Peak District. Ze lagen ver naar het noorden, aan de rand van Holmfirth, of ver naar het zuiden, in de buurt van Ashbourne en het lagere deel van Tissington Trail. Er was een hele ploeg voor nodig om haar te zoeken.

Andy pakte een fles uit een kast, en drie glazen. In elk ervan schonk hij een flinke scheut cognac. Hij reikte de glazen aan en zei: 'Drink dat maar snel op.'

Nan omklemde haar glas met haar handen, maar ze dronk niet. 'Er is iets met haar gebeurd.'

'We weten nog niets. Daarom is de politie onderweg.'

De politie, in de persoon van agent Price, arriveerde nog geen halfuur later. Hij stelde hun de voor de hand liggende vragen: wanneer was ze weggegaan? Wat voor uitrusting had ze bij zich? Was ze alleen vertrokken? In welke stemming had ze verkeerd? Depressief? Ongelukkig? Ongerust? Had ze gezegd wat ze van plan was? Had ze een bepaalde tijd genoemd waarop ze zou terugkomen? Wie had haar het laatst gesproken? Had ze bezoek gekregen? Brieven? Telefoontjes? Was er kort geleden iets gebeurd wat haar aanleiding kon hebben gegeven om weg te lopen?

Julian hielp Andy en Nan Maiden bij hun pogingen om agent Price te doordringen van de ernst van het feit dat Nicola niet op Maiden Hall was teruggekeerd. Maar Price leek vastbesloten om op zijn eigen manier te werk te gaan, en dat was een nauwgezette, ondraaglijk langzame manier. In een moeizaam tempo maakte hij aantekeningen in zijn opschrijfboekje en noteerde hij de beschrijving van Nicola. Hij wilde precies weten welke spullen ze bij zich had. Hij nam met hen haar activiteiten van de afgelopen twee weken door. En hij scheen buitengewoon geboeid door het feit dat ze, op de ochtend voor ze aan haar tocht was begonnen, drie telefoontjes had gekregen van mensen die hun naam niet wilden noemen om te voorkomen dat Nan die kon doorgeven aan Nicola voordat ze naar de telefoon kwam.

'Een man en twee vrouwen?' vroeg Price voor de vierde keer.

'Ik weet het niet. Ik wéét het niet! En wat doet het ertoe?' zei Nan scherp. 'Het zou dezelfde vrouw geweest kunnen zijn die twee keer belde. Wat maakt het uit? Wat heeft het met Nicola te maken?'

'Dus er belde één man,' zei agent Price.

'Lieve god, hoe vaak moet ik nog...'

'Eén man,' kwam Andy tussenbeide.

Nan kneep haar lippen opeen tot een boze streep. Haar ogen boorden gaten in Prices schedel. 'Eén man,' herhaalde ze.

'U hebt haar niet gebeld?' Dit was tegen Julian.

'Ik ken Julians stem,' zei Nan. 'Het was Julian niet.'

'U hebt toch een relatie met de jongedame, meneer Britton?'

'Ze zijn verloofd,' zei Nan.

'Niet precies verloofd,' verduidelijkte Julian snel. In stilte slaakte hij een verwensing toen de warmte van zijn sleutelbeen omhoogkroop en zijn wangen opnieuw rood kleurde.

'Hebt u een beetje ruzie gehad?' vroeg Price sluw. 'Was er een andere man in het spel, iets wat u niet prettig vond?'

Jezus, dacht Julian grimmig. Waarom nam iedereen toch aan dat ze ruzie hadden gehad? Er was geen onvertogen woord tussen hen gevallen. Daar was zelfs geen tijd voor geweest.

Ze hadden geen onenigheid, verklaarde Julian nadrukkelijk. En hij wist niets af van een andere man. Absoluut niets, voegde hij er ten overvloede aan toe.

'Ze hadden een afspraak om de plannen voor hun huwelijk te bespreken,' zei Nan.

'Nou, dan...'

'Gelooft u nu echt dat er een vrouw bestaat die dan niet komt opdagen?'

'U weet dus zéker dat ze van plan was om vanavond terug te komen?' vroeg agent Price aan Andy. Hij liet zijn ogen over zijn aantekeningen dwalen en hij vervolgde: 'Haar uitrusting duidt erop dat ze van plan kan zijn geweest om langer weg te blijven.'

'Daar had ik weinig aandacht aan geschonken tot Julian kwam om haar op te halen om naar Sheffield te gaan,' gaf Andy toe.

'Ah.' De agent bekeek Julian achterdochtiger dan deze gerechtvaardigd vond. Daarna klapte hij zijn boekje dicht. Uit de draagbare radio die over zijn schouder hing, klonk een onbegrijpelijke stroom gebrabbel. Hij stak zijn hand uit en zette het geluid zachter. Nadat hij het boekje in zijn zak had gestoken, zei hij: 'Nou, ze is al eens eerder weggelopen en dit zal niet veel anders zijn, neem ik aan. We zullen wachten tot...'

'Waar hebt u het over?' viel Nan hem in de rede. 'Dit is geen weggelopen teenager die we als vermist opgeven. Lieve hemel, ze is vijfentwintig. Ze is een volwassene die haar verantwoordelijkheden kent. Ze heeft een baan. Een vriend. Haar familie. Ze is niet weggelopen. Ze is verdwenen.'

'Op het ogenblik is dat misschien zo,' zei de agent instemmend. 'Maar omdat ze er al eerder vandoor is gegaan, en dat blijkt uit ons dossier, mevrouw, kunnen we tot we zeker weten dat ze niet weer is weggelopen, geen zoekteam achter haar aan sturen.'

'Ze was zeventien toen ze voor het laatst is weggelopen,' wierp Nan tegen. 'We waren net uit Londen hiernaartoe verhuisd. Ze voelde zich eenzaam, ongelukkig. Wij hadden het druk met het opknappen van de Hall en we hebben haar niet voldoende aandacht geschonken. Alles wat ze nodig had was leiding, zodat ze...'

31

'Nancy.' Andy streelde zachtjes met zijn hand over haar nek.

'We kunnen toch niet helemaal niets doen?'

'We hebben geen keus,' zei de agent onverstoorbaar. 'We moeten de procedure volgen. Ik zal rapport uitbrengen en als ze morgen om deze tijd nog niet is komen opdagen, zullen we het probleem opnieuw bekijken.'

Nan draaide zich verontwaardigd om en ze keek haar man aan. 'Dóé iets. Bel zelf naar Mountain Rescue.'

Julian kwam tussenbeide. 'Nan, Mountain Rescue kan niet beginnen met zoeken voor ze enig idee hebben...' Hij wees naar de ramen en hoopte dat ze de rest van de zin zelf zou invullen. Hij was zelf lid van Mountain Rescue en had aan tientallen zoektochten deelgenomen. Maar de redders hadden altijd een globaal idee gehad waar ze moesten beginnen met zoeken naar een verdwaalde kampeerder. Omdat noch Julian, noch Nicola's ouders, konden zeggen van welk punt Nicola was vertrokken, was de enige mogelijkheid die voor hen open bleef, wachten tot het aanbreken van de ochtend. Dan zou de politie een helikopter van de luchtmacht kunnen inschakelen.

Als gevolg van het late uur en het gebrek aan informatie, wist Julian dat de enig mogelijke activiteit die had kunnen voortkomen uit hun middernachtelijke ontmoeting met agent Price, een telefoontje naar de dichtstbijzijnde reddingsdienst had kunnen zijn, om te vragen of ze hun vrijwilligers bij het ochtendgloren wilden bijeenroepen. Maar ze waren er kennelijk niet in geslaagd om de ernst van de situatie tot de politieman te laten doordringen. Als deze zich ernstig ongerust had gemaakt, zou hij contact hebben opgenomen met zijn superieuren en hebben gezegd dat Mountain Rescue diende te worden ingeschakeld. Omdat hij het niet deed, waren hun handen gebonden. Mountain Rescue reageerde alleen op verzoeken van de politie. En de politie, althans op dit moment en in de persoon van agent Price, reageerde zelf niet.

Aan Andy's gezicht zag Julian dat deze tot dezelfde conclusie was gekomen. Hij zei: 'Dank u voor uw komst, agent,' en omdat Andy merkte dat zijn vrouw wilde protesteren, vervolgde hij: 'We zullen u morgenavond bellen, als Nicola dan nog niet terug is.'

'Andy!'

Hij sloeg zijn arm om haar heen en ze drukte haar gezicht tegen zijn borst. Hij zei niets, tot de agent de keukendeur uit was geglipt, naar zijn politieauto was gelopen, het sleuteltje in het contact had gestoken en de koplampen had aangedaan. En daarna zei hij iets tegen Julian, niet tegen Nan.

'Ze gaat graag kamperen op White Peak, Julian. Er liggen kaarten in de receptie. Zou je die willen halen? We moeten van elkaar weten waar we gaan zoeken.'

2

Kort na zeven uur de volgende ochtend keerde Julian terug op Maiden Hall. Misschien had hij niet elke mogelijke plek bezocht, van Consall Wood tot Alport Height, maar naar zijn gevoel had hij dat wel gedaan. Met een zaklantaarn in de ene hand en een megafoon in de andere, had hij al het mogelijke gedaan. Hij was via het onder overhangende bladeren verscholen bospad van Wettonmill tegen de steile helling opgesjokt tot Thor's Cave. Hij had langs de rivier de Manifold gespeurd. Hij had het licht van zijn lantaarn over de helling van Thorpe Cloud laten spelen. Hij was een andere rivier, de Dove, gevolgd, helemaal tot het oude, middeleeuwse landgoed bij Norbury. Nadat hij in het dorpje Alton was aangekomen, had hij een eind langs de Staffordshire Way gelopen. Hij was al die smalle weggetjes opgereden waar Nicola vaak kwam. En met tussenpozen was hij gestopt om via de megafoon haar naam te roepen. Hij had zijn aanwezigheid overal heel duidelijk kenbaar gemaakt, hij had schapen, boeren en overnachtende kampeerders wakker gemaakt tijdens zijn acht uur durende speurtocht. Diep in zijn hart geloofde hij dat er geen kans bestond dat hij haar zou vinden, maar hij had tenminste iets gedaan in plaats van thuis bij de telefoon te zitten wachten. Aan het eind van zijn tocht voelde hij zich bezorgd en leeg. En volkomen afgedraaid; zijn ogen brandden, zijn kuiten zaten vol schrammen en zijn rug deed pijn van de nachtelijke inspanning.

Bovendien had hij honger. Hij had een hele schapenbout kunnen opeten als die hem was voorgezet. Het was vreemd, dacht hij. De vorige avond nog, opgefokt door de zenuwen over wat hem te wachten stond, had hij zijn avondeten nauwelijks aangeraakt. Samantha was zelfs een beetje verontwaardigd geweest omdat hij niet meer deed dan spelen met haar heerlijke tong met amandelen. Ze had zich dit gebrek aan eetlust persoonlijk aangetrokken en terwijl zijn vader gore opmerkingen had gemaakt en had gezegd dat een man wel andere lusten had om te bevredigen, Sam, en stond hun Julie niet op het punt om vanavond nog precies dat te doen met je weet wel wie, had Samantha haar lippen stijf op elkaar geklemd en de borden afgeruimd.

Op dit moment zou hij zo'n ontbijt van haar, waaronder de tafel bijna doorboog, eer aan kunnen doen, dacht Julian. Maar zoals de zaak er nu voorstond... Nou, het leek niet goed om aan eten te denken – laat staan om erom te vragen – ondanks het feit dat de gasten op Maiden Hall zich over een halfuur aan van alles te goed zouden doen, van cornflakes tot kippers.

Hij had zich er echter niet druk over hoeven maken of het wel gepast zou zijn om onder deze omstandigheden op voedsel te hopen. Toen hij de keuken van Maiden Hall in liep, had Nan Maiden een bord met roereieren, champignons en worstjes onaangeroerd voor haar neus staan. Meteen toen ze hem zag bood ze het hem aan. Ze zei: 'Ze willen dat ik iets eet, maar ik kan het niet door mijn keel krijgen. Neem het alsjeblieft. Ik neem aan dat je wel aan een maaltijd toe bent.'

Met 'ze' bedoelde ze het vroeg begonnen keukenpersoneel: twee vrouwen uit het naburige dorp Grindleford, die 's morgens voor het ontbijt zorgden wanneer de verheven culinaire inspanningen van Christian-Louis even onnodig als ongewenst waren.

'Neem het maar mee, Julian.' Nan zette een koffiepot op een blad, met bekers, melk en suiker. Ze ging hem voor naar de eetkamer.

Er was nog maar een tafel bezet. Nan knikte tegen het echtpaar dat had plaatsgenomen in de erker die uitzicht bood op de tuin. Nadat ze beleefd had geïnformeerd of ze goed hadden geslapen en naar hun plannen voor die dag, voegde ze zich bij Julian aan het tafeltje dat hij had gekozen, op enige afstand van de keukendeur.

Nan gebruikte nooit make-up en dat maakte dat ze er vanochtend niet op haar voordeligst uitzag. Haar ogen lagen diep weggezonken in blauwgrijze wallen en haar huid, die een beetje sproeterig was omdat ze, wanneer ze een uurtje vrij had, op haar mountainbike stapte voor de nodige lichaamsbeweging, was verder doodsbleek. Haar lippen, die lang geleden hun natuurlijke, jeugdige, rode kleur hadden verloren, toonden fijne rimpeltjes die onder haar neus begonnen en eveneens wit waren. Ze had niet geslapen, dat was overduidelijk.

Ze had echter wel andere kleren aangetrokken dan ze de vorige avond had gedragen; blijkbaar had ze ingezien dat het niet gepast zou zijn voor de eigenares van Maiden Hall om 's morgens haar gasten te begroeten in dezelfde kleding die ze de vorige avond tijdens het diner had gedragen. Daarom had ze haar cocktailjurk verwisseld voor een strakke broek en een blouse.

Ze schonk voor hun beiden een kop koffie in en daarna bleef ze toekijken terwijl Julian zich op de eieren en de champignons stortte. Ze zei: 'Vertel me eens iets over de verloving. Ik heb iets nodig om mijn gedachten af te leiden van het ergste.' Onder het spreken werden haar ogen vochtig en ze glommen van de tranen, maar ze huilde niet.

Julian deed zijn best om evenveel zelfbeheersing te tonen. 'Waar is Andy?'

'Hij is nog niet terug.' Ze hield haar beker vast met allebei haar handen. Haar greep was zo stevig dat haar nagels, die zoals gewoonlijk tot op het leven waren afgebeten, geen kleur meer hadden. 'Vertel me iets over jullie tweeën, Julian. Alsjeblieft, vertel me iets.'

'Het komt wel goed,' zei Julian. Het laatste waar hij zich toe wilde dwingen was een scenario verzinnen waarin hij en Nicola verliefd op elkaar waren geworden als normale menselijke wezens, dat ze die liefde hadden geaccepteerd en daarop een gezamenlijk leven wilden bouwen. Op dit moment was hij daar niet toe in staat. 'Ze is een ervaren kampeerster. En ze is niet onvoorbereid vertrokken.'

'Dat weet ik. Maar ik wil er niet aan denken wat het betekent dat ze niet thuisgekomen is. Dus vertel me over jullie verloving. Waar waren jullie, toen je haar vroeg? Wat heb je gezegd? Wat voor huwelijk gaat het worden? En wanneer?'

Julian voelde zich koud worden bij de dubbele richting die Nans gedachten insloegen. In beide gevallen riepen ze onderwerpen op waarover hij niet wilde nadenken. Het ene bracht hem ertoe om bij het ondenkbare te blijven stilstaan. Het andere deed niets dan nog meer leugens veroorzaken.

Hij koos voor een waarheid die ze beiden kenden. 'Nicola heeft in de Peaks gekampeerd sinds jullie uit Londen hierheen zijn gekomen. Zelfs als ze gewond is geraakt, weet ze wat ze moet doen tot er hulp komt.' Hij stak een vork vol eieren en champignons in zijn mond. 'Het is maar goed dat zij en ik een afspraak hadden. Als dat niet zo was... god mag weten wanneer we haar dan waren gaan zoeken.'

Nan keek een andere kant op, maar haar ogen waren nog steeds vochtig. Ze boog haar hoofd.

'Je moet de hoop niet opgeven,' vervolgde Julian. 'Ze heeft alles bij zich. En in een moeilijke situatie, wanneer het lastig wordt, raakt ze niet in paniek. Dat weten we allemaal.'

'Maar als ze gevallen is, of verdwaald in een van de grotten... Julian, die dingen gebeuren. Dat weet je. Ongeacht hoe goed iemand is voorbereid, gebeurt het ergste soms toch.'

'Er is nog niets wat erop wijst dát er iets is gebeurd. Ik heb alleen in het zuidelijk deel van White Peaks gezocht. Dat gebied beslaat meer vierkante kilometers dan één man in volslagen duisternis op één avond kan afzoeken. Ze kan zelfs naar Dark Peak zijn gegaan, zonder dat we het weten.' Hij sprak niet over de nachtmerrie waarvoor Mountain Rescue zich geplaatst zag, telkens als iemand in Dark Peak zoek raakte. Uiteindelijk zou het wreed zijn om Nans broze grip op haar kalmte te verstoren. Bovendien kende ze de situatie in Dark Peak en ze had hem niet nodig om haar duidelijk te maken dat, in tegenstelling tot White Peak, die via wegen toegankelijk was, het gebied in het noorden slechts te paard, te voet of per helikopter kon worden bereikt. Als een kampeerder daar verdwaalde of gewond raakte, waren er meestal speurhonden nodig om hem te vinden.

'Ze zei dus dat ze met je wilde trouwen,' verklaarde Nan, naar het scheen meer tegen zichzelf dan tegen Julian. 'Ze hééft toch gezegd dat ze met je wilde trouwen, Julian?'

De arme vrouw leek zo graag te willen dat hij haar voorloog, dat Julian haar haar zin gaf. 'We waren nog niet helemaal toegekomen aan ja of nee. Daar hadden we het gisteravond over willen hebben.'

Nan pakte haar beker met beide handen op en nam een slok van haar koffie. 'Was ze... Leek ze blij? Ik vraag het alleen omdat het leek of ze... Nou, het leek erop dat ze bepaalde plannen had, en ik weet niet zeker...'

Voorzichtig prikte Julian een champignon aan zijn vork. 'Plannen?'

'Ik dacht... Ja, daar leek het wel op.'

Hij keek Nan aan. Nan keek hem aan. Hij was degene die met zijn ogen begon te knipperen. Met nadruk zei hij: 'Voorzover ik weet had Nicola geen plannen, Nan.'

De keukendeur ging een paar centimeter open. Het gezicht van een van de vrouwen uit Grindleford keek om de deur. Ze zei: 'Mevrouw Maiden, meneer Britton,' met zachte, gedempte stem. Met haar hoofd maakte ze een beweging in de richting van de keuken. U moet komen, hield de boodschap in.

Andy leunde tegen een van de werkbladen, met zijn gezicht ernaartoe. Zijn gewicht rustte op zijn handen en hij hield zijn hoofd gebogen. Toen zijn vrouw zijn naam zei, keek hij op.

Zijn gezicht was vertrokken van uitputting; zijn peper-en-zoutkleurige bakkebaarden waaierden uit van zijn snor en overschaduwden zijn wangen. Zijn grijze haar was ongekamd; het zag eruit of de wind erdoorheen had geblazen hoewel er vanochtend geen noemenswaardige wind stond. Zijn ogen gingen naar Nan, daarna keek hij een andere kant op. Julian bereidde zich erop voor dat hij het ergste te horen zou krijgen.

'Haar auto staat aan de rand van Calder Moor,' zei Andy tegen hen.

Zijn vrouw balde haar handen tot vuisten en drukte ze tegen haar borst. 'Goddank,' zei ze.

Andy keek haar echter nog steeds niet aan en aan zijn gezicht was te zien dat dankbaarheid voortijdig was. Hij wist wat Julian wist en wat Nan zelf ook zou hebben ingezien, als ze gewacht had om de mogelijkheden na te gaan die werden aangegeven door de plaats van Nicola's Saab. Calder Moor was uitgestrekt. Het begon precies ten westen van de weg die zich uitstrekte tussen Blackwell en Brough en het bestond uit eindeloze velden met heide- en doornstruiken, vier grotten, talrijke steenhopen en forten en terpen die dateerden uit de periode van het Paleolithicum tot de ijzertijd; zandstenen richels en kalksteengrotten en spleten waar menig dwaze wandelaar doorheen was gekropen, op zoek naar avontuur, om er hopeloos in verstrikt te raken. Julian wist dat Andy daaraan dacht terwijl hij in de keuken stond, aan het eind van de zoektocht naar zijn dochter die de hele nacht had geduurd. Maar Andy dacht nog iets anders. Om precies te zijn: Andy wist nog iets anders. Dat werd duidelijk uit de manier waarop hij zich oprichtte en met de knokkels van een hand op de rug van de andere begon te slaan.

Julian zei: 'In godsnaam, Andy, zég het.'

Andy's blik bleef op zijn vrouw rusten. 'De auto staat niet langs de weg, zoals je zou kunnen verwachten.'

'Waar dan?'

'Uit het zicht, achter een muur, langs de weg die uit Sparrowpit komt.'

'Maar dat is toch goed?' zei Nan gretig. 'Als ze ging kamperen, zou ze de Saab

36

niet op de weg willen laten staan. Niet waar die kon worden gezien door iemand die hem zou willen openbreken.'

'Dat is waar,' zei hij. 'Maar de auto staat er niet alleen.' Daarna, met een vluchtige blik naar Julian alsof hij zich ergens voor wilde verontschuldigen: 'Er staat een motorfiets bij.'

'Iemand die een dagtocht maakt,' zei Julian.

'Op dit tijdstip?' Andy schudde zijn hoofd. 'De motor was nat van de dauw. Net zo nat als haar auto. Hij heeft er even lang gestaan.'

Nan zei opgelucht: 'Dan is ze dus niet alleen de hei opgegaan? Zou ze daar iemand ontmoet hebben?'

'Of ze werd gevolgd,' voegde Julian er zacht aan toe.

'Ik ga de politie bellen,' zei Andy. 'Nu zullen ze Mountain Rescue wel willen inschakelen.'

Wanneer een patiënt overleed, had Phoebe Neill de gewoonte om naar buiten te gaan om troost te zoeken. Dit deed ze gewoonlijk in haar eentje. Ze was het grootste deel van haar leven alleen geweest, en ze was niet bang voor eenzaamheid. En in de combinatie van eenzaamheid en terugkeer naar het land, vond ze troost. Wanneer ze zich in de vrije natuur bevond stond er niets wat door mensenhanden was gemaakt tussen haar en de Grote Schepper. Wanneer ze in de vrije natuur was, was ze in staat om zich neer te leggen bij het einde van een leven en bij de wil van God, wetend dat het lichaam waarin we wonen slechts een omhulsel is dat ons gedurende een periode van tijdelijke ervaring omsluit, voorafgaand aan het moment waarop we de geestenwereld binnentreden voor de volgende fase van onze ontwikkeling.

Vanochtend was het echter anders. Ja, de vorige avond was een patiënt overleden. Ja, Phoebe Neill wendde zich tot de natuur om troost. Maar deze keer was ze niet alleen gekomen. Ze had een bastaardhond van onduidelijke afstamming meegenomen, het nu verweesde lievelingsdier van de jongeman wiens leven kort geleden was beëindigd.

Zij was degene geweest die Stephen Fairbrook had overgehaald om een hond te nemen als gezelschap tijdens het laatste jaar van zijn ziekte. Dus toen duidelijk was geworden dat het eind van Stephens leven met rasse schreden naderde, wist ze dat ze zijn heengaan gemakkelijker zou maken als ze hem geruststelde over het lot van de hond. 'Stevie, wanneer het zover is, zal ik Benbow graag in huis nemen,' had ze op een ochtend tegen hem gezegd, toen ze zijn broodmagere lichaam masseerde en lotion over zijn verschrompelde ledematen wreef. 'Je hoeft je over hem geen zorgen te maken. Goed?'

'Nu kun je sterven' was wat niet uitgesproken werd. Niet omdat woorden als sterven of dood onuitspreekbaar waren in Stephen Fairbrooks aanwezigheid, maar omdat hij, nadat hem gezegd was aan welke ziekte hij leed, eindeloze behandelingen had ondergaan en medicijnen had geslikt in een poging om lang genoeg in leven te blijven tot er een geneesmiddel zou zijn gevonden.

Hij had zijn gewicht zien afnemen, zijn haar zien uitvallen en plekken op zijn huid zien verschijnen die overgingen in zweren. Sterven en dood waren bekende metgezellen voor hem. Hij hoefde niet formeel te worden voorgesteld aan gasten die al in zijn huis woonden.

Op die laatste middag van het leven van zijn baasje had Benbow geweten dat Stephen ging sterven. Uur na uur bleef het dier rustig naast hem liggen, zich alleen verroerend wanneer Stephen zich verroerde. Hij had zijn snuit in de hand van de zieke laten rusten tot Stephen hen had verlaten. Benbow had zelfs voor Phoebe het wist, geweten dat Stephen was heengegaan. Hij was opgestaan, had gejankt, en was toen stil geworden. Daarna had hij de bescherming van zijn mand opgezocht, waar hij was blijven liggen tot Phoebe hem kwam halen.

Nu ging hij op zijn achterpoten staan en kwispelde hoopvol met zijn pluimstaart toen Phoebe haar auto op een plekje naast een stapelmuur zette en zijn riem pakte. Hij blafte een keer. Phoebe lachte tegen hem. 'Ja. Een wandeling zal ons allebei goed doen, kerel.'

Ze stapte uit en Benbow volgde haar. Behendig sprong hij uit de Vauxhall en hij begon enthousiast te snuffelen, met zijn neus tegen de grond gedrukt als een dierlijke stofzuiger. Hij trok Phoebe meteen mee naar de stenen muur, waar hij snuffelend langs bleef lopen tot hij bij de overstap kwam die hem toegang gaf tot het erachter liggende heideveld. Hij sprong er met gemak overheen en toen hij goed en wel aan de andere kant was bleef hij staan om zich uit te schudden. Zijn oren stonden omhoog en hij hield zijn kop schuin. Daarna blafte hij een keer fel om Phoebe duidelijk te maken dat hij van plan was om vrij te gaan rondlopen, in plaats van aan de lijn te wandelen.

'Dat gaat niet, jongen,' zei Phoebe tegen hem. 'Niet tot we hebben gezien wat er op de hei allemaal te beleven valt, begrijp je?' Ze was altijd voorzichtig en overbezorgd, uitstekende eigenschappen wanneer ze de aan huis gebonden stervenden tijdens hun laatste dagen verpleegde, in het bijzonder degenen wier toestand extra waakzaamheid vereiste van de kant van hun verzorgster. Maar wat betreft het hebben van kinderen, of van een hond, wist Phoebe bij intuïtie dat haar aangeboren voorzichtige aard een angstig dier of een opstandig kind zou hebben opgeleverd. Daarom had ze geen kind – hoewel ze er wel de kans voor had gehad – en tot dit moment had ze ook geen hond gehad. 'Ik hoop dat ik goed voor je zal zorgen, Benbow,' zei ze tegen het scharminkel. Hij hief zijn kop op om haar vanonder de warrige bos zwartgrijs haar die voor zijn ogen hing, aan te kijken. Daarna keek hij in de richting van de open vlakte, kilometer na kilometer heide die als een paarse sjaal over de schouders van het land gedrapeerd lag.

Als er alleen maar heide had gegroeid, zou Phoebe Benbow zonder meer los hebben laten lopen. Maar de schijnbaar eindeloze heide was bedrieglijk voor degenen die er niet thuis waren. Oude kalkgroeven vormden onverwachte valkuilen in het landschap waar de hond in zou kunnen vallen, en de holen, loodmijnen en grotten waar hij in kon verdwijnen, en waar zij hem niet kon en wilde volgen, hadden een verleidelijke aantrekkingskracht op allerlei dieren, een aantrekkingskracht waar Phoebe Neill niet aan wilde toegeven. Ze was echter wel bereid om Benbow te laten rondsnuffelen in een van de vele berkenbosjes die her en der op de hei stonden, als pluimen afstekend tegen de hemel. Ze pakte zijn riem stevig vast en ze liep in noordwestelijke richting waar de meeste berken stonden.

Het was een mooie ochtend, maar er waren nog geen andere wandelaars te bekennen. De zon stond laag aan de oostelijke hemel en Phoebes schaduw strekte zich ver naar links uit, alsof die een felblauwe horizon wilde bereiken waarboven lage wolken hingen die zo wit waren dat ze op enorme, slapende zwanen leken. Er stond weinig wind, net genoeg om Phoebes jack tegen haar lichaam te drukken en Benbows verwarde haren voor zijn ogen weg te blazen. Phoebe kon geen geur onderscheiden die dit briesje met zich meevoerde. Het enige geluid kwam van enkele raven ergens op de heide, en een kudde blatende schapen in de verte.

Benbow snuffelde naarstig, met zijn neus onderzocht hij elke centimeter van het pad, alsmede de heidestruikjes die erlangs groeiden. Hij liep gedwee mee, dat had Phoebe al gemerkt tijdens de wandelingen die ze driemaal per dag met hem had gemaakt toen Stephen aan zijn bed gekluisterd bleef. En omdat ze de hond niet hoefde mee te sleuren, hem terug te trekken of hem op een andere manier te corrigeren, liet hun uitstapje op de heide haar tijd om te bidden.

Ze bad niet voor Stephen Fairbrook. Ze wist dat Stephen nu vrede had gevonden, dat het niet nodig was om de tussenkomst, van God of van iets anders, af te smeken bij de onvermijdelijke afloop. Ze bad om meer begrip. Ze wilde weten waarom een gesel over hen was gekomen, die de besten, de pientersten en vaak ook degenen die het meest te bieden hadden, neersloeg. Ze wilde weten welke conclusie ze zou moeten trekken uit de dood van jongemannen die zich aan niets schuldig hadden gemaakt, uit de dood van kinderen wier misdaad het was dat ze waren geboren uit besmette moeders, en ook uit de dood van die ongelukkige moeders.

Aanvankelijk had Phoebe geloofd dat er een boodschap moest schuilgaan in de doodssymfonie waarin ze de afgelopen jaren had meegespeeld. Maar ze merkte geleidelijk aan dat dit soort dood te veel vangarmen had en dat die vangarmen probeerden zich hardnekkig om slachtoffers te wikkelen die te verschillend van elkaar waren om een patroon te vormen. Uit jarenlange ervaring wist ze dat de dood volkomen onpartijdig was, dat hij groot en klein, belangrijk en volslagen onbetekenend, rijk en arm, sterk en zwak opeiste. Ongeacht de macht, het prestige of het vermogen dat iemand bezat, men kon niet onderhandelen wanneer de man met de zeis verscheen. Maar deze dood, dit einde in het bijzonder in een tijd waarin de medische wetenschap dacht de ene ziekte onder controle te hebben om meteen daarna met de volgende te worden geconfronteerd... Deze was het ergst.

Daarom bad ze onder het lopen. En wanneer Benbow het tempo wilde versnellen, ging ze met hem mee. Zo kwamen ze bij het hart van de heide, voortdrentelend over de paden, zo nu en dan afslaand. Phoebe was niet bang om te verdwalen. Ze wist dat ze hun wandeling waren begonnen ten zuidoosten van een kalkstenen heuvel die Agricola's Troon werd genoemd. De overblijfselen van een groot, Romeins fort waren er te vinden, een door de wind geteisterde uitkijkpost die de vorm had van een gigantische stoel, die de rand van de heide aangaf. Voor iemand die de troon in zicht hield tijdens een wandeling was het onwaarschijnlijk dat hij de weg kwijt zou raken.

Ze waren een uur onderweg toen Benbow zijn oren spitste en zich anders ging gedragen. Hij had tevreden meegedraafd, maar nu kwam hij abrupt tot stilstand. Zijn lichaam strekte zich, met de achterpoten strak naar achteren. Zijn pluimstaart kwispelde niet meer en hij jankte zacht.

Phoebe keek naar wat er voor hen lag: het berkenbosje waar ze Benbow in had willen laten rondstruinen. 'Lieve hemel,' fluisterde ze. 'Wat ben je een knappe hond, Bennie.' Ze was hoogst verbaasd en evenzeer geroerd door het feit dat de hond haar bedoeling had geraden. In stilte had ze hem de vrijheid beloofd wanneer ze het bosje zouden hebben bereikt. En hier was het bosje. Hij wist wat ze dacht en nu wilde hij graag dat ze de riem losmaakte. 'Ik kan het je niet kwalijk nemen, jongen,' zei Phoebe, en ze bukte zich om de riem van zijn halsband af te haken. Ze wikkelde het stuk gevlochten leer om haar hand en stond kreunend op terwijl de hond voor haar uit tussen de bomen verdween.

Phoebe liep hem achterna, glimlachend bij het zien van zijn stevige lichaam dat over het pad huppelde. Benbow gebruikte zijn poten als springveren, zich met alle vier tegelijk van de grond afzettend alsof hij wilde gaan vliegen. Hij rende om een grote zuil ruw uitgehakte kalksteen aan de rand van de open plek en verdween tussen de berken.

Dit was de ingang naar Nine Sisters Henge, een door een aarden wal omgeven neolithische open plek, waar negen stenen van verschillende afmetingen stonden. De kring en de stenen, die zo'n 3500 jaar voor Christus daar waren geplaatst, markeerden een plaats voor rituelen uit de prehistorie. Vroeger hadden ze op open terrein gestaan, waar het natuurlijke woud van eiken en elzen was verdwenen. Nu werd de plek echter aan het zicht onttrokken, begraven in een dicht berkenbos, een eigentijds monument op de overgebleven heide.

Phoebe bleef staan en bekeek de omgeving. De zon die in het oosten aan de hemel stond – zonder de wolken van het westen – kon ongehinderd door de bomen schijnen, waarvan de bast de kleur had van meeuwenvleugels, maar dan met ruitvormige, koffiekleurige barsten. Bladeren die door het ochtendbriesje werden bewogen, vormden een glanzend, groen scherm dat de oude kring van stenen op de open plek verborg voor een argeloze wandelaar die niet wist dat die zich daar bevond. Een grote steen, die op een wachter leek, stond voor de berken en werd onder een schuine hoek door het licht beschenen. Hierdoor werden de natuurlijke holten verdiept en van een afstand gaven de gecombineerde schaduwen de indruk van een gezicht, dat van een strenge bewaker van oeroude geheimen.

Terwijl Phoebe naar de steen stond te kijken, werd ze door een onverklaarbare huivering bevangen. Ondanks het briesje was het hier stil. Geen geluid van de hond, geen geblaat van een schaap dat tussen de stenen verdwaald was geraakt, geen kreten van wandelaars die op de heide liepen. Het was eigenlijk te stil, dacht Phoebe. Ze betrapte zich erop dat ze bezorgd in het rond keek, ze had het gevoel dat ze werd gadegeslagen.

Phoebe beschouwde zichzelf als een door en door praktische vrouw, iemand die niet toegaf aan wilde fantasieën, wier verbeelding niet op hol sloeg door geesten en spoken en dingen die rondwaren in de nacht. Niettemin wilde ze plotseling weg van deze plek. Ze riep de hond. Hij reageerde niet.

'Benbow!' riep ze nog eens. 'Kom hier, jongen. Kom dan.'

Niets. De stilte verdiepte zich. De wind viel weg. Phoebe voelde dat haar nekharen overeind gingen staan.

Ze wilde niet naar het bosje, maar ze wist niet waarom. Ze had vaker te midden van de Nine Sisters gewandeld. Ze had er zelfs gepicknickt op een mooie lentedag. Maar vanochtend had de plek iets...

Een felle blaf van Benbow, en plotseling steeg wat wel honderden raven leken, op in een ebbenhouten zwerm. Een ogenblik onttrokken ze de zon volkomen aan het zicht. De schaduw die ze wierpen viel als een groteske vuist over Phoebe. Ze huiverde, ze kreeg het stellige gevoel dat ze op de een of andere manier was getekend, zoals Kaïn voor hij naar het oosten werd gezonden.

Ze slikte en ze keek opnieuw naar het bosje. Benbow gaf geen geluid meer; de hond reageerde evenmin op haar geroep. Ongerust haastte Phoebe zich over het pad, langs de stenen bewaker van die heilige plaats, tot ze zich tussen de bomen bevond.

Ze stonden dicht opeengegroeid, maar bezoekers van de plek hadden door de jaren heen een pad tussen de berken platgetreden. Het gras dat erop groeide was vertrapt en op sommige plaatsen kwam de aarde erdoorheen. Ter weerszijden stonden bosbessenstruikjes tussen het kreupelhout, en de laatste wilde, paarse orchideeën gaven hun karakteristieke kattengeur af tussen het taaie, hoge gras. Hier, onder de bomen, zocht Phoebe Benbow, terwijl ze dichter naar de oude stenen toe liep. De stilte om haar heen was zo intens dat ze een slecht voorteken leek; zwijgend maar tegelijkertijd veelzeggend.

Phoebe kwam dichter bij de begrenzing van de stenen en eindelijk hoorde ze de hond weer. Hij jankte in de verte, daarna maakte hij een geluid dat het midden hield tussen gejammer en gegrom. Het was beslist angstaanjagend. Bang dat hij een wandelaar tegen het lijf was gelopen die niet zo blij was met zijn toenaderingspogingen, spoedde Phoebe zich tussen de laatste paar bomen en daarna tussen de stenen door in de richting van het geluid. Onmiddellijk zag ze een hoopje van iets helderblauws tegen de voet van een van de rechtopstaande stenen liggen. Bij dit hoopje had Benbow staan blaffen; nu deinsde hij terug met zijn haren recht overeind en zijn oren plat tegen zijn kop.

'Wat is er?' vroeg Phoebe boven het geblaf uit. 'Wat heb je gevonden, jongen?' Verontrust veegde ze haar handen aan haar rok af en ze keek rond. Het antwoord op haar vraag lag om haar heen verspreid. Wat de hond had gevonden was een enorme chaos. Tussen de stenen was de grond bezaaid met witte veren en de rommel van een paar slordige kampeerders lag overal verspreid: van alles, van een tent tot een kookpot tot een open rugzak waarvan de inhoud op de grond was beland.

Phoebe liep dwars door de rommel heen op de hond af. Ze had een onbehaaglijk gevoel over deze plek. Ze zou Benbow weer aanlijnen en samen moesten ze zo snel mogelijk weg uit de kring.

Ze zei: 'Benbow, hier,' en hij jankte luider. Een dergelijk geluid had ze nog niet eerder van hem gehoord.

Hij was duidelijk van streek door het blauwe bergje, waaruit de witte veren afkomstig waren die de open plek bedekten als de vleugels van gedode vlinders. Het was een slaapzak, zag ze nu. Uit deze zak waren de veren afkomstig want uit een scheur in de nylonhoes kwamen nog meer witte veren, toen Phoebe de slaapzak met haar teen aanraakte. Ja, bijna alle veren waaruit de vulling had bestaan, waren weg. Wat was overgebleven leek meer op een dekkleed. De slaapzak was geheel opengeritst en bedekte iets, iets waar de hond doodsbang voor was.

Phoebe voelde haar knieën slap worden, maar ze dwong zich om het te doen. Ze tilde de slaapzak op. Benbow ging achteruit, zodat ze de ruimte kreeg om een blik te werpen op de nachtmerrie die de slaapzak had bedekt. Bloed. Er lag meer bloed dan ze ooit gezien had. Het was niet helderrood, omdat het blijkbaar al geruime tijd aan de lucht blootgesteld was geweest. Maar Phoebe had die kleur niet nodig om te weten waar ze naar keek.

'O, mijn god.' Ze werd duizelig.

Ze had vaker de dood gezien, in vele gedaanten, maar geen ervan was zo gruwelijk geweest als deze. Aan haar voeten lag een jongeman, in foetushouding, van hoofd tot voeten geheel in het zwart gekleed, even zwart als de bobbelige streep verbrand vlees die aan een kant van zijn gezicht van oog tot kaak liep. Zijn heel kort geknipte haar was ook zwart, evenals de paardenstaart die aan de achterkant van zijn hoofd zichtbaar was. Zijn nagels waren zwart. Hij droeg een onyx ring en een zwarte oorring. De enige kleur die afstak tegen het zwart, afgezien van de blauwe slaapzak, was het purperen bloed, overal onder hem op de grond, dat uit een groot aantal wonden in zijn lichaam was gevloeid en zijn kleren had doordrenkt.

Phoebe liet de slaapzak vallen en ze liep bij het lichaam vandaan. Ze had het warm. Ze had het koud. Ze wist dat ze dreigde flauw te vallen en ze mopperde op zichzelf vanwege haar gebrek aan ruggengraat. Ze zei: 'Benbow?' en boven haar stem uit hoorde ze de hond blaffen. Het drong tot haar door dat hij er nooit mee op was gehouden. Maar vier van haar zintuigen waren verdoofd geweest door de schok, zodat haar vijfde zintuig, haar gezichtsvermogen, was versterkt en aangescherpt.

Ze pakte de hond op en ze strompelde weg van de verschrikking.

De dag was totaal veranderd tegen de tijd dat de politie arriveerde. Zoals het vaak gebeurde met het weer in de Peaks, was een ochtend die was geboren met zonneschijn en een strakblauwe hemel, volwassen geworden in dichte mist. De nevel kwam aanglijden over de verre heuvel van Kinder Scout, kroop over de hooggelegen heidevelden in het noordwesten. Toen de politie van Buxton het lint ontrolde waarmee de plaats van het misdrijf werd afgezet, deden ze dat terwijl de mistflarden op hun schouders vielen als geesten die waren neergedaald om de plek te bezoeken.

Voor hij op weg ging om zich bij het rechercheteam te voegen, had inspecteur-rechercheur Peter Hanken gesproken met de vrouw die het lichaam had gevonden. Ze zat achter in een politieauto, met een hond op haar schoot. Gewoonlijk hield Hanken veel van honden. Hij was de baas van twee Ierse setters waaraan hij bijna evenveel trots en vreugde beleefde als aan zijn drie kinderen. Maar dit zielige scharminkel met zijn onverzorgde, schurftige vacht en zijn modderkleurige ogen zag eruit als een mogelijke kandidaat voor de injectiespuit waarmee de dierenarts hem zou laten inslapen. En hij stonk als een vuilnisbak die te lang in de zon was blijven staan.

Niet dat er zon was, en dat maakte Hanken nog somberder. Overal om hem heen zag hij grijs: aan de hemel, in het landschap, en in het peper-en-zout-kleurige haar van de oude vrouw die voor hem zat. Grijs had zijn hoop altijd sneller de bodem ingeslagen dan het besef wat een moordonderzoek voor zijn plannen voor het weekend zou betekenen.

Over het dak van de auto heen vroeg Hanken aan Patty Stewart: 'Hoe heet ze?' Patty was een agente met een hartvormig gezichtje en borsten die al geruime tijd onderwerp van fantasie waren geweest voor een stuk of zes jongere agenten.

Stewart vulde alle open plekken in op de competente manier die haar eigen was. 'Phoebe Neill. Ze is particulier verpleegster. Uit Sheffield.'

'Wat deed ze verdomme dan hier?'

'Haar patiënt is gisteravond overleden. Dat heeft haar flink aangegrepen. Ze nam zijn hond mee hiernaartoe voor een wandeling. Het helpt, zei ze.'

Hanken had tijdens zijn loopbaan bij de politie heel wat doden gezien. Zijn ervaring was dat niets hielp. Hij sloeg met zijn vlakke hand op het dak van de auto, vervolgens opende hij het portier en hij zei tegen Stewart: 'Ga maar verder.' Hij schoof naar binnen.

'Is het mevrouw, of juffrouw?' vroeg hij, na zich aan de verpleegster te hebben voorgesteld.

De hond duwde tegen haar handen, die ze op zijn borst had gelegd, net boven zijn poten. Ze hield hem stevig op zijn plaats terwijl ze zei: 'Hij is vriendelijk. Als u hem even aan uw hand wilt laten ruiken...' om er dan aan toe te voegen: 'Juffrouw.' Hanken deed wat ze vroeg.

Hij trok de bijzonderheden uit haar, terwijl hij probeerde niet op de vieze hondenlucht te letten. Toen hij zich ervan overtuigd had dat ze geen ander teken van leven had gezien dan de raven die van het tafereel waren opgevlogen als de plunderaars die ze nu eenmaal waren, zei hij: 'U hebt niets aangeraakt?' Hij kneep zijn ogen halfdicht toen ze bloosde.

'Ik weet wat je onder dergelijke omstandigheden hoort te doen. Zo nu en dan kijk ik naar een thriller op televisie. Maar ziet u, ik wíst niet dat er een lichaam onder de deken zou liggen... alleen, het was helemaal geen deken, zo is het toch? Het was een slaapzak die aan repen was gesneden. En omdat er overal rommel verspreid lag, denk ik dat ik...'

'Rommel?' viel Hanken haar ongeduldig in de rede.

'Papier. Kampeerspullen. Heel veel witte veren. Er lagen overal dingen.' De vrouw glimlachte in haar meelijwekkende bereidheid om hem van dienst te zijn.

'U hebt toch niets aangeraakt?' vroeg Hanken nogmaals.

Nee. Natuurlijk had ze dat niet gedaan. Behalve de deken, die ze had opgetild. Behalve dat het geen deken was geweest, nietwaar, maar een slaapzak. En daar had het lichaam gelegen. Onder de slaapzak. Zoals ze zojuist had gezegd...

Ja, ja, ja, dacht Hanken. Ze was echt een ouwe stakker. Waarschijnlijk was dit het opwindendste wat ze ooit in haar leven had meegemaakt en was ze vastbesloten om er alles uit te halen.

'Toen ik het... hem... zag...' Ze knipperde snel met haar ogen alsof ze bang was dat ze zou gaan huilen en ze, terecht, besefte dat Hanken niet veel op had met vrouwen die in tranen uitbarstten. 'Ik geloof in God, weet u, dat er een diepere bedoeling schuilgaat achter alles wat er gebeurt. Maar wanneer iemand op zo'n manier sterft, wordt mijn geloof op de proef gesteld. Heel erg.' Ze boog haar gezicht naar Benbows kop. De hond draaide zich in haar armen om en hij gaf een lik over haar neus.

Hanken vroeg haar wat ze wilde, of ze het prettig zou vinden als een agente haar thuisbracht. Hij zei tegen haar dat er waarschijnlijk meer vragen gesteld zouden worden. Ze mocht het district niet verlaten. Als ze uit Sheffield wegging, moest ze hem laten weten waar ze te bereiken was. Niet dat hij dacht dat hij haar nog nodig zou hebben. Maar er waren nu eenmaal dingen in zijn werk die hij automatisch deed.

De plaats van de moord lag hinderlijk afgelegen en was slechts bereikbaar te voet, per mountainbike, of per helikopter. Als gevolg daarvan had Hanken zijn invloed uitgeoefend bij Mountain Rescue en was hij erin geslaagd om een heli van de luchtmacht te charteren die net een zoektocht naar twee verdwaalde kampeerders in Dark Peak had beëindigd. Nu nam hij de klaar staande helikopter om zich naar Nine Sisters Henge te laten vervoeren. De mist was niet dicht – alleen verduiveld nat – en toen ze dichterbij kwamen kon hij de flitslichten zien die de politiefotograaf gebruikte om de plaats delict vast te leggen. Ten zuidoosten van de bomen liep een kleine groep mensen door elkaar. De politiedokter en forensisch specialisten, agenten in uniform, mensen van de technische opsporingsdienst met hun koffertjes bij zich, allen wachtten tot de fotograaf gereed zou zijn met zijn werk. Ze wachtten ook op Hanken.

De inspecteur vroeg de helikopterpiloot om een minuut boven het berkenbosje te blijven hangen alvorens te landen. Op ruim tachtig meter boven de grond – een afstand die groot genoeg was om het bewijsmateriaal niet te verstoren – zag hij dat er een kamp was opgezet binnen de kring van oude stenen. De koepel van een kleine, blauwe tent stak af tegen de noordkant van een van de stenen en een stookplaats, zwart als de pupil van een oog, was zichtbaar in het midden. Op de grond lag een zilverkleurige slaapmat en vlakbij een felgeel, vierkant matje om op te zitten. Een zwart-met-rode rugzak gaf zijn inhoud prijs en een omgevallen kooktoestelletje lag ernaast. Vanuit de lucht leek het niet op de smerige zaak die het was, dacht Hanken. Maar dat werd veroorzaakt door de afstand, je kreeg de onterechte indruk dat alles in orde was.

De heli zette hem neer op ongeveer twintig meter ten zuidoosten van de plek. Hij dook onder de rotorbladen door en voegde zich bij zijn team op de grond. De politiefotograaf kwam uit de bosjes aanlopen. Hij zei: 'Smerige zaak.'

Hanken zei: 'Juist,' en 'Wacht hier,' tegen het team. Hij gaf een klap tegen de stenen wachter die de toegang tot de plek markeerde, waarna hij alleen het pad opliep, onder de bomen door. De bladeren lieten druppels neergeslagen mist op zijn schouders vallen.

Bij de eigenlijke ingang naar de Nine Sisters bleef Hanken staan en liet zijn ogen willekeurig ronddwalen. Nu hij op de grond was, zag hij dat het een eenpersoonstentje was en dat feit was in overeenstemming met de rest van de spullen die in de cirkel verspreid lagen: één slaapzak, één rugzak, één slaapmat, een enkel zitmatje. Wat hij vanuit de lucht niet had kunnen waarnemen, zag hij nu. Een enkel grondzeil lag slordig tegen de eenzame rugzak aan. Een kleine wandelschoen lag in de verkoolde overblijfselen van het vuur in het midden, de andere was verder weg gegooid. Witte veren kleefden vochtig overal aan vast.

Toen hij ten slotte bij de ingang vandaan liep, begon Hanken aan zijn gebruikelijke voorlopige onderzoek van een plaats delict. Hij bleef bij elk opvallend tastbaar voorwerp staan om het te bekijken, zijn gedachten open voor mogelijke verklaringen. De meeste politiemensen, wist hij, gingen direct naar het lichaam. Maar hij geloofde dat het zien van een lichaam – ter dood gebracht door menselijke wreedheid – traumatisch genoeg was om niet alleen de zintuigen te verdoven, maar ook het verstand, zodat iemand niet in staat was om de waarheid te zien die open en bloot voor hem lag. Daarom liep hij van het ene voorwerp naar het andere en bekeek het zonder het aan te raken. Op die manier voerde hij een voorlopig onderzoek uit van de tent, de rugzak, de mat, de map met kaarten en de rest van de uitrusting: van sokken tot zeep, die in de kring verspreid lagen. De meeste tijd besteedde hij aan een flanellen overhemd en aan de schoenen. Toen hij genoeg had gezien van dit alles, liep hij naar het lichaam.

Het was een van de afschuwelijkst verminkte lijken die hij ooit had gezien, een jongen, niet ouder dan negentien of twintig. Hij was mager, broodmager eigenlijk, met dunne polsen, kleine oren en de wasbleke huid van de doden. Hoewel een kant van zijn gezicht zwaar verbrand was, kon Hanken nog opmaken dat de jongen een smalle neus had, een goedgevormde mond en dat hij er over het algemeen vrouwelijk uitzag, iets waarin hij blijkbaar verandering had willen brengen door een vlassig, zwart baardje te laten groeien. Hij was bedekt met bloed uit talrijke wonden. Onder de viezigheid droeg hij slechts een zwart T-shirt, geen trui, jack of wat dan ook. Zijn spijkerbroek was van zwart tot grijs verbleekt op de plaatsen waar hij het meest aan slijtage onderhevig was: langs de naden, op de knieën en op het zitvlak. Aan zijn voeten, die te groot voor zijn lichaam leken, droeg hij zware schoenen, zo te zien van het merk Doc Marten.

Onder deze schoenen, nu half verborgen door de slaapzak die zorgvuldig opzij was gelegd door de politiefotograaf om het lichaam van alle kanten te kunnen fotograferen, lagen een paar velletjes papier, met bloed bevlekt en slap geworden door de mist die erop was gecondenseerd. Op zijn hurken zittend bekeek Hanken de papieren, ze voorzichtig van elkaar halend met de punt van een potlood dat hij uit zijn zak had gepakt. De papieren, zag hij, waren anonieme brieven van het gebruikelijke soort, grof geschreven, creatief gespeld en samengesteld uit letters en woorden die uit kranten en tijdschriften waren geknipt. Het thema was telkens hetzelfde: ze bedreigden met de dood, hoewel de middelen die werden gesuggereerd elke keer van elkaar verschilden.

Hanken wendde zijn blik af van de papieren en keek naar de op de grond liggende jongen. Hij vroeg zich af of het redelijk was om te veronderstellen dat de ontvanger van de brieven aan zijn eind was gekomen als gevolg van een van de mogelijkheden die waren voorspeld in de mededelingen die op de plek van de misdaad waren achtergebleven. Die gevolgtrekking zou heel redelijk zijn geweest, als het binnenste van de oude stenen kring niet een geheel ander verhaal had verteld.

Met grote stappen liep Hanken weg, langs het pad onder de berken.
'Ga de omgeving doorzoeken,' zei hij tegen zijn team. 'Er moet nog een twee-de lichaam zijn!'

3

Barbara Havers van New Scotland Yard nam de lift naar de twaalfde verdieping van het Tower Block. Hier was de uitgebreide bibliotheek van de Metropolitan Police ondergebracht en ze wist dat ze te midden van de talloze naslagwerken en politierapporten veilig zou zijn. Op het moment had ze erg veel behoefte aan veiligheid. Ze had ook behoefte aan privacy, en aan tijd om zich te herstellen.

Naast meer boeken dan waar iemand tijd voor had om ze te tellen – en nog minder om erin te kijken –, bood de bibliotheek van het hele gebouw het mooiste uitzicht op Londen. Dit uitzicht strekte zich uit naar het oosten en omvatte alles, van de neogotische torentjes van het Parlementsgebouw tot de zuidelijke oever van de Theems. Het strekte zich uit naar het noorden, waar de koepel van de St. Paul's kathedraal duidelijk te zien was. En op een dag als vandaag, wanneer het felle zonlicht geleidelijk overging in de subtiele gloed van de herfst, werd het uitzicht ondergeschikt aan de schoonheid van alles wat door dat licht werd beschenen.

Barbara dacht dat ze, wanneer ze zich hier op de twaalfde verdieping erop concentreerde om zo veel mogelijk van de gebouwen beneden haar te kunnen herkennen, in staat zou zijn om te kalmeren en de vernedering te vergeten die ze zojuist had ondergaan.

Na drie maanden te zijn geschorst, een schorsing die eufemistisch 'ziekteverlof' was genoemd, had ze die ochtend om halfacht eindelijk een cryptisch telefoontje gekregen. Het was een bevel, gegeven in de vorm van een verzoek. Zou brigadier-rechercheur Barbara Havers om tien uur voormiddags naar het kantoor van hoofdcommissaris sir David Hillier willen komen? De man aan de telefoon was uiterst beleefd geweest en bovendien uiterst voorzichtig om niet te laten merken dat hij wist wat er achter de uitnodiging schuilging. Barbara had echter weinig twijfels over het doel van de bespreking. De afgelopen twaalf weken was ze het middelpunt geweest van een onderzoek door de klachtencommissie van de politie en toen de Crown Prosecution Service eenmaal had besloten om haar te vervolgen, was de machinerie van de afdeling Interne Zaken van de Metropolitan Police in werking getreden. Er waren getuigen van het voorval opgeroepen. Verklaringen van die getuigen waren opgenomen. Bewijsmateriaal – een zeewaardige motorboot, een MP5-karabijn en een semi-automatisch glock-pistool – waren onderzocht en geëvalueerd. En Barbara's lot was er allang aan toe om te worden geopenbaard.

Dus toen het telefoontje, dat haar in haar steeds onrustiger wordende slaap stoorde, eindelijk was gekomen, had ze erop voorbereid moeten zijn. Tenslotte had ze de hele zomer geweten dat twee aspecten van haar functioneren als politieambtenaar onder de loep werden genomen. Ze werd beschuldigd van bedreiging en poging tot moord, er liep een reeks aanklachten tegen haar, van misbruik van gezag tot het niet-opvolgen van een bevel, dus ze had eerst enige orde aan moeten brengen in datgene wat haar werk betrof, voorafgaand aan wat iedereen met ook maar een greintje gezond verstand de onontkoombare ondergang van dat werk zou hebben genoemd. Maar haar werk bij de politie was vijftien jaar Barbara's leven geweest en ze kon zich haar wereld niet zonder dat werk voorstellen. Daarom had ze zichzelf tijdens haar ziekteverlof wijsgemaakt dat elke dag die verstreek zonder dat ze werd ontslagen, een dag was die het waarschijnlijker maakte dat ze ongeschonden uit het onderzoek tevoorschijn zou komen. Dat was natuurlijk niet het geval geweest, en als ze realistischer was geweest had ze geweten wat ze kon verwachten toen ze het kantoor van de hoofdcommissaris binnen stapte.

Ze had zich met zorg gekleed, en niet haar gebruikelijke slobberbroek maar een rok met een jasje aangetrokken. Ze was hopeloos met kleren, dus de kleur stond haar niet en het snoer imitatieparels was een bespottelijke toevoeging die niet meer deed dan de nadruk leggen op haar dikke nek. Haar pumps waren tenminste gepoetst. Maar toen ze in de ondergrondse parkeergarage van de Yard uit haar oude Mini stapte, was ze met haar kuit langs een ruw stukje metaal van het portier geschaafd, met als gevolg een ladder in haar panty.

Niet dat een keurige panty, een beschaafd sieraad en een pakje dat meer deed voor haar teint, het onvermijdelijke hadden kunnen veranderen. Want zodra ze de kamer van hoofdcommissaris Hillier binnenkwam, met de vier ramen die aangaven tot welke olympische hoogten hij was gestegen, had ze de voortekenen herkend.

Toch had ze niet gedacht dat de kastijding zo hevig zou zijn. Hoofdcommissaris Hillier was een schoft – dat was hij altijd geweest en hij zou het blijven tot het eind van zijn dagen – maar Barbara had nooit tevoren een staaltje van zijn opvattingen over discipline ondergaan. Hij leek het idee te hebben dat een stevige uitbrander niet voldoende was om zijn misnoegen over haar optreden kenbaar te maken. Evenmin achtte hij een vernietigende aantekening voldoende, waarin termen werden gebezigd als 'het bezoedelen van de reputatie van de hele Metropolitan Police' en 'het in diskrediet brengen van de reputatie van duizenden politieambtenaren' en 'schandelijke insubordinatie, ongekend in de geschiedenis van de politie', die in haar dossier zou worden bewaard en daar door de jaren heen zou blijven, waar iedere politieofficier die haar meerdere was, hem zou kunnen lezen. Hoofdcommissaris Hillier had het bovendien nodig gevonden om zijn persoonlijk commentaar op de activiteiten die haar schorsing tot gevolg hadden gehad, te ventileren. En omdat hij wist dat hij, zonder getuigen, de vrijheid had om Barbara voor alles en nog wat uit te maken, had Hillier in dat commentaar het soort riskante scheldwoorden en verborgen toespelingen gebezigd die een andere mindere – voor wie minder op het spel stond – wel eens had kunnen beschouwen als het overschrijden van de grens tussen professioneel en persoonlijk. Maar de hoofdcommissaris was niet van gisteren. Hij wist heel goed dat Barbara, dankbaar dat haar straf niet betekende dat ze werd ontslagen, verstandig zou zijn en alles zou slikken wat hij haar wenste toe te roepen.

Ze hoefde het echter niet prettig te vinden om zich 'een verdomd stomme taart' en 'een hersenloze trut' te horen noemen. En ze hoefde niet te doen of het haar niets deed dat haar uiterlijk, haar seksuele neigingen en haar vrouwzijn in Hilliers bijtende monoloog werden meegenomen.

Daarom was ze geschokt. Terwijl ze voor een van de ramen van de bibliotheek stond en naar de gebouwen keek die oprezen tussen New Scotland Yard en Westminster Abbey, deed ze een poging om haar trillende handen rustig te krijgen. Ze probeerde ook de golven misselijkheid te onderdrukken waardoor ze maar schoksgewijs kon ademen, alsof ze op het punt stond te verdrinken.

Een sigaret zou geholpen hebben, maar nu ze naar de bibliotheek was gegaan waar niemand haar zou vinden, was ze tevens op een van de vele plaatsen in New Scotland Yard terechtgekomen waar roken verboden was. En hoewel ze vroeger toch een sigaret zou hebben opgestoken, wat de gevolgen ook mochten zijn, was ze nu niet van plan om dat te doen.

'Nog één overtreding en het is gebeurd met je,' had Hillier tot slot geschreeuwd. Zijn toch al blozende gezicht was even donkerrood geworden als de das die hij bij zijn keurige pak droeg.

Dat het al niet gebeurd was met haar was – gezien de mate van Hilliers vijandigheid – een raadsel voor Barbara. Gedurende de hele toespraak had ze zich voorbereid op haar onvermijdelijke ontslag, maar zover was het niet gekomen. Ze had op haar donder gehad, ze was uitgekafferd en belasterd. Maar bij Hilliers opmerkingen had haar ontslag niet gezeten. Dat Hillier haar even graag wilde ontslaan als hij haar wilde uitschelden, was overduidelijk. Dat hij het niet deed zei haar dat een invloedrijk persoon achter haar stond.

Barbara wilde dankbaar zijn. Sterker nog, ze wist dat ze dankbaar hoorde te zijn. Op het moment had ze echter niets anders dan het overweldigende gevoel verraden te zijn omdat haar meerderen, de tuchtraad en de klachtencommissie de zaak niet van haar kant hadden bekeken. Wanneer de feiten bekend zijn, had ze gedacht, zou iedereen begrijpen dat ze geen andere keus had gehad dan het wapen te grijpen dat het dichtst bij de hand was en het af te vuren om een leven te redden. Maar zo hadden degenen die het voor het zeggen hadden haar acties niet bekeken. Op één na. En ze had een sterk vermoeden wie die ene was.

Inspecteur Thomas Lynley, de man met wie Barbara al zo lang samenwerkte, was op huwelijksreis toen haar problemen ontstonden. Toen hij, na tien dagen met zijn bruid op Korfoe te zijn geweest was thuisgekomen, had hij gehoord dat Barbara met ziekteverlof was gestuurd en dat er een onderzoek naar haar activiteiten zou plaatsvinden. Begrijpelijk verbaasd over wat hij bij zijn terugkeer in Londen had aangetroffen, was hij nog diezelfde avond naar de andere kant van de stad gereden om uit Barbara's eigen mond een verklaring te horen. Hoewel hun gesprek aanvankelijk niet zo vlot was verlopen als ze gewild had, had Barbara diep in haar hart geweten dat inspecteur Lynley, als het eropaan kwam, niet werkeloos zou toezien dat iemand onrechtvaardig behandeld zou worden als hij dat op de een of andere manier zou kunnen voorkomen.

Hij zou nu wel op zijn kamer zijn, wachtend om te horen hoe haar gesprek met Hillier was verlopen. Zodra ze weer wat was bijgekomen, zou ze naar hem toegaan.

Iemand kwam de stille bibliotheek binnen. Een vrouw zei: 'Ik zeg je dat hij in Glasgow geboren is, Bob. Ik herinner me de zaak omdat ik destijds op de middelbare school zat en we verslagen moesten maken van actuele gebeurtenissen.'

Bob antwoordde: 'Je bent gek. Hij is geboren in Edinburgh.'

De vrouw zei: 'Glasgow. Ik zal het je bewijzen.'

Bewijzen betekende dat ze in de bibliotheek zou gaan snuffelen. Bewijzen betekende dat er een eind was gekomen aan Barbara's afzondering.

Ze liep de bibliotheek uit en ging via de trap naar beneden, zodat ze nog wat meer tijd had om zich te herstellen en de woorden te bedenken waarmee ze inspecteur Lynley zou bedanken voor zijn tussenkomst. Ze begreep niet hoe hij het voor elkaar had gekregen. Hij en Hillier zaten elkaar vrijwel voortdurend in de haren, dus hij moest een gunst gevraagd hebben van iemand die nog boven Hillier stond. Ze wist dat het zijn beroepstrots een flinke deuk moest hebben bezorgd. Een man als Lynley zou niet snel bij iemand slijmen. Slijmen bij iemand die hem openlijk zijn aristocratische afkomst benijdde zou buitengewoon veel van hem hebben gevergd.

Ze trof hem op zijn kamer in het Victoria Block. Hij was aan het bellen, met zijn rug naar de deur; zijn stoel omgedraaid zodat hij naar het raam kon kijken. Op luchtige toon zei hij: 'Schat, als tante Augusta heeft verklaard dat ze bij ons op bezoek wil komen, zou ik niet weten hoe we daar onderuit kunnen. Je kunt net zo goed proberen om een tornado tegen te houden... Hmm, ja. Maar we kunnen haar wel beletten om de meubels anders neer te zetten, als moeder heeft afgesproken om met haar mee te komen, denk je niet?' Hij luisterde, daarna lachte hij om iets wat zijn vrouw aan de andere kant van de lijn had gezegd. 'Ja. Goed. We zullen bij voorbaat zeggen dat ze uit de kasten moet blijven... Dank je, Helen... Ja. Ze bedoelt het goed.' Hij legde de hoorn neer en draaide zijn stoel om, zodat hij achter zijn bureau kwam te zitten. Toen zag hij Barbara in de deuropening.

'Havers,' zei hij verbaasd. 'Hallo? Wat doe jij vanochtend hier?'

Ze kwam binnen, terwijl ze zei: 'Ik moest bij Hillier op het matje komen.'

'En?'

'Een aantekening in mijn conduitestaat en een toespraak van een kwartier die ik graag wil vergeten. Als u u Hilliers neiging kunt voorstellen om het juiste

51

moment te kiezen en het ten volle te benutten, dan hebt u er een aardig idee van hoe het is gegaan. Hij is een vuurspuwer, die Dave van ons.'

'Het spijt me,' zei Lynley. 'Maar was dat alles? Een preek en een aantekening in je conduitestaat? Is dat alles?'

'Niet helemaal. Ik ben gedegradeerd tot agent.'

'Ah.' Lynley stak zijn hand uit naar de magnetische papercliphouder die op zijn bureau stond. Terwijl hij kennelijk bezig was in gedachten alles op een rijtje te zetten, speelden zijn vingers rusteloos met de bovenkant van de clips. 'Het had erger kunnen zijn. Veel erger, Barbara. Het had je je baan kunnen kosten.'

'Klopt. Ja, ik weet het.' Barbara probeerde er luchtig over te doen. 'Nou, Hillier heeft zijn pleziertje gehad. Ongetwijfeld zal hij bij de lunch met alle hoge pieten zijn toespraak nog eens overdoen. Halverwege kreeg ik even de aanvechting om tegen hem te zeggen dat hij naar de bliksem kon lopen, maar ik heb mijn mond gehouden. U zou trots op me zijn geweest.'

Na die woorden schoof Lynley zijn stoel achteruit. Hij ging bij het raam staan en keek naar het oninteressante uitzicht over het Tower Block. Barbara zag zijn kaakspier bewegen. Ze stond op het punt hem te bedanken – zijn ongebruikelijke terughoudendheid wees op de prijs die hij had betaald bij zijn bemiddelingspogingen – toen hij eindelijk begon te spreken. Hij roerde zelf het onderwerp aan. 'Barbara, ik vraag me af of je weet wat er allemaal voor kwam kijken om te voorkomen dat je werd ontslagen. De besprekingen, de telefoongesprekken, de afspraken, de compromissen.'

'Zoiets dacht ik al. Daarom wilde ik zeggen...'

'En dat alles om te voorkomen dat je kreeg wat de helft van Scotland Yard vindt dat je beslist verdient.'

Barbara schuifelde onrustig met haar voeten. 'Inspecteur, ik weet dat u uw uiterste best voor me hebt gedaan. Ik weet dat ik mijn ontslag zou hebben gekregen als u niet voor me in de bres was gesprongen. Daarom wilde ik bij u langskomen om u te zeggen hoe dankbaar ik ben dat u begrepen hebt waarom ik deed wat ik heb gedaan. Ik wilde u zeggen dat u er geen spijt van hoeft te hebben dat u mijn kant hebt gekozen. Daar zal ik u geen aanleiding toe geven. Noch iemand anders. Ik zal er niemand aanleiding toe geven.'

'Ik was het niet,' zei Lynley, zich naar haar omdraaiend.

Barbara keek hem niet-begrijpend aan. 'U? Wat?'

'Ik heb geen goed woordje voor je gedaan, Barbara.' Het strekte hem tot eer dat hij zijn ogen op haar gevestigd hield. Daar zou ze later aan terugdenken en het tegen wil en dank bewonderen. Die bruine ogen van hem – zo vriendelijk en zo in tegenstelling tot zijn blonde haar – richtten zich op haar en bleven haar open aankijken.

Barbara fronste haar voorhoofd in een poging in zich op te nemen wat hij had gezegd. 'Maar u... u bent op de hoogte van alle feiten. Ik heb u het hele verhaal verteld. U hebt het rapport gelezen. Ik dacht... U zei zojuist iets over de vergaderingen en de telefoongesprekken...'

'Daar was ik niet bij,' viel hij haar in de rede. 'In alle oprechtheid kan ik je niet laten geloven dat het wel zo was.'

Dus ze had het bij het verkeerde eind gehad. Ze had een overhaaste conclusie getrokken. Ze had aangenomen dat hun jaren van samenwerking betekenden dat Lynley automatisch haar kant zou kiezen. Ze zei: 'Hoort u dan bij hen?'

'Bij hen? Bij wie?'

'Bij de helft van de Yard die vindt dat ik gekregen heb wat ik verdiende. Ik vraag het alleen omdat ik geloof dat we moeten weten hoe we tegenover elkaar staan. Ik bedoel, als we moeten samenwerken...'

Ze hakkelde en ze dwong zich om langzamer te spreken, om zorgvuldig te zijn. 'Dus dan is het zo? U hoort bij hen? Bij die helft? Inspecteur?'

Lynley liep naar zijn bureau terug en hij ging zitten. Hij keek haar aan. Ze kon de spijt duidelijk van zijn gezicht aflezen. Ze wist alleen niet waar hij spijt van had. En dat beangstigde haar. Omdat hij haar partner was. Hij wás haar partner. Ze zei nogmaals: 'Inspecteur?'

Hij zei: 'Barbara, ik weet niet of ik bij hen hoor.'

Ze kreeg het gevoel dat ze uitgehold was. Dat er nog slechts een verschrompeld stuk van haar huid was overgebleven, dat stil op de grond van het kantoor lag.

Lynley moest het hebben gezien, want hij vervolgde, niet onvriendelijk: 'Ik heb de situatie vanuit elke hoek bekeken. De hele zomer lang heb ik erover nagedacht.'

'Dat hoort niet tot uw werk,' zei ze dof. 'U moet moorden onderzoeken, niet... niet wat ik heb gedaan.'

'Dat weet ik. Maar ik wilde het begrijpen. Ik wil het nog steeds begrijpen. Ik dacht dat ik, als ik me er zelf mee bezighield, door jouw ogen zou kunnen zien hoe het gebeurd is.'

'Maar dat is u niet gelukt.' Barbara probeerde de wanhoop uit haar stem te weren. 'U begreep niet dat er een leven op het spel stond, nietwaar? U kon het niet tot u laten doordringen dat ik een kind van acht niet kon laten verdrinken.'

'Daar gaat het niet om,' zei Lynley tegen haar. 'Dat heb ik wel begrepen en ik begrijp het ook nu. Wat ik niet kon begrijpen, was dat je buiten je rechtsgebied in actie bent gekomen en, nadat je was bevolen om...'

'Dat was zij ook,' viel Barbara hem in de rede. 'Dat was iedereen. De politie van Essex patrouilleert niet op de Noordzee. En daar is het gebeurd. Dat weet u. Op zee.'

'Ik weet het. Alles. Geloof me, ik weet het. Dat jullie achter een verdachte aanzaten, dat die verdachte een kind van zijn schip in het water gooide, wat je werd opgedragen om te doen toen hij die actie ondernam en hoe je reageerde toen je dat bevel kreeg.'

'Ik kon niet volstaan met haar een reddingsboei toe te gooien, inspecteur.

53

Het was te ver. Ze zou verdronken zijn.'

'Barbara, luister alsjeblieft naar me. Je verkeerde niet in een positie en het was niet jouw verantwoordelijkheid om beslissingen te nemen of conclusies te trekken. Daarvoor hebben we een hiërarchie. Argumenteren over het bevel dat je werd gegeven zou al erg genoeg zijn geweest. Maar een wapen afvuren op een meerdere...'

'Ik neem aan dat u bang bent dat ik dat een volgende keer met u zal doen, als ik ook maar even de kans zou krijgen,' zei ze bitter.

Lynley liet de woorden tussen hen hangen. Gedurende de stilte wenste Barbara dat ze haar handen ernaar kon uitstrekken en ze ongedaan maken, omdat ze wist hoe onwaar het was wat ze had gezegd. 'Het spijt me,' zei ze, wetend dat de schorheid in haar stem een groter verraad betekende dan welke actie ook die ze ooit tegenover iemand had ondernomen.

'Ik weet het,' zei hij. 'Ik weet dat het je spijt. Het spijt mij ook.'

'Inspecteur Lynley?'

De op zachte toon uitgesproken interruptie kwam bij de deur vandaan. Lynley en Barbara draaiden zich om bij het horen van de stem. Daar stond Dorothea Harriman, secretaresse van hun divisiehoofd; haar honingblonde haar was keurig gekapt en ze was gekleed in een krijtstreep-mantelpakje dat het goed zou hebben gedaan in een modeadvertentie. Barbara kreeg meteen het gevoel dat ze altijd kreeg wanneer Dorothea Harriman in de buurt was: dat zijzelf de nachtmerrie was van iedere kleermaker.

'Wat is er, Dee?' vroeg Lynley aan de jonge vrouw.

'Commissaris Webberly,' antwoordde Harriman. 'Hij heeft naar u gevraagd. Zo snel mogelijk. Hij heeft een telefoontje gekregen van Crime Operations. Er is iets gaande.' Ze keek even naar Barbara, knikte en verdween.

Barbara wachtte. Ze merkte dat haar hart pijnlijk begon te bonzen. Het verzoek van Webberly had niet op een ongunstiger moment kunnen komen.

Er is iets gaande, was Harrimans manier om te zeggen dat er een nieuwe zaak was. En in het verleden was zo'n oproep van Webberly gewoonlijk voorafgegaan aan een uitnodiging van de inspecteur om met hem mee te gaan wanneer hij de zaak ging aanpakken.

Barbara zei niets. Ze bleef slechts naar Lynley staan kijken en ze wachtte af. Ze wist heel goed dat de volgende paar minuten duidelijk zouden maken hoe hij van nu af aan hun samenwerking zag.

Buiten Lynleys kantoor ging alles zijn gewone gang. Stemmen klonken in de met linoleum belegde gang. Telefoons rinkelden op de afdelingen. Vergaderingen begonnen. Maar hierbinnen had Barbara het gevoel dat zij en Lynley zich in een totaal andere dimensie bevonden, een dimensie waarin veel meer dan de toekomst van haar werk op het spel stond.

Eindelijk stond hij op. Hij zei: 'Ik moet gaan kijken wat Webberly te vertellen heeft.'

Ze zei: 'Zal ik...' Ondanks de eerste persoon enkelvoud die hij had gebruikt,

54

waardoor alles was gezegd. Maar ze merkte dat ze de vraag niet kon afmaken omdat ze op dit moment het antwoord niet onder ogen kon zien. Daarom stelde ze een andere vraag. 'Wat wilt u dat ik doe, inspecteur?'

Hij dacht erover na, ten slotte een andere kant opkijkend alsof hij de foto bekeek die bij de deur hing: een lachende jongeman met een wilgenhouten bat in de hand en een grote scheur in zijn broek vol grasvlekken. Barbara wist waarom Lynley de foto in zijn kamer had gehangen. Hij diende als een dagelijkse herinnering aan de man die erop stond afgebeeld, en aan wat Lynley hem lang geleden, toen hij dronken was, in een auto had aangedaan. De meeste mensen banden onaangenaamheden uit hun gedachten. Maar toevallig was inspecteur Thomas Lynley niet een van hen.

Hij zei: 'Ik denk dat je het beter een poosje kalm aan kunt doen, Barbara. Laat de zaak betijen. Laat de mensen eroverheen komen. Laat hen het vergeten.'

Maar dat zult u niet kunnen, zo is het toch? vroeg ze stilzwijgend. Daarom zei ze slechts somber: 'Ja, inspecteur.'

'Ik weet dat het niet gemakkelijk voor je is,' zei hij en zijn stem was zo vriendelijk dat ze wel kon janken. 'Maar op het ogenblik kan ik je geen ander antwoord geven. Ik wilde dat het anders was.'

Weer waren de enige woorden die ze kon uitbrengen: 'Ik begrijp het. Goed, inspecteur.'

'Degradatie tot agent-rechercheur,' zei Lynley tegen commissaris Malcolm Webberly, toen hij zich bij hem voegde. 'Dat heeft ze aan u te danken, nietwaar, commissaris?'

Webberly had zich achter zijn bureau verschanst, waar hij een sigaar zat te roken. Hij was zo goed om de deur van zijn kamer dicht te houden om zo de collega's, de secretaresses en het kantoorpersoneel de rookwolken die opstegen van de verderfelijke stinkstok, te besparen. Deze voorkomendheid was echter niet voldoende om iedereen die binnenkwam te behoeden tegen het inademen van de bedompte lucht. Lynley probeerde zo weinig mogelijk ervan binnen te krijgen. Webberly gebruikte zijn lippen en zijn tong om de sigaar van de ene kant van zijn mond naar de andere te rollen. Dat was zijn enige reactie.

'Kunt u me vertellen waarom?' vroeg Lynley. 'U hebt u wel vaker voor een van onze mensen ingezet. Niemand weet dat beter dan ik. Maar waarom in dit geval, dat zo'n uitgemaakte zaak lijkt? En wat gaat het u kosten, dat u haar hebt gered?'

'We hebben allemaal wel iets van iemand tegoed,' zei de commissaris. 'Ik heb hier en daar mijn invloed aangewend. Havers heeft een fout gemaakt, maar haar hart zat op de juiste plaats.'

Lynley trok zijn wenkbrauwen op. Hij had geprobeerd om zelf tot een soortgelijke conclusie te komen vanaf het moment dat hij van Korfoe was teruggekeerd en had gehoord van het schandelijke gedrag van Barbara Havers, maar die prestatie had hij niet kunnen leveren. Telkens als hij er dichtbij kwam, grijnsden de feiten hem aan en vroegen om erkenning. Een aantal van die feiten had hij zelf verzameld, door naar Essex te rijden om daar met de belangrijkste politieofficier die erbij betrokken was, te spreken. En nadat hij met haar had gesproken, kon hij niet begrijpen hoe – laat staan waarom – Webberly Barbara Havers' beslissing om een karabijn af te vuren op inspecteur Emily Barlow kon vergoelijken. Ondanks de vriendschap die hij zelf voor Havers koesterde, ondanks het basisprincipe van de hiërarchie, hadden ze toch de verantwoordelijkheid om zich af te vragen welke chaos ze aanmoedigden als ze nalieten een lid van het korps te straffen die tot een dergelijke schrikwekkende actie was overgegaan. 'Maar schieten op een officier... Om te beginnen al het ter hand nemen van een vuurwapen terwijl ze niet bevoegd was...'

Webberly zuchtte. 'Deze dingen zijn nooit zwart-wit, Tommy. Ik wilde dat het zo was, maar dat zijn ze nooit. Het kind dat erbij betrokken was...'

'De inspecteur had Barbara opgedragen om haar een reddingsboei toe te werpen.'

'Ja. Maar het was niet zeker of het meisje kon zwemmen. En bovendien...' Webberly nam de sigaar uit zijn mond en bekeek de punt ervan. Hij zei: 'Ze is iemands enig kind. Kennelijk wist Havers dat.'

Lynley wist wat dat feit voor de commissaris betekende. Webberly had zelf maar één lichtpunt in zijn leven: zijn enige dochter, Miranda. Hij zei: 'Barbara is u veel verschuldigd, commissaris.'

'Ik zal ervoor zorgen dat ze die schuld terugbetaalt.' Webberly knikte naar een gele blocnote die voor hem op het bureau lag. Lynley wierp er een vluchtige blik op en zag de haastig met een zwarte viltstift neergekrabbelde aantekeningen van de commissaris. Webberly zei: 'Andrew Maiden. Herinner je je hem nog?'

Bij het horen van die vraag, die naam, ging Lynley op een stoel voor Webberly's bureau zitten. Hij zei: 'Andy? Natuurlijk. Hoe zou ik hem kunnen vergeten?'

'Dat dacht ik al.'

'Eén operatie bij SO10 en ik heb er een puinhoop van gemaakt. Wat was dat een nachtmerrie.'

SO10 was de Operatie Groep Misdrijven, de geheimste en geheimzinnigste verzameling officieren van de Londense politie. Ze waren verantwoordelijk voor het onderhandelen met gijzelnemers, de bescherming van getuigen en juryleden, en undercover-operaties. Eén keer had Lynley het gewaagd om in laatstgenoemde groep mee te werken. Maar toen was hij pas zesentwintig, en hij had noch de koelbloedigheid noch de kwaliteiten bezeten om een andere persoonlijkheid aan te nemen. 'Maanden van voorbereiding naar de bliksem,' zei hij nadenkend. 'Ik verwachtte dat Andy me zou opknopen.'

Dat had Andy Maiden echter niet gedaan. Het was niet zijn stijl. De SO10-inspecteur was iemand die wist hoe hij zijn verliezen moest accepteren en dat had hij gedaan. Hij had niemand als schuldige aangewezen, maar in plaats daarvan zijn bewegingen aangepast aan wat er op dat moment gedaan moest worden. Hij had snel zijn medewerkers teruggetrokken van de undercoveroperatie en gewacht op een volgende gelegenheid om hen weer in te zetten, maanden later, toen hij zelf kon meedoen en zich ervan kon overtuigen dat ditmaal geen afschuwelijke *faux pas* zoals Lynley die had begaan, hun activiteiten zou ondermijnen.

Andy Maiden had de bijnaam Domino gehad, zo handig was hij erin geweest om de rol van een ander te spelen, van huurmoordenaars tot Amerikaanse financiers van de IRA. Uiteindelijk was zijn belangrijkste werkterrein dat van drugsoperaties geworden, maar eer het zover was had hij zijn sporen nagelaten bij het ontmaskeren van huurmoordenaars en georganiseerde misdaad.

'Ik kwam hem af en toe tegen op de vierde verdieping,' zei Lynley tegen Webberly. 'Maar toen hij bij de politie wegging ben ik hem uit het oog verloren.

'Dat was... wanneer? Tien jaar geleden?'

'Iets meer dan negen jaar.'

'Maiden,' zei Webberly, 'is zodra het mogelijk was, met pensioen gegaan en verhuisde daarna met zijn gezin naar Derbyshire, naar de Peaks. Daar heeft hij al zijn spaargeld en zijn energie gestoken in de renovatie van een oud jachthuis. Het is nu een landelijk hotel, dat de naam Maiden Hall draagt. Een goede plek voor kampeerders, vakantiegangers, mountainbikers, kortom, voor iedereen die op zoek is naar een avond uit en een behoorlijke maaltijd.'

Webberly wees op zijn blocnote. 'Andy Maiden heeft meer misdadigers voor het gerecht gebracht dan wie dan ook in SO10, Tommy.'

'Het verbaast me niet dat te horen, commissaris.'

'Ja. Nou, hij vraagt onze hulp, en dat zijn we aan hem verplicht.'

'Wat is er gebeurd?'

'Zijn dochter is vermoord in de Peaks. Vijfentwintig jaar, en de een of andere schoft heeft haar ver van de bewoonde wereld achtergelaten, op een plek die Calder Moor heet.'

'Christus. Wat vreselijk. Dat is slecht nieuws.'

'Er was nog een tweede lichaam, dat van een jongen, en niemand weet verdomme wie hij is. Hij had geen papieren bij zich. Het meisje, Nicola, was gaan kamperen en ze had een hele uitrusting bij zich, voor regen, mist, zon, alles. Maar de jongen die er is aangetroffen had helemaal geen spullen bij zich.'

'Weten we hoe ze om het leven zijn gebracht?'

'Daar is nog niets van bekend.' Toen Lynley verbaasd één wenkbrauw optrok, zei Webberly: 'Dit heeft ons bereikt via SO10. Je weet hoe snel en vrijwillig die knapen informatie prijsgeven.'

Dat wist Lynley inderdaad. Webberly vervolgde: 'Wat ik weet is het volgende. De politie van Buxton houdt zich met de zaak bezig, maar Andy wil meer, en dat zullen wij hem geven. Hij heeft speciaal naar jou gevraagd.'

'Naar mij?'

'Ja, naar jou. Misschien ben je hem in de loop der jaren uit het oog verloren, maar het ziet ernaar uit dat hij jou is blijven volgen.' Webberly nam zijn sigaar in zijn mond, schoof hem in een hoek en keerde terug naar zijn aantekeningen. 'Een patholoog van Binnenlandse Zaken is op weg erheen voor een formeel onderzoek volgens het boekje, met scalpel en cassetterecorder. Vandaag zal de lijkschouwing verricht worden. Jij komt terecht in het district van ene Peter Hanken. Er is hem verteld dat Andy een van onze mensen is, maar dat is alles wat hij weet.' Hij haalde de sigaar weer uit zijn mond, keek ernaar en niet naar Lynley, toen hij besloot: 'Tommy, ik zal er niet omheen draaien. Dit kan wel eens lastig worden. Het feit dat Maiden jou met name genoemd heeft...' Webberly aarzelde alvorens te besluiten met: 'Hou je ogen open en ga voorzichtig te werk.'

Lynley knikte. Het was een ongebruikelijke situatie. Hij kon zich geen andere gelegenheid herinneren waarbij het een familielid van het slachtoffer van een misdrijf was toegestaan om de politieman aan wie het onderzoek zou worden opgedragen, met name te noemen. Dat Andy Maiden het had mogen doen duidde op invloedssferen die gemakkelijk Lynleys pogingen om een vlot onderzoek te waarborgen, konden dwarsbomen.

Hij kon de zaak niet alleen aanpakken en hij wist dat Webberly dat ook niet van hem verwachtte. Maar hij had er een vrij goed idee van welke partner de commissaris, als hij ook maar even de kans kreeg, hem zou toewijzen. Hij was er voorstander van om die toewijzing te omzeilen. Ze was er nog niet aan toe. Eerlijk gezegd, hij was het evenmin.

'Ik wil graag zien wie ik volgens het rooster kan meenemen,' zei hij tegen Webberly. 'Omdat Andy een voormalig SO10-man is, zullen we iemand nodig hebben met een behoorlijke ervaring.'

De commissaris keek hem strak aan. Vijftien lange seconden tikten voorbij eer hij sprak. 'Je weet zelf het beste met wie je kunt samenwerken, Tommy,' zei hij eindelijk.

'Dank u, commissaris. Dat is zo.'

Barbara Havers ging naar de kantine op de vierde verdieping, waar ze een kop groentesoep bestelde, die ze meenam naar een tafeltje. Ze probeerde ervan te eten terwijl ze zich er voortdurend van bewust was dat er met grote letters het woord paria op haar rug stond. Ze at alleen. Elk knikje van herkenning dat ze van collega's kreeg leek vergezeld te gaan van een zwijgende blijk van minachting. En terwijl ze probeerde zich op te peppen met een innerlijke monoloog die haar kwijnende ego meedeelde dat niemand nog met geen mogelijkheid kon weten van haar degradatie, van het feit dat ze in ongenade was gevallen en van het einde van haar samenwerking met Lynley, was elk gesprek dat om haar heen gevoerd werd – in het bijzonder dat waarbij veel werd gelachen – een gesprek dat haar bespotte.

Ze liet de soep staan. Ze hield het bij de Yard voor gezien. Ze schreef zich uit – 'ziek naar huis' zou waarschijnlijk met opluchting begroet worden door diegenen die haar toch al als een besmettingshaard beschouwden – en ze liep naar haar Mini. Een deel van haar schreef haar gedrag toe aan een mengeling van paranoia en stomheid. De andere helft was verstrikt geraakt in een eindeloze herhaling van haar laatste ontmoeting met Lynley en speelde het spel van wat ik had kunnen, had willen, en had moeten zeggen na de afloop van zijn gesprek met Webberly te hebben gehoord.

In deze stemming merkte ze dat ze over Milbank reed voor ze wist wat ze deed; ze was helemaal niet op weg naar huis. Helemaal op de automatische piloot kwam ze terecht bij Grosvenor Road en de krachtcentrale van Battersea, terwijl haar hersens zich bezighielden met het uitschelden van inspecteur Lynley. Ze voelde zich als een gebroken spiegel, nutteloos maar gevaarlijk, met scherpe randen. Wat had hij het gemakkelijk gevonden om haar los te laten, dacht ze verbitterd. En wat was ze stom geweest om wekenlang te geloven dat hij aan haar kant stond.

Kennelijk was het voor Lynley niet voldoende geweest dat ze was gedegradeerd, uitgekafferd en vernederd door een man aan wie ze beiden al jaren een hekel hadden. Nu leek het erop dat hij ook een kans nodig had om haar op zijn eigen manier te straffen. Wat haar betrof was de richting die hij had gekozen verkeerd. En ze had, nu, direct, een bondgenoot nodig die het eens was met haar standpunt.

Langs de Theems rijdend in het rustige middagverkeer had ze er een vrij goed idee van waar ze zo'n medestander zou kunnen vinden. Hij woonde in Chelsea, bijna twee kilometer van de plek waar ze zich nu bevond.

Simon St. James was Lynleys oudste vriend, een studiegenoot van Eton. Als forensisch wetenschapper en getuige-deskundige werd er geregeld een beroep op hem gedaan, zowel door advocaten als door openbaar aanklagers, om een of andere kant van een zaak te belichten die eerder afhankelijk was van bewijsmateriaal dan van getuigen, om de misdadiger veroordeeld te krijgen. In tegenstelling tot Lynley was hij een redelijk man. Hij verstond de kunst om een stap terug te doen en te observeren, ongeïnteresseerd en onpartijdig, zonder persoonlijk betrokken te raken bij de situatie die zich om hem heen ontwikkelde. Hij was de juiste persoon om mee te praten. Híj zou Lynleys handelwijze in het juiste licht kunnen zien.

Waar Barbara niet aan dacht tijdens haar turbulente mentale overwegingen, was dat St. James wel eens niet alleen zou kunnen zijn in zijn huis aan Cheyne Row in Chelsea. Het feit dat zijn vrouw ook thuis was – aan het werk in de donkere kamer die grensde aan zijn laboratorium op de bovenste verdieping – maakte de situatie echter niet zo gevoelig als de aanwezigheid van

St. James' vaste assistente. En Barbara hoorde pas dat St. James' vaste assistente er was, toen ze de trap opliep achter Joseph Cotter, schoonvader, huisbediende, kok en algemeen factotum van de wetenschapper zelf.

Cotter zei: 'Ze zijn alledrie aan het werk, maar het is tijd om even te pauzeren voor de lunch, en in elk geval zal lady Helen blij zijn met een onderbreking. Ze eet graag op geregelde tijden, dat heeft ze altijd al gedaan. Daar is niets aan veranderd, getrouwd of niet.'

Aarzelend bleef Barbara staan op de overloop van de tweede verdieping en ze vroeg: 'Is Helen hier?'

'Ja.' Glimlachend voegde Cotter eraan toe: 'Fijn om te weten dat bepaalde dingen net zo zijn gebleven als altijd, vindt u niet?'

'Verdomme,' mompelde Barbara binnensmonds.

Want Helen was tevens gravin Asherton, dat was haar eigen titel, maar bovendien was ze de vrouw van Thomas Lynley die, hoewel hij er geen doekjes om wond dat hij het liever anders had gewild, de andere helft was van de Asherton-vergelijking: de met een ridderorde behangen, officiële, in fluweel en hermelijn gehulde graaf. Barbara kon nauwelijks verwachten dat St. James en zijn vrouw zich met haar in een lastercampagne zouden storten terwijl de vrouw van het onderwerp van die laster zich in hetzelfde vertrek bevond. Ze besefte dat het tijd was om de aftocht te blazen.

Ze stond op het punt zich snel om te draaien toen Helen op de overloop van de bovenste verdieping verscheen. Over haar schouder riep ze lachend iets richting het lab. Ze zei: 'Goed, goed, ik zal een nieuwe rol halen. Maar als je nu eens de moeite nam om met je tijd mee te gaan en die machine zou vervangen door een moderner exemplaar, zouden we helemaal niet zonder faxpapier zitten. Ik zou toch denken dat je zoiets zo nu en dan merkt, Simon.' Ze kwam bij de deur vandaan en ze liep de trap af, waar ze Barbara op de overloop beneden haar in het oog kreeg. Haar gezicht klaarde op. Het was een knap gezicht, niet mooi in de conventionele betekenis van het woord, maar rustig en stralend, omgeven door een zachte massa kastanjekleurig haar. 'Mijn hemel, wat een geweldige verrassing! Simon, Deborah! We hebben bezoek, dus nu moeten jullie er wel mee ophouden om te komen lunchen. Hoe gáát het met je, Barbara? Waarom ben je al die weken niet eens langs gekomen?'

Er zat niets anders op dan naar haar toe te gaan. Met een knikje bedankte Barbara Cotter, die richting het lab riep: 'Ik zal voor één persoon bij dekken,' en vervolgens de trap afliep. Barbara liep naar boven, waar ze Helens uitgestoken hand pakte. De handdruk ging over in een snelle kus op de wang. Het was zo'n hartelijk welkom dat Barbara begreep dat Lynley zijn vrouw nog niet had verteld wat er die dag op Scotland Yard was voorgevallen.

Helen zei: 'Dat is nog eens een goede timing. Je hebt me zojuist gered van een uitstapje naar Kings Road, op zoek naar faxpapier. Ik ben uitgehongerd, maar je kent Simon. Waarom zou je stoppen met werken voor zoiets onbelangrijks als een maaltijd, wanneer je de gelegenheid hebt om nog een paar uur door te ploeteren? Simon, wil je je nu alsjeblieft van die microscoop losrukken? Hier is iemand die veel belangrijker is dan stukjes van een nagel.'

Barbara volgde Helen naar het lab waar St. James het bewijsmateriaal onderzocht, verslagen en lezingen over zijn werk voorbereidde en materiaal bijeenzocht voor zijn onlangs verworven positie als lector aan het Koninklijk College voor Wetenschap. Vandaag leek hij in zijn rol van getuige-deskundige te zijn, want hij zat op een hoge kruk bij een van de werkbladen, waar hij plaatjes prepareerde met de inhoud van een verzegelde envelop die hij net had geopend. De zojuist genoemde nagels, dacht Barbara.

St. James was een over het algemeen onaantrekkelijke man, niet langer de lachende cricketspeler, maar nu gehandicapt en in zijn bewegingen belemmerd door een beugel aan zijn been, die maakte dat hij zich onhandig voortbewoog. Zijn beste punten waren zijn haar, dat hij altijd erg lang droeg, volkomen voorbijgaand aan wat de huidige mode voorschreef, en zijn ogen, die van kleur wisselden van grijs naar blauw, al naargelang zijn kleding, die op zich onopvallend was. Toen Barbara het laboratorium binnen stapte, keek hij op van de microscoop. Zijn lachje maakte zijn doorgroefde, hoekige gezicht op slag menselijk.

'Barbara. Hallo.' Hij liet zich van de kruk glijden en liep het vertrek door om haar te begroeten, intussen naar zijn vrouw roepend dat Barbara hen was komen opzoeken. Aan de andere kant van het lab vloog een deur open. Simons echtgenote, gekleed in een afgeknipte, blauwe spijkerbroek en een kaki T-shirt, stond onder een rij vergrotingen van foto's die aan een lijn hingen te druipen op de rubberen vloer over de hele lengte van de doka.

Deborah zag er heel goed uit, zag Barbara. Nu ze zich weer met hart en ziel op haar werk stortte – in plaats van te piekeren en te treuren over de reeks miskramen die haar huwelijk had geteisterd – voelde ze zich kennelijk een stuk beter. Het was prettig te weten dat het iemand goed ging.

Barbara zei: 'Hallo. Ik was in de buurt en...' Ze keek op haar pols, maar ze merkte dat ze die ochtend was vergeten haar horloge om te doen, in de haast om naar de Yard te gaan voor haar gesprek met Hillier. Ze liet haar arm vallen. 'Eerlijk gezegd heb ik er niet op gelet hoe laat het was. Lunch en zo. Sorry.'

'We wilden net ophouden,' zei St. James tegen haar. 'Je kunt blijven lunchen.'

Helen lachte. 'Net ophouden? Wat een schandelijk sofisme. Ik heb al anderhalf uur geleden gevraagd of we konden lunchen en je wilde er niet aan denken.'

Deborah keek haar niet-begrijpend aan. 'Hoe laat is het dan, Helen?'

'Je bent al even erg als Simon,' was Helens droge antwoord.

'Blijf je lunchen?' vroeg St. James aan Barbara.

'Ik heb net iets gegeten,' zei ze. 'Bij de Yard.'

De anderen wisten alledrie wat die laatste zin betekende. Barbara zag dat de bijbedoeling die erin lag besloten zich op hun gezichten aftekende. Het was Deborah die zei: 'Dan heb je eindelijk iets gehoord,' terwijl ze chemicaliën uit hun bakken in grote plastic flessen goot, die ze van een plank achter het vergrotingsapparaat had gepakt. 'Daarom ben je zeker langsgekomen? Wat is er gebeurd? Nee. Leg het nog maar niet uit. Iets zegt me dat je toe bent aan een borrel. Waarom gaan jullie niet vast naar beneden? Geef me tien minuten om hier op te ruimen, dan kom ik bij jullie.'

Met 'beneden' bedoelde ze Simons studeerkamer, waar St. James Barbara en Helen mee naartoe nam. Barbara wenste vurig dat Helen en niet Deborah degene was geweest die boven was blijven doorwerken. Even dacht ze erover om te ontkennen dat haar bezoek aan Chelsea iets te maken had met de Yard, maar ze zag in dat haar stem haar waarschijnlijk had verraden. Daar was beslist niets vrolijks in te horen.

Een oud serveerwagentje met flessen stond onder het raam dat uitzicht bood op Cheyne Row. St. James schonk voor iedereen sherry in terwijl Barbara deed alsof ze naar de wand keek waar Deborah altijd een wisselende serie van door haar genomen foto's ophing. Vandaag was het een vervolg van de opnamen waaraan ze de afgelopen negen maanden had gewerkt: enorme vergrotingen van polaroidportretten die ze had gemaakt op locaties als Covent Garden, Lincoln's Inn Fields, de St. Botolph's kerk en de markt van Spitalfield.

'Gaat Deborah deze exposeren?' vroeg Barbara in een poging om tijd te winnen, terwijl ze het glas sherry dat ze had gekregen stevig omklemde. Ze knikte naar de foto's.

'In december.' St. James gaf Helen haar sherry. Ze schopte haar schoenen uit en ging in een van de twee leren stoelen bij de haard zitten, met haar slanke benen onder zich opgetrokken. Ze bleef Barbara voortdurend aankijken. Helen las mensen zoals anderen boeken lezen. 'Nou, wat is er gebeurd?' zei St. James, terwijl Barbara van de wand met foto's naar het raam liep, waar ze naar buiten keek, de smalle straat in. Daar was niets om haar aandacht vast te houden, slechts een boom, een stuk of wat geparkeerde auto's en een rij huizen, waarvan er twee op het moment in de steigers stonden. Barbara wilde dat ze dát werk had gekozen. Als je in aanmerking nam hoe vaak het werd toegepast bij allerlei activiteiten, van renovatieprojecten tot ramen lappen, zou het bouwen van steigers haar aan het werk hebben gehouden, zonder problemen en het zou nog flink wat poen opgeleverd hebben ook.

'Barbara?' zei St. James. 'Heb je vanochtend iets van de Yard gehoord?'

Ze liep bij het raam vandaan. 'Een aantekening in mijn conduitestaat en degradatie,' antwoordde ze.

St. James trok een lelijk gezicht. 'Moet je nu weer de straat op?'

Dat was haar al eens eerder gebeurd in een periode voor wat een ander leven had geleken, de afgelopen drie jaar van haar samenwerking met Lynley. Ze zei: 'Nee, dat niet direct,' en daarna begon ze te vertellen, waarbij ze de onplezierigste details van haar gesprek met Hillier wegliet en met geen woord over Lynley repte.

Dat deed Helen voor haar. 'Weet Tommy het? Heb je hem al gesproken, Barbara?'

Daar heb je het gedonder, dacht Barbara somber. 'Eh, ja. De inspecteur weet het.'

Een dunne rimpel verscheen tussen Helens ogen. Ze zette haar glas op het tafeltje naast haar stoel. 'Ik heb een slecht gevoel over wat er gebeurd is.'

Barbara werd verrast door haar eigen reactie op het rustige medeleven in Helens stem. Haar keel werd dichtgeknepen. Ze merkte dat ze reageerde zoals ze in Lynleys kamer had kunnen reageren, als ze niet zo verbijsterd was geweest toen hij terugkwam van zijn gesprek met Webberly en vertelde dat hij een nieuwe zaak moest onderzoeken. Het was echter niet het feit dat hem een zaak was toegewezen, dat haar tijdelijk belette om iets te zeggen of enige emotie te voelen. Het was de keus die hij had gemaakt, de partner die hij zou meenemen. Een andere partner dan zijzelf.

'Barbara, zo is het het beste,' had hij tegen haar gezegd, terwijl hij spullen op zijn bureau bijeenzocht.

Ze had willen protesteren, maar ze had de woorden ingeslikt en hem alleen maar aangestaard, terwijl langzaam tot haar doordrong dat ze hem tot dat ogenblik nooit goed gekend had.

'Hij lijkt het niet eens te zijn met de uitslag van het interne onderzoek,' besloot Barbara haar verhaal voor St. James en Helen. 'Met de degradatie, en de rest. Ik geloof dat hij vindt dat ik niet genoeg gestraft ben.'

'Wat vind ik dat erg,' zei Helen. 'Je moet het gevoel hebben dat je je beste vriend verloren hebt.'

De oprechtheid van Helens meegevoel deden Barbara's ogen branden met tranen. Ze had niet verwacht dat juist Helen er de oorzaak van zou zijn. Het raakte haar zo diep dat ze de verrassende sympathie van Lynleys vrouw kreeg, dat ze zich hoorde stamelen: 'Het is alleen maar dat zijn keuze... Om me te vervangen door... Ik bedoel...' Ze zocht naar woorden, maar opnieuw werd ze overspoeld door een golf van verdriet. 'Het was of ik een klap in mijn gezicht kreeg.'

Het enige wat Lynley had gedaan, was natuurlijk een selectie maken uit de beschikbare personen die met hem aan een onderzoek zouden kunnen werken. Dat die keus op zich een klap was voor Barbara, was zíjn probleem niet. Rechercheur Winston Nkata had goed werk geleverd bij twee zaken in de stad, waaraan hij met zowel Barbara als Lynley had gewerkt. Het was niet onlogisch dat de rechercheur de gelegenheid werd geboden om zijn talenten buiten Londen te demonstreren bij zo'n speciale opdracht die vroeger naar Barbara zou zijn gegaan. Maar Lynley kon niet blind zijn voor het feit dat Barbara Nkata beschouwde als een concurrent die haar bij de Yard op de hielen zat. Hij was acht jaar jonger dan zij, twaalf jaar jonger dan de inspecteur en ambitieuzer dan Lynley en Barbara ooit waren geweest. Hij was iemand die orders voelde aankomen voor ze werden uitgesproken en die vervolgens leek uit te voeren met één hand op zijn rug gebonden. Barbara had hem er al geruime tijd van verdacht dat hij zich uitsloofde voor Lynley, dat hij probeerde haar eigen inspanningen te overtreffen om vervolgens haar plaats aan de zijde van de inspecteur in te nemen.

Lynley wist dit. Hij móést het weten. Daarom leek zijn keus van Nkata niet zozeer een logische selectie, gemaakt door iemand die de respectieve bekwaamheden van zijn ondergeschikten afwoog en die gebruikte waar hij ze bij een bepaalde zaak nodig had. Het leek meer op een kwestie van regelrechte wreedheid.

'Is Tommy kwaad?' vroeg St. James.

Er lag echter geen boosheid ten grondslag aan Lynleys optreden en hoewel Barbara zich ellendig voelde, wilde ze hem daar niet van beschuldigen.

Deborah voegde zich bij hen. Ze zei: 'Nou, wat is er gebeurd?' terwijl ze haar echtgenoot liefdevol op zijn wang kuste toen ze langs hem heen liep om zich een klein glas sherry in te schenken.

Het verhaal werd herhaald, Barbara vertelde het, St. James voegde er details aan toe en Helen luisterde in nadenkend stilzwijgen. Evenals Lynley kenden de anderen de feiten die verband hielden met Barbara's insubordinatie en haar aanval op een meerdere. In tegenstelling tot Lynley schenen zij echter in staat om de situatie in te schatten zoals Barbara het zelf had gedaan: onvermijdelijk, betreurenswaardig, maar volkomen gerechtvaardigd, de enige weg die openstond voor een vrouw die zowel onder druk stond als gelijk had.

St. James ging zelfs zover met te zeggen: 'Ongetwijfeld zal Tommy ten slotte meegaan met jouw standpunt, Barbara. Maar het is beroerd voor je dat je dit alles moet meemaken.' De beide vrouwen prevelden hun instemming.

Dit alles zou hoogst bevredigend voor Barbara moeten zijn. Ze was tenslotte naar Chelsea gekomen in de verwachting dat ze met haar zouden meeleven. Maar ze merkte dat hun meeleven haar verdriet en het gevoel van verraden te zijn, dat haar om te beginnen naar Chelsea had gedreven, aanwakkerde. Ze zei: 'Ik denk dat het hierop neerkomt: de inspecteur wil met iemand samenwerken die hij kan vertrouwen.'

Ondanks de daaropvolgende protesten van Lynleys vrouw en Lynleys vrienden wist Barbara dat zij, op het moment, niet die iemand was.

4

Julian Britton kon zich precies voorstellen wat zijn nicht deed aan de andere kant van de lijn. Hij kon een gestadig gehak horen dat haar zinnen onderstreepte en dat geluid vertelde hem dat ze in de oude, slechtverlichte keuken van Broughton Manor bezig was met het fijnhakken van de een of andere groente die ze achter in een van de tuinen kweekte.

'Ik zei niet dat ik niet bereid was om je te helpen, Julian.' Samantha's opmerking ging vergezeld van een hak die vastberadener klonk dan de andere. 'Ik vroeg alleen wat er aan de hand is. Daar is toch niets mis mee?'

Hij wilde geen antwoord geven. Hij wilde haar niet vertellen wat er aan de hand was. Tenslotte had Samantha er nooit een geheim van gemaakt dat ze Nicola Maiden niet mocht.

Wat kon hij dus zeggen? Heel weinig. Tegen de tijd dat de politie van Buxton tot de conclusie was gekomen dat het hen zou schikken om het hoofdkwartier in Ripley te bellen, tegen de tijd dat Ripley twee politieauto's op weg had gestuurd naar de plaats waar Nicola's Saab en een oude BMW-motorfiets geparkeerd stonden, en tegen de tijd dat Ripley en Buxton gezamenlijk tot de voor de hand liggende conclusie waren gekomen dat ze Mountain Rescue erbij moesten halen, was een oude vrouw die een ochtendwandeling met haar hond maakte, het dorpje Peak Forest binnengestrompeld. Daar had ze aan een deur geklopt en het verhaal verteld van een lichaam dat ze had aangetroffen in de kring van Nine Sisters Henge. De politie was er onmiddellijk naartoe gegaan en had Mountain Rescue op hun ontmoetingsplaats laten wachten op nadere instructies. Toen die instructies kwamen, waren ze onheilspellend genoeg: ze hadden Mountain Rescue niet nodig.

Julian wist dit allemaal omdat hij, als lid van Mountain Rescue, naar de rendez-vousplek van het team was gegaan toen de oproep was doorgekomen die hem die ochtend was doorgegeven door Samantha, die het gesprek tijdens zijn afwezigheid van Broughton Manor had aangenomen. Daarom stond hij te midden van de leden van zijn team, bezig zijn uitrusting te controleren die de leider opnoemde van een checklist met ezelsoren, toen de mobiele telefoon ging en de controle van de uitrusting eerst was onderbroken en vervolgens geheel geannuleerd. De groepsleider gaf de informatie door die hij had gekregen: de oude vrouw, haar hond, hun ochtendwandeling, het lichaam en Nine Sisters Henge.

Julian was meteen teruggegaan naar Maiden Hall, omdat hij degene wilde zijn die het nieuws aan Andy en Nan vertelde voor ze het van de politie hoorden. Hij was van plan om te zeggen dat het tenslotte slechts om 'een' lichaam ging. Er was niets wat erop duidde dat het Nicola zou kunnen zijn.

Toen hij bij het oude jachthuis aankwam, stond er echter al een politieauto bij de voordeur. En toen hij naar binnen rende trof hij Andy en Nan in een hoek van de lounge, waar de glas-in-loodraampjes van een grote erker miniatuurregenbogen op de muur wierpen. Er was een agent in uniform bij hen. Hun gezichten waren asgrauw. Nan klampte zich vast aan Andy's arm, haar vingers begroeven zich diep in de mouw van zijn geruite flanellen overhemd. Andy staarde naar het lage tafeltje tussen hen en de agent.

Ze keken alledrie op toen Julian binnenkwam. De politieman zei: 'Neemt u me niet kwalijk, meneer. Misschien wilt u de heer en mevrouw Maiden een paar minuten...'

Julian begreep dat de agent dacht dat hij een van de gasten was van Maiden Hall.

Nan legde uit wat zijn relatie tot de familie was, waarbij ze hem aanduidde als 'de verloofde van mijn dochter'. 'Ze zijn nog maar pas verloofd. Kom, Julian.' Ze stak een hand naar hem uit en trok hem naast zich op de bank, zodat ze er met hun drieën bij zaten als de familie die ze niet waren en nooit konden zijn.

De agent was juist toegekomen aan het verontrustende deel. Het lichaam van een vrouw was op de hei gevonden. Het zou de vermiste dochter van de Maidens kunnen zijn. Het speet hem zeer, maar een van hen zou met hem mee moeten naar Buxton, voor de identificatie.

'Ik ga wel,' had Julian impulsief gezegd. Het scheen onvoorstelbaar dat een van Nicola's ouders zich van de afschuwelijke taak zou moeten kwijten. Het scheen zelfs onvoorstelbaar dat de identificatie van Nicola's lichaam door iemand anders dan hemzelf zou kunnen worden verricht: de man die van haar hield, die met haar wilde trouwen en die wilde proberen haar een ander leven te geven.

De agent zei dat het hem speet, maar dat het een familielid moest zijn. Toen Julian aanbood om met Andy mee te gaan, sloeg Andy het af. Iemand moest bij Nan blijven, zei hij. Tegen zijn vrouw liet hij erop volgen: 'Ik bel je uit Buxton, als... als...'

Hij had woord gehouden. Verscheidene uren later kwam het gesprek pas door, wat verband hield met de tijd die het vergde om het lichaam van de heide over te brengen naar het ziekenhuis, waar de autopsie zou worden verricht. Maar zodra hij het lijk van de jonge vrouw had gezien, had hij gebeld.

Nan was niet in elkaar gezakt, zoals Julian had verwacht. Ze had gezegd: 'O, nee,' waarna ze Julian de hoorn had toegestoken en het huis uit was gerend.

Julian had slechts lang genoeg met Andy gesproken om uit diens mond te horen wat Julian al wist. Daarna was hij Nicola's moeder gaan zoeken. Hij vond haar op haar knieën in Christian-Louis' kruidentuin achter de keuken van Maiden Hall. Ze schraapte handenvol van de pas begoten aarde op, die ze in hoopjes om zich heen legde alsof ze zich wilde begraven. Ze zei: 'Nee, nee,' maar ze huilde niet.

Ze worstelde om los te komen toen Julian zijn handen op haar schouders legde en haar probeerde op te tillen. Hij had niet verwacht dat zo'n kleine vrouw zo sterk kon zijn en hij moest naar de keuken roepen om hulp. Beide vrouwen uit Grindleford kwamen aangerend. Samen met Julian slaagden ze erin Nan het huis binnen te krijgen, waar ze haar de personeelstrap op hielpen. Met hun hulp kreeg Julian haar zover dat ze twee flinke glazen cognac dronk. Op dat moment begon ze te huilen.

'Ik moet iets doen...' zei ze snikkend. 'Geef me iets te dóén.' Het laatste woord ging over in een ijzingwekkend gejammer.

Julian begreep dat hij haar niet verder kon helpen. Er moest een dokter bij komen. Hij ging er een bellen. Dat had hij aan de beide vrouwen kunnen overlaten, maar hij nam de beslissing om zelf te gaan bellen, om uit de slaapkamer van Nan en Andy weg te komen, een ruimte die plotseling te klein en te benauwd scheen en die hem het gevoel gaf dat hij binnen een minuut niet meer zou kunnen ademhalen.

Daarom liep hij naar beneden en zocht een telefoon. Hij belde een dokter. Daarna, eindelijk, belde hij Broughton Manor en sprak met zijn nicht Samantha.

Of het hem nu goed uitkwam of niet, haar vragen waren logisch. Hij was de vorige avond niet thuisgekomen, dat had zijn ongebruikelijke afwezigheid bij het ontbijt zijn niet duidelijk gemaakt. Hij vroeg haar of ze een van zijn taken wilde overnemen. Het was niet meer dan natuurlijk dat ze wilde weten wat hem ertoe had gebracht om zich zo ongewoon en geheimzinnig te gedragen.

Toch wilde hij het haar nog steeds niet vertellen. Met haar over Nicola's dood praten was iets wat hij op dit moment niet aankon. Daarom zei hij: 'Er is een noodsituatie op Maiden Hall, Sam. Ik moet hier blijven. Wil jij daarom voor de puppy's zorgen?'

'Wat voor noodsituatie?'

'Sam... Toe nou. Wil je dit alsjeblieft voor me doen?' Een van de honden waarmee hij fokte, Cass, had kortgeleden geworpen en zowel de puppy's als de moeder moesten in het oog gehouden worden. De temperatuur in de kennel moest constant blijven. De puppy's moesten worden gewogen en de manier waarop ze dronken moest in het boek worden genoteerd.

Sam wist wat er moest gebeuren. Ze had het hem vaak genoeg zien doen. Zo nu en dan had ze hem erbij geholpen. Het was dus niet zo dat hij haar iets onmogelijks vroeg, of zelfs maar iets ongewoons of onbekends. Maar het werd duidelijk dat ze niet van plan was om hem van dienst te zijn zonder dat haar gezegd werd waarom.

Hij besloot om slechts te zeggen: 'Nicola is zoek. Haar vader en moeder zijn in alle staten. Ik moet hier blijven.'

'Hoe bedoel je, "zoek"?' Een klap benadrukte haar vraag. Ze zou wel bij het houten werkblad staan, onder het enige raam van de keuken, hoog tegen het plafond, waar generaties lang messen waarmee groenten werden gesneden, een ondiepe groef in het eikenhout hadden achtergelaten.

'Ze is verdwenen. Dinsdag is ze gaan kamperen. Gisteravond is ze niet terug-gekeerd, zoals afgesproken.'

'Ze is waarschijnlijk iemand tegengekomen, Julian,' verklaarde Samantha op de praktische manier die haar eigen was. 'De zomer is nog niet voorbij. Er kamperen nog steeds duizenden mensen in de Peaks. Hoe kan ze trouwens zoekgeraakt zijn? Jullie hadden toch een afspraak?'

'Daar gaat het nu juist om,' zei Julian. 'We hadden een afspraak, en toen ik hier kwam om haar op te halen, was ze er niet.'

'Dat is toch niet ongewoon?' bracht Samantha naar voren.

Die opmerking maakte dat hij wenste dat ze voor hem stond, zodat hij haar een klap in haar sproetige gezicht kon geven. 'Sam.'

Ze moest gehoord hebben dat hij op instorten stond. Ze zei: 'Sorry. Ik doe het al, ik doe het al. Welke hond?'

'De enige die op het moment puppy's heeft. Cass.'

'Goed.' Weer een klap. 'Wat moet ik tegen je vader zeggen?'

'Het lijkt me niet echt nodig om hem iets te vertellen,' zei Julian. Het laatste waaraan hij behoefte had of wat hij wilde horen was Jeremy's mening over de kwestie.

'Ik neem aan dat je niet voor de lunch terug zult zijn?' De vraag werd gesteld op die speciale toon die grensde aan beschuldiging: een mengeling van onge-duld, teleurstelling en boosheid. 'Je vader zal vast vragen waarom je vanmid-dag niet aan tafel verschijnt, Julie.'

'Zeg maar dat ik ben weggeroepen voor een zoektocht.'

'Midden in de nacht? Een zoektocht met Mountain Rescue is niet bepaald een verklaring voor je afwezigheid bij het ontbijt.'

'Als pa een kater had, wat zoals je gemerkt zult hebben meestal het geval is, betwijfel ik dat hij mijn afwezigheid aan het ontbijt heeft opgemerkt. Als hij zo helder is om te beseffen dat ik niet kom lunchen, zeg dan tegen hem dat Mountain Rescue me vanochtend heeft opgeroepen.'

'Hoe? Als je niet hier was om het gesprek aan te nemen...'

'Jezus, Samantha. Wil je ophouden met je verdomde logica? Het kan me niet schelen wat je tegen hem zegt. Zorg jij nu maar voor de honden, goed?'

Het gehak hield op. Samantha's stem veranderde. De scherpte verdween, om plaats te maken voor een verontschuldigende, holle en gekwetste klank. 'Ik probeer alleen maar te doen wat het beste is voor de familie.'

'Dat weet ik. Het spijt me. Je bent een rots in de branding en we zouden het niet zonder jou kunnen redden. Ik tenminste niet.'

'Ik doe het altijd met liefde.'

Doe dít dan zonder er zo'n punt van te maken, dacht hij. Hij zei echter: 'Het register van de honden ligt in de bovenste la van mijn bureau. Het bureau in mijn kantoor, niet dat in de bibliotheek.'

'Het bureau uit de bibliotheek is op de veiling verkocht,' bracht ze hem in herinnering. Ditmaal ontving hij de onuitgesproken boodschap: de financiële positie van de familie Britton was hachelijk, wilde Julian die echt nog erger maken door zijn tijd en energie in iets anders te steken dan in de restauratie van Broughton Manor?

'Ja. Natuurlijk. Dat is ook zo,' zei Julian. 'Doe voorzichtig met Cass. Ze zal haar nest willen beschermen.'

'Ik neem aan dat ze me nu wel goed genoeg kent.'

Hoe goed kennen we iemand ooit? vroeg Julian zich af. Hij beëindigde het gesprek. Kort daarna verscheen de dokter. Hij wilde Nan Maiden een slaapmiddel geven, maar dat weigerde ze, omdat het zou betekenen dat ze Andy de eerste verschrikkelijke uren van hun verlies alleen zou moeten laten doormaken. Daarom schreef de arts een recept uit, waarmee een van de keukenhulpen naar Hathersage vertrok, waar de dichtstbijzijnde apotheek was, om het te laten klaarmaken. Julian en de andere vrouw bleven achter om de zaken op Maiden Hall waar te nemen.

Het was een manhaftige poging. Er waren gasten die wilden lunchen en passanten die langs de weg door het dal het bord van het restaurant hadden gezien en argeloos de kronkelige oprit naar boven hadden gevolgd in de hoop op een behoorlijke maaltijd. Julian en de vrouw uit Grindleford zagen zich dus voor de taak gesteld om te zorgen voor wat Andy en Nan Maiden gewoonlijk zelf klaarmaakten: broodjes, soep, vers fruit, gerookte zalm, paté, salades... Binnen vijf minuten wist Julian dat dit zijn krachten te boven ging maar pas nadat hij een bord gerookte zalm had laten vallen, waarna het voorstel volgde om Christian-Louis te laten komen, begreep hij dat er een alternatief was voor zijn pogingen om het schip alleen te bemannen.

Christian-Louis arriveerde en zei iets in onbegrijpelijk Frans. Zonder omhaal gooide hij iedereen zijn keuken uit. Een kwartier later keerde Andy Maiden terug.

'Nan?' vroeg hij aan Julian. Hij was doodsbleek, veel erger dan toen hij was weggegaan.

'Boven,' zei Julian. Hij probeerde het antwoord te lezen voor hij de vraag had gesteld. Maar hij stelde hem toch. 'Wat kun je me vertellen?'

Zonder te antwoorden draaide Andy zich om, waarna hij moeizaam de trap op liep. Julian volgde hem.

De oudere man ging niet direct naar de slaapkamer die hij met zijn vrouw deelde, maar naar het kamertje ernaast, een deel van de zolder dat was verbouwd tot een knusse werkkamer. Daar ging hij zitten aan een oud, mahoniehouten bureau. Het had een klep, die hij uittrok en omklapte tot het een schrijfblad vormde. Uit een van de drie vakjes haalde hij een opgerold stuk papier, en op dat moment kwam Nan binnen.

Niemand had haar kunnen overhalen om zich te wassen of te verkleden, dus haar handen waren groezelig en de knieën van haar broek zaten vol opgedroogde modder. Haar kapsel zat in de war, alsof ze grote plukken haar uit haar hoofd had getrokken.

'Wat?' vroeg ze. 'Vertel het me, Andy. Wat is er gebeurd?'

Andy streek de rol papier glad op het omlaaggeklapte schrijfblad van het bureau. Op de bovenkant legde hij een bijbel en het onderste gedeelte hield hij met zijn linkerarm op zijn plaats.

'Andy?' zei Nan nog een keer. 'Zeg het me. Zeg tenminste iets.'

Hij pakte een stuk vlakgom. Het was afgesleten en had zwarte vlekken, na honderden keren gebruikt te zijn om iets uit te gummen. Hij boog zich over het papier. Toen hij zich bewoog, kon Julian zien wat er op de rol stond.

Het was een stamboom. Bovenaan stonden de namen Maiden en Llewelyn, en het jaartal 1733. Daaronder prijkten de namen Andrew, Josephine, Mark en Philip, met ernaast de namen van hun echtgenoten en daaronder hun nakomelingen. Onder de namen van Andrew en Nancy Maiden stond slechts één enkele naam, hoewel er ruimte was opengelaten voor Nicola's echtgenoot. Drie streepjes onder Nicola's naam gaven Andy's hoop voor de toekomst van zijn naaste familie aan. Hij schraapte zijn keel. Even leek hij de voor hem liggende stamboom te bestuderen. Of misschien was hij slechts bezig moed te verzamelen, want het volgende ogenblik gumde hij de al te optimistische lijntjes uit die waren gereserveerd voor een volgende generatie. Nadat hij het had gedaan, pakte hij een kroontjespen, doopte die in een inktpot en schreef iets onder de naam van zijn dochter. Hij vormde twee keurige haakjes, met daartussen het teken †, gevolgd door het jaartal.

Nan begon te huilen.

Julian merkte dat hij geen lucht meer kon krijgen.

'Ingeslagen schedel,' was alles wat Andy zei.

Inspecteur Peter Hanken was niet al te blij toen zijn superieur bij de politie van Buxton hem mededeelde dat New Scotland Yard een team zou sturen om hem te helpen bij het onderzoek naar de moorden in Calder Moor. Hij was geboren en getogen in Peak District en bezat het daarmee samengaande wantrouwen jegens iedereen die afkomstig was ten zuiden van de Pennines of ten noorden van Deer Hill Reservoir. Als oudste zoon van een steenhouwer uit Wirskworth bezat hij bovendien een aangeboren afkeer van iedereen die hij, volgens het klassenstelsel in hun maatschappij, als zijn sociale meerdere moest beschouwen. De twee politiemensen die het team van Scotland Yard vormden, wekten derhalve onmiddellijk zijn weerstand op.

De ene was een inspecteur, Lynley genaamd, een gebruinde, sportieve kerel met haar dat zo blond was dat het uit het dichtstbijzijnde flesje bleekmiddel afkomstig moest zijn. Hij had de schouders van een roeier en een bekakte stem. Zijn kleren kwamen uit Savile Row en Jermyn Street en de geur van oud geld hing om hem heen als een tweede huid. Wat deed zo'n man verdomme bij de politie? vroeg Hanken zich af.

De andere man was een zwarte, een rechercheur die de naam Winston Nkata droeg. Hij was even groot als zijn chef, maar zijn kracht leek eerder soepel te zijn dan uit zijn spieren te komen. Over zijn gezicht liep een lang litteken, dat Hanken deed denken aan de inwijdingsriten die Afrikaanse jongeren moesten ondergaan. Eerlijk gezegd deed Hanken hem denken aan een stamkrijger, afgezien van zijn stem, die een eigenaardig mengelmoes was van Afrikaans, Caribisch en het accent van de zuidelijke oever van de Theems. Het zelfvertrouwen dat hij uitstraalde duidde erop dat hij een aantal vuurproeven had doorstaan, en dat het hem niet aan moed ontbrak.

Afgezien van zijn eigen gevoelens over deze kwestie vond Hanken de boodschap die aan zijn team werd afgegeven dat ze New Scotland Yard op hun werkterrein kregen, niet prettig. Als er sprake was van twijfel aan zijn kundigheid of die van zijn medewerkers, dan had hij liever gehad dat men het hem recht in zijn gezicht had gezegd. Ongeacht het feit dat hij, nu er twee personen extra deelnamen aan de opsporing, misschien tijd zou hebben om de schommel in elkaar te zetten die als verrassing bedoeld was voor Bella's vierde verjaardag, de volgende week. Hij had de commissaris niet om hulp gevraagd en hij was niet weinig geërgerd nu deze hem werd opgedrongen.

Inspecteur Lynley leek Hankens irritatie binnen een halve minuut nadat ze elkaar hadden ontmoet, aan te voelen, waardoor Hanken zijn mening over de man enigszins herzag, ondanks diens bekakte stem. Hij zei: 'Andy Maiden heeft onze hulp ingeroepen. Daarom zijn we hier, inspecteur Hanken. Jouw commissaris heeft je zeker wel verteld dat de vader van het vermoorde meisje een gepensioneerde officier van de Londense politie is?'

Dat had de commissaris gedaan, maar wat iemand die in zijn jonge jaren bij de politie had gewerkt te maken had met Hankens bekwaamheid om zonder hulp tot de bodem van een misdrijf door te dringen, was een onderwerp dat nog niet was opgehelderd. Hij zei: 'Ik weet het. Sigaret?' Hij stak de beide anderen zijn pakje Marlboro toe. Beiden sloegen zijn aanbod af. De zwarte trok een gezicht of hem strychnine was aangeboden. 'Mijn mensen zullen het niet prettig vinden dat Londen voor hen ademhaalt en piest.'

'Ik neem aan dat ze er wel aan zullen wennen,' zei Lynley.

'Dat is niet erg waarschijnlijk.' Hanken stak zijn sigaret op. Hij inhaleerde diep en keek over zijn sigaret heen naar de twee collega's.

'Ze zullen jouw voorbeeld volgen.'

'Ja. Dat zei ik dus.'

Lynley en Nkata wisselden een blik die aangaf dat ze met fluwelen handschoenen te werk moesten gaan. Wat ze niet wisten was dat fluwelen, zijden of gepantserde handschoenen geen verschil zouden uitmaken bij hun ontvangst in Hankens kantoor.

Lynley zei: 'Andy Maiden werkte voor SO10. Heeft de commissaris je dat ook verteld?'

Dit was nieuws. En de milde vijandigheid die Hanken had gevoeld ten opzichte van de mensen uit Londen werd onmiddellijk een andere kant op gestuurd, in de richting van zijn meerderen die kennelijk en opzettelijk deze informatie voor hem hadden verzwegen.

'Je wist het niet?' zei Lynley. Droogjes richtte hij zijn volgende opmerking tot Nkata. 'De gebruikelijke politiek, neem ik aan.'

De rechercheur knikte met een uitdrukking van afkeer op zijn gezicht. Hij sloeg zijn armen over elkaar. Hoewel Hanken de beide mannen een stoel had aangeboden toen ze zijn kamer binnenkwamen, had de zwarte rechercheur er de voorkeur aan gegeven te blijven staan. Hij was bij het raam blijven rondhangen, vanwaar hij een somber uitzicht had over het voetbalveld aan de andere kant van Silverlands Street. Het stadion was afgezet met prikkeldraad en kon geen minder prettige aanblik hebben geboden.

Lynley zei tegen Hanken: 'Sorry. Ik kan niet verklaren waarom ze informatie zouden verzwijgen voor de inspecteur die met het onderzoek is belast. Het is een soort machtsspelletje. Dat hebben ze met mij ook wel gespeeld, en ik vond het niet prettig.' Hij bracht Hanken verder op de hoogte van de ontbrekende informatie. Andy Maiden had undercover gewerkt: drugs, georganiseerde misdaad en huurmoorden. Hij was zeer gerespecteerd en buitengewoon succesvol geweest gedurende een dertigjarige carrière. 'Daarom voelt de Yard zich verplicht tegenover een van zijn eigen mensen,' besloot Lynley. 'We zijn hier om deze verplichting te vervullen. We zouden graag met je willen meewerken, als deel van je team, maar Winston en ik zullen je zo veel mogelijk uit de weg gaan, als je dat liever hebt. Het is jouw zaak en jouw territorium. We zijn ons er heel goed van bewust dat wij hier de indringers zijn.'

Elk van deze opmerkingen werd hoffelijk uitgesproken en Hanken voelde zijn houding ten opzichte van de andere inspecteur enigszins ontdooien. Hij hoefde hem niet bepaald aardig te vinden, maar twee lijken, waarvan er een niet geïdentificeerd was, zorgden voor ongewone omstandigheden in dit deel van de wereld. Hanken wist dat slechts een dwaas er bezwaar tegen zou maken om twee extra mensen de feiten te laten nalopen die tijdens het onderzoek boven water kwamen, zeker als beide betrokkenen heel duidelijk wisten wie het in deze zaak voor het zeggen had en wie de taken verdeelde. Bovendien was het detail over SO10 interessant en Hanken was dankbaar dat het aan hem was doorgegeven. Wanneer hij even tijd had, moest hij erover nadenken.

Hij drukte zijn sigaret uit in een brandschone asbak, die hij vervolgens leegde en grondig schoonveegde met een papieren zakdoekje, zoals hij gewend was. Hij zei: 'Ga dan maar mee,' en nam de Londenaren mee naar de meldkamer, waar twee van zijn geüniformeerde vrouwelijke agenten achter computerterminals zaten – kennelijk zonder iets anders te doen dan met elkaar te kletsen – en een derde, mannelijke agent iets op het bord schreef waarop Hanken eerder die dag in een keurig handschrift de verschillende taken had genoteerd. De derde agent knikte en verliet vervolgens het vertrek, terwijl Hanken met de collega's uit Londen naar het bord liep. Ernaast hing een grote kaart van de plaats waar de moorden hadden plaatsgevonden, naast twee foto's van

Nicola Maiden – levend en dood – en verscheidene foto's van het tweede, tot dusver niet-geïdentificeerde lijk en een rij opnamen van de plaats van het misdrijf.

Lynley zette zijn leesbril op om de foto's te bekijken, terwijl Hanken hem en Nkata voorstelde aan de andere aanwezigen. Hanken zei tegen een van de agentes: 'Doet de computer het nog steeds niet?'

'Wat dacht je?' was het laconieke antwoord.

'Klote-uitvinding,' mompelde Hanken. Hij vestigde de aandacht van de Londenaren in het bijzonder op de kaart van Nine Sisters Henge. Hij wees de plek aan waar het lichaam van de jongen in de kring van stenen was gevonden. Daarna wees hij naar een tweede gebied, een eindje bij de Henge vandaan, naar het noordwesten. 'Hier lag het meisje,' zei hij. 'Ruim honderdvijftig meter van het berkenbosje waar de stenen staan. Haar hoofd was ingeslagen met een brok kalksteen.'

'En de jongen?' vroeg Lynley.

'Verscheidene steekwonden. Geen wapen achtergelaten. We hebben er grondig naar gezocht, maar niets gevonden. Op dit moment laat ik agenten de hei afzoeken.'

'Kampeerden ze samen?'

'Nee,' zei Hanken tegen hen. Volgens haar ouders was het meisje in haar eentje naar Calder Moor gegaan, een verklaring die werd ondersteund door de feiten op de plaats delict. Het waren duidelijk haar spullen – hier wees hij naar de foto die zijn woorden moest bevestigen – die binnen de kring van stenen verspreid lagen. De jongen daarentegen scheen niets anders bij zich te hebben gehad dan de kleren die hij droeg. Het leek er daarom op dat hij, waar hij ook vandaan was gekomen, niet van plan was geweest om zich bij haar te voegen voor zijn eigen nacht onder de sterren.

'Bij de jongen zijn geen papieren gevonden?' vroeg Lynley. 'Mijn chef heeft me gezegd dat niemand hem kon thuisbrengen.'

'We laten de kentekenplaten van een motorfiets natrekken bij de Dienst Motorvoertuigen. Een BMW die vlak bij de auto van het meisje werd aangetroffen achter een muur langs de weg die uit Sparrowpit komt.' Hij wees de plek aan op een stafkaart, die uitgevouwen lag op een bureau tegen de muur waaraan het bord hing. 'Nadat de lichamen waren gevonden hebben we de motor in de gaten gehouden, maar er is niemand gekomen om hem op te halen. Het lijkt er dus op dat hij van de jongen was. Wanneer onze computers het weer doen...'

'Ze zeggen dat het nu elk moment zover is,' riep een van de agentes uit de andere hoek van de meldkamer.

'Mooi,' zei Hanken schamper en hij vervolgde met: 'Dan krijgen we de informatie binnen van de Dienst Motorvoertuigen.'

'De motor zou gestolen kunnen zijn,' mompelde Nkata.

'Dat horen we dan ook van de computer.' Hanken haalde zijn pakje sigaretten tevoorschijn en stak er een op.

Een van de agentes zei: 'Toe nou, Peter. We moeten hier de hele dag zitten,' een opmerking die Hanken verkoos te negeren.

'Wat denk je er tot dusver van?' vroeg Lynley, nadat hij alle foto's grondig had bekeken.

Hanken tastte onder de stafkaart naar een grote, bruine envelop. Er zaten foto's in van de anonieme brieven die bij de vermoorde jongen waren gevonden. Hij hield er een achter en hij zei: 'Kijk hier maar eens naar,' waarna hij de envelop aan Lynley overhandigde. Nkata ging bij Lynley staan toen de inspecteur door de brieven bladerde.

In totaal waren het er acht, allemaal samengesteld uit grote letters en woorden die uit kranten en tijdschriften waren geknipt en met doorzichtig plakband op gewone vellen wit papier waren bevestigd. De boodschap op alle vellen was dezelfde, beginnend met: JE ZULT SPOEDIGER STERVEN DAN JE DENKT, vervolgend met: HOE VOELT HET OM TE WETEN DAT JE DAGEN GETELD ZIJN? en eindigend met: ZORG VOOR RUGDEKKING OMDAT IK, WANNEER JE ER NIET OP BEDACHT BENT, ER ZAL ZIJN EN JIJ ZULT STERVEN. JE KUNT NERGENS HEEN EN JE KUNT JE NERGENS VERBERGEN.

Lynley las alle acht brieven voor hij ten slotte zijn hoofd ophief, zijn bril afzette en zei: 'Werden deze op beide lichamen gevonden?'

'In de kring van stenen. Bij de jongen, maar niet óp hem.'

'Ze zouden dus aan iedereen gericht kunnen zijn? Misschien hebben ze niet eens iets met de zaak te maken.'

Hanken knikte. 'Dat was ook mijn eerste gedachte. Maar ze lijken afkomstig te zijn uit een grote envelop die op de plaats delict is gevonden. Met de naam Nikki er dwars overheen geschreven, met potlood. En er zat bloed op. Dat zijn tussen twee haakjes die donkere vlekken, omdat ons kopieerapparaat geen kleur kan afdrukken.'

'Vingerafdrukken?'

Hanken haalde zijn schouders op. 'Het lab is bezig ze te onderzoeken.'

Lynley knikte en hij keek weer naar de brieven. 'Ze zijn zeker heel bedreigend. Maar zouden ze aan het meisje zijn gestuurd? Waarom?'

'Het waarom is ons motief voor de moord.'

'Heb je de indruk dat de jongen erbij betrokken is?'

'Ik heb de indruk van een domme sukkel die op het slechtst denkbare moment op de verkeerde plaats was. Hij heeft de zaak gecompliceerder gemaakt, maar dat is alles wat hij heeft gedaan.'

Lynley stopte de brieven weer in de envelop, die hij vervolgens aan Hanken overhandigde. Hij zei: 'De zaak gecompliceerder gemaakt? Hoe?'

'Door het nodig te maken er versterking bij te halen.' Hanken had de hele dag gehad om de plaats delict te evalueren, om de foto's te bekijken, om het bewijsmateriaal te onderzoeken en om uit hetgeen hij gezien had een conclusie te trekken. Hij begon zijn theorie uit te leggen. 'We hebben een moorde-

74

naar die de heide goed kent en precies wist waar hij het meisje kon vinden. Maar toen hij er aankwam, zag hij iets wat hij niet verwacht had te vinden. Ze had iemand bij zich. Hij had maar één wapen.'

'Het ontbrekende mes.' Nkata knikte.

'Juist. Dus hij had de keus uit twee mogelijkheden. Of hij kon de jongen op de een of andere manier bij het meisje vandaan lokken en hen stuk voor stuk neersteken...'

'Of hij kon er een tweede moordenaar bij halen,' maakte Lynley de zin af. 'Denk je dat?'

'Ja,' zei Hanken tegen hem. 'Misschien had de andere moordenaar in de auto zitten wachten. Misschien was hij of zij samen met de eerste naar Nine Sisters Henge gegaan. In elk geval, toen duidelijk werd dat er twee gezonde slachtoffers waren om zich van te ontdoen, en slechts één mes waarmee het karwei geklaard kon worden, moest de tweede moordenaar in actie komen. Toen werd het tweede wapen, een brok kalksteen, gebruikt.'

Lynley liep naar de muur, om nog een keer naar de foto's en de kaart te kijken. Hij zei: 'Maar waarom zie je het meisje als het voornaamste slachtoffer? Waarom niet de jongen?'

'Hierom.' Hanken gaf hem het losse blad papier dat hij van de anonieme brieven had achtergehouden, vooruitlopend op Lynleys vraag. Het was eveneens een fotokopie van een brief. Deze was echter met de hand neergekrabbeld. DIT LOEDER IS ER GEWEEST, stond dwars over de pagina, en het laatste woord was driemaal onderstreept.

'Werd dit bij de andere gevonden?' vroeg Lynley.

'Ze droeg het bij zich,' zei Hanken. 'Keurig netjes in een van haar zakken gestopt.'

'Maar waarom zouden de brieven zijn achtergelaten nadat de moorden waren gepleegd? En waarom zou dit briefje zijn achtergelaten?'

'Om iemand een boodschap over te brengen. Dat is meestal de bedoeling van brieven.'

'Wat de brief die ze bij zich had betreft, wil ik dat wel aannemen. Maar die uit losse letters samengestelde brieven dan? Waarom zou iemand die achterlaten?'

'Denk eens aan de situatie op de plaats delict. Overal lag rotzooi. En het was donker.' Hij zweeg even om zijn sigaret uit te maken. 'De moordenaars hebben waarschijnlijk niet eens geweten dat de brieven daar lagen, tussen al die troep. Ze hebben een fout gemaakt.'

Aan de andere kant van de meldkamer kwam de computer eindelijk tot leven. Een van de agentes zei: 'Dat werd tijd,' waarna ze gegevens invoerde en daarna wachtte op antwoord. De andere agente deed hetzelfde met de voortgangsrapporten en de verslagen die het onderzoeksteam al had ingeleverd.

Hanken vervolgde: 'Bedenk hoe de moordenaar zich moet hebben gevoeld.

De eerste moordenaar, bedoel ik. Hij volgt het meisje tot bij de kring van stenen, is van plan zijn werk te doen, maar treft iemand bij haar aan. Hij moet
hulp halen, wat hem uit zijn evenwicht brengt. Het meisje ziet kans om weg
te lopen, waardoor hij nog meer in de war raakt. Dan vecht de jongen keihard terug en het wordt een bende op de kampeerplaats. Het enige waar hij
zich druk om maakt – de moordenaar, niet de jongen – is, dat hij zich nu van
twee slachtoffers moet ontdoen. Wanneer het plan niet vlot verloopt, dan
staat hij er niet bij stil dat het meisje Maiden de brieven wel eens bij zich zou
kunnen hebben.'
'Waarom zou ze dat gedaan hebben?' Nkata had, samen met zijn chef, de
foto's van de plaats van het misdrijf opnieuw bekeken. Nu keerde hij zich om,
en hij zei: 'Om ze aan de jongen te laten zien?'
'Er is niets wat erop wijst dat ze de jongen kende voor ze samen stierven,' zei
Hanken. 'De vader van het meisje heeft het lijk van de jongen gezien, maar
hij kon hem geen naam geven. Had hem nooit gezien, zei hij. En hij kent
haar vrienden.'
'Zou de jongen haar gedood kunnen hebben?' vroeg Lynley. 'En daarna zonder dat het van tevoren beraamd was, zelf zijn vermoord?'
'Nee, tenzij de patholoog de tijd waarop de dood is ingetreden, verkeerd
heeft. Volgens hem zijn ze minder dan een uur na elkaar vermoord. Hoe
waarschijnlijk is het dat twee moorden die niets met elkaar te maken hebben,
plaatsvinden op dezelfde plek op een dinsdagavond in september?'
'Toch lijkt dat te zijn gebeurd, nietwaar?' zei Lynley. Vervolgens vroeg hij
waar Nicola Maidens auto had gestaan ten opzichte van de kring van stenen.
Waren er op die plek gipsafdrukken van de bandensporen gemaakt? En hoe
zat het met voetafdrukken binnen de kring? En het gezicht van de jongen...
Wat dacht Hanken van de brandwonden?
Hanken beantwoordde de vragen, met gebruikmaking van de kaart en de
verslagen die zijn mensen tot dusver van de zaak hadden opgesteld. Van de
andere kant van de meldkamer riep agente Peggy Hammer, wier gezicht
Hanken altijd deed denken aan een spade met sproetjes: 'Pete, we hebben
het. Hier is de Dienst Motorvoertuigen.' Ze printte iets vanaf het scherm van
haar terminal.
'De BMW?' vroeg Hanken.
'Ja. Hebbes.' Ze gaf hem een vel papier.
Hanken las de naam en het adres van de eigenaar van de motorfiets en terwijl
hij dat deed besefte hij dat de Londense rechercheurs een geschenk uit de
hemel betekenden. Want het adres dat hij onder ogen kreeg was een adres in
Londen en wanneer hij Lynley of Nkata kon gebruiken om de feiten in Londen na te trekken zou het hem mankracht besparen. In deze tijd van bezuinigingen, de buikriem aantrekken en het soort verantwoording dat hem altijd
liet roepen dat hij 'verdomme geen accountant was', betekende iemand op
pad sturen een manoeuvre die zo ongeveer moest worden aangevraagd bij het

Hogerhuis. Hanken had geen tijd voor die flauwekul. De Londenaren maakten die flauwekul overbodig.

'De motor,' zei hij tegen hen, 'staat op naam van ene Terence Cole.' Volgens de Dienst Motorvoertuigen in Swansea woonde deze Terence Cole in Chart Street, in Shoreditch. Als een van de collega's van Scotland Yard het niet erg zou vinden om daar achteraan te gaan, zou hij hem onmiddellijk naar Londen terugsturen om op dat adres iemand te vinden die het tweede lichaam van Nine Sisters Henge kon identificeren.

Lynley keek Nkata aan. 'Dan moet jij direct terug,' zei hij. 'Ik blijf hier. Ik wil met Andy Maiden praten.'

Nkata scheen verrast. 'Wilt u niet zelf naar Londen? U zou mij een smak geld moeten betalen om hier te blijven, als ik uw reden had om naar huis te gaan.'

Hanken keek van de een naar de ander. Lynley bloosde licht, zag hij. Dat verbaasde hem. Tot dat moment had de man volkomen onverstoorbaar geleken.

'Helen kan het wel een paar dagen zonder me stellen, denk ik,' zei Lynley.

'Dat zou geen enkele bruid moeten doen,' was Nkata's reactie. Hij verklaarde tegen Hanken: 'De inspecteur is drie maanden geleden getrouwd. Hij is nog maar net terug van de huwelijksreis.'

'Zo kan het wel weer, Winston,' zei Lynley.

'Pasgetrouwd,' zei Hanken met een knikje. 'Veel plezier.'

'Dat is nogal twijfelachtig,' antwoordde Lynley duister.

Vierentwintig uur geleden zou hij dat niet gezegd hebben. Toen was hij nog in de zevende hemel geweest. Hoewel ze zich natuurlijk in bepaalde opzichten aan elkaar moesten aanpassen toen hij en Helen aan hun gezamenlijke leven begonnen, had tot dusver niets wat ze waren tegengekomen zo moeilijk geleken dat het niet kon worden opgelost door praten, onderhandelen en compromissen sluiten. Tot de kwestie Havers aan de orde kwam.

In de maanden nadat ze van hun huwelijksreis waren teruggekeerd had Helen zich niet bemoeid met Lynleys werk. Ze had slechts gezegd: 'Tommy, er moet een verklaring voor zijn,' toen hij was thuisgekomen van zijn enige bezoek aan Barbara Havers en zijn vrouw over de feiten die achter haar schorsing schuilgingen, had verteld. Daarna had Helen haar eigen standpunt ingenomen met betrekking tot Barbara's schorsing; ze had telefoongesprekken van Havers en anderen die bij de zaak waren betrokken doorgegeven maar ze was altijd objectief gebleven en haar loyaliteit jegens haar echtgenoot was onbetwistbaar. Althans, Lynley had aangenomen dat dat het geval was.

Zijn vrouw had hem echter uit de droom geholpen toen ze eerder die dag was thuisgekomen na bij St. James geweest te zijn. Hij was bezig te pakken voor de reis naar Derbyshire; hij gooide een paar overhemden in een koffer en diepte een oud regenjack op en laarzen die hij op de hei zou kunnen dragen toen Helen was binnengekomen. In afwijking tot haar gebruikelijke omzichtige manier om een delicaat onderwerp aan te snijden, had ze de koe direct bij de horens gevat en gezegd: 'Tommy, waarom heb je ervoor gekozen om met Winston Nkata aan deze zaak te werken in plaats van met Barbara Havers?'

Hij zei: 'Ah, ik begrijp dat je Barbara hebt gesproken.' Helen antwoordde: 'Ze heeft je zelfs nog verdedigd, hoewel het duidelijk was dat het hart van de arme vrouw is gebroken.'

'Wil je dat ik nu ook mezelf ga verdedigen?' had hij kalm gevraagd. 'Barbara moet zich een poosje op de achtergrond houden bij de Yard. Dat kan niet als ik haar zou meenemen naar Derbyshire. Winston is een logische keus als Barbara niet beschikbaar is.'

'Maar, Tommy, ze aanbidt je. O, je hoeft me niet zo aan te kijken. Je weet wat ik bedoel. In Barbara's ogen kun jij geen kwaad doen.'

Hij legde het laatste overhemd in de koffer, propte zijn scheerspullen tussen zijn sokken, deed de koffer dicht en legde het jack erbovenop. Daarna keek hij zijn vrouw aan. 'Ben je hier om voor haar te bemiddelen?'

'Doe alsjeblieft niet zo neerbuigend, Tommy. Ik vind het afschuwelijk wanneer je dat doet.'

Hij had gezucht. Hij wilde geen verschil van mening met zijn vrouw en hij dacht vluchtig aan de compromissen die je moest sluiten wanneer je je leven met dat van iemand anders verbond. We ontmoeten, zei hij bij zichzelf, we verlangen, we achtervolgen en we verkrijgen. Maar hij vroeg zich af of er een man bestond die, opgaand in de passie van zijn begeerte, er desondanks in kon slagen erover na te denken of het mogelijk was met het voorwerp van zijn passie samen te leven voor hij dat feitelijk deed. Hij betwijfelde het.

Hij zei: 'Helen, het is een wonder dat Barbara haar baan nog heeft, gezien de aanklachten die tegen haar zijn ingediend. Webberly is voor haar door het vuur gegaan en god mag weten wat hij heeft moeten beloven, opgeven of waarbij hij zich heeft moeten neerleggen om haar bij de recherche te houden. Op het ogenblik mag ze de hemel danken dat ze niet ontslagen is. Wat ze echter niet moet doen is steun zoeken omdat ze wrok koestert tegen mij. En eerlijk gezegd vind ik dat mijn vrouw de laatste is die ze moet proberen tegen me op te zetten.'

'Dat doet ze niet!'

'Nee?'

'Ze kwam om met Simon te praten, niet met mij. Ze wist niet eens dat ik er was. Toen ze me zag, wilde ze er meteen vandoor gaan. Dat zou ze ook gedaan hebben als ik haar niet had tegengehouden. Ze had iemand nodig om mee te praten. Ze voelde zich afschuwelijk en ze had behoefte aan een vriend, en jij was altijd de vriend in haar leven. Wat ik wil weten is waarom je nu haar vriend niet meer bent.'

'Helen, dit gaat niet om vriendschap. Er is geen plaats voor vriendschap in een situatie waar alles ervan afhangt dat een politiefunctionaris een order gehoorzaamt. Dat heeft Barbara niet gedaan. Wat erger is, ze heeft daarbij bijna iemand gedood.'

'Maar je weet wat er gebeurd is. Waarom kun je niet begrijpen...'

'Wat ik begrijp is dat de hiërarchie noodzakelijk is.'

'Ze heeft een leven gered.'

'Het lag niet op haar weg om te beslissen of dat leven in gevaar was.'

Toen was zijn vrouw naar hem toegekomen. Ze hield zich vast aan een van de pilaren aan het voeteneind van hun bed. Ze zei: 'Ik begrijp het niet. Hoe kun je zo onverbiddelijk zijn? Zij zou de eerste zijn die jou alles zou vergeven.'

'Onder dezelfde omstandigheden? Dat verwacht ik niet. Ze had het ook niet van mij moeten verwachten.'

'Je hebt eerder de regels geïnterpreteerd op de manier die je het beste leek. Dat heb je me zelf verteld.'

'Je kunt toch niet vinden dat een poging tot moord een kwestie is van regels interpreteren, Helen? Het is een misdrijf. Waarvoor, tussen twee haakjes, de meeste mensen de gevangenis in draaien.'

'En waarvoor jij, in dit geval, hebt besloten om rechter, jury en beul tegelijk te zijn. Ik begrijp het.'

'O, ja?' Hij begon kwaad te worden en hij had zijn mond moeten houden. Hoe kwam het toch, vroeg hij zich af, dat Helen hem een kant op dwong zoals niemand anders dat kon? 'Dan vraag ik je om hier ook eens over na te denken. Barbara Havers gaat jou niet aan. Haar gedrag in Essex, het daaropvolgende onderzoek en welke bittere pil ze ook moet slikken als gevolg van dat gedrag en dat onderzoek, zijn jouw zaken niet. Als jij vandaag de dag je leven zo beperkt vindt dat je je voor een zaak moet inzetten om jezelf bezig te houden, dan zou je er eens over kunnen denken om achter míj te staan. Om heel eerlijk te zijn, ik zou het prettig vinden wanneer ik thuis enige steun kreeg, en geen tegenwerking.'

Ze werd net zo snel kwaad als hij en ze was even goed in staat om die boosheid tot uitdrukking te brengen. 'Zo'n vrouw ben ik niet. Zo'n echtgenote ben ik niet. Als je met een onderdanige slappeling had willen trouwen...'

'Zo is het genoeg,' had hij gezegd.

Die scherpe opmerking maakte een eind aan hun ruzie. Helen had hem toegesnauwd: 'Rotzak,' en had hem alleen gelaten om de rest van zijn spullen bij elkaar te zoeken. Nadat hij ermee gereed was en haar was gaan zoeken om afscheid te nemen, was ze nergens te vinden geweest. Hij had haar, zichzelf en Barbara Havers vervloekt omdat ze de oorzaak waren van een meningsverschil met Helen. De rit naar Derbyshire had hem echter zowel tijd gegeven om af te koelen als tijd om erover na te denken hoe vaak hij iemand onder de gordel trof. Deze schermutseling met Helen was een van die keren, en dat moest hij toegeven.

Nu, terwijl hij met Winston Nkata op het trottoir voor het politiebureau van Buxton stond, begreep Lynley dat er een manier was om het goed te maken met zijn vrouw. Nkata zou wachten tot zijn chef een andere rechercheur zou aanwijzen om hem te vergezellen bij het onderzoek dat hij in Londen zou moeten doen, en ze wisten beiden wie een logische keus was. Toch merkte Lynley dat hij het uitstelde, door de Bentley aan zijn ondergeschikte over te dragen. Hij kon in Buxton niet om een politieauto vragen om zijn rechercheur er helemaal mee naar Londen te laten rijden, verklaarde hij tegenover Nkata, en het enige alternatief voor het meegeven van de Bentley zou zijn dat hij Nkata naar Londen liet terugkeren met een vliegtuig vanuit Manchester, of met de trein. Maar in de tijd die het zou vergen om naar het vliegveld te gaan en een vlucht te boeken, of op een trein te wachten en te moeten overstappen in god weet hoeveel plaatsen tussen Buxton en Londen, kon hij net zo goed die afstand per auto afleggen.

Lynley hoopte dat Nkata meer voorzichtigheid achter het stuur van zijn auto zou betonen dan Barbara Havers de laatste keer had gedaan, toen ze vrolijk over een oude mijlpaal was gereden, zodat de voorwielophanging van de wagen ontzet was geraakt. Hij deelde de jongeman mee dat deze de Bentley moest besturen alsof hij een liter nitroglycerine in de kofferbak had.

Nkata grinnikte. 'Denkt u dat ik niet weet hoe ik met zo'n prachtige wagen moet omgaan?'

'Ik zou alleen graag willen dat hij ongeschonden uit zijn avontuur met jou tevoorschijn komt.' Lynley schakelde het alarm van de Bentley uit, waarna hij de rechercheur de sleuteltjes overhandigde.

Nkata keek in de richting van het politiebureau. 'Denkt u dat hij ons spel meespeelt? Of spelen we dat van hem?'

'Het is nog te vroeg om dat te zeggen. Hij is er niet blij mee dat we hier zijn, maar dat zou ik ook niet zijn, in zijn positie. We moeten heel behoedzaam te werk gaan.' Lynley keek op zijn horloge. Het was bijna vijf uur. De autopsie zou vroeg in de middag plaatsvinden. Met een beetje geluk zou die nu afgerond zijn en zou de patholoog beschikbaar zijn om zijn eerste bevindingen mee te delen.

'Wat vindt u van zijn redenering?' Nkata stak zijn hand in zijn jaszak en haalde er twee rollen zuurtjes uit, waaraan hij was verslaafd. Hij bekeek het omhulsel, koos een smaak en gaf het andere rolletje aan Lynley.

'Hoe Hanken tegen de zaak aankijkt?' Lynley wikkelde het papiertje los. 'Hij is bereid om erover te praten. Dat is een goed teken. Hij lijkt in staat om in een andere versnelling over te gaan. Dat is ook goed.'

'Toch heeft hij iets nerveus over zich,' zei Nkata. 'Ik vraag me af wat hem dwarszit.'

'We hebben allemaal onze privé-problemen, Winnie. Maar daardoor mogen we ons werk niet laten beïnvloeden.'

Nkata knoopte handig een laatste vraag aan Lynleys overpeinzing vast. 'Wilt u dat ik met een bepaalde collega werk, in de stad?'

Lynley draaide er nog steeds omheen. 'Je kunt er iemand bij halen als je

denkt dat je die nodig hebt.'
'Moet ik iemand uitkiezen, of doet u dat liever zelf?'
Lynley keek de rechercheur aan. Nkata had de vragen zo achteloos gesteld dat het onmogelijk was om er iets anders uit op te maken dan een verzoek om een aanwijzing. Het verzoek was volkomen redelijk, omdat het heel goed mogelijk was dat Nkata kort na zijn terugkeer in Londen opnieuw naar Derbyshire zou moeten rijden, om iemand mee te nemen naar het noorden met de bedoeling het tweede lichaam te identificeren. Als dat gebeurde, zou er iemand anders nodig zijn om in Londen de achtergrond en de feiten van Terence Cole na te gaan.
Nu was het dus zover. Lynley wist dat hij nu de gelegenheid had om de beslissing te nemen die Helen zou goedkeuren. Hij deed het echter niet, maar hij zei: 'Ik weet niet precies wie er beschikbaar is. Ik laat het aan jou over.'

In het begin van haar langdurige logeerpartij op Broughton Manor had Samantha McCallin al snel begrepen dat oom Jeremy niet kieskeurig was wat drank betrof. Hij nam alles tot zich wat de kracht had om zijn zintuigen snel af te stompen. Hij leek het meest van gin te houden, maar wanneer dat een probleem opleverde omdat de dichtstbijzijnde slijterij gesloten was, deed hij niet moeilijk.
Voorzover Samantha wist had haar oom sinds zijn jeugd gestadig gedronken. Toen hij een jaar of twintig was had hij de drank een paar jaar laten staan en was hij overgegaan op drugs. Volgens de verhalen die in de familie de ronde deden was Jeremy Britton ooit de hoop van de Brittonclan geweest. Maar zijn huwelijk met een meisje dat evenals hij tot de flowerpower-beweging behoorde en dat, wat Samantha's moeder omzichtig en ouderwets 'een verleden' noemde, had, was er de oorzaak van geweest dat hij bij zijn vader uit de gratie was geraakt. Toch had Jeremy Broughton Manor en alles wat erbij hoorde, geërfd toen zijn vader stierf. De wetenschap dat zij haar leven als 'braaf kind' voor niets had geleefd terwijl Jeremy de tijd van zijn leven had gehad te midden van medegebruikers van hallucinerende stoffen, had in de borst van Samantha's moeder meer zaden van tweedracht tussen haar en haar broer geplant. Die tweedracht was door de jaren heen alleen maar toegenomen, toen Jeremy en zijn vrouw kort op elkaar drie nakomelingen produceerden en met hun drank en hun drugs Broughton Manor aan de rand van de afgrond brachten. In Winchester had Jeremy's enige zuster Sophie privé-detectives in de arm genomen om haar te voorzien van periodieke rapporten over het liederlijke leven van haar broer. Ze huilde, jammerde en knarsetandde wanneer ze die ontving.
'Iemand moet iets aan hem doen,' riep ze uit, 'voor hij het hele familiebezit erdoor jaagt. Zoals hij zich nu gedraagt zal er niets overblijven om aan iemand door te geven.'
Niet dat Sophie McCallin-Britton het geld van haar broer Jeremy nodig had,

hij was er trouwens allang doorheen. Ze zat er zelf warmpjes bij omdat haar echtgenoot zich naar een vroegtijdige dood toe werkte om haar te voorzien van alles wat ze nodig had.

Tijdens de periode dat Samantha's vader gezond genoeg was geweest om werktijden in het familiebedrijf aan te houden die een normale sterveling geveld zouden hebben, had Samantha haar moeders monologen over haar broer Jeremy genegeerd. Deze alleenspraken veranderden echter zowel van toon als van inhoud, toen Douglas McCallin stierf aan prostaatkanker. Geconfronteerd met de grimmige werkelijkheid van aardse sterfelijkheid, was zijn vrouw plotseling een vurig aanhangster geworden van het belang van familiebanden.

'Ik wil mijn broer hier hebben,' had ze, in haar rouwkleding, tijdens de wake huilend gezegd. 'Mijn enige nog in leven zijnde bloedverwant. Mijn broer. Ik heb hem nodig.'

Het was echt iets voor Sophie om te vergeten dat ze zelf twee kinderen had, om nog maar niet over de kinderen van haar broer te spreken, die eveneens bloedverwanten waren. Nee, ze klampte zich vast aan een verzoening met Jeremy als de enige troost in haar huidige verdriet.

Ze ging zelfs zover in haar verdriet dat het al snel duidelijk werd dat Sophie zich opmaakte om Victoria's rouw om Albert te overtreffen. Toen Samantha dit eindelijk inzag besloot ze dat ze alleen door iets te doen weer rust zou krijgen in Winchester. Daarom was ze naar Derbyshire afgereisd om haar oom op te halen, toen ze uit onsamenhangende telefoongesprekken met de man had begrepen dat hij niet in staat was om zonder hulp naar het zuiden te reizen. Toen ze er eenmaal was en met eigen ogen had gezien hoe het er met hem voorstond, had Samantha geweten dat wanneer ze hem in zijn huidige toestand naar zijn zuster zou meeslepen, Sophie het waarschijnlijk niet zou overleven.

Daar kwam bij dat Samantha het een opluchting vond om een poosje bij Sophie vandaan te zijn. Het drama van de dood van haar echtgenoot had haar nog meer stof tot spreken gegeven dan ze toch al had en ze was er zo in opgegaan dat Samantha te moe werd om het nog te kunnen aanhoren.

Niet dat Samantha zelf het heengaan van haar vader niet betreurde. Dat deed ze wel. Maar ze had lang geleden al ingezien dat Douglas McCallins grootste liefde het familiebedrijf was, de koekfabriek, en als gevolg daarvan leek zijn dood meer een verlenging van zijn normale werktijden dan een permanent afscheid. Zijn werk was altijd zijn leven geweest en hij had zich erop gestort met de toewijding van iemand die het grote geluk had gehad dat hij zijn enige, ware liefde had ontmoet op zijn twintigste.

Jeremy daarentegen had de drank tot zijn bruid genomen. Op deze bijzondere dag was hij om tien uur 's morgens begonnen met droge sherry. Tijdens de lunch had hij een fles achterovergeslagen van iets wat het Bloed van Jupiter genoemd werd. Afgaand op de kleur nam Samantha aan dat het rode wijn was. De hele middag door had hij zich volgegoten met de ene gin-tonic na de andere. Het was volgens Samantha een godswonder dat hij nog op zijn benen kon staan.

Meestal bracht hij zijn dagen door in de salon, waar hij de gordijnen dichttrok en zich met behulp van zijn oude acht millimeter projector vermaakte met eindeloze zwerftochten in het verleden. Tijdens de maanden die Samantha op Broughton Manor had doorgebracht, had hij de hele cinematografische geschiedenis van de familie Britton minstens driemaal afgedraaid. Hij deed het altijd op dezelfde manier: hij begon met de oudste films, die de een of andere Britton in 1924 had opgenomen, en hij bekeek ze in chronologische volgorde tot het moment dat er geen Britton meer was met voldoende belangstelling voor de familie om hun belevenissen vast te leggen. Dus de filmverslagen van vossenjachten, viswedstrijden, vakanties, fazantenjachten, verjaardagen en huwelijken eindigde omstreeks Julians vijftiende verjaardag. Wat, volgens Samantha's berekening, precies het tijdstip was geweest dat Jeremy Britton van zijn paard was gevallen en drie wervels had gebroken. Vanwege deze verwonding uit het verleden voorzag hij zich fanatiek van pijnstillers en van drank.

'Hij helpt zichzelf nog eens om zeep doordat hij pillen en drank tegelijk neemt, als we niet op hem letten,' had Julian kort na haar aankomst tegen haar gezegd. 'Sam, wil je me helpen? Als jij hier bent om me bij te staan kan ik meer werk verzetten op het landgoed. Misschien kan ik zelfs een paar plannen verwezenlijken... maar dat kan alleen met jouw hulp.'

Binnen enkele dagen nadat ze hem had ontmoet, had Samantha geweten dat ze alles zou doen om haar neef Julian te helpen. Maar dan ook alles.

Dat was iets wat Jeremy Britton blijkbaar wist. Omdat hij, toen hij haar in de namiddag uit de moestuin hoorde komen en op de binnenplaats hoorde stampen om de modder van haar laarzen af te krijgen, zelfs uit de salon tevoorschijn was gekomen en haar had opgezocht in de keuken, waar ze was begonnen met de voorbereidingen voor het avondeten.

'Ah, daar ben je, mijn bloempje.' Hij leunde voorover in een houding die tegen de zwaartekracht in scheen te gaan, en die voor dronkaards een tweede natuur was. Hij had een glas in zijn hand. Twee ijsblokjes en een schijfje citroen waren alles wat was overgebleven van zijn laatste gin-tonic. Zoals gewoonlijk was hij tot in de puntjes gekleed, alles aan hem verried de landjonker. Ondanks het zachte nazomerweer droeg hij een tweedjasje, een stropdas en zware, wollen plusfours die hij uit de kleerkast van een voorganger moest hebben opgediept. Hij zou zo kunnen doorgaan voor een excentrieke, doch welgestelde landeigenaar die een slok te veel ophad.

Hij ging bij het oude, houten aanrechtblad staan, precies op de plek waar Samantha wilde werken. Hij schudde het ijs in zijn glas heen en weer en dronk het laatste beetje vloeistof op dat hij nog uit de smeltende klontjes kon persen. Toen dat gebeurd was zette hij het glas naast het grote hakmes dat ze uit het blok had gehaald. Hij keek van haar naar het mes en weer terug, met de trage, tevreden glimlach van een alcoholverslaafde.

'Waar is onze jongen?' vroeg hij vriendelijk, hoewel het eruitkwam als 'Waassonssejonge?' Zijn ogen waren zo lichtgrijs dat ze geen iris leken te bevatten en het wit was reeds lang geel geworden, een kleur die het grootste deel van zijn huid begon aan te nemen. 'Ik heb Julie vandaag niet zien rondscharrelen, zie je. Feitelijk geloof ik dat hij vannacht helemaal niet huis is geweest, onze kleine Julie, omdat ik me niet kan herinneren dat ik zijn smoel aan het ontbijt heb gezien.' Het klonk echter meer als 'anutonbijt' en nadat hij dit had gezegd wachtte hij haar reactie op zijn opmerkingen af.

Samantha was bezig de houten bak met groenten leeg te halen. Ze legde een krop sla, een komkommer, twee groene paprika's en een bloemkool in de gootsteen, en begon er het zand uit te wassen. Ze schonk speciaal aandacht aan de sla, waar ze zich overheen boog als een moeder die haar baby inspecteert. Niets was zo irritant als sla die naar zand smaakte, dacht ze.

'Nou,' ging Jeremy door met een zucht, 'ik neem aan dat we wel weten wat Julie heeft uitgespookt, denk je ook niet, Sam?' DenkoonieSham? 'Die jongen ziet niet wat hij vlak voor zijn neus heeft. Ik weet niet wat we met hem aan moeten.'

'U hebt toch geen pillen ingenomen, oom Jeremy?' vroeg Samantha. 'Als u ze tegelijk neemt met uw borrel, zou u wel eens problemen kunnen krijgen.'

'Ik ben geboren voor problemen,' zei Jeremy – beggeborevoorprbleem – en Samantha probeerde te luisteren of hij trager sprak dan anders, wat zou wijzen op een aanval op zijn bewustzijn. Het was even na vijf uur, dan praatte hij altijd al met een dikke tong, maar het laatste waar Julian mee geconfronteerd moest worden was dat de gebruikelijke dronken sufheid van zijn vader overging in een coma. Jeremy schoof langs het werkblad tot hij naast haar bij de gootsteen stond. 'Je bent een knappe vrouw, Sammy,' zei hij. Zijn adem gaf aan dat hij van alles door elkaar had gedronken. 'Je denkt toch niet dat ik zo boven mijn theewater ben dat ik niet zie hoe knap je bent? Het probleem is dat we ervoor moeten zorgen dat het onze kleine Julie opvalt. Het heeft geen zin om die mooie benen van je te laten zien als deze ouwe kerel de enige is die ernaar kijkt. Niet dat ik ze niet waardeer, o, nee. Een knap jong ding zoals jij dat in zo'n strak kort broekje rondloopt is precies wat...'

'Dit is een sportbroekje,' viel Samantha hem in de rede. 'Ik heb het aangetrokken omdat het zo warm was, oom Jeremy. Wat u zou kunnen weten als u vandaag buiten was geweest. En het is niet strak.'

'Het was maar een complimentje, meisje,' protesteerde Jeremy. 'Je moet leren om een compliment in ontvangst te nemen. En van wie kun je het beter leren dan van je bloedeigen oom? Jezus, het is goed om je hier te hebben, meisje. Had ik dat al eens gezegd?' Hij nam niet de moeite om op antwoord te wachten, maar leunde nog dichter naar haar toe om vertrouwelijk te fluisteren: 'Laten we nu eens bedenken wat we met Julie moeten doen.' LawedenkewawwemetJuliemoedoen.

'Hoezo, met Julian?' vroeg Samantha.

'We weten toch wat er aan de hand is? Hij is op dat meisje Maiden geklommen als een geile ezel sinds zijn twintigste...'

'Toe, oom Jeremy.' Samantha voelde de kleur in haar hals omhoogkruipen.

'Wat nou "toe, oom Jeremy"? We moeten de feiten onder ogen zien om te weten wat we eraan moeten doen. Feit nummer een is dat Julie elke kans heeft aangegrepen om met haar te rotzooien. Of liever gezegd, elke kans die ze hem heeft gegeven.'

Voor een dronkelap was hij merkwaardig opmerkzaam, dacht Samantha. Maar ze zei, preutser dan ze van plan was: 'Ik wil echt niet over Julians seksleven praten, oom Jeremy. Dat zijn zijn zaken, niet de onze.'

'Ah,' zei haar oom. 'Is het onderwerp te smerig voor Sammy McCallin? Waarom geloof ik niet dat het waar is, Sam?' Daddutwaris.

'Ik zei niet dat het smerig was,' wierp ze tegen. 'Ik zei dat het onze zaken niet zijn. Wij hebben er niets mee te maken. Dus ik wil er niet over praten.' Ze had geen rare ideeën over seks, en ze voelde zich er evenmin door gegeneerd, verlegen of iets dergelijks. Ze had seks gehad wanneer ze er de kans voor kreeg, sinds ze het onhandige stadium van haar maagdelijkheid gepasseerd was door als tiener een van de vrienden van haar broer te hebben aangemoedigd. Maar dit, praten over het seksleven van haar neef... Ze wilde er gewoonweg niet over praten. Ze kon het zich niet veroorloven om erover te praten en het risico te lopen zich te verraden.

'Meisje, meisje, luister naar me,' zei Jeremy. 'Ik zie toch hoe je naar hem kijkt, en ik weet wat je wilt. Ik sta aan jouw kant. Verdomme, het moet in de familie blijven, dat is mijn motto. Dacht je dat ik wil dat hij het aanlegt met dat grietje van Maiden wanneer een vrouw als jij in de buurt is, wachtend op de dag dat haar man eindelijk verstandig zal worden?'

'U hebt het mis,' zei ze, hoewel het kloppende gevoel vlak onder haar huid haar duidelijk maakte dat haar bloed die woorden logenstrafte. 'Ik ben erg op Julian gesteld. Wie niet? Hij is een geweldige man.'

'Precies. Dat is hij. En dacht je nu echt dat het meisje Maiden dat in onze Julie ziet? Maak het een beetje. Ze ziet een beetje plezier wanneer ze hier in de buurt is, een beetje rollebollen op de hei en pak me dan als je kan.'

Samantha ging vastberaden door alsof hij niets had gezegd. 'Maar ik ben niet verliefd op hem en ik kan me niet voorstellen dat ik ooit verliefd op hem zal worden. Lieve hemel, oom Jeremy, we zijn neef en nicht. Ik beschouw Julian als mijn broer.'

Jeremy bleef even zwijgen. Samantha greep de gelegenheid aan om langs hem te lopen, met de bloemkool en de paprika's in haar handen. Ze legde ze op het hakblok, waar vierhonderd jaar lang groente op was kleingesneden en ze begon de bloemkool uit elkaar te plukken.

'Ah,' zei Jeremy langzaam, maar zijn toon was sluw en Samantha besefte voor het eerst dat hij niet zo dronken was als hij leek. 'Je broer. Ik begrijp het. Ja, ik begrijp het. Dus hij interesseert je niet op een andere manier. Ik vraag me af hoe ik op dat idee ben gekomen. Het doet er niet toe. Geef je oom Jer dan maar eens een goede raad.'

'Waarover?' Ze pakte een vergiet en legde de bloemkoolroosjes erin. Daarna wijdde ze zich aan de groene paprika's.

'Over hoe we hem kunnen genezen.'

'Waarvan?'

'Van haar. De kat. De merrie. De zeug. Wat je maar wilt.' Wajjemawil.

'Julian,' zei Samantha, in een laatste wanhopige poging om haar oom van het onderwerp af te brengen, 'hoeft nergens van genezen te worden. Hij kan heel goed voor zichzelf zorgen, oom Jeremy.'

'Nonsens. Hij is een marionet en we weten allebei wie de touwtjes in handen heeft. Ze heeft hem zo in haar macht dat hij niet weet wat onder of wat boven is.'

'Dat klinkt hard.'

'Hard is het goede woord. Hij is zo lang hard geweest dat zijn hersens zich permanent in zijn pik hebben genesteld.'

'Oom Jeremy...'

'Het enige waar hij aan denkt is om aan die leuke, roze tietjes van haar te zuigen. En wanneer hij zijn pik goed en wel in haar heeft gestopt en haar laat kreunen als een...'

'Nu is het genoeg.' Samantha joeg het mes door de paprika als een hakbijl. 'U hebt uw standpunt heel duidelijk naar voren gebracht, oom Jeremy. Nu wil ik graag verdergaan met het eten.'

Jeremy lachte weer zijn trage, dronken lachje. 'Je bent voor hem gemaakt, Sammy. Dat weet je net zo goed als ik.' Goedazzik, zei hij. 'Wat kunnen we eraan doen om ervoor te zorgen dat het gebeurt?'

Opeens keek hij haar heel strak aan, alsof hij helemaal niet dronken was. Wat was dat mythologische wezen ook weer, dat je kon aanstaren tot je in steen veranderde, om je daarna te doden? Basilisk, dacht ze. Haar oom was een basilisk.

'Ik weet niet waar u het over hebt,' zei ze, maar in haar eigen oren klonk het veel minder zelfverzekerd en veel banger.

'O, nee?' Hij glimlachte en toen hij de keuken uitliep liep hij niet op de manier van een man die ook maar in de verste verte dronken was.

Samantha bleef hardnekkig op de paprika's inhakken tot ze zijn voetstappen op de trap hoorde nadat ze het slot van de keukendeur achter hem had horen dichtvallen. Met een grote mate van zelfbeheersing, waarop ze trots was dat ze die onder de gegeven omstandigheden kon opbrengen, legde ze het mes opzij. Ze plaatste haar handen op de rand van het werkblad. Ze bukte zich over de groente, ademde de geur in, richtte haar gedachten op een zelfgemaakte mantra – 'Liefde vervult me, omarmt me. Liefde maakt me compleet' – en ze probeerde tot kalmte te komen. Niet dat ze ook maar een moment kalm was geweest sinds de vorige avond, toen tot haar was doorgedrongen welke vergissing ze had begaan in verband met de maansverduistering. Niet dat ze voor die tijd erg kalm was geweest. Niet dat ze enige kalmte had gevoeld sinds ze had beseft wat Nicola Maiden voor haar neef betekende. Maar het was een gewoonte om zich te dwingen de mantra te fluisteren, dus dat deed ze nu, ondanks het feit dat liefde wel het laatste gevoel was waartoe ze zich op dit ogenblik in staat achtte.

Ze probeerde nog steeds te mediteren toen ze de honden hoorde blaffen vanuit hun kennels in het verbouwde stallenblok dat ten westen van het grote huis lag. Het geluid van hun felle, opgewonden gejank vertelde haar dat Julian bij ze was.

Samantha keek op haar horloge. Het was voedertijd voor de volwassen jachthonden, tijd om de pasgeboren puppy's te controleren en tijd om de speelkennels in te richten waarin de oudere puppy's met hun socialisatieproces begonnen. Julian zou er minstens nog een uur bezig blijven. Samantha had tijd om zich voor te bereiden.

Ze vroeg zich af wat ze tegen haar neef zou zeggen. Ze vroeg zich af wat hij tegen haar zou zeggen. En ze vroeg zich af wat het er eigenlijk toe deed, wanneer je rekening moest houden met Nicola Maiden.

Vanaf het moment dat ze Nicola had ontmoet, had Samantha haar niet gemogen. Haar afkeer kwam echter niet voort uit wat de jonge vrouw voor haar betekende: een belangrijke concurrentie voor Julians genegenheid. Ze kwam voort uit wat Nicola zo overduidelijk wás. Haar vlotte gedrag was irritant, het suggereerde een zelfvertrouwen dat volkomen in tegenspraak was tot de lage afkomst van het meisje. Ze was de dochter van iemand die weinig meer was dan een logementhouder, ze had in Londen de middelbare school bezocht en was afgestudeerd aan een derderangs universiteit die niet veel meer was dan een school voor hoger beroepsonderwijs. Wie dacht ze dat ze was dat ze zich zo gemakkelijk door de vertrekken van Broughton Manor kon bewegen? Die waren weliswaar in verval geraakt, maar ze vertegenwoordigden nog altijd het eeuwenlang ononderbroken bezit van de familie Britton. Dat was een afkomst die Nicola Maiden nauwelijks voor zichzelf kon opeisen.

Deze wetenschap scheen haar echter niet in het minst te raken. Ze gedroeg zich zelfs nooit alsof ze die wetenschap bezat. En daar was één enkele, goede reden voor: de macht die afstraalde van haar uiterlijk, dat van een Engelse roos. Het Guinevere-achtige haar, hoewel de kleur ongetwijfeld niet natuurlijk was, de volmaakte huid, de ogen met de donkere wimpers, het tengere lichaam, de kleine oren... Ze beschikte over alle mogelijke fysieke voordelen die een vrouw gegeven konden worden. En vijf minuten in haar nabijheid waren voldoende geweest om Samantha duidelijk te maken dat Nicola dat verdomd goed wist.

'Het is geweldig om eindelijk een van Jules familieleden te ontmoeten,' had ze in vertrouwen tegen Samantha gezegd bij hun kennismaking, zeven maanden geleden. 'Ik hoop dat we heel goede vriendinnen zullen worden.' Nicola had vakantie en om die met haar ouders door te brengen was ze naar Derbyshire gekomen. Ze had Julian gebeld op de ochtend van haar komst, en op het moment dat hij de telefoonhoorn tegen zijn oor drukte, had Samantha geweten uit welke hoek de wind waaide en naar wie. Maar ze had niet geweten hoe sterk die wind was tot ze Nicola zelf ontmoette.

De zonnige glimlach, de openhartige blik, de schaterlach van plezier, de ongekunstelde manier van spreken... Hoewel ze haar meteen al niet erg mocht, waren er voor Samantha verscheidene ontmoetingen met Nicola nodig geweest om de geliefde van haar neef volledig te taxeren. Toen ze het deed, had de conclusie waartoe ze was gekomen niets anders gedaan dan haar een onbehaaglijk gevoel bezorgd, telkens als ze elkaar zagen. Want in Nicola Maiden zag ze een jonge vrouw die volkomen tevreden was met wie ze was, die zich aan de hele wereld aanbood zonder zich er in het minst druk om te maken of dat aanbod zou worden geaccepteerd. Voor haar niet de twijfels, angsten, onzekerheden en het gebrek aan zelfvertrouwen van een vrouw die op zoek was naar een man. Dat was waarschijnlijk de reden, dacht Samantha, dat ze Julian Britton zo opwond en dat hij zo veel moeite voor haar deed.

Gedurende de periode dat ze op Broughton Manor logeerde, had Samantha Julian meer dan eens aangetroffen terwijl hij iets deed wat blijk gaf van het betoverende effect dat Nicola Maiden op mannen had. Gebogen over een brief die hij haar schreef, de telefoonhoorn afschermend voor ongewenste toehoorders wanneer hij met haar praatte, zonder iets te zien over de tuinmuur starend naar de voetbrug die de Wye overspande wanneer hij aan haar dacht, in zijn kantoor zittend met zijn hoofd in zijn handen terwijl hij over haar piekerde. Samantha's neef was in de klauwen gevallen van een jageres op een manier die hij nauwelijks kon bevatten.

Samantha zag echter geen enkele kans om hem zijn geliefde te laten zien zoals ze werkelijk was. Er was niets anders dan de keus om zijn hartstocht vanzelf te laten uitwoeden, om uit te draaien op het huwelijk dat hij zo wanhopig graag wilde, of te leiden tot een blijvende breuk tussen hem en de vrouw die hij begeerde.

Omdat ze dit moest accepteren als haar enige mogelijkheid, was Samantha gedwongen haar eigen ongeduld onder ogen te zien, en dat overviel haar bij elk bezoek aan Broughton Manor. Ze vocht tegen haar verlangen om de waarheid in het hoofd van haar neef te rammen. Telkens weer keerde ze zich opzettelijk af van de honger naar geringschatting die in haar opkwam wanneer het onderwerp Nicola ter sprake kwam. Maar deze deugdzame pogingen tot zelfbeheersing eisten hun tol. De prijs die ze betaalde betekende boosheid, wrok, slapeloosheid en gespannen zenuwen.

Oom Jeremy droeg niet veel bij om te helpen. Samantha werd dagelijks door hem onthaald op vunzige toespelingen en rechtstreekse aanvallen, die allemaal betrekking hadden of neerkwamen op Julians liefdesleven. Samantha wist dat ze, als ze niet kort na haar komst had gezien hoezeer haar aanwezigheid op Broughton Manor vereist was, als ze geen afstand had willen nemen van haar moeders onophoudelijk vertoon van sombere rouw, al maanden geleden had moeten vertrekken. Maar ze bleef op haar post en ze hield haar mond – meestal – omdat ze in staat was het grote geheel te zien: Jeremy's ontnuchtering, de zalige verstrooiing die een hereniging met hem voor haar moeder zou betekenen, en Julians geleidelijke bewustwording van de bijdrage die Samantha leverde, en die ze beslist kon blijven leveren, aan zijn welzijn, zijn toekomst en zijn hoop om van het vervallen landgoed en de bijbehorende grond een bloeiend bedrijf te maken.

'Sam?'

Ze hief haar hoofd op. Ze was zo opgegaan in haar poging om de spanning van zich af te zetten na het gesprek met haar oom, dat ze zijn zoon niet de keuken had horen binnenkomen. Verdwaasd zei ze: 'Ben je niet bij de honden, Julian?'

'Ik ben er maar even geweest,' zei hij ter verklaring. 'Ze hebben meer tijd nodig, maar die kan ik ze nu niet geven.'

'Ik heb voor Cass gezorgd. Wil je dat ik...'

'Ze is dood.'

'Mijn god, Julian, dat kán niet,' riep Samantha uit. 'Ik ben meteen naar haar toe gegaan nadat ik je had gesproken. Alles was goed met haar. Ze had gegeten, de puppy's lagen allemaal te slapen. Ik heb overal aantekeningen van gemaakt, die staan op het klembord. Heb je het niet gezien? Ik heb het aan de haak gehangen.'

'Nicola,' zei hij toonloos. 'Sam, ze is dood. In Calder Moor, waar ze was gaan kamperen. Nicola is dood.'

Samantha bleef hem aanstaren terwijl het woord 'dood' in de keuken scheen te weergalmen. Hij huilt niet, dacht ze. Wat betekent het dat hij niet huilt?

'Dood,' herhaalde ze, het woord zorgvuldig uitsprekend omdat ze zeker wist dat het, wanneer ze het op de verkeerde manier zei, een indruk zou wekken die ze niet wilde geven.

Hij bleef haar aankijken. Ze wilde dat hij dat niet deed. Ze wilde dat hij iets zou zeggen. Of schreeuwen, of huilen, of iets doen om aan te geven wat er in hem omging zodat ze zou weten hoe ze zich tegenover hem moest gedragen. Toen hij eindelijk in beweging kwam, was het om naar het werkblad te lopen waar Samantha de paprika's had fijngesneden. Hij bekeek ze alsof ze een bezienswaardigheid vormden. Daarna pakte hij het keukenmes en bestudeerde het grondig. Ten slotte drukte hij zijn duim stevig tegen het scherpe mes.

'Julian! riep Samantha. 'Je zult je nog bezeren!'

Een dunne, rode streep verscheen op zijn huid. 'Ik weet niet hoe ik moet zeggen wat ik voel,' zei hij.

Samantha daarentegen kende dat probleem niet.

5

Inspecteur Peter Hanken had blijkbaar besloten om genadig te zijn wat de Marlboro's betrof. Het eerste wat hij deed toen ze op weg gingen van Buxton naar Padley Gorge was opzijleunen, het handschoenenkastje van de Ford openmaken en er een pakje suikervrije kauwgum uithalen. Toen hij er eentje dubbelvouwde en in zijn mond stak, bedankte Lynley hem in stilte voor zijn bereidheid om van de tabak af te zien.

De inspecteur zei niets toen ze door Wye Dale reden via de A6, die verscheidene kilometers parallel liep aan de vreedzaam voortkabbelende rivier, alvorens iets naar het zuidoosten af te buigen. Pas toen ze de tweede kalksteengroeve die het landschap ontsierde waren gepasseerd, maakte hij zijn eerste opmerking.

'Pasgetrouwd, dus?' zei hij met een glimlach.

Lynley bereidde zich voor op de schunnige humor die ongetwijfeld zou komen, de prijs die je meestal betaalde omdat je je relatie met een vrouw wettelijk had vastgelegd. 'Ja. Net drie maanden. Dat is langer dan de meeste huwelijken in Hollywood, denk ik.'

'Het is de beste tijd. Wanneer je samen met je vrouw begint. Er is niets mee te vergelijken. Je eerste?'

'Huwelijk? Ja. Voor ons allebei. We zijn er laat aan begonnen.'

'Zoveel te beter,' zei Hanken.

Achterdochtig keek Lynley naar zijn metgezel, terwijl hij zich afvroeg of de naweeën van zijn ruzie met Helen op zijn gezicht te lezen stonden, als inspiratiebron voor Hanken voor een ironische lofrede op de zegeningen van de huwelijkse staat. Hij zag in Hankens gelaatsuitdrukking echter niets anders dan de gevoelens van een man die tevreden leek met zijn leven en met de partner van zijn keus.

'Ze heet Kathleen,' vertrouwde de inspecteur hem toe. 'We hebben drie kinderen. Sarah, Bella en PJ. Dat is Peter junior, onze jongste. Hier. Kijk maar.' Hij haalde zijn portefeuille uit zijn jaszak en gaf die aan Lynley. De ereplaats werd ingenomen door een familiefoto: twee kleine meisjes die een pasgeboren baby knuffelden op de blauwe deken van een ziekenhuisbed, met pa en ma die de twee meisjes knuffelden. 'Een gezin betekent alles voor een mens. Maar daar zul je zelf gauw genoeg achterkomen.'

'Ja, dat denk ik ook.' Lynley probeerde om zichzelf en Helen voor te stellen, omringd door aantrekkelijk nageslacht. Het lukte niet. Als hij er al in slaagde om het beeld van zijn vrouw op te roepen, dan was dat zoals ze er eerder die dag had uitgezien, toen ze met een bleek gezicht bij hem was weggelopen.

Ongemakkelijk ging hij verzitten. Op dit moment had hij geen zin in een discussie over het huwelijk en in stilte verwenste hij Nkata die het onderwerp ter sprake had gebracht. 'Ze zijn fantastisch,' zei hij, de portefeuille aan Hanken teruggevend.

'De jongen lijkt sprekend op zijn vader,' zei Hanken. 'Op die foto is dat moeilijk te zien, natuurlijk. Maar het is zo.'

'Het is een leuk stel.'

Gelukkig beschouwde Hanken dit als een geschikte slotopmerking over het onderwerp. Hij richtte zijn volledige aandacht weer op het rijden, waarbij hij zich op dezelfde manier op de weg concentreerde als hij dat op alles in zijn directe omgeving deed. Het had Lynley niet veel moeite gekost om die karaktereigenschap te herkennen. Op zijn bureau had tenslotte geen papiertje verkeerd gelegen, zijn meldkamer was de netste die Lynley ooit gezien had en zijn kleren zagen eruit alsof zijn volgende bestemming een fotosessie voor het personeelsblad van de politie was.

Ze waren onderweg naar de ouders van het vermoorde meisje, kort na hun ontmoeting met de patholoog van Binnenlandse Zaken die uit Londen was gekomen om de autopsie te verrichten. Ze hadden met haar gesproken voor de autopsieruimte. Daar verwisselde ze haar gymschoenen voor pumps, waarbij ze er een gerepareerde door met de hak tegen de metalen plaat op de deur te timmeren. Nadat ze had verklaard dat damesschoenen, om van handtassen nog maar niet te spreken, door mannen waren ontworpen om de slavernij van de andere sekse te bevorderen, had ze met onverhulde vijandigheid naar het gemakkelijke schoeisel van de inspecteurs gekeken en gezegd: 'Ik heb tien minuten voor u. Het rapport ligt morgenochtend op uw bureau. Wie van u is Hanken, tussen twee haakjes? U? Mooi. Ik weet wat u wilt vragen. Het is een mes met een lemmet van acht centimeter. Een knipmes, waarschijnlijk een zakmes, hoewel het ook een klein keukenmes zou kunnen zijn. Uw moordenaar is rechtshandig en sterk, heel sterk. Dat is het wat de jongen betreft. Het meisje werd om het leven gebracht met dat brok kalksteen dat u op de hei hebt gevonden. Drie slagen op het hoofd. Eveneens een rechtshandige aanvaller.'

'Dezelfde moordenaar?' vroeg Hanken.

De patholoog gaf nog vijf harde klappen met haar schoen tegen de deur, terwijl ze over de vraag nadacht. Ze zei kortaf dat de lichamen slechts konden vertellen wat ze verteld hadden: hoe ze van het leven waren beroofd, wat voor wapens er tegen hen waren gebruikt, en of een rechter- of een linkerhand deze wapens had gehanteerd. Forensisch bewijsmateriaal, zoals vezels, haren, bloed, sputum, huid en dergelijke, zou misschien een langer, gedetailleerder verhaal kunnen vertellen, maar daarvoor zouden ze op hun beurt bij het lab moeten wachten. Het blote oog kon slechts bepaalde feiten waarnemen en ze had hun verteld wat die feiten waren.

Ze zette haar schoen op de grond en stelde zich voor als dokter Sue Myles. Ze was een gezette vrouw met korte vingers, grijs haar en een boezem die op de voorsteven van een schip leek. Maar haar voeten, zag Lynley, toen ze die in haar pumps liet glijden, waren zo slank als die van een jong meisje.

'Een van de wonden in de rug van de jongen was erg diep,' vervolgde ze. 'Het mes heeft een stukje van het schouderblad versplinterd, dus als u een mogelijk wapen vindt kunnen we dat vergelijken met het bot.'

Hij was niet aan die verwonding overleden? wilde Hanken weten.

'De arme knul is doodgebloed. Het zal een paar minuten geduurd hebben, maar toen hij eenmaal een steek in de femurale slagader had gekregen, dat is in het dijbeen om precies te zijn, was het met hem gebeurd.'

'En het meisje?' vroeg Lynley.

'Haar schedel is gebarsten als een eierschaal. De achterste hersenslagader was doorboord.'

Wat dat precies mocht betekenen, informeerde Hanken.

'Epiduraal hematoom. Interne bloeding, druk op de hersenen. Ze is binnen het uur gestorven.'

'Het heeft langer geduurd dan bij de jongen?'

'Ja. Maar nadat ze werd geslagen is ze bewusteloos geraakt.'

'Kan het om twee moordenaars gaan?' vroeg Hanken op de man af.

'Zou kunnen, ja,' bevestigde dokter Myles.

'Heeft de jongen verwondingen waaruit blijkt dat hij zich heeft verdedigd?' vroeg Lynley.

Die had ze niet opgemerkt, antwoordde ze. Nadat ze beide schoenen had aangetrokken stopte ze haar gymschoenen in een sporttas, die ze vlot dichtritste voor ze haar aandacht weer aan de beide mannen schonk.

Hanken vroeg om een bevestiging wat het tijdstip van overlijden betrof. Dokter Myles kneep haar ogen halfdicht en vroeg welke tijden zijn eigen gerechtelijke patholoog hem had gegeven. Zesendertig tot achtenveertig uur voor de lichamen waren gevonden, zei Hanken tegen haar.

'Daar heb ik niets tegenin te brengen.' Ze pakte haar sporttas, knikte ten afscheid en vervolgens liep ze naar de uitgang van het ziekenhuis.

Nu ze in de auto zaten dacht Lynley na over wat ze wisten: dat de jongen niets bij zich had gehad op de plek van het kamp, dat er anonieme dreigbrieven op de plaats delict waren achtergelaten; dat het meisje bijna een uur bewusteloos was geweest; dat de manieren waarop de moorden waren gepleegd volkomen van elkaar verschilden.

Lynley was nog diep in gedachten toen Hanken naar links afsloeg waarna ze in noordelijke richting reden, naar het stadje Tideswell. Langs deze weg troffen ze uiteindelijk weer de Wye aan, waar de steile rotsen en de bossen rondom Miller's Dale lang geleden de schemering hadden laten invallen. Vlak achter het laatste huis boog een smalle weg naar het noordwesten af en Hanken stuurde de Ford die kant op. Ze klommen snel boven de bossen en de vallei uit en enkele minuten later reden ze over een uitgestrekt terrein, begroeid met hei en doornstruiken dat zich eindeloos golvend naar de horizon leek uit te strekken.

'Calder Moor,' zei Hanken. 'Het grootste heideveld van White Peak. Het strekt zich uit van hier tot Castleton.' Hij bleef nog een minuut zonder iets te zeggen doorrijden tot ze bij een inham kwamen, waar hij stopte. 'Als ze naar Dark Peak was gegaan om te kamperen, zouden we Mountain Rescue uiteindelijk achter haar aan hebben gestuurd toen ze niet thuiskwam. Daar zou geen oude vrouw met haar hondje zijn gaan wandelen en de lichamen hebben gevonden. Maar dit,' met zijn hand beschreef hij een boog boven het dashboard, 'is toegankelijk. Het hele gebied. Je kunt kilometers lang zoeken als er iemand wordt vermist, maar die kilometers kunnen tenminste te voet worden afgelegd. Geen gemakkelijke wandeling en ook niet helemaal veilig. Maar beter te belopen dan het laagveen dat je rondom Kinder Scout aantreft. Als er dan toch iemand in deze streek vermoord moest worden, dan kon het beter hier gebeuren, op het kalksteenplateau, dan aan de andere kant.'

'Is Nicola Maiden van hieruit op pad gegaan?' vroeg Lynley. Hij zag geen sporen van een auto. Het meisje zou zich door van alles heen hebben moeten worstelen, van varens tot bosbessenstruiken.

Hanken draaide zijn raampje open en spuugde zijn kauwgum uit. Hij reikte voor Lynley langs naar het dashboardkastje om er een nieuw stukje uit te halen. 'Ze is vanaf de andere kant vertrokken, ten noordwesten van hier. Ze trok naar Nine Sisters Henge, dat ligt dichter bij de westelijke begrenzing van de heide. Er is veel meer interessants te zien: grafheuvels, grotten, terpen. Nine Sisters Henge is de grootste bezienswaardigheid.'

'Kom je uit deze omgeving?' vroeg Lynley.

Hanken gaf niet meteen antwoord. Hij keek alsof hij erover nadacht of hij eigenlijk wel zou antwoorden. Ten slotte nam hij een besluit en hij zei: 'Uit Wirksworth.' Daarna schenen zijn lippen verzegeld met betrekking tot het onderwerp.

'Je hebt geboft dat je kunt wonen waar je verleden ligt. Ik wilde dat ik hetzelfde kon zeggen.'

'Dat hangt van het verleden af,' zei Hanken, waarna hij abrupt in de eerste versnelling schakelde met een: 'Wil je de plek van de moorden bekijken?'

Lynley was verstandig genoeg om te weten dat de manier waarop hij het aanbod om de plaats delict te bekijken aannam, van het grootste belang zou zijn voor de toekomstige relatie met zijn collega. Natuurlijk was het zo dat hij de plek van de moorden graag wilde zien. Ongeacht het moment waarop hij zich met een zaak ging bezighouden, in de loop van het onderzoek kwam er altijd een ogenblik waarop hij er behoefte aan had om de dingen zelf te bekijken. Niet omdat hij geen vertrouwen had in de bekwaamheid van zijn collega's, maar omdat hij, alleen wanneer hij met eigen ogen zo veel mogelijk zag van alles wat betrekking had op de zaak, in staat was om een deel van het misdrijf te worden. En pas wanneer hij er een deel van was geworden, leverde hij zijn beste werk. Foto's, verslagen en tastbaar bewijsmateriaal konden veel duidelijk maken. Maar soms bevatte de plek waar een moord was gepleegd geheimen die zelfs voor de scherpzinnigste persoon verborgen bleven. En naar die geheimen ging Lynley op zoek wanneer hij de plaats van een misdrijf bekeek. Het onderzoeken van deze speciale plek bracht echter het risico met zich mee dat hij inspecteur Hanken onnodig van zich vervreemdde en niets van wat Hanken tot dusver had gezegd of gedaan gaf Lynley aanleiding om te veronderstellen dat hij details over het hoofd zou zien.

Er zou nog wel een gelegenheid komen, dacht Lynley, waarbij hij en de andere inspecteur niet in elkaars aanwezigheid aan deze zaak zouden werken. Wanneer die gelegenheid zich voordeed zou hij ruimschoots de kans hebben om de plek waar Nicola Maiden en de jongen waren gestorven, te bekijken.

'Jij en je team hebben die kant van de zaak al afgehandeld, voorzover ik het begrijp,' zei Lynley. 'Het is tijdverspilling om nog eens te doen wat jij al hebt gedaan.'

Hanken keek hem nogmaals langdurig aan, in snel tempo op zijn kauwgum kauwend. 'Verstandig besluit,' zei hij met een knikje.

Ze reden in noordelijke richting langs de oostelijke rand van het heideveld. Zo'n anderhalve kilometer voorbij het marktstadje Tideswell bogen ze naar het oosten af, waarna ze de hei, de bosbessenstruiken en de varens achter zich lieten. Ze reden een stukje een dal in, waarvan de zachtglooiende hellingen spaarzaam waren begroeid met bomen die net de kleur van de naderende herfst begonnen aan te nemen en bij een kruispunt dat de eigenaardige plaatsaanduiding 'pestdorp' droeg, gingen ze weer naar het noorden.

Nog geen kwartier later bereikten ze Maiden Hall, gelegen in de beschutting van citroenbomen en kastanjes, op een heuvel niet ver van Padley Gorge. De weg voerde hen door een bebost en met gras bedekt terrein, langs de rand van een inkerving in het landschap die was gemaakt door een beek die uit het bos omlaag stroomde en kronkelend zijn weg zocht tussen zandstenen heuvels waarop varens en grof gras groeiden. De afslag naar Maiden Hall doemde plotseling voor hen op toen ze een volgend bos inreden. De weg slingerde tegen een helling op en kwam uit bij een met grind bedekte oprit die om de voorkant van een Victoriaans gebouw met trapgeveltjes naar een parkeerplaats aan de achterzijde liep.

De ingang van het hotel bevond zich feitelijk aan de achterkant van het gebouw, waar een discreet bordje met het woord RECEPTIE hen via een gang naar het jachthuis zelf verwees. Vlak achter de deur was een kleine balie. Erachter diende een zitkamer kennelijk als lounge, waar de oorspronkelijke ingang naar het gebouw was verbouwd tot bar. Het vertrek zelf was gerestaureerd met een eiken betimmering, beschaafd crème en bruin behang en dikgestoffeerd meubilair. Omdat het nog te vroeg was voor de gasten om er bijeen te komen voor het aperitief, was de lounge verlaten. Maar Lynley en Hanken waren er nog geen minuut toen een gezette vrouw, met rode ogen en een rode neus van het huilen, kwam aanlopen uit wat de eetzaal moest zijn en hen met aanzienlijk respect begroette.

Er waren voor vannacht geen kamers beschikbaar, vertelde ze hun zacht.

Omdat er een plotseling sterfgeval in de familie had plaatsgevonden zou de eetzaal vanavond niet open zijn. Maar ze was graag bereid om verscheidene restaurants in de omgeving aan te bevelen, mochten de heren dat wensen.

Hanken toonde de vrouw zijn legitimatie en hij stelde Lynley voor. De vrouw zei: 'U wilt de heer en mevrouw Maiden spreken. Ik zal hen meteen gaan halen,' en ze schoot haastig langs de inspecteurs door de receptie, om vervolgens de trap op te gaan.

Lynley liep naar een van de twee erkers van de lounge, waar glas-in-lood-ramen het late namiddaglicht filterden. De vensters gaven uitzicht op de oprit die om de voorkant van het huis liep. Erachter was een gazon als gevolg van de droogte van de afgelopen maanden teruggebracht tot een verschroeide mat verschrompeld gras. Achter zich hoorde hij Hanken rusteloos door het vertrek heen en weer lopen. Een paar tijdschriften kregen een andere plaats en werden op tafels neergesmeten. Lynley glimlachte bij het horen van het geluid. Zijn collega gaf ongetwijfeld toe aan zijn rusteloze behoefte om alles op zijn juiste plek te leggen.

In het jachthuis was het heel rustig. De ramen stonden open, dus het geluid van vogels en een vliegtuig in de verte verbrak de stilte. Maar binnen was het zo stil als in een lege kerk.

Ergens ging een deur dicht en er knerpten voetstappen op het grind. Even later fietste een donkerharige man in spijkerbroek en een grijs sweatshirt met korte mouwen langs de ramen, op een fiets met tien versnellingen. Op de plek waar de oprit naar Maiden Hall de heuvel begon af te dalen verdween hij tussen de bomen.

De Maidens kwamen binnen. Lynley wendde zich af van het raam toen hij het geluid van hun komst hoorde en Hankens formele: 'Meneer en mevrouw Maiden. Gecondoleerd met het verlies van uw dochter.'

Lynley zag dat de jaren van zijn pensionering Andy Maiden goed hadden gedaan. De voormalige SO10-collega en zijn vrouw waren beiden begin zestig, maar ze leken minstens tien jaar jonger. Andy was ruim vijfentwintig centimeter langer dan zijn echtgenote en hij zag er nu uit als een echte bui-tenman: een gebruind gezicht, een platte buik, een gespierde borst; alles heel passend voor iemand die de reputatie had om als een kameleon in zijn omge-ving op te gaan. Zijn vrouw had dezelfde fysieke conditie. Ook zij was gebruind en gespierd, alsof ze veel aan sport deed. Ze zagen er allebei nu ech-ter uit alsof ze verscheidene nachten niet hadden geslapen. Andy Maiden was ongeschoren en zijn kleren waren gekreukt. Nans gezicht was afgetrokken en onder haar ogen lagen paarsblauwe wallen.

Maiden slaagde er met moeite in om vaag te glimlachen. 'Tommy. Dank je dat je gekomen bent.'

Lynley zei: 'Het spijt me dat het onder dergelijke omstandigheden moet zijn,' waarna hij zich aan Maidens vrouw voorstelde. Hij zei: 'Ik moet de condo-leances overbrengen van iedereen bij de Yard.'

'Scotland Yard?' Nan Maiden klonk ietwat verbijsterd. Haar man zei: 'Ik leg het je zo uit, schat.' Hij gebaarde met zijn arm naar de erker achter Lynley, waar twee banken tegenover elkaar stonden met een tafeltje ertussenin, waar exemplaren van *Country Life* op lagen. Hij en zijn vrouw namen plaats op een van de banken, Lynley ging op de andere zitten. Hanken draaide een armstoel om en ging tussen de Maidens en Lynley zitten. Dit wees erop dat hij als bemiddelaar tussen de partijen zou optreden. Lynley merkte echter dat de inspecteur er wel voor zorgde om zijn stoel een stukje dichter bij de huidige Scotland Yard te plaatsen en niet bij Scotland Yard uit het verleden.

Als Andy Maiden zich al bewust was van Hankens manoeuvre en wat die inhield, liet hij het niet blijken. Hij ging op de bank zitten, met zijn handen tussen zijn benen geklemd. Met zijn linkerhand wreef hij over de rechterhand. De rechter masseerde de linker.

Zijn vrouw zag het hem doen. Ze gaf hem een kleine, rode bal die ze uit haar zak haalde en ze zei: 'Is het nog zo erg? Moet ik de dokter voor je bellen?'

'Ben je ziek?' vroeg Lynley.

Maiden kneep in de bal met zijn rechterhand, terwijl hij naar de gespreide vingers van zijn linkerhand keek. 'Bloedsomloop,' zei hij. 'Het is niets ernstigs.'

'Alsjeblieft, Andy, laat me de dokter bellen,' zei zijn vrouw.

'Dat is nu niet belangrijk.'

'Hoe kun je zoiets zeggen?' De ogen van Nan Maiden begonnen plotseling te glinsteren. 'God, zou ik haar ook maar een ogenblik kunnen vergeten?' Daarna leunde ze met haar voorhoofd tegen de schouder van haar man en ze begon te huilen. Onhandig sloeg Maiden een arm om haar heen.

Lynley wierp Hanken een snelle blik toe. Jij of ik? vroeg hij zwijgend. Het zal niet prettig zijn, wie het ook op zich neemt.

Hanken antwoordde met een kort knikje. Jij, zei het gebaar.

'Dit is geen geschikt moment om over de dood van jullie dochter te praten,' begon Lynley voorzichtig. 'Maar bij een moordonderzoek, en ik weet dat jullie daarvan al op de hoogte zijn, Andy, zijn de eerste uren heel belangrijk.'

Terwijl hij sprak hief Nan haar hoofd op. Ze probeerde iets te zeggen, maar ze slaagde er niet in. Ze probeerde het nog eens.

'Moordonderzoek,' herhaalde ze. 'Wat bedoelt u?'

Lynley keek van Andy naar Nan. Hanken deed hetzelfde. Daarna keken ze elkaar aan. Lynley zei tegen Andy: 'Je hebt het lichaam gezien, nietwaar? Er is je gezegd wat er gebeurd is?'

'Ja,' zei Andy Maiden. 'Het is me gezegd. Maar ik...'

'Móórd?' riep zijn vrouw ontzet uit. 'O, mijn god, Andy. Je hebt me niet gezegd dat Nicola vermoord is!'

Barbara Havers had de middag doorgebracht in Greenford. Ze had besloten om de rest van de dag waarop ze zich ziek had gemeld, te gebruiken om haar moeder op te zoeken in Hawthorn Lodge, een weidse naam voor een naoorlogs halfvrijstaand huis, waar mevrouw Havers de afgelopen tien maanden als permanente gast had gewoond. Zoals de meeste mensen die proberen steun te vinden bij anderen in een situatie die eigenlijk niet te verdedigen valt, had Barbara gemerkt dat er een prijs betaald moest worden om met succes medestanders te vinden onder de vrienden en familieleden van inspecteur Lynley. En omdat ze vond dat ze vanmiddag wel genoeg had betaald, zocht ze afleiding.

Mevrouw Havers was uitermate bedreven in het bieden van een ontsnappingsweg uit de realiteit, omdat ze zelf niet meer geregeld in de werkelijkheid vertoefde. Barbara had haar aangetroffen in de achtertuin van Hawthorn Lodge, waar ze bezig was met het maken van een legpuzzel. De doos van de puzzel was rechtop tegen een oude mayonaisepot gezet, die gevuld was met gekleurd zand waar smaakvolle plastic anjers in gestoken waren. Op de deksel van de doos was een knappe prins uit een tekenfilm – goed gebouwd en met voldoende bewondering voor hetgeen hij presteerde – bezig een hooggehakt glazen muiltje aan de slanke, eigenaardig teenloze voet van Assepoester te schuiven terwijl de beide logge, verontwaardigde stiefzussen jaloers aan de kant stonden en hun verdiende loon kregen.

Met de vriendelijke aanmoediging van haar verpleegster en verzorgster, mevrouw Flo, zoals Florence Magentry genoemd werd door haar drie bejaarde gasten en hun familieleden, was mevrouw Havers er met succes in geslaagd om Assepoester af te krijgen, een deel van de stiefzus, de arm van de prins die het muiltje vasthield, zijn mannelijke bovenlijf en zijn gebogen linkerbeen. Toen Barbara bij haar moeder kwam, was die echter druk bezig met een poging om het gezicht van de prins op de schouders van een van de stiefzusters te plaatsen. Toen mevrouw Flo haar hand voorzichtig naar de juiste plek leidde waar het stukje hoorde, gilde mevrouw Havers: 'Nee, nee, nee!' en ze duwde de hele puzzel weg, zodat de mayonaisepot omviel en de plastic bloemen en het zand op de tafel terechtkwamen.

Barbara's tussenkomst had weinig resultaat. Of haar moeder haar bij haar bezoeken herkende was altijd een kwestie van toeval. Vandaag verbond mevrouw Havers' vertroebelde bewustzijn Barbara's gezicht met iemand die Libby O'Rourke heette en die haar in haar jeugd kennelijk had gepest op school. Blijkbaar had Libby O'Rourke meestal een gemene rol gespeeld; een van de jongens die ze had gekust was niemand anders geweest dan mevrouw Havers' eigen vriendje, een belediging die mevrouw Havers zich vandaag genoodzaakt zag te wreken door met stukjes van de puzzel te gooien, onder het uitroepen van scheldwoorden waarvan Barbara niet eens wist dat ze deel uitmaakten van haar moeders vocabulaire. Ten slotte zakte ze als een huilend hoopje mens in elkaar. Er was heel wat voor nodig geweest om haar te kalmeren: haar moeder moest worden overgehaald om de tuin te verlaten, en ze werd de trap op gebracht naar haar kamer. Daar moest ze lang genoeg ertoe worden verleid een familiealbum door te bladeren om te kunnen zien dat Barbara's ronde, bolle gezicht veel te vaak op de bladzijden prijkte om de walgelijke Libby te kunnen zijn.

'Maar ik heb geen dochtertje,' protesteerde mevrouw Havers met een stem die eerder bang klonk dan verward, toen ze zich gedwongen zag toe te geven dat het geen zin zou hebben dat Libby O'Rourke een belangrijke plaats in het fotoalbum zou innemen, gezien haar aanstootgevende optreden. 'Mammie wil niet dat ik baby's krijg. Ik mag alleen maar poppen hebben.'

Daar had Barbara geen antwoord op. Haar moeders gedachten maakten de kronkelige reis naar het verleden te vaak en zonder dat ze het zag aankomen, dat ze zichzelf allang had vergeven dat ze niet in staat was om er langdurig tegenin te gaan. Daarom had ze, nadat het album was weggelegd, geen verdere pogingen gedaan om te argumenteren, over te halen, te weerhouden of te smeken. Ze had toen maar een van de vakantiefolders gekozen waar haar moeder zo graag in bladerde en ze had anderhalf uur op het bed gezeten, schouder aan schouder met de vrouw die had vergeten dat ze ooit kinderen had gebaard, om foto's van Thailand, Australië en Griekenland te bekijken.

Toen begon haar geweten het eindelijk te winnen van haar verzet en de inwendige stem die eerder op de dag Lynleys handelwijze had afgekeurd werd geconfronteerd met een stem die opperde dat haar eigen optreden misschien iets te wensen had overgelaten. Wat erop volgde was een woordenloze ruzie die in haar hoofd werd uitgevochten. De ene partij hield vol dat inspecteur Lynley een wraakzuchtige, verwaande kwast was. De andere deelde haar mee dat hij, kwast of niet, het niet verdiende dat ze niet loyaal was. En ze wás niet loyaal geweest. Naar Chelsea stuiven om hem bij zijn vrienden en familie te beschuldigen was niet de manier waarop een goede vriend zich behoorde te gedragen. Daar stond tegenover dat ook hij niet loyaal was geweest. Toen hij had besloten om haar degradatie nog aan te scherpen door haar niet als zijn partner te kiezen bij een nieuwe zaak, had hij meer dan voldoende laten zien aan wiens kant hij stond in haar strijd om haar hachje bij de politie te redden, wat hij ook had beweerd over de noodzaak dat ze zich een poosje koest moest houden.

De ruzie in haar hoofd ging maar door. Het begon toen ze door de vakantiefolders bladerde, binnensmonds commentaar leverend op de fantasievakanties die haar moeder had gemaakt naar Kreta, Mykonos, Bangkok en Perth. Het duurde onverminderd voort tijdens haar rit van Greenford naar Londen, aan het einde van de dag. Zelfs een oude cassette van Fleetwood Mac die ze op maximale geluidssterkte afdraaide kon de redetwistende partijen in Barbara's hoofd niet tot zwijgen brengen. De hele rit lang bleef de mezzosopraan van Barbara's geweten in harmonie meezingen met Stevie Nicks, een prekerige cantate die weigerde zich uit haar hoofd te laten bannen.

Hij verdiende het, hij verdiende het, hij verdiende het, schreeuwde ze woordenloos tegen de stem.

En wat ben je ermee opgeschoten dat je hem gegeven hebt wat hij verdiende, schatje? antwoordde haar geweten.

Ze weigerde nog steeds die vraag te beantwoorden toen ze Steeles Road inreed en de Mini op een parkeerplaats zette die op dat moment tot haar geluk werd ontruimd door een vrouw, drie kinderen, twee honden en iets wat op een cello met pootjes leek. Ze sloot de auto af en draafde in de richting van Eton Villas, dankbaar dat ze moe was omdat vermoeidheid slaap betekende en slaap betekende dat de stemmen tot zwijgen zouden komen.

Ze hoorde echter andere stemmen, toen ze de hoek omsloeg en bij het gele, edwardiaanse huis kwam waarin haar eigen muizenhol zich bevond. Deze nieuwe stemmen kwamen van het betegelde plaatsje voor het appartement op de begane grond. En een van die stemmen – die van een kind – riep vrolijk naar Barbara toen ze het hekje van feloranje paaltjes passeerde.

'Barbara! Hallo, hallo! Pap en ik zijn aan het bellenblazen. Kom je kijken? Wanneer het licht er precies goed op valt, lijken ze op ronde regenbogen. Wist je dat, Barbara? Kom kijken, kom dan kijken.'

Het meisje en haar vader zaten op de enige houten bank voor hun flat, zij in het snel vervagende licht, hij in de groeiende schaduwen waar zijn sigaret gloeide als een rood vuurvliegje. Hij aaide zijn dochter liefdevol over haar hoofd, en stond vervolgens op, op de formele manier waarop hij alles deed. 'Kom je bij ons zitten?' vroeg Taymullah Azhar aan Barbara.

'O, ja, ja, ja,' riep het kind. 'Na het bellenblazen gaan we een video kijken. *De kleine zeemeermin*. En we hebben iets lekkers: gepofte appels. Nou, we hebben er maar twee, maar ik zal de mijne met je delen. Een is toch te veel voor me om op te eten.' Ze vloog van de bank af om Barbara te begroeten, over het grasveld dansend met het bellenblaasstokje zodat er een sliert ronde regenbogen achter haar aan zweefde.

'*De kleine zeemeermin*, hè?' zei Barbara nadenkend. 'Ik weet het niet, Hadiyyah. Ik ben eigenlijk niet zo'n Disney-liefhebber. Al die slanke meisjes die gered worden door kerels in een harnas.'

'Dit is een zéémeermin,' wees Hadiyyah haar terecht.

'Vandaar de titel. Ja. Juist.'

'Dus ze kan niet gered worden door iemand in een harnas, want die zou naar de bodem van de zee zinken. Trouwens, ze wordt helemaal niet door iemand gered. Zíj redt de prins.'

'Als het zo afloopt kan ik er misschien mee leven.'

'Je hebt hem nooit gezien, hè? Nou, dat kan dan vanavond. Kom je?' Hadiyyah danste in een kringetje rond, omgeven door een krans van bellen. Haar lange, dikke vlechten vlogen om haar schouders, de zilverkleurige strikjes waarmee ze vastgebonden waren glinsterden als bleke libelles. 'De kleine zeemeermin is zóóó knap. Ze heeft bruin haar.'

'Dat zal een goed contrast vormen met haar schubben.'

'En ze draagt heel mooie schelpen op haar borst.' Hadiyyah demonstreerde het met twee donkere handjes over twee niet-bestaande borstjes geklemd.

'Ah. Op strategische plaatsen, zie ik,' zei Barbara.

'Kom je bij ons kijken? Alsjeblieft? Ik zei al, we hebben ge-pof-te ap-pels...'
Overredend rekte ze de laatste twee woorden.

'Hadiyyah,' zei haar vader rustig, 'als je iemand al een keer hebt uitgenodigd,
moet je dat niet herhalen.' Daarna tegen Barbara: 'Maar we zouden het erg
leuk vinden als je bij ons kwam kijken.'

Barbara dacht over het voorstel na. Een avond met Hadiyyah en haar vader
zou haar nog meer afleiding bezorgen, en die gedachte beviel haar wel. Ze
kon behaaglijk naast haar vriendinnetje liggen, uitgestrekt op enorme kussens op de vloer, met hun hoofd in hun handen gesteund en hun voeten in de
lucht, heen en weer zwaaiend op de maat van de muziek. Daarna kon ze met
de vader van haar vriendinnetje praten, wanneer Hadiyyah naar bed was
gestuurd. Dat zou Taymullah Azhar van haar verwachten. Het was een
gewoonte die ze gedurende de maanden van Barbara's gedwongen verlof van
Scotland Yard hadden aangenomen. In het bijzonder de afgelopen paar
weken waarin hun gesprekken, die bestonden uit de alledaagse opmerkingen
van betrekkelijke vreemden, waren uitgegroeid tot een voorzichtige poging
elkaar beter te leren kennen. Twee mensen die misschien vrienden konden
worden.

Maar die vriendschap was het hem nu juist. Barbara zou hem moeten vertellen van haar gesprekken met Hillier en met Lynley. Het zou de waarheid ver-
eisen over haar degradatie en de vervreemding van de man die ze had geprobeerd te evenaren. En omdat Azhars acht jaar oude dochtertje het meisje was
wier leven was gered door Barbara's impulsieve activiteiten op de Noordzee –
activiteiten die ze voor Azhar verborgen had weten te houden in de drie
maanden die waren verstreken sinds de achtervolging – zou hij zich verantwoordelijk voelen voor de terugslag in haar carrière. En het was zijn verantwoordelijkheid niet.

'Hadiyyah,' zei Taymullah Azhar toen Barbara niet meteen antwoord gaf, 'ik
geloof dat we vanavond genoeg bellen hebben geblazen. Breng alles maar
naar je kamer, en wil je daar dan wachten tot ik je roep?'

Hadiyyah fronste haar kleine voorhoofd en er verscheen een ongelovige blik
in haar ogen. 'Maar, pap, en *De kleine zeemeermin* dan?'

'Daar kijken we naar, zoals we hebben afgesproken, Hadiyyah. Breng het bel-
lenblaaspotje nu naar je kamer.'

Ze keek bezorgd naar Barbara. 'Méér dan de helft van de gepofte appel,' zei
ze. 'Als je wilt, Barbara.'

'Hadiyyah!'

Ze grinnikte ondeugend en rende het huis in.

Azhar stak zijn hand in de borstzak van zijn smetteloos witte overhemd en
haalde er een pakje sigaretten uit, dat hij Barbara toestak. Ze nam er een en
bedankte hem terwijl hij haar een vuurtje gaf. Hij bleef haar zonder iets te

100

zeggen aankijken tot ze zo ongedurig werd dat ze zich gedwongen zag om te spreken.

'Ik ben afgepeigerd, Azhar. Ik kan vanvond beter niet komen. Maar evengoed bedankt. Wil je tegen Hadiyyah zeggen dat ik graag een andere keer met haar naar een film wil kijken? Hopelijk een waarin de heldin niet zo mager is als een potlood en met siliconenborsten.'

Hij wendde zijn blik niet af, maar bekeek haar zoals mensen in de supermarkt de etiketten op de blikjes bekijken. Barbara voelde zich ineenkrimpen onder zijn blik, maar het lukte haar zich te beheersen. Hij zei: 'Je bent vandaag zeker weer aan het werk gegaan?'

'Waarom denk je...'

'Je kleren. Is je...' hij zocht naar een woord, ongetwijfeld iets neutraals '... probleem bij New Scotland Yard opgelost, Barbara?'

Het had geen zin om te liegen. Ze had weliswaar de volledige feiten over het gebeurde voor hem verzwegen, maar hij wist dat ze op non-actief was gesteld. Ze zou zich elke morgen uit haar bed moeten hijsen en zich naar haar werk slepen, te beginnen met de volgende dag, zodat hij er vroeg of laat uit zou opmaken dat ze haar dagen niet meer doorbracht met het voeren van de eenden in Regent's Park. 'Ja,' zei ze. 'Het is vandaag opgelost.' Ze nam een flinke trek van haar sigaret, zodat ze haar hoofd moest omdraaien om de rook niet in zijn gezicht te blazen en daarbij haar eigen gezicht kon verbergen.

'En?' vroeg hij. 'Maar wat vraag ik nog? Je bent erop gekleed om te werken, dus het moet goed afgelopen zijn.'

'Ja.' Ze schonk hem een gemaakt lachje. 'Het is goed afgelopen. Heel goed. Ik heb nog betaald werk, ben nog steeds bij de recherche en mijn pensioen is nog intact.' Ze had het vertrouwen verloren van de enige man die eropaan kwam bij de Yard, maar dat voegde ze er niet aan toe. Ze kon zich niet voorstellen wanneer ze hem dat zou kunnen vertellen.

'Dat is goed,' zei Azhar.

'Ja. Het is prima.'

'Ik ben blij dat de gebeurtenissen in Essex geen invloed op je werk hier in Londen hebben gehad.' Weer die neutrale blik uit zijn donkere ogen, de kleur van chocoladeflikken in een lichter bruin gezicht dat verbazingwekkend glad was voor een man van vijfendertig.

'Ja. Nou, dat is dus niet gebeurd,' zei ze. 'Alles is op zijn pootjes terechtgekomen.'

Hij knikte; eindelijk keek hij langs haar heen, over haar hoofd naar de snel donker wordende hemel. De lichten van Londen zouden bijna alle sterren van de komende nacht overstralen, op de helderste na. Zelfs de sterren die straalden zouden dat doen door een dikke laag vervuiling en damp die ook de groeiende duisternis niet kon oplossen. 'Als kind vond ik de nacht altijd het prettigst,' zei hij zacht. 'In Pakistan sliep mijn familie op de traditionele manier: de mannen bij elkaar, de vrouwen bij elkaar. Dus 's nachts, in het bijzijn van mijn vader, mijn broer en mijn ooms, geloofde ik altijd dat ik volkomen veilig was. Maar dat gevoel ben ik vergeten zodra ik in Engeland volwassen werd. Wat eerst zo geruststellend leek werd iets hinderlijks uit mijn verleden. Ik merkte dat ik me alleen nog de geluiden kon herinneren van mijn vader en mijn ooms die lagen te snurken, en de lucht van mijn broer die winden liet. Toen ik alleen ging wonen, heb ik lang gedacht hoe goed het was om eindelijk bij hen vandaan te zijn, om de nacht voor mezelf te hebben en voor degene met wie ik die eventueel zou willen delen. Zo heb ik een hele poos geleefd. Maar nu merk ik dat ik graag weer naar die oude situatie zou willen terugkeren. Welke problemen of geheimen je ook had, er was altijd een gevoel, tenminste 's nachts, dat je die nooit alleen hoefde te dragen of te bewaren.'

Er ging zo veel troost uit van zijn woorden dat Barbara merkte dat ze de uitnodiging om hem alles te vertellen, die erin besloten lag, wilde aangrijpen. Ze weerhield zich er echter van en ze zei: 'Misschien bereidt Pakistan zijn kinderen niet voor op de realiteit van de wereld.'

'Welke realiteit is dat?'

'Die ons zegt dat we allemaal alleen zijn.'

'Geloof je dat dat waar is, Barbara?'

'Ik gelóóf het niet, ik wéét het. We gebruiken onze dagen om aan onze nachten te ontsnappen. We werken, we spelen, we blijven bezig. Maar wanneer het tijd wordt om te gaan slapen hebben we geen afleiding meer. Zelfs als we met iemand in bed liggen is het feit dat de ander slaapt terwijl wij het niet kunnen, voldoende om ons duidelijk te maken dat we op onszelf zijn aangewezen.'

'Is dat filosofie, of spreek je uit ervaring?'

'Geen van beide,' zei ze. 'Het is gewoon zo.'

'Maar dan is het niet zoals het zou moeten zijn,' zei hij.

Bij die opmerking ging er een alarmbelletje rinkelen in Barbara's hoofd, maar het ging snel voorbij. Als die woorden door een andere man waren uitgesproken zou ze die hebben kunnen opvatten als een toenaderingspoging. Maar haar persoonlijke verleden was een illustratie van het feit dat Barbara geen vrouw was die door mannen werd benaderd. Bovendien, zelfs al had ze zo nu en dan romantische bevliegingen gekoesterd, was dit er niet het moment voor. Zoals ze daar in het halfdonker stond, in een verkreukeld linnen pakje waarin ze eruitzag als een travestiet, wist ze heel goed dat ze geen toonbeeld van begeerlijkheid was. Dus, zoals altijd wanneer ze niet wist wat ze moest zeggen, zei ze: 'Ja. Nou. Hoe dan ook,' en ze gooide haar sigaret op de grond waar ze hem uitmaakte met haar schoenzool. 'Welterusten dan maar,' voegde ze eraan toe. 'Geniet van de zeemeermin. En bedankt voor de sigaret. Die had ik net nodig.'

'Iedereen heeft iets nodig.' Azhar voelde weer in zijn borstzak. Barbara dacht dat hij haar nog een sigaret wilde aanbieden als reactie op haar opmerking en

102

ter ondersteuning van zijn eigen woorden. Hij stak haar echter een opgevouwen papiertje toe. 'Er is een heer hier geweest die je zocht, Barbara. Hij vroeg me ervoor te zorgen dat je dit briefje kreeg. Hij had geprobeerd het op je deur te plakken, zei hij, maar het wilde niet blijven zitten.'

'Een heer?' Barbara kende maar één man die automatisch zo zou worden betiteld door een vreemde, na een gesprek dat slechts even had geduurd. Ze pakte het papiertje aan, terwijl ze nauwelijks durfde hopen. Dat was maar goed ook, want het handschrift op het velletje – een blaadje dat uit een notitieboekje met een spiraal was gescheurd – was niet dat van Lynley. Ze las de acht woorden: BEL MIJN PIEPER ZODRA JE DIT HEBT ONTVANGEN, gevolgd door een nummer. Er stond geen handtekening onder.

Barbara vouwde het briefje weer op. Toen zag ze wat er op de buitenkant stond, wat Azhar ook moest hebben gezien, uitgelegd en begrepen op het moment dat het hem was overhandigd. Agente. Havers stond er dwars overheen, in blokletters. Dus Azhar wist het.

Ze keek hem aan. 'Het lijkt erop dat ik alweer meedraai,' zei ze zo opgewekt mogelijk. 'Bedankt, Azhar. Heeft die man ook gezegd waar hij op mijn telefoontje zou wachten?'

Azhar schudde zijn hoofd. 'Hij zei alleen dat ik ervoor moest zorgen dat je de boodschap kreeg.'

'Oké. Bedankt.' Ze knikte tegen hem en daarna liep ze weg.

Hij riep haar naam – het klonk dringend – maar toen ze bleef staan en omkeek, keek hij naar de straat. Hij zei: 'Kun je me vertellen...' Toen stierf zijn stem weg. Hij richtte zijn ogen op haar alsof het hem moeite kostte.

'Wat moet ik je vertellen?' vroeg ze, hoewel ze een prikkeling over haar ruggengraat voelde glijden terwijl ze de woorden uitsprak.

'Vertel me eens... Hoe gaat het met je moeder?' vroeg Azhar.

'Mam? Nou... Ze is een ramp op het gebied van legpuzzels, maar voor de rest geloof ik wel dat het goed gaat.'

Hij glimlachte. 'Goed om dat te horen.' Nadat hij zachtjes welterusten had gezegd glipte hij het huis in.

Barbara ging naar haar eigen onderkomen, een klein huisje achter in de tuin. Beschut door de takken van een oude acacia was het niet groter dan een schuurtje met modern comfort. Toen ze goed en wel binnen was, hees ze zich uit haar linnen jasje en gooide het snoer imitatieparels op de tafel die zowel diende om aan te eten als om op te strijken. Daarna liep ze naar de telefoon. Er stond niets op het antwoordapparaat. Dat verbaasde haar niet. Ze toetste het nummer van de pieper in, daarna haar eigen nummer, en ze wachtte.

Vijf minuten later ging de telefoon. Ze dwong zich hem viermaal te laten overgaan, voor ze opnam. Er was geen reden om wanhopig te klinken, vond ze.

De man die haar belde, was Winston Nkata. Ze zette onmiddellijk haar stekels op toen ze die onmiskenbare zoetgevooisde stem hoorde met de klanken uit zowel Jamaica als Sierra Leone. Hij was in een bistro, de *Load of Hay*, net om de hoek van Chalk Farm Road, zei hij, waar hij net een schotel lamsvlees met kerrie en rijst zat te nuttigen die 'geloof me, niet iets is wat mijn moeder ooit op tafel zou zetten voor haar geliefde zoon, maar het is beter dan McDonald's, hoewel ook weer niet al te veel'. Hij zou meteen naar haar huis komen. 'Ik ben er over vijf minuten,' zei hij en hij beëindigde het gesprek voor ze de kans had om te zeggen dat zijn smoel zo ongeveer het laatste was wat ze op haar stoep wilde zien opdagen. Ze legde de telefoon neer, mompelde een verwensing en ging daarna naar de koelkast om iets te eten te zoeken.

Vijf minuten werden tien minuten. De tien werden er vijftien. Hij verscheen niet.

Rotzak, dacht Barbara. Leuk grapje.

Ze ging naar de badkamer en draaide de douchekraan open.

Lynley probeerde snel het verbazingwekkende feit te verwerken dat Andy Maiden zijn vrouw niet had verteld dat hun dochter slachtoffer was geworden van een misdrijf. Omdat Calder Moor een gebied was met veel plaatsen waar ongelukken konden gebeuren, had Lynleys ex-collega kennelijk het onverklaarbare besluit genomen zijn vrouw te laten geloven dat hun dochter een schedelbasisfractuur had opgelopen bij een val op een plaats die te afgelegen was om haar onmiddellijk te kunnen vinden.

Toen het tot haar doordrong dat er iets anders was gebeurd, zakte Nan Maiden naar voren, met haar ellebogen op haar dijen gedrukt en haar vuisten tegen haar mond. Of geschokt, te zeer door verdriet overmand om het te begrijpen, of omdat ze iets maar al te goed begreep, huilde ze niet meer. Ze kreunde slechts, diep in haar keel: 'O god, o god, o god.'

Inspecteur Hanken leek snel te beseffen wat haar reactie inhield. Hij bestudeerde Andy Maiden nu beslist onvriendelijk. Hij stelde echter geen vragen met betrekking tot Nans onthulling. Als goed politieman wachtte hij rustig af.

Tijdens de nasleep van dit alles wachtte Maiden eveneens. Hij scheen echter tot de conclusie te komen dat er een soort verklaring van hem werd verwacht voor zijn onbegrijpelijke gedrag. 'Schat, het spijt me,' zei hij tegen Nan. 'Ik kon niet... Het spijt me zó, Nan. Ik kon het feit dat ze dood was nauwelijks aan, laat staan... laat staan dat ik onder ogen moest zien... dat ik me moest bezighouden met...' Hij zweeg even, uit alle macht de innerlijke kracht oproepend die een politieman door de jaren heen leerde te ontwikkelen, om het allerergste het hoofd te kunnen bieden. Zijn rechterhand – nog steeds met de bal die zijn vrouw hem had gegeven – kneep krampachtig, om zich vervolgens te ontspannen. 'Ik vind het zo erg,' zei hij met gebroken stem. 'Nan.'

Nan Maiden hief haar hoofd op. Eventjes bleef ze hem aankijken. Toen stak ze haar hand, bevend en wel, naar hem uit en sloot die om zijn arm. Daarna richtte ze zich tot de politie.

'Wilt u...' Haar lippen trilden. Ze ging niet verder tot ze zichzelf weer enigszins onder controle had. 'Wilt u me vertellen wat er gebeurd is?'

Inspecteur Hanken voldeed aan het verzoek, met een minimum aan details. Hij legde uit waar Nicola Maiden was gestorven en hoe, maar verder vertelde hij hun niets.

'Heeft ze geleden?' vroeg Nan, toen Hanken zijn korte uiteenzetting had beëindigd. 'Ik weet dat u het niet zeker kunt weten. Maar als er iets is wat ons het gevoel kan geven dat ze uiteindelijk... in elk geval iets...'

Lynley herhaalde wat de patholoog van Binnenlandse Zaken hun had verteld.

Nan dacht een poosje over die informatie na. In de stilte klonk Andy Maidens ademhaling luid en raspend. Nan zei: 'Ik wilde het weten omdat... Gelooft u... Zou ze om een van ons hebben geroepen... Zou ze gehoopt hebben... Zou ze ons nodig gehad hebben?' Haar ogen vulden zich met tranen en ze zweeg.

Bij het horen van haar vragen dacht Lynley terug aan de moorden die vroeger op de heide waren gepleegd, de afgrijselijke bandopname die Myra Hindley en haar trawant hadden gemaakt, en de smart van de moeder van het vermoorde meisje toen de band tijdens de rechtszaak was afgedraaid en ze had moeten luisteren naar de doodsbange stem van haar kind dat om haar mama riep terwijl ze werd gedood. Zijn er geen bepaalde feiten, dacht hij, die niet openbaar gemaakt zouden moeten worden omdat die niet door iemand persoonlijk kunnen worden verdragen? Hij zei: 'Door de klappen op haar hoofd is ze meteen bewusteloos geraakt. En dat is ze gebleven.'

Nan Maiden knikte terwijl ze dit verwerkte. 'Op haar lichaam, waren er nog andere...? Is ze... Heeft iemand...?'

'Ze is niet gemarteld,' onderbrak Hanken haar alsof ook hij er behoefte aan had om het leed van de moeder van het vermoorde meisje te verzachten. 'Ze is niet verkracht. Later krijgen we een volledig rapport, maar op dit moment ziet het ernaar uit dat de slagen op het hoofd het enige is wat ze...' Hij zweeg, schijnbaar zoekend naar een woord dat de minste pijn zou veroorzaken. 'Het enige wat ze heeft ondergaan.'

Lynley zag dat Nan Maiden de arm van haar echtgenoot nog steviger vastgreep. Maiden zei: 'Ze zag eruit of ze sliep. Bleek. Krijtwit. Maar toch, alsof ze sliep.'

'Ik wilde dat dat het beter maakte,' zei Nan. 'Maar het is niet zo.'

Niets kan dat doen, dacht Lynley. 'Andy, we hebben misschien het andere lichaam geïdentificeerd. Daar moeten we nu snel mee verder. We geloven dat de jongen Terence Cole heette. Hij woonde op een adres in Londen, in Shoreditch. Zegt die naam je iets?'

'Was ze niet alleen?' De blik die Nan Maiden haar man toewierp maakte de

politie duidelijk dat hij ook die informatie voor haar had verzwegen. 'Andy?'
'Ze was niet alleen,' zei Maiden.
Hanken verduidelijkte de situatie voor Nan Maiden. Hij vertelde haar dat de kampeeruitrusting van één enkele persoon – waarvan hij later aan Maiden zou vragen om te zien of die van zijn dochter was – binnen de stenen kring van Nine Sisters Henge was aangetroffen, met het lichaam van een tiener, een jongen, die zelf niets anders bij zich had dan de kleren die hij droeg.
'Die motorfiets, bij haar auto.' Maiden trok snel zijn conclusie uit de feiten. 'Was die van hem?'
'Van ene Terence Cole,' bevestigde Hanken. 'Niet als gestolen opgegeven en tot dusver niet opgeëist door iemand die van de heide kwam. De motor staat geregistreerd op een adres in Shoreditch. We hebben er nu een man opaf gestuurd, om te kijken hoe het er daar voorstaat, maar het lijkt waarschijnlijk dat we de juiste identificatie hebben. Kent een van u beiden de naam?'
Maiden schudde langzaam zijn hoofd en zei: 'Cole. Nee, ik niet. Nan?'
Zijn vrouw zei: 'Ik ken hem niet. En Nicola... Die zou toch zeker over hem gesproken hebben als hij een vriend van haar was? Ze zou hem ook hebben meegenomen om kennis met ons te maken. Dat deed ze toch altijd? Zo... zo was ze nu eenmaal.'
Andy Maiden begon vervolgens verstandig te spreken. Hij stelde een logische vraag die voortkwam uit zijn politiejaren. 'Bestaat de mogelijkheid dat Nick...' Hij wachtte even en hij leek zijn vrouw voor te bereiden op de vraag door zachtjes een hand op haar dij te leggen. 'Kan ze eenvoudig op de verkeerde plaats zijn geweest? Zou de jongen het doelwit zijn geweest? Tommy?' Hij keek Lynley aan.
'In elke andere zaak zou dat een punt van overweging zijn,' gaf Lynley toe.
'Maar niet in deze? Waarom niet?'
'Kijk hier eens naar.' Hanken haalde een kopie tevoorschijn van de met de hand geschreven brief die Nicola Maiden bij haar had gehad.
De Maidens lazen de vijf woorden DIT LOEDER IS ER GEWEEST, terwijl Hanken hun meedeelde dat het origineel in een van de jaszakken van hun dochter was gevonden.
Lange tijd staarde Andy Maiden naar de brief. Hij nam de rode bal over in zijn linkerhand en kneep er stevig in. 'Lieve god. Wilt u ons vertellen dat iemand eropuit was om haar te vermoorden? Dat iemand haar achterna is gegaan om haar te vermoorden? Dat dit niet een toevallige ontmoeting met een onbekende was? Een stomme ruzie die ergens over ontstond? Dat een psychopaat haar en die jongen heeft vermoord omdat het hem een kick gaf?'
'Dat betwijfel ik,' zei Hanken. 'Maar u kent de procedure even goed als wij, neem ik aan.'
Wat zijn manier was, wist Lynley, om te zeggen dat Andy Maiden, als politiefunctionaris, zou moeten weten dat elke mogelijkheid die verband kon houden met de moord op zijn dochter, zou worden nagetrokken. Hij zei: 'Als

iemand speciaal naar de hei is gegaan om uw dochter te vermoorden, moeten we weten waarom.'

'Maar ze had geen vijanden,' verklaarde Nan Maiden. 'Ik weet dat u denkt dat iedere moeder dat zegt, maar in dit geval is het waar. Iedereen mocht Nicola graag. Zo iemand was ze nu eenmaal.'

'Blijkbaar toch niet iedereen, mevrouw Maiden,' zei Hanken. Daarna haalde hij de kopieën van de anonieme brieven tevoorschijn die ook op de plaats delict waren gevonden.

Andy Maiden en zijn vrouw lazen ze zonder iets te zeggen, met een uitdrukkingloos gezicht. Zij was degene die ten slotte begon te spreken, toen ze ze allemaal hadden bekeken. Terwijl ze het deed, hield haar man zijn ogen strak op de brieven gericht. Ze zaten beiden doodstil, als standbeelden.

'Het is onmogelijk,' zei ze. 'Nicola kan deze brieven niet hebben ontvangen. U begaat een vergissing als u denkt dat het wel zo is.'

'Waarom?'

'Omdat we ze nooit hebben gezien. En als ze bedreigd werd, door iemand, door wie dan ook, zou ze het ons onmiddellijk verteld hebben.'

'Als ze u niet ongerust wilde maken...'

'Alstublieft. U moet me geloven. Zo was ze niet. Daar stond ze niet bij stil: dat we ons zorgen zouden maken of zoiets. Ze zei gewoon altijd de waarheid.' Eindelijk bewoog Nan zich, ze bracht een hand naar haar haren en duwde die naar achteren alsof die simpele beweging haar woorden zouden benadrukken op een manier waarop haar stem het niet kon. 'Als er iets was misgelopen in haar leven zou ze het ons hebben verteld. Zo was ze. Ze besprak alles met ons. Alles. Echt waar.' Daarna, met een ernstige blik op haar man: 'Andy?'

Met moeite wendde hij zijn blik van de brieven af. Zijn gezicht, dat tevoren al bloedeloos had geleken, was nu nog veel witter. Hij zei: 'Ik wil er niet aan denken. Maar het is het meest logische antwoord als iemand haar werkelijk achterna is gegaan... als er al niet iemand bij haar was... als iemand haar niet toevallig tegen het lijf is gelopen en haar en de jongen heeft vermoord omdat hij er met zijn gestoorde geest plezier aan beleefde.'

'En die is?' vroeg Lynley.

'SO10,' zei Andy met nadruk, met een gezicht alsof het hem grote moeite kostte die woorden uit te spreken. 'In de loop der jaren zijn er zo veel zaken geweest, zijn er zo veel schurken achter de tralies beland. Moordenaars, drugshandelaren, maffiabazen, noem maar op. Ik zat er middenin.'

'Andy! Nee!' protesteerde zijn vrouw, die blijkbaar begreep waar hij heen wilde. 'Dit heeft níéts met jou te maken.'

'Iemand die op borgtocht is vrijgelaten, die achter onze verblijfplaats is gekomen, die lang genoeg in de buurt is blijven rondhangen om onze gewoonten te kennen.' Daarna wendde hij zich tot Nan. 'Je begrijpt toch wat er gebeurd kan zijn? Iemand die uit is op wraak, Nancy, die Nick te pakken neemt omdat hij wist dat ik, wanneer mijn dochter, mijn kind, vermoord werd,

langzaam zou sterven... dat hij me tot een levende dood zou veroordelen...'
'Het is een mogelijkheid die we niet over het hoofd kunnen zien, dat is zo,'
zei Lynley. 'Omdat als uw dochter, zoals u zegt, geen vijanden had, we blijven
zitten met die ene vraag: wie had die dan wel? Als je iemand achter de tralies
hebt gebracht die nu op borgtocht is vrijgelaten, Andy, hebben we die naam
nodig.'
'Jezus. Dat waren er zo veel.'
'De Yard kan in Londen al je oude dossiers doornemen, maar jij kunt ons hel-
pen door ons een aanwijzing te geven. Als er een speciaal onderzoek is dat je
je kunt herinneren, kun je ons de helft van het werk besparen door een lijstje
namen te geven.'
'Ik heb mijn dagboeken.'
'Dagboeken?' vroeg Hanken.
'Ik heb er wel eens over gedacht...' Maiden schudde vol zelfspot zijn hoofd.
'Ik heb erover gedacht om na mijn pensionering te gaan schrijven. Memoires.
Ego. Maar toen kwam het hotel ertussen, en ik ben er nooit aan toegekomen.
Maar ik heb de dagboeken. Als ik die doorkijk, misschien komt er dan een
naam boven... een gezicht...' Daarna leek hij lichtelijk ineen te schrompelen,
alsof het gewicht van de verantwoordelijkheid voor de dood van zijn dochter
zwaar op hem drukte.
'Je weet het niet zeker,' zei Nan Maiden. 'Andy, alsjeblieft doe dit jezelf niet
aan.'
Hanken zei: 'We zullen elke aanwijzing die opdoemt, natrekken. Dus als...'
'Dan moet u bij Julian zijn.' Nan Maiden zei het uitdagend, alsof ze vastbesloten was de politie te bewijzen dat er andere wegen te volgen waren behalve
die welke naar het verleden van haar echtgenoot leidde.
Maiden zei: 'Nancy, nee.'
'Julian?' zei Lynley.
Julian Britton, vertelde Nan hem. Hij had zich kortgeleden met Nicola verloofd. Ze bedoelde niet dat ze hem verdacht, maar als de politie op zoek was
naar aanwijzingen zouden ze zeker met Julian willen praten. Nicola was bij
hem geweest, de avond voor ze vertrok om te gaan kamperen. Ze zou iets
tegen Julian gezegd kunnen hebben, of misschien zelfs iets hebben gedaan,
wat de politie aanleiding zou kunnen geven om een andere richting in te
slaan met hun onderzoek.
Het was een heel redelijke suggestie, dacht Lynley. Hij schreef Julians naam
en adres op. Nan Maiden verschafte hem de gegevens.
Hanken deed er nadenkend het zwijgen toe. Hij zei niets meer tot hij en
Lynley weer in de auto zaten. 'Het kan allemaal op niets uitdraaien, hè?' Hij
draaide het sleuteltje om, reed achteruit de parkeerplek af en draaide de auto
zodat ze Maiden Hall konden zien. Hij liet de motor in de vrijstand draaien
terwijl hij het oude, zandstenen gebouw bestudeerde.
'Wat bedoel je?' vroeg Lynley.

'SO10. Het idee dat het om iemand uit zijn verleden zou gaan. Het is een beetje te gemakkelijk, vind je ook niet?'

'Gemakkelijk is een vreemde woordkeus om een aanwijzing en een mogelijke verdachte te beschrijven,' merkte Lynley op. 'Tenzij je zelf al een vermoeden hebt...' Hij keek naar de Hall. 'Wat vermoed je eigenlijk, Peter?'

'Ken je White Peak?' vroeg Hanken abrupt. 'Dat strekt zich uit van Buxton naar Ashbourne. Van Matlock naar Castleton. We hebben valleien, we hebben heidevelden, we hebben paden, we hebben heuvels. Dit,' met een armzwaai naar de omgeving, 'maakt er deel van uit. De weg waarlangs we hiernaartoe zijn gereden trouwens ook.'

'En?'

Hanken draaide zich in zijn stoel om, zodat hij Lynley beter kon aankijken. 'En in dat hele, grote gebied is Andy Maiden erin geslaagd om afgelopen dinsdagavond, of woensdagochtend als we hem willen geloven, de auto van zijn dochter te vinden, verstopt achter een stenen muur. Wat denk je daarvan, Thomas?'

Lynley keek naar het gebouw, naar de vensters die het laatste daglicht weerspiegelden als de ene rij neergeslagen ogen na de andere. 'Waarom heb je me dat niet gezegd?' vroeg hij zijn collega.

'Ik had er niet bij stilgestaan,' zei Hanken. 'Niet voor onze vriend over SO10 begon. Niet voor onze Andy erop betrapt werd dat hij de waarheid voor zijn vrouw had verzwegen.'

'Hij wilde het haar zo lang mogelijk besparen. Welke man zou dat niet doen?' vroeg Lynley.

'Een man die niets op zijn geweten heeft,' antwoordde Hanken.

Nadat ze een douche had genomen en de gemakkelijkste wijde broek die ze bezat, had aangetrokken, was Barbara bezig een maaltijd te verorberen, bestaande uit een restje mu shu-varkensvlees van de afhaalchinees, dat koud nu niet bepaald tot de culinaire toptien behoorde, toen Nkata arriveerde. Hij kondigde zich aan met twee klopjes op de deur. Ze deed open, met het plastic bakje in haar hand en ze zwaaide naar hem met een eetstokje.

'Moet je horloge soms worden schoongemaakt? Wat beschouw jij als vijf minuten, Winston?'

Onuitgenodigd stapte hij binnen en schonk haar zijn stralendste glimlach. 'Sorry. Ik werd nog een keer opgepiept voor ik kon weggaan. De baas. Ik moest hem eerst terugbellen.'

'Natuurlijk. Je kunt een hoge piet niet laten wachten.'

Nkata liet de opmerking voor wat ze was. 'Het is maar goed dat de bediening zo langzaam is in dat eetcafé. Ik had er al een halfuur geleden kunnen weggaan, dan zou ik te dicht bij Shoreditch zijn geweest om naar jou toe te komen. Grappig, vind je niet? Zoals mijn moeder altijd zegt: alles loopt precies zoals het lopen moet.'

Met half dichtgeknepen ogen staarde Barbara hem aan zonder iets te zeggen. Ze was van haar stuk gebracht. Ze wilde hem uitschelden vanwege het briefje dat hij voor haar had achtergelaten, en voor de aanhef agente die er zo duidelijk op stond, maar zijn luchtige houding weerhield haar ervan. Ze kon zijn achteloosheid evenmin verklaren als zijn aanwezigheid in haar huis. Hij kon toch tenminste kijken alsof hij zich niet op zijn gemak voelde, dacht ze.

'We hebben twee lijken in Derbyshire en een spoor dat naar Londen leidt met betrekking tot die zaak,' zei Nkata. Hij kwam met de details: een vrouw, een jongeman, een voormalige politieman van SO10, anonieme brieven, met letters uit tijdschriften, een met de hand geschreven dreigbrief. 'Ik moet naar een adres in Shoreditch waar die vermoorde jongen misschien thuishoorde,' zei hij tegen haar. 'Als er iemand is die het lichaam kan identificeren moet ik morgenochtend terug naar Buxton. Maar op de Yard moeten dingen worden nagetrokken. De inspecteur heeft net tegen me gezegd dat ik dat moest regelen. Daarom heeft hij me opgepiept.'

Barbara kon de gretige klank in haar stem niet verbergen toen ze zei: 'Heeft Lynley naar mij gevraagd?'

Nkata keek heel even een andere kant op, maar het was genoeg. Ze kwam weer met beide benen op de grond.

'Ik begrijp het.' Ze nam het plastic bakje mee naar het aanrecht. Het varkensvlees lag haar zwaar op de maag. De smaak was als wol op haar tong. 'Als hij niet weet dat je mij ervoor vraagt, Winston, kan ik weigeren zonder dat iemand ervan afweet, hè? Je kunt me overslaan en iemand anders nemen.'

'Natuurlijk,' zei Nkata. 'Ik kan op het rooster kijken. Of ik kan tot morgen wachten en de inspecteur iemand laten uitkiezen. Maar als ik dat doe, zul jij aan de slag moeten met Stewart, Hale of MacPherson. En ik dacht niet dat je daar veel voor zou voelen als je het niet hoeft.' Hij liet onuitgesproken wat algemeen bekend was bij de recherche: dat Barbara absoluut niet had kunnen samenwerken met de rechercheurs die hij had opgenoemd, en dat ze daarom weer straatdienst had moeten doen, waar ze slechts uit was gehaald om Lynleys partner te worden.

Barbara draaide zich als gestoken om, verbaasd door wat een onverklaarbare edelmoedigheid van de andere rechercheur leek te zijn. Iedere andere man in zijn situatie zou haar in haar sop hebben laten gaarkoken om zijn eigen positie des te sneller te kunnen verbeteren, ongeacht wat ze zou moeten doormaken. Dat Nkata het niet deed maakte haar dubbel voorzichtig, in het bijzonder gezien de aanhef 'agente' die zo opvallend voor haar naam stond op het briefje dat hij had geschreven. Dat kon ze niet vergeten en het zou dwaas zijn om het te proberen.

Hij zei: 'De chef wil dat er iets via de computer wordt uitgezocht. Bij CRIS. Niet bepaald je lievelingswerk, dat weet ik. Maar ik dacht dat ik je, als je met me mee zou willen gaan naar Shoreditch, daarom was ik feitelijk bij jou in de buurt, daarna bij de Yard zou kunnen afzetten, dan zou je meteen aan de slag kunnen gaan met de oude recherchedossiers. Als je snel iets goeds uit die rapporten haalt, wie weet?' Nkata verplaatste zijn gewicht op zijn andere been. Hij leek iets minder op zijn gemak toen hij besloot met: 'Het zou je een eind op weg kunnen helpen naar je rehabilitatie.'

Barbara vond een nog ongeopend pakje sigaretten, weggestopt tussen het met kruimels bezaaide broodrooster en een doos knabbels. Ze stak er een op met behulp van een van de pitten van het gastoestel en ze probeerde enige zin te ontdekken in wat ze hoorde.

'Ik begrijp het niet. Dit is je kans, Winston. Waarom grijp je die niet aan?'

'Mijn kans waarvoor?' zei hij niet-begrijpend.

'Je weet best waarvoor. Om de ladder te beklimmen, de berg te bestijgen, naar de maan te vliegen. Wat Lynley betreft kan ik niet dieper zijn gezonken. Dit is je kans om je van de rest te onderscheiden. Waarom pak je die niet? Of, liever gezegd, waarom wil je het risico lopen dat ik iets zou kunnen doen om de smet op mijn reputatie weg te werken?'

'De inspecteur heeft tegen me gezegd dat ik er een andere agent bij moest halen,' zei Nkata. 'Ik dacht meteen aan jou.'

'Ah,' zei ze. 'Een andere agent. Nu je het er toch over hebt...' Ze pakte het briefje van de tafel, waar ze het naast haar ketting had neergelegd. Ze zei: 'Ik denk dat ik jou hiervoor moet bedanken? Ik had erover gedacht om een advertentie in de krant te zetten om het bij het grote publiek bekend te maken, maar jij hebt me die moeite bespaard.'

Nkata fronste zijn wenkbrauwen. 'Waar heb je het over?'

'Het briefje, Winston. Agente Havers. Dacht je nu werkelijk dat ik mijn rang zou vergeten? Of wilde je me er alleen maar aan herinneren dat we nu elkaars gelijke zijn, dat we op hetzelfde niveau spelen, voor het geval ik het zou vergeten?'

'Wacht eens even. Je hebt het helemaal mis.'

'O, ja?'

'Ja.'

'Ik geloof het niet. Welke andere reden zou je ervoor kunnen hebben om me te betitelen als agente Havers? Agent, net als jij.'

'De meest voor de hand liggende reden ter wereld,' zei Nkata.

'O, ja? En die is?'

'Ik heb je nog nooit Barb genoemd.'

Ze knipperde met haar ogen. 'Wat zeg je?'

'Ik heb je nog nooit Barb genoemd,' herhaalde hij. 'Alleen brigadier. Altijd. En dan dit...' Met zijn grote handen maakte hij een gebaar dat de kamer omvatte, maar waarmee hij de dag bedoelde, zoals ze heel goed wist. 'Ik wist niet wat ik er anders op moest zetten. De naam, en zo.' Hij grinnikte en hij wreef over zijn nek, waardoor hij zijn hoofd boog en het oogcontact verbroken werd. Hij zei: 'Bovendien, agent is je rang. Niet wie je bent.'

Barbara was met stomheid geslagen. Ze staarde hem aan. Zijn aantrekkelijke

111

gezicht met het lelijke litteken droeg op dit moment een onzekere uitdrukking. Dat moest voor het eerst zijn. In gedachten ging ze terug naar de zaken
waaraan ze met Nkata had gewerkt. Door die op te roepen werd ze zich
bewust van de waarheid.

Ze maskeerde haar verwarring met haar sigaret, ze inhaleerde, blies uit, bestudeerde de as en tikte grijze vlokjes af in de gootsteen. Toen de stilte tussen hen
haar te veel werd, zuchtte ze en ze zei: 'Jezus, Winston. Sorry. Verdomme.'

'Goed,' zei hij. 'Dus, doe je mee of niet?'

'Ik doe mee,' antwoordde ze.

'Mooi,' zei hij.

'En zeg maar Barbara.'

6

Het was donker tegen de tijd dat ze Chart Street in Shoreditch inreden en een parkeerplaats zochten naast een trottoir waarlangs Vauxhalls, Opels en Volkswagens stonden. Barbara had een felle steek in haar maag gevoeld toen Nkata haar had meegenomen naar Lynleys slanke, zilveren auto, een bezit dat zo gekoesterd werd door de inspecteur dat alleen al het feit dat hij de sleutels ervan had afgestaan een welsprekend bewijs was van Lynleys vertrouwen in zijn ondergeschikte. Barbara zelf had die sleutelring slechts bij twee gelegenheden in handen gekregen, maar beide keren was dat lang nadat ze aan haar eerste zaak als partner van de inspecteur had meegewerkt. Nu ze nadacht over haar samenwerking met Lynley, kon ze zich werkelijk met geen mogelijkheid voorstellen dat hij zijn autosleutels kon hebben afgestaan aan de persoon die ze was tijdens het eerste onderzoek dat ze samen hadden ingesteld. Dat hij ze zo gemakkelijk aan Nkata had gegeven sprak boekdelen over de aard van hun relatie.

Goed, dacht ze berustend, zo is het nu eenmaal. Ze keek rond in de buurt waar ze reden, zoekend naar het adres dat de Dienst Motorvoertuigen had opgegeven als dat van de eigenaar van de motorfiets die dicht bij de plaats van de moord in Derbyshire was aangetroffen.

Zoals zo veel van dergelijke wijken in Londen, mocht Shoreditch misschien zo nu en dan wat achterop zijn geraakt, maar het was nooit helemaal afgeschreven. Het was een dichtbevolkte buurt, gebouwd op een smal gedeelte dat aan het grotere Hackney vastzat, in noordoost-Londen. Omdat het een van de begrenzingen van de binnenstad vormde, waren in een deel van Shoreditch die financiële instellingen doorgedrongen die men slechts verwachtte te zien binnen de Romeinse muren van oud-Londen. In andere delen waren bedrijven en commerciële activiteiten tot ontwikkeling gekomen. Maar in Shoreditch waren nog steeds sporen zichtbaar van de voormalige dorpen Haggeston en Hoxton, ook al hadden die sporen soms alleen maar de vorm aangenomen van bordjes die de plaatsen aangaven waar de Burbages hun toneelspel hadden opgevoerd en waar medewerkers van William Shakespeare begraven lagen.

Chart Street bleek de geschiedenis van de wijk te vertegenwoordigen in één enkele, korte, doorgaande weg die zich uitstrekte tussen Pitfield Street en East Road. Er stonden zowel bedrijfspanden als woningen. Sommige gebouwen waren opvallend modern en nieuw en vertegenwoordigden de rijkdom van de binnenstad. Andere wachtten op het wonder van de Londense wijken, een toestroom van bewoners uit de betere milieus, die een simpele straat binnen het tijdsbestek van enkele jaren konden omtoveren van een plek met armoedige etagewoningen tot een yuppieparadijs.

Het adres dat de Dienst Motorvoertuigen had gegeven bracht hen naar een blok rijtjeshuizen dat zich zo te zien ergens tussen de twee uitersten van verval en renovatie bevond. De huizen zelf hadden een vlakke voorgevel en waren opgetrokken uit baksteen, en hoewel het houtwerk van het huis in kwestie dringend behoefte had aan een verfje hingen er witte gordijnen voor de ramen die er, althans van buiten, netjes en schoon uitzagen.

Nkata vond een parkeerplaats voor café Marie Lloyd. Hij schoof de Bentley erin met een concentratie die volgens Barbara een neurochirurg aan een open schedel schonk. Ze deed het portier open en ze stapte uit bij de derde keer dat haar collega de auto nauwkeurig recht langs het trottoir zette. Ze stak een sigaret op en ze zei: 'Verdomme, Winston. Je werkt niet op uurbasis en we worden er allebei niet jonger op. Schiet op.'

Nkata grinnikte innemend. 'Ik geef jou tijd voor je slechte gewoonte.'

'Bedankt, maar ik hoef geen heel pakje op te roken.'

Nadat hij de auto eindelijk naar tevredenheid had geparkeerd, liet Nkata zich eruit glijden, sloot de wagen af en schakelde het alarm in. Hij controleerde nauwlettend of de deuren op slot waren voor hij zich bij Barbara voegde op het trottoir. Ze liepen naar het huis, Barbara rokend en Nkata nadenkend. Bij de gele voordeur bleef hij staan. Barbara dacht dat hij haar de tijd liet om haar sigaret op te roken en ze pafte er flink op los, zich opladend met nicotine zoals ze meestal deed voor ze zich aan een taak wijdde die wel eens onplezierig zou kunnen blijken.

Toen ze ten slotte het brandende peukje op straat gooide, kwam Nkata echter nog steeds niet in beweging. Ze zei: 'Nou? Gaan we naar binnen of niet? Wat is er?'

Hij rukte zich uit zijn overpeinzingen los en hij zei: 'Dit is voor mij de eerste keer.'

'Eerste keer? O. Je eerste keer als de brenger van slecht nieuws? Nou, ik kan je vertellen dat het er niet gemakkelijker op wordt.'

Met een treurig lachje keek hij haar aan. 'Gek eigenlijk, als je erover nadenkt,' zei hij zacht. Zijn Caribische accent was duidelijk hoorbaar in het laatste woord, dat er zangerig uitkwam.

'Waarover nadenkt?'

'Dat mijn moeder heel wat keren een bezoek als dit van de politie had kunnen krijgen, als ik de weg was blijven bewandelen die ik bewandelde.'

'Ja. Nou,' ze knikte naar de deur, waarna ze de ene trede van de stoep opstapte. 'We hebben allemaal ons verleden, Winnie.'

Het zwakke geluid van kindergehuil kroop door de kier bij de deurpost. Toen Barbara op de bel drukte, kwam het geluid dichterbij. Het werd luider en een gekwelde vrouwenstem zei: 'Sst nu. Sst. Zo is het genoeg, Darryl. We weten het nu wel.' Daarna werd vanachter de deur geroepen: 'Wie is daar?'

'Politie,' antwoordde Barbara. 'Kunnen we u even spreken?'

Eerst was er geen andere reactie dan het gehuil van Darryl dat onverminderd doorging. Toen ging de deur open. Tegenover zich zagen ze een vrouw met een kleine jongen op haar heup, die met zijn loopneus langs de kraag wreef van de groene jasschort die ze aanhad. Op de linkerborstzak waren de woorden THE PRIMROSE PATH geborduurd, met daaronder de naam SAL.

Barbara hield haar legitimatiebewijs gereed. Ze liet het aan Sal zien toen een jongere vrouw de smalle trap af kwam rennen die zo'n drie meter achter de deur begon. Ze droeg een chenille ochtendjas waarvan een mouw was stukgekauwd. Haar haren waren nat. Ze zei: 'Sorry, mam. Geef hem maar aan mij. Bedankt voor het oppassen, dat had ik nodig. Darryl, wat is er toch allemaal, schatje?'

'Pa,' zei Darryl snikkend, terwijl hij een groezelig handje uitstak naar Nkata.

'Hij wil zijn vader,' merkte Nkata op.

'Niet erg waarschijnlijk dat hij die stomme sukkel wil zien,' mompelde Sal. 'Geef je oma eens een kusje, lieverd,' zei ze tegen Darryl, die in al zijn ellende niet aan haar verzoek voldeed. Ze gaf hem een luide klapzoen op een van zijn natte wangetjes. 'Hij heeft weer buikpijn, Cyn. Ik heb een warme kruik voor hem gemaakt. Die ligt in de keuken. Denk erom dat je er een handdoek omheen doet voor je hem in zijn bedje legt.'

'Bedankt, ma. Je bent een schat,' zei Cyn. Met haar zoontje op haar heup verdween ze door de gang naar achteren.

'Waar gaat het over?' Sal keek van Nkata naar Barbara, maar ze bleef op haar plaats bij de deur staan. Ze had hun niet gevraagd om binnen te komen en het was duidelijk dat ze het ook niet van plan was. 'Het is al over tienen. Ik neem aan dat u dat weet.'

Barbara zei: 'Mogen we binnenkomen, mevrouw...?'

'Cole,' zei ze. 'Sally Cole. Sal.' Ze ging een paar stappen bij de deur vandaan en nam hen van top tot teen op toen ze over de drempel stapten, met haar armen onder haar borsten over elkaar geslagen. Barbara zag dat haar haar, dat bot was afgeknipt vlak onder de oren, aan beide kanten van haar gezicht lichtblonde strepen vertoonde, die de nadruk legden op een onregelmatig gezicht: een breed voorhoofd, een kromme neus en een mondje als een rozenknop. 'Ik kan niet tegen onzekerheid, dus zegt u maar meteen wat u me te vertellen hebt.'

'Kunnen we...' Barbara knikte in de richting van een openstaande deur, links van de trap. Erachter lag een vertrek dat kennelijk de zitkamer was, hoewel er voornamelijk een grote, merkwaardige verzameling tuinspullen in het midden stond. Een hark, waaraan om en om de tanden ontbraken, een schoffel met een naar binnen gebogen blad en een stompe spade vormden een soort indianentent boven een handschopje waarvan het handvat in tweeën was gebroken. Barbara bekeek de merkwaardige opstelling terwijl ze zich afvroeg of het iets met Sal Coles kleding te maken had. De groene jasschort met het geborduurde opschrift duidde op een baan die iets met bloemen, zo niet met landbouw te maken had.

'Mijn Terry is beeldhouwer,' deelde Sal mee. Ze was naast Barbara komen staan. 'Dat daar is van hem.'

'Tuingereedschap?' zei Barbara.

'Hij heeft een kunstwerk met snoeischaren gemaakt dat me aan het huilen brengt. Allebei mijn kinderen zijn kunstenaar. Cyn volgt een cursus bij de modevakschool. Gaat het over mijn Terry? Heeft hij problemen? Zeg het maar ronduit.'

Barbara keek naar Nkata om te zien of hij de twijfelachtige honneurs wilde waarnemen. Hij bracht de vingers van een hand naar het litteken op zijn wang, alsof het was beginnen te kloppen. Ze zei: 'Terry is niet thuis, mevrouw Cole?'

'Hij woont hier niet,' deelde Sal haar mee. Ze ging verder met te vertellen dat hij een kamer en een studio in Battersea deelde met een meisje, Cilla Thompson, ook een artieste. 'Er is toch niets met Cilla gebeurd? U bent toch niet op zoek naar Terry vanwege Cilla? Ze zijn alleen maar vrienden, die twee. Dus als ze weer in elkaar geslagen is, dan zou u er goed aan doen om met dat vriendje van haar te praten, niet met mijn Terry. Terry zou nog geen vlo die hem beet, kwaad doen. Hij is een goeie jongen, altijd geweest.'

'Is er een... Eh, is er een meneer Cole?' Nu ze op het punt stonden deze vrouw te vertellen dat haar zoon misschien dood was, had Barbara liever nog iemand in de buurt – een sterker iemand – om te helpen de slag te verzachten.

Sal begon bulderend te lachen. 'Meneer Cole, want die hééft bestaan, is er als een Houdini vandoorgegaan toen Terry vijf jaar was. Hij had een poezelig wijfie met een leuk stel kleintjes gevonden, in Folkestone, en dat was dat voor ons gezinshoofd. Waarom?' Er klonk nu ongerustheid in haar stem door. 'Wat is er toch aan de hand?'

Barbara knikte tegen Nkata. Tenslotte was hij degene die naar Londen was gekomen om de vrouw op te halen, als het nodig mocht zijn. Het was aan hem het bericht dat de niet-geïdentificeerde jongen misschien wel eens haar zoon zou kunnen zijn, te brengen. Hij begon met de BMW. Sal Cole bevestigde dat haar zoon een dergelijke motorfiets bezat. Terwijl ze het zei legde ze een logisch verband met een verkeersongeval en ze vroeg zo snel naar welk ziekenhuis hij was gebracht, dat Barbara wilde dat de boodschap die ze moesten overbrengen zo eenvoudig was als een aanrijding op de snelweg.

Het leed kon niet verzacht worden. Barbara zag dat Nkata naar een met foto's overladen schoorsteenmantel was gelopen die een kleine uitholling in de muur overspande waar vroeger een haard was geweest. Hij pakte een van de in plastic lijstjes geschoven foto's op, en aan de uitdrukking op zijn gezicht zag Barbara dat het meenemen van mevrouw Cole naar Derbyshire waarschijnlijk louter een formaliteit zou blijken. Tenslotte had Nkata foto's van het lichaam gezien, misschien wel het lichaam zelf. En hoewel slachtoffers van een moord er soms heel anders uitzagen dan toen ze nog leefden, waren

116

er voor een scherpzinnige opmerker gewoonlijk voldoende aanknopingspunten om met behulp van een foto een voorlopige identificatie te maken.

Het zien van de foto leek Nkata moed te geven om het verhaal te vertellen. Hij deed het zo eenvoudig en met zo veel medeleven dat Barbara er meer van onder de indruk raakte dan ze voor mogelijk had gehouden.

Er was een dubbele moord gepleegd, in Derbyshire, zei Nkata tegen mevrouw Cole. De slachtoffers waren een jongeman en een vrouw. Terry's motorfiets was vlak bij hen gevonden en de jongeman in kwestie toonde enige gelijkenis met deze foto van de schoorsteenmantel. Het zou natuurlijk toeval kunnen zijn dat Terry's motor dicht bij de plaats van een moord was aangetroffen. Toch had de politie iemand nodig die mee wilde gaan naar Derbyshire om te proberen het lichaam te identificeren. Dat zou mevrouw Cole kunnen zijn. Of, als ze dacht dat het haar te veel zou aangrijpen, dan iemand anders, Cilla Thompson misschien. Of Terry's zus... Dat moest mevrouw Cole beslissen. Voorzichtig zette Nkata de foto weer op zijn plaats.

Sal keek naar hem, met een verbijsterde uitdrukking op haar gezicht. Ze zei: 'Derbyshire? Nee, dat kan niet. Mijn Terry werkt aan een project in Londen, een groot project waar veel geld mee gemoeid is. Een opdracht die al zijn tijd in beslag neemt. Daarom kon hij afgelopen zondag niet komen lunchen, wat hij meestal doet. Hij is dol op onze kleine Darryl. Hij zou zijn zondagmiddag met Darryl niet willen missen. Maar die opdracht... Terry kon niet komen vanwege de opdracht. Dat zei hij.'

Haar dochter kwam naar beneden. Ze had een blauw trainingspak aangetrokken en haar haren achterovergekamd. In de deuropening bleef ze staan, ze scheen een poging te doen om in te schatten wat zich in de kamer afspeelde. Daarna liep ze snel naar Sal toen en ze zei: 'Mam? Wat is er? Je bent doodsbleek. Ga zitten, voordat je flauwvalt.'

'Waar is onze baby? Waar is kleine Darryl?'

'Hij ligt lekker in zijn bedje. Die kruik was precies wat hij nodig had. Toe nou, mam. Ga zitten voor je valt.'

'Heb je er een handdoek omheengedaan, zoals ik je gezegd heb?'

'Alles is goed met hem.' Cyn wendde zich tot Barbara en Nkata. 'Wat is er gebeurd?'

Nkata legde het in het kort uit. De tweede keer leek hem niet van zijn stuk te brengen, maar mevrouw Cole wel. Toen hij nogmaals de vondst van het lichaam beschreef, greep ze de steel van de schoffel in de vreemde tentstructuur vast en ze zei: 'De opdracht zou drie keer zo groot worden als dit. Dat heeft hij me gezégd.' Daarna liep ze naar een met tot op de draad versleten stof beklede stoel. Er lag kinderspeelgoed naast en ze pakte een speeltje op: een felgele vogel die ze tegen haar borst drukte.

'Derbyshire?' zei Cyn ongelovig. 'Wat doet onze Terry in godsnaam in Derbyshire? Mam, waarschijnlijk heeft hij zijn motorfiets aan iemand uitgeleend. Cilla zal het wel weten. Laten we haar bellen.'

117

Ze beende meteen weg om de nummers in te toetsen op een telefoon die op een vierkant tafeltje aan de voet van de trap stond. Haar aandeel aan het gesprek was heel eenvoudig: 'Spreek ik met Cilla Thompson?... Met Cyn Cole, Terry's zus... Ja... O, prima. Het is echt een klein monster. We komen allemaal opdraven wanneer hij maar even met zijn ogen knippert. Hoor eens, Cilla, is Terry in de buurt?... O. Weet je misschien waar hij naartoe is?' Een sombere blik over haar schouder naar haar moeder, terwijl Cilla's antwoord hun het verhaal vertelde. Cyn zei: 'Nou, goed... Nee. Nee, geen boodschap. Maar als hij binnen een uur of zo komt opdagen, wil je dan vragen of hij me thuis wil bellen? Oké?' Daarna legde ze de hoorn neer.

Sal en Cyn voerden een woordenloos gesprek, zoals vrouwen doen die lange tijd in elkaars gezelschap hebben doorgebracht. Sal zei zacht: 'Hij heeft zijn hart en ziel op die opdracht gezet. Hij zei: "Dit is het begin van *Destination Art*. Wacht maar eens af, mam." Dus ik zou niet weten waarom hij kan zijn weggegaan.'

'Destination Art?' vroeg Barbara.

'Zijn galerie. Zo wilde hij die noemen: Destination Art,' verduidelijkte Cyn. 'Hij heeft altijd een galerie voor moderne kunst willen hebben. Die zou... zál hij openen op de zuidelijke oever, vlak bij de Hayward. Het is zijn droom. Mam, misschien is dit niets. Hou dat voor ogen. Misschien is het niets.' Maar haar stem klonk alsof ze niets liever zou willen dan zichzelf overtuigen.

'We willen graag het adres hebben,' zei Barbara tegen Cyn.

'Er is nog geen galerie,' antwoordde deze.

'Van Terry's kamer,' verduidelijkte Nkata. 'En van de studio die hij met Cilla deelt.'

'Maar u zei daarnet...' Sal maakte de opmerking niet af. Er viel een stilte. De oorzaak was hen allen duidelijk: wat niets zou kunnen zijn was waarschijnlijk iets, het allerergste wat een gezin als de familie Cole ooit onder ogen zou moeten zien.

Cyn ging de adressen opzoeken. Terwijl ze ermee bezig was zei Nkata tegen Terry's moeder: 'Ik kom u morgenochtend ophalen, mevrouw Cole. Maar als Terry u vanavond nog mocht bellen, kunt u me oppiepen. Ja? Ongeacht hoe laat het is. U laat het me maar weten.'

Hij schreef het nummer van zijn pieper op een blaadje van zijn keurige notitieboekje. Toen hij het eruit scheurde en aan Sal Cole overhandigde kwam Terry's zus terug met de gevraagde informatie, die ze aan Barbara gaf. Twee adressen stonden naast de woorden appartement en studio. Allebei in Battersea, zag Barbara. Ze sloeg ze in haar geheugen op – voor het geval dat, zei ze bij zichzelf – en vervolgens gaf ze het briefje aan Nkata. Hij knikte om haar te bedanken, vouwde het op en stak het in zijn zak. Er werd een tijd afgesproken waarop ze de volgende ochtend zouden vertrekken en daarna gingen beide rechercheurs naar buiten.

Een lichte bries waaide door de straat. Een plastic tas en een grote beker van

Burger King dwarrelden over het trottoir. Nkata schakelde de alarminstallatie van de auto uit. Hij deed het portier echter niet open, maar keek naar Barbara over het dak van de auto heen en daarna achter haar naar de somber uitziende gemeentewoningen aan de overkant van de straat. Zijn gezicht drukte een diepe droefheid uit.

'Wat is er?' vroeg Barbara.

'Nu zullen ze niet kunnen slapen,' zei hij. 'Ik had tot morgenochtend moeten wachten. Waarom heb ik daar niet aan gedacht? We hadden vanavond toch niet meer naar Derbyshire kunnen rijden. Ik ben veel te moe. Waarom ben ik zo haastig naar haar toegegaan alsof ik een brand moest blussen? Ze moeten voor die baby zorgen en door mij kunnen ze nu niet slapen.'

'Je had geen keus,' zei Barbara. 'Als je tot morgen had gewacht, waren ze misschien allebei niet thuis geweest: naar hun werk en naar school, en dan zou je een hele dag achterop zijn geraakt. Maak je er nu niet druk om, Winston. Je hebt gedaan wat je moest doen.'

'Hij is het,' zei hij. 'Die knaap van de foto. Hij is de jongen die vermoord is.'

'Zoiets dacht ik al.'

'Ze willen het niet geloven.'

'Wie wel?' zei Barbara. 'Het is het laatste afscheid zonder een kans om het uit te spreken. Niets kan beroerder zijn dan dat.'

Lynley koos Tideswell. Het stenen dorpje dat tegen twee tegenover elkaar liggende heuvels lag, bevond zich letterlijk midden tussen Buxton en Padley Gorge. Hij zou onderdak zoeken in hotel Black Angel — met een aardig uitzicht op de parochiekerk en het park eromheen — vanwaar hij tijdens het onderzoek gemakkelijk zowel het politiebureau als Maiden Hall zou kunnen bereiken. En Calder Moor, als het zover kwam.

Inspecteur Hanken stemde in met Lynleys voornemen om in Tideswell te blijven. Hij zou de volgende ochtend een auto sturen, zei hij, in afwachting van de terugkeer van Lynleys assistent uit Londen.

Hanken was aanmerkelijk ontdooid tijdens de uren die ze in elkaars gezelschap hadden doorgebracht. In de bar van de Black Angel hadden hij en Lynley allebei twee whisky's achterovergeslagen, voorafgaand aan het diner. Een fles wijn bij het eten en een cognacje erna droegen aanmerkelijk bij tot een kameraadschappelijke stemming.

De whisky's en de wijn hadden aan Hanken de sterke verhalen ontlokt die gewoonlijk onder collega-politiemensen de ronde doen: ruzies met superieuren, een puinhoop bij een onderzoek, moeilijke zaken waar hij tot zijn ongenoegen mee was opgezadeld. De cognac had persoonlijker ontboezemingen losgemaakt.

De inspecteur uit Buxton haalde de foto van zijn gezin tevoorschijn die hij Lynley eerder die dag had laten zien. Hij keek er lang en zwijgend naar, voor hij iets zei. Terwijl hij met zijn wijsvinger langs de omtrek van zijn in een

deken gewikkelde zoontje gleed, zei hij het woord 'kinderen', waarna hij verklaarde dat een man voorgoed veranderde op het moment dat hem een pasgeboren baby in de armen werd gelegd. Je zou het niet verwachten, zo'n per-
soonlijkheidsverandering was toch meer iets voor vrouwen, maar het
gebeurde. Het gevolg van die verandering was een overweldigend verlangen
om te beschermen, om elk probleem dat zich voordeed uit de weg te ruimen
en om alle wegen naar het hart van het gezin open te houden. Een kind verliezen ondanks alle voorzorgsmaatregelen? Het was iets wat zijn begrip te
boven ging.
'Dat is iets wat Andy Maiden op het moment doormaakt,' merkte Lynley op.
Hanken keek hem aan maar hij sprak hem niet tegen. Hij ging verder en vertrouwde zijn collega toe dat zijn Kathleen het licht van zijn leven was. Vanaf
de dag dat ze elkaar voor het eerst hadden gezien, had hij geweten dat hij met
haar wilde trouwen, maar het had vijf jaar geduurd voordat hij haar had overgehaald om er ook zo over te denken. Hoe was dat met Lynley en zijn jonge
bruid gegaan? Hoe hadden zij het ervaren?
Huwelijk, vrouw en kinderen waren niet echt onderwerpen waar Lynley over
wilde praten. Hij ontweek het handig door te zeggen dat hij nog te weinig
ervaring had. 'Als echtgenoot ben ik te nat achter de oren om er iets zinnigs
over te kunnen zeggen,' zei hij.
Hij merkte echter dat hij het onderwerp niet kon vermijden toen hij later die
avond alleen was met zijn gedachten. In een poging ze af te leiden, of althans
ze voor zich uit te schuiven, liep hij naar het raam van zijn kamer. Hij schoof
het een paar centimeter open en probeerde niet op de sterke schimmellucht
te letten die zijn onderkomen scheen te doordringen. Iets waar hij evenmin
in slaagde als in het over het hoofd zien van het bed met de doorgezakte
matras en het roze dekbed, overtrokken met een gladde, namaaksatijnen stof
die hem een nacht in het vooruitzicht stelde waarin hij zou moeten worstelen
om het op het bed te houden. Hij had tenminste een elektrische waterkoker,
bedacht hij zich somber, met een rieten mandje met theezakjes, zeven plastic
kuipjes melk, een blikje met suiker, en twee biscuitjes. En hij had ook een
badkamer, hoewel die geen raam had. Het vertrekje was voorzien van een met
linoleum beplakt bad met kalkvlekken en werd verlicht door een enkel peer-
tje dat niet meer licht gaf dan een kaars. Het had erger kunnen zijn, hield hij
zich voor. Maar hij zou niet weten hoe erg.
Toen hij het niet langer kon uitstellen wierp hij een blik op de telefoon. Het
toestel stond op een tuintafeltje met ijzeren poten dat dienstdeed als nachtkastje. Hij moest Helen bellen, al was het alleen maar om haar te zeggen waar
hij verbleef, maar hij voelde er weinig voor om de cijfers in te toetsen. Hij
dacht na over de reden.
Helen had ditmaal zeker meer ongelijk dan hij. Hij was weliswaar driftig
geworden, maar zij had een grens overschreden door de rol van Barbara
Havers' verdedigster op zich te nemen. Ze was zijn vrouw en hij mocht van

haar verwachten dat ze aan zijn kant stond. Ze had kunnen vragen waarom hij Winston Nkata had gekozen om met hem samen te werken en niet Barbara Havers, in plaats van te proberen met hem te argumenteren en hem een beslissing te laten herroepen die hij zich gedwongen had gezien te maken.

Natuurlijk herinnerde hij zich, toen hij erover nadacht, dat Helen het gesprek was begonnen met de vraag waarom hij Nkata had gekozen. Het waren zijn antwoorden die hen van een redelijk gesprek naar een ruzie hadden geleid. Toch had hij gereageerd zoals hij had gedaan omdat ze bij hem een zekere echtelijke, zo niet morele, verontwaardiging had opgeroepen. In haar vragen lag een bondgenootschap besloten met iemand wiens acties beslist niet gerechtvaardigd konden worden. Dat hem werd gevraagd om zijn eigen acties te rechtvaardigen, die redelijk, toelaatbaar en volkomen begrijpelijk waren, was niet weinig irritant.

Het politieapparaat werkte omdat de agenten te werk gingen volgens een gevestigde hiërarchie. De hogergeplaatsten hadden hun positie verkregen door te bewijzen dat ze konden presteren onder druk. Terwijl er een leven op het spel stond en een verdachte op de vlucht was had Barbara Havers' meerdere in een onderdeel van een seconde een beslissing genomen, orders gegeven die zowel helder als redelijk waren. Dat Havers die orders had genegeerd was al erg genoeg. Dat ze de zaak in eigen hand had genomen was veel erger. Maar dat ze de macht had gegrepen door een vuurwapen te gebruiken, betekende een schending van haar ambtseed. Het was niet gewoon maar tegen de regels in gaan. Het was een bespotting van alles waarvoor ze stonden. Waarom had Helen dat alles niet begrepen?

'Deze dingen zijn niet zwart-wit, Tommy.' De opmerking van Malcolm Webberly schoot hem te binnen, als een antwoord op de vraag die hij zichzelf stelde.

Lynley kon het echter niet eens zijn met de hoofdcommissaris. Hij was van mening dat sommige dingen dat wél waren.

Toch kon hij er niet omheen dat hij zijn vrouw moest bellen. Ze hoefden hun meningsverschil niet voort te zetten. En hij zou zich tenminste kunnen verontschuldigen omdat hij tegen haar was uitgevallen.

Uiteindelijk sprak hij echter niet met Helen, maar met Charlie Denton, de jonge, gefrustreerde toneelliefhebber die in Lynleys leven de rol van bediende vervulde, wanneer hij niet voor de kassa op Leicester Square stond waar kaartjes voor de halve prijs werden verkocht. De gravin was niet thuis, deelde Denton hem mee. Lynley voelde hoe de irritante man ervan genoot om Helen met haar titel aan te duiden. Ze had omstreeks zeven uur gebeld vanuit het huis van meneer St. James, ging Denton verder, en ze had gezegd dat haar was gevraagd of ze wilde blijven dineren. Ze was nog niet thuisgekomen. Wilde de graaf...

Vermoeid onderbrak Lynley de woordenstroom. 'Denton,' zei hij waarschuwend.

'Sorry.' De jongeman grinnikte en liet zijn onderdanige houding varen. 'Moet ik haar een boodschap doorgeven?'

'Ik krijg haar wel te pakken in Chelsea,' antwoordde Lynley, maar hij gaf Denton wel het nummer van de Black Angel.

Toen hij naar het huis van St. James belde, vernam hij echter dat Helen en de vrouw van St. James meteen na het diner waren uitgegaan. Hij bleef even praten met zijn oude vriend.

'Ze hadden het over een film,' zei St. James vaag. 'Ik kreeg de indruk dat het iets romantisch was. Helen zei dat ze echt toe was aan een avond kijken naar Amerikanen die lagen te rollebollen op een matras, met perfecte lichamen, modieus gekapt haar en volmaakte tanden. De Amerikanen, tussen twee haakjes, niet de matras.'

'Juist.' Lynley gaf zijn vriend het nummer van het hotel met het verzoek aan Helen om hem te bellen als ze op een redelijk tijdstip thuiskwam. Ze hadden weinig gelegenheid gehad om met elkaar te praten voor hij naar Derbyshire was vertrokken, zei hij tegen St. James. Zelfs in zijn eigen oren klonk het als een slappe verklaring.

St. James zei dat hij Helen de boodschap zou doorgeven. Wat vond Lynley van Derbyshire? wilde hij weten.

Het was een stilzwijgende uitnodiging om de zaak te bespreken. St. James zou er nooit rechtstreeks naar vragen. Hij had te veel respect voor de ongeschreven wetten die van toepassing waren op een politieonderzoek.

Lynley had er behoefte aan om met zijn oude vriend te praten. Hij somde de feiten op: de twee doden, de verschillende manieren waarop ze aan hun eind waren gekomen, de afwezigheid van een van de wapens, het feit dat de jongen nog niet kon worden geïdentificeerd, de uit uitgeknipte letters samengestelde anonieme brieven, de gekrabbelde mededeling 'dit loeder is er geweest'.

'Het drukt een stempel op de misdaad,' besloot Lynley, 'hoewel Hanken gelooft dat het briefje een afleidingsmanoeuvre kan zijn.'

'De moordenaar wilde ons om de tuin leiden?'

'Inderdaad.'

'Wie?'

'Andy Maiden, als je met Hankens redenering meegaat.'

'De vader? Dat is een nare zaak. Waarom gaan Hankens gedachten die kant uit?'

'In het begin niet.' Lynley beschreef hun gesprek met de ouders van het vermoorde meisje; wat er was gezegd en wat er onopzettelijk uit was gebleken. Hij besloot met: 'Dus Andy gelooft dat er verband bestaat met SO10.'

'Wat denk jij?'

'Zoals al het andere zal het moeten worden uitgezocht. Maar Hanken vertrouwde geen woord meer van wat Andy zei nadat we merkten dat Andy informatie voor zijn vrouw had achtergehouden.'

'Hij zou alleen maar hebben kunnen proberen om haar te beschermen,' merkte St. James op. 'Niet onredelijk voor een man die van zijn vrouw houdt. En als ze ons echt om de tuin hadden willen leiden, zouden ze je dan niet eerder hebben willen misleiden door de aandacht op de jongen te vestigen?'

Lynley was het met hem eens. 'Er bestaat een echte band tussen hen, Simon. Het lijkt me een buitengewoon hechte relatie.'

Aan de andere kant van de lijn bleef St. James een ogenblik stil. Buiten Lynleys hotelkamer liep iemand door de gang. Een deur viel zacht in het slot.

'Er is nog een manier om te bekijken waarom Andy Maiden zijn vrouw beschermt, geloof je ook niet, Tommy?'

'Welke dan?'

'Hij kan het om een andere reden hebben gedaan. De allerergste, om precies te zijn.'

'Medea in Derbyshire?' vroeg Lynley. 'Jezus, dat is afschuwelijk. En wanneer moeders een moord plegen is het kind meestal jong. Ik zal diep moeten graven naar een motief, als de zaak die kant op gaat.'

'Medea zou geredeneerd hebben dat ze er een had.'

Toen ze weer eens met een van Nicola's vele verdwijningen te maken kreeg, voorafgaand aan de verhuizing van het gezin naar Derbyshire, zou Nan Maiden, als iemand het had geopperd, niet geloofd hebben dat er een dag zou komen dat ze zou snakken naar iets zo simpels als een tiener die in een woede-uitbarsting van huis wegliep. Elke keer dat Nicola in het verleden was verdwenen had haar moeder gereageerd op de enige manier die ze kende: met een mengeling van vrees, boosheid en wanhoop. Ze had de vrienden van het meisje opgebeld, ze had de politie erbij gehaald en ze was de straat opgegaan om haar te zoeken. Ze was tot niets anders in staat geweest eer ze wist dat haar kind in veiligheid was.

Dat Nicola in de straten van Londen zou verdwijnen had Nans bezorgdheid altijd versterkt. Want er kon van alles gebeuren in de straten van Londen. Een tienermeisje kon worden aangerand; ze kon verleid worden om de schemerwereld van drugs te verkennen; ze kon in elkaar geslagen worden; ze kon verminkt worden.

Er was echter één mogelijk gevolg van Nicola's weglopen waar Nan nooit aan had gedacht: dat haar dochter vermoord zou kunnen worden. Die gedachte was gewoonweg te verschrikkelijk om bij stil te staan. Niet omdat er nooit jonge meisjes vermoord werden, maar omdat haar moeder, als het met dit speciale meisje zou gebeuren, er geen idee van had hoe ze zelf verder zou moeten leven.

Nu was het gebeurd. Niet gedurende die woelige tienerjaren, waarin Nicola aandrong op onafhankelijkheid en wat ze noemde: 'Zelfbeschikkingsrecht, mam. We leven niet in de Middeleeuwen, weet je.' Niet gedurende die martelende periode wanneer elke eis, of het nu om zoiets simpels en concreets ging als een nieuwe cd, of om zoiets ingewikkelds en vaags als persoonlijke vrijheid, een onuitgesproken dreigement was om voor een dag of een week of een maand te verdwijnen wanneer die eis niet werd ingewilligd. Maar nu, nu ze volwassen was, waren het op slot doen van haar deur en het dichtspijkeren van haar raam maatregelen die niet slechts ondenkbaar, maar ook onnodig waren. Toch is dat precies wat ik had moeten doen, dacht Nan diepbedroefd. Ik had haar moeten opsluiten, haar aan haar bed moeten vastbinden en moeten weigeren haar uit mijn ogen te laten gaan.

'Ik ben volkomen bij mijn verstand,' had Nicola nog geen vier dagen geleden tegen haar gezegd. 'Je weet dat ik nooit een beslissing neem die ik niet van begin tot eind heb doordacht. Ik ben vijfentwintig, en ik heb nog tien jaar. Nou, misschien vijftien, als ik goed uitkijk. Ik ben van plan om die ten volle te gebruiken. Je kunt me dit niet uit mijn hoofd praten, dus probeer het niet, mam.'

Ze had dat zo vaak gehoord. In de stem van het zeven jaar oude meisje dat Barbie wilde hebben, Barbies huis, Barbies auto en elk kledingstuk dat het onmogelijk gevormde plastic popje dat de belichaming van vrouwelijke seksualiteit moest voorstellen, kon worden aangetrokken. In de uitroepen van de twaalfjarige, die geen moment langer kon leven als haar niet werd toegestaan om make-up te dragen, kousen en tien centimeter hoge hakken. In de sombere buien van de vijftienjarige, die een eigen telefoon wilde, een paar in-line schaatsen, een vakantie in Spanje zonder te worden beperkt door de aanwezigheid van haar ouders. Nicola had altijd willen hebben wat Nicola wilde op het moment dat Nicola het wilde. En door de jaren heen had het vele malen zo veel gemakkelijker geleken om toe te geven dan een dag, een week of veertien dagen verdwijning te moeten doormaken.

Nu wenste Nan echter met haar hele hart dat haar dochter er eenvoudig weer voor had gekozen om weg te lopen. Ze voelde de centenaarslast van de schuld op zich drukken voor de keren tijdens Nicola's puberteit dat ze, geconfronteerd met weer een van haar dochters opstandige momenten waarin ze het ouderlijk huis ontvluchtte, ook maar even gedacht had dat het beter zou zijn geweest wanneer Nicola bij de geboorte was gestorven dan niet te weten waar ze was en of ze wel gevonden zou worden.

In het washok van het oude jachthuis drukte Nan Maiden een van Nicola's katoenen blouses tegen haar borst alsof de blouse zou kunnen veranderen in Nicola zelf. Zonder erbij na te denken bracht ze de kraag van de blouse naar haar neus om de geur in te ademen die van haar kind was, de mengeling van gardenia's en peren van de lotion en de shampoo die Nicola had gebruikt, de zurige transpiratielucht van een lichaam dat gewend was aan energieke activiteit. Nan merkte dat ze zich Nicola voor ogen kon halen bij de laatste gelegenheid dat ze die blouse had gedragen: kortgeleden tijdens een fietstocht met Christian-Louis, nadat de zondagse lunch was opgediend.

De Franse kok had Nicola altijd aantrekkelijk gevonden – welke man niet? –

en Nicola had de belangstelling in zijn ogen gelezen en die niet genegeerd. Dat was haar gave: mannen aantrekken zonder er moeite voor te doen. Ze deed het niet om zichzelf of iemand anders iets te bewijzen. Het gebeurde gewoon, alsof ze een eigenaardige uitstraling bezat die slechts op mannen werd overgebracht.

Toen Nicola nog een kind was had Nan zich zorgen gemaakt over haar seksuele macht en over de prijs die het meisje ervoor zou moeten betalen. Nu Nicola volwassen was, begreep Nan dat de prijs uiteindelijk was betaald.

'Het doel van ouderschap is kinderen groot te brengen die hun eigen leven leiden als onafhankelijke volwassenen, niet als klonen,' had Nicola vier dagen geleden gezegd. 'Ik ben verantwoordelijk voor mijn lot, mam. Mijn leven heeft niets met jou te maken.'

Waarom zeiden kinderen dergelijke dingen? vroeg Nan zich af. Hoe konden ze geloven dat de keuzen die ze maakten en het doel dat ze bereikten geen ander leven raakten dan dat van henzelf? De manier waarop de gebeurtenissen zich voor Nicola hadden ontwikkeld had alles te maken met haar moeder, eenvoudig omdat ze haar moeder wás. Want je baarde geen kind om vervolgens geen gedachte te wijden aan de toekomst van het dierbaarste wat je bezat. Nu was ze dood. Lieve god, Nicola zou nooit meer onverwachts thuiskomen voor een vakantie, of terugkeren van een trektocht over de hei, of het huis binnenkomen met tassen vol boodschappen aan haar armen bungelend, of thuiskomen van een afspraakje met Julian, lachend en babbelend over wat ze hadden gedaan. Lieve god, dacht Nan Maiden. Haar lieve, onstuimige, onverbeterlijke kind was nu echt weg. De pijn van die wetenschap was als een ijzeren band die zich vast om Nans hart sloot. Ze dacht niet dat ze het zou kunnen verdragen. Daarom deed ze wat ze meestal had gedaan wanneer de gevoelens te hevig waren om te kunnen dragen. Ze bleef doorwerken.

Ze dwong zich om de katoenen blouse bij haar gezicht vandaan te halen en ging verder met datgene waar ze mee bezig was geweest. Ze pakte alle ongewassen kleding van haar dochter uit de wasmand, alsof ze door Nicola's geur levend te houden tegelijkertijd de onvermijdelijke acceptatie van Nicola's dood kon voorkomen. Ze zocht sokken bij elkaar. Ze vouwde spijkerbroeken en truien op. Ze streek de kreukels uit elke blouse, en ze rolde slipjes op en zocht er de bijpassende beha's bij. Ten slotte stopte ze de kleren in plastic zakken die ze uit de keuken had meegenomen. Vervolgens sloot ze de zakken zorgvuldig met plakband, om de geur van haar kind te verzegelen. Ze pakte de zakken bij elkaar en ze liep het washok uit.

Boven liep Andy te ijsberen. Nan hoorde zijn voetstappen boven haar hoofd terwijl ze zich geruisloos over de schemerige overloop langs de kamers voor de gasten voortbewoog. Hij was in zijn piepkleine studeerkamer, waar hij heen en weer liep van de kleine dakkapel naar de elektrische haard, heen en terug, telkens en telkens weer. Hij had zich daar teruggetrokken nadat de politie was weggegaan, met de mededeling dat hij onmiddellijk zou beginnen zijn dagboeken door te kijken in een poging de naam te vinden van iemand die iets met hem te vereffenen had. Maar tenzij hij die dagboeken las tijdens zijn heen en weer geloop, was hij in de afgelopen uren niet begonnen met zoeken.

Nan wist waarom. Het zoeken was nutteloos. Want Nicola's dood had niets te maken met iemands verleden.

Ze wilde er niet aan denken. Hier niet, nu niet en zo mogelijk nooit. Evenmin wilde ze eraan denken wat het betekende, of niet betekende, dat Julian Britton beweerde dat hij met haar dochter verloofd was.

Nan bleef staan onder aan de trap die naar de bovenste privé-verdieping van het huis leidde waar hun eigen kamers lagen. Haar handen waarmee ze de tassen tegen haar borst gedrukt hield, voelden klam aan. Haar hart scheen in hetzelfde ritme te kloppen als de voetstappen van haar echtgenoot. Ga naar bed, zei ze stilzwijgend tegen hem. Alsjeblieft, Andy. Doe het licht uit...

Hij had slaap nodig. En het feit dat zijn handen weer verdoofd raakten vertelde haar hoezeer hij die rust nodig had. De komst van een rechercheur van Scotland Yard had geen verlichting van Andy's bezorgdheid tot gevolg gehad. Het vertrek van diezelfde rechercheur had die slechts doen toenemen. De gevoelloosheid in zijn handen was langs zijn armen omhooggekropen. Een prik met een speld liet geen bloed op zijn huid zien, alsof zijn hele lichaam begon af te takelen. Hij was erin geslaagd om zich goed te houden zolang de politie in huis was, maar toen ze weg waren was hij ingestort. Dat was het moment geweest waarop hij had gezegd dat hij wilde beginnen met het doorlezen van de dagboeken. Als hij zich terugtrok in zijn studeerkamer, weg van zijn vrouw, kon hij het ergste van wat hij doormaakte, verbergen. Dat dacht hij tenminste.

Een man en een vrouw zouden elkaar toch moeten helpen in een situatie als deze? overwoog Nan in de stilte. Wat gebeurt er met ons wanneer we het alleen onder ogen zien?

Ze kende het antwoord op die vraag, althans voorzover het haar eigen aandeel in de stilte tussen haar en haar man betrof. Sommige dingen verdroegen het niet om te worden besproken. Sommige dingen die in het daglicht werden gebracht bezaten eenvoudigweg te veel vernietigingskracht.

Eerder die avond had Nan geprobeerd om bezorgdheid te tonen in plaats van een gesprek te voeren, maar Andy had haar afgeweerd toen ze bezorgd om hem heen draaide, halsstarrig haar suggesties voor warme kruiken, cognac, koppen thee en hete soep geweigerd. Ook had hij niet gewild dat zij zijn vingers zou masseren om er weer wat gevoel in te krijgen. Dus uiteindelijk bleef alles wat tussen hen gezegd had kunnen worden, onbesproken.

Wat moest ze nu zeggen? vroeg Nan zich af. Wat kon ze zeggen wanneer er vrees heerste te midden van de emoties die vanbinnen woedden als ontelbare bataljons van een enkel leger die niet meer onder controle te houden waren en elkaar bestreden?

Ze dwong zich om de trap op te lopen, maar in plaats van naar haar man toe te gaan ging ze naar Nicola's slaapkamer. Daar bewoog ze zich in het donker over het groene tapijt en deed ze de kleerkast open die onder de balken was weggestopt. Toen haar ogen aan het schemerduister gewend waren, kon ze de omtrek zien van een oud skateboard dat op een plank naar achteren was geschoven, van een elektrische gitaar die sinds lang ongebruikt tegen de achterwand leunde, met broeken eroverheen gedrapeerd.

Ze raakte ze aan met haar vingertoppen, terwijl ze zinloos zei: 'Tweed, wol, katoen, zijde,' bij het voelen van de stof waaruit ze waren gemaakt. Nan werd zich bewust van een geluid in de kamer, een gezoem dat uit de ladekast achter haar leek te komen. Toen ze zich verbaasd omdraaide hield het geluid op. Ze had zich er bijna van overtuigd dat ze het zich verbeeld had, toen het opnieuw begon, om even plotseling te eindigen.

Bevreemd legde Nan de dichtgeplakte tassen op het bed, waarna ze naar de kast liep. Er lag niets bovenop wat een dergelijk geluid zou kunnen maken, er stond alleen een vaas met slaphangende koekoeksbloemen en nachtschade, geplukt tijdens een wandeling door Padley Gorge. Behalve de bloemen zag ze een kam en borstel, drie flesjes parfum en een kleine speelgoedflamingo met felroze poten en grote, gele voeten.

Met een blik in de richting van de openstaande slaapkamerdeur, alsof ze bezig was met een heimelijk onderzoek, trok Nan de bovenste lade van de kast open. Terwijl ze dat deed klonk het zoemende geluid voor de derde maal. Haar vingers gleden in de richting van het geluid. Ze vond een klein, plastic vierkantje dat lag te trillen onder een stapel slipjes.

Nan nam het plastic voorwerp mee naar het bed en ging zitten, waarna ze de lamp naast het bed aanknipte. Ze bekeek wat ze uit de lade had gehaald. Het was Nicola's pieper. Op de bovenkant zag ze twee knopjes, een grijze en een zwarte. Een smal schermpje bevatte een enkele, korte mededeling: één oproep.

De zoemer begon opnieuw en maakte Nan Maiden aan het schrikken. Ze drukte een van de twee knoppen in. Op het schermpje verscheen een nieuwe boodschap, ditmaal een telefoonnummer met een kengetal dat ze herkende als dat van Londen-centrum.

Ze slikte. Ze staarde ernstig naar het nummer, in het besef dat degene die haar dochter had opgepiept er geen idee van had dat Nicola dood was. Deze gedachte bracht haar er automatisch toe om naar de telefoon te lopen en de oproep te beantwoorden. Een volgende reeks gedachten voerde haar echter naar de telefoon in de receptie van Maiden Hall, terwijl ze evengoed het nummer in Londen had kunnen bellen vanuit de slaapkamer die ze met Andy deelde.

Ze haalde diep adem. Ze vroeg zich af of ze de juiste woorden zou kunnen vinden. Ze dacht na over de mogelijkheid dat het voor de persoon aan de andere kant geen verschil zou maken welke woorden ze gebruikte. Maar daar wilde ze niet bij stilstaan. Ze wilde gewoon bellen.

Snel toetste ze de cijfers in. Ze wachtte en wachtte tot de verbinding tot-standkwam, tot ze duizelig werd en besefte dat ze haar adem inhield. Einde-lijk, na een klik, ging er ergens in Londen een telefoon over. *Tring tring. Tring tring.* Nan telde acht keer mee. Ze begon juist te geloven dat ze het nummer misschien verkeerd had ingetoetst, toen ze eindelijk een hese mannenstem hoorde.

Hij antwoordde op de ouderwetse manier, die aangaf tot welke generatie hij behoorde. Hij gaf de laatste vier cijfers van zijn nummer. Daarom, en omdat zijn manier van antwoorden haar zozeer aan haar eigen vader deed denken, hoorde Nan zichzelf iets zeggen waarvan ze een uur eerder niet geloofd zou hebben dat ze ertoe in staat was. Niet meer dan een fluistering. 'Met Nicola.'

'O, dus vanavond is het Nicola?' zei hij. 'Waar heb je verdomme gezeten? Ik heb je meer dan een uur geleden opgepiept.'

'Sorry.' Daarna, in de kortaangebonden stijl van haar dochter: 'Wat is er?'

'Niets, en dat weet je heel goed, verdomme. Wat heb je besloten? Ben je van gedachten veranderd? Dat kun je, en dat weet je. Alles is vergeven. Wanneer kom je terug?'

'Ja,' fluisterde Nan. 'Ik heb een besluit genomen. Het is ja.'

'Godzijdank.' Het klonk hartstochtelijk. 'O, jezus. Godzijdank. Verdomme, het is ondraaglijk geworden, Nikki. Ik mis je te erg. Vertel me snel wanneer je terugkomt.'

'Gauw.' Fluisterend.

'Hoe gauw? Zeg het me.'

'Ik zal je bellen.'

'Nee! Lieve god, ben je gek geworden? Margaret en Molly zijn deze week hier. Wacht tot ik jou weer oppiep.'

Ze aarzelde. 'Natuurlijk.'

'Schat, heb ik je boos gemaakt?'

Ze zei niets.

'Ja, hè? Vergeef me. Dat was niet de bedoeling.'

Ze zei niets.

Daarna veranderde de stem, die nu plotseling en op een bizarre manier kin-derlijk klonk. 'O, Nikki. Mijn knappe Nikki. Zeg dat je niet boos op me bent. Zég iets, lieveling.'

Ze zei niets.

'Ik weet hoe je bent wanneer ik je boos maak. Ik ben een stoute jongen, hè?'

Ze zei niets.

'Ja, ik weet het. Ik ben stout, ik verdien je niet en ik moet mijn medicijn nemen. Jij hebt mijn medicijn, hè Nikki? En dat moet ik innemen. Ja, dat moet ik.'

Nans maag draaide zich om. Ze riep: 'Wie bent u? Zeg me hoe u heet!'

Een gesmoord gehijg was het antwoord. De verbinding werd verbroken.

7

Na drie uur achter de computer wist Barbara Havers dat ze twee alternatieven had. Ze kon doorgaan met de SO10-documenten in CRIS, dan zou ze waarschijnlijk blind worden, of ze kon even pauzeren. Ze koos de laatste mogelijkheid. Ze klapte haar aantekenboekje dicht, sloot het onderzoek waarmee ze bezig was af en vervolgens vroeg ze waar de dichtstbijzijnde kamer was waar ze zich kon overgeven aan haar verslaving. Omdat New Scotland Yard zich steeds meer in de gretige armen van de Antirokers Vereniging wierp, werd haar verteld dat iedereen op deze hele verdieping niet rookte.

'Verdomme,' mompelde ze. Er zat niets anders op dan terug te vallen op de oude gewoonte uit haar schooltijd. Traag liep ze naar de eerste de beste trap, waar ze haar logge lichaam op de bovenste treden liet neerploffen en een sigaret opstak. Ze inhaleerde en hield de heerlijke, verderfelijke rook zo lang in haar longen dat haar ogen bijna uit hun kassen begonnen te puilen. Wat zalig, dacht ze. Er is weinig beter in het leven dan een sigaretje, na drie uur geen tabak te hebben gebruikt.

De ochtend had haar niets sprankelends opgeleverd. In het CRIS-programma had ze ontdekt dat inspecteur-rechercheur Andrew Maiden dertig jaar bij de politie was geweest, waarvan de laatste twintig jaar bij SO10, waar de enige die een luisterrijker carrière had gemaakt inspecteur Javers had kunnen zijn. Het aantal arrestaties dat hij had verricht was buitengewoon. De veroordelingen die op die arrestaties waren gevolgd waren op zich een wonder van Britse rechtspraak. Maar deze twee feiten bezorgden iemand die zich in zijn undercover-verleden verdiepte, een nachtmerrie.

Maidens arrestanten waren door de molen gehaald en uiteindelijk, zoals het Hare Majesteit behaagde, opgesloten in letterlijk alle staatsgevangenissen binnen het koninkrijk. Hoewel de dossiers details verstrekten van undercover-operaties – aan de meeste waarvan namen waren gegeven door iemand met een uitgesproken smaak voor krankzinnige acroniemen, merkte ze – en volledige verslagen van onderzoeken, ondervragingen, arrestaties en aanklachten, werd de informatie mager wanneer het om de duur van de gevangenisstraf ging en nog magerder waar het vrijlating op borgtocht betrof. Als er al iemand met een ontslagbriefje los rondliep en achter de man aanzat die er de oorzaak van was geweest dat hem de handboeien waren omgedaan, zou hij niet gemakkelijk te vinden zijn.

Barbara zuchtte, geeuwde en tikte haar sigaret af tegen haar schoenzool, zodat de as op de treden onder haar viel. Ze had de hoge, rode sportschoenen waaraan men haar altijd kon herkennen, thuisgelaten uit respect voor haar nieuwe positie, want ze wilde tot in de puntjes gekleed zijn voor het geval hoofdcommissaris Hillier langs zou komen, eropuit om haar weer een uitbrander te geven, en ze merkte dat haar voeten, die niet aan formeel schoeisel gewend waren, pijn begonnen te doen. Terwijl ze op de trap zat werd ze zich ervan bewust dat hele delen van haar lichaam hoogst oncomfortabel aanvoelden en dat ongetwijfeld het grootste deel van de ochtend al hadden gedaan. Haar rok gaf haar het gevoel dat een wurgslang zich om haar heupen kronkelde, haar jasje scheen grote happen uit haar onderarmen te nemen en haar panty was zo strak in haar kruis getrokken dat, mocht ze ooit een kind baren, ze niet ingeknipt hoefde te worden.

Tijdens haar werk had ze nooit veel aandacht aan de mode besteed. Ze had de voorkeur gegeven aan broeken met elastiek in de taille, T-shirts en truien boven kleding die iets met haute couture te maken hadden. Omdat ze aan haar nonchalante outfit gewend waren had meer dan een collega Barbara vandaag bekeken met een opgetrokken wenkbrauw of een verholen gegrinnik.

Tot die mensen behoorden ook Barbara's naaste buren, die ze op nog geen vijfentwintig meter van haar voordeur was tegengekomen. Taymullah Azhar en zijn dochter stapten juist in Azhars smetteloze Fiat toen Barbara die ochtend de hoek van het huis om kwam, bezig haar notitieboekje in haar schoudertas te proppen. Eerst had ze hen niet opgemerkt, tot Hadiyyah vrolijk riep: 'Barbara! Hallo, hallo! Goedemorgen! Je moet niet zoveel roken. Je longen worden helemaal zwart en vies als je er niet mee ophoudt. Dat hebben we op school geleerd. We hebben er ook foto's van gezien. Had ik je dat al verteld? Je ziet er heel leuk uit.'

Azhar, die al half in de auto zat, kwam er weer uit en hij knikte beleefd tegen Barbara. Hij nam haar van top tot teen op. 'Goedemorgen,' zei hij. 'Jij bent ook al vroeg op pad.'

'De morgenstond enzovoort,' antwoordde Barbara vriendelijk.

'Heb je je vriend nog kunnen bereiken?' wilde hij weten. 'Gisteravond?'

'Mijn vriend? O, je bedoelt Nkata. Winston. Ja toch? Ik bedoel, Winston Nkata. Zo heet hij.' Inwendig kromp ze ineen, zich afvragend of ze altijd zo warrig overkwam. 'Hij is een collega van de Yard. Ja. We hebben elkaar gesproken. Ik doe weer mee. Het is op gang gebracht. Wat dan ook. Ik bedoel, ik ben met een zaak bezig.'

'Werk je niet met inspecteur Lynley? Heb je een nieuwe partner, Barbara?' De donkere ogen keken doordringend.

'O, nee,' zei ze. Het was deels de waarheid, deels een leugen. 'We werken allemaal aan dezelfde zaak. Winston maakt deel uit van het team. Net als ik. Je weet wel. De inspecteur is met een deel ervan bezig. Buiten de stad. De rest van ons is hier.'

Nadenkend zei hij: 'Ja, ik begrijp het.'

Te goed, dacht ze.

'Ik heb gisteravond maar de helft van mijn gepofte appel opgegeten,' deelde Hadiyyah haar mee. Het was een welkome afleiding. Ze begon met het geopende portier van de Fiat heen en weer te zwaaien, uit het omlaag gedraaide raampje hangend met bungelende benen en driftig schoppende voeten om de beweging gaande te houden. Ze droeg sokjes, zo wit als de vleugels van een engel. 'Die kunnen we vanmiddag opeten. Als je wilt, Barbara.'

'Dat zou leuk zijn.'

'Morgen heb ik handwerkles. Wist je dat? Ik maak iets heel bijzonders, maar ik kan nu niet zeggen wat het is. Daarom.' Veelbetekenend keek ze naar haar vader. 'Maar jíj mag het zien, Barbara. Morgen, als je wilt. Wil je het zien? Ik zal het je laten zien als je zegt dat je het wilt.'

'Het lijkt me erg leuk.'

'Alleen als je een geheim kunt bewaren. Kun je dat?'

'Ik hou mijn mond stijf dicht,' beloofde Barbara.

Tijdens dit gesprek was Azhar naar haar blijven kijken. Hij was microbioloog van beroep en Barbara begon zich te voelen als een van zijn specimens, vanwege de nauwgezette manier waarop hij haar gadesloeg. Ondanks hun gesprek van de vorige avond en de conclusie die hij had getrokken uit haar kleding, had hij haar lang genoeg in haar normale werkkleren zien vertrekken om te weten dat de verandering in haar uiterlijk meer betekende dan een vrouw die er zin in had om met de mode mee te gaan. Hij zei: 'Je zult wel blij zijn dat je weer aan een zaak werkt. Na weken van niets doen is het zeker bevredigend dat je je weer ergens mee bezig kunt houden?'

'Ik voel me weer als een vis in het water.' Barbara gooide haar sigaret op de grond, waarna ze die uittrapte en de peuk in het bloemperk schopte. 'Biologisch afbreekbaar,' zei ze tegen Hadiyyah, die kennelijk op het punt stond haar een verwijt te maken. 'Koolzuur voor de grond. Voedsel voor de wormen.' Ze schoof de riem van haar tas wat hoger op haar schouder. 'Nou, ik moet ervandoor. Bewaar je die gepofte appel voor me?'

'Misschien kunnen we ook een video bekijken.'

'Liever geen jonkvrouwen in nood. Laten we *De wrekers* nemen. Miss Peel is mijn idool. Ik hou van een vrouw die tegelijkertijd haar benen kan laten zien en een man onder zijn kont kan schoppen.'

Hadiyyah giechelde.

Barbara knikte ten afscheid tegen het tweetal. Ze was nog maar net naar het trottoir ontsnapt toen Azhar weer iets zei. 'Laat Scotland Yard personeel afvloeien, Barbara?'

Verbaasd bleef ze staan. Zonder aan de bedoeling die achter de vraag schuilging te denken, antwoordde ze: 'Lieve hemel, nee. Waarom vraag je dat?'

'De herfst, misschien,' zei hij. 'En de veranderingen die dat seizoen met zich meebrengt.'

'Ah.' Ze negeerde de suggestie achter het woord veranderingen. Ze ontweek zijn ogen. Ze legde de opmerking zo oppervlakkig mogelijk uit en beantwoordde die dienovereenkomstig. 'De slechteriken gaan gewoon door, ongeacht het jaargetijde. Je weet hoe zondaren zijn. Ze rusten nooit.' Daarna lachte ze stralend tegen hem en ze liep door. Zolang hij haar niet rechtstreeks confronteerde met het onplezierige woord 'agent' wist ze dat ze hem niet hoefde uit te leggen waarom het aan haar naam gekoppeld was. Ze wilde die uitleg zo lang mogelijk ontwijken, zo mogelijk voor altijd, omdat ze, wanneer ze het Azhar uitlegde, het risico liep hem te kwetsen. En om redenen waar ze niet verder op in wilde gaan, was het voor haar ondenkbaar om Azhar te kwetsen.

Nu, op een van de trappen van Scotland Yard, deed Barbara haar uiterste best om de gedachte aan haar buren uit haar hoofd te zetten. Als het erop aankwam waren ze tenslotte niet meer dan dat: een man en een kind die ze bij toeval had leren kennen.

Ze keek op haar horloge. Het was halfelf. Ze kreunde. De gedachte nog eens zes tot acht uur naar een computerscherm te moeten staren was bepaald niet opwindend. Er moest toch een praktischer manier zijn om in het beroepsmatige verleden van inspecteur Maiden te spitten. Ze overwoog verscheidene mogelijkheden en ze besloot de waarschijnlijkste te proberen.

Tijdens het nalopen van de dossiers was ze steeds weer op dezelfde naam gestuit: inspecteur Dennis Hextell, die Maidens partner was geweest bij de undercover-operaties. Als ze Hextell kon vinden, dacht ze, zou die haar misschien op een spoor kunnen zetten dat sterker was dan iets wat ze zou moeten opmaken uit het lezen van dossiers van de afgelopen twintig jaar. Hij was de man die ze moest hebben, besloot ze: Hextell. Ze daalde de trap af en ze ging op zoek.

Het bleek gemakkelijker dan ze had verwacht. Een telefoontje naar SO10 verschafte haar de informatie dat inspecteur Hextell nog steeds op die afdeling werkzaam was, hoewel hij tegenwoordig als hoofdinspecteur de operaties organiseerde in plaats van er zelf aan deel te nemen.

Barbara trof hem aan een tafeltje in de cafetaria op de vierde verdieping. Ze stelde zich voor en ze vroeg of ze bij hem mocht gaan zitten. De hoofdinspecteur keek op van een serie foto's. Zijn gezicht, zag Barbara, was eerder doorgroefd dan gerimpeld en de zwaartekracht had zijn tol geëist van zijn spieren. Door de jaren heen was hij er niet knapper op geworden.

De hoofdinspecteur pakte zonder antwoord te geven zijn foto's bij elkaar. Barbara zei: 'Ik werk aan de Maiden-moordzaak in Derbyshire, inspecteur. Andy Maidens dochter. U vormde toch een team met hem?'

Dat bracht een reactie teweeg. 'Ga zitten.'

Barbara kon wel leven met een afgebeten antwoord. Ze haalde een cola en een chocoladedonut aan de bar, die ze op het tafeltje voor haar plaatste.

'Daar krijg je slechte tanden van,' merkte Hextell met een knikje op.

'Ik ben er nu eenmaal aan verslaafd,' antwoordde Barbara.

Hij bromde iets.

'Is dat uw vliegtuig?' vroeg ze, met een hoofdbeweging naar de bovenste foto van de stapel. Het was een afbeelding van een gele tweedekker, zoals die in de

Eerste Wereldoorlog hadden gevlogen, toen piloten nog leren helmen en wapperende, witte sjaals droegen.

'Een ervan,' zei hij. 'Deze gebruik ik voor kunstvliegen.'

'Bent u stuntpiloot?'

'Ik vlieg.'

'O. Juist. Dat moet leuk zijn.' Barbara vroeg zich af of de jaren van undercover-werk de man zo spraakzaam hadden gemaakt. Ze begon uit te leggen waarom ze hem had opgezocht. Was er een zaak, een surveillance, een operatie die bij hem opkwam als bijzonder belangrijk uit zijn verleden als partner van Andy Maiden? 'We onderzoeken of wraak mogelijk het motief kan zijn voor de moord op het meisje. Iemand die u en inspecteur Maiden achter de tralies hebben gebracht, iemand die een rekening wil vereffenen. In Derbyshire probeert Maiden zelf met een naam te komen, en ik heb de hele morgen dossiers bekeken in de computer. Maar ik heb niets gevonden waar ik iets aan heb.'

Hextell begon zijn foto's te sorteren. Daar leek hij een systeem voor te hebben, maar Barbara kon niet zeggen welk, omdat elke opname hetzelfde vliegtuig liet zien: hier de romp, daar de steunen, de punt van de vleugel, de motor en de staart. Toen de stapeltjes goed lagen volgens Hextell haalde hij een vergrootglas uit zijn jaszak en begon hij elke foto daarmee te bestuderen. 'Het kan iedereen zijn. We zaten midden tussen het uitschot. Dealers, verslaafden, pooiers, wapenhandelaren. Je kunt het zo gek niet bedenken. Ieder van hen zou het hele land hebben afgezocht om ons te grazen te nemen.'

'Er komt geen naam bij u boven?'

'Ik heb het volgehouden door hun namen van me af te zetten. Andy was degene die dat niet kon.'

'Volhouden?'

'Vergeten.' Hextell legde een foto apart. Hierop was het vliegtuig van voren te zien, de romp leek korter door de hoek waaronder de opname was gemaakt. Hij hield zijn vergrootglas boven elke centimeter, turend als een juwelier naar een twijfelachtige diamant.

'Is hij daarom opgestapt? Hij is met vervroegd pensioen gegaan, heb ik gehoord.'

Hextell keek op. 'Wie wordt hier nu precies ondervraagd?'

Barbara haastte zich om hem gerust te stellen. 'Ik probeer alleen een indruk van de man te krijgen. Als u me iets zou kunnen vertellen wat daarbij kan helpen...' Ze maakte een gebaar van dat zou geweldig zijn en vervolgens wijdde ze zich met enthousiasme aan haar chocoladedonut.

De hoofdinspecteur legde zijn vergrootglas neer en vouwde zijn handen eroverheen. Hij zei: 'Andy is ermee gestopt om medische redenen. Hij kreeg last van zijn zenuwen.'

'Had hij een geestelijke inzinking?'

Hextell snoof minachtend. 'Geen stress, mens. Zenuwen. Echte zenuwen.

Eerst verloor hij zijn reukvermogen. Daarna zijn smaak, toen kon hij zijn handen niet meer gebruiken. Hij ving het aardig op, maar daarna tastte het zijn gezichtsvermogen aan. Toen had hij het gehad. Hij moest ermee stoppen.'

'Verdomme. Werd hij blind?'

'Dat had ongetwijfeld kunnen gebeuren. Maar toen hij goed en wel met pensioen was kwam het allemaal terug. Gevoel, gezicht, alles.'

'Wat had hem dan gemankeerd?'

Hextell keek haar lang en strak aan, alvorens antwoord te geven. Toen hief hij zijn wijsvinger en zijn middelvinger op, en tikte ermee tegen zijn hoofd. 'Hij kon het spel niet meer meespelen. Undercover vraagt veel van je. Ik heb vier huwelijken zien stuklopen. Hij kreeg de zenuwen. Sommige dingen kun je niet vervangen.'

'Had hij geen problemen met zijn vrouw?'

'Ik zei het toch al: het lag aan het spel. Sommige kerels blijven gewoon hun pik achternalopen wanneer ze doen alsof ze iemand anders zijn. Maar dat gold niet voor Andy. De leugens die hij op straat moest vertellen... Zijn mond houden over een zaak tot het allemaal voorbij was... Dat heeft hem genekt.'

'Dus er was geen zaak, een grote zaak, misschien, die hem meer gekost heeft dan de andere zaken?'

'Ik zou het niet weten,' besloot Hextell. 'Ik heb het achter me gelaten. Als er zo'n zaak was, zou ik niet weten welke.'

Met zo'n geheugen zou hij in zijn jonge jaren een goedkope parel zijn geweest in de kroon van de openbare aanklagers. Maar iets zei Barbara dat het de inspecteur niet kon schelen of de aanklagers hem bruikbaar vonden of niet. Ze propte de rest van haar donut in haar mond en spoelde die weg met cola.

'Bedankt dat u even tijd voor me had,' zei ze en ze voegde er, om iets vriendelijks te zeggen, aan toe: 'Het lijkt me leuk,' met een knikje naar de tweedekker.

Hextell pakte de foto van de propeller. Hij hield hem tussen de zijkanten van zijn duim en wijsvinger vast, om er geen vlekken op te maken. 'Het is ook een manier om dood te gaan,' zei hij.

Verdomme, dacht Barbara. Wat mensen al niet doen om afstand te nemen van hun werk.

Niet dichter bij de naam die ze zocht, maar wel wijzer geworden wat betreft de mogelijke valstrikken waar men in kon belanden tijdens een langdurige carrière bij de politie, keerde ze naar de computer terug. Ze was juist begonnen Andrew Maidens verleden opnieuw door te nemen, toen ze werd onderbroken door een telefoontje.

'Het is Cole.' Winston Nkata's stem klonk over een lijn die onduidelijk was door geruis. 'Ma wierp een blik op het lichaam, zei: "Ja, dat is mijn Terry", liep de kamer uit alsof ze boodschappen ging doen en smakte toen tegen de grond. Plat op haar gezicht. We dachten dat ze een hartaanval had, maar ze raakte gewoon van de kaart. Toen ze weer bij kwam moesten ze haar kalmerende middelen toedienen. Ze heeft het er erg moeilijk mee.'

'Beroerd voor haar,' zei Barbara.

'Ze was stapel op die knul. Doet me aan mijn moeder denken.'

'Ja. Nou.' Barbara kon er niets aan doen dat ze aan haar eigen moeder dacht. Stapel was niet bepaald het woord om haar moederlijke instelling te beschrijven. 'Het is allemaal heel naar. Breng je haar terug?'

'Ik denk dat we er halverwege de middag zijn. We zijn gestopt voor koffie. Ze is naar het toilet.'

'Ah.' Barbara vroeg zich af waarom hij belde. Misschien om als tussenpersoon te fungeren tussen haar en Lynley, om informatie door te geven zodat de inspecteur zo weinig mogelijk contact met haar zou hebben als hij blijkbaar op het moment nodig achtte. Ze zei: 'Ik heb nog niets gevonden bij Maidens arrestaties. Tenminste niets wat bruikbaar lijkt.' Ze vertelde hem wat inspecteur Hextell haar had toevertrouwd over Maidens zenuwproblemen, eraan toevoegend: 'Kijk maar wat de inspecteur daarvan wil maken.'

'Ik zal het hem doorgeven,' zei Nkata. 'Als je er even tussenuit kunt, er moet iemand naar Battersea. Dat kan ons wat tijd besparen.'

'Battersea?'

'Terry Coles flat. En zijn studio. Een van ons moet erheen om met zijn huisgenote te praten. Die Cilla Thompson, weet je nog?'

'Ja. Maar ik dacht...' Wat had ze gedacht? Kennelijk dat Nkata zo veel mogelijk zelf zou doen en het saaie werk aan haar zou overlaten. Haar collega bleef haar verbazen met zijn edelmoedigheid. 'Ik kan wel even weg,' zei Barbara. 'Ik weet het adres nog.'

Ze hoorde Nkata grinniken. 'Hé, waarom verbaast me dat niet?'

Lynley en Hanken hadden het begin van de ochtend doorgebracht met wachten op Winston Nkata, die de moeder van Terry Cole bij hen zou afleveren om het tweede lichaam dat op de hei was gevonden, te identificeren. Geen van beiden had eraan getwijfeld dat de procedure louter een formaliteit zou zijn, verschrikkelijk en smartelijk, maar niettemin een formaliteit. Toen niemand bij het aanbreken van de dag van de heide was gekomen om de motorfiets op te eisen en niemand die als gestolen had opgegeven, leek het tamelijk zeker dat de vermoorde man en de eigenaar van de motor een en dezelfde persoon waren.

Nkata kwam om tien uur, en een kwartier later hadden ze het antwoord. Mevrouw Cole bevestigde dat de jongen inderdaad haar zoon Terry was, waarna ze instortte. Er werd een dokter bij gehaald, die haar een kalmerend middel gaf. Hij nam het over toen de politie gereed was.

'Ik wil zijn bezittingen,' had Sal snikkend gezegd, waaruit ze begrepen dat ze de kleren van haar zoon bedoelde. 'Ik wil zijn bezittingen voor onze Darryl.

Ik moet ze echt hebben.'

Ze zou ze krijgen, vertelden ze haar, wanneer de mensen van de technische opsporingsdienst hun onderzoek hadden beëindigd, wanneer de spijkerbroek, het T-shirt, de schoenen en de sokken niet langer noodzakelijk werden geacht voor een succesvolle achtervolging van degene die het misdrijf had begaan. Tot zolang zouden ze haar ontvangstbewijzen geven voor elk kledingstuk dat de jongen had gedragen en ook voor zijn motorfiets. Ze zeiden niet tegen haar dat het wel jaren zou kunnen duren voor de bebloede kledingstukken aan haar werden overgedragen. Van haar kant vroeg ze niet wanneer ze die kon verwachten. Ze hield de envelop met de reçu's stevig vast en ze veegde haar ogen af met haar pols. Winston Nkata leidde haar bij de nachtmerrie vandaan, naar de langdurige nachtmerrie die haar te wachten stond.

Lynley en Hanken trokken zich zwijgend terug in de kamer van de inspecteur. De tijd voor Nkata's komst had Hanken doorgebracht met het doornemen van de aantekeningen die hij tot dusver over de zaak had, en hij had nog eens gekeken naar het oorspronkelijke rapport dat was opgemaakt door de agent die de eerste keer met de Maidens had gesproken over de verdwijning van hun dochter. 'Ze heeft verscheidene telefoontjes gekregen op de ochtend van haar vertrek,' zei hij tegen Lynley. 'Twee van een vrouw, een van een man. Geen van die personen heeft een naam genoemd tegen Nan Maiden, voor ze Nicola ging roepen om het gesprek aan te nemen.'

'Zou de man Terence Cole geweest kunnen zijn?' vroeg Lynley.

Het was nog meer koren op de molen van hun verdenkingen, besloot Hanken. Hij liep naar zijn bureau. Precies in het midden had iemand een stapeltje papieren neergelegd terwijl ze bij mevrouw Cole waren. Nadat Hanken ze had opgepakt, zei hij tegen Lynley dat het een document was met betrekking tot de zaak. Dokter Sue Myles had zich, grotendeels dankzij de verdienste van een uitstekend typiste die het had uitgewerkt, aan haar woord gehouden: ze hadden het autopsierapport in handen.

Ze kwamen tot de ontdekking dat dokter Myles even grondig was geweest als ze onconventioneel was. Alleen al haar bevindingen na het uitwendig onderzoek van de lichamen namen bijna tien bladzijden in beslag. Naast een gedetailleerde beschrijving van elke wond, kneuzing, schaafplek en bloeduitstorting op beide lichamen had ze ook de kleinste bijzonderheid die samenhing met een sterfgeval op de heide vastgelegd. Derhalve was alles, van de takjes hei die in Nicola's haren waren aangetroffen tot een doorn die in een van Terry Coles enkels vastgeprikt zat, ijverig genoteerd. De inspecteurs werden geconfronteerd met uiterst kleine steenfragmenten die in vlees waren gedrongen, uitwerpselen van vogels op de huid, niet-geïdentificeerde houtsplinters in wonden, en de schade die na het intreden van de dood aan de lichamen was toegebracht door insecten en vogels. Wat de rechercheurs, nadat ze alles hadden gelezen, echter niet hadden, was wat ze aan het begin ook niet hadden gehad: een duidelijk beeld van het aantal moordenaars dat ze zochten. Ze hadden wél een interessant detail: behalve haar wenkbrauwen en hoofdhaar was Nicola Maiden totaal geschoren geweest. Niet zonder haar geboren, maar geschoren.

Dat interessante aspect leidde tot hun volgende stap in het onderzoek.

Misschien werd het tijd, zei Lynley, om te gaan praten met Julian Britton, de diepbedroefde verloofde van Nicola. Ze gingen op weg.

Het landgoed van Britton, Broughton Manor, lag halverwege een kalkstenen heuvel, net vijf kilometer ten zuidoosten van de stad Bakewell. Naar het westen zag het uit over de Wye, die op deze plek in de vallei rustig voortkabbelde door een met eiken begroeid weiland waarop een kudde schapen graasde. Uit de verte zag het gebouw er niet uit als een kasteel dat ongetwijfeld ooit het middelpunt was geweest van een welvarend landgoed, maar als een indrukwekkend fort. Het was gebouwd van kalksteen, lang geleden grijs geworden door het mos dat erop groeide en het had torens, kantelen en muren waarin op vier meter hoogte pas de eerste van een reeks smalle ramen was aangebracht. Het hele beeld suggereerde duurzaamheid en kracht, in combinatie met de bereidheid en het vermogen om alles te overleven, van de onbestendigheid van het weer tot de grillen van de familie die het bezat.

Van dichtbij vertelde Broughton Manor echter een ander verhaal. Van sommige glas-in-loodvensters was het glas kapot en een deel van het oude, eiken dak bleek te zijn ingestort. Een woud van planten – allerlei soorten, van klimop tot wilde clematis – scheen tegen de overgebleven ramen van de zuidwestelijke vleugel te duwen. De lage muurtjes die dienden als afscheiding van een aantal tuinen die schuin afliepen naar de rivier, waren verbrokkeld en toonden gaten, zodat rondzwervende schapen vrije toegang hadden tot wat waarschijnlijk eens een reeks kleurige terrassen was geweest.

'Het was het pronkstuk van dit district,' zei inspecteur Hanken tegen Lynley, terwijl ze de stenen brug op draaiden die de rivier overspande en vervolgens de schuin omhooglopende oprit naar het kasteel opreden. 'Behalve Chatsworth, natuurlijk. Ik heb het niet over paleizen. Maar toen Jeremy Britton het in zijn bezit kreeg heeft hij het binnen tien jaar naar de bliksem geholpen. De oudste zoon, dat is onze Julian, heeft geprobeerd het landgoed weer tot leven te brengen. Hij wil dat het zichzelf weer gaat bedruipen. Als boerderij. Of een hotel. Of een conferentiecentrum. Of een park. Hij verhuurt het zelfs voor feesten en toernooien en dergelijke. Zijn voorouders draaien zich waarschijnlijk om in hun graf. Maar hij moet zijn vader steeds een stapje voor blijven, omdat die de winst opdrinkt als hij de kans krijgt.'

'Julian heeft dus geld nodig?' vroeg Lynley.

'Dat is heel zwak uitgedrukt.'

'Zijn er nog meer kinderen?' vroeg Lynley. 'Is Julian de oudste?'

Hanken reed langs een enorme, met ijzer beslagen voordeur waarvan het donkere eikenhout grijsbruin was geworden van ouderdom, achterstallig onderhoud en slecht weer, en bracht hen naar de achterzijde van het huis tot bij een boogvormige poort die zo groot was dat er een rijtuig door kon, maar waar een deur van normale afmetingen in was aangebracht. Deze deur stond open; erachter lag een binnenplaats waar tussen de stenen onkruid opschoot als onverwachte gedachten. Hij zette de motor af. 'Julian heeft een broer, die permanent op de universiteit verblijft. En een zus; die is getrouwd en woont in Nieuw-Zeeland. Julian is de oudste, en waarom hij niet dezelfde weg inslaat als de anderen en maakt dat hij wegkomt, gaat mijn verstand te boven. Zijn vader is een heel apart type, maar dat zie je zelf wel wanneer je hem ontmoet.'

Hanken deed het portier aan zijn kant open en ging Lynley voor, de binnenplaats op. Er klonk opgewonden gejank uit wat de stallen schenen te zijn, aan het eind van een overwoekerd grintpad dat naar het noorden liep vanaf een bocht in de oprit. 'Er is iemand bij de jachthonden,' zei Hanken over zijn schouder tegen Lynley. 'Waarschijnlijk Julian, hij fokt brakken, maar we kunnen beter eerst binnen kijken. Deze kant uit.'

Deze kant leidde hen via de binnenplaats, een van de twee, zei Hanken. Volgens de inspecteur was de ongelijkzijdige rechthoek waarin ze nu stonden een betrekkelijk moderne toevoeging aan de vier oudere vleugels van het gebouw, die de westgevel van het huis vormden. Betrekkelijk modern betekende voor de geschiedenis van Broughton Manor natuurlijk dat de binnenplaats iets minder dan driehonderd jaar oud was en daarom de nieuwe binnenplaats werd genoemd. De oude binnenplaats was grotendeels vijftiende-eeuws, met een veertiende-eeuws middengedeelte dat de grens tussen de beide pleinen vormde.

Een snelle inspectie van de binnenplaats was al voldoende om het verval te onthullen dat Julian Britton probeerde tegen te gaan. Er waren echter aanwijzingen dat het huis bewoond was, naast die van bouwvalligheid. Een provisorische waslijn waaraan misplaatste roze lakens wapperden was opgehangen in een van de hoeken, diagonaal tussen twee vleugels van het huis en vastgebonden aan de verroeste, ijzeren spijlen van twee ramen zonder glas. Plastic vuilniszakken stonden klaar om te worden afgevoerd naast antieke werktuigen die waarschijnlijk al een eeuw niet meer waren gebruikt. Een glimmende, aluminium wandelstok lag naast een oude, afgedankte pendule. Heden en verleden ontmoetten elkaar in elke hoek van de binnenplaats, waar iets nieuws probeerde te herrijzen uit het afval van vroeger.

'Hallo! Kan ik u helpen?' Het was een vrouwenstem die hen van boven riep. Ze keken naar de ramen, en ze lachte en zei: 'Nee. Hierboven.'

Ze zat op het dak, met een eigenaardig, lang stuk gereedschap in haar hand. Het leek zowel een schop, een hark als een bezem te zijn en ze hanteerde het met verbazingwekkende vakkundigheid; ze schoof het in de dichtstbijzijnde schoorsteen en karnde erop los alsof ze boter aan het maken was. Haar gezicht was merkwaardig schoon, ondanks het werk, maar haar blote armen

138

en benen zaten onder het roet.

'Ik geloof niet dat ze sinds de oorlog behoorlijk zijn schoongemaakt,' zei ze opgewekt, waarmee ze de schoorstenen bedoelde die overal uit het dak staken. 'We hebben ook geen centrale verwarming. U zult u kunnen voorstellen hoe het hier in de winter is. Als u even wacht, kom ik naar beneden.'

Wolken stof en roet vlogen uit de schoorsteen omhoog terwijl ze bezig was, haar hoofd naar opzij gewend om te voorkomen dat het vuil op haar gezicht terechtkwam. Lynley had er een vage voorstelling van wat haar inspanningen teweegbrachten in de haard, ergens in de diepte.

'Zo. Dat is dat,' zei de jonge vrouw. Ze zette het gereedschap tegen de volgende schoorsteen en vervolgens liep ze over het dak naar een schuifladder die tegen de muur stond, achter de waslijn met de roze lakens. Behendig klom ze naar beneden waarna ze over de binnenplaats naar hen toeliep. Ze stelde zich voor als Samantha McCallin en ze zei: 'Ik zou u wel een hand willen geven, maar ik ben te smerig. Sorry.'

In deze omgeving die zo veel aanleiding gaf tot historische beschouwingen, zag Lynley de vrouw zoals ze er waarschijnlijk in een ver verleden zou hebben uitgezien: buitengewoon eenvoudig maar gehard, van boerenafkomst, een perfect exemplaar om kinderen te baren en op het land te werken. In moderne termen was ze lang en goedgebouwd, met de lichaamsbouw van een zwemmer. Ze droeg werkkleding die bij haar activiteiten paste: een oude, afgeknipte spijkerbroek en stevige schoenen, en daarboven een T-shirt. Aan haar riem hing een fles water.

Ze had haar vaalbruine haar boven op haar hoofd in een knot vastgezet. Nu maakte ze het los, terwijl ze hen open aankeek. Het viel in een enkele, dikke vlecht tot op haar middel. 'Ik ben Julies niet,' zei ze. 'En u bent, denk ik, van de politie. En dit bezoek, neem ik aan, gaat over Nicola Maiden. Heb ik gelijk?' Aan haar gezicht was te zien dat ze meestal gelijk had.

'We zouden graag met Julian willen praten,' zei Hanken tegen haar.

'Ik hoop niet dat u denkt dat hij op de een of andere manier bij haar dood betrokken is.' Ze haakte de fles water los en ze nam er een flinke slok uit. 'Dat is onmogelijk. Hij aanbad Nicola. Hij speelde de ridder en zij was de jonkvrouw, van die onzin. Er was geen probleem te groot voor Julie. Wanneer Nicola riep had hij zijn harnas aan voor je Ivanhoe kon zeggen. Bij wijze van spreken, natuurlijk.' Ze schonk hun een glimlach. Het was haar enige fout. Het was een broos lachje, dat de bezorgdheid achter haar vriendelijke gedrag onthulde.

'Waar is hij?' vroeg Lynley.

'Bij de honden. Kom maar mee, ik zal u de weg wijzen.'

Haar geleide was niet nodig. Ze konden op het geluid afgaan. Maar de vastberadenheid waarmee de jonge vrouw van plan was om bij hun gesprek met Julian aanwezig te zijn was een interessant gegeven waar een verstandige politieman mee zou willen spelen. En dat ze vastbesloten was om erbij te blijven werd duidelijk uit de lange, zekere stappen waarmee ze snel langs hen heen de binnenplaats afliep.

Achter Samantha aan gingen ze het overwoekerde pad op. De takken van ongesnoeide citroenbomen hingen eroverheen en gaven een indruk hoe het pad dat onder de tunnel van bladeren liep, er vroeger moest hebben uitgezien.

De stallen waren verbouwd tot kennels, waar Julian Britton zijn brakken fokte. In een aantal eigenaardig gevormde rennen liep een enorme hoeveelheid honden, die allemaal in oorverdovend geblaf losbarstten toen Hanken en Lynley met Samantha McCallin dichterbij kwamen.

'Koest, jullie!' riep Samantha. 'Hé daar, Cass, waarom ben je niet bij de puppy's?'

De toegesproken hond die in een aparte ren heen en weer draafde, reageerde door naar het gebouw te lopen, waar ze verdween door een hondendeurtje dat in de kalkstenen muur was uitgehakt. 'Dat is beter,' merkte Samantha op. Daarna, tegen de mannen: 'Ze heeft een paar nachten geleden geworpen. Ze wil haar puppy's beschermen. Ik denk dat Julie bij ze is. Daarbinnen.' De kennels, vertelde ze hun terwijl ze de deur opengooide, bestonden uit buiten- en binnenrennen, twee verloskamers en twaalf rennen voor de puppy's.

In tegenstelling tot het hoofdgebouw lag het accent in de kennels op schoon en modern. De buitenhokken waren geveegd, de drinkbakken waren blinkend schoon en de omheining van gaas toonde geen spoortje roest. Binnen zagen de inspecteurs dat de muren witgekalkt waren. Er brandde helder licht, de stenen vloer was geboend en er klonk muziek. Brahms, zo te horen. De dikke muren van het gebouw schermden het rumoer van de buiten lopende honden af. Omdat ze tevens zorgden dat vocht en koude binnen bleven was er centrale verwarming geïnstalleerd.

Lynley wierp Hanken even snel een blik toe terwijl Samantha hen voorging naar een gesloten deur. Het was duidelijk dat zijn collega hetzelfde dacht. De honden woonden beter dan de mensen.

Julian Britton bevond zich in een vertrek met op de deur een bordje PUP-KAMER ÉÉN. Samantha klopte twee keer zachtjes en ze riep zijn naam. Ze zei: 'De politie wil je spreken, Julie. Mogen we binnenkomen?'

Een mannenstem zei: 'Voorzichtig. Cass is onrustig.'

'We hebben haar buiten gezien.' Daarna tegen Lynley en Hanken: 'Wilt u alstublieft rustig doen? Tegen de hond?'

Cass maakte groot misbaar toen ze het vertrek binnenkwamen. Ze bevond zich in een L-vormige ren vanwaaruit ze naar buiten kon via het deurtje in de muur. Aan het uiterste einde, goed beschermd tegen tocht, stond een kist met haar nest puppy's. Boven dit gedeelte van de ren hingen vier warmtelampen. De kist was geïsoleerd en gevoerd met schapenvacht. Op de bodem lag een dikke laag kranten.

Julian Britton stond in de ren. Hij hield een puppy in zijn linkerhand terwijl hij zijn rechterwijsvinger in de kleine bek van het hondje stak. Het diertje had zijn ogen nog niet open, maar het sabbelde gretig. Even later trok Julian zijn vinger terug. Hij zette het hondje in het nest terug, waarna hij een aantekening maakte in een map. Hij zei: 'Rustig, Cass,' om de hond te kalmeren. Ze bleef echter op haar hoede, al gromde ze nu diep vanuit haar keel in plaats van te blaffen.

'Alle moeders zouden zich zo om hun kinderen moeten bekommeren.' Het was niet mogelijk om te zeggen waar Samantha's opmerking op sloeg: op de hond of op Julian Britton.

Julian bleef kijken terwijl Cass haar plaats in het nest innam. Hij zei niets voordat het hondje dat hij had bekeken, een plekje aan een van de tepels had gevonden. Daarna mompelde hij slechts tegen de honden, toen de rest van de puppy's elkaar met hun neuzen wegduwden om te kunnen drinken.

'Hoe gaat het met ze?' vroeg Samantha haar neef.

Alle puppy's hadden een raffia halsbandje om met hun naam erop. Julian wees naar het diertje dat een gele halsband droeg. 'Hij is de beste, zou ik zeggen. Hij is stressbestendig en hij is bijna honderd gram aangekomen. Tijdens het drinken oefent hij behoorlijk druk uit, dus hij heeft de leercapaciteit die we nodig hebben. De andere puppy's liggen precies op schema met gewicht, voeding en slaap. Het is een goed nest. Onze Cass heeft het prima gedaan.' De hond hoorde haar naam en hield haar kop schuin. Julian Britton glimlachte. Hij zei: 'Brave hond, Cassie,' waarna hij de ren uitkwam om zich bij de anderen te voegen.

Lynley en Hanken stelden zich voor, waarbij ze hun legitimatiebewijs lieten zien. Julian bekeek ze, wat hun tijd gaf om op hun beurt hem te bekijken. Hij was een lange man, stevig gebouwd zonder te zwaar te zijn. Op zijn voorhoofd had hij wat sproetjes die erop wezen dat hij veel in de buitenlucht vertoefde, maar die tevens voorboden van huidkanker konden zijn. Bovendien had hij hier en daar sproeten op zijn wangen, die hem het uiterlijk gaven van een roodharige bandiet. In combinatie met zijn onnatuurlijk bleke huid benadrukten de sproeten echter zijn ongezonde voorkomen.

Nadat hij de legitimatiebewijzen van de inspecteurs grondig had bestudeerd haalde hij een blauwe zakdoek uit zijn broekzak en veegde zijn gezicht ermee af, hoewel hij niet leek te transpireren. Terwijl hij daarmee bezig was, zei hij: 'Ik zal alles doen wat ik kan om u te helpen. Ik was bij Andy en Nan toen ze het bericht kregen. Ik had die avond een afspraak met Nicola. Toen ze niet terugkwam op de Hall hebben we de politie gebeld.'

'Julie is zelf naar haar gaan zoeken,' voegde Samantha eraan toe. 'De politie was niet bereid om iets te doen.'

Hanken leek niet blij met deze onverholen kritiek. Hij wierp de vrouw een zure blik toe en vroeg of ze ergens konden praten zonder dat er een teef naar hen lag te grommen. Natuurlijk bedoelde hij hiermee de hond, maar de bijbedoeling ontging Samantha niet. Ze keek Hanken vuil aan en kneep haar lippen op elkaar.

Julian werkte mee door hen voor te gaan naar de rennen voor de puppy's in een ander gedeelte van het gebouw. Hier waren de wat oudere hondjes aan het spelen. De rennen waren slim ontworpen om ze uit te dagen en bezig te houden, met kartonnen dozen om uit elkaar te scheuren, een ingewikkelde doolhof op verschillende niveaus waar ze in konden ronddwalen, speelgoed en verborgen schatten die ze konden zoeken. De hond, zei Julian Britton, was een intelligent dier. Verwachten dat een intelligent dier zou gedijen in een betonnen hok zonder enige afleiding was niet alleen dom, het was ook wreed. Onder het werk zou hij met de rechercheurs praten, zei hij. Hij hoopte dat dat goed was.

Dat is dus de bedroefde verloofde, dacht Lynley.

'Ik vind het prima,' zei Hanken.

Julian scheen te weten wat Lynley dacht. Hij zei: 'Op het ogenblik is werken een zegen voor me. Ik neem aan dat u het begrijpt.'

'Heb je hulp nodig, Julie?' vroeg Samantha. Er moest gezegd worden dat het aanbod vriendelijk klonk.

'Graag. Ik ga de doolhof opnieuw inrichten. Als je wilt kun jij met de koekjes beginnen, Sam.' Hij liep de ren in. Zijn bewegingen waren rustig en weloverwogen. Samantha ging het voer halen.

De puppy's waren verrukt over deze menselijke indringing in hun domein. Ze hielden op met spelen en vlogen op Julian af, enthousiast voor een nieuw spelletje. Hij fluisterde tegen ze en aaide ze over hun kop, waarna hij vier ballen en een aantal rubberbotten naar het verste eind van de ren gooide. Terwijl de honden erachteraan gingen begon hij aan de doolhof te werken, die bestond uit houten schotten met gleuven, die uit elkaar gehaald konden worden.

'We hebben begrepen dat u met Nicola Maiden verloofd was,' zei Hanken. 'Er is ons ook verteld dat de verloving nog slechts kortgeleden een feit was geworden.'

'We condoleren u met uw verlies,' voegde Lynley eraan toe. 'U zult er niet graag over willen praten, maar misschien is er iets wat u ons kunt vertellen. Iets waar u u misschien niet eens van bewust bent en wat ons zou kunnen helpen bij het onderzoek.'

Julian richtte zijn aandacht op de schotten van de doolhof, die hij netjes opstapelde. Hij antwoordde: 'Ik heb Andy en Nan misleid. Op dat moment was het gemakkelijker dan overal diep op in te gaan. Ze bleven maar vragen of we ruzie hadden gehad. Iedereen bleef het vragen, toen ze niet terugkwam.'

'Misleid? Dus u was niet met haar verloofd?'

Julian wierp een blik in de richting waarin Samantha was verdwenen om het hondenvoer te halen. Hij zei zacht: 'Nee. Ik heb haar gevraagd. Ze heeft me afgewezen.'

'De gevoelens waren niet wederzijds?' vroeg Hanken.

'Ik neem aan van niet, als ze niet met me wilde trouwen.'

Samantha kwam terug. Ze sleepte een grote jutezak achter zich aan en haar zakken puilden uit met snoepjes voor de puppy's. Ze liep de ren in en ze zei: 'Hier, Julie. Laat mij je daarbij helpen,' toen ze zag dat haar neef worstelde met een deel van de doolhof dat niet open wilde.

Hij zei: 'Ik red het wel.'

'Doe niet zo dom. Ik ben sterker dan jij.'

Onder Samantha's bekwame handen werd de doolhof snel uit elkaar gehaald. Julian stond erbij. Hij leek niet op zijn gemak.

'Wanneer precies hebt u haar ten huwelijk gevraagd?' vroeg Lynley.

Samantha draaide haar hoofd snel om naar haar neef. Even snel keek ze weer een andere kant op, waarna ze ijverig koekjes in de ren begon te verstoppen.

'Maandagavond,' zei Julian tegen de inspecteurs. 'De avond voor ze... voor Nicola op de hei ging kamperen.' Bruusk ging hij verder met zijn werk. Hij sprak tegen het hout, niet tegen hen. 'Ik weet hoe dat moet overkomen. Ik ben niet zo dom dat ik niet precies weet hoe het overkomt. Ik vraag haar, ze wijst me af, daarna sterft ze. Dus ja, ja, verdomme, ik weet heel goed waar dat op wijst. Maar ik heb haar niet vermoord.' Met gebogen hoofd sperde hij zijn ogen wijdopen, alsof hij zo kon voorkomen dat de tranen eruit sprongen. Hij zei slechts: 'Ik hield van haar. Ik hield al jaren van haar.'

Samantha bleef stokstijf staan achter in de ren met de puppy's die om haar heen buitelden. Het leek alsof ze naar haar neef toe wilde lopen, maar ze bewoog zich niet.

'Wist u waar ze die avond zou zijn?' vroeg Hanken. 'De avond waarop ze werd vermoord?'

'Ik heb haar 's morgens gebeld, de ochtend van haar vertrek, en we maakten een afspraak voor woensdagavond. Maar verder heeft ze niets gezegd.'

'Niet dat ze van plan was om te gaan kamperen?'

'Zelfs niet dat ze van plan was om te gaan.'

'Ze kreeg nog een paar telefoontjes voor ze die dag wegging,' zei Lynley tegen hem. 'Een vrouw heeft haar opgebeld. Mogelijk twee vrouwen. En er belde een man. Niemand heeft zijn of haar naam genoemd tegen Nicola's moeder. Hebt u enig idee wie haar wilde spreken?'

'Totaal niet.' Julian toonde geen reactie toen hij hoorde dat een van de bellers een man was geweest. 'Het kan iedereen geweest zijn.'

'Ze was heel populair,' zei Samantha vanachter uit de ren. 'Ze had hier altijd mensen om zich heen, dus ze moet ook tientallen vrienden hebben gehad aan de universiteit. Ik neem aan dat ze voortdurend werd opgebeld, wanneer ze met vakantie was.'

'Universiteit?' vroeg Hanken.

Nicola had net een omscholingscursus rechten achter de rug aan de universiteit, zei Julian tegen hem. Hij voegde eraan toe: 'In Londen,' toen ze hem vroegen waar ze had gestudeerd. 'Ze zou deze zomer gaan werken bij ene Will Upman. Hij heeft een advocatenpraktijk in Buxton. Haar vader had het voor haar geregeld omdat Upman een van de vaste bezoekers is van de Hall. En, naar ik aanneem, omdat hij hoopte dat ze, wanneer ze afgestudeerd was, in Derbyshire voor Upman zou blijven werken.'

'Was dat belangrijk voor haar ouders?' vroeg Hanken.

'Het was belangrijk voor iedereen,' antwoordde Julian.

Lynley vroeg zich af of Julians nicht ook tot die 'iedereen' behoorde. Hij keek haar kant op. Ze was druk bezig koekjes te verstoppen die de puppy's moesten zoeken. Vervolgens stelde hij de voor de hand liggende vraag: hoe was Julian bij Nicola weggegaan op de avond van het huwelijksaanzoek? Boos? Verbitterd? Had hij zich onbegrepen gevoeld? Had hij hoop gekoesterd? Het was nogal wat, zei Lynley, om een vrouw te vragen of ze met je wilde trouwen en dan afgewezen te worden. Het zou begrijpelijk zijn als haar weigering tot een onverwachte driftuitbarsting had geleid, zelfs dat die geleid zou hebben tot gepieker dat een sluimerende hartstocht aan de oppervlakte had gebracht.

Samantha kwam overeind uit haar gebukte houding. 'Is dat een slimme manier van u om te vragen of hij haar heeft gedood?'

'Sam,' zei Julian. Het klonk als een waarschuwing. 'Ik was terneergeslagen, natuurlijk. Ik voelde me ellendig. Wie zou niet zo hebben gereageerd?'

'Was Nicola met iemand anders bevriend? Heeft ze u daarom afgewezen?'

Julian gaf geen antwoord. Lynley en Hanken keken elkaar even aan. Samantha zei: 'Ah, ik zie waar dit naartoe gaat. U denkt dat Julie maandagavond thuiskwam en dat hij haar de volgende dag opbelde om een afspraak te maken, dat hij erachter kwam waar ze die avond zou zijn, wat hij tegenover u natuurlijk niet zou toegeven, en dat hij haar heeft vermoord. Nou, ik kan u beiden dit zeggen: dat is absurd.'

'Misschien. Een antwoord op de vraag zou echter wel helpen,' merkte Lynley op.

Julian zei: 'Nee.'

'Nee, ze ging niet met iemand anders om? Of, nee, ze heeft u niet verteld dat er iemand anders was?'

'Nicola was eerlijk. Als ze een liefdesrelatie met iemand anders had, zou ze me dat verteld hebben.'

'Ze zou niet hebben geprobeerd om u voor die wetenschap te beschermen, om uw gevoelens te sparen nadat u haar die duidelijk had gemaakt?'

Julian lachte bedroefd. 'Geloof me, mensen iets besparen lag niet in haar aard.'

Ondanks zijn verdenkingen die een andere kant opgingen, leek de manier waarop Julian reageerde Hanken aan te sporen om te vragen: 'Waar was u dinsdagavond, meneer Britton?'

'Bij Cass,' zei Julian.

'De hond? Bij de hond?'

'Ze kreeg jongen, inspecteur,' zei Samantha. 'Je laat een hond niet alleen tijdens het werpen.'

'Was u hier ook, mevrouw McCallin?' vroeg Lynley. 'Hielp u bij de bevalling?'

Ze beet op haar onderlip. 'Het was midden in de nacht. Julie heeft me niet geroepen. Ik zag de puppy's de volgende ochtend.'

'Ik begrijp het.'

'Nee, u begrijpt het niet!' riep ze uit. 'U gelooft dat Julie er iets mee te maken heeft. U bent gekomen om hem zover te krijgen dat hij iets zal zeggen wat belastend voor hem is. Zo werken jullie toch?'

'Ons werk is de waarheid boven water te krijgen.'

'Ja, hoor. Vertel dat maar tegen de Vier van Bridgewater. O, nee, het zijn er nu nog drie, hè? Omdat een van die arme stakkers in de gevangenis is gestorven. Bel een advocaat, Julie. Zeg geen woord meer.'

Julian Britton met een advocaat was precies wat ze op het moment niet nodig hadden, dacht Lynley. Hij zei: 'Blijkbaar houdt u de gegevens van de honden bij, meneer Britton. Hebt u de tijd van de bevalling genoteerd?'

'Ze komen er niet allemaal tegelijk uit, inspecteur,' zei Samantha.

Julian zei: 'Cass kreeg de eerste weeën omstreeks negen uur 's avonds. Ze begon tegen middernacht te werpen. Er waren zes puppy's, eentje is dood geboren, dus het vergde verscheidene uren. Als u de precieze tijden wilt hebben, die heb ik opgeschreven. Sam kan het boek halen.'

Dat ging ze doen. Toen ze terugkwam zei Julian tegen haar: 'Dank je. Ik ben hier bijna klaar. Je hebt me geweldig geholpen. Ik maak het wel af.'

Het was duidelijk dat hij haar wegstuurde. Ze scheen hem met haar ogen iets duidelijk te willen maken. Wat het ook was, hij kon of wilde de boodschap niet ontvangen. Nadat ze Lynley en Hanken nog een onheilspellende blik had toegeworpen, ging ze weg. Het geluid van de blaffende honden buiten werd luider en nam weer af toen ze achtereenvolgens de deur opende en achter zich sloot.

'Ze bedoelt het goed,' zei Julian tegen zijn bezoekers, toen ze weg was. 'Ik weet niet wat ik zonder haar zou moeten beginnen. Proberen om het hele landgoed weer op te knappen... Het is verdomd veel werk. Ik vraag me wel eens af waarom ik eraan ben begonnen.'

'Waarom?' vroeg Lynley.

'Honderden jaren hebben Brittons hier gewoond. Mijn droom is om ze nog een paar honderd jaar hier te houden.'

'Was Nicola Maiden een deel van die droom?'

'In míjn gedachten, ja. In haar gedachten niet. Zij had haar eigen dromen. Of plannen, of wat dan ook. Dat lijkt me nogal duidelijk.'

'Heeft ze u erover verteld?'

'Alles wat ze vertelde is dat ze mijn plannen niet deelde. Ze wist dat ik haar niet kon bieden wat ze wilde hebben. Op het ogenblik niet, en waarschijnlijk nooit. Ze dacht dat het verstandiger zou zijn om de relatie te laten zoals die was.'

'Hoe was uw relatie?'

'We gingen met elkaar naar bed, als u dat bedoelt.'

'Op een normale manier?' vroeg Hanken.

'Wat mag dat betekenen?'

'Het meisje was geschoren. Dat duidt op... een bepaalde seksuele grilligheid in de relatie die u met haar had.'

Er verscheen een felle blos op Julians wangen. 'Ze was grillig. Ze onthaarde haar lichaam met hars. Ze had ook piercings laten aanbrengen. Haar tong. Haar navel. Haar tepels. Haar neus. Zo was ze nu eenmaal.'

Ze klonk niet als een vrouw die de toekomstige bruid zou worden van de verarmde landjonker, dacht Lynley. Hij vroeg zich af hoe Julian Britton ertoe was gekomen om haar als zodanig te beschouwen.

Britton scheen echter te raden welke kant Lynleys gedachten uitgingen. Hij zei: 'Dat alles betekent niets. Ze was nu eenmaal zo. Vrouwen zijn tegenwoordig zo. Vrouwen van haar leeftijd tenminste. U komt uit Londen, dus ik neem aan dat u dat toch zou moeten weten.'

Het was waar dat je zo ongeveer alles zag in de straten van Londen. Het zou kortzichtig zijn voor een politieman om een vrouw van nog geen dertig, of zelfs van boven de dertig, te veroordelen op basis van het feit dat ze zich harste of toeliet dat er gaten in haar lichaam werden geprikt. Niettemin verbaasde Lynley zich over de aard van Julians verklaringen. Er zat iets nadrukkelijks in dat een diepgaand onderzoek vereiste.

'Meer kan ik u niet vertellen.' Na die opmerking sloeg Julian het boek open dat zijn nicht voor hem had gehaald. Hij ging naar het gedeelte achter een blauw tussenblad en sloeg verscheidene pagina's om tot hij vond wat hij zocht. Hij draaide het boek om, zodat Lynley en Hanken het konden zien. Boven aan de bladzijde stond CASS, in grote blokletters. Onder haar naam waren de tijden van de geboorte van elke pup genoteerd, evenals de tijd dat de bevalling was begonnen en geëindigd.

Ze bedankten hem voor zijn medewerking en daarna gingen ze weg, zodat hij verder kon gaan met zijn jachthonden. Toen ze eenmaal buiten waren, was Lynley de eerste die iets zei.

'Die tijden waren in potlood opgeschreven, Peter. Allemaal.'

'Dat heb ik gezien.' Hanken knikte in de richting van het huis en hij zei: 'Een eigenaardig stel, vind je niet? Die "Julie" en zijn nicht.'

Lynley was het met hem eens. Hij vroeg zich af welk spelletje het stel speelde.

8

Barbara Havers was blij dat ze kon ontsnappen aan de claustrofobische begrenzing van het hoofdbureau. Toen Winston Nkata haar had gevraagd om naar het huis van Terry Cole te gaan, in Battersea, was ze binnen de kortste keren bij haar auto geweest. Ze nam de kortst mogelijke weg. Eerst reed ze naar de rivier, waar ze de Embankment volgde tot Albert Bridge. Op de zuidelijke oever van de Theems raadpleegde ze haar beduimelde stratenboek tot ze de straat vond die ze zocht, hij lag tussen twee straten die naar bruggen leidden: Battersea en Albert.

Terry Cole had een appartement in een donkergroen, gerenoveerd blok bakstenen woningen met erkers, te midden van andere soortgelijke blokken aan Anhalt Road. Een rij bellen maakte duidelijk dat er vier flats in het gebouw waren. Barbara drukte op de bel waarnaast het naamkaartje COLE/THOMPSON met plakband was vastgezet. Ze wachtte, intussen rondkijkend in de buurt. Rijtjeshuizen, sommige in betere staat dan andere, met voortuinen. Een paar daarvan waren keurig beplant, enkele waren overwoekerd en meer dan één tuin leek dienst te doen als stortplaats voor alles en nog wat, van verroeste fornuizen tot tv-toestellen zonder scherm.

Er kwam geen antwoord uit de flat. Met gefronste wenkbrauwen liep Barbara de stoeptreden af. Ze zuchtte, omdat ze niet nog een paar uur achter de computers van de Yard wilde doorbrengen en terwijl ze naar het huis bleef staan kijken overwoog ze wat haar nu te doen stond. Inbreken leek in elk geval geen goed idee en ze dacht er juist over om zich in het dichtstbijzijnde café terug te trekken achter een bord vol worstjes en aardappelpuree, toen ze in de erker van het appartement op de begane grond een gordijn zag bewegen. Ze besloot het bij de buren te proberen.

Naast de flat met nummer 1 stond de naam Baden. Barbara belde. Vrijwel onmiddellijk reageerde een beverige stem via de intercom, alsof de bewoonster van deze flat zich had voorbereid op politiebezoek. Toen Barbara zich bekend had gemaakt en ter ondersteuning haar legitimatiebewijs omhoog had gehouden zodat het op afstand kon worden bekeken vanuit het benedenraam, werd er opengedaan. Ze duwde de deur open en stapte een hal binnen, die ongeveer de afmetingen had van een schaakbord. De vloer was ermee in overeenstemming: rode en zwarte tegels met ontelbare, vieze voetafdrukken. De voordeur van nummer 1 bevond zich rechts in de hal. Nadat Barbara had aangeklopt merkte ze dat ze de hele procedure moest herhalen. Ditmaal hield ze haar legitimatiebewijs voor het kijkgaatje in de deur. Toen het naar tevredenheid van degene die binnen stond, was bekeken, werden twee grendels opzijgeschoven en een veiligheidsketting losgehaakt, waarna de deur openging. Barbara stond tegenover een oudere vrouw, die verontschuldigend zei:

'Je kunt tegenwoordig niet voorzichtig genoeg zijn, vind ik.'

Ze stelde zich voor als mevrouw Geoffrey Baden en zonder ernaar gevraagd te zijn bracht ze Barbara snel op de hoogte van haar levensomstandigheden. Ze was twintig jaar weduwe, had geen kinderen, alleen haar vogels – vinkjes, waarvan de enorme volière een hele wand van de zitkamer in beslag nam – en haar muziek, die uit de piano afkomstig moest zijn die tegen de andere muur stond. Het was een antieke vleugel, waar tientallen ingelijste foto's van wijlen Geoffrey op prijkten uit alle perioden van zijn leven, terwijl de muziekstandaard voldoende bladen bevatte om aan te geven dat mevrouw Baden zich op haar vrije middagen op Mozart wierp.

Mevrouw Baden had last van trillingen in haar handen en haar hoofd, die gedurende haar hele gesprek met Barbara licht en onophoudelijk beefden.

'Helaas is hier geen plek om te zitten,' zei mevrouw Baden opgewekt toen ze gereed was met het verhaal over haar leven. 'Gaat u maar mee naar de keuken. Ik heb een pas gebakken citroencake, als u een stukje zou willen.'

Ze zou dolgraag een stukje nemen, zei Barbara tegen haar. Maar eigenlijk was ze op zoek naar Cilla Thompson. Wist mevrouw Baden waar ze haar zou kunnen vinden?

'Ik denk dat ze aan het werk is in de studio,' antwoordde mevrouw Baden. Vertrouwelijk liet ze erop volgen: 'Het zijn allebei kunstenaars, Cilla en Terry. Aardige jonge mensen, als het je niet kan schelen hoe ze eruitzien. Voor mij geeft het niet. De tijden veranderen, nietwaar? En je moet met de tijd meegaan.'

Ze leek zo'n aardige, goede ziel dat Barbara ertegenop zag om haar meteen te vertellen dat Terry dood was. Daarom zei ze: 'U kent hen zeker goed.'

'Cilla is nogal verlegen, geloof ik. Maar Terry is een lieve jongen. Hij komt altijd aanzetten met een cadeautje, of een verrassing. Hij noemt me zijn geadopteerde oma. Soms doet hij karweitjes voor me, wanneer ik hem nodig heb. En hij komt altijd langs om te vragen of ik iets uit de supermarkt nodig heb wanneer hij boodschappen gaat doen. Zulke buren vind je tegenwoordig niet veel meer. Vindt u ook niet?'

'Ik heb ook geluk gehad,' zei Barbara, die de oude vrouw wel mocht. 'Ik heb ook goede buren.'

'Dan mag je je gelukkig prijzen, kind. Overigens, mag ik zeggen dat je een prachtige kleur ogen hebt? Dat mooie blauw zie je niet vaak. Misschien heb je Scandinavisch bloed. Van je voorouders, natuurlijk.'

Mevrouw Baden zette de waterkoker aan en pakte een theebusje van een kastplank. Ze deed een paar schepjes in een verbleekte, porseleinen pot en ze zette twee niet bij elkaar passende mokken op de keukentafel. Ze trilde zo hevig dat Barbara zich niet kon voorstellen dat de vrouw een ketel kokend water kon hanteren, en toen het apparaat een paar minuten later afsloeg haastte ze zich om zelf de thee te zetten. Mevrouw Baden bedankte haar hartelijk. Ze zei: 'Er wordt steeds maar beweerd dat jonge mensen tegenwoordig halve wilden geworden zijn, maar dat is niet mijn ervaring.' Met een houten lepeltje roerde ze de theeblaadjes om. Daarna keek ze op en ze zei zacht: 'Ik hoop dat die beste Terry niet in moeilijkheden zit,' alsof ze, ondanks haar woorden van zo-even, al een hele tijd had verwacht dat de politie zou komen.

'Het spijt me heel erg dat ik het u moet vertellen, mevrouw Baden,' zei Barbara, 'maar Terry is dood. Hij is een paar nachten geleden in Derbyshire vermoord. Daarom wil ik graag met Cilla praten.'

Enigszins verward prevelde mevrouw Baden: 'Dood.' Er verscheen een verbijsterde uitdrukking op haar gezicht toen de volle betekenis van het woord tot haar doordrong. 'O, lieve hemel,' zei ze. 'Die knappe jongeman. Maar u denkt toch niet dat Cilla, of zelfs die ongelukkige vriend van haar, er iets mee te maken heeft?'

Barbara sloeg de informatie over de ongelukkige vriend in haar geheugen op voor later. Nee, zei ze tegen mevrouw Baden, ze wilde eigenlijk met Cilla praten omdat ze in Terry's appartement wilde rondkijken. Ze moest zien of daar iets was wat de politie een aanwijzing zou kunnen geven waarom Terry Cole was vermoord. 'Ziet u, er zijn twee mensen vermoord,' zei Barbara tegen haar. 'De andere was een vrouw, haar naam is Nicola Maiden, en het zou heel goed kunnen dat zij de reden is voor de beide moorden. In elk geval proberen we vast te stellen of Terry en de vrouw elkaar kenden.'

'Natuurlijk,' zei mevrouw Baden. 'Ik begrijp het volkomen. U moet uw werk doen, hoe onprettig het vanzelfsprekend ook is.' Ze begon Barbara te vertellen dat Cilla Thompson in de spoorwegarcade zou zijn, aan Portslade Road. Dat was waar zij, Terry en twee andere kunstenaars een studio deelden. Mevrouw Baden kon Barbara niet het precieze adres geven, maar ze dacht niet dat de studio moeilijk te vinden zou zijn. 'U kunt het altijd verderop in de straat vragen, in de andere arcades. Ik neem aan dat de eigenaren wel zullen weten over wie u het hebt. Wat het appartement betreft...' Mevrouw Baden gebruikte een zilveren tangetje waarvan het pleetlaagje hier en daar vlekkerig was geworden, om een suikerklontje op te pakken. Ze moest het drie keer proberen omdat ze zo trilde, maar ze glimlachte oprecht vergenoegd toen het haar gelukt was en ze met een voldane *plop* het klontje in haar thee liet vallen. 'Ik heb natuurlijk een sleutel.'

Geweldig, dacht Barbara en in gedachten wreef ze zich vol verwachting in de handen.

'Het is mijn huis, ziet u.' Mevrouw Baden legde uit dat ze, toen meneer Baden was overleden, het huis had laten verbouwen; een investering die haar op haar oude dag een inkomen moest verschaffen. 'Ik verhuur drie appartementen en woon zelf in het vierde.' Ze voegde eraan toe dat ze er altijd op stond een sleutel van elke flat te houden. Lang geleden had ze al ontdekt dat de kans op een onverwacht bezoekje van de huisbaas haar huurders altijd alert hield. 'Maar,' besloot ze tot Barbara's teleurstelling, met een desondanks vriendelijk lachje, 'ik kan u niet binnenlaten.'

'O, nee?'

'Het zou een schending van vertrouwen betekenen, ziet u, om u binnen te laten zonder Cilla's toestemming. Ik hoop dat u het begrijpt.'

Verdomme, dacht Barbara. Ze vroeg wanneer Cilla Thompson gewoonlijk thuiskwam.

O, ze hielden er geen vaste werktijden op na, zei mevrouw Baden. Ze zou er het verstandigst aan doen om naar Portslade Road te gaan en een afspraak te maken met Cilla terwijl die aan het schilderen was. Overigens, kon mevrouw Baden de rechercheur overhalen om nog een plakje citroencake te nemen, voor ze wegging? Het was leuk om te bakken, maar alleen wanneer men het resultaat met iemand kon delen.

Het zou een aardig tegenwicht vormen voor de chocoladedonut, besloot Barbara. En omdat ze voorlopig toch niet in Terry Coles appartement terecht-kon, vond ze dat ze dan net zo goed tegemoet zou kunnen komen aan haar voornemen om de eerste vierentwintig uur niets dan vet tot zich te nemen.

Mevrouw Baden straalde toen Barbara het aanbod accepteerde. Ze sneed een plak cake af die groot genoeg leek voor een Viking-krijger. Terwijl Barbara erop aanviel bleef de oude vrouw vriendelijk babbelen op de manier waar haar generatie zo in uitblonk. Zo af en toe kwam een bruikbaar stukje informatie over Terry Cole boven.

Barbara begreep van haar gastvrouw dat Terry een dromer was, niet bepaald praktisch, in mevrouw Badens opinie, wat betreft zijn toekomstig succes als kunstenaar. Hij wilde een galerie openen, vertelde ze. Maar, mijn hemel, het idee dat iemand zijn werkstukken echt zou willen kopen... of zelfs die van zijn collega's... Maar ja, wat wist een oude vrouw van moderne kunst?

'Zijn moeder zei dat hij aan een grote opdracht werkte,' merkte Barbara op. 'Heeft hij het daar met u over gehad?'

'Lieve kind, hij heeft wel gepráát over een groot project...'

'Maar dat bestond niet?'

'Dat zou ik niet direct willen zeggen,' verklaarde mevrouw Baden haastig. 'Ik denk dat het in zijn hoofd echt bestond.'

'In zijn hoofd. Bedoelt u dat hij fantaseerde?'

'Misschien was hij... een tikje te enthousiast.' Mevrouw Baden drukte pein-zend de tanden van haar vorkje voorzichtig op een paar cakekruimels. Haar volgende woorden kwamen er aarzelend uit. 'Ik wil van de doden geen kwaad spreken...'

Barbara probeerde haar gerust te stellen. 'U mocht hem graag. Dat is duide-lijk. En ik neem aan dat u wilt helpen.'

'Hij was zo'n goede jongen. Hij kon niet genoeg doen voor de mensen van wie hij hield. Het zal moeite kosten om iemand te vinden die u iets anders zal vertellen.'

'Maar...?' Barbara probeerde haar stem zowel behulpzaam als stimulerend te laten klinken.

'Soms, wanneer een jongeman zo wanhopig graag iets wil, probeert hij een kortere weg te nemen, nietwaar? Hij probeert om sneller en directer zijn doel te bereiken.'

Barbara haakte erop in. 'U bedoelt de galerie die hij wilde openen?'

'Galerie? Nee. Ik bedoel status,' antwoordde mevrouw Baden. 'Hij wilde iemand zíjn, kind. Meer nog dan geld en goederen wilde hij het gevoel hebben dat hij een plaats in de wereld innam. Maar je moet je plaats in de wereld verdienen, nietwaar, agente? En die te verdienen, in plaats van die op een presenteerblaadje aangereikt te krijgen, was iets wat Terry niet leek te willen.' Ze legde haar vork naast het schoteltje en ze liet haar handen in haar schoot vallen. 'Ik vind het verschrikkelijk om zoiets over hem te zeggen. Hij was zo goed voor me. Op mijn verjaardag gaf hij me drie nieuwe vinkjes. En bloemen met moederdag. Deze week nog kwam hij met nieuwe pianomuziek... Zo'n attente jongen. Zo goedgeefs, en zo behulpzaam. Hij stond altijd klaar wanneer ik iemand nodig had om een schroef aan te draaien of een lamp te verwisselen...'

'Ik begrijp het,' verzekerde Barbara haar.

'Ik zou alleen graag willen dat u weet dat er meer dan één kant aan hem was. En die andere kant, de haastige kant, och, daar zou hij wel overheen gegroeid zijn naarmate hij meer over het leven leerde, denkt u ook niet?'

'Ongetwijfeld,' zei Barbara.

Tenzij, natuurlijk, zijn honger naar status rechtstreeks verband hield met zijn dood op de heide.

Nadat ze Broughton Manor achter zich hadden gelaten stopten Lynley en Hanken in Bakewell voor een snelle maaltijd in een café even buiten het centrum van het stadje. Daar, bij een gevulde, gepofte aardappel (voor Hanken) en brood met kaas (voor Lynley) namen ze de feiten door. Hanken had een kaart van het Peakdistrict bij zich, die hij gebruikte om zijn woorden kracht bij te zetten.

'We zoeken een moordenaar die het gebied kent,' zei hij, met zijn vork naar de kaart wijzend. 'Je maakt mij niet wijs dat de een of andere bajesklant die net uit de gevangenis van Dartmoor is ontslagen een spoedcursus kamperen heeft gevolgd om wraak te nemen op Andy Maiden door zijn dochter te vermoorden. Die vlieger gaat niet op.'

Gehoorzaam bekeek Lynley de kaart. Hij zag dat er wandelpaden door het hele gebied liepen en dat de bezienswaardigheden erop waren aangegeven. Het leek een paradijs voor een wandelaar of een kampeerder, maar ook een enorm paradijs, waarin de onvoorzichtige of onvoorbereide wandelaar gemakkelijk zou kunnen verdwalen. Tevens merkte hij op dat Broughton Manor voldoende historische betekenis had om als bezienswaardigheid te worden aangemerkt, even ten zuiden van Bakewell, en dat het terrein van het landgoed grensde aan een bos dat weer uitkwam bij een heideveld. Over de heide en door het bos liep een reeks voetpaden, wat Lynley ertoe bracht om te zeggen: 'Julian Brittons familie heeft hier een paar honderd jaar gewoond. Ik neem aan dat hij het gebied goed kent.'

'Andy Maiden ook,' wierp Hanken tegen. 'En die ziet er uit als iemand die een groot deel van zijn tijd in de open lucht heeft doorgebracht. Het zou me niets verbazen als ik zou horen dat zijn dochter haar voorliefde voor kamperen van hem had. En hij heeft de auto gevonden. De hele nacht heeft hij dat verrekte White Peak uitgekamd en hij is erin geslaagd om die verdomde auto te vinden.'

'Waar stond die precies?'

Hanken gebruikte opnieuw zijn vork. Tussen het gehucht Sparrowpit en Winnat's Pass strekte zich een weg uit die de noordwestelijke begrenzing van Calder Moor vormde. Op korte afstand van de zandweg die in zuidoostelijke richting naar Perryfoot liep, had de auto achter een stapelmuurtje gestaan.

Lynley zei: 'Juist. Ik begrijp dat het een toevalstreffer was…'

Hanken snoof. 'Zeg dat wel.'

' …dat hij de auto vond. Maar zoiets kan gebeuren. En hij kende haar lievelingsplekjes.'

'Ja, die kende hij zeker. Hij kende ze goed genoeg om haar te vinden, haar neer te slaan en naar huis terug te snellen zonder dat iemand iets merkte.'

'Wat is het motief dan, Peter? Je kunt de man niet beschuldigen omdat hij informatie voor zijn vrouw heeft achtergehouden. Díe vlieger gaat ook niet op. En als hij de moordenaar is, wie is dan zijn medeplichtige?'

'Laten we teruggaan naar die knapen uit de periode dat hij bij SO10 zat,' zei Hanken veelbetekenend. 'Welke vent die net vrijgekomen is uit Newgate zou nee zeggen wanneer hij een extraatje van een paar pond kon verdienen, zeker als Maiden hem die aanbood en hem persoonlijk de weg wees naar de plek?' Hij laadde zijn vork vol aardappel en garnalen en stak die in zijn mond. 'Zo zou het gegaan kunnen zijn.'

'Dan toch alleen als Andy Maiden een persoonsverwisseling heeft ondergaan sinds hij hiernaartoe verhuisd is. Peter, hij was een van onze beste mensen.'

'Vind hem niet te aardig,' waarschuwde Hanken. 'Hij kan zijn invloed hebben aangewend om jou hier te krijgen, om een heel goede reden.'

'Dat zou ik als een belediging kunnen opvatten.'

'Je gaat je gang maar,' zei Hanken glimlachend. 'Ik vind het wel leuk om een chique meneer op de kast te jagen. Maar denk erom, schat die knaap niet te hoog in. Dat is gevaarlijk.'

'Even gevaarlijk als om te slecht over hem te denken. In beide gevallen loopt het verkeerd af.'

'Touché,' zei Hanken. 'Daar heb ik om gevraagd.'

'Julian heeft een motief, Peter.'

'Teleurgesteld in de liefde?'

'Misschien iets sterkers. Misschien een sluimerende hartstocht. Met reden, dat wel. Jaloezie, bijvoorbeeld. Wie is die Upman?'

'Ik zal je aan hem voorstellen.'

Ze beëindigden hun maaltijd en liepen naar de auto. Ze reden Bakewell uit in noordwestelijke richting, waar de weg schuin omhoog liep en passeerden de noordelijke grens van Taddington Moor.

In Buxton reden ze door de High Street, waar ze een parkeerplaats vonden achter het gemeentehuis. Het was een indrukwekkend negentiende-eeuws gebouw dat oprees boven The Slopes, een door bomen overschaduwde reeks omhooglopende voetpaden, waar degenen die vroeger naar Buxton waren gekomen om te kuren, 's middags hadden gewandeld.

Het kantoor van de advocaat lag een eindje verderop aan High Street, boven een makelaar en een galerie waar aquarellen van de Peaks waren uitgestald. De entree bestond uit een enkele deur met ondoorzichtig glas, waar de namen Upman, Smith & Sinclair op waren aangebracht.

Zodra Hanken zijn kaartje had afgegeven aan een oudere secretaresse, gekleed in beroepsmatig tweed en een twinset, die ermee naar Upmans kamer verdween, verscheen de man zelf om hen te begroeten en zijn domein binnen te loodsen. Hij had gehoord van Nicola Maidens dood. Hij had naar de Hall gebeld om te vragen waar hij Nicola's laatste salaris naar moest overmaken, en een van de meisjes had hem het nieuws meegedeeld. De vorige week was haar laatste week op kantoor geweest, verklaarde de advocaat.

Upman scheen maar al te bereid om de politie van dienst te zijn. Hij noemde Nicola's dood 'een verschrikkelijke tragedie voor alle betrokkenen. Ze had uitstekende mogelijkheden op juridisch gebied en ik was meer dan tevreden over het werk dat ze de afgelopen zomer voor me heeft verricht'.

Lynley nam de man op terwijl Hanken achtergrondinformatie verzamelde over de relatie van de advocaat tot de dode vrouw. Upman zag er uit als een nieuwslezer van de BBC; fotogeniek en brandschoon. Zijn donkerbruine haar begon aan de slapen grijs te worden, wat hem een vertrouwenwekkend uiterlijk gaf dat hem ongetwijfeld goed van pas kwam in zijn beroep. Deze algemene indruk van betrouwbaarheid werd versterkt door zijn stem, die diep was en sonoor. Hij was waarschijnlijk begin veertig, maar zijn vlotte manier van doen en zijn houding deden hem jonger lijken.

Hij beantwoordde Hankens vragen zonder ook maar in het minst te laten blijken dat hij zich er niet bij op zijn gemak voelde. Hij had Nicola Maiden het grootste deel van de negen jaar die zij en haar ouders in het Peakdistrict hadden gewoond, gekend. Toen haar ouders de oude Padley Gorge Lodge, nu Maiden Hall, hadden gekocht, waren ze in contact gekomen met een van Upmans zakenpartners die zich bezighield met onroerend goed. Via hem had Will Upman het echtpaar Maiden en hun dochter ontmoet.

'We hebben begrepen dat meneer Maiden heeft geregeld dat Nicola deze zomer bij u kon werken,' zei Hanken.

Upman bevestigde dit. Hij voegde eraan toe: 'Het was geen geheim dat Andy hoopte dat Nicola in een praktijk in Derbyshire zou gaan werken wanneer ze haar studie had afgerond.' Tijdens het gesprek bleef hij tegen zijn bureau geleund staan, en hij had geen van de inspecteurs een stoel aangeboden. Hij leek dit opeens te beseffen, want hij zei haastig: 'Ik ben heel onbeleefd. Neemt u me alstublieft niet kwalijk. Gaat u zitten. Kunnen we u koffie aanbieden? Of thee? Mevrouw Snodgrass?'

De laatste twee woorden riep hij in de richting van de openstaande deur. De secretaresse verscheen in de deuropening. Ze had nu een bril op met een groot montuur, waardoor ze op een verlegen insect leek. 'Meneer Upman?' Ze wachtte op zijn bevelen.

'Heren?' vroeg hij aan Lynley en Hanken.

Ze sloegen het aanbod voor de verversingen af en mevrouw Snodgrass werd weggestuurd. Met een stralende lach keek Upman naar de detectives, toen deze plaatsnamen. Hij bleef staan, iets wat Lynley opviel en hem op zijn hoede liet zijn. In het subtiele spel van macht en confrontatie had de advocaat zojuist een punt gescoord. En de manoeuvre was zeer handig uitgevoerd.

'Hoe vond u het dat Nicola ergens in Derbyshire zou gaan werken?' vroeg hij Upman.

De advocaat keek hem vriendelijk aan. 'Ik geloof niet dat ik daar iets bij heb gedacht.'

'Bent u getrouwd?'

'Nooit geweest. Mijn werk brengt met zich mee dat iemand huiverig wordt wanneer het op een huwelijk aankomt. Ik ben gespecialiseerd in echtscheidingen. Dat maakt doorgaans heel snel een einde aan iemands romantische idealen.'

'Zou dat de reden kunnen zijn dat Nicola Julian Brittons aanzoek heeft afgewezen?' vroeg Lynley.

Upman keek verbaasd. 'Ik had er geen idee van dat hij haar had gevraagd.'

'Had ze u dat niet verteld?'

'Ze werkte voor me, inspecteur. Ik was haar biechtvader niet.'

'Was u iets anders?' vroeg Hanken, duidelijk geïrriteerd door de teneur van Upmans laatste opmerking. 'Afgezien van haar werkgever dan.'

Upman pakte een viool, die niet groter was dan zijn hand en die blijkbaar diende als presse-papier, van zijn bureau. Hij liet zijn vingers over de snaren glijden en plukte eraan, alsof hij wilde weten of ze goed gestemd waren. Hij zei: 'U bedoelt zeker of zij en ik een persoonlijke relatie hadden.'

'Wanneer een man en een vrouw op geregelde basis in een besloten ruimte samenwerken,' zei Hanken, 'komt zoiets voor.'

'Niet bij mij.'

'Waaruit we kunnen opmaken dat u geen relatie had met Nicola Maiden?'

'Dat zeg ik.' Upman legde de presse-papier neer en pakte vervolgens een potloodhouder. Hij begon de potloden eruit te halen waarvan de punten te ver waren afgesleten en legde die keurig naast zijn dij die nog steeds tegen het bureau steunde. Hij zei: 'Andy Maiden zou het prettig gevonden hebben als Nicola en ik iets met elkaar hadden gehad. Dat heeft hij bij meer dan een gelegenheid laten blijken en telkens als ik op de Hall was om te dineren en Nicola met vakantie thuis was, sloofde hij zich uit om ons bij elkaar te brengen. Ik zag dus waar hij op hoopte, maar ik kon niet aan zijn wens tegemoetkomen.'

'Waarom niet?' vroeg Hanken. 'Mankeerde er iets aan het meisje?'

'Ze was mijn type niet.'

'Wat voor type was ze?' vroeg Lynley.

'Dat weet ik niet. Hoor eens, wat doet het ertoe? Ik... wel, ik ga tamelijk veel om met iemand anders.'

'Tamelijk veel?' Dit kwam van Hanken.

'We hebben een relatie. Ik bedoel, we zien elkaar geregeld. Twee jaar geleden heb ik haar scheiding afgehandeld en... Wat heeft dat er trouwens mee te maken?' Hij leek geagiteerd. Lynley vroeg zich af waarom. Hanken leek het ook op te vallen. Hij begon er dieper op in te gaan. 'U vond Nicola wel aantrekkelijk?'

'Natuurlijk. Ik ben niet blind. Ze wás aantrekkelijk.'

'Wist uw gescheiden mevrouw van haar af?'

'Ze is niet míjn gescheiden mevrouw. Ze is niets van me. We zien elkaar. Dat is alles. Er viel voor Joyce niets te weten…'

'Joyce?' vroeg Lynley.

'Zijn gescheiden mevrouw,' zei Hanken.

'En,' herhaalde Upman met nadruk, 'er viel voor Joyce niets te weten omdat er niets tussen ons was, tussen Nicola en mij. Een vrouw aantrekkelijk vinden en verstrikt raken in iets wat nergens toe kan leiden zijn twee verschillende zaken.'

'Waarom kon het nergens toe leiden?' vroeg Lynley.

'Omdat we allebei andere interesses hebben. Die heb ik, en die had zij. Dus zelfs al zou ik erover gedacht hebben om mijn geluk bij haar te beproeven, wat ik overigens niet heb gedaan, zou ik een cursus in frustratie zijn gaan volgen.'

'Ze heeft Julian anders wel afgewezen,' merkte Hanken op. 'Dat suggereert dat ze niet zo in iemand geïnteresseerd was als u aanneemt. Dat ze misschien haar zinnen op iemand anders had gezet.'

'Als dat het geval was, dan zeker niet op mij. En wat die arme Britton aangaat, ik durf te wedden dat ze hem heeft afgewezen omdat zijn inkomen haar niet aanstond. Ik denk dat ze haar oog had laten vallen op iemand in Londen met een vette bankrekening.'

'Wat gaf u die indruk?' vroeg Lynley.

Upman dacht na over de vraag, maar hij leek opgelucht dat hij niet langer werd beschouwd als de mogelijke vriend van Nicola Maiden. 'Ze had een pieper die zo nu en dan afging,' zei hij ten slotte. 'Toen het op een keer weer gebeurde vroeg ze me of ik het goedvond dat ze iemand in Londen dit nummer gaf, zodat hij haar kon terugbellen. En dat deed hij. Heel vaak.'

'Waarom kwam u tot de conclusie dat het iemand met geld moest zijn?' vroeg Lynley. 'Een paar interlokale gesprekken zijn toch niet zo buitensporig, zelfs niet voor iemand die krap bij kas zit.'

'Dat weet ik. Maar Nicola had een dure smaak. Geloof mij maar, de kleren die ze elke dag naar haar werk droeg, had ze niet kunnen kopen van het salaris dat ik haar betaalde. Ik durf er twintig pond op te zetten dat u, wanneer u haar garderobe nakijkt, zult zien dat die afkomstig is uit Knightsbridge, waar de een of andere arme sukkel voor heeft betaald via een bankrekening waarover zij vrij mocht beschikken. En die sukkel ben ik niet.'

Heel handig, dacht Lynley. Upman had alle eindjes aan elkaar geknoopt met een bedrevenheid die zijn beroep eer aandeed. Er was echter iets berekenends in zijn voorstelling van de feiten, die Lynleys achterdocht wekte. Het leek alsof hij had geweten wat ze hem zouden vragen en of hij, als goed advocaat, zijn antwoorden had voorbereid. De uitdrukking van lichte antipathie op Hankens gezicht gaf aan dat deze wat de advocaat betrof tot dezelfde conclusie was gekomen.

'Hebben we het nu over een verhouding die ze had?' vroeg Hanken. 'Is dit een getrouwde man die doet wat hij kan om zijn maîtresse tevreden te houden?'

'Ik heb er geen idee van. Ik kan alleen zeggen dat er iemand was, en dat ik aanneem dat het iemand uit Londen is.'

'Wanneer hebt u haar voor het laatst in leven gezien?'

'Vrijdagavond. We hebben samen gegeten.'

'Maar u had zelf geen relatie met haar,' merkte Hanken op.

'Ik heb haar ten afscheid mee uit eten genomen, dat is een heel gewoon gebruik onder werkgevers en werknemers in onze maatschappij, als ik me niet vergis. Waarom? Sta ik daardoor onder verdenking? Als ik haar had willen vermoorden, welke reden u daarvoor ook hebt bedacht, waarom zou ik dan van vrijdag tot dinsdagnacht wachten om het te doen?'

Hanken sloeg meteen toe. 'Ah. U schijnt te weten wanneer ze stierf.'

Upman werd er niet door van zijn stuk gebracht. 'Ik heb iemand van de Hall gesproken, inspecteur.'

'Ja, dat zei u.' Hanken stond op. 'U bent ons zeer behulpzaam geweest bij ons onderzoek. Als u ons nu nog de naam kunt geven van het restaurant waar u vrijdagavond was, kunnen we vertrekken.'

'Chequers Inn,' zei Upman. 'In Calver. Hoor eens even, waarom wilt u dat weten? Sta ik onder verdenking? Omdat ik, wanneer het zo is, erop sta om…'

'Het is niet nodig om in deze fase van het onderzoek een standpunt in te nemen,' zei Hanken.

Evenmin was het nodig, dacht Lynley, om de advocaat nog meer in de verdediging te dringen. Hij zei: 'Iedereen die het slachtoffer van een moord heeft gekend is om te beginnen verdacht, meneer Upman. Inspecteur Hanken en ik zijn bezig om de verschillende mogelijkheden te elimineren. U bent zelf advocaat, dus ik neem aan dat u een cliënt zou aanmoedigen om mee te werken als hij van de lijst afgevoerd wilde worden.'

Upman leek niet gelukkig met de uitleg, maar hij ging er niet verder op in. Lynley en Hanken namen afscheid. Ze gingen naar buiten, waar Hanken onmiddellijk zei: 'Wat een adder,' terwijl ze naar de auto liepen. 'Wat een verdomde slijmbal. Geloofde jij dat verhaal van hem?'

'Welk deel?'

'Iets. Alles. Het kan me niet schelen.'

'Hij is advocaat. Dat maakt alles wat hij zegt natuurlijk meteen verdacht.' Hanken glimlachte met tegenzin.

'Hij heeft ons echter wel wat nuttige informatie verstrekt. Ik zou graag nog eens met de Maidens willen praten om te proberen of ik iets uit hen kan krijgen met betrekking tot Upmans vermoeden dat Nicola in Londen met iemand omging. Als er ergens een andere minnaar is, dan is er ook een ander motief voor moord.'

'Voor Britton,' gaf Hanken toe. Hij knikte in de richting van Upmans kantoor. 'Hoe staat het dan met hem? Ben je van plan om hem tot de verdachten te rekenen?'

'Tot we zijn gangen zijn nagegaan in elk geval.'

Hanken knikte. 'Ik geloof dat ik je aardig begin te vinden,' zei hij.

Cilla Thompson was in de studio toen Barbara Havers die had gevonden, in de derde arcade voor het doodlopende eind van Portslade Road. De twee grote voordeuren stonden wijd open en ze was midden in iets wat op een creatieve uitbarsting leek, waarbij ze verf op een doek kwakte terwijl een geluid dat als Afrikaanse trommels klonk, ritmisch uit een stoffige cd-speler opsteeg. Het volume was hoog. Barbara voelde het dreunen tegen haar huid en in haar middenrif.

'Cilla Thompson?' riep ze, terwijl ze haar legitimatiebewijs uit haar schoudertas viste. 'Kan ik u even spreken?'

Cilla keek naar de kaart en stak het penseel tussen haar tanden. Ze drukte een knop van de cd-speler in waardoor de trommels werden gedempt. Daarna ging ze weer aan het werk. Ze zei: 'Cyn Cole heeft het me verteld,' en ze ging door het doek met een dikke laag verf te bedekken. Barbara liep om haar heen om het werk te bekijken. Het was een gapende mond waar een moederlijk ogende vrouw uit oprees die een met slangen gedecoreerde theepot hanteerde. Prachtig, dacht Barbara. De schilderes was beslist een aanwinst voor de kunstwereld.

'Heeft Terry's zus u verteld dat hij vermoord is?'

'Zijn moeder belde uit het noorden, meteen nadat ze het lichaam had gezien. Cyn belde mij. Ik dacht al dat er iets aan de hand was toen ze me gisteravond opbelde. Haar stem klonk anders. U weet wel wat ik bedoel. Maar ik had nooit kunnen denken... ik bedoel, wie zou Terry Cole nu om zeep willen helpen? Hij was een onschadelijk kereltje. Een beetje achterlijk, gezien zijn werk, maar er zat geen kwaad bij.'

Dit laatste zei ze met een volkomen effen gezicht, alsof rondom haar doeken van Peter Paul Rubens hingen en geen afbeeldingen van ontelbare monden waar van alles uit stroomde, van olievlekken tot kettingbotsingen op de snelweg. Het werk van haar collega's was, voorzover Barbara het bekeek, niet veel beter. De andere kunstenaars waren beeldhouwers, zoals Terry. Een van hen gebruikte gedeukte vuilnisbakken als materiaal; een ander roestige boodschappenkarretjes.

'Ja. Juist,' zei Barbara. 'Maar ik denk dat het allemaal een kwestie van smaak is.'

Cilla rolde met haar ogen. 'Niet voor iemand met een kunstopleiding.'

'Die had Terry niet?'

'Terry was een aansteller, sorry dat ik het zeg. Hij was nergens voor opgeleid, alleen om te liegen. En daarin was hij een uitblinker.'

'Zijn moeder zei dat hij aan een grote opdracht werkte,' zei Barbara. 'Kunt u me daar iets over vertellen?'

'Voor Paul McCartney zeker,' was Cilla's droge antwoord. 'Afhankelijk van de dag van de week waarop je toevallig met hem praatte, werkte Terry aan een project dat hem miljoenen zou opleveren. Of hij bereidde zich voor om Pete Townshend aan te klagen omdat die de wereld niet wilde vertellen dat hij een buitenechtelijke zoon had, Terry dus, begrijp je, of hij had toevallig een paar geheime documenten in handen gekregen die hij aan de roddelbladen wilde verkopen, of hij zou gaan lunchen met de directeur van de Koninklijke Academie. Of hij zou een eersteklas galerie openen waar hij zijn kunstwerken voor twintigduizend per stuk ging verkopen.'

'Dus er was geen opdracht?'

'Daar kun je donder op zeggen.' Cilla deed een stap achteruit om haar schilderij te bekijken. Ze bracht een streek rode verf aan op de onderlip van de mond, gevolgd door een witte streep, en ze zei: 'Ah. Ja,' wat kennelijk sloeg op het effect dat ze daarmee had bereikt.

'U vat Terry's dood nogal rustig op,' merkte Barbara op. 'Voor iemand die het net heeft gehoord, bedoel ik.'

Cilla vatte die opmerking op zoals ze bedoeld was: als verborgen kritiek. Nadat ze een ander penseel had gepakt en dat in een klodder paarse verf op haar palet had gedoopt, zei ze: 'Terry en ik deelden een flat. We deelden deze studio. Soms gingen we samen eten, of naar de kroeg. Maar we waren geen echte vrienden. We waren mensen die elkaar iets te bieden hadden: we deelden de kosten zodat we niet hoefden te werken waar we woonden.'

Gezien de afmetingen van Terry's beelden en de aard van Cilla's schilderijen, leek het een verstandige regeling. Het deed Barbara echter ook denken aan een opmerking die mevrouw Baden had gemaakt. 'Wat vond uw vriend van die afspraak?'

'O, ik begrijp dat u met mevrouw Blauwkous hebt gesproken. Vanaf het moment dat ze Dan zag heeft ze erop gewacht dat iemand hem te grazen zou nemen. Over iemand op zijn uiterlijk beoordelen gesproken.'

'En?'

'Wat, en?'

'Hééft hij iemand ooit te grazen genomen? Terry, bijvoorbeeld? Het is toch geen alledaagse situatie wanneer je vriendin met een andere man samenwoont.'

'Ik zei toch al, we wonen – woonden – niet samen in de zin van sámenwonen. Meestal zagen we elkaar niet eens. We trokken ook niet met dezelfde mensen op. Terry had zijn vrienden en ik heb de mijne.'

'Kende u zijn vrienden?'

De paarse verf kwam terecht op het haar van de uit de mond komende vrouw met de theepot op Cilla's schilderij. Ze bracht de kleur aan in een dikke, gebogen lijn, daarna gebruikte ze haar handpalm om de verf uit te smeren. Ze veegde haar hand af aan de voorkant van haar schilderskiel. Het effect op het doek was verontrustend. Het leek er nu op dat moeder gaten in haar hoofd had. Vervolgens nam Cilla grijze verf, waarmee ze op moeders neus aanviel. Barbara ging een stap opzij, omdat ze niet wilde zien wat de artieste van plan was.

'Hij nam ze niet mee,' zei Cilla. 'Meestal waren het telefoongesprekken en het waren meestal vrouwen. En ze belden hém. Niet andersom.'

'Had hij een vriendin? Een speciale, bedoel ik.'

'Hij had niets met vrouwen. Voorzover ik weet niet.'

'Homo?'

'A-seksueel. Hij deed helemaal niets. Behalve zich aftrekken. En zelfs dat is nog onwaarschijnlijk.'

'Zijn wereld was zijn kunst?' probeerde Barbara.

Cilla bulderde van het lachen. 'Voor wat die waard was.' Ze deed een stap bij haar schilderij vandaan en ze bekeek het taxerend. 'Ja,' zei ze en ze draaide zich om, zodat ze Barbara kon aankijken. 'Voila. Dát vertelt een goed verhaal, vindt u niet?'

Uit moeders neus kwam een onsmakelijke substantie. Barbara besloot dat Cilla onmogelijk iets over haar schilderij had kunnen zeggen wat de waarheid meer benaderde. Ze mompelde iets instemmends. Cilla droeg haar meesterwerk naar een richel, waar zes andere schilderijen op rustten. Daaruit koos ze een onafgemaakt doek, dat ze naar de ezel bracht om verder te gaan met haar werk.

Ze sleepte een kruk naar de rechterkant van haar ezel. Daarna rommelde ze in een kartonnen doos, waar ze een muizenval uit haalde met het slachtoffer er nog in. Deze zette ze op de kruk. Ze liet de muizenval vergezeld gaan van een door de motten aangevreten, opgezette kat en een potje smeerkaas. Deze voorwerpen schoof ze heen en weer tot ze de vereiste compositie had gevonden. Toen wierp ze zich op het onafgemaakte schilderij, waarop de onderlip van een mond werd doorboord door een haak. De tong hing naar buiten.

'Mag ik aannemen dat Terry niet veel verkocht?' vroeg Barbara.

'Hij verkocht geen ene moer,' zei Cilla opgewekt. 'Maar het was ook niet zo dat hij bereid was om er genoeg van zichzelf in te stoppen. En als je je niet helemaal aan je kunst geeft, geeft je kunst je niets terug. Ik leef me met hart en ziel uit op het doek, en het doek beloont me.'

'Artistieke voldoening,' zei Barbara ernstig.

'Hoor eens, ík verkoop. Nog geen twee dagen geleden heeft een echte heer een schilderij van me gekocht. Stapte binnen, wierp er één blik op, zei dat hij onmiddellijk zijn eigen Cilla Thompson wilde hebben, en pakte zijn chequeboekje.'

Mooi, dacht Barbara. De vrouw had een levendige fantasie. 'Maar als hij nooit een van zijn werkstukken verkocht, waar haalde Terry dan het geld vandaan om alles te betalen? De flat. Deze studio...' Om nog maar niet te spreken van het tuingereedschap dat hij in grote hoeveelheden moest hebben ingeslagen, dacht ze.

'Hij zéí dat het zwijggeld was van zijn vader. Die had genoeg, zei hij.'

'Zwijggeld?' Dit was iets wat ergens toe zou kunnen leiden. 'Chanteerde hij iemand?'

'Nou en of,' zei Cilla. 'Zijn vader. Pete Townshend, dat zei ik al. Zolang die ouwe Peter bleef afschuiven zou Terry niet naar de krant stappen en roepen: "Pa zwemt in het geld en ik heb geen cent. Ha. Alsof Terry Cole ook maar de geringste hoop koesterde iemand ervan te overtuigen dat hij niet was wat hij echt was: een afperser, iemand die uit was op een gemakkelijk leventje."'

Dit was niet al te ver van mevrouw Badens beschrijving van Terry Cole, al werd het met veel minder genegenheid en meegevoel gezegd. Maar als Terry Cole in de problemen had gezeten, wat waren die dan geweest? En wie was zijn slachtoffer?

Ergens moest er een bewijs van zijn. En er scheen maar één plaats te zijn waar dat bewijsmateriaal kon worden gevonden. Ze moest in de flat rondkijken, verklaarde Barbara. Wilde Cilla daaraan meewerken?

Dat wilde ze, zei Cilla. Ze zou om vijf uur thuis zijn, als Barbara dan langs wilde komen. Maar agente Havers zou er goed aan doen in haar oren te knopen dat, waar Terry Cole ook in verstrikt was geraakt, Cilla Thompson er niets mee te maken had.

'Ik ben kunstenaar. Op en top,' verklaarde Cilla. Ze legde de dode muis anders neer en duwde een poot van de kat in een dreigender positie, alsof hij wilde toeslaan.

'Ja, dat begrijp ik,' haastte Barbara zich haar gerust te stellen.

Bij het politiebureau van Buxton scheidden de wegen van Lynley en Hanken zich, nadat de inspecteur uit Buxton voor zijn collega van Scotland Yard had geregeld dat deze een auto kon meenemen. Hanken was van plan om naar Calver te gaan, vastbesloten om te controleren of het etentje van Will Upman en Nicola Maiden inderdaad had plaatsgevonden. Lynley ging op weg naar Padley Gorge.

Op Maiden Hall aangekomen zag hij dat de voorbereidingen voor het diner in volle gang waren in de keuken, die uitkwam op het parkeerterrein waar Lynley de politie-Ford had neergezet. In de bar van de lounge werden de flessen drank aangevuld en in de eetzaal werden de tafels voor de avond gedekt. Er heerste een algemene bedrijvigheid in het hotel die aangaf dat op de Hall het leven, voorzover mogelijk, doorging.

Lynley trof dezelfde vrouw die de inspecteurs de vorige middag had opgevangen net achter de receptiebalie. Toen hij naar Andy Maiden vroeg, zei ze fluisterend: 'Arme ziel,' waarna ze hem alleen liet om de voormalige politieman te gaan halen. Terwijl hij wachtte liep Lynley naar de deur van de eetzaal, die vlak achter de lounge lag. Een andere vrouw, van dezelfde leeftijd en met hetzelfde uiterlijk als de eerste, was bezig dunne, witte kaarsen te vervangen in de kandelaars op de tafels. Naast haar op de grond stond een mandje gele chrysanten.

Het dienluik tussen eetzaal en keuken was open en vanuit laatstgenoemde ruimte klonk Frans, snel en met aanzienlijke hartstocht uitgesproken. Daarna, in Engels met een zwaar accent: 'Nee en nee en nog eens nee! Als ik om sjalotjes vraag, bedóél ik sjalotjes. Dit zijn uien om in de pan gekookt te worden.'

Er volgde een zacht antwoord dat Lynley niet kon opvangen, en daarna een stortvloed Frans waarvan hij slechts verstond: *Je t'emmerde.*

'Tommy?'

Lynley draaide zich meteen om. Hij zag dat Andy Maiden de lounge in was gekomen, een notitieboek met een spiraal in zijn hand. Maiden zag eruit als een wrak. Hij was bleek en ongeschoren en hij droeg dezelfde kleren als de vorige avond. 'Ik kon niet wachten tot ik met pensioen ging,' zei hij dof. 'Ik leefde naar het moment toe waarop ik me kon terugtrekken, zie je. Ik kon het werk aan zonder een kik te geven omdat het ergens toe leidde. Dat zei ik tegen mezelf. En tegen hen. Nan en Nicola. Nog een paar jaar, zei ik steeds. Dan hebben we genoeg.' Hij maakte zich los uit zijn herinneringen en terwijl hij de rest van de weg door de lounge aflegde om zich bij Lynley te voegen, leek dat al zijn krachten te vergen. 'Nu zie je waar het ons gebracht heeft. Mijn dochter is dood en ik heb de namen gevonden van vijftien schoften die maar al te graag hun eigen moeder vermoord zouden hebben als ze er iets mee hadden kunnen verdienen. Waarom heb ik verdomme geloofd dat ze hun straf zouden uitzitten, verdwijnen en nooit de moeite zouden nemen om me achterna te komen?'

Lynley wierp een vluchtige blik op het notitieboek. Hij begreep wat het was. 'Je hebt een lijst voor ons.'

'Ik heb de hele nacht gelezen. Drie keer. Vier. En ik ben tot een conclusie gekomen. Wil je die horen?'

'Ja.'

'Ik heb haar vermoord. Ik was het.'

Hoe vaak had hij diezelfde behoefte om de schuld op zich te nemen nu al gehoord? vroeg Lynley zich af. Honderd keer? Duizend keer? Het was altijd hetzelfde. En als er een vlot antwoord bestond dat de schuldgevoelens kon verminderen van degenen die waren achtergebleven nadat iemand die ze liefhadden door geweld om het leven was gekomen, had hij het nog niet gevonden. 'Andy,' begon hij.

Maiden viel hem in de rede. 'Je herinnert je toch nog wel hoe ik was? Ik beschermde de maatschappij tegen "criminele elementen" zei ik tegen mezelf. En ik was goed in mijn werk. Ik was zo verdomd goed. Maar ik heb nooit begrepen dat terwijl ik me concentreerde op onze verdomde maatschappij, mijn eigen dochter, mijn Nick...' Zijn stem haperde. 'Sorry,' zei hij.

'Je hoeft je niet te verontschuldigen, Andy. Het komt wel goed. Echt waar.'

'Het zal nooit goed komen.' Maiden opende het notitieboek en hij scheurde de laatste bladzijde eruit, die hij Lynley toeschoof. 'Vind hem.'

'Daar kun je op rekenen.' Lynley wist dat zijn woorden, evenals een arrestatie in de zaak, ontoereikend waren om Maidens verdriet te verzachten. Niettemin vertelde hij dat hij een rechercheur aan het werk had gezet om in Londen de dossiers van SO10 door te nemen, maar dat hij tot dusver nog niets had gehoord. Derhalve zou het heel goed mogelijk kunnen zijn dat alles wat Maiden hem kon geven, een naam, een misdrijf, een onderzoek, de tijd die de rechercheur in Londen achter de computer doorbracht kon halveren of tot een kwart terugbrengen, zodat die rechercheur zou vrijkomen om eventuele verdachten te achtervolgen. De politie zou Maiden daar zeer erkentelijk voor zijn.

Maiden knikte somber. 'Kan ik nog op een andere manier helpen? Kun je me iets geven, Tommy... iets wat ik kan doen... omdat de nachtmerrie anders...' Met een grote hand streek hij door zijn haar dat nog steeds dik en krullend was, hoewel het tamelijk grijs was geworden. 'Ik ben een stereotiep geval, is het niet zo? Op zoek naar bezigheid zodat ik dit niet langer hoef door te maken.'

'Het is een natuurlijke reactie. We verzetten ons allemaal tegen een schok tot we eraan toe zijn om die onder ogen te zien. Dat maakt ons menselijk.'

'Dit. Ik noem het zelfs dít. Want wanneer ik het woord uitspreek dan wordt het allemaal echt en ik geloof niet dat ik het kan verdragen.'

'Er wordt niet van je verwacht dat je het nu meteen kunt verdragen. Jij en je vrouw mogen allebei best wat tijd nemen om te vermijden wat er is gebeurd.

162

Of om te ontkennen wat er is gebeurd. Of om totaal in te storten. Geloof me, ik begrijp het.'

'Werkelijk?'

'Ik denk dat je weet dat het zo is.' Er was geen gemakkelijke manier om met het volgende verzoek te komen. 'Ik moet de spullen van je dochter doorzoeken, Andy. Wil je erbij zijn?'

Maiden fronste zijn wenkbrauwen. 'Haar spullen zijn in haar kamer. Maar als je zoekt naar een verband met SO10, wat heeft Nicola's slaapkamer er dan mee te maken?'

'Misschien niets,' zei Lynley. 'Maar vanochtend hebben we met Julian Britton en Will Upman gesproken. Er zijn verscheidene details waar we dieper op in willen gaan.'

Maiden zei: 'Lieve god, je denkt toch zeker niet dat een van hen...?' en hij keek langs Lynley naar het raam. Blijkbaar overwoog hij welke verschrikkingen een verwijzing naar Britton en Upman inhield.

Lynley zei snel: 'Het is te vroeg om meer te kunnen doen dan gissen, Andy.'

Maiden wendde zijn blik van het raam af en keek Lynley ruim een halve minuut aan. Ten slotte scheen hij het antwoord te accepteren. Hij nam Lynley mee naar de tweede verdieping van het huis en wees hem de slaapkamer van zijn dochter. Zelf bleef hij in de deuropening staan toekijken terwijl Lynley Nicola's spullen doorzocht.

De meeste zaken waren precies wat je zou verwachten te vinden in de kamer van een vrouw van vijfentwintig en veel ervan ondersteunde uitspraken die of Julian Britton of Will Upman hadden gedaan. Een houten sieradendoosje bevatte de bewijzen van de piercings waarvan Julian had verklaard dat Nicola zich ermee had versierd. Enkele gouden ringen van verschillende afmetingen, die geen deel uitmaakten van een paar, moesten ringen zijn die het dode meisje door haar navel, haar lip en haar tepels had gedragen; knopjes spraken van het gaatje in haar tong; robijnen en smaragden knopjes met een schroefdraad konden in haar neus hebben gepast. De stenen en het metaal waaruit de sieraden waren vervaardigd ondersteunden Will Upmans bewering dat ze ergens een minnaar met geld moest hebben gehad, over wie ze niet had gesproken.

De kast bevatte kledingstukken van modeontwerpers. De labels droegen namen uit de haute couture. Upman had gezegd dat ze zich niet had kunnen kleden van wat hij haar betaalde voor haar vakantiebaan, en haar kleding ondersteunde zijn stelling volkomen. Er waren echter ook andere aanwijzingen dat er iemand was die tegemoetkwam aan Nicola's buitensporige wensen. In de kamer bevonden zich voorwerpen die in verband konden worden gebracht met óf een aanzienlijk inkomen waarover vrijelijk kon worden beschikt, óf met een partner die zich maar al te graag door middel van het geven van cadeaus wilde bewijzen. Een elektrische gitaar had een plek gevonden in de kast waarnaast een cd-speler, een tuner en een stel boxen stonden die Nicola Maiden meer dan een maandsalaris moesten hebben gekost. Er waren twee- of driehonderd cd's in een eikenhouten standaard opgeborgen, die speciaal voor dat doel was gemaakt. Op een kleuren-tv in een hoek van het vertrek lag een mobiele telefoon. Achter de tv was een plank waarop acht handtassen keurig op een rij lagen. Alles in de kamer sprak van overdaad. Alles kondigde tevens aan dat Nicola's werkgever althans in één opzicht de waarheid kon hebben gesproken. Als dat niet het geval was, moest het meisje aan het geld zijn gekomen op een manier die uiteindelijk tot haar dood had geleid: drugshandel, chantage, de zwarte markt, verduistering. Toen hij aan Upman dacht, schoot Lynley echter nog iets anders te binnen dat de advocaat had gezegd.

Hij liep naar de commode en trok de laden open met zijden ondergoed en nachthemden, kasjmier sjaals en haute couture sokjes die nog niet gedragen waren. Eén lade bevatte zaken die bedoeld waren om mee te nemen wanneer ze eropuit trok: kaki korte broeken, opgevouwen truitjes, een kleine rugzak, stafkaarten en een zilveren flacon met de initialen van het meisje erin gegraveerd.

In de onderste twee laden van de commode lagen de enige zaken die er niet uitzagen alsof ze in Knightsbridge waren gekocht. Ook deze waren, evenals de andere, tot de rand toe gevuld. Er waren wollen truien in alle denkbare stijlen en kleuren in opgeborgen. Elk ervan had hetzelfde soort label in de hals genaaid: MET LIEFDE GEMAAKT DOOR NANCY MAIDEN. Nadenkend betastte Lynley een van de labels.

Hij zei: 'Haar pieper is niet gevonden. Upman zei dat ze er een had. Weet jij waar die is?'

Maiden kwam bij de deur vandaan. 'Een pieper? Weet Will dat zeker?'

'Hij zei tegen ons dat ze op haar werk werd opgepiept. Wist je niet dat ze er een had?'

'Ik heb haar er nooit mee gezien. Ligt hij hier nergens?' Maiden deed wat Lynley had gedaan. Hij bekeek de voorwerpen boven op de commode, om daarna alle laden te doorzoeken. Hij ging echter verder, door Lynleys plaats bij de kleerkast in te nemen, waar hij in de jaszakken van zijn dochter voelde, en tussen de taillebanden van haar broeken en rokken. Op het bed lagen dichtgebonden plastic zakken met kleding en die doorzocht hij eveneens, maar zonder iets te vinden. Ten slotte zei hij: 'Ze moet de pieper hebben meegenomen toen ze ging kamperen. Hij zal wel in een van de zakken met bewijsmateriaal zitten.'

'Waarom zou ze haar pieper meenemen, maar haar gsm thuislaten?' vroeg Lynley. 'Op de hei zou hij nutteloos zijn zonder de gsm.'

Maidens blik gleed naar het tv-toestel waar de mobiele telefoon op lag, en weer terug naar Lynley. 'Dan moet hij hier ergens zijn.'

Lynley doorzocht het nachtkastje. Hij vond een buisje aspirine, een doos tissues, strips met de pil, een doosje kaarsjes voor een verjaardagstaart en een tube lippenbalsem. Hij liep naar de leren handtassen op de plank, maakte ze open en voelde in de vakken. Ze waren allemaal leeg. Hetzelfde was het geval met een schoudertas, een aktetas en een weekendtas.

'Hij kan in haar auto liggen,' opperde Maiden.

'Iets zegt me dat het niet zo is.'

'Waarom niet?'

Lynley gaf geen antwoord. Van zijn plek midden in de kamer nam hij de details in zich op met een blik die werd verscherpt door de afwezigheid van een enkel, eenvoudig voorwerp dat niets maar ook alles kon betekenen. Terwijl hij het deed kon hij zien wat hem niet eerder was opgevallen. De hele kamer leek op een museum. Er was niets wat ook maar enigszins van zijn plaats leek te zijn.

Iemand had de kamer van het meisje doorzocht.

'Waar was je vrouw vanmiddag, Andy?' vroeg Lynley.

9

Toen Andy Maiden niet direct antwoordde, herhaalde Lynley de vraag, eraan toevoegend: 'Is ze in het hotel? Is ze ergens in de buurt?'

Maiden zei: 'Nee. Nee. Ze... Tommy, Nan is uitgegaan.' Zijn vingers boorden zich in zijn handpalmen, alsof hij plotseling kramp kreeg.

'Waarheen? Weet je dat?'

'Naar de heide, neem ik aan. Ze heeft de fiets gepakt, en daar gaat ze meestal naartoe.'

'Naar Calder Moor?'

Maiden liep naar het bed van zijn dochter. Moeizaam liet hij zich op de rand zakken. 'Je had Nancy niet eerder ontmoet, hè, Tommy?'

'Niet dat ik me herinner.'

'Ze bedoelt het alleen maar goed, die vrouw. Ze geeft en ze geeft. Maar er zijn momenten dat ik het niet meer kan verdragen. Niet van haar. Niet nog eens.' Hij keek neer op zijn handen. Hij strekte zijn vingers. Daarna hief hij zijn handen op en liet ze weer vallen, ermee gebarend terwijl hij vervolgde: 'Ze was bezorgd over me. Kun je het haar kwalijk nemen? Ze wilde helpen. Het enige waaraan ze kon denken, of over praten of iets aan doen, was om deze gevoelloosheid uit mijn handen weg te nemen. Gisteren heeft ze me de hele middag erover aan het hoofd gezeurd. En gisteravond ook.'

'Misschien is het haar manier om de schok op te vangen,' zei Lynley.

'Maar het vergt te veel concentratie van haar om de gedachten uit te bannen die ze probeert uit te bannen, begrijp je dat? Het vergt elk greintje concentratie dat ze bezit. Ik had het gevoel dat ik niet kon ademhalen met haar in de buurt. Ze bleef maar om me heen draaien. Ze bood me koppen thee aan en warme kussentjes en... ik begon het gevoel te krijgen of zelfs mijn huid niet meer van mij was, alsof ze geen rust had tot ze erin geslaagd was diep in mijn poriën door te dringen, om...' Hij zweeg plotseling en in die stilte leek hij alles wat hij in een moment van onbedachtzaamheid had gezegd, te evalueren. Op andere toon ging hij verder, zijn woorden waren hol: 'God. Hoor mij nu eens. Egoïstische stommeling.'

'Je hebt een dodelijke klap gekregen. Je probeert ermee om te gaan.'

'Zij heeft die klap ook gekregen. Maar ze denkt aan míj.' Hij kneedde een hand met de vingers van de ander. 'Ze wilde ze masseren. Dat was eigenlijk alles. God vergeve me, maar ik stuurde haar weg omdat ik dacht dat ik zou stikken als ik ook maar een ogenblik langer met haar in dezelfde kamer moest zijn. En nu... Hoe kunnen we iemand nodig hebben en liefhebben en tegelijkertijd verafschuwen? Wat gebeurt er met ons?'

De reactie op de moord, dat gebeurt er met je, wilde Lynley antwoorden. Hij zei echter nog eens: 'Is ze naar Calder Moor gegaan, Andy?'

'Ze zal wel op Hathersage Moor zijn. Dat is dichterbij. Een paar kilometer. Die andere plek...? Nee. Ze zal niet naar Calder Moor zijn gegaan.'

'Heeft ze daar wel eens gefietst?'

'Op Calder?'

'Ja. Op Calder Moor. Heeft ze daar ooit gefietst?'

'Natuurlijk. Ja.'

Lynley vond het afschuwelijk, maar hij moest het vragen. Hij was het zichzelf en zijn collega uit Buxton verschuldigd om te vragen: 'Jij ook, Andy? Of alleen je vrouw?'

Bij het horen van die woorden keek Andy Maiden langzaam op, alsof hij eindelijk inzag waar dit heen leidde. Hij zei: 'Ik dacht dat je het in Londen zocht. Bij SO10. En bij wat er met SO10 samenhangt.'

'Ik ben ook bezig met SO10. Maar ik zit achter de waarheid aan. De hele waarheid. Jij ook, mag ik aannemen. Fietsen jullie allebei op Calder Moor?'

'Nancy is níét…'

'Andy, je moet me helpen. Je weet hoe een zaak verloopt. Doorgaans komen de feiten op de een of andere manier boven water. En soms wordt de manier waarop ze boven komen, interessanter dan de feiten zelf. Dat kan heel gemakkelijk een overigens simpel onderzoek verstoren en ik kan niet geloven dat je dat wilt.'

Maiden begreep het. Een poging tot vertroebeling kon uiteindelijk belangrijker worden dan de informatie die men probeerde achter te houden. 'We fietsen allebei op Calder Moor. Iedereen, eigenlijk. Maar het is te ver om vanhieruit ernaartoe te fietsen, Tommy.'

'Hoeveel kilometer?'

'Ik weet het niet precies. Maar ver, te ver. Wanneer we daar willen rijden nemen we de fietsen mee in de landrover. We parkeren bij een zijweg. Of in een van de dorpen, en daar vertrekken we dan uit. Maar we fietsen niet helemaal van hier naar Calder Moor.' Hij hield zijn hoofd schuin in de richting van het slaapkamerraam, en hij voegde eraan toe: 'De landrover staat er nog. Dus ze zal vanmiddag niet naar Calder Moor zijn gegaan.'

Vanmiddag niet, dacht Lynley. Hij zei: 'Ik zag een landrover toen ik over het parkeerterrein liep.'

Maiden was na meer dan dertig jaar bij de politie in staat om eenvoudige gedachten te kunnen lezen. Hij zei: 'De Hall beheren is een veeleisend bestaan, Tommy. Het vergt veel van onze tijd. Wanneer we maar even kans zien gaan we eropuit. Als je haar wilt gaan zoeken op Hathersage Moor, dan ligt er een kaart bij de receptie die je de weg zal wijzen.'

Dat zou niet nodig zijn, zei Lynley tegen hem. Als Nancy Maiden met haar fiets de hei op was gegaan, had ze er waarschijnlijk behoefte aan een poosje alleen te zijn. Die tijd gunde hij haar graag.

167

Barbara Havers wist dat ze iets te eten had kunnen halen bij Uncle Tom's Cabin, een stalletje op de hoek van Portslade Road en Wandsworth Road. Het was niet meer dan een nis, vlakbij de spoorwegarcades en het leek precies zo'n onhygiënisch tentje waar je genoeg cholesterolrijk voedsel kon kopen om te garanderen dat je aderen binnen een uur vol beton zouden zitten. Ze bood echter weerstand aan de opwelling – eerlijk gezegd wilde ze nadenken – dus ze koos een café dicht bij Vauxhall Station, waar ze zich op de worstjes met puree stortte waar ze eerder op de dag al trek in had gehad. Ze smaakten heerlijk, weggespoeld met een groot glas limonade. Verzadigd met eten en drinken en tevreden over de informatie die ze die ochtend in Battersea had verkregen reed ze terug naar de noordzijde van de Theems, waar ze de rivier bleef volgen. Het verkeer op Horseferry Road stroomde vlot door en ze reed de ondergrondse garage van New Scotland Yard in voor ze haar tweede Player had opgerookt.

Op het moment kon ze met haar werk twee kanten uit, besloot ze. Ze kon zich weer wijden aan CRIS en de jacht op een geschikte ontslagen gevangene die op het bloed van een Maiden uit was. Of ze kon de informatie die ze tot dusver had verzameld, samenvatten in een rapport. Het eerste, hoe saai, geestdodend en ondergeschikt ook, zou demonstreren dat ze heel goed in staat was om de straf te ondergaan waarvan bepaalde wetsdienaren vonden dat ze die moest ondergaan. De tweede optie leek haar echter naar alle waarschijnlijkheid naar concretere antwoorden in de zaak te leiden. Ze koos voor het verslag. Het zou niet zo lang duren, het zou ervoor zorgen dat ze de informatie in een concrete en tot nadenken stemmende volgorde kon rangschikken, en het turen naar het blikkerende scherm zou er op zijn minst een uur door worden uitgesteld. Ze begaf zich naar Lynleys kamer – het kon geen kwaad om die ruimte te gebruiken omdat die op het moment toch leeg was, nietwaar? – en ze ging aan het werk.

Ze zat er helemaal in. Ze was net toe aan de opvallende opmerkingen die Cilla Thompson had gemaakt met betrekking tot de veronderstelde vader van Terry Cole en zijn neiging tot dubieuze middelen van bestaan, en ze had net CHANTAGE? getypt, toen Winston Nkata de kamer binnenstapte, bezig het laatste stukje van een hamburger naar binnen te schrokken. Hij gooide het doosje in de prullenbak, om vervolgens zijn handen grondig af te vegen met een papieren servetje. Daarna propte hij een zuurtje in zijn mond.

'Junkfood wordt je dood nog eens,' zei Barbara schijnheilig.

'Dan sterf ik tenminste met een glimlach,' was Nkata's antwoord. Hij zwaaide een van zijn lange benen over een stoel en terwijl hij ging zitten haalde hij zijn aantekenboekje tevoorschijn. Barbara keek op de klok aan de wand, en vervolgens naar haar collega. 'Hoe snel rij je eigenlijk de M1 op en neer? Je breekt alle records van hier naar Derbyshire en terug, Winston.'

Hij gaf geen antwoord, wat op zich al een antwoord was. Barbara huiverde bij de gedachte wat Lynley zou zeggen als hij had geweten dat Nkata in zijn geliefde Bentley bijna de geluidsbarrière had doorbroken. 'Ik ben naar de juridische faculteit geweest,' zei hij tegen haar. 'De baas heeft me opgedragen om na te gaan wat het meisje in de stad uitvoerde.'

Barbara hield op met typen. 'En?'

'Ze is ermee gestopt.'

'Is ze opgehouden met haar rechtenstudie?'

'Daar ziet het wel naar uit.' Nicola Maiden, zei hij, was er kennelijk mee gestopt op 1 mei, toen het examen dichterbij kwam. Ze had het netjes afgehandeld, afspraken gemaakt met alle docenten en administrateurs voor ze wegging. Verscheidenen van hen hadden geprobeerd om het haar uit het hoofd te praten; ze was bijna de beste van haar jaar geweest en ze hadden het krankzinnig gevonden dat ze zou vertrekken met een succesvolle toekomst als jurist in het verschiet, maar ze had beleefd voet bij stuk gehouden. En ze was verdwenen.

'Heeft ze haar examens verknald?' vroeg Barbara.

'Die heeft ze niet eens gedaan. Ze is weggegaan voor ze de opgaven onder ogen kreeg.'

'Was ze bang? Had ze last van haar zenuwen, net als haar vader? Kreeg ze een maagzweer? Kon ze niet slapen? Was het tot haar doorgedrongen dat ze het allemaal in haar hoofd moest stampen en was ze niet tegen die uitdaging opgewassen?'

'Tegen haar mentor heeft ze gezegd dat ze geen zin meer had in de rechtenstudie.'

Ze had acht maanden parttime gewerkt bij MKR Financial Management, een firma in Notting Hill, vervolgde Nkata. De meeste rechtenstudenten deden iets dergelijks; overdag werkten ze parttime om geld te verdienen, om laat in de middag en 's avonds college te lopen. Er was haar een fulltime baan aangeboden bij die firma in Notting Hill, en omdat het haar prettig werk leek had ze besloten die aan te nemen. 'En dat was dat,' zei Nkata. 'Sindsdien heeft niemand bij de universiteit iets van haar gehoord.'

'Wat deed ze dan in Derbyshire, als ze een fulltime baan had in Notting Hill?' vroeg Barbara. 'Had ze vakantie genomen voor ze fulltime op dat andere kantoor ging werken?'

'Volgens de baas niet, en daar wordt het vaag. Ze had een vakantiebaantje bij een advocaat, om zich op de toekomst voor te bereiden en al die onzin meer. Dat is de voornaamste reden waarom hij me naar de universiteit heeft gestuurd.'

'Dus ze heeft een baan bij een financiële instelling in Londen, maar ze neemt een vakantiebaantje bij een advocatenkantoor in Derbyshire?' zei Barbara nadenkend. 'Dat is nieuw voor me. Weet de inspecteur dat ze met haar rechtenstudie is opgehouden?'

'Ik heb hem nog niet gebeld. Ik wilde eerst met jou praten.'

Die opmerking deed Barbara plezier. Ze wierp een blik op Nkata. Zoals altijd was zijn gezicht pienter, vriendelijk en volmaakt deskundig. 'Moeten we hem dan niet bellen? De inspecteur, bedoel ik.'

'Laten we er eerst nog een beetje mee spelen.'

'Goed. Oké. Nou, laten we even vergeten wat ze in Derbyshire deed. Die baan in Londen bij MKR Financial Management moet haar een behoorlijk salaris hebben opgeleverd, nietwaar? Want uiteindelijk zou ze, wanneer ze juriste was geworden, ook aardig verdiend hebben, dus waarom zou ze met die studie ophouden, tenzij er heel wat geld, en snel ook, mee gemoeid was? Hoe klinkt dat?'

'Daar kan ik in meegaan.'

'Oké. Dus, had ze snel geld nodig? En zo ja, waarom? Wilde ze een grote aankoop doen? Moest ze een schuld afbetalen? Ging ze op reis? Wilde ze een gemakkelijker leventje leiden?' Barbara dacht aan Terry Cole. Ze knipte met haar vingers en voegde eraan toe: 'Ah. Als ze nu eens door iemand gechanteerd werd? Door iemand uit Londen die naar Derbyshire was gekomen omdat hij wilde weten waarom ze niet op tijd betaald had?'

Nkata wuifde met zijn hand heen en weer, zijn gebaar voor 'wie weet?' 'Het kan ook gewoon zo zijn dat de baan bij MKR opwindender leek dan zittingen bijwonen met een pruik op. Om er nog maar van te zwijgen dat het op de lange duur meer zou opleveren.'

'Wat deed ze precies voor MKR?'

Nkata raadpleegde zijn aantekeningen. 'Ze was stagiaire op de afdeling kapitaalbeheer,' zei hij.

'Stagiaire? Kom nou, Winston. Daarvoor kan ze toch niet van de universiteit zijn weggegaan?'

'Ze was stagiaire toen ze er vorig jaar oktober begon. Ik zeg niet dat ze dat is gebleven.'

'Wat deed ze dan in Derbyshire bij een advocaat? Was ze van gedachten veranderd wat haar studie aanging? Wilde ze die weer oppakken?'

'Als ze dat van plan was, heeft ze het nooit tegen iemand op de universiteit gezegd.'

'Hmm. Dat is eigenaardig.' Terwijl ze nadacht over de duidelijke tegenstrijdigheden in het gedrag van het vermoorde meisje, zocht Barbara haar pakje Players. Ze zei: 'Vind je het erg als ik er een opsteek, Winnie?'

'Wel als ik de rook moet inademen.'

Zuchtend nam ze genoegen met een stukje vruchtenkauwgum, dat ze in haar schoudertas vastgeplakt vond aan een kaartje van de bioscoop bij haar in de buurt. Ze peuterde de stukjes karton eraf en stopte de kauwgum in haar mond. 'Goed dan. Wat weten we nog meer?'

'Ze heeft haar flat verlaten.'

'Waarom zou ze niet, als ze de hele zomer in Derbyshire bleef?'

'Ik bedoel, ze is er permanent uit verdwenen. Zoals ze ook van de universiteit verdween.'

'Oké. Dat klinkt niet als groot nieuws.'

'Wacht even.' Nkata voelde in zijn zak en haalde er een nieuw rolletje zuurtjes uit. Hij maakte het open en stak een snoepje achter zijn kiezen. 'De universiteit had haar adres, dat wil zeggen, het oude, dus ik ben erheen gegaan om met de verhuurster te praten. Het huis staat in Islington. Ze had er een zitslaapkamer.'

'En?' spoorde Barbara hem aan.

'Ze is verhuisd – het meisje, niet de hospita – toen ze de universiteit verliet. Dat was op 10 mei. Niet van tevoren opgezegd. Gewoon haar spullen bij elkaar gepakt, een adres in Fulham achtergelaten om haar post na te sturen, en verdwenen. De hospita was er niet blij mee. Ze was ook niet blij met de ruzie.' Nkata glimlachte toen hij dit laatste stukje informatie prijsgaf.

Barbara liet merken dat ze het wel kon waarderen dat haar collega bij stukjes en beetjes losliet wat hij te weten was gekomen, door met haar vinger naar hem te zwaaien en te zeggen: 'Boef. Geef me de rest, Winston.'

Nkata grinnikte. 'De een of andere vent en zij. Ze gingen tegen elkaar te keer als Ieren tijdens het vredesoverleg, zei de kamerverhuurster. Dat was op de negende.'

'De dag voor ze verhuisde?'

'Klopt.'

'Geweld?'

'Nee, alleen geschreeuw. En dreigende taal.'

'Iets bruikbaars?'

'De man zei: "Ik wil het niet hebben. Ik zie je nog liever dood voordat ik je dat laat doen."'

'Dat is een aardig gegeven. Mag ik hopen dat we een beschrijving hebben van die vent?' Nkata's gezicht zei voldoende. 'Verdomme.'

Hij zei: 'Maar het is wel iets om te onthouden.'

'Misschien. Of niet.' Barbara dacht na over wat hij zo-even had gezegd. Ze zei: 'Als ze meteen na de bedreiging verhuisde, waarom zou de moord dan zoveel later zijn gepleegd?'

'Als ze eerst was verhuisd naar Fulham en daarna de stad uit was gegaan, zou hij haar hebben moeten opsporen,' merkte Nkata op. Toen zei hij: 'Wat heb jij gevonden?'

Barbara vertelde hem wat ze had opgestoken uit haar gesprekken met mevrouw Baden en met Cilla Thompson. Ze concentreerde zich op de bron van Terry's inkomsten en op de tegenstrijdige beschrijvingen die haar waren verstrekt door zijn flatgenote en zijn huisbazin. 'Cilla zegt dat hij nog nooit iets had verkocht en dat waarschijnlijk ook niet zou doen, en ik geloof dat ook wel. Dus, hoe kwam hij dan aan de kost?'

Nkata dacht erover na, terwijl hij het zuurtje van de ene kant van zijn mond naar de andere verschoof. Ten slotte zei hij: 'Laten we de baas maar bellen.' Hij liep naar Lynleys bureau, waar hij een nummer intoetste dat hij uit zijn hoofd kende. Even later kwam de verbinding tot stand. Hij kreeg Lynley te pakken op diens gsm. Hij zei: 'Een ogenblik,' waarna hij een andere knop van de telefoon indrukte. Via de luidspreker hoorde Barbara Lynleys warme bariton zeggen: 'Wat hebben we tot dusver, Winnie?'

Precies iets wat hij tegen haar zou hebben gezegd. Ze stond op en ze liep met grote passen naar het raam. Er was natuurlijk niets anders te zien dan Tower Block. Ze deed het gewoon om iets te doen te hebben.

Winston bracht Lynley snel op de hoogte van Nicola Maidens plotselinge vertrek van de universiteit, van haar baan bij MKR Financial Management, van haar verhuizing zonder die van tevoren aan te kondigen, van de ruzie die aan de verhuizing was voorafgegaan, en in het bijzonder van het dreigement haar te zullen doden, dat was afgeluisterd.

'Er is blijkbaar een vriend in Londen,' was Lynleys antwoord. 'Dat hebben we van Upman. Maar geen woord over het feit dat ze haar rechtenstudie had beëindigd.'

'Waarom zou ze het geheimgehouden hebben?'

'Vanwege het vriendje, misschien.' Barbara hoorde aan Lynleys stem dat hij die mogelijkheid in gedachten naging. 'Vanwege plannen die ze hadden.'

'Een getrouwde man, misschien?'

'Mogelijk. Ga naar die financiële instelling. Daar zou hij kunnen werken.' Vervolgens gaf Lynley zijn eigen informatie door. Hij besloot met: 'Als de vriend in Londen een getrouwde man is die Nicola als zijn vaste maîtresse in Fulham had geïnstalleerd, is dat niet iets wat ze in Derbyshire zou hebben willen rondbazuinen. Ik denk niet dat haar ouders blij zouden zijn geweest met het nieuws. En Britton zou er ook van zijn geschrokken.'

'Wat deed ze dan eigenlijk in Derbyshire?' zei Barbara fluisterend tegen Nkata. 'Haar tegenstrijdige gedrag strekt zich over een groot gebied uit. Zeg dat tegen hem, Winston.'

Nkata knikte en hief zijn hand op ten teken dat hij haar had verstaan. Hij ging echter niet tegen de feiten van de inspecteur in, maar hij maakte aantekeningen. Toen Lynley aan het eind van zijn verhaal was gekomen gaf Nkata hem de bijzonderheden over Terry Cole. Omdat het er zoveel waren en Nkata nog maar korte tijd in Londen terug was, luidde Lynleys commentaar op de gevolgtrekkingen van de rechercheur: 'Lieve god, Winnie. Hoe heb je het allemaal klaargespeeld? Gebruik je telepathie?'

Bij het raam draaide Barbara zich om. Ze wilde Nkata's aandacht trekken, maar dat lukte niet voor hij begon te spreken. Hij zei: 'Barb is met de jongen bezig. Ze is vanochtend in Battersea geweest. Daar heeft ze gesproken met...'

'Havers?' Er lag een scherpe klank in Lynleys stem. 'Is ze daar bij jou?'

Barbara kromp ineen.

'Ja. Ze schrijft...'

Lynley viel hem in de rede. 'Had je me niet verteld dat ze Maidens arrestaties bekeek?'

172

'Ja, daar was ze mee bezig.'

'Ben je al klaar met dat onderzoek, Havers?' vroeg Lynley.

Barbara's adem ontsnapte in een zucht. Liegen of de waarheid? vroeg ze zich af. Een leugen zou haar op het moment goed van pas komen, maar uiteindelijk zou die haar opbreken. 'Winston stelde voor dat ik naar Battersea zou gaan,' zei ze tegen Lynley. 'Ik wilde net verdergaan met CRIS toen hij met de informatie over het meisje kwam aanzetten. Ik dacht, inspecteur, dat het vreemd is dat ze voor Upman werkte, wanneer je bedenkt dat ze met haar rechtenstudie was gestopt en dat ze een andere baan had in Londen waar ze kennelijk om de een of andere reden vakantie had opgenomen. Áls ze een andere baan had, want dat moeten we nog natrekken. Trouwens, als er een vriend is, zoals u zei, en als ze zich door hem wilde laten onderhouden, waarom zou ze verdomme dan een hele zomer in de Peaks gaan werken?'

'Je moet doorgaan met CRIS,' was Lynleys antwoord. 'Ik heb met Maiden gesproken en hij heeft ons een paar aanknopingspunten gegeven om na te trekken, uit zijn periode bij SO10. Schrijf de volgende namen op en ga ermee aan de slag, Havers.' Hij noemde ze allemaal op, ze spellend wanneer het nodig was. In totaal waren het er vijftien.

Toen ze die had genoteerd, zei Barbara: 'Inspecteur, denkt u niet dat deze kwestie met Terry Cole…'

Wat hij dacht, kwam Lynley tussenbeide, was dat Andrew Maiden, toen hij voor SO10 werkte, stenen had opgelicht waar slakken, wormen en insecten uit alle mogelijke rangen en standen onder vandaan waren gekropen. Tijdens zijn werk als undercover had hij iemand kunnen tegenkomen die jaren later fataal bleek te zijn. Dus Barbara moest, wanneer ze gereed was met het zoeken naar voor de hand liggende figuren die op wraak uit waren, de dossiers nog een keer doornemen voor een meer subtiel verband: een teleurgestelde verklikker bijvoorbeeld, wiens diensten door de politie niet voldoende waren beloond.

'Denkt u dan niet…'

'Ik heb je gezegd wat ik denk, Barbara. Ik heb je een opdracht gegeven. Ik zou het prettig vinden als je ermee doorging.'

Barbara begreep de bedoeling. Haar antwoord was: 'Inspecteur', als een beleefde bevestiging. Ze knikte tegen Nkata en ze liep de kamer uit. Maar ze bleef twee stappen bij de deur vandaan staan.

'Ga naar die financiële instelling,' zei Lynley. 'Ik zal een kijkje nemen in de auto van het meisje. Als we die pieper kunnen vinden en als haar vriend heeft gebeld, zullen we hem via zijn nummer kunnen opsporen.'

'Goed,' zei Winston. Hij legde de hoorn neer.

Barbara glipte Lynleys kamer weer binnen, achteloos langs de muur schuivend alsof haar niet was opgedragen om iets anders te gaan doen. 'Wie heeft in Islington tegen haar gezegd dat hij haar liever dood wilde zien voor hij haar "het" liet doen? De vriend? Haar vader? Britton? Cole? Upman? Of iemand die we nog niet zijn tegengekomen? En wat is "het" trouwens, wanneer dat al gezegd is? Ergens geïnstalleerd worden als het liefje van de een of andere rijke hoerenloper? Poen loskrijgen met een beetje chantage van de minnaar, dat is altijd aardig, nietwaar? Een verhouding hebben met een paar mannen tegelijk? Wat denk jij?'

Nkata keek op van zijn aantekenboekje toen ze tegen hem sprak. Hij richtte zijn blik op de gang achter haar, waar ze zich had teruggetrokken in protest tegen Lynleys opdracht. Op schoolmeesterachtige toon zei hij: 'Barb...' Je hebt gehoord wat de baas je heeft opgedragen, bleef onuitgesproken.

Barbara zei luchtig: 'Misschien is er zelfs wel meer te vinden bij MKR Financial Management. Nicola kan een meisje zijn geweest dat geregeld gepakt wilde worden wanneer ze het niet genoeg deed met haar vriend in de Peaks en wanneer de minnaar in Londen het te druk had met zijn vrouw. Maar ik denk niet dat we MKR rechtstreeks van die kant moeten benaderen, vind je ook niet, nu iedereen de mond vol heeft van ongewenste seksuele toenadering?'

Het woordje 'we' ontging Nkata niet. Hij was een toonbeeld van geduld en kiesheid toen hij zei: 'Barb, de baas zei dat jij je weer moet bezighouden met CRIS.'

'CRIS kan naar de bliksem lopen. Vertel me nu niet dat jij gelooft dat de een of andere vrijgelaten bajesklant wraak wilde nemen op Maiden door zijn dochter de hersens in te slaan. Dat is stom, Winston. Het is tijdverspilling.'

'Zou kunnen. Maar wanneer de inspecteur je zegt welke weg je moet inslaan zou het verstandig zijn als je dat ook deed. Ja toch?' Toen ze geen antwoord gaf: 'Ja toch, Barb?'

'Oké, oké,' zei Barbara zuchtend. Ze wist dat ze van Lynley een tweede kans had gekregen door de goedwillendheid van Nkata. Ze wilde alleen niet dat die tweede kans bestond uit langdurig achter de computer zitten. Ze probeerde een compromis. 'Wat dacht je dan hiervan? Laat me met je meegaan naar Notting Hill, laat me er met jou aan werken, dan doe ik het computeronderzoek in mijn vrije tijd. Ik beloof het. Op mijn erewoord.'

'De baas zal het niet pikken, Barb. En hij zal behoorlijk de pest in krijgen wanneer hij door heeft wat je doet. En waar blijf je dan?'

'Hij hoeft er niets van te weten. Ik zal het hem niet vertellen. Jij zult het hem niet vertellen. Hoor eens, Winston, ik heb hier een bepaald gevoel over. De informatie die we hebben loopt allemaal door elkaar. Ik wil uitzoeken wat wat is, en daar ben ik goed in. Je hebt mijn inbreng nodig. Die heb je nog meer nodig wanneer je meer bijzonderheden over die MKR-instelling hebt losgekregen. Ik beloof je dat ik me door dat computerwerk heen zal worstelen. Ik zweer het je. Maar dan moet je me meer bij de zaak betrekken.'

Nkata fronste zijn voorhoofd. Barbara wachtte, driftig op haar kauwgum kauwend.

Nkata zei: 'Wanneer wil je het dan doen? 's Morgens vroeg? 's Avonds? In het weekend? Wanneer?'

'Wanneer ik ook maar even kan,' antwoordde ze. 'Ik maak wel een gaatje vrij tussen de afspraken voor thé-dansants in het Ritz. Mijn sociale agenda is drukbezet, zoals je weet, maar ik denk dat ik hier en daar wel een uur kan vrijmaken om een bevel te gehoorzamen.'

'Hij zal controleren of je doet wat hij zegt,' bracht Nkata naar voren.

'Ik dóé het ook. Desnoods laat ik me erachter vastbinden. Maar intussen moet je me mijn verstand en mijn ervaring niet laten verknoeien door me te zeggen dat ik de eerstkomende twaalf uur voor een computerscherm moet zitten. Laat me hieraan meewerken nu het spoor nog vers is. Je weet toch hoe belangrijk dat is, Winston.'

Nkata stak het notitieboekje in zijn zak, terwijl hij haar strak aankeek. 'Soms ben je net een pitbull,' zei hij moedeloos.

'Dat is een van mijn beste eigenschappen,' antwoordde ze.

10

Lynley stopte op het parkeerterrein voor het politiebureau van Buxton. Hij wurmde zijn lange lichaam uit de kleine politieauto en keek naar de ronde, bakstenen voorgevel van het gebouw. Nog steeds verbaasde hij zich over Barbara Havers.

Hij had wel vermoed dat Nkata Havers de taak zou opdragen Andy Maidens oude zaken via de computer na te lopen. Hij wist dat de zwarte rechercheur haar graag mocht. En hij had het niet verboden, gedeeltelijk omdat hij wel eens wilde zien of ze, na haar degradatie en het feit dat ze in ongenade was gevallen, een eenvoudige opdracht die ze zeker niet prettig vond, zou volbrengen. Zoals gebruikelijk was ze haar eigen gang gegaan, waarmee ze opnieuw bewees dat haar chef gelijk had. Ze had niet meer respect voor hiërarchie dan een stier voor Wedgwood-porselein. Het deed er niet toe dat Winston haar had gevraagd om naar Battersea te gaan. Daarvóór had ze een opdracht gekregen en ze wist heel goed dat ze werd geacht die af te maken voor ze aan iets anders begon. Jezus, wanneer zou die vrouw het toch eens leren?

Hij liep het gebouw in, waar hij vroeg naar de agent die het bewijsmateriaal van de plaats delict onder zijn hoede had. Nadat hij met Andy Maiden had gesproken, had hij Nicola's Saab gevonden op het terrein voor geconfisqueerde voertuigen, waar hij vruchteloos vijftig minuten bezig was geweest met zelf te doen wat Hankens team al met voorbeeldige efficiëntie had gedaan: elke centimeter van de auto onderzoeken, binnen en buiten, van voor naar achter. Het doel van zijn onderzoek was de pieper geweest, maar hij had die niet gevonden. Dus als Nicola Maiden het apparaat inderdaad in de Saab had laten liggen toen ze de hei op was getrokken, was de enige plek waar hij nog kon zoeken het bewijsmateriaal dat uit haar auto was meegenomen.

De agent in kwestie heette Mott, en hij had de kartonnen dozen, papieren zakken, plastic dozen, klemborden en mappen met verslagen, waaruit het materiaal bestond dat tot dusver met het onderzoek samenhing onder zijn hoede. Behoedzaam heette Mott Lynley welkom in zijn domein. Hij was bezig een enorm stuk jamtaart naar binnen te werken, waar hij juist een flinke scheut vla overheen had geschonken en, met de lepel in zijn hand, zag hij er niet uit als iemand die gestoord wilde worden bij een van zijn slechte gewoonten. Terwijl hij tevreden zat te kauwen, leunde hij achterover op een metalen vouwstoeltje, vanwaar hij de inspecteur vroeg waar deze precies 'mee wilde rotzooien'.

Lynley vertelde de agent wat hij zocht. Vervolgens hield hij een slag om de arm door eraan toe te voegen dat, hoewel de pieper heel goed in Nicola Maidens auto kon zijn achtergelaten, die ook op de plaats van delict kon zijn blijven liggen, in welk geval hij zijn naspeuringen niet wilde beperken tot het bewijsmateriaal dat uit de Saab afkomstig was. Vond Mott het goed dat hij alles nakeek?

'Een pieper, zei u?' Mott sprak met de lepel in zijn wang gedrukt. 'Zoiets ben ik helaas niet tegengekomen.' Hij wijdde zich weer aan de taart. 'U kunt beter eerst de boeken nazien, inspecteur. Het heeft geen zin om alles door te spitten voor u hebt gezien wat we hebben opgeschreven, nietwaar?'

Lynley was zich er terdege van bewust dat hij zich op andermans terrein begaf, en hij zocht een manier om mee te werken. Hij vond een lege plek, waar hij tegen een vat met een metalen deksel kon leunen. Daar nam hij de lijsten in het boek door, terwijl Motts lepel energiek tegen het schaaltje tikte.

Niets wat in het boek stond kwam overeen met een pieper, dus Lynley vroeg of hij zelf het bewijsmateriaal mocht bekijken. Mott nam er de tijd voor om taart en vla enthousiast van zijn gezicht te vegen, Lynley verwachtte half en half dat de man het schaaltje zou aflikken, waarna hij Lynley met tegenzin toestemming gaf om de spullen te bekijken. Nadat Lynley een paar rubberen handschoenen van de agent had losgekregen begon hij met de zakken die gemerkt waren met 'Saab'. Hij was echter pas aan de tweede zak toe, toen inspecteur Hanken de meldkamer kwam binnenstormen.

'Upman heeft tegen ons gelogen, de stinkerd,' kondigde hij aan, na een vluchtig knikje in de richting van Mott. 'Niet dat het me verbaast. Slijmerd.'

Lynley begon aan de derde zak uit de Saab. Hij plaatste die boven op het vat, maar maakte hem nog niet open. Hij vroeg: 'Gelogen, waarover?'

'Over vrijdagavond. Over zijn zogenaamde,' met een zware, ironische nadruk op 'zogenaamde', 'werkgever-werkneemsterrelatie met ons meisje.' Hanken voelde in zijn jaszak en haalde zijn Marlboro's tevoorschijn. Bij het zien van het pakje zei agent Mott: 'Niet hier, inspecteur. Brandgevaar.'

Hanken reageerde met 'Verdomme,' waarna hij het pakje weer in zijn zak stak. Hij ging verder: 'Ze waren bij Chequers, dat klopt. Ik heb zelfs gesproken met het meisje dat hen bediend heeft, ene Margery, die zich hen meteen herinnerde. Het schijnt dat Upman in het verleden vaker een grietje heeft meegenomen naar Chequers en wanneer hij dat doet vraagt hij of Margery hen kan bedienen. Hij mag haar, zegt ze. En hij geeft fooien als een Amerikaan. Verdomde stommeling.'

Lynley zei: 'De leugen? Hebben ze een kamer genomen?'

'O, nee. Ze zijn weggegaan, zoals Upman zei. Wat hij naliet ons te vertellen, was waar ze daarna naartoe gingen.' Hanken glimlachte dunnetjes, kennelijk verheugd dat hij de advocaat had betrapt. 'Van Chequers gingen ze naar huize Upman,' verklaarde hij, 'waar het meisje Maiden zich liet inschrijven voor een langdurig verblijf.'

Hanken begon warm te lopen. Omdat hij had geleerd nooit meteen te geloven wat een advocaat zei, was hij op onderzoek uit gegaan nadat hij met Margery had gesproken. Een korte speurtocht in de buurt waar de advocaat woonde was genoeg geweest om de waarheid boven tafel te krijgen. Upman en Nicola Maiden waren blijkbaar omstreeks kwart voor twaalf bij Upmans huis gearriveerd, gezien door een buurman die Rover uitliet voor zijn avondwandelingetje. En ze waren wel zo vriendschappelijk met elkaar dat eruit kon worden opgemaakt dat er iets meer tussen hen bestond dan de werkgever-werkneemsterrelatie zoals die was afgeschilderd door meneer Upman.

'Tongzoenen in het portiek,' zei Hanken grof. 'Onze Will heeft haar gebit van heel dichtbij geïnspecteerd.'

'Ah.' Lynley maakte de zak met bewijsmateriaal open en legde de inhoud boven op het vat. 'Weten we zeker dat het Nicola Maiden was die Upman bij zich had, Peter? Hoe staat het met die gescheiden vriendin? Joyce? Heette ze niet zo?'

'Het was Nicola, zonder twijfel,' zei Hanken. 'Toen ze wegging, dat was de volgende ochtend om halfvijf, ging de buurman juist naar het toilet. Hij hoorde stemmen, keek uit het raam en kon haar heel duidelijk zien toen het licht in Upmans auto aanging. 'Dus,' en hij haalde nogmaals zijn sigaretten uit zijn zak, 'wat denk je dat ze vijf uur lang hebben uitgespookt?'

Mott zei voor de tweede keer: 'Niet hierbinnen, inspecteur.'

Hanken zei: 'Shit,' en hij stopte de Marlboro's weer weg.

'Een tweede gesprek met meneer Upman lijkt aan de orde te zijn,' zei Lynley. Aan Hankens gezicht was te zien dat hij stond te popelen.

Lynley somde voor zijn collega in het kort de informatie op die Nkata en Havers in Londen hadden verzameld. Hij besloot met nadenkend te zeggen: 'Hier in Derbyshire lijkt echter niemand te weten dat het meisje niet van plan was haar studie af te maken. Eigenaardig, vind je ook niet?'

'Niemand wist het, of iemand liegt tegen ons,' zei Hanken scherp. Nu pas scheen hij te zien dat Lynley bewijsmateriaal doorzocht. Hij zei: 'Waar ben je mee bezig?'

'Me ervan te overtuigen dat Nicola's pieper hier niet bij is. Heb je er bezwaar tegen?'

'Je gaat je gang maar.'

De inhoud van de derde zak bleek te bestaan uit datgene wat uit de kofferruimte van de Saab was gekomen. Onder de voorwerpen die op het vat lagen bevonden zich de krik van de auto, een dopsleutel, een wielbeugel en een set schroevendraaiers. Drie bougies zagen eruit of ze sinds de auto van de fabriek was gekomen, in de achterbak hadden gelegen. Een set startkabels was om een kleine, verchroomde cilinder gerold. Lynley tilde het voorwerp op om het bij het licht te bekijken.

'Wat hebben we daar?' vroeg Hanken.

Lynley pakte zijn bril en zette die op. Hij had alle andere zaken die uit de auto afkomstig waren kunnen thuisbrengen, maar hij kon niet zeggen waar de cilinder voor diende. Hij draaide hem om in zijn hand. De cilinder, die iets meer dan vijf centimeter lang was, was zowel vanbinnen als vanbuiten volkomen glad. Beide uiteinden waren gebogen en gepolijst, en het geheel kon worden geopend door middel van een scharnier, zodat er twee precies gelijke helften ontstonden. In elke helft was een gaatje geboord en in elk gat was een boutje met een oog geschroefd.

'Het lijkt iets van een machine,' zei Hanken. 'Een moer of een nok of iets dergelijks.'

Lynley schudde zijn hoofd. 'Er zitten geen groeven aan de binnenkant. Als dat wel het geval was, zou ik zeggen dat we moeten denken aan een machine ter grootte van een ruimteschip.'

'Wat is het dan? Hier. Laat mij eens kijken.'

'Handschoenen, inspecteur,' blafte Mott, als toonbeeld van waakzaamheid. Hij schoof Hanken een paar toe, dat de inspecteur aantrok.

Intussen onderwierp Lynley de cilinder aan een grondiger onderzoek. 'Er zit iets binnenin. Een laagje van het een of ander.'

'Motorolie?'

'Nee, tenzij motorolie tegenwoordig hard wordt,' zei Lynley.

Hanken nam de cilinder van hem over om die zelf te bekijken. Hij draaide hem in zijn hand om en zei: 'Waar dan?'

Lynley wees aan wat hij had gezien: een veeg in de vorm van een esdoorn-blaadje, die over de bovenkant – of de onderkant – van de cilinder was uitge-lopen. Er was daar iets op terechtgekomen wat was opgedroogd en de kleur had van tin. Hanken bekeek het nauwkeurig, hij ging zelfs zover om er luid-ruchtig aan te snuiven, als een hond. Hij vroeg Mott om een plastic zakje en hij zei: 'Laat dit meteen onderzoeken.'

'Enig idee?' vroeg Lynley.

'Niet direct,' antwoordde Hanken. 'Het kan van alles zijn. Een beetje slasaus. Een mayonaisevlek van een broodje garnalen.'

'In de kofferbak van haar auto?'

'Ze ging picknicken. Hoe moet ik dat verdomme weten? Daar hebben we de technische opsporingsdienst voor.'

Er school waarheid in die opmerking, maar Lynley werd in de war gebracht door de aanwezigheid van de cilinder, al wist hij niet waarom. Hij zei, in een poging het zo voorzichtig mogelijk te brengen omdat hij wist hoe het kon worden uitgelegd: 'Peter, vind je het goed dat ik een kijkje neem op de plaats van de moord?'

Hij had zich geen zorgen hoeven maken. Hanken was erop gebrand om iets anders te ondernemen. 'Ja, doe maar. Ik ga naar Upman.' Hij trok de hand-schoenen uit en voor de laatste keer viste hij het pakje Marlboro uit zijn zak, intussen tegen Mott zeggend: 'Krijg maar geen hartaanval, agent. Ik zal hem hier niet opsteken.' Toen hij goed en wel buiten het domein van de agent was, vervolgde hij opgewekt, terwijl hij een sigaret opstak: 'Je weet waar het op gaat lijken nu het meisje met Upman naar bed is geweest en met... wat hebben we tot dusver, twee anderen?'

179

'Julian Britton en de vriend in Londen,' beaamde Lynley.
'Om te beginnen. Upman wordt de derde, wanneer ik met hem heb gesproken.' Hanken inhaleerde diep en met voldoening. 'Dus hoe denk je dat Upman zich voelde toen hij haar wilde hebben, haar kreeg en wist dat ze het net zo gemakkelijk met twee andere kerels deed als met hem?'
'Je loopt op de zaken vooruit, Peter.'
'Daar zou ik niet om durven wedden.'
'Belangrijker dan Upman,' bracht Lynley naar voren, 'is, hoe Julian Britton zich voelde. Hij wilde met haar trouwen, hij wilde haar niet delen. En als ze, zoals haar moeder beweert, altijd de waarheid sprak, wat zou zijn reactie zijn geweest wanneer hem duidelijk werd waar Nicola mee bezig was?'
Hanken dacht erover na. 'Britton ís gemakkelijker in verband te brengen met een medeplichtige,' gaf hij toe.
'Dat dacht ik ook,' zei Lynley.

Samantha McCallin wilde niet denken en wanneer ze niet wilde denken werkte ze. Driftig duwde ze een kruiwagen over de oude, eiken vloer van de Lange Galerij, volgeladen met een schop, een bezem en een stofblik. Bij de eerste van de drie open haarden hield ze stil om zich aan de taak te wijden steentjes, roet, kolengruis, vogeluitwerpselen, oude nesten en verdroogde varens te verwijderen, die ze eerder die dag in de schoorsteen had losgemaakt. In een poging haar gedachten onder controle te houden telde ze haar bewegingen: een-*schep*, twee-*til op*, drie-*zwaai*, vier-*laat vallen* en op deze manier ontdeed ze de haard van wat het puin van vijftig jaar moest zijn. Ze merkte dat ze, zolang ze dit ritme kon vasthouden, nergens aan dacht. Pas wanneer ze moest overgaan van scheppen op vegen sloegen haar gedachten weer op hol.
De lunch was een rustige aangelegenheid geweest; met hun drieën hadden ze in bijna ononderbroken zwijgen om de tafel gezeten. Jeremy Britton was de enige die iets had gezegd tijdens de maaltijd, toen Samantha een schaal zalm midden op tafel had gezet. Haar oom had onverwachts haar hand gepakt en die naar zijn lippen gebracht, terwijl hij verklaarde: 'We zijn dankbaar voor alles wat je hier hebt gedaan, Sammy mijn engel. We zijn dankbaar voor álles.' Hij had tegen haar geglimlacht, een lange, langzame, veelbetekenende glimlach, alsof ze een geheim deelden.
Dat was niet zo, hield Samantha zich voor. Ondanks de openhartigheid waarmee haar oom de vorige dag zijn gevoelens over Nicola Maiden had onthuld, was zij erin geslaagd haar eigen gevoelens voor zich te houden.
Dat was noodzakelijk. Met de politie die rondsloop, vragen stelde en je met openlijke achterdocht aankeek, was het absoluut cruciaal dat Samantha haar gevoelens ten opzichte van Nicola Maiden diep weggestopt hield.
Ze had haar niet gehaat. Ze had Nicola gehouden voor wat ze was, en daarom had ze een hekel aan het meisje gehad, maar ze had haar niet gehaat. Samantha had haar eenvoudigweg gezien als een beletsel om iets te verkrijgen waar-

van ze had gemerkt dat ze het wilde hebben.

Haar moeders langdurige rouwperiode had Samantha een excuus gegeven om naar Derbyshire te gaan, en gedurende een aantal weken na haar komst had ze zichzelf voor de gek weten te houden door te doen alsof ze zich al die moeite gaf om Sophie McCallin een plezier te doen. Haar moeder was tenslotte uiterst verdrietig over de dood van haar geliefde echtgenoot en, geconfronteerd met een concreet voorbeeld van haar eigen sterfelijkheid was het niet onredelijk dat ze zich, voor ze zelf zou overlijden, wilde verzoenen met haar oudste broer. Het was zeker in het belang van iedereen dat de Brittons en de McCallins hun ruzie bijlegden. Wat had een familie er voor baat bij om meer dan een kwart eeuw verdeeld te zijn omdat een van de leden tegen zijn vaders wens was getrouwd, in het bijzonder nu die bewuste vader allang dood was? Daarom was Samantha op bezoek gekomen, met de spreekwoordelijke olijftak bij zich, ter wille van haar moeder. En hoewel ze de rol had gespeeld van medelevende tussenpersoon voor de historische strijdende partijen, hadden haar onuitgesproken en onbevestigde plannen weldra een intiemere richting genomen.

In een cultuur die van haar eiste dat ze een man zou vinden om haar wereld af te bakenen, was Samantha de afgelopen twee jaar geen behoorlijke kandidaat tegengekomen. Nu haar biologische klok de jaren wegtikte en haar broer weigerde om ook maar een kop koffie met een vrouw te drinken uit angst dat hem zou worden gevraagd zijn leven aan haar te wijden, begon ze het gevoel te krijgen dat de verantwoordelijkheid om voor een stamhouder in de naaste familie te zorgen, uitsluitend op haar schouders rustte. Ze was er echter niet in geslaagd om een geschikte kandidaat te vinden, ondanks vernederende pogingen als reageren op contactadvertenties, zich laten inschrijven bij een kennismakingsbureau en zich overgeven aan bepaalde activiteiten, zoals zingen in het kerkkoor. Als gevolg daarvan raakte ze er wanhopig van overtuigd dat ze nu toch eindelijk zou moeten trouwen, wat uiteraard betekende: kinderen krijgen.

Ergens wist ze dat het belachelijk was om je zó op een huwelijk en nakomelingen te richten. Tegenwoordig hadden vrouwen naast een man en kinderen een carrière en een eigen leven, en soms was in zo'n carrière en zo'n leven niet eens plaats voor een gezin. Maar in haar hart geloofde ze dat ze op de een of andere manier tot mislukking gedoemd was als ze haar levensreis voor altijd alleen zou voortzetten. Bovendien, hield ze zich voor, wilde ze kinderen. En ze wilde dat die kinderen een vader zouden hebben.

Julian had zo'n geschikte kandidaat geleken. Vanaf het begin hadden ze goed met elkaar overweg gekund. Ze waren zulke goede kameraden geweest. Er had zich al snel een bepaalde intimiteit ontwikkeld, gebaseerd op hun wederzijdse belangstelling voor de restauratie van Broughton Manor. En als die belangstelling van haar kant aanvankelijk gespeeld was, was ze snel genoeg echt geworden toen ze had begrepen hoe hartstochtelijk haar neef zijn droom koesterde. En ze kon hem helpen bij die droom. Niet alleen door er samen met hem aan te werken, maar door het landgoed een nieuwe start te geven met behulp van de ruime hoeveelheid geld die ze bij haar vaders dood had geërfd.

Het had allemaal zo logisch geleken, zo voorbestemd. Maar noch haar vriendschap met haar neef, noch haar geld, noch haar pogingen om Julian te bewijzen wat ze waard was, hadden ook maar een sprankje interesse bij hem opgewekt, afgezien van het soort genegenheid dat men koestert voor de hond van het gezin.

Bij de gedachte aan honden huiverde Samantha. Ze wilde niet die kant op, dacht ze vastberaden. Wanneer ze dat pad bewandelde zou ze onvermijdelijk uitkomen op beschouwingen over Nicola's dood. En aan haar dood denken was even onverdraaglijk als denken over haar leven.

Toch werd Samantha door haar vaste voornemen om níet aan haar te denken ertoe aangespoord om het wel te doen. Ze zag haar zoals ze haar de laatste keer had gezien, en dat beeld probeerde ze uit haar gedachten te bannen.

'Je mag me niet erg, hè, Sam?' had Nicola haar gevraagd, naar haar gezicht kijkend om er iets van af te lezen. 'Ja. Ik begrijp het. Vanwege Jules. Maar ik wil hem niet, weet je. Niet in de zin waarin vrouwen over het algemeen een man willen. Hij is van jou. Dat wil zeggen, als je hem voor je kunt winnen.'

Zo openhartig was ze. Zo absoluut ronduit en oprecht bij elk woord dat ze uitsprak. Had ze zich nooit druk gemaakt over de indruk die ze maakte? Had ze zich nooit afgevraagd of die meedogenloze eerlijkheid haar op een dag meer zou kosten dan ze bereid was te betalen?

'Ik kan voor je bemiddelen, als je dat wilt. Ik wil het graag doen. Ik denk dat jij en Jules een goed stel zouden vormen. Een heel geschikte verbintenis, zoals men dat vroeger noemde.' Ze had gelachen, maar niet boosaardig. Het zou zo veel gemakkelijker zijn geweest om Nicola te haten als ze alles steeds belachelijk had gemaakt.

Dat had ze echter niet gedaan. Het was niet nodig geweest omdat Samantha al heel goed wist hoe absurd haar verlangen naar Julian was.

'Ik wilde dat ik hem zover kon krijgen dat hij niet meer van je hield,' had ze gezegd.

'Als je er een manier voor kunt vinden moet je het doen,' had Nicola geantwoord. 'Ik zal er niet kwaad om worden. Je mag hem hebben, met mijn zegen, Sam. Het zou de beste oplossing zijn.'

Ze had geglimlacht zoals ze altijd glimlachte, open en innemend en vriendelijk, zo volkomen zónder de zorgen van een vrouw die weet dat ze er heel gewoontjes uitziet en dat ze waardeloos is, dat Sam haar met liefde een klap had willen geven. Haar te slaan, haar door elkaar te schudden en te schreeuwen: 'Denk je dat het gemakkelijk is om te zijn zoals ik, Nicola? Denk je dat ik blij ben met mijn situatie?'

Het contact van vlees op vlees, van vlees op bot, dat had Samantha gewild.

Alles om uit Nicola's heldere, blauwe ogen de wetenschap te verdrijven dat Samantha McCallin in een strijd die Nicola niet eens de moeite waard vond om uit te vechten, toch niet zou kunnen winnen.

'Sam. Hier ben je.'

Snel draaide Samantha zich om bij de haard. Ze zag Julian door de galerij haar kant op komen; het licht van de namiddagzon viel op zijn haar. Door haar plotselinge beweging vielen verscheidene brokken versteende as op de vloer. Wolkjes grijsachtig stof stoven op.

'Je laat me schrikken,' zei ze. 'Hoe kun je zo zachtjes lopen op een houten vloer?'

Hij keek naar zijn schoenen alsof daar de verklaring lag. 'Sorry.' Hij had een blad met kopjes en borden bij zich, en zei: 'Ik dacht dat je wel aan een pauze toe was. Ik heb thee en iets te eten voor ons gemaakt.'

Dat had hij inderdaad gedaan, zag ze. Hij had ook voor ieder van hen een stuk afgesneden van de chocoladecake die ze voor die avond als dessert had gebakken. Even voelde ze iets van irritatie. Hij had wel kunnen zien dat de cake nog niet was aangesneden. Hij had toch kunnen weten dat die ergens voor bestemd was. Lieve god, voor deze ene keer had hij toch wel een of twee conclusies kunnen trekken uit de voor de hand liggende feiten. Maar ze gooide een schep puin in de kruiwagen en ze zei: 'Fijn, Julie, ik heb wel ergens trek in.'

Ze had niet veel kunnen eten van de lunch die ze voor hen had klaargemaakt. Hij evenmin, had ze gemerkt. Dus ze wist dat ze toe was aan voedsel. Ze wist alleen niet of ze het in zijn aanwezigheid zou kunnen wegkrijgen.

Ze liepen naar het raam, waar Julian het blad boven op een oud kastje zette. Ze leunden met hun achterste tegen de stoffige vensterbank, ieder met een mok Darjeeling, en ze wachtten wie het eerst iets zou gaan zeggen.

'Het begint op te schieten,' begon Julian, de hele galerij af kijkend tot bij de deur waardoor hij was binnengekomen. Een heel lange tijd scheen hij de beroete, sierlijk uitgesneden valk van de Brittons, die erboven was aangebracht, te bestuderen. 'Ik zou dit alles niet zonder jou kunnen klaarspelen, Sam. Je bent een echte kei.'

'Precies wat een vrouw graag wil horen,' antwoordde Samantha. 'Je wordt bedankt.'

'Verdomme, ik bedoelde niet...'

'Laat maar.' Samantha nam een slokje van haar thee. Ze hield haar ogen op het melkachtige oppervlak gevestigd. 'Waarom heb je het me niet verteld, Julie? Ik dacht dat we zulke goede vrienden waren.'

Naast haar slurpte hij van zijn thee. Samantha onderdrukte een gevoel van afkeer. 'Wat had ik je moeten vertellen? En we zíjn goede vrienden. Tenminste, dat hoop ik. Ik bedoel, dat wil ik graag. Als jij niet was gekomen had ik het bijltje er allang bij neergegooid. Je bent zo ongeveer de beste vriend die ik heb.'

'Zo ongeveer,' zei ze. 'Dat is zo'n dooddoener.'

'Je weet heel goed wat ik bedoel.'

Het probleem was dat ze het wist. Ze wist wat hij zei, wat hij bedoelde en hoe hij zich voelde. Ze wilde hem bij zijn schouders pakken en hem heen en weer schudden om hem te laten begrijpen wat het betekende dat er zo'n stilzwijgende communicatie tussen hen kon bestaan. Ze kon het echter niet, dus ze stelde zich ermee tevreden om iets van het echte verhaal over wat er tussen haar neef en Nicola had plaatsgevonden, boven water te krijgen, niet precies wetend wat ze met die feiten zou doen, wanneer en als ze die kreeg. 'Ik had er totaal geen idee van dat je erover dacht om Nicola te vragen met je te trouwen, Julie. Toen de politie het ter sprake bracht wist ik niet wat ik ervan moest denken.'

'Waarvan?'

'Dat je het me niet had verteld. Om te beginnen, dat je haar had gevraagd. Vervolgens, dat ze nee had gezegd.'

'Eerlijk gezegd hoopte ik dat ze zich zou bedenken.'

'Ik wilde dat je het me verteld had.'

'Waarom?'

'Het zou alles... gemakkelijker hebben gemaakt, geloof ik.'

Bij die woorden draaide hij zich om. Ze voelde dat hij zijn blik op haar richtte en ze werd er onrustig onder. 'Gemakkelijker? Hoe zou de wetenschap dat ik Nicola had gevraagd om met me te trouwen en dat ze me had afgewezen, iets gemakkelijker hebben gemaakt? En voor wie?'

Zijn woorden klonken behoedzaam, voor het eerst was hij voorzichtig, zodat ze op haar buurt even behoedzaam sprak. 'Gemakkelijker voor jou, natuurlijk. Dinsdag heb ik de hele dag het gevoel gehad dat er iets mis was. Als je het me verteld had, had ik je kunnen steunen. Het kan niet gemakkelijk zijn geweest, om dinsdagnacht en de hele woensdag te moeten afwachten. Ik neem aan dat je geen minuut hebt geslapen.'

Een lang, verschrikkelijk ogenblik bleef het stil. Daarna zei hij zacht: 'Ja. Dat is ook zo.'

'Nou, we hadden erover kunnen praten. Praten helpt, geloof je ook niet?'

'Praten zou... ik weet het niet, Sam. We zijn de laatste paar weken heel dicht tot elkaar gekomen. Het was zo'n goed gevoel. En ik,' Samantha werd warm bij die woorden, 'denk dat ik niets wilde doen wat onze vriendschap in gevaar zou kunnen brengen of verstoren. Niet dat praten met jou dat zou hebben gedaan, omdat ik wist dat je haar niet zou vertellen dat we met elkaar hadden gesproken.'

'Natuurlijk niet,' zei Samantha zacht en somber.

'Ik wist dat het niet waarschijnlijk was dat ze van gedachten zou veranderen. Maar toch hoopte ik dat het zou gebeuren. En ik had het gevoel dat, als ik iets zei over wat er gaande was, die hoop misschien de bodem zou worden ingeslagen. Idioot, ik weet het. Maar zo ligt het nu eenmaal.'

'Je hoop onder woorden brengen. Ja, ik begrijp het.'

184

'Ik veronderstel dat ik, eerlijk gezegd, de waarheid niet onder ogen kon zien. Ik kon het feit niet accepteren dat ze mij niet wilde op de manier waarop ik haar wilde. Ik was goed genoeg als vriend. Als minnaar zelfs, wanneer ze in de Peaks was. Maar niet meer dan dat.' Hij nam zijn vorkje en begon met de plak cake te spelen. Ze zag dat hij even weinig at als zij.

'Toch,' zei Samantha, 'wilde ik dat je het me had verteld. Het zou alles zo veel gemakkelijker gemaakt hebben, Julie.' Voor ons allemaal, wilde ze eraan toevoegen. Maar ze hield haar mond.

Hij zette zijn bordje op de vensterbank. Daarna zei hij: 'Heb je de maansverduistering overigens nog gezien?'

Ze fronste haar voorhoofd; toen herinnerde ze het zich. Het leek zo lang geleden. 'Nee, ik ben ten slotte niet gegaan. Het leek me niet erg leuk om er in mijn eentje naar te kijken. Ik ben naar bed gegaan.'

'Maar goed ook. We zouden niet graag willen dat je verdwaalde op de hei.'

'O, dat is toch niet erg waarschijnlijk. Het was vlakbij, op Eyam Moor. En zelfs al was het op een van de andere heidevelden geweest, ik ben er nu al zo vaak alleen opuit geweest dat ik altijd weet waar ik...' ze dwong zich tot zwijgen en ze keek naar haar neef. Hij keek haar niet aan, maar zijn rode, natuurlijke kleur verried hem, 'Ah. Ik begrijp het. Is dat wat je denkt?'

'Het spijt me.' Zijn stem klonk wanhopig. 'Ik moet er steeds aan denken. Dat de politie kwam heeft alles nog erger gemaakt. Ik kan alleen nog maar denken aan wat er met haar gebeurd is. Ik kan het niet van me afzetten.'

'Probeer te doen wat ik doe,' zei ze, boven het bonzen van haar hart uit dat ze in haar oren hoorde. 'Er zijn zo veel manieren om je gedachten af te leiden. Probeer er, bijvoorbeeld, eens aan te denken dat honden al een paar honderdduizend jaar zonder hulp hebben geworpen. Dat is merkwaardig. Je kunt er uren over blijven nadenken. Die gedachte alleen al kan iemand zo in beslag nemen dat er geen plaats overblijft voor iets anders.'

Julian bewoog zich niet. Ze had haar standpunt duidelijk gemaakt. 'Waar was je dinsdagavond, Sam?' fluisterde hij eindelijk. 'Zeg het me.'

'Ik was Nicola Maiden aan het vermoorden,' zei Samantha. Ze stond op en vervolgens liep ze terug naar de haard. 'Ik vind het heerlijk om mijn dag te besluiten met een moordpartij.'

MKR Financial Management was gehuisvest in iets wat eruitzag als een lichtroze taart, op de hoek van Lansdowne Road en St. John's Gardens. Het decoratieve glazuur bestond uit houtwerk dat zo schoon was, dat Barbara Havers vermoedde dat een lakei elke ochtend om vijf uur opstond om met een stofdoek te gaan poetsen, vanaf de kitscherige zuilen aan weerszijden van de deur tot de gepleisterde medaillons boven het portiek.

'Goed dat we nog steeds de wagen van de baas hebben,' mompelde Nkata, toen hij parkeerde langs het trottoir tegenover het gebouw.

'Waarom?' vroeg Barbara.

'Dan passen we hier goed bij.' Hij knikte naar een auto waarvan de achterkant schuin op de inrit stond, aan de ene kant van de roze taart. Het was een zilverkleurige Jaguar XJS. De auto had een volle neef van de Bentley kunnen zijn. Voor het gebouw stond een zwarte Mercedes tussen een Aston Martin en een antieke Bristol.

'We zijn hier beslist boven onze financiële stand,' zei Barbara, terwijl ze zich uit de auto hees. 'Dat is maar goed ook. We zouden niet rijk willen zijn. Mensen met een hoop poen vervelen zich altijd te pletter.'

'Geloof je dat, Barb?'

'Nee. Maar ik vind het fijn dat te denken. Ga mee. Ik heb behoefte aan serieus financieel management en ik heb het vermoeden dat dit de plek is waar het kan gebeuren.'

Ze moesten aanbellen om binnen te komen. Er werd niet geïnformeerd wie er op bezoek kwam, maar dat was niet nodig omdat tot het uiterst moderne bewakingssysteem van het gebouw een videocamera hoorde die strategisch boven de voordeur was aangebracht. Voor het geval iemand keek, haalde Barbara haar legitimatie tevoorschijn, die ze voor de camera hield. Misschien als antwoord daarop zoefde de deur open.

Een hal met een eiken vloer gaf toegang tot een gang waarin alle deuren waren gesloten. Een groot, Perzisch tapijt lag op de grond. Aan een kant bevond zich de receptie, een klein vertrek vol antiquiteiten en foto's in zilveren lijsten. Er was niemand aanwezig, ze zagen slechts een moderne telefooncentrale die gesprekken automatisch scheen aan te nemen en door te geven. Op een niervormig bureau lagen in een waaier een stuk of tien brochures met de gouden opdruk van het MKR-logo. Het zag er allemaal heel geruststellend uit, precies de plek waar je graag zou binnenlopen om de fijngevoelige kwestie van je financiële situatie te bespreken.

Barbara bekeek de foto's. Ze zag dat dezelfde man en vrouw overal op stonden afgebeeld. Hij was klein, pezig, met een engelachtig uiterlijk. Een flossige krans haar om zijn hoofd droeg bij aan zijn hemelse uitstraling. Zijn metgezel was groter dan hij, blond en zo mager als een wandelende eetstoornis. Ze was mooi, met het uiterlijk van een mannequin: een nietszeggende blik en een en al jukbeenderen en lippen. De foto's konden zo in *Hello!;* het afgebeelde paar werd omringd door een verzameling beroemdheden en politici. Er was een voormalige minister-president bij en het kostte Barbara geen moeite om operazangers, filmsterren en een bekende Amerikaanse senator te herkennen.

Ergens in de gang werd een deur geopend en vervolgens gesloten. De vloerplanken kraakten toen iemand over het Perzische tapijt naar de receptie liep. Hakken klikten op een onbedekt gedeelte van het hout en een vrouw kwam het vertrek binnen om hen te begroeten. Barbara had slechts een blik nodig om te zien dat een van de twee onderwerpen van de foto's zelf was gekomen om te zien waarom de politie op bezoek was.

Ze was Tricia Reeve, zei de vrouw, een van de directeuren van MKR Financial

Management. Waarmee kon ze hen van dienst zijn?

Barbara stelde zich voor, evenals Nkata. Ze vroegen de vrouw of ze even tijd voor hen had.

'Natuurlijk,' antwoordde Tricia Reeve beleefd, maar Barbara merkte desondanks dat de directeur van MKR Financial Management niet bepaald blij was met de woorden Scotland Yard CID. Haar ogen schoten als nerveus kwikzilver heen en weer tussen de twee rechercheurs, alsof ze er niet zeker van was hoe ze zich moest gedragen. Haar grote ogen leken zwart, maar bij nadere beschouwing bleek dat de pupillen zo vergroot waren dat ze slechts een heel klein randje van de iris vrijlieten. Drugs, begreep Barbara. Tss tss tss. Geen wonder dat ze nerveus was, met de politie over de vloer.

Tricia Reeve nam een ogenblik de tijd om op haar horloge te kijken, dat een gouden band had en duur schitterde in het licht. Ze zei: 'Ik stond juist op het punt om weg te gaan, dus ik hoop dat dit niet lang gaat duren. Ik moet naar een teaparty in het Dorchester. Het is een liefdadigheidsbijeenkomst en omdat ik lid van het comité ben... Ik hoop dat u het begrijpt. Is er een probleem?'

Moord was inderdaad een probleem, dacht Barbara. Ze liet Nkata het woord doen en lette zelf scherp op de reactie.

Die was er niet, op stomme verbazing na. Tricia Reeve keek Nkata aan alsof ze hem niet goed had verstaan. Na een ogenblik zei ze: 'Nicola Maiden? Vermoord?' Heel eigenaardig liet ze erop volgen: 'Weet u het zeker?'

'We hebben een positieve identificatie van de ouders van het meisje.'

'Ik bedoelde... ik bedoelde, weet u zeker dat ze vermoord is?'

'We geloven niet dat ze zichzelf de schedel heeft ingeslagen, als u dat bedoelt,' zei Barbara.

Dat bracht een reactie teweeg, zij het dan een geringe. Een van Tricia Reeves gemanicuurde handen ging naar de bovenste knoop van het jasje van haar mantelpak. Het was een krijtstreepje, met een kokerrok die kilometers been liet zien.

'Ziet u,' zei Barbara, 'bij de rechtenfaculteit op de universiteit werd ons verteld dat ze afgelopen herfst op parttimebasis bij u is gaan werken, wat in mei een volledige baan werd. We nemen aan dat ze met zomervakantie is gegaan. Klopt dat?'

Tricia keek naar een dichte deur achter de receptiebalie. 'U kunt beter met Martin spreken.' Ze liep naar de deur en klopte aan. Daarna ging ze naar binnen en ze sloot de deur achter zich zonder verder iets te zeggen.

Barbara keek Nkata aan. 'Nou, ik snak naar je analyse, vriend.'

'Ze zit zo vol pillen als de kast van een apotheker,' was zijn beknopte antwoord.

'Ze is zeker high. Wat denk je dat ze gebruikt heeft?'

Hij wuifde met zijn hand. 'Het houdt haar vriendelijk, wat het ook is.'

Het duurde bijna vijf minuten voor Tricia terugkwam. Gedurende die tijd

187

bleven de telefoons rinkelen, de gesprekken werden nog steeds doorgegeven en het zachte gemompel van stemmen klonk vanachter de gesloten deur. Toen die eindelijk openging, kwam een man op hen af. Het was Engelenhaar van de foto's, gehuld in een antracietgrijs maatpak met vest. De zware, gouden ketting van een zakhorloge hing over zijn middel. Hij stelde zich voor als Martin Reeve. Hij was de man van Tricia, vertelde hij. Directeur van MKR.

Hij nodigde Barbara en Nkata uit in zijn kantoor. Zijn vrouw zou juist naar een teaparty gaan, verklaarde hij. Had de politie haar nog nodig? Omdat ze, als presidente van de inzamelingsactie voor Kinderen in Nood, tegenover haar comité de verplichting had om aanwezig te zijn bij hun Herfstoogst Teaparty in het Dorchester. Daarmee werd het seizoen geopend, en als Tricia niet de president – sorry, schat, presidente – was van de bijeenkomst, zou haar aanwezigheid niet zo belangrijk zijn geweest. Nu had zij echter de gastenlijst in haar auto liggen. En zonder die lijst kon de tafelschikking niet worden geregeld... Reeve hoopte dat de politie zou begrijpen... Een stel flitsende tanden glimlachte in hun richting. Recht, wit en met kronen vormden ze het bewijs van de menselijke triomf over gebitsproblemen.

'Absoluut,' was Barbara het met hem eens. 'Het mag niet gebeuren dat Sharon Hoe-heet-ze-ook-weer naast gravin Huppeldepup komt te zitten. Zolang mevrouw Reeve later beschikbaar is, voor het geval we nog met haar willen praten...'

Reeve verzekerde hen dat hij en zijn vrouw overtuigd waren van de ernst van de situatie. 'Schat...?' Met een knikje stuurde hij Tricia op weg. Ze was aarzelend blijven staan naast zijn bureau, een massief geval van mahonie en koper, met een ingelegd blad van donkerrood leer. Na zijn knikje begon ze naar de deur te lopen, maar niet voor hij haar had tegengehouden voor een afscheidskus. Ze moest zich bukken om hem daartoe de gelegenheid te geven. Op haar naaldhakken stak ze ruim twintig centimeter boven hem uit.

Dat leverde echter geen probleem op. De kus duurde net een beetje te lang. Barbara keek naar hen, denkend wat een slimme zet het was van hun kant. De Reeves waren geen amateurs wanneer het erom ging een situatie onder controle te houden. De enige vraag was: waarom wilden ze dat?

Ze zag dat Nkata zich zo onbehaaglijk voelde als ze hem dat wilden laten zijn met hun onverwachte, langdurige vertoon van genegenheid. Haar collega verplaatste zijn gewicht van het ene been op het andere terwijl hij, met over elkaar geslagen armen, probeerde te beslissen waar van hem verwacht werd dat hij naar zou moeten kijken. Barbara grinnikte. Vanwege zijn indrukwekkende lengte en zijn even indrukwekkende garderobe en ondanks het feit dat hij zijn puberteit had doorgebracht als leider van Brixtons beruchtste straatbende, vergat ze soms dat Winston Nkata diep in zijn hart feitelijk een knul van vijfentwintig was, die nog bij zijn ouders woonde. Zachtjes schraapte ze haar keel, en hij keek haar kant op. Ze knikte naar de muur achter het bureau, waaraan twee diploma's hingen. Hij kwam bij haar staan.

188

'Liefde is iets heel moois,' mompelde ze zacht. 'Daar moeten we eerbied voor tonen.'

De Reeves beëindigden hun mond-op-mondbeademing. 'Tot straks, schat,' fluisterde Martin Reeve.

Barbara rolde met haar ogen naar Nkata, waarna ze de twee diploma's aan de muur bekeek. Van de universiteit van Stanford, en de Londense School voor Economie. Beide stonden op naam van Martin Reeve. Barbara keek naar hem met hernieuwde belangstelling en niet weinig respect. Het was vulgair om er zo mee te koop te lopen – niet dat Reeve zich ooit tot iets vulgairs zou verlagen, dacht ze sarcastisch – maar de man was zeker geen hersenloos geval.

Reeve stuurde zijn vrouw op weg. Uit zijn zak haalde hij een sneeuwwitte, linnen zakdoek die hij gebruikte om de sporen van haar lichtroze lipstick van zijn gezicht te vegen.

'Sorry,' zei hij met een jongensachtig lachje. 'Twintig jaar getrouwd en het vuur brandt nog steeds. U zult moeten toegeven dat het niet gek is voor twee mensen van middelbare leeftijd met een zoon van zestien. Dit is hem, trouwens. Hij heet William. Lijkt op zijn mam, vindt u niet?'

Het woordje 'mam' vertelde Barbara wat het diploma van Stanford, het antiek, de zilveren lijsten en de trage, Midden-Atlantische uitspraak tot dusver slechts hadden gesuggereerd. 'Bent u Amerikaan?' vroeg ze Reeve.

'Ik ben er geboren. Maar ik ben er al jaren niet meer geweest.' Reeve knikte naar de foto. 'Wat vindt u van onze William?'

Barbara wierp een blik op de foto. Ze zag een jongen met een pukkelig gezicht, met de lengte van zijn moeder en het haar van zijn vader. Maar ze zag ook wat hij wilde dat ze zag: het onmiskenbare rokkostuum met de gestreepte broek van een leerling van Eton. Toe maar, dacht Barbara, en ze gaf de foto door aan Nkata. 'Eton,' zei ze, met wat ze hoopte de juiste hoeveelheid ontzag. 'Hij moet een goed verstand hebben.'

Reeve keek verheugd. 'Hij is steengoed. Gaat u toch zitten. Koffie? Of een drankje? Maar ik neem aan dat u niet drinkt tijdens uw werk. Alcohol, bedoel ik.'

Ze sloegen het aanbod af en kwamen terzake. Er was hun verteld dat Nicola Maiden bij MKR Financial Management in dienst was sinds oktober vorig jaar.

Dat klopte, bevestigde Reeve.

Ze werkte als stagiaire?

Dat klopte ook, deelde Reeve mee.

Wat deed ze precies? Waarvoor liep ze stage?

Investeringsconsulent, vertelde Reeve. Nicola bereidde zich erop voor om financiële portefeuilles te beheren: aandelen, obligaties, beleggingsmaatschappijen, offshorebedrijven... MKR beheerde de investeringen van enkele van de grootste marktleiders. Met uiterste discretie, natuurlijk.

Mooi, zei Barbara. Ze mochten aannemen dat Nicola bij zijn bedrijf was gebleven tot ze vakantie had opgenomen om gedurende de zomermaanden voor een advocaat in Derbyshire te gaan werken. Als meneer Reeve zou...

Reeve liet haar niet uitspreken. Hij zei: 'Nicola heeft geen vakantie genomen. Ze heeft MKR eind april verlaten. Ze ging naar het noorden verhuizen, zei ze.'

'Verhuizen?' herhaalde Barbara. Hoe zat het dan met het postadres dat ze bij haar hospita in Islington had achtergelaten? vroeg ze zich af. Een adres in Fulham, dat niet noordelijker lag dan de overkant van de rivier.

'Dat heeft ze me gezegd,' zei Reeve. 'Ik neem aan dat ze anderen iets anders heeft verteld?' Hij toonde een vermoeid lachje. 'Nou, eerlijk gezegd zou het me niet verbazen. Ik was al tot de ontdekking gekomen dat Nicola het soms niet zo nauw nam met de feiten. Dat was een van haar minder goede eigenschappen. Ik denk dat ik, wanneer ze geen ontslag had genomen, haar op den duur had moeten laten gaan. Ik had mijn...' Hij plaatste zijn vingertoppen tegen elkaar. 'Ik had mijn twijfels of ze wel discreet genoeg kon zijn. En discretie is in ons werk van het grootste belang. We vertegenwoordigen een paar zeer prominente figuren en omdat we toegang hebben tot al hun financiële gegevens moeten ze erop kunnen vertrouwen dat we terughoudend omspringen met die informatie.'

'Nicola Maiden deed dat niet?' vroeg Nkata.

'Dat zou ik niet willen zeggen,' zei Reeve haastig. 'Nicola was snel van begrip, en pienter, laat daar geen misverstand over bestaan. Maar er was iets aan haar waarop moest worden gelet. Dus ik lette op. Ze kon uitstekend omgaan met onze cliënten, dat was zeker een pluspunt. Maar ze had de neiging om een beetje... nou, misschien is geïmponeerd de beste manier om het uit te drukken. Ze was nogal geïmponeerd door de waarde van sommige van hun portefeuilles. En het is geen goed idee om hoeveel meneer Dinges waard is tot onderwerp van je lunchgesprek te maken.'

'Was er een cliënt met wie ze een speciale band kan hebben gehad?' vroeg Barbara. 'Die zich tot na kantoortijd uitstrekte?'

Reeve kneep zijn ogen half dicht. 'Wat bedoelt u?'

Nkata nam het over. 'Het meisje had een vriend hier in de stad, meneer Reeve. Naar hem zijn we op zoek.'

'Ik weet niets van een vriend. Maar als Nicola er een had, zult u die waarschijnlijk eerder moeten zoeken bij de universiteit.'

'Daar heeft men ons verteld dat ze haar rechtenstudie heeft beëindigd om fulltime voor u te gaan werken.'

Reeve keek gekrenkt. 'Agent, ik hoop niet dat u suggereert dat Nicola Maiden en ik...'

'Nou, het was een knappe vrouw.'

'Dat is mijn vrouw ook.'

'Ik vraag me af of uw vrouw iets te maken heeft met de reden waarom ze ontslag nam. Het is vreemd, als u het mij vraagt. Nicola verlaat de universiteit om fulltime voor u te gaan werken, maar ze gaat hier vrijwel dezelfde week weg. Waarom denkt u dat ze het deed?'

'Dat heb ik u al verteld. Ze zei dat ze ging verhuizen naar Derbyshire…'

'… waar ze ging werken voor een man die ons vertelde dat ze een vriend had in Londen. Juist. Wat ik me afvraag, is of u die Londense vriend bent.'

Barbara wierp Nkata een bewonderende blik toe. Het beviel haar wel dat hij bereid was om Reeve onder druk te zetten.

'Toevallig hou ik veel van mijn vrouw,' zei Reeve met nadruk. 'Tricia en ik zijn al twintig jaar samen en als u denkt dat ik alles wat we hebben op het spel zou zetten voor een slippertje van één nacht met een studente, dan ben ik bang dat u er ver naast zit.'

'Niets wijst erop dat het maar voor één nacht was,' zei Barbara.

'Eén nacht, of elke nacht van de week,' wierp Reeve tegen, 'ik was niet geïnteresseerd in een verhouding met Nicola Maiden.'

Hij leek te verstrakken toen zijn gedachten plotseling een andere richting uitgingen. Met een lichte zucht pakte hij een zilveren briefopener die midden op zijn bureau lag. Hij zei: 'Heeft iemand u iets anders verteld? Is mijn goede naam door iemand aangetast? Ik sta erop dat u het me zegt. Want als dat het geval is, zal ik meteen contact opnemen met mijn advocaat.'

Hij was op en top een Amerikaan, dacht Barbara vermoeid. Ze zei: 'Kent u een man die Terry Cole heet, meneer Reeve?'

'Terry Cole? C-o-l-e? Zo, zo.' Onder het spreken pakte Reeve een pen en een velletje papier, waar hij de naam op krabbelde. 'Dus hij is die schooier die heeft gezegd dat…'

'Terry Cole is dood,' viel Nkata hem in de rede. 'Hij heeft niets gezegd. Hij stierf samen met Nicola Maiden in Derbyshire. Kent u hem?'

'Ik heb nooit van hem gehoord. Toen ik u vroeg wie u had verteld… Hoort u eens, Nicola is dood, en het spijt me dat ze dood is. Maar ik heb haar sinds eind april niet meer gezien. Ik heb haar sinds eind april niet meer gesproken. En als er iemand is die mijn goede naam door het slijk haalt, ben ik van plan alle mogelijke stappen te ondernemen om die schoft te vinden en hem te laten betalen.'

'Is dat uw gewone reactie wanneer iemand u dwarszit?' vroeg Barbara.

Reeve legde zijn pen neer. 'Ik geloof dat dit gesprek is afgelopen.'

'Meneer Reeve… '

'Gaat u alstublieft weg. Ik heb u aangehoord en ik heb u verteld wat ik weet. Als u denkt dat ik van plan ben om me te laten intimideren door de politie en hier te blijven zitten terwijl u probeert uit te lokken dat ik mezelf op de een of andere manier beschuldig…' Hij wees naar hen beiden. Het viel Barbara op dat hij uitzonderlijk kleine handen had, kriskras over de knokkels liepen talloze littekens. 'Jullie moeten minder doorzichtig te werk gaan,' zei hij. 'En nu eruit. *Pronto.*'

Er zat niets anders op dan aan zijn verzoek gevolg te geven. Als goede, in het buitenland verblijvende Amerikaan zou zijn volgende zet zeker zijn, zijn advocaat te bellen en te beweren dat hij was geïntimideerd. Het had geen zin om verder aan te houden.

'Goed gedaan, Winston,' zei Barbara nadat haar collega het portier van de Bentley had geopend en ze waren ingestapt. 'Je hebt hem behoorlijk op stang gejaagd.'

'Het heeft geen zin onze tijd te verdoen.' Hij keek naar het gebouw. 'Ik vraag me af of er vandaag werkelijk een inzameling voor Kinderen in Nood wordt gehouden in het Dorchester.'

'Er moet ergens iets worden gehouden. Ze was tot in de puntjes gekleed, toch?'

Nkata keek naar Barbara. Zijn ogen dwaalden bedroefd over haar kleding. 'Met alle respect, Barb...'

Ze lachte. 'Je hebt gelijk. Wat weet ik van kleren af?'

Hij grinnikte en startte de auto. Terwijl hij bij het trottoir vandaan reed zei hij: 'Gordel om, Barb.'

Barbara zei: 'O. Ja', en ze draaide zich op haar stoel om, zodat ze de veiligheidsgordel kon pakken.

Op dat moment zag ze Tricia Reeve. De directeur van MKR was, bleek nu, helemaal niet naar het Dorchester gegaan. Ze sloop langs de zijkant van het gebouw, haastte zich de stoeptreden op en liep regelrecht naar de deur.

11

Zodra de rechercheurs uit zijn kamer waren vertrokken drukte Martin Reeve op de belknop die onzichtbaar was aangebracht tussen de planken waarop zijn verzameling Henley-foto's stond uitgestald. Zoals de valse universiteitsdiploma's deel uitmaakten van het Martin Reeve-verhaal, vormden de Henley-foto's een wezenlijk onderdeel van de Martin en Tricia Reeve-romance. Het hoorde allemaal bij het in elkaar gezette verhaal dat ze elkaar jaren geleden bij de regatta hadden ontmoet. Hij had het onware verhaal van hun kennismaking al zo vaak verteld dat hij het zelf was beginnen te geloven. Zijn oproep werd binnen vijf seconden beantwoord, een recordtijd. Jaz Burns kwam zonder kloppen de kamer binnen. 'Wat een dragonder,' zei hij grijnzend. 'Stel je voor dat je met haar zou neuken, Marty. Dat zou je niet snel vergeten.'

Vanuit zijn hol aan de achterkant van het gebouw had Jaz de gewoonte om voor gluurder te spelen met de bewakingsapparatuur in Martins kantoor. Hij had een irritante hang naar voyeurisme, die Martin echter door de vingers zag omdat de man andere gaven had waarvan hij gebruik kon maken.

'Ga hen achterna,' zei Martin.

'De politie? Dat is iets nieuws van je. Wat is er aan de hand?'

'Dat komt nog wel. Schiet nu maar op.'

Jaz kon haarfijn nuances aanvoelen. Hij knikte, griste de sleutels van de Jaguar van het bureau en glipte geruisloos als een inbreker de kamer uit. Nog geen vijftien seconden nadat de deur achter hem was dichtgevallen, ging die weer open.

Geagiteerd draaide Martin zich om. 'Verdomme, Jaz,' zei hij, gereed om zijn werknemer een uitbrander te geven omdat deze het spoor van de politie was kwijtgeraakt nog voor ze het hadden kunnen volgen. Het was echter Tricia, niet de spookachtige Burns, die in de deuropening stond en Martin kon aan haar gezicht zien dat er een scène op komst was.

Verdomme, wilde hij zeggen. Nu niet. Op het moment kon hij het niet opbrengen om Tricia te kalmeren bij een aanval van hysterie.

'Wat doe jij hier? Tricia, je zou bij de teaparty moeten zijn.'

'Ik kon het niet.' Ze deed de deur achter zich dicht.

'Wat bedoel je, je kon het niet?' vroeg Martin. 'Je wordt er verwacht. Dit heeft maanden van voorbereiding gekost. Ik heb alle mogelijke moeite gedaan om je in dat comité te krijgen, en als je in het comité zit zul je moeten doen wat het comité van je verwacht. Je hebt verdomme de líjst, Patricia. Hoe kunnen die vrouwen met deze inzamelingsactie doorgaan, en hoe kunnen wij trouwens onze goede naam behouden, als ze er niet op kunnen vertrouwen dat jij op tijd komt opdagen met de lijst van de tafelschikking?'

'Wat heb je hun over Nicola verteld?'

Zuchtend zei hij: 'Shit. Ben je daarom hier? Heb ik dat goed begrepen? Je laat na om openlijk steun te betuigen aan een van de achtenswaardigste zaken in Engeland omdat je wilt weten wat ik tegen de politie gezegd heb over een verdomd dood loeder?'

'Je taal staat me niet aan.'

'Welke woorden? Verdomd? Dood? Of loeder? Luister eens even, nu, op dit moment, wachten vijfhonderd vrouwen en persfotografen uit het hele land tot jij komt opdagen en god nog aan toe, jij kunt het niet opbrengen omdat we niet precies weten aan welke woorden jij je ergert.'

'Wat heb je hun verteld?'

'Ik heb hun de waarheid verteld.' Hij was zo geïrriteerd dat hij bijna genoot van de blik van afgrijzen op haar gezicht.

'Wát?' De vraag kwam er schor uit.

'Nicola Maiden was stagiaire. Ze nam in april ontslag. Als ze dat niet had gedaan, had ik haar ontslagen.'

Tricia ontspande zich merkbaar, dus Martin ging door. Hij zag zijn vrouw veel liever nerveus. 'Ik zou dolgraag willen weten waar het kleine kreng daarna naartoe is gegaan, en met een beetje geluk krijg ik die inlichtingen binnen een uur van Jaz. De politie is zó voorspelbaar. Als ze een huis in Londen had, en daar durf ik al mijn geld onder te verwedden, zullen de rechercheurs ons daar regelrecht naartoe brengen.'

Tevreden zag hij dat de spanning onmiddellijk terug was. 'Waarom wil je dat weten? Wat ga je doen?'

'Ik vind het niet prettig wanneer iemand me geen respect betoont, Patricia. Dat zou jij beter dan wie ook moeten weten. Ik hou er niet van om te worden voorgelogen. Vertrouwen is de basis van elke relatie, en als ik er niets aan doe wanneer iemand me belazert, is het jachtseizoen geopend voor iedereen die Martin Reeve te pakken wil nemen voor alles wat hij waard is. Nou, dat laat ik niet toe.'

'Je bent met haar naar bed geweest, hè?' Tricia's gezicht was pijnlijk vertrokken.

'Doe niet zo idioot.'

'Denk je dat ik het niet gemerkt heb? Jij zegt tegen jezelf: "Die lieve Tricia is toch de helft van de tijd zo high als een deur. Wat zou zíj nu kunnen merken?" Maar dat doe ik wel. Ik zag hoe je naar haar keek. Ik weet zelfs wanneer het gebeurd is.'

Martin zuchtte. 'Je hebt een shot nodig. Sorry dat ik het zo grof zeg, beste kind. Ik weet dat je er liever niet over praat. Maar het feit ligt er nu eenmaal dat je je altijd dingen in je hoofd haalt wanneer je te snel... Je hebt een shot nodig.'

'Ik weet hoe je bent.' Haar stem werd luider en hij vroeg zich zinloos af of hij de naald zou kunnen hanteren zonder haar medewerking. Verdomme, hoeveel gebruikte ze de laatste tijd trouwens? Zelfs als hij het zou klaarspelen met de spuit, was het laatste waaraan hij behoefte had dat zijn vrouw, boven op alles wat er al gebeurd was, in coma zou worden afgevoerd.

'Ik weet hoe graag je de baas speelt, Martin. En wat is een betere manier om te bewijzen dat jij de baas bent dan tegen de een of andere studente te zeggen dat ze haar broekje moet uittrekken en te kijken hoe snel en hoe graag ze daartoe bereid is.'

'Tricia, dit is zo'n verdomde flauwekul. Hoor je zelf wel wat je zegt?'

'Dus je hebt met haar geneukt. En toen is ze weggewandeld. Pfft. Weg was ze. In rook opgegaan.' Tricia knipte met haar vingers. Nogal zwakjes, zag Martin. 'En dat deed pijn, nietwaar? En we weten hoe je reageert wanneer iets pijn doet.'

Over pijn gesproken... Martins handen jeukten om haar een klap te geven. Hij zou het gedaan hebben als hij er niet van overtuigd was geweest dat ze, onder de drugs of niet, regelrecht naar huis zou gaan, naar pappie, om het te vertellen. Pappie zou bepaalde eisen stellen als ze dat deed. Eerst afkicken. Daarna scheiden. Geen van beide was acceptabel voor Martin. Hij was met een rijke vrouw getrouwd, het deed er niet toe dat het geld afkomstig was van een succesvolle antiekzaak en niet volgens de beste blauwbloedtraditie van generatie op generatie was doorgegeven. Het had hem een bepaalde maatschappelijke status gegeven die hij nooit had kunnen verwerven als eenvoudige immigrant, ongeacht hoeveel succes hij zelf had met zijn bedrijf. Hij was niet van plan om die maatschappelijke status op te geven.

'We kunnen dit gesprek later voortzetten,' zei hij, met een blik op zijn zakhorloge. 'Je hebt nog steeds tijd om naar die teaparty te gaan zonder jezelf of mij compleet te vernederen. Zeg dat het door het verkeer kwam: een voetganger die in Notting Hill Gate door een taxi werd aangereden. Je bent gestopt om zijn hand vast te houden – nee, maak er een vrouw en een kind van – tot de ziekenauto er was. Overigens: een ladder in je kous zou het verhaal aannemelijk maken.'

'Stuur me niet weg als een domme trut.'

'Dan moet je je ook niet als zodanig gedragen.' De opmerking was eruit voor hij erbij nadacht en hij had er onmiddellijk spijt van. Wat schoot hij ermee op een idiote discussie te laten uitmonden in een flinke ruzie? 'Hoor eens, lieverd,' zei hij, in een poging tot verzoening, 'laten we ophouden met dat geharrewar. We laten ons overdonderen door een simpel routinebezoek van de politie. Wat Nicola Maiden betreft...'

'We hebben het al maanden niet meer gedaan, Martin.'

Hij ging stug door: '... het is beroerd dat ze dood is, het is beroerd dat ze vermoord werd, maar omdat wij niets te maken hebben met wat er met haar is gebeurd...'

'We Hebben Niet Geneukt Sinds Juni.' Haar stem werd luider. 'Luister je naar me? Hoor je wat ik zeg?'

'Toch wel,' antwoordde hij. 'En als jij niet de meeste tijd van de dag high was, dan zou je geheugen ook niet zo slecht zijn.'

Dat bracht haar, ten slotte, godzijdank tot zwijgen. Uiteindelijk wilde ze evenmin als hij een eind aan hun huwelijk maken. Hij diende een doel in haar leven dat even noodzakelijk was voor haar als het doel dat zij vertegenwoordigde noodzakelijk was voor hem. Hij voorzag haar van wat ze nodig had en hij bewaarde haar geheim; zij zorgde ervoor dat hij zich in bepaalde kringen kon bewegen en dat hij van zijn vrienden het respect kreeg dat de ene man de andere betoont wanneer die ander in het bezit is van een mooie vrouw. Daarom wilde ze het zo heel graag geloven. Martins ervaring was dat mensen, wanneer ze iets wanhopig wilden geloven, op zichzelf inpraatten om álles te geloven. In dit geval was Tricia's geloof echter niet ver van de waarheid verwijderd. Hij neukte haar inderdaad wanneer ze high was. Ze wist alleen niet dat hij het zo het lekkerst vond.

Op zachtere toon en met haar ogen knipperend, zei ze: 'O.'

'Ja,' zei hij. 'O. De hele maanden juni, juli en augustus. Gisteravond ook.'

Ze slikte. 'Gisteravond?'

Haar man glimlachte. Hij had haar te pakken.

Hij liep naar haar toe. 'Laten we de politie niet laten ruïneren wat we hebben, Trish. Ze zitten achter een moordenaar aan. Ze hebben het niet op ons voorzien.' Hij raakte haar lippen aan met de gehavende knokkels van zijn rechterhand. Met zijn linkerhand op haar billen trok hij haar tegen zich aan. 'Dat is toch zo? Het is toch waar dat de politie, wat ze zoekt, niet bij ons zal vinden?'

'Ik moet van dat spul af,' zei ze fluisterend.

Hij maakte sussende geluidjes tegen haar en trok haar hoofd omlaag voor een kus. 'Een ding tegelijk,' zei hij.

In zijn kamer in hotel Black Angel verwisselde Lynley zijn pak en stropdas voor een spijkerbroek, laarzen en het oude jack dat hij meestal in Cornwall droeg, en dat vroeger van zijn vader was geweest. Terwijl hij zich verkleedde bleef hij naar de telefoon kijken, deels om die te dwingen over te gaan en deels om zichzelf te dwingen te bellen.

Er was geen bericht van Helen gekomen. Die ochtend had hij haar stilzwijgen toegeschreven aan haar late uitstapje met Deborah St. James, als gevolg waarvan ze zou hebben willen uitslapen, maar het kostte hem moeite om excuses te vinden voor een zwijgen dat duidelijk tot ver in de middag duurde. Hij had zelfs naar de receptie gebeld, om te vragen of ze nog een keer wilden kijken of er een boodschap voor hem was, maar een uitgebreide zoektocht in vakjes en prullenmanden had niets meer opgeleverd dan wat hij om te beginnen had gehad. Zijn vrouw had niet gebeld. Wat dat betrof, ook niemand anders, maar zwijgen van de rest van de wereld kon hem niet schelen. Helens zwijgen wel.

Zoals iedereen die denkt dat hij gelijk heeft, liet hij hun gesprek van de vorige ochtend nogmaals de revue passeren. Hij lette op verborgen bedoelingen en nuances, maar hoe hij het ook bekeek, hij kwam er als overwinnaar uit tevoorschijn. Het lag heel eenvoudig. Zijn vrouw had zich met zijn werk bemoeid, en ze was hem een verontschuldiging schuldig. Het was evenmin haar taak om achteraf beslissingen te bekritiseren die hij had genomen bij zijn werk, dan het zijn taak was om tegen haar te zeggen hoe en wanneer ze St. James in zijn lab kon assisteren. Op het persoonlijke vlak hadden ze beiden gevestigde belangen; ze kenden de hoop, de voornemens en de verlangens van de ander. Op het terrein van hun afzonderlijke bezigheden waren ze elkaar vriendelijkheid, begrip en steun verschuldigd. Dat zijn vrouw, zoals duidelijk werd aangegeven door haar ontegenzeglijk perverse weigering om hem te bellen, zich niet wenste te houden aan deze fundamentele en redelijke manier van samenleven, was voor hem een bron van teleurstelling. Hij kende Helen nu al zestien jaar. Hoe had hij zo'n lange tijd kunnen leven zonder haar ook maar enigszins écht te kennen?

Hij keek op zijn horloge. Hij keek uit het raam en overtuigde zich van de positie waarin de zon aan de hemel stond. Er waren nog verscheidene uren daglicht over, dus hij hoefde niet meteen weg te vliegen. Nu hij dit wist en nu hij wist wat hij om die reden heel goed kon doen, stelde hij het uit door zich ervan te overtuigen dat hij een kompas, een zaklantaarn en een stafkaart in de zakken van zijn jack had gestopt.

Nadat er niets meer te doen viel, slaakte hij een diepe zucht van verslagenheid. Hij ging naar de telefoon en toetste het nummer van zijn huis in. Ik kan toch tenminste een boodschap voor haar achterlaten, als ze is uitgegaan, dacht hij. Er is een grens aan de periode dat je je partner iets duidelijk wilt maken.

Hij verwachtte Denton. Of het antwoordapparaat. Wat hij niet verwachtte – want verdomme, wanneer ze thuis was, waarom had ze hém dan niet gebeld? – was de zachte stem van zijn vrouw aan de andere kant van de lijn te horen.

Ze zei twee keer hallo. Op de achtergrond hoorde hij dat er muziek aanstond. Het was een van zijn nieuwe Prokofjev-cd's. Ze had het gesprek aangenomen in de zitkamer.

Hij wilde zeggen: 'Hallo, lieveling. We zijn op een nare manier uit elkaar gegaan en ik wil het graag goedmaken.' In plaats daarvan vroeg hij zich af hoe ze ginds in Londen verdomme heerlijk van zijn muziek kon zitten genieten terwijl ze onenigheid hadden. Ze hádden toch onenigheid? Had hij niet net het grootste deel van zijn werkdag doorgebracht door met succes een obsederende beschouwing van hun ruzie te vermijden, van alles wat ertoe geleid had, van wat het vertelde over het verleden, van wat het voorspelde voor de toekomst, van waar het toe zou kunnen leiden als een van hen niet wakker werd en besefte dat...

Helen zei: 'Dit is erg onbeleefd, wie u ook bent.' Ze hing op.

Lynley bleef zitten met een telefoonhoorn waar geen geluid meer uitkwam en het gevoel dat hij een idioot was. Haar op dit moment terugbellen zou hem een nog veel idioter gevoel geven, besloot hij. Dus dat was dat. Hij legde de hoorn neer, haalde de sleuteltjes van de politieauto uit het jasje van zijn pak en liep de kamer uit.

Hij reed in noordoostelijke richting, over een weg die een groef trok tussen de kalkstenen heuvels waarop Tideswell was gebouwd en die een natuurlijke tunnel in het landschap had gevormd. De wind joeg erdoor als een wildstromende rivier, boomtakken en bladeren werden ondersteboven geblazen in een onuitgesproken belofte van de eerste regen van het seizoen.

Bij het kruispunt lag een handvol honingkleurige gebouwtjes die het dorpje Lane Head vormden. Hier sloeg Lynley naar het westen af, waar de weg een rechte, houtskoolkleurige insnijding in de heide kerfde. Stapelmuurtjes moesten voorkomen dat de aanwas van heide, bosbessen en varens de weg zouden overwoekeren om die weer aan het land terug te geven.

Het was een ruig landschap. Toen Lynley het laatste dorp achter zich had gelaten waren de enige levenstekens, afgezien van de overvloedige vegetatie, de kauwen en eksters en zo nu en dan een paar schapen, die als vreedzame wolkjes graasden te midden van het roze en het groen.

Via overstapplaatsen kon men op de heide komen, waar palen het net van openbare voetpaden aangaven die eeuwenlang waren gebruikt door boeren en herders die tussen de ver uiteenliggende gehuchten heen en weer trokken. Paden voor kampeerders en fietsers waren echter recenter aan het landschap toegevoegd. Ze liepen dwars door de heide en verdwenen in de richting van met mos bedekte heuvels in de verte, die de overblijfselen vormden van prehistorische nederzettingen, oude, heilige plaatsen en Romeinse forten.

Lynley vond de plek waar Nicola Maiden haar Saab had achtergelaten en te voet was verdergegaan op enkele kilometers ten noordoosten van het dorpje Sparrowpit. Daar werd de lange, ongelijke muur die de grens aangaf, onderbroken door een wit ijzeren hek, waarvan de dikke bladderige verflaag was aangetast door roestplekken. Nadat hij was gestopt deed Lynley wat Nicola Maiden ook had gedaan: hij maakte het hek open, reed een smal, geplaveid weggetje op dat erachter lag en parkeerde op het zand achter de stenen muur. Voor hij uitstapte raadpleegde hij de kaart, die hij op de stoel naast zich uitspreidde nadat hij zijn leesbril had opgezet. Nine Sisters Henge behoorde tot de recentste monumenten van Calder Moor; de stenen stonden er nog maar zo'n vijfduizend jaar. Lynley bestudeerde de route die hij moest volgen om eruit te komen, aantekeningen makend van opvallende punten die nuttig konden zijn om hem de weg te wijzen. Hanken had aangeboden om hem een agent als gids mee te geven, maar dat had hij afgeslagen. Hij zou het niet erg gevonden hebben om een ervaren kampeerder als begeleider mee te nemen, maar hij zag zich liever niet vergezeld door iemand van de politie van Buxton die misschien beledigd zou zijn, en die belediging aan Hanken zou rapporteren, wanneer Lynley de plaats van het misdrijf nauwkeurig onderzocht met een aandacht die erop duidde dat de plaatselijke recherche haar werk niet goed had gedaan.

'Het is de laatste mogelijkheid waar die beroerde pieper kan zijn en die wil ik elimineren,' had Lynley tegen Hanken gezegd.

'Als het ding er geweest was, zouden mijn mensen hem gevonden hebben,' had Hanken geantwoord, om hem er vervolgens aan te herinneren dat ze een grondig onderzoek hadden ingesteld naar het wapen, waarbij ze zeker een pieper zouden hebben gevonden, ook al hadden ze geen mes op de plek aangetroffen. 'Maar als het je kan geruststellen, stel jezelf dan gerust en ga erheen.' Zelf ging hij achter Upman aan, erop gebrand om de advocaat met diens leugens te confronteren.

Nadat Lynley de route had uitgestippeld vouwde hij de kaart op en stopte zijn bril weer in de koker. Hij stak kaart en bril in de zak van zijn jack en stapte uit, de wind tegemoet. Hij zette koers naar het zuidoosten, de kraag van zijn jack opgezet en zijn schouders opgetrokken tegen de windvlagen die tegen hem aan bliezen. Het geplaveide weggetje liep in de door hem gekozen richting, dus hij begon het te volgen, maar nog geen honderd meter verder eindigde het in een hoop over elkaar heen gevallen stenen die voornamelijk bestonden uit kiezel en teer. Vandaar was het moeilijker om vooruit te komen, een oneffen pad van zand en stenen, doorsneden door beddingen van kleine stroompjes die droogstonden na een zomer zonder regen.

De wandeling vergde bijna een uur en hij maakte die in absolute eenzaamheid. Zijn weg leidde hem langs stenige paden die andere, nog steniger paden kruisten. Hij baande zich een weg door heide, doornstruiken en varens; hij beklom kalkstenen heuvels; hij passeerde de overblijfselen van kegelvormige steenhopen waarin zich grotten bevonden.

Hij belandde juist bij een onverwachte splitsing van het pad toen hij een eenzame wandelaar uit het zuidoosten zag aankomen. Omdat hij er nagenoeg zeker van was dat dit de richting van Nine Sisters Henge was, bleef Lynley waar hij was, wachtend om te zien wie zo laat in de middag een bezoek aan de plaats van het misdrijf had gebracht. Voorzover hij wist hield Hanken de kring van stenen nog steeds afgezet en bewaakt. Dus als de wandelaar een journalist was, of een persfotograaf, zou de lange wandeling over de heide hem weinig hebben opgeleverd.

Het bleek echter dat het geen man was. Het was evenmin een journalist of een fotograaf. Toen de gestalte dichterbij kwam zag Lynley dat Samantha McCallin om de een of andere reden had besloten een middagwandeling te maken naar Nine Sisters Henge.

Ze herkende hem blijkbaar op hetzelfde moment dat hij begreep wie zij was, want haar loop veranderde van ritme. Ze was komen aanmarcheren met een berkentak in haar hand, waarmee ze tegen de heidestruiken sloeg terwijl ze over het pad liep. Maar bij het zien van Lynley gooide ze de tak weg, rechtte haar rug en kwam recht op hem aflopen.

'Het is openbaar terrein,' zei ze meteen. 'Je kunt de kring afzetten met lint en er agenten op wacht zetten, maar je kunt de mensen niet van de rest van de heide vandaan houden.'

'U bent heel wat kilometers verwijderd van Broughton Manor, mevrouw McCallin.'

'Keren moordenaars niet altijd terug naar de plek van hun misdaad? Ik doe gewoon wat er van me verwacht wordt. Gaat u me nu arresteren?'

'Ik zou graag willen dat u me uitlegde wat u hier doet.'

Ze keek over haar schouder in de richting vanwaar ze gekomen was. 'Hij denkt dat ik haar vermoord heb. Is dat niet het toppunt? Vanmorgen doe ik mijn mond open om hem te verdedigen en vanmiddag komt hij tot de conclusie dat ík het heb gedaan. Het is een vreemde manier om te zeggen "dank je dat je achter me stond, Sam," maar zo ligt het nu eenmaal.'

Het had natuurlijk van de wind kunnen komen, maar Lynley kreeg de indruk dat ze gehuild had. Hij zei: 'Wat doet u hier dan, mevrouw McCallin? U moet toch begrijpen dat uw aanwezigheid…'

'Ik wilde de plek zien waar zijn obsessie is gestorven. De obsessie van mijn neef.' Door de wind was haar vlecht losgeraakt en vlassige slierten hingen om haar gezicht. 'Hij zegt, natuurlijk, dat zijn obsessie echt is gestorven op die maandagavond toen hij haar vroeg of ze met hem wilde trouwen. Maar dat geloof ik niet. Ik denk dat mijn neef Julian, zolang Nicola op aarde rondliep, zich zou hebben vastgeklampt aan de fantasie van een leven met haar. Wachtend tot ze van gedachten zou veranderen. Wachtend tot ze, zoals hij zou zeggen, hem écht zou zien. En het gekke is dat hij, als ze hem op precies de goede manier had gewenkt met haar vinger, of misschien zelfs op de verkeerde manier, dat zou hebben beschouwd als het teken waarop hij wachtte. Dat het bewees dat ze van hem hield ondanks alles wat ze zei en deed om het tegendeel te bewijzen.'

'U had een hekel aan haar, is het niet?' vroeg Lynley.

Ze lachte. 'Wat maakt het uit? Ze kreeg toch wel wat ze wilde, ongeacht mijn gevoelens voor haar.'

'Wat ze kreeg was de dood. En dat kan ze niet gewild hebben.'

'Ze zou hem vernietigd hebben. Ze zou het merg uit hem hebben gezogen. Zo'n soort vrouw was ze, inspecteur.'

'O, ja?'

Samantha kneep haar ogen half dicht toen een windvlaag kalk en aarde de lucht in blies. 'Ik ben blij dat ze dood is. Ik zal er niet om liegen. Maar u vergist u door te denken dat ik de enige ben die op haar graf zou willen dansen, als ik ook maar even de kans kreeg.'

'Wie nog meer?'

Ze glimlachte. 'Ik ben niet van plan om uw werk voor u te doen.'

Nadat ze dit had gezegd, stapte ze langs hem heen en ze begon het pad af te lopen, in de richting vanwaar hij van de noordelijke grens van het terrein was gekomen. Hij vroeg zich af hoe ze op de hei terecht was gekomen, want hij had geen auto's langs het pad zien staan toen hij van de weg af was gegaan. Hij vroeg zich ook af of ze haar auto ergens anders had geparkeerd, hetzij omdat ze niet bekend was met het stukje aangestampte aarde achter de stapelmuur, hetzij omdat ze wilde verbergen dat ze van het bestaan ervan afwist. Hij keek haar na, maar ze draaide zich niet om om te zien of hij het deed. Ze moest het gewild hebben, dat was de menselijke aard, en het feit dat ze het niet deed zei veel over haar zelfbeheersing. Lynley liep door.

Hij herkende Nine Sisters Henge aan de apart staande steen, de Koningssteen, die een plaats had binnen een dicht berkenbosje. Hij benaderde het monument echter van de tegenovergestelde kant en besefte niet dat hij er al was tot hij om het bosje heen was gelopen. Achter de bomen keek hij op zijn kompas, rekende uit dat de stenen kring vlakbij moest zijn en toen hij zich omdraaide zag hij de pokdalige monoliet oprijzen naast een smal pad dat tussen de bomen verdween.

Met de handen in de zakken keerde hij op zijn schreden terug. Hij trof de agent die door inspecteur Hanken op post gezet was, op enkele meters afstand. De man liet hem onder het lint van de politieafzetting door duiken, waarna Lynley alleen naar de steen die als wachter diende, toeliep. Bij de Koningssteen bleef hij staan om die te bekijken. De steen was verweerd, zoals te verwachten viel, maar ook door mensenhanden bewerkt. Ergens in het verleden waren uithollingen in de achterzijde van de enorme kolom gemaakt, waar een klimmer zijn handen en voeten in kon plaatsen om op die manier naar de top te klimmen.

Lynley vroeg zich af waarvoor de steen in het verre verleden was gebruikt. Als middel om een gemeenschap bijeen te roepen? Als uitkijkpost voor iemand die verantwoordelijk was voor de veiligheid van priesters die rituelen uitvoerden binnen de stenen kring? Als altaar waarop offers werden gebracht? Het viel onmogelijk te zeggen.

Hij gaf een klopje op de steen en liep vervolgens tot onder de bomen, waar het eerste wat hem opviel was dat de berken, doordat ze zo dicht opeengegroeid stonden, als natuurlijke windvanger fungeerden. Toen hij ten slotte de prehistorische kring binnenstapte, was er geen zuchtje wind te bekennen.

Zijn eerste gedachte was dat het totaal niet leek op Stonehenge en op dat moment begreep hij hoe sterk het woord *henge* in zijn gedachten verbonden was met een bepaald beeld. Er waren rechtopstaande stenen – negen, zoals de naam van de plek aangaf – maar deze waren veel ruwer gehouwen dan hij had verwacht. Er waren geen dwarsliggende stenen zoals bij Stonehenge. En de buitenste aardwal en de greppel daarbinnen die de staande stenen omringden, waren veel minder duidelijk te onderscheiden.

Hij liep de kring in. Het was er doodstil. Terwijl de bomen verhinderden dat de wind tot in de kring doordrong, leken de stenen het geluid dat afkomstig was van de ritselende bladeren, tegen te houden. Het zou voor iemand dus niet moeilijk zijn om 's avonds onopgemerkt tot bij het monument te komen. Hij, of zij, of meer personen, hoefden alleen maar te weten waar Nine Sisters Henge was, of bij daglicht een kampeerder te volgen en wachten tot de duisternis inviel. Ook dat zou niet moeilijk zijn geweest. Het gebied was uitgestrekt, maar het was tevens open. Op een heldere dag kon men er kilometers ver kijken.

Het binnenste van de kring bestond uit grof gras dat was platgetreden door de bezoekers die er de afgelopen zomer waren geweest, een platte rots aan de basis van de noordelijkste steen, en de overblijfselen van zes oude vuurtjes, aangelegd door kampeerders en aanbidders van de oude godsdienst. Beginnend bij de omtrek van de kring begon Lynley systematisch naar Nicola's pieper te zoeken. Het was een inspannende bezigheid. Hij speurde centimeter voor centimeter de aardwal af, de greppel, de basis van elke steen, het gras en de stookplaatsen. Toen hij gereed was met zijn inspectie van de plek zonder ook maar iets aan te treffen en hij wist dat hij Nicola's route naar de plek waar ze was vermoord, moest volgen, stopte hij om op het pad waarlangs ze gevlucht was te zoeken. Terwijl hij daarmee bezig was werd zijn blik getrokken naar de middelste vuurplaats.

Hij zag dat de ronde plek op drie manieren verschilde van de overige. Ze was verser, met stukken verkoold hout die nog niet in as en brokken waren uiteengevallen, er waren onmiskenbare sporen dat de technische opsporingsdienst erin had gewroet, en de stenen die er in een kring omheen lagen waren ruw verstoord, alsof iemand in het vuur had gestampt om het te doven en daarbij de rand van zijn plaats had getrapt. Maar bij het zien van deze stenen kwamen Lynley de foto's van de dode Terry Cole voor ogen en de brandwonden waardoor een kant van het gezicht van de vermoorde jongen verschroeid was.

Hij ging op zijn hurken bij de restanten van het vuur zitten. Voor het eerst dacht hij na over dat gezicht en wat de verbrande, bobbelige huid ervan te betekenen had. Hij begreep dat de aard van de brandwonden erop duidde dat de jongen tamelijk lang met het vuur in contact was geweest. Maar hij was niet in de vlammen geduwd, want als dat zo was zouden er sporen van een worsteling op het lichaam te zien zijn geweest omdat hij had gevochten om zich uit iemands greep te bevrijden. Volgens dokter Myles waren dergelijke wonden niet op Terry Coles lichaam aanwezig: geen blauwe plekken of schrammen op zijn handen en zijn knokkels, geen duidelijke schaafwonden op zijn bovenlichaam. Toch, dacht Lynley, had Terry lang genoeg in het vuur gelegen om ernstig te zijn verbrand; de huid was er zwart door geworden. Er leek slechts één logisch antwoord te zijn. Cole moest in het vuur zijn gevallen. Maar hoe?

Lynley bleef op zijn hurken zitten en liet zijn blik door de kring dwalen. Hij zag dat een tweede, smaller pad uit het bosje vandaan liep, tegenover het pad

waarlangs hij hierheen was gekomen, en vanuit zijn positie naast de stookplaats was het pad direct binnen zijn gezichtsveld. Dit moest dus de weg zijn
die Nicola had genomen. Hij stelde zich de beide jonge mensen voor op die
dinsdagavond, hoe ze naast elkaar bij het vuur zaten. Er bevinden zich twee
moordenaars buiten de stenen kring, ongehoord en ongezien. Ze wachten
hun tijd af. Wanneer het moment daar is, rennen ze op het vuur af, ze nemen
ieder een van de slachtoffers en maken korte metten met hen.

Het was aannemelijk, dacht Lynley. Maar als het zo gebeurd was, begreep hij
niet waarom er geen korte metten met Nicola Maiden waren gemaakt. Hij
begreep werkelijk niet hoe de jonge vrouw kans had gezien om honderdvijftig meter weg te vluchten van haar moordenaar, nog voor ze zelfs maar was
aangevallen. Hoewel het waar was dat ze uit de kring kon zijn weggerend,
langs het tweede pad dat hij tussen de bomen zag lopen, met het voordeel dat
ze de moordenaar had verrast, hoe had ze zo lang kunnen vermijden dat ze
werd gepakt? Ze was natuurlijk een ervaren kampeerder, maar wat had ervaring nu helemaal te betekenen in het donker, wanneer iemand in paniek was
en voor zijn leven rende? En zelfs al was ze niet in paniek geraakt, hoe konden
haar reflexen zo goed zijn geweest, of haar begrip van wat er gebeurde zo
scherp? Het moest haar toch zeker vijf seconden hebben gekost voor het tot
haar doordrong dat iemand haar kwaad wilde doen, en die vertraging zou
haar ondergang hebben betekend, in de kring en niet honderdvijftig meter
verderop.

Lynley fronste zijn voorhoofd. Hij bleef de foto van de jongen voor zich zien.
Die brandwonden waren belangrijk, een beslissende factor. Die brandwonden, wist hij, vertelden het ware verhaal.

Hij pakte een stok uit het hout waarmee het vuur was aangestoken en porde
er doelloos mee in de as terwijl hij nadacht. Vlakbij zag hij de eerste van de
opgedroogde bloedspatten die van Terry's wonden afkomstig waren. Achter
die spetters was het droge, grove gras zwaar geplet tot een zigzaggend pad dat
naar een van de rechtopstaande stenen leidde. Langzaam volgde Lynley dit
pad. Hij zag dat het over de hele lengte met bloed was besmeurd.

Er lagen echter geen grote bloedplassen, niet het soort bewijsmateriaal dat
men zou verwachten wanneer iemand als gevolg van een slagaderlijke bloeding is doodgebloed. Terwijl hij het pad volgde viel het Lynley op dat er
totaal niet de hoeveelheid bloed lag die men zou verwachten aan te treffen uit
de talloze steekwonden die Terry Cole waren toegebracht. Aan de voet van de
steen zag Lynley echter een plas bloed. Het was ook op de steen gespat; kleine
straaltjes liepen van een hoogte van ongeveer een meter tot op de grond.

Lynley bleef staan. Zijn blik dwaalde van de vuurplaats naar het platgetrapte
pad en in gedachten zag hij de foto die de politiefotograaf had gemaakt van
de jongen, wiens gezicht zwartgeblakerd was door de vlammen. Hij ging de
feiten stuk voor stuk na.

Spetters en vegen bloed bij het vuur.

Een bloedplas onder aan de steen.

Straaltjes bloed van een hoogte van een meter.

Een meisje dat wegrent in de nacht.

Een brok kalksteen waarmee haar de schedel wordt ingeslagen.

Langzaam ademhalend kneep Lynley zijn ogen half dicht. Natuurlijk, dacht hij. Waarom had hij niet meteen gezien wat er gebeurd was?

Het adres in Fulham dat Barbara Havers en Winston Nkata hadden gekregen, bleek een maisonnette in Rostrevor Road te zijn. Ze verwachtten dat ze zich in verbinding zouden moeten stellen met een verhuurder, een huisbewaarder of een conciërge om toegang te krijgen tot de woning van Nicola Maiden. Maar toen ze voor de vorm op de bel naast nummer 5 drukten, hoorden ze tot hun verbazing een vrouwenstem uit de luidspreker komen die hun vroeg wie ze waren.

Nadat Nkata duidelijk had gemaakt dat er rechercheurs van Scotland Yard voor de deur stonden bleef het even stil. Een ogenblik later zei de lichaamloze stem: 'Ik kom dadelijk beneden', met het beschaafde accent van een vrouw die haar vrije tijd doorbrengt met rollen lezen voor een kostuumstuk op de BBC. Barbara verwachtte dat ze zou verschijnen in een complete Jane Austen-outfit: gekleed in een slank afkledende japon uit de Regency-periode, met bijpassende kousen, en pijpenkrullen om haar gezicht. Zeker vijf minuten later – 'Waar zou ze in vredesnaam vandaan komen?' wilde Nkata weten met een blik op zijn horloge, 'Southend-on-Sea?' – ging de deur open en een, als een twaalfjarig uitziend meisje in een originele Mary Quant mini-jurk stond voor hen.

'Vi Nevin,' zei het 'kind' ter introductie. 'Sorry. Ik kwam net uit bad en ik moest eerst wat kleren aantrekken. Mag ik uw legitimatie zien, alstublieft?'

De stem was die van de vrouw uit de luidspreker. Uit de mond van het elfachtige schepseltje in de deuropening klonk het nogal verontrustend, alsof er ergens in de buurt een buikspreker verborgen zat die bij wijze van grap haar stem leende aan een onvolwassene. Barbara betrapte zich erop dat ze snel achter de deurpost keek om te zien of iemand zich daar verstopte. Aan Vi Nevins gezicht was te zien dat ze gewend was aan een dergelijke reactie.

Nadat ze hun legitimatiebewijzen naar tevredenheid had bekeken, gaf ze die terug en ze zei: 'Juist. Wat kan ik voor u doen?' Toen ze haar vertelden dat haar flat was opgegeven als doorzendadres voor de post uit Islington, nadat een studente van de universiteit was verhuisd, fronste ze haar wenkbrauwen. 'Daar is toch niets onwettigs aan? Het leek me goed om dat te doen.'

'Dus je kende Nicola Maiden?' vroeg Nkata.

'Ik maak er geen gewoonte van om mijn huis met vreemden te delen,' antwoordde ze. Terwijl ze van Nkata naar Barbara keek liet ze erop volgen: 'Maar Nikki is er niet. Ze is hier al weken niet meer geweest. Ze blijft tot woensdagavond in Derbyshire.'

Barbara merkte dat Nkata ertegenop zag om voor de tweede maal de twijfel-achtige eer te hebben een onverwacht sterfgeval te melden. Ze besloot barm-hartig te zijn en ze zei: 'Is er een plek waar we rustig kunnen praten?'

Aan Vi Nevins ogen was te zien dat ze begreep dat er een bedoeling achter die simpele vraag schuilging. 'Waarom? Hebt u een huiszoekingsbevel of een schriftelijke opdracht of zoiets? Ik ken mijn rechten.'

Barbara zuchtte inwendig. De laatste paar onthullingen over ambtsmisdrij-ven door de politie hadden veel schade toegebracht aan het vertrouwen van het publiek. Ze zei: 'Daar ben ik van overtuigd. Maar we zijn niet gekomen om huiszoeking te verrichten. We zouden graag met u over Nicola Maiden praten.'

'Waarom? Waar is ze? Wat heeft ze gedaan?'

'Mogen we binnenkomen?'

'Als u me vertelt wat u wilt.'

Barbara keek even Nkata aan. Vooruit dan maar, zeiden haar ogen tegen hem. Er zat niets anders op dan de jonge vrouw het slechte nieuws op de stoep mee te delen. 'Ze is dood,' verklaarde Barbara. 'Ze is drie nachten gele-den in het Peakdistrict omgekomen. Mogen we nu binnenkomen of moeten we hier op straat blijven praten?'

Vi Nevin staarde haar aan. Ze leek het totaal niet te begrijpen. 'Dood?' her-haalde ze. 'Is Nikki dóód? Maar dat kan niet. Ik heb haar dinsdagochtend nog gesproken. Ze zou gaan kamperen. Ze is toch niet echt dood? Dat kan niet.'

Ze zocht hun gezichten af naar een teken dat het een grapje was, of een leu-gen. Toen ze dat kennelijk niet kon vinden, ging ze een stap bij de deur van-daan. Ze zei: 'Komt u alstublieft binnen,' met een geheel andere, gesmoorde stem.

Ze ging hen voor een trap op naar een deur op de eerste verdieping, die wijd openstond. Deze gaf toegang tot een L-vormige zitkamer, met open-slaande deuren die uitkwamen op een balkon. In de diepte speelde water in een fontein; in de tuin wierp een haagbeuk late middagschaduw op een tegelpad.

Aan een kant van de zitkamer stond een serveerwagentje van glas en chroom, waarop minstens een dozijn flessen drank was uitgestald. Vi Nevin koos een al geopende fles Glenlivet en schonk voor zichzelf drie vingers in een glas. Ze dronk het puur, en elke sluimerende twijfel die Barbara nog over de leeftijd van de jonge vrouw kon hebben gekoesterd werd de kop ingedrukt toen ze Vi de whisky achterover zag slaan.

Terwijl Vi zich herstelde van de schrik nam Barbara de indeling van de flat op, voorzover ze die kon zien. De eerste verdieping van de maisonnette bevat-te de zitkamer, de keuken en een toilet. De slaapkamers moesten boven zijn, toegankelijk via een trap die langs een van de muren omhoogliep. Vanwaar ze stond, net binnen de voordeur, kon ze tot aan de bovenkant van de trap kijken, en in de keuken. Deze was uitgerust met een overdaad aan modern comfort: koelkast met ijsmachine, magnetron, espressoapparaat, blinkende potten en pannen met een koperen bodem. De werkbladen waren van graniet, de kasten en de vloer van geloogd eiken. Mooi, dacht Barbara. Ze vroeg zich af wie voor dat alles betaalde.

Van opzij keek ze naar Nkata. Hij nam de lange, zachtgele banken in zich op, met hun overvloed aan groen met gouden kussens die erop verspreid lagen. Vandaar dwaalde zijn blik van de weelderige varens bij het raam naar het grote, abstracte olieverfschilderij boven de haard. Aan zijn gezicht zag ze dat hij het een chique bedoening vond. Hij keek Barbara's kant uit. Met haar lippen vormde ze de woorden: nou, nou. Hij grinnikte.

Na haar glas te hebben leeggedronken scheen Vi Nevin niets anders te doen dan ademhalen. Eindelijk wendde ze zich tot hen. Ze streek haar haren, die blond waren en tot op haar borst hingen, naar achteren en schoof ze op hun plaats met een haarband, waardoor ze er uitzag als Alice in Wonderland.

Ze zei: 'Het spijt me. Niemand heeft me gebeld. Ik heb geen televisie gezien. Ik wist er niets van. Dinsdagmorgen heb ik haar nog gesproken en... Wat is er in godsnaam gebeurd?'

Ze gaven haar twee brokjes informatie. Nicola's schedel was ingeslagen. Haar dood was geen ongeluk geweest.

Vi Nevin zei niets. Ze keek hen aan. Ze bewoog zich niet, maar ze huiverde.

'Nicola is vermoord,' zei Barbara ten slotte, toen Vi geen nadere bijzonderheden vroeg. 'Iemand heeft haar op haar hoofd geslagen met een brok steen.'

De vingers van Vi's rechterhand sloten zich krampachtig om de zoom van haar mini-jurkje. Ze zei: 'Ga zitten,' naar de sofa's wijzend. Zelf ging ze stijfjes tegenover hen zitten op de rand van een diepe leunstoel, met haar knieën en enkels tegen elkaar als een welopgevoed schoolmeisje. Nog altijd stelde ze geen vragen. Ze was duidelijk geschokt door de mededeling, maar het was even duidelijk dat ze bleef wachten.

Waarom? wilde Barbara weten. Wat was er aan de hand? 'Wij werken aan de Londense kant van deze zaak,' zei ze tegen Vi. 'Onze collega, inspecteur Lynley, is in Derbyshire.'

'De Londense kant,' mompelde Vi.

'Er is een dode jongen gevonden bij Nicola Maiden.' Nkata haalde het leren aantekenboekje uit zijn jasje en schoof de stift uit zijn vulpotlood. 'Hij heet Terry Cole en hij woonde in Battersea. Kent u hem?'

'Terry Cole?' Vi schudde haar hoofd. 'Nee. Die ken ik niet.'

'Een kunstenaar. Hij maakt beelden. Hij heeft een studio in een van de spoorwegarcades aan Portslade Road. Die studio en een flat deelt hij met een meisje, Cilla Thompson,' zei Barbara.

'Cilla Thompson,' herhaalde ze, opnieuw haar hoofd schuddend.

'Heeft Nicola het ooit over een van beiden gehad? Terry Cole? Cilla Thompson?' vroeg Nkata.

'Terry of Cilla. Nee,' zei ze.

Barbara wilde erop wijzen dat er geen Narcissus aanwezig was, dus dat ze haar rol in het mythologische drama wel kon laten schieten, maar ze dacht dat de toespeling aan dovemansoren gericht zou zijn. Ze zei: 'Mevrouw Nevin, Nicola Maiden is de schedel ingeslagen. Misschien wordt uw hart er niet door gebroken, maar als u een beetje zou willen meewerken…'

'Alstublieft. Alstublíeft,' zei ze, alsof ze het niet kon verdragen om het nieuws nog eens te horen. 'Ik heb Nikki sinds begin juni niet meer gezien. Ze ging naar het noorden om daar gedurende de zomer te werken en ze zou aanstaande woensdag naar de stad komen, zoals ik al zei.'

'Om wat te doen?' vroeg Barbara.

'Wat bedoelt u?'

'Wat zou ze doen wanneer ze in Londen terug was?'

Vi zei niets. Ze keek de beide rechercheurs aan alsof ze water afzocht naar verborgen piranha's.

'Om te werken? Om vakantie te houden? Om wat te doen?' vroeg Barbara. 'Als ze hier terugkwam, moet ze toch van plan zijn geweest om haar tijd op de een of andere manier door te brengen. Ik neem aan dat u, als haar huisgenote, wist wat haar plannen waren.'

Ze had intelligente ogen, zag Barbara. Grijs, met zwarte wimpers. Ze namen op en taxeerden terwijl haar hersens ongetwijfeld alle mogelijke consequenties van elk antwoord afwogen. Vi Nevin wist iets af van wat er met Nicola was gebeurd; dat stond vast.

Als Barbara iets had geleerd tijdens haar bijna vierjarige samenwerking met Lynley, was het dat er momenten waren om het hard te spelen en momenten om te geven. Hard spelen hield intimidatie in. Geven bood de kans om informatie uit te wisselen. Omdat ze niets had waarmee ze de jonge vrouw kon intimideren, begon het erop te lijken dat in dit gesprek het moment was aangebroken om iets te geven. Barbara zei: 'We weten dat ze omstreeks 1 mei is gestopt met haar rechtenstudie. Op de universiteit heeft ze verteld dat ze een fulltime baan had aangenomen bij MKR Financial Management. Maar meneer Reeve, dat is haar baas, deelde ons mee dat ze kort daarvoor ontslag had genomen, en dat ze hém had verteld dat ze naar Derbyshire ging verhuizen. Toen ze verhuisde heeft ze echter dit adres aan haar hospita gegeven, niet een adres in Derbyshire. En uit de informatie die we hebben kunnen verzamelen, blijkt dat niemand in Derbyshire er ook maar een flauw vermoeden van had dat ze daar langer zou blijven dan alleen voor de zomervakantie. Wat maakt u daaruit op, mevrouw Nevin?'

'Verwarrend,' zei Vi. 'Ze wist nog niet precies wat ze met haar leven aan wilde. Nikki hield graag verschillende mogelijkheden open.'

'Weggaan van de universiteit? Ontslag nemen uit haar baan? Verhalen vertellen die in tegenspraak zijn met de feiten? Haar mogelijkheden waren niet open. Ze waren zorgvuldig voorbereid. Iedereen met wie we hebben gesproken heeft een andere mening over wat ze met zichzelf van plan was.'

'Ik kan het niet verklaren. Sorry. Ik weet niet wat u wilt dat ik zeg.'

'Had ze een baan in het vooruitzicht?' vroeg Nkata, van zijn aantekenboekje opkijkend.

'Ik weet het niet.'

'Kreeg ze ergens geld vandaan?' vroeg Barbara.

'Dat weet ik evenmin. Ze betaalde hier haar helft van de kosten voordat ze voor de zomer vertrok, en…'

'Waarom is ze weggegaan?'

'… en omdat ze contant betaalde,' vervolgde Vi, 'had ik geen reden om me iets af te vragen over haar bron van inkomsten. Het spijt me echt, maar dat is alles wat ik u kan vertellen.'

Vergeet het maar, dacht Barbara. De leugens kwamen te vlot achter die mooie, hagelwitte tandjes vandaan. 'Hoe hebt u haar leren kennen? Studeert u zelf aan de universiteit?'

'Nee. We hebben elkaar op het werk ontmoet.'

'MKR Financial?' En toen Vi knikte: 'Wat doet u daar?'

'Niets meer. Ik ben ook in april weggegaan.' Wat ze had gedaan, vertelde ze vervolgens, was optreden als Tricia Reeves privé-secretaresse. 'Ik mocht haar niet erg,' zei ze. 'Ze is een tikje… eigenaardig. Ik heb in maart opgezegd en ben weggegaan toen ze een vervangster voor me hadden gevonden.'

'En nu?' vroeg Barbara.

'Nu?' zei Vi vragend.

'Wat doet u nu?' verduidelijkte Nkata. 'Waar werkt u?'

Ze was model geworden, verklaarde ze. Dat was al lang een droom van haar geweest en Nikki had haar aangemoedigd om het te proberen. Ze haalde een map met professionele foto's tevoorschijn, waarop ze in een grote verscheidenheid aan poses was afgebeeld. Op de meeste foto's zag ze er uit als een verwaarloosd kind: mager, met grote ogen die de lege uitdrukking droegen die op het ogenblik zo gewild was in modebladen.

Barbara knikte bij het zien van de foto's om aan te geven dat ze die bewonderde, maar inwendig vroeg ze zich heel even af wanneer Rubensachtige figuren, zoals dat van haarzelf om eerlijk te zijn, ooit weer mode zouden worden. 'U moet het goed doen. Een huis als dit… ik neem aan dat het niet goedkoop is. Tussen twee haakjes, is het uw eigendom? Deze maisonnette?'

'Het is een huurwoning.' Vi zocht haar foto's bijeen. Ze maakte er een keurig stapeltje van en stopte dat weer in de map.

'Van wie?' Nkata stelde de vraag zonder op te kijken van de nauwkeurige aantekeningen die hij maakte.

'Doet het er iets toe?'

'Dat weten we pas als u het ons vertelt,' zei Barbara.

'Van Douglas en Gordon.'

'Twee mensen die u kent?'

'Het is een onroerendgoedfirma.'

Barbara keek toe terwijl Vi de map op zijn plaats teruglegde, op een plank achter de televisie. Ze wachtte tot de jonge vrouw weer bij hen was voor ze verderging: 'Meneer Reeve heeft ons verteld dat Nicola Maiden een probleem had met de waarheid en een groter probleem om haar mond te houden over de financiën van zijn cliënten. Hij zei dat hij toch al van plan was om haar te ontslaan toen ze zelf ontslag nam.'

'Dat is niet waar.' Vi bleef staan, de armen over elkaar geslagen onder heel kleine borsten. 'Als hij van plan zou zijn geweest om haar te ontslaan, wat hij niet gedaan heeft, zou dat zijn geweest vanwege zijn vrouw.'

'Waarom?'

'Jaloezie. Tricia wil iedere vrouw wegsturen naar wie hij kijkt.'

'Keek hij naar Nicola?'

'Dat heb ik niet gezegd.'

'Hoor eens, we weten dat ze een vriend had,' zei Barbara. 'We weten dat het iemand in Londen is. Kan het meneer Reeve zijn geweest?'

'Martin? Niet erg waarschijnlijk. Tricia houdt hem voortdurend in de gaten.'

'Maar is het mogelijk?'

'Nee. Nikki had iemand, dat is waar. Maar niet hier. Ginds, in Derbyshire.'

Vi liep naar de keuken en kwam terug met een handvol ansichtkaarten. Er waren verscheidene bekende plekken in het Peakdistrict op afgebeeld: Arbor Low, Peveril Castle, Thor's Cave, de stapstenen in Dovedale, Chatsworth House, Magpie Mine, Little John's Grave, Nine Sisters Henge. Ze waren allemaal geadresseerd aan Vi Nevin en ze behelsden allemaal een identieke boodschap: 'O la la', gevolgd door de letter N. Dat was alles.

Barbara gaf de kaarten door aan Nkata. Ze zei tegen Vi: 'Oké, ik hap. Vertel me maar wat de bedoeling hiervan is.'

'Dat zijn de plaatsen waar ze seks met hem had. Telkens als ze het op een nieuwe plek deden kocht ze een ansichtkaart, die ze me daarna stuurde. Als grapje.'

'Ja, een echte giller,' zei Barbara instemmend. 'Wie is die man?'

'Dat heeft ze me nooit verteld. Maar ik neem aan dat hij getrouwd is.'

'Waarom?'

'Omdat ze, afgezien van de kaarten, niet één keer iets over hem heeft losgelaten wanneer we met elkaar belden. Ik denk dat ze zo zou handelen als ze een relatie had die niet helemaal door de beugel kon.'

'Maakte ze er een gewoonte van?' Nkata legde de kaarten op de salontafel en maakte een aantekening in zijn boekje. 'Ging ze met andere getrouwde mannen om?'

'Dat heb ik niet gezegd. Alleen maar dat ik denk dat deze getrouwd was. En dat hij niet uit Londen kwam.'

Iemand anders deed dat wel, dacht Barbara. Er móést zo iemand zijn. Als Nicola Maiden van plan was geweest om aan het eind van de zomer terug te komen, zou ze alleen zijn gekomen als ze op de een of andere manier geld kon verdienen wanneer ze goed en wel in de stad was. Dit ultramoderne, pas opnieuw ingerichte, poezelige, chique en aangename huis droeg duidelijk het stempel van een liefdesnestje. Hoe onlogisch was het om aan te nemen dat een schatrijke klant haar in stijl had geïnstalleerd zodat ze dag en nacht tot zijn beschikking zou zijn?

Dat riep de vraag op wat Vi Nevin hier dan verdomme deed. Maar misschien had dat bij de afspraak gehoord. Een huisgenote met wie de maîtresse de saaie uurtjes kon doorbrengen waarin ze wachtte tot haar heer en meester kwam opdagen.

Het was vergezocht. Maar niet verder dan dat je je Nicola Maiden kon voorstellen als een sir Richard Burton, rondtrekkend over de hei om nieuwe, opwindende plekken te zoeken waar ze kon vrijen met een getrouwde minnaar.

Wat doe ik verdomme bij de politie, vroeg Barbara zich zuur af, terwijl de rest van de wereld zo veel lol heeft?

Ze wilden de kamer en de spullen van Nicola Maiden graag bekijken, zei ze tegen Vi Nevin. Ergens moest concreet bewijsmateriaal te vinden zijn dat Nicola ergens mee bezig was. En ze was vastbesloten om het te vinden.

12

'Hij kronkelde zich in allerlei bochten. Die verdomde schurk, hij kronkelde echt!' Inspecteur Peter Hanken zat achterover in zijn stoel geleund met zijn armen achter zijn hoofd gevouwen, genietend van het moment. Een branende sigaret bungelde uit zijn mond en hij praatte eromheen met de vaardigheid van iemand die er door de jaren heen bedreven in is geraakt. Lynley stond bij een rij archiefkasten; op de bovenkant ervan had hij de foto's van beide dode lichamen uitgespreid. Hij bekeek ze terwijl hij zijn best deed zo ver mogelijk buiten bereik van Hankens tabaksrook te blijven. Omdat hij zelf een verwoed roker was geweest, feliciteerde hij zich met het feit dat hij de rook nu als irritant ervoer, terwijl hij een paar maanden geleden nog in de rij zou hebben gestaan om Hankens asbak uit te likken. Niet dat zijn collega de asbak gebruikte. Wanneer de brandende tabak moest worden afgetikt, draaide hij eenvoudigweg zijn hoofd om en liet de as op de grond vallen. Het was een onkarakteristiek gebaar voor de overigens dwangmatig nette inspecteur en het verried de mate van zijn opwinding.

Hanken deed verslag van zijn gesprek met Will Upman. De animo waarmee hij het verhaal vertelde nam toe naarmate hij de climax naderde. Bij wijze van spreken dan. Omdat volgens Hanken de advocaat kennelijk niet in staat was geweest om de voor hem gebruikelijke prestatie te leveren.

'Hij zéí dat het hem niet kan schelen of hij klaarkomt wanneer hij met een vrouw samen is,' zei Hanken schamper. 'Hij zei dat het hem alleen om de lol gaat.'

'Ik ben benieuwd,' zei Lynley, 'hoe je die informatie uit hem hebt gekregen.'

'Dat hij met haar naar bed is geweest, of dat hij niet klaarkwam toen hij haar eenmaal zover had?'

'Beide.' Lynley koos de scherpste foto van Terry Coles gezicht en legde die naast de duidelijkste foto van de wonden op diens lichaam. 'Ik neem aan dat je hem niet de duimschroeven hebt aangedraaid, Peter.'

Hanken lachte. 'Dat hoefde niet. Ik heb alleen tegen hem gezegd wat zijn buren hadden gerapporteerd en toen hees hij meteen de witte vlag.'

'Waarom had hij gelogen?'

'Hij beweert dat hij dat niet heeft gedaan. Hij beweert dat hij het ons meteen verteld zou hebben als we het ronduit hadden gevraagd.'

'Dat is haarkloverij.'

'Juristen.' De toon waarop hij dat zei sprak boekdelen.

Will Upman, verklaarde Hanken beknopt, had toegegeven dat hij slechts één keer met Nicola Maiden naar bed was geweest, en dat het was gebeurd op de laatste avond dat ze voor hem werkte. Hij had zich de hele zomer al sterk tot haar aangetrokken gevoeld, maar zijn positie als werkgever had hem ervan weerhouden om toenaderingspogingen te doen.

'Dat hij een relatie met iemand anders had weerhield hem er niet van?' vroeg Lynley.

Helemaal niet. Want hoe kon hij oprecht, krankzinnig en zwaar verliefd zijn op Joyce, en dientengevolge een echte relatie met haar hebben, wanneer hij zich zo mateloos aangetrokken voelde tot Nicola? En als hij zich zo mateloos tot Nicola aangetrokken voelde, was hij het dan niet aan zichzelf verschuldigd om te zien hoe het zat met die aantrekkingskracht? Joyce had bij hem aangedrongen op een blijvende verbintenis, ze had er haar zinnen op gezet om te gaan samenwonen, maar hij kon de volgende stap met haar niet doen tot hij Nicola uit zijn hoofd had gezet.

'Mag ik aannemen dat hij meteen naar Joyce is toegesneld om haar ten huwelijk te vragen, toen hij Nicola eenmaal uit zijn hoofd had gezet?' vroeg Lynley.

Hanken kon dat wel waarderen. Hij bulderde van het lachen. Upman had het meisje ingepakt met drankjes, een etentje en wijn, vervolgde de inspecteur. Hij had haar mee naar huis genomen. Daar nog meer drankjes. Muziek. Verscheidene cappuccino's. Hij had kaarsen rondom zijn badkuip neergezet…

'Lieve god.' Lynley huiverde. De man keek te veel naar Hollywoodfilms.

… en haar zonder problemen uitgekleed en in het water gekregen.

'Zij wilde het net zo graag als hij, volgens Upman,' zei Hanken.

Ze hadden in het bad gespeeld tot ze eruitzagen als gerimpelde pruimen, waarna ze zich hadden verplaatst naar de slaapkamer.

'Daar,' besloot Hanken, 'werd de raket niet gelanceerd.'

'En in de nacht van de moord?'

'Waar hij was, bedoel je?' Dat wist Hanken ook. Dinsdag, tijdens de lunch, had Upman het zoveelste gesprek met zijn vriendin gehad over het onderwerp samenwonen. Daarom was hij na het werk niet naar huis gegaan, waar hij het risico liep weer een telefoontje van haar te krijgen, maar was hij gaan rijden. Uiteindelijk was hij terechtgekomen bij Manchester Airport, waar hij voor die nacht een hotelkamer had geboekt en een masseuse had laten komen om hem van zijn spanning af te helpen.

'Hij had zelfs de nota's, die hij me onder de neus hield,' zei Hanken. 'Het schijnt dat hij van plan is die als onkosten te declareren.'

'Je trekt het nog na.'

'Dat ben ik van plan, zo waar als ik hier zit,' zei Hanken. 'Hoe staat het aan jouw kant?'

Nu moest hij voorzichtig te werk gaan, dacht Lynley. Tot dusver had het erop geleken dat Hanken, ondanks de confrontatie met Upman, niet onherroepelijk aan een bepaald scenario vasthield. Wat Lynley nu ging zeggen stond echter haaks op de voornaamste vermoedens van de inspecteur. Hij wilde het behoedzaam inleiden zodat zijn collega zou openstaan voor de logica ervan.

Hij had de pieper niet gevonden, zei hij. Maar hij had vrij lang op de plaats van het misdrijf rondgekeken en nog langer over de twee lichamen nagedacht. Hij wilde met een totaal andere hypothese komen dan die waarmee ze tot dusver hadden gewerkt. Was Hanken bereid om hem aan te horen?

De inspecteur zette zijn stoel weer met de vier poten op de grond en maakte zijn sigaret uit. Gelukkig stak hij geen nieuwe op. Hij liet zijn tong over zijn tanden glijden, met zijn ogen nadenkend op Lynley gericht. Ten slotte zei hij: 'Laat maar horen,' waarna hij achterover leunde alsof hij een lange monoloog verwachtte.

'Ik geloof dat we met één moordenaar te maken hebben,' zei Lynley. 'Geen medeplichtige. Geen telefoontje om versterking toen onze man...'

'Of vrouw? Of zie je daar ook van af?'

'Of vrouw,' antwoordde Lynley en hij maakte van de gelegenheid gebruik om Hanken op de hoogte te brengen van zijn ontmoeting met Samantha McCallin op Calder Moor.

Zijn collega zei: 'Dat plaatst haar ook weer in het rijtje van verdachten, zou ik zeggen.'

'Ze is er nooit van geschrapt.'

'Oké. Ga door.'

'Geen verzoek om hulptroepen toen de moordenaar zag dat er twee doelwitten waren in plaats van één.'

Hanken vouwde zijn handen over zijn buik en zei: 'Ga verder.'

Lynley pakte de foto van Terry Cole erbij. De brandwonden op het gezicht, maar geen wonden waaruit bleek dat hij zich had verdedigd, op het lichaam, duiden erop, zei hij, dat de jongen niet in het vuur geduwd was, maar eerder dat hij erin was gevallen. De beschadiging van de huid wees erop dat hij maar heel kort in contact met de vlammen was geweest. Er waren geen kneuzingen aan het hoofd die aangaven dat hij bewusteloos was geslagen en vervolgens in het vuur was achtergelaten. Dus om te beginnen was hij op de een of andere manier gewond geraakt of buitenspel gezet terwijl hij bij het vuur zat.

'Eén moordenaar,' zei Lynley, 'zit achter het meisje aan. Wanneer hij op de plek aankomt...'

'Of zij,' viel Hanken hem in de rede.

'Ja. Of zij. Wanneer hij of zij op de plek aankomt, merkt hij dat Nicola niet alleen is. Daarom moet Cole uitgeschakeld worden. Ten eerste omdat hij haar kan beschermen wanneer de moordenaar haar te lijf gaat en ten tweede omdat hij een mogelijke getuige is. Maar de moordenaar ziet zich voor een dilemma geplaatst. Doodt hij – of zij, ja, ik weet het, Peter – Cole meteen, met het risico dat hij Nicola kwijtraakt als ze kans ziet te ontsnappen terwijl hij zich van Cole ontdoet? Of vermoordt hij Nicola, met het risico dat hij door Cole wordt aangevallen? Hij heeft het voordeel van de verrassing, maar dat is dan ook alles wat hij heeft, behalve zijn wapen.' Lynley zocht tussen de foto's en haalde er een uit waarop het bloedspoor duidelijk te zien was. 'Als je over dat alles nadenkt en naar de plaats van de bloedvlekken op het terrein van de moorden kijkt…'

Hanken hief zijn hand op om de woordenstroom te onderbreken. Van Lynley keek hij naar het raam, waar het lelijke complex aan de overkant, het voetbalveld van Buxton, enige gelijkenis vertoonde met een concentratiekamp. Erover nadenkend zei hij: 'De moordenaar komt aangerend met zijn mes en steekt de jongen meteen neer. De jongen valt in het vuur, waar hij brandwonden oploopt. Het meisje neemt de benen. De moordenaar achtervolgt haar.'

'Maar zijn wapen is in de jongen blijven steken.'

'Hmm. Ja, ik begrijp hoe het gegaan kan zijn.' Hanken wendde zijn blik van het raam af; zijn ogen stonden somber terwijl hij nadacht over het tafereel dat hij beschreef. 'Buiten de lichtkring van het vuur is het donker. Het meisje gaat op de loop.'

'Neemt hij de tijd ervoor om het mes uit het lichaam van de jongen te trekken, of gaat hij meteen achter het meisje aan?'

'Hij gaat haar achterna. Dat moet hij immers wel? Hij doodt haar met drie slagen op haar hoofd, en daarna gaat hij terug om de jongen af te maken.'

'Op dat moment is Cole erin geslaagd om van het vuur naar de rand van de stenen cirkel te kruipen. En daar maakt de moordenaar zijn werk af. Het bloed vertelt het verhaal, Peter. Het druipt langs de steen omlaag en vormt een plas op de grond.'

'Als je gelijk hebt,' zei Hanken, 'hebben we een moordenaar die onder het bloed zit. Het is nacht en midden in niemandsland, dus dat is een voordeel. Maar uiteindelijk zal hij toch iets nodig hebben waaronder hij zijn kleren kan verbergen, tenzij hij naakt aan het moorden is geslagen, en dat is niet waarschijnlijk.'

'Misschien had hij iets meegenomen,' zei Lynley.

'Of hij nam iets weg van de plek zelf.' Hanken sloeg met zijn handen op zijn dijen en hij kwam overeind. 'Laten we de Maidens maar eens naar de spullen van hun dochter laten kijken,' zei hij.

Barbara kookte van woede. Ze sloeg met haar vuist in haar handpalm en beende heen en weer terwijl Winston Nkata vanuit café The Prince of Wales een gesprek met Lynley voerde. Ze bevonden zich tegenover Battersea Park, Terry Coles huis stond om de hoek en hoewel ze de telefoon uit Nkata's hand wilde rukken om een paar zaken krachtiger naar voren te brengen dan Winston het deed, wist ze dat ze haar mond moest houden. Nkata bracht hun chef verslag uit over de oorzaak van haar opwinding. Stilte van haar kant was essentieel, anders zou Lynley merken dat ze niet meer achter de computer zat. 'Ik ga vanavond verder met CRIS,' had ze Nkata bezworen toen ze merkte dat zijn tegenzin om van Fulham naar Battersea te draven rechtstreeks verband hield met zijn twijfels over haar bereidheid om zich aan de haar opgedragen taak te wijden. 'Winston, ik zweer je bij het leven van mijn moeder dat ik voor het scherm zal blijven zitten tot ik blind ben. Oké? Maar later. Láter. Laten we ons eerst met Battersea bezighouden.'

Nkata gaf Lynley een verslag van hun bezoeken aan Nicola's voormalige werkgever en aan haar huidige huisgenote. Nadat hij had verteld van de ansichtkaarten die Nicola aan Vi Nevin had gestuurd en had uitgelegd wat volgens Vi de geheime boodschap was die ze bevatten, ging hij in het bijzonder in op het feit dat Nicola's slaapkamer in de maisonnette in Fulham kennelijk was 'opgeruimd' voor hij erin had kunnen rondkijken. 'Hoeveel meiden kent u die niets hebben wat erop wijst dat ze ergens wonen?' vroeg Nkata. 'Inspecteur, ik zal u dit vertellen: die Vi heeft ons op de stoep laten wachten voor ze ons binnenliet omdat ze iets uit die slaapkamer heeft weggehaald toen ze hoorde dat de politie voor de deur stond.'

Barbara kromp ineen en ze hield haar adem in bij het horen van de meervoudsvormen. Lynley was niet gek. Aan zijn kant van de lijn haakte hij er meteen op in.

Ten antwoord zei Nkata, met een blik op Barbara: 'Wat zegt u?... Nee, bij wijze van spreken, inspecteur... Ja. Geloof me, het staat in mijn ziel gegrift.' Hij bleef luisteren terwijl Lynley kennelijk vertelde hoe de zaken er aan zijn kant bij stonden. Hij lachte hartelijk bij een bepaald gedeelte en hij zei: 'Om de lol? Nou, daar geloof ik net zoveel van als dat de wereld plat is.' Hij speelde met het telefoonsnoer. Na een paar minuten zei hij: 'Op het moment in Battersea. Barb zei dat Coles huisgenote vanavond thuis zou zijn, dus ik dacht dat ik maar eens een kijkje in zijn kamer moest nemen. De huisbazin wilde Barb er vanmorgen niet in laten en…'

Hij zweeg toen Lynley hem geruime tijd onderbrak.

Barbara probeerde aan Nkata's gezicht te zien wat de inspecteur zei. Het gezicht van de zwarte man was volkomen uitdrukkingloos. Gespannen fluisterde ze: 'Wat zegt hij?'

Nkata wuifde haar weg. 'Ze ging achter die namen aan die u haar had gegeven,' zei hij. 'Tenminste, voorzover ik weet. U kent Barb.'

'O, hartelijk bedankt, Winston,' fluisterde ze.

Nkata keerde haar zijn rug toe. Hij begon weer tegen Lynley te praten. 'Barb zei dat de huisgenote zegt dat alles mogelijk is. De jongen had geld genoeg, hij liep altijd met een hoop contanten op zak, en hij heeft nooit een van zijn kunstwerken verkocht. Dat is ook niet moeilijk te geloven wanneer je die gezien hebt. Chantage begint met de minuut aannemelijker te klinken.' Opnieuw luisterde hij, om uiteindelijk te zeggen: 'Daarom wil ik er gaan kijken. Er is ergens een verband. Het moet wel.'

Dat ze iets veelbetekenends op het spoor waren was hun duidelijk geworden door de totale afwezigheid van persoonlijke eigendommen in de slaapkamer van Nicola Maiden. Behalve een paar kledingstukken en een nietszeggend rijtje schelpen op de vensterbank was er niets te vinden wat erop wees dat de kamer ooit door iemand was bewoond. Barbara zou tot de conclusie zijn gekomen dat het adres in Fulham een dekmantel was en dat Nicola er nooit had gewoond, als uit de tijd die Vi Nevin had genomen tussen het moment dat zij en Nkata buiten via de intercom met Vi hadden gesproken en haar verschijning bij de voordeur van het gebouw, niet was gebleken dat de vrouw er iets uit had weggenomen. Twee laden van de grote commode waren geheel leeg, in de kleerkast gaf een lege plek van de roe aan dat er haastig een paar dingen uit waren gehaald en boven op de kast waren een paar stofvrije plekken zichtbaar waar tot voor kort iets moest hebben gestaan.

Barbara had het allemaal gezien, maar ze had niet de moeite genomen om te vragen of ze in Vi Nevins slaapkamer mocht kijken of de verdwenen artikelen daar waren. De jonge vrouw had kort tevoren duidelijk gemaakt dat ze heel goed wist wat haar rechten waren volgens de wet en het had geen zin om haar te dwingen het te herhalen.

Dat ze een zuiveringsactie had uitgevoerd had echter iets te betekenen en het zo dwaas zijn om de ogen te sluiten voor wat het zou kunnen inhouden.

Nkata beëindigde het gesprek, waarna hij Lynleys deel van het gesprek herhaalde. Barbara hoorde hem oplettend aan, zoekend naar het verband tussen de brokjes informatie die ze verzameld hadden. Toen hij was uitgesproken zei ze: 'Die advocaat, Upman, beweert dat hij maar één keer met haar naar bed is geweest. Maar hij zou meneer O la la van de ansichtkaarten kunnen zijn en liegen of het gedrukt staat, toch?'

'Of liegen over wat het betekende toen hij met haar vrijde,' zei Nkata. 'Hij kan hebben gedacht dat er iets belangrijks tussen hen gebeurde. Zij kan het gewoon voor de lol hebben gedaan.'

'En toen hij erachter kwam, heeft hij haar vermoord? Waar was hij dan dinsdagavond?'

'Toen liet hij zich masseren in de buurt van Manchester Airport. Vanwege de spanning, zei hij.'

Barbara barstte in lachen uit. 'Dat alibi heb ik nog niet eerder gehoord.' Ze slingerde haar tas over haar schouder en ze maakte een hoofdbeweging naar de deur. Ze doken Parkgate Road in.

Het appartementengebouw waarin Terry's flat zich bevond was nog geen vijf minuten lopen vanaf het café. Barbara nam Nkata mee. Ditmaal werd de deur, toen ze op de zoemer drukte naast het bordje met de namen Cole/Thompson, geopend.

Cilla Thompson wachtte hen op, boven aan de trap. Ze was gekleed om uit te gaan. In haar metalig zilveren minirok met bijpassende bustier en baret zag ze eruit of ze naar een op handen zijnde auditie moest voor een rol in een feministische *Tovenaar van Oz*. Ze zei: 'Ik heb niet veel tijd.'

Barbara antwoordde: 'Geen probleem. Het duurt niet lang.' Ze stelde Nkata voor, waarna ze de flat binnengingen die op de tweede verdieping lag. Het appartement was heringedeeld en bevatte twee slaapkamers, een zitkamer, een keuken en een toilet ter grootte van een provisiekast. Omdat ze niet voor dezelfde situatie wilde komen te staan als bij Vi Nevin, zei Barbara: 'We willen graag alles onderzoeken, als u het goedvindt. Als Terry bij vreemde zaakjes betrokken was, kan hij daar bewijsmateriaal van hebben achtergelaten. Hij kan het ook verborgen hebben.'

Cilla deelde hun mee dat zíj niets te verbergen had, maar dat ze het niet prettig vond wanneer ze aan haar ondergoed kwamen. Ze wilde hun alles wat van haar was, laten zien, maar daar hield het mee op. Als ze serieus wilden snuffelen moesten ze dat maar in Terry's rotzooi doen.

Nadat de regels waren vastgesteld begonnen ze in de keuken, waar de kasten niets onthulden dan een voorliefde voor kant-en-klare macaroni met kaas, die de flatbewoners blijkbaar per kilo consumeerden. Op het afdruiprek, waar het serviesgoed van zeker zes weken stond te drogen, lagen verscheidene rekeningen. Nkata bekeek ze en gaf ze vervolgens door aan Barbara. De telefoonrekening was aanzienlijk, maar niet buitensporig hoog. Het elektriciteitsverbruik leek normaal. Geen enkele rekening was te laat voldaan; geen enkele rekening was de vorige periode onbetaald gebleven. De koelkast bood evenmin opheldering. Een verlepte krop sla en een plastic zak treurig uitziende spruitjes duidden erop dat de flatbewoners niet zo trouw hun groenten hadden gegeten als ze dat hadden moeten doen. Maar er stond niets onheilspellenders in het apparaat dan een geopend blik erwtensoep, dat half leeggegeten leek te zijn zonder de inhoud op te warmen. Barbara werd er misselijk van. Ze dacht nog wel dat háár culinaire smaak twijfelachtig was.

'We eten meestal buitenshuis,' zei Cilla vanuit de deuropening.

'Dat dacht ik al,' zei Barbara instemmend.

Ze liepen naar de zitkamer, waar ze bleven staan om de ongewone inrichting in zich op te nemen. Het vertrek bleek een tentoonstellingsruimte voor hun kunstuitingen. Er stonden verscheidene creaties van dezelfde landbouwwerktuigen als de grotere constructies die Barbara eerder die dag had gezien in de studio in de spoorwegarcade. Dat moest het werk van Terry zijn. De andere objecten, schilderijen, waren duidelijk resultaten van Cilla's inspanningen.

Nkata, die de mondfixatie van Cilla nog niet in concrete vorm had gezien, floot zachtjes als reactie op de meer dan tien orale caviteiten die in de zitkamer op linnen waren weergegeven. Gillend, lachend, huilend, sprekend, etend, kwijlend, spugend en bloedend, alles was tot in de kleinste details afgebeeld. Voorts had Cilla nog meer fantastische mogelijkheden van de mond in haar schilderijen verwerkt. Uit verscheidene monden kwamen volgroeide menselijke figuren, de meesten bekende leden van de koninklijke familie.

'Heel... bijzonder,' was Nkata's commentaar.

'Munch hoeft zich echter niet ongerust te maken,' mompelde Barbara naast hem.

Aan beide zijden van de zitkamer lagen de slaapkamers. Ze gingen eerst die van Cilla binnen, met de artieste voorop. Behalve een verzameling Paddington-beren die in grote aantallen boven op de ladekast, de vensterbank en de grond waren neergezet, was Cilla's kamer niet in tegenspraak met de schilderes zelf. Haar kleerkast bevatte de gebruikelijke, kleurige kledingstukken die men met een schilderes in verband zou brengen. In de melkflessenkrat die als nachtkastje diende lag een doosje condooms, dat men kon verwachten bij een seksueel actieve en seksueel voorzichtige jonge vrouw in deze deprimerende dagen van seksueel overdraagbare ziekten. Een uitgebreide collectie cd's kon Barbara's goedkeuring wegdragen en maakte Nkata duidelijk dat hij behoorlijk achterliep waar het rock 'n roll betrof; van een aantal nummers van *What's On* en *Time Out* waren bladzijden omgevouwen waarop artikelen over galeries met nieuwe tentoonstellingen waren aangestreept. Aan de muren hing haar eigen kunst en de vloer was door de kunstenares beschilderd, wat meer van haar eigenaardige, artistieke gevoeligheid prijsgaf. Van grote, flappende tongen droop deels gekauwd voedsel op naakte baby's die hun ontlasting op andere grote, flappende tongen lieten vallen. Freud zou er een hele kluif aan gehad hebben.

Cilla zei: 'Ik heb tegen mevrouw Baden gezegd dat ik het zou overschilderen wanneer ik ga verhuizen,' kennelijk als reactie toen de rechercheurs er niet in slaagden om hun gezichten in de plooi te houden. 'Ze wil talent graag steunen. Dat zegt ze. U kunt het haar vragen.'

'We geloven u op uw woord,' zei Barbara.

In de badkamer vonden ze niets anders dan een gore, onhygiënische kring in de badkuip, waar Nkata bedroefde geluidjes om maakte. Daarna liepen ze naar Terry's slaapkamer met Cilla op de hielen alsof ze bang was dat ze een van haar meesterstukken zouden stelen als ze niet oppaste.

Nkata hield zich bezig met de commode en Barbara opende de kleerkast. Ze kwam tot de boeiende ontdekking dat zwart Terry Coles lievelingskleur was, die hij had doorgevoerd in T-shirts, truien, spijkerbroeken, jasjes en schoeisel. Terwijl achter haar Nkata laden opentrok, begon Barbara in de spijkerbroeken en de jasjes te voelen, in de hoop dat die iets overtuigends zouden onthullen. Ze vond slechts twee mogelijkheden tussen de strookjes van bioscoopkaartjes en verfrommelde papieren zakdoekjes. De eerste was een papiertje waarop SOHO SQUARE 31-32 geschreven stond in een klein, puntig handschrift. De tweede was een visitekaartje dat was dubbelgevouwen om een stukje uitgekauwd kauwgum. Barbara wurmde het open. Je kon altijd hopen...

Boven aan het kaartje stond in chique letters de naam Bowers. In de linkeronderhoek stonden een adres in Cork Street en een telefoonnummer. Het was een adres in W1. Weer een galerie, maakte Barbara eruit op, maar toch gooide ze het uitgedroogde stukje kauwgum op het nachtkastje, waarna ze het kaartje in haar zak stopte.

'Hier heb ik iets,' zei Nkata achter haar.

Ze draaide zich snel om en zag dat hij uit de onderste lade een doos had gehaald, waarin iets vochtig bewaard kon worden. Nkata had de doos geopend. 'Wat is dat?' zei ze.

Hij hield de doos schuin, zodat ze erin kon kijken. Cilla strekte haar hals. Haastig zei ze: 'Hoor eens, dat is niet van mij,' toen ze de inhoud zag.

De doos bevatte cannabis. Verscheidene bladeren, voorzover Barbara kon zien. Uit de lade waar hij de doos had gevonden haalde Nkata een blikje ter grootte van een handpalm, vloeitjes en een grote, verzegelde diepvrieszak die minstens nog een kilo weed bevatte.

'Aha,' zei Barbara. Achterdochtig keek ze Cilla aan.

'Hoor eens,' zei Cilla. 'Ik zou jullie toch niet de flat laten doorzoeken als ik had geweten dat hij dat spul in zijn bezit had? Ik raak het niet aan. Ik raak niets aan wat het proces kan verstoren.'

'Het proces?' Vragend keek Nkata haar aan.

'Mijn kunst,' zei Cilla. 'Het creatieve proces.'

'Juist,' zei Barbara. 'God weet dat je daarmee niet mag rotzooien. Een verstandig idee van je.'

Cilla hoorde geen ironie. Ze zei: 'Talent is kostbaar. Je wilt het niet... verspillen.'

'Bedoelt u dat dit,' met een knikje naar de cannabis, 'de reden is waarom Terry er als kunstenaar niets van terechtbracht?'

'Ik zei het al in de studio: hij stak er nooit genoeg in, in zijn kunst, bedoel ik, om er iets uit te halen. Hij wilde er niet aan werken zoals de rest van ons. Hij vond niet dat hij het hoefde. Misschien kwam het daardoor.'

'Omdat hij te vaak high was?' vroeg Nkata.

Voor het eerst leek Cilla niet op haar gemak. Op haar schoenen met plateauzolen verplaatste ze haar gewicht van de ene voet op de andere. 'Hoor eens. Het is... Hij is dood en zo, en dat vind ik erg. Maar de waarheid moet gezegd worden. Zijn geld kwam ergens anders vandaan. Waarschijnlijk van dit spul.'

'Als hij dealt is hier niet veel,' zei Nkata tegen Barbara.

'Misschien heeft hij ergens anders een voorraad.'

Maar afgezien van een zware, dik gestoffeerde stoel, was het enige andere meubelstuk in de kamer waar iets in verstopt zou kunnen worden, het bed. Het leek te voor de hand liggend om iets op te leveren, maar Barbara begon er toch aan. Ze tilde een hoek van de oude, chenille sprei op. Daarbij werd de zijkant van een kartonnen doos zichtbaar die onder het bed was geschoven.

'Ah,' zei Barbara. 'Misschien, misschien...' Ze bukte zich om de doos naar zich toe te trekken. De flappen waren dichtgevouwen, maar niet vastgeplakt. Ze maakte ze open en ze begon de inhoud van de doos te bekijken.

Er zaten kaarten in, wel een paar duizend. Maar ze waren beslist niet van het soort dat je naar huis stuurt, naar je familie, wanneer je ergens ver weg je jaarlijkse vakantie doorbrengt. Deze kaarten waren niet bedoeld om groeten over te brengen. Ze waren niet bestemd voor mededelingen. Het waren geen souvenirs. Wat ze wél waren was de eerste aanduiding wie Terry Cole kon hebben vermoord, en waarom.

Barbara merkte dat er een glimlach op haar gezicht doorbrak. We hebben de jackpot, dacht ze. Ze hadden zojuist ontdekt waar die kleine Terry Cole zijn poen vandaan haalde.

Er was een agent opuit gestuurd om de Maidens op te halen en naar Buxton te brengen om de bezittingen van hun dochter te bekijken. Hanken had naar voren gebracht dat een eenvoudig verzoek of ze wilden komen waarschijnlijk uitstel van hun kant zou opleveren, omdat het tegen etenstijd liep en de Maidens ongetwijfeld druk bezig waren om in de behoeften van hun gasten te voorzien. 'Als we vanavond een antwoord willen hebben, zullen we hen moeten halen,' zei Hanken, niet onredelijk.

Lynley was het met hem eens dat ze ermee gebaat zouden zijn wanneer ze vanavond nog een antwoord kregen. Dus terwijl hij en Hanken zich te goed deden aan *rigatoni puttanesa* in restaurant Firenze, aan het marktplein van Buxton, vertrok agente Patty Stewart naar Padley Gorge om de ouders van het vermoorde meisje op te halen. Tegen de tijd dat de inspecteurs hun maaltijd hadden beëindigd en die afsloten met ieder twee espresso's, had Stewart Hanken gebeld om te zeggen dat Andrew en Nan Maiden op het politiebureau zaten te wachten.

'Laat Mott je de spullen van het meisje geven,' instrueerde Hanken haar via zijn gsm. 'Leg ze klaar in kamer 4 en wacht daar op ons.'

Ze waren niet meer dan vijf minuten van het bureau verwijderd. Hanken nam er de tijd voor om de rekening te betalen. Hij wilde, als het even kon, de Maidens laten zweten, verklaarde hij tegen Lynley. Hij had graag dat iedereen nerveus was tijdens een onderzoek omdat je nooit wist wat er uit een zenuwaanval kon loskomen.

'Ik dacht dat je je interesse naar Will Upman verlegd had?' merkte Lynley op tegen zijn collega.

'Ik interesseer me voor iedereen. Ik wil dat ze allemaal nerveus zijn,' antwoordde Hanken. 'Je weet niet wat de mensen zich allemaal plotseling herinneren wanneer de spanning toeneemt.'

Lynley wees hem er niet op dat Andy Maidens ervaring bij SO10 hem waarschijnlijk zo had geconditioneerd dat hij veel meer druk kon verdragen dan de spanning die werd veroorzaakt door een kwartier op twee collega's te moeten wachten in een politiebureau. Dit was tenslotte nog altijd Hankens zaak, en hij deed zijn uiterste best om een behulpzame collega te zijn.

'Jammer dat ik je vanmiddag ben misgelopen,' zei Lynley tegen Nan Maiden, nadat zij en haar echtgenoot naar kamer 4 waren gebracht, waar hij en Hanken aan weerszijden van een grote, vurenhouten tafel stonden. Op deze tafel waren Nicola's bezittingen neergelegd door agente Stewart, die bij de deur bleef staan met een notitieblok in de hand.

'Ik was gaan fietsen,' zei Nan Maiden.

'Andy zei dat je naar Hathersage Moor was. Is dat een zware rit?'

'Ik hou van lichaamsbeweging. Het is niet zo zwaar als het klinkt.'

'Bent u nog andere fietsers tegengekomen terwijl u daar was?' vroeg Hanken. Andy Maiden sloeg zijn arm om zijn vrouw heen. Ze antwoordde vlot genoeg. 'Vandaag niet. Ik had de heide voor mezelf.'

'Gaat u er vaak naartoe? 's Morgens, 's middags? 's Avonds misschien ook?'

Nan Maiden fronste haar voorhoofd. 'Sorry, vraagt u me…' De sterker wordende druk van haar mans arm op haar schouders was voldoende om haar tot zwijgen te brengen.

Andy Maiden zei: 'Ik geloof dat u wilde dat we Nicola's spullen zouden bekijken, inspecteur.'

Hij en Hanken keken elkaar over de tafel heen aan. Bij de deur keek agente Stewart tussen hen door, haar potlood in de aanslag. In de gang achter de deur zei iemand: 'Ze vieren hun gouden bruiloft, man. Ik moet verdomme íéts doen.' Voor het gebouw, op het parkeerterrein, ging plotseling een auto-alarm af.

Hanken was degene die het eerst met zijn ogen knipperde. Hij zei: 'Ga uw gang,' met een knikje naar de voorwerpen op de tafel. 'Ontbreekt er iets? Of is er iets bij wat niet van haar is?'

De Maidens gingen langzaam te werk, elk voorwerp bekijkend. Nan Maiden stak aarzelend een hand uit en voelde aan een donkerblauwe trui met een ivoorkleurig randje langs de halslijn.

Ze zei: 'De hals was niet goed… die lag niet goed tegen haar huid. Ik wilde het veranderen, maar daar wilde ze niets van weten. Ze zei: "Jij hebt hem gemaakt, mam, daar komt het opaan." Maar ik wilde dat ik het veranderd had. Het zou een kleine moeite zijn geweest.' Ze knipperde een aantal malen met haar ogen, en haar ademhaling veranderde en werd onregelmatig. 'Ik zie niets. Het spijt me dat ik u niet beter kan helpen.'

Andy Maiden legde zijn hand in de nek van zijn vrouw. Hij zei: 'Nog heel even, schat.' Hij liep met haar langs de tafel. In plaats van zijn vrouw was hij echter degene die zag wat er niet tussen de voorwerpen lag die op de plaats van het misdrijf waren verzameld. 'Nicola's regenponcho,' zei hij tegen hen. 'Blauw, met een capuchon. Die is er niet bij.'

Hanken wierp Lynley een snelle blik toe. Dat ondersteunt je theorie, zei de uitdrukking op zijn gezicht.

'Het regende dinsdagavond toch niet?' Nan Maidens vraag was overbodig. Ze wisten allemaal dat iedereen die op de hei ging kamperen zich moest voorbereiden op snelle weersveranderingen.

Andy besteedde de meeste tijd aan de kampeeruitrusting: het kompas, de primus, de pan, de kaartenmap, het schepje. Terwijl hij alles grondig bekeek verschenen er rimpels in zijn voorhoofd. Ten slotte zei hij: 'Haar zakmes ontbreekt ook.'

Het was een Zwitsers legermes dat van hemzelf was geweest, vertelde hij. Hij had het een keer met Kerstmis aan Nick gegeven, toen haar voorliefde voor trekken en kamperen zich net begon te ontwikkelen. Ze had het altijd bij de rest van haar uitrusting bewaard. En ze nam het altijd mee wanneer ze erop-uit trok in de Peaks.

Lynley voelde meer dan hij zag dat Hanken zijn kant op keek. Hij dacht na over wat het feit van een ontbrekend mes kon doen met hun vermoedens. Hij vroeg: 'Weet je het zeker, Andy?'

'Ze kan het hebben verloren,' antwoordde Maiden. 'Maar dan zou ze het ver-vangen hebben door een nieuw, voor ze weer ging kamperen.' Zijn dochter was een ervaren kampeerster, verklaarde hij. Nick nam geen risico's op de hei-de of in de Peaks. Ze ging nooit onvoorbereid op pad. 'Wie zou nu proberen te gaan kamperen zonder mes?'

Hanken vroeg om een beschrijving. Maiden gaf hem de bijzonderheden, de onderdelen van een multifunctioneel stuk gereedschap opsommend. Het grootste mes was ongeveer zevenenhalve centimeter lang, zei hij.

Toen de ouders van het vermoorde meisje gereed waren met hun taak, vroeg Hanken Stewart om hun een kop thee te geven. Zodra de deur achter hen was dichtgevallen wendde hij zich tot Lynley. 'Denk jij wat ik denk?' vroeg hij.

'De lengte van het lemmet komt overeen met dokter Myles' conclusies over het wapen dat tegen Cole is gebruikt.' Nadenkend staarde Lynley naar de voorwerpen op de tafel, peinzend over de spaak die Andy Maiden zonder het te weten in het wiel van zijn theorie had gestoken. 'Het zou toeval kunnen zijn, Peter. Ze kan het mes eerder die dag verloren hebben.'

'Als dat niet het geval is, weet je wat het betekent.'

'We hebben een moordenaar op de hei, die achter Nicola Maiden aanzit, en haar om de een of andere reden achtervolgt zonder wapen.'

'Wat betekent…'

'Geen voorbedachte rade. Een toevallige ontmoeting die uit de hand is gelo-pen.'

Een diepe zucht ontsnapte Hanken. 'Wat moeten we daar verdomme mee aan?'

'De zaak opnieuw serieus overdenken,' zei Lynley.

13

De nachtelijke hemel stond vol sterren toen Lynley uit het portiek van Maiden Hall stapte. Omdat hij als jongen veel had gehouden van de nachthemel in Cornwall waaraan hij, evenals in Derbyshire, de constellaties kon zien, bestuderen en benoemen met een gemak dat ondenkbaar was in Londen, bleef hij staan naast de verweerde, stenen pilaar die de hoek van het parkeerterrein aangaf. Hij keek naar de hemel, zoekend naar een antwoord op wat alles betekende.

'Het moet een fout zijn in hun administratie,' had Nan Maiden hem met kalme vasthoudendheid gezegd. Haar ogen stonden hol, alsof de afgelopen zesendertig uur een levenskracht uit haar hadden gezogen die nooit zou kunnen worden vervangen. 'Nicola zou nooit haar studie opgeven. En ze zou het zeker niet hebben gedaan zonder het ons te vertellen. Zo was ze niet. Ze hield van de rechtenstudie. Bovendien heeft ze de hele zomer voor Will Upman gewerkt. Waarom zou ze dat dan in vredesnaam gedaan hebben als ze in, wanneer zei je dat het was, mei... van de universiteit af was gegaan?'

Lynley had Andy en Nan van Buxton naar huis gereden en hij was met hen de Hall ingelopen voor een laatste gesprek. Omdat de lounge nog bezet was door hotelgasten en eters, genietend van hun afterdinnerkoffie, cognac en chocolaatjes, hadden ze zich teruggetrokken in een kantoortje naast de receptiebalie. Het was te klein voor hun drieën, een kamer die was bedoeld voor één persoon om achter een bureau aan een computer te werken. Een faxapparaat produceerde een lange mededeling toen ze binnenstapten. Andy Maiden wierp er een vluchtige blik op, waarna hij het faxbericht in een bakje legde met een keurig etiket dat aangaf dat hierin de reserveringen werden bewaard. Geen van de Maidens had geweten dat hun dochter haar rechtenstudie had opgegeven. Geen van hen had geweten dat ze was verhuisd naar Fulham, om te gaan samenwonen met een jonge vrouw, Vi Nevin, wier naam Nicola in hun bijzijn nooit had genoemd. Geen van hen had geweten dat ze fulltime was gaan werken bij MKR Financial Management. Dat was voldoende om een belangrijke deuk te veroorzaken in Nan Maidens eerdere verklaring dat haar dochter de eerlijkheid zelf was geweest.

Andy Maiden had zwijgend gereageerd op de onthullingen. Maar hij zag er verslagen uit, alsof elk nieuw brokje informatie over zijn dochter een fysieke klap voor hem betekende. Terwijl zijn vrouw probeerde de tegenstrijdigheden in het gedrag van hun dochter te verklaren, scheen hij slechts te proberen het nieuws in zich op te nemen en de extra schade die het zijn hart toebracht, te minimaliseren.

'Misschien was ze van plan om over te stappen naar een universiteit die meer naar het noorden lag.' Nan klonk bijna zielig in haar gretigheid om haar eigen woorden te geloven. 'Is er niet een in Leicester? Of in Lincoln? Omdat ze zich met Julian verloofd had wilde ze waarschijnlijk dichter bij hem zijn.'

Nicola's moeder het idee van een verloving met Julian Britton uit het hoofd praten was lastiger gebleken dan Lynley voor mogelijk had gehouden. Nan Maidens pogingen om een verklaring te vinden hielden abrupt op toen hij onthulde dat Britton de feiten van zijn relatie met haar dochter had verdraaid. Ze leek verslagen en zei slechts: 'Ze waren niet...? Maar waarom dan...?' voor ze zweeg en haar man aankeek alsof die haar uitleg kon geven van iets wat niet uit te leggen was.

Zodoende was Lynley tot de conclusie gekomen dat het niet onredelijk was om te veronderstellen dat de Maidens niet hadden geweten dat hun dochter over een pieper beschikte. En toen Nan Maiden evenzeer in het duister leek te tasten als haar echtgenoot wat het apparaatje betrof, was Lynley geneigd haar te geloven.

Nu, staande in de halfschaduw tussen het zwakverlichte parkeerterrein en de hotelramen waar helder licht uitstraalde, veroorloofde Lynley zich een paar minuten om na te denken. Tevens gaf hij zich onder de omstandigheden een paar extra minuten de tijd om zijn gevoel een kans te geven. Eerder die avond had hij de autosleutels van Hanken aangenomen en gezegd: 'Ga naar huis, naar je gezin, Peter. Ik rij de Maidens wel terug naar Padley Gorge.' En het waren Hanken, diens gezin en de woorden die hij eerder die dag had uitgesproken, waar Lynley over nadacht terwijl hij bij de pilaar stond. De inspecteur had gezegd dat een man, wanneer hij een baby in zijn armen hield – zijn eigen kind, zijn eigen schepping – onherroepelijk veranderde. Hij had gezegd dat het verdriet om dat kind te verliezen iets was wat zijn verstand te boven ging. Wat moest een man als Andy Maiden dan wel niet voelen op dit moment? Zijn hele wezen was zo veel jaren geleden veranderd bij de geboorte van zijn dochter, zijn essentie was geleidelijk aan veranderd tijdens haar kinderjaren en haar puberteit en nu was zijn wezen misschien wel onherstelbaar beschadigd bij haar dood. Nu kwam, boven op het verdriet om haar verlies nog de wetenschap dat zijn enig kind geheimen voor hem had gehad... Wat moest dat voor gevoel zijn? vroeg Lynley zich af.

De dood van een kind, dacht hij, doodt de toekomst en dunt het verleden uit, het maakt het eerste tot een eindeloos schijnende gevangenschap en verandert het laatste in een onuitgesproken verwijt voor elk moment dat werd beroofd van zijn betekenis door de eisen die de carrière van een van de ouders stelde. Men kwam niet over zo'n sterfgeval heen. Men leerde slechts iets beter voort te strompelen.

Omkijkend naar de Hall zag hij de ver verwijderde gestalte van Andy Maiden uit het kantoortje komen, langs de entree lopen en naar de trap sjokken. Het licht in het vertrek dat hij had verlaten, bleef branden en voor het raam van de kamer verscheen Nan Maidens silhouet. Lynley zag dat de Maidens niet bij elkaar bleven en hij wilde hun zeggen dat ze hun verdriet niet in afzondering moesten dragen. Samen hadden ze hun dochter Nicola geschapen en samen moesten ze haar begraven. Waarom moesten ze dan in eenzaamheid om haar rouwen?

We zijn allemaal alleen, inspecteur, had Barbara Havers ooit tegen hem gezegd bij een soortgelijke zaak, waarin twee ouders waren gedwongen te rouwen om de dood van een kind. En geloof me, het is niets méér dan een verdomde illusie dat we iets anders zijn.

Hij wilde echter niet aan Barbara Havers denken, aan haar wijsheid of aan haar gebrek eraan. Hij wilde iets doen om de Maidens een zekere mate van vrede te geven. Hij zei tegen zichzelf dat hij dat tenminste verschuldigd was, zo niet tegenover twee ouders die leden op een manier die hij nooit hoopte te hoeven meemaken, dan toch tegenover een voormalig collega wiens werk bij de politie inspecteurs als Lynley grote diensten had bewezen. Hij moest echter ook toegeven dat hij probeerde om hun vrede te geven als waarborg tegen mogelijk verdriet in zijn eigen toekomst, in de hoop dat verlichting van hun huidige smart zou kunnen voorkomen dat hij zelf ooit een dergelijk verdriet zou moeten ondergaan.

Aan de fundamentele feiten van Nicola's dood en de geheimen die ze voor haar ouders had gehad kon hij niets veranderen. Maar hij kon proberen om de onjuistheid aan te tonen van die informatie die verzonnen begon te lijken, die naar voren kwam als onschuldige onthullingen terwijl ze al die tijd was gecreëerd om aan de dringende behoefte van het moment te voldoen.

Tenslotte was Will Upman degene die om te beginnen had gesproken over een pieper en een minnaar in Londen. En wie zou beter dan Upman, die zelf belangstelling koesterde voor de jonge vrouw, het bezit van een pieper en het bestaan van een relatie kunnen verzinnen om de aandacht van de politie van zichzelf af te leiden? Hij had zelf de minnaar kunnen zijn, een vrouw die zowel zijn obsessie als zijn werkneemster was met geschenken overladen. Toen hij hoorde dat ze haar rechtenstudie had opgegeven, dat ze uit Derbyshire zou weggaan om voor zichzelf in Londen een leven op te bouwen, hoe zou hij gereageerd hebben op de wetenschap dat hij haar voorgoed zou kwijtraken? Ze wisten immers uit de ansichtkaarten die Nicola aan haar huisgenote had gestuurd, dat ze behalve Julian Britton nog een vriend had. En het was niet waarschijnlijk dat ze het nodig gevonden zou hebben om een boodschap in geheimtaal over te brengen, laat staan om de afspraakjes te regelen op de manier zoals door de kaarten werd gesuggereerd, als de man in kwestie iemand was geweest met wie ze zich in het openbaar kon vertonen.

Dan was er nog die kwestie van Julian Brittons plaats in Nicola's leven. Als hij werkelijk van haar had gehouden en met haar had willen trouwen, hoe zou zíjn reactie zijn geweest als hij had ontdekt dat ze een relatie had met een andere man? Het was heel goed mogelijk dat Nicola aan Britton over die relatie had verteld, als een van de redenen voor haar weigering om met hem te trouwen. Als ze dat had gedaan, welke gedachten hadden vorm aangenomen in Brittons hoofd en waar hadden die gedachten hem dinsdagavond naartoe gebracht?

Ergens viel een buitendeur dicht. Voetstappen kraakten over het grind en er verscheen een gestalte opzij van het gebouw. Het was een man die een fiets voortduwde. Hij liep ermee naar een plek licht die uit een van de vensters viel. Daar duwde hij met zijn voet de standaard omlaag, waarna hij een schroevendraaier uit zijn zak haalde waarmee hij aan de spaken van de fiets begon te sleutelen.

Lynley herkende hem van de vorige middag toen hij hem, door het raam van de lounge, had zien wegfietsen van de Hall terwijl Lynley en Hanken hadden gewacht op de komst van de Maidens. Hij was ongetwijfeld een van hun personeelsleden. Terwijl Lynley hem gadesloeg, zoals hij op zijn hurken naast de fiets zat, met een dikke lok haar die over zijn voorhoofd viel, zag hij de hand van de man wegglijden en tussen de spaken raken. Hij hoorde hem roepen: '*Merde! Saloperie de bécane! Je sais pas ce qui me retient de t'envoyer à la casse.*' Hij sprong overeind, zijn knokkels tegen zijn mond drukkend. Met het sweatshirt dat hij aanhad veegde hij het bloed van zijn huid.

Toen hij hem hoorde spreken hoorde Lynley tevens het niet mis te verstane geluid van een stukje onderzoek dat op zijn plaats viel. Handig paste hij zijn eerdere veronderstellingen en zijn gedachten erbij aan, in het besef dat Nicola Maiden meer had gedaan dan alleen maar grapjes maken met haar huisgenote in Londen. Ze had haar ook een aanwijzing gegeven.

Hij liep naar de man toe. 'Hebt u u bezeerd?'

Geschrokken draaide de man zich om en streek het haar uit zijn ogen. '*Bon Dieu! Vous m'avez fait peur!*'

'Neemt u me niet kwalijk. Ik was niet van plan om zo uit het niets tevoorschijn te komen,' zei Lynley. Hij haalde zijn legitimatiebewijs voor de dag en stelde zich voor.

Een miniem optrekken van zijn wenkbrauwen was 's mans enige reactie bij het horen van de woorden New Scotland Yard. Hij antwoordde in het Engels met een zwaar accent, doorspekt met Frans, dat hij Christian-Louis Ferrer was, chef-kok en de voornaamste reden dat Maiden Hall een Michelin-ster had gekregen.

'U hebt problemen met uw fiets. Kan ik u ergens naartoe brengen?'

Nee. *Mais merci quand-même.* De lange uren die hij in de keuken maakte gaven hem te weinig tijd voor lichaamsbeweging. Hij had die rit, tweemaal op een dag, nodig om fit te blijven. Deze *vélo de merde* – met een minachtend gebaar naar de fiets – was beter dan niets om voor dat doel te gebruiken. Maar hij zou dankbaar zijn geweest voor *un deux-roues* die een beetje beter bestand was tegen de wegen en de paden.

'Kunnen we dan even praten voor u weggaat?' vroeg Lynley beleefd.

Ferrer haalde op de klassieke, Franse manier zijn schouders op: een simpele beweging die duidelijk moest maken dat het, als de politie hem wilde spreken, dwaas zou zijn om te weigeren. Hij had met zijn rug naar het raam gestaan, maar nu veranderde hij van positie zodat het licht op zijn gezicht viel.

Nu hij hem in het licht zag, begreep Lynley dat hij veel ouder was dan hij van een afstand op zijn fiets had geleken. Hij moest midden vijftig zijn, de jaren en het goede leven stonden op zijn gezicht gegrift en er liepen grijze draden door zijn kastanjebruine haar.

Lynley kwam al snel tot de ontdekking dat Ferrers Engels goed was, wanneer het hem uitkwam. Natuurlijk kende hij Nicola Maiden, zei Ferrer; hij noemde haar *la malheureuse jeune femme.* De afgelopen vijf jaar had hij gezwoegd om Maiden Hall te verheffen tot zijn huidige positie van *temple de la gastronomie* – wist de inspecteur eigenlijk wel hoe weinig restaurants op het Engelse platteland feitelijk een Michelin-ster hadden gekregen? – dus natuurlijk kende hij de dochter van zijn werkgevers. Vanaf het moment dat hij zijn talenten in dienst van *monsieur Andie* had gesteld, had ze tijdens al haar schoolvakanties in de eetzaal gewerkt, dus natuurlijk had hij haar leren kennen.

Ah. Goed. 'Hoe goed?' informeerde Lynley voorzichtig.

Ferrer gebaarde naar de keuken. Etensborden, deelde hij Lynley mee, moesten warm gehouden worden. Als ze niet warm gehouden werden, voorafgaand aan het moment dat de vis of het parelhoen of het kalfsvlees of het rundvlees erop werd gelegd, dan was er geen sprake van dat de gasten van de bijna verheven grootsheid van het genie dat hun *repas sublime* had gecreëerd konden genieten, die konden waarderen en ervaren. Daarom eiste hij van *les pauvres serveurs* die aan zijn tafels bedienen, dat ze elk hoofdgerecht niet later uit het dienluik weghaalden dan tien seconden nadat hij het er zelf in had gezet. En *la malheureuse jeune femme* behoorde tot de zeer weinigen die de kunst verstonden dat te doen. Eerlijk gezegd vond Christian-Louis haar veel beter dan *les vieilles biques* die aan tafel bedienden wanneer *la malheureuse jeune femme* op school zat. Ze kwam vaak in de keuken, nog voor de hoofdgerechten gereed waren, waar ze bij het fornuis bleef staan wachten zodat ze zelfs geen vijf seconden behoefden te worden blootgesteld aan de kwade elementen van het doorgeefluik. *Mon Dieu, cette jeune femme est un cordon bleu,* vertrouwde Ferrer Lynley toe. *Ah, oui*, zei hij. Als *la malheureuse jeune femme* haar zinnen niet had gezet op een carrière als – hoe noemt u dat, juriste? – dan had ze kunnen schitteren als *le plus pretigieux des chefs* in een restaurant van internationale faam.

'Uw eigen restaurant?' vroeg Lynley. 'Misschien in een soort samenwerkingsverband met u?'

Op dat moment kon Ferrer geen Engels verstaan, hoewel zijn zorgelijke, beleefde glimlachje – hoe gemaakt het misschien ook was – aangaf dat hij bereid was om het te begrijpen.

Lynley ging over op wat hij altijd zijn reis-en-overlevings-Frans noemde. Hij nam een moment de tijd om een zwijgende dankbetuiging te telegraferen naar zijn vervaarlijke tante Augusta die dikwijls, midden in een familiebezoek, had uitgevaardigd dat *ce soir, on parlera tous français à table et après le diner. C'est la meilleure façon de se préparer à passer des vacances d'été en Dordogne*, aldus pogend zijn beperkte vaardigheden op te poetsen in een taal waarin hij anders slechts in staat zou zijn geweest om een kop koffie, een biertje of een kamer met bad te bestellen. In het Frans zei hij: 'Uw deskundigheid in de keuken wordt niet in twijfel getrokken, monsieur Ferrer. Evenmin mevrouw Maidens deskundigheid om aan uw verwachtingen van een ervaren serveerster te voldoen. Wat ik graag zou willen weten, is hoe goed u het meisje kende. Haar vader vertelde me dat de hele familie graag gaat fietsen. U fietst zelf ook. Hebt u wel eens een tochtje met haar gemaakt?'

Als Ferrer al verbaasd was dat een barbaarse Engelsman zijn taal sprak, hoe onvolmaakt ook, liet hij het niet merken. Hij was echter niet zo welwillend om de snelheid waarmee hij antwoordde, aan te passen, zodat Lynley gedwongen werd hem te vragen het antwoord te herhalen, wat de Fransman de voldoening gaf waaraan hij kennelijk behoefte had. 'Ja, natuurlijk, we hebben een of twee keer samen gefietst,' vertelde Ferrer hem in zijn moedertaal. Hij had van Grindleford naar Maiden Hall over de weg gereden en toen ze dat had gehoord, had het meisje hem verteld dat er een pad door het bos liep dat wel oneffen was, maar veel korter. Ze wilde niet dat hij zou verdwalen, dus ze had het twee keer met hem gereden om er zeker van te zijn dat hij de goede paden nam.

'Hebt u een kamer in Grindleford?'

Ja. Hier op Maiden Hall waren niet genoeg kamers om de mensen die in het hotel en het restaurant werkten, te huisvesten. Het was, zoals de inspecteur ongetwijfeld had opgemerkt, een kleine zaak. Daarom had Christian-Louis Ferrer een kamer bij een weduwe, madame Clooney, en haar ongetrouwde dochter die, als je Ferrers verhaal wilde geloven, verlangens in zijn richting koesterde die, helaas, niet te vervullen waren.

'Ik ben, natuurlijk, getrouwd,' zei hij tegen Lynley. 'Hoewel mijn geliefde echtgenote in Nerville le Forêt blijft tot het moment dat we weer samen kunnen zijn.'

Dit was geen ongebruikelijke regeling, wist Lynley. Europese getrouwde paren woonden vaak apart, een van hen bleef in het moederland met de kinderen terwijl de ander emigreerde om werk te zoeken dat meer opleverde. Een aangeboren cynisme dat hij snel beschouwde als ontstaan uit een te nauwe samenwerking met Barbara Havers gedurende de afgelopen paar jaar, zorgde er echter voor dat hij onmiddellijk achterdochtig werd wanneer een man het bijvoeglijk naamwoord 'geliefd' gebruikte vóór het woord 'echtgenote'. 'Bent u al die vijf jaar hier gebleven?' vroeg Lynley. 'Gaat u vaak naar huis, met vakantie of iets dergelijks?'

Helaas, moest Ferrer toegeven, iemand in zijn beroep was er het meest bij gebaat, evenals zijn geliefde vrouw en zijn lieve kinderen, wanneer hij zijn vakantie gebruikte om zich verder te bekwamen in de kunst van het koken. En hoewel dit in Frankrijk gedaan zou kunnen worden, en met betere resultaten, wanneer men bedacht hoe lichtvaardig het woord *cuisine* in dit land werd gebruikt, wist Christian-Louis Ferrer dat het verstandiger was om zuinig te zijn. Wanneer hij voor een vakantie heen en weer zou reizen tussen Engeland en Frankrijk, zou er zo veel minder geld gespaard kunnen worden voor de toekomst van zijn kinderen en om hem te verzekeren van een onbezorgde oude dag.

'Het moet wel moeilijk zijn,' zei Lynley, 'om zo lang bij uw vrouw vandaan te zijn. Eenzaam ook, denk ik.'

Ferrer kreunde. 'Een man doet wat hij moet doen.'

'Toch moeten er momenten zijn waarin de eenzaamheid maakt dat u verlangt naar een relatie met iemand. Zelfs een spirituele relatie met een gelijkgestemde ziel. We leven toch niet alleen om te werken, nietwaar? En een man als u... Het zou heel begrijpelijk zijn.'

Ferrer sloeg zijn armen over elkaar op een manier dat zijn goedontwikkelde biceps en triceps voordelig liet uitkomen. Hij bood op allerlei manieren niet alleen een volmaakte indruk van mannelijkheid, maar ook van een mannelijkheid die zich nadrukkelijk kenbaar wilde maken. Lynley wist dat hij, alleen al door dit te denken, zich in hoge mate schuldig maakte aan het erop nahouden van vaststaande opvattingen. Toch stond hij zich toe om het te denken en om te zien waar die gedachten het gesprek heen zouden leiden. Hij haalde met een veelbetekenend, jongens onder elkaar gebaar zijn schouders op. 'Vijf jaar zonder je vrouw... Ik zou het niet kunnen.'

Ferrers mond, met volle lippen, de mond van een zinnelijk man, krulden en hij kneep zijn ogen halfdicht. In het Engels zei hij: 'Estelle en ik begrijpen elkaar. Daarom zijn we al twintig jaar getrouwd.'

'Dus er is zo nu en dan een zijsprongetje, hier in Engeland?'

'Dat heeft niets te betekenen. Ik hou van Estelle. Die andere...? Ach, het stelde niets voor.'

Een bruikbare verspreking, dacht Lynley. 'U zegt: stelde. Is het voorbij?'

Ferrers gezicht, iets te laat in de plooi getrokken, vertelde Lynley de rest. 'Had u een relatie met Nicola Maiden?'

Stilte was het enige antwoord.

Lynley hield aan. 'Als u en Nicola Maiden minnaars waren, monsieur Ferrer, zou het veel minder verdacht lijken wanneer u hier en nu mijn vraag beantwoordde, in plaats van later te worden geconfronteerd met de waarheid, afkomstig van een getuige die u wellicht samen heeft gezien.'

'Het heeft niets te betekenen,' zei Ferrer, weer in het Engels.

'Dat is niet de gevolgtrekking die ik zou maken, wanneer het erom ging mogelijk verdacht te worden in een moordzaak.'

Ferrer rechtte zijn rug en ging over op Frans. 'Ik bedoel niet de verdachtma-

229

king. Ik bedoel, met het meisje.'

'Wilt u daarmee zeggen dat er niets met het meisje gebeurd is?'

'Ik bedoel dat het niets voorstelt, wat er is gebeurd. Het had niets te betekenen. Voor geen van ons beiden.'

'Misschien wilt u me erover vertellen?'

Ferrer wierp een snelle blik op de voordeur van de Hall. Deze stond open, om de zachte avondlucht binnen te laten. Binnen liepen gasten, in een vriendschappelijk gesprek gewikkeld, naar de trap. Ferrer sprak tegen Lynley, maar hij hield zijn blik op de gasten gericht. 'De schoonheid van een vrouw bestaat om door een man te worden bewonderd. Een vrouw wil uiteraard haar schoonheid tentoonspreiden om die bewondering op te wekken.'

'Dat valt te betwijfelen.'

'Zo gaat het nu eenmaal. Zo is het altijd gegaan. De hele natuur geeft aan dat het een eenvoudige, normale gang van zaken is. De ene sekse is door God geschapen om de andere aan te trekken.'

Lynley zei maar niet dat de natuurwet waarover Ferrer sprak, om aantrekkelijker te willen lijken om als partner te worden geaccepteerd, gewoonlijk op het mannetje en niet op het vrouwtje, van een soort van toepassing was. In plaats daarvan merkte hij op: 'Dus doordat u Nicola aantrekkelijk vond, deed u iets om Gods natuurwet te gehoorzamen.'

'Zoals ik zei, het was niet serieus. Ik wist het. Zij wist het ook.' Hij glimlachte, naar het scheen niet zonder genegenheid. 'Ze genoot van het spelletje. Dat zag ik al aan haar toen we elkaar voor het eerst ontmoetten.'

'Toen ze twintig was?'

'Een vrouw die haar eigen charmes niet kent, is geen echte vrouw. Nicola was een echte vrouw. Ze wist het. Ik zag het. Zij zag dat ik het zag. De rest...' Hij haalde nogmaals op die typisch Franse manier zijn schouders op. 'Elke verbondenheid tussen een man en een vrouw heeft zijn beperkingen. Wanneer men zich bewust is van die beperkingen, is het geluk binnen die verbondenheid gewaarborgd.'

Lynley haakte er handig op in. 'Nicola wist dat u uw vrouw niet zou verlaten.'

'Ze verlangde niet van me dat ik mijn vrouw zou verlaten. Daar ging haar belangstelling niet naar uit, gelooft u me.'

'Waarheen dan?'

'Haar belangstelling?' Hij glimlachte, alsof hij eraan terugdacht. 'De plaatsen waar we elkaar troffen. De moeite die het me kostte om op die plaatsen te komen. Wat er van mijn energie over was wanneer ik die bereikte. En hoe goed ik die kon gebruiken.'

'Ah.' Lynley dacht na over de plaatsen: de grotten, de grafheuvels, de prehistorische dorpjes, de Romeinse forten. O la la, dacht hij. Of, zoals Barbara Havers zou hebben gezegd: bingo, inspecteur. Ze hadden meneer Ansichtkaart. 'U en Nicola hielden van elkaar...'

'We hadden seks. We hielden niet van elkaar. Het was ons spelletje om voor elke ontmoeting een andere plaats te kiezen. Nicola gaf een boodschap aan me door. Soms een kaart. Soms een raadsel. Als ik die goed kon interpreteren, goed kon volgen...' Weer dat schouderophalen. 'Dan was zij er om me de beloning te geven.'

'Hoelang heeft dat geduurd?'

Ferrer aarzelde alvorens te antwoorden. Of hij rekende het uit, óf hij dacht na over de schade die het onthullen van de waarheid zou veroorzaken. Ten slotte maakte hij zijn keus. 'Vijf jaar.'

'Vanaf het moment dat u op de Hall kwam.'

'Zo is het,' gaf hij toe. 'Ik zou natuurlijk graag willen dat monsieur en madame... Het zou hen slechts onnodig van streek brengen. We waren altijd discreet. We gingen nooit tegelijk van de Hall weg. We keerden afzonderlijk terug, eerst de een, dan de ander. Dus ze zijn er nooit achter gekomen.'

En ze hadden nooit een reden om je te ontslaan, dacht Lynley.

De Fransman scheen te voelen dat een nadere verklaring gewenst was. 'Het was de manier waarop ze me aankeek, toen we elkaar voor het eerst zagen. U weet wat ik bedoel. Ik kon het aan haar ogen zien. Haar interesse was even groot als de mijne. Soms bestaat er een dierlijke aantrekkingskracht tussen een man en een vrouw. Het is geen liefde. Het is geen toewijding. Het is gewoon wat je voelt, een pijn, een druk, een behoefte, hier.' Hij wees op zijn kruis. 'U bent een man, u voelt het ook. Niet iedere vrouw heeft een verlangen dat gelijk staat aan dat van een man. Nicola had het wel. Ik zag het meteen.'

'En u deed er iets aan.'

'Dat wilde ze. Het spelletje kwam later.'

'Het spelletje was haar idee?'

'Zo was ze nu eenmaal... Daarom heb ik nooit naar een andere vrouw omgekeken terwijl ik in Engeland was. Het was niet nodig. Ze verstond de kunst om een eenvoudige affaire te maken tot iets...' Hij zocht een woord om het te beschrijven en koos: 'Magie. Opwindend. Ik had van mezelf niet gedacht dat ik vijf jaar lang één maîtresse trouw zou kunnen blijven. Vóór Nicola heeft geen enkele vrouw me langer dan drie maanden kunnen boeien.'

'Ze genoot van het spel? Dat maakte dat ze de affaire met u voortzette?'

'Het spel hield me aan haar gebonden. Voor haar was er natuurlijk het fysieke genot.'

Er was ook nog zoiets als ego, dacht Lynley wrang. Hij zei: 'Vijf jaar is een lange tijd om een vrouw vast te houden, zeker wanneer er geen hoop bestaat op een toekomst.'

'Er waren natuurlijk ook aandenkens,' gaf Ferrer toe. 'Ze waren klein, maar allemaal echte symbolen van mijn achting. Ik heb heel weinig geld, omdat het meeste... Mijn Estelle zou zich iets gaan afvragen als er minder geld kwam... wat ik haar stuur, begrijpt u... als het minder werd. Dus het waren slechts symbolen, maar dat was genoeg.'

'Cadeautjes voor Nicola?'

'Cadeautjes, als u ze zo noemen wilt. Parfum. Een paar gouden hangertjes. Dergelijke dingen. Dat vond ze leuk. En het spelletje ging door.' Hij stak zijn hand in zijn zak en haalde er de schroevendraaier uit die hij had gebruikt voor de fietsspaken. Hij hurkte en ging verder, elke spaak met eindeloos geduld aandraaiend. Hij zei: 'Ik zal haar missen, mijn kleine Nicola. We hielden niet van elkaar. Maar wat hebben we gelachen.'

'Toen u met het spelletje wilde beginnen,' zei Lynley, 'hoe hebt u haar dat laten weten?'

De Fransman keek hem verbaasd aan. 'U bedoelt?'

'Stuurde u haar een briefje? Hebt u haar opgepiept?'

'Ah. Nee. Het was de manier waarop we elkaar aankeken. Meer was niet nodig.'

'Dus u hebt haar nooit opgepiept?'

'Nee. Waarom zou ik, wanneer de blik alles zegt wat...? Waarom vraagt u dat?'

'Omdat iemand haar, toen ze de afgelopen zomer in Buxton werkte, blijkbaar een aantal malen heeft opgepiept en gebeld. Ik dacht dat u het misschien geweest was.'

'Ah. Nee, dat was niet nodig. Maar die ander... Hij kon haar niet met rust laten. Die zoemer. Elke keer ging die af. Als een wekker.'

Eindelijk een bevestiging, dacht Lynley. Hij vroeg om nadere toelichting met de woorden: 'Ze werd opgepiept terwijl u in elkaars gezelschap was?'

'Het was de enige onvolkomenheid bij ons spel, die kleine pieper. Ze belde hem altijd terug.' Hij testte de fietsspaken met zijn vingers. 'Bah. Wat moest ze met hem? Er was zo weinig wat ze samen gehad konden hebben. Soms, wanneer ik bedenk wat ze met hem moest doormaken, te jong om ook maar iets te weten over hoe je een vrouw kunt behagen... Wat een misdaad tegen de liefde, hij met mijn Nicola. Met hem onderging ze. Met mij genoot ze.'

Lynley vulde de open plekken in. 'Bedoelt u daarmee dat het Julian Britton was die haar oppiepte?'

'Hij wilde altijd weten wanneer ze elkaar konden zien, wanneer ze konden praten, wanneer ze plannen konden maken. Ze zei dan: "Schat, wat toevallig dat je me juist nu belt. Ik dacht net aan je. Ik zweer het. Zal ik je vertellen wat ik dacht? Zal ik je vertellen wat ik zou doen als we nu bij elkaar waren?" En dan vertelde ze het. En dan was hij tevreden. Daarmee. Alleen dáármee.' Vol afkeer schudde Ferrer zijn hoofd.

'Weet u zeker dat het Britton was die haar oppiepte?'

'Wie anders? Ze praatte tegen hem zoals ze tegen mij praatte. Zoals je tegen een minnaar praat. En hij was haar minnaar. Niet zoals ik, natuurlijk, maar toch haar minnaar.'

Lynley negeerde de kant die het gesprek opging. 'Had ze de pieper altijd bij zich? Of nam ze die alleen mee wanneer ze van de Hall wegging?'

Voorzover hij wist had ze hem altijd bij zich, antwoordde Ferrer. Ze stopte hem tussen de band van haar broek, of haar rok, of de korte broek die ze droeg wanneer ze ging kamperen. Waarom? Hij wilde het weten. Was de pieper belangrijk voor het onderzoek van de inspecteur?

Goede vraag, dacht Lynley.

Nan Maiden sloeg hen gade. Ze was van het kantoortje naar de overloop van de eerste verdieping gelopen, waarvan de muur een rij ramen bevatte. Ze stond in de omlijsting van een van deze ramen, alsof ze keek hoe het maanlicht op de bomen viel, voor het geval een van de gasten haar toevallig zou zien.

Nerveus speelde ze met het koord van de zware gordijnen. Het bleef haken aan de afgebeten huid rondom haar nagels. Ze zag dat de twee mannen beneden haar in gesprek waren en ze vocht tegen de wens, de impuls, de noodzaak, om de trap af te rennen met een excuus om zich bij hen te voegen, om uitleg te geven en om de fijne puntjes van haar dochters karakter te bespreken die verkeerd uitgelegd zouden kunnen worden.

'Hoor eens, mam,' had Nicola gezegd, net twintig jaar, met de geur van de Fransman om zich heen als de nasmaak van verzuurde wijn. 'Ik weet wat ik doe. Ik ben echt oud genoeg om te weten wat ik wil, en als ik met een vent wil neuken die oud genoeg is om mijn vader te zijn, dan neuk ik met hem. Het gaat niemand anders iets aan en ik doe er geen mens kwaad mee. Waarom maak je er zo'n drukte over?' En ze had Nan aangekeken met die heldere, blauwe ogen, zo vrij en open en redelijk. Ze had haar blouse losgeknoopt en ze was uit haar korte broek gestapt, waarna ze haar bh en haar slipje erbovenop liet vallen. Toen ze langs haar moeder liep en vervolgens in het bad stapte, werd Ferrers geur sterker; Nan kokhalsde ervan. Nicola liet zich tot haar schouders in het bad zakken, zodat het water haar kleine, stevige borsten geheel bedekte. Maar niet voor Nan de blauwe plekken erop had gezien, en de afdrukken van zijn tanden. En niet voordat Nicola had gezien dat haar moeder die gezien had. Ze zei: 'Zo wil hij het graag, mammie. Ruw. Maar hij doet me nooit echt pijn. Bovendien, ik doe hetzelfde bij hem. Alles is oké. Je moet je geen zorgen maken.'

Nan zei: 'Zorgen? Ik heb je niet grootgebracht om…'

'Mam.' Ze pakte de spons uit het bakje en doopte die in het water. De badkamer stond vol stoom en Nan was op het toiletdeksel gaan zitten. Ze voelde zich duizelig, gevangen in een dol geworden wereld. 'Je hebt me prima grootgebracht,' zei Nicola. 'Dit gaat er trouwens niet om, hoe je me hebt opgevoed. Hij is sexy en hij is leuk en ik vind het lekker om met hem te neuken. Je hoeft niet zo'n punt te maken van iets wat geen punt is voor een van ons beiden.'

'Hij is getrouwd. Dat weet je. Hij kan je geen huwelijk bieden. Hij wil je voor… Kun je dan niet begrijpen dat het hem alleen om de seks gaat? Vrije seks, zonder ook maar enige verplichting? Zie je dan niet in dat je een speeltje voor hem bent? Zijn Engelse speeltje?'

'Voor mij is het ook alleen maar seks,' zei Nicola openhartig. Haar gezicht klaarde op, alsof ze opeens begreep waarom haar moeder zich zo druk maakte. 'Mam! Dacht je echt dat ik van hem hou? Dat ik met hem wil trouwen of zo? Lieve hemel, néé, mam. Ik zweer het je. Ik hou alleen van het gevoel dat hij me geeft.'

'En wanneer het geluksgevoel met hem nu eens maakt dat je naar meer gaat verlangen, en dat je het niet kunt krijgen?'

Nicola pakte de fles badgel en spoot er iets van op de spons, als vla over een cake. Even leek ze in verwarring gebracht, maar toen klaarde haar gezicht op en ze zei: 'Dát gevoel bedoel ik niet, zo'n gevoel diep in je hart. Ik bedoel, fysiek. Zoals hij maakt dat mijn lichaam voelt. Dat is alles. Ik hou van wat hij doet en van hoe ik me voel wanneer hij het doet. Dat wil ik van hem, en dat geeft hij me.'

'Seks.'

'Ja. Hij is heel goed, weet je.' Ze hield haar hoofd schuin, lachte ondeugend en knipoogde tegen haar moeder. 'Of weet je dat al? Heb jij hem ook gehad?'

'Nicola!'

Ze kroop nog dieper onder water en keek haar moeder vragend aan. 'Mam, het geeft niet. Ik zal het niet tegen pap zeggen. God, héb je het met hem gedaan? Ik bedoel, wanneer ik op school zit moet hij toch iemand anders nodig hebben om... Vooruit. Zeg het maar.'

Nan had haar willen slaan, ze had het knappe, ondeugende gezicht dezelfde plekken willen bezorgen als Christian-Louis op haar lichaam had veroorzaakt. Ze wilde haar bij de schouders pakken en haar heen en weer schudden tot haar tanden in haar mond rammelden en als kiezelsteentjes uit haar mond in het water vielen. Zo zou Nicola niet moeten reageren. Wanneer ze door haar moeder met een dergelijke beschuldiging werd geconfronteerd werd ze verondersteld te ontkennen, in te storten wanneer het bewijs werd geleverd, om vergeving te smeken en om begrip te vragen. Het laatste wat ze verondersteld werd te doen was, haar moeders ergste vermoedens te bevestigen met hetzelfde gemak waarmee ze de vraag wat ze aan het ontbijt had gegeten, zou hebben beantwoord.

'Sorry,' zei Nicola, toen haar moeder geen antwoord gaf op haar luchtige vragen. 'Voor jou is het anders. Dat begrijp ik. Ik had me er niet mee moeten bemoeien. Het spijt me, mam.'

Daarna pakte ze een scheermes van het plankje en begon er haar rechterbeen mee te bewerken, dat diepgebruind was, en lang, met een welgevormde kuit en strakke spieren als gevolg van haar lange wandeltochten. Nan keek toe hoe ze het mes over de huid liet glijden. Ze wachtte op een wondje, op een schram, op het bloed. Er was niets te zien.

Ze zei: 'Wat ben je eigenlijk? Hoe moet ik je noemen? Een hoer? Een straatkat? Een ordinaire slet?'

De woorden kwetsten haar niet. Ze raakten haar niet eens. Nicola legde het scheermes neer en keek haar moeder aan. 'Ik ben Nicola,' zei ze. 'De dochter die heel veel van je houdt, mam.'

'Zeg dat niet. Als je van me hield zou je niet…'

'Mam, ik heb de beslissing genomen om dit te doen. Met wijdopen ogen en terwijl ik op de hoogte ben van alle feiten. Ik heb niet de beslissing genomen om jou pijn te doen. Ik heb die genomen omdat ik hem wilde. En wanneer hier een eind aan komt, en aan alles komt een eind, is het míjn verantwoordelijkheid hoe ik me voel. Als ik gekwetst word, word ik gekwetst. Als het niet zo is, dan niet. Het spijt me dat je erachter gekomen bent, omdat het je blijkbaar overstuur maakt. Maar ik wil graag dat je weet dat we zo discreet mogelijk zijn geweest.'

De stem van de rede, haar lieftallige dochter. Nicola was die ze was. Ze noemde het beestje bij de naam wanneer ze het zag. En terwijl Nan haar zo duidelijk voor zich zag – een geestverschijning wier beeld zich leek af te tekenen op de glazen ruitjes van het venster waarvoor haar moeder nu stond – probeerde ze niet te denken, laat staan te geloven dat de openhartige eerlijkheid van het meisje de oorzaak van haar dood was geweest.

Nan had haar dochter nooit begrepen, en dat zag ze nu duidelijker in dan in al die jaren dat ze had gewacht tot Nicola tevoorschijn zou komen uit de cocon van haar moeilijke puberteit; een volwassene, geschapen naar het evenbeeld van haar voorouders. Denkend aan haar kind voelde Nan op haar schouders de ijzeren mantel neerdalen van een zo grote mislukking dat ze zich afvroeg hoe ze ooit verder zou kunnen leven. Dat zo'n dochter uit haar eigen lichaam was voortgekomen... dat de jaren van zelfopoffering tot dit moment hadden geleid... dat het koken en schoonmaken en wassen en strijken en de zorgen en de plannen en geven, geven, geven erop neerkwamen dat ze zich nu voelde als een zeester die uit de oceaan was gehaald en was achtergelaten om te verdrogen en te verrotten, te ver van het water om zichzelf te redden... dat de truien die ze had gebreid en de temperatuur die ze had opgenomen en de geschaafde knieën die ze had verbonden en de schoentjes die ze had gepoetst en de kleren die ze schoon en fris had gehouden uiteindelijk niets hadden betekend in de ogen van de enige persoon voor wie ze leefde en ademde... Het was te veel om te dragen.

Ze had er alles aan gedaan om een goede moeder te zijn en ze had volkomen gefaald, ze had haar dochter niets wezenlijks geleerd. Nicola was geworden die ze was.

Nan kon alleen maar blij zijn dat haar eigen moeder was gestorven toen Nicola nog klein was. Zij hoefde tenminste nooit te zien hoe Nan had gefaald waar haar vrouwelijke voorouders niets dan succes hadden gekend. Nan zelf was de belichaming van haar moeders waarden. Geboren in een tijd van verschrikkelijke onrust was ze geschoold in de disciplines van armoede, lijden, liefdadigheid en plicht. Tijdens de oorlog probeerde men niet om het eigen ik te bevredigen. Het eigen ik was ondergeschikt aan de 'zaak'. Je huis werd een toevluchtsoord voor herstellende militairen. Je voedsel en je kleding… en, lieve god, zelfs de cadeautjes die je kreeg op je achtste verjaardag, waarop de jeugdige bezoekers bij voorbaat was verteld dat de jarige niets nodig had vergeleken bij datgene waaraan de goede soldaten behoefte hadden, waren vriendelijk maar vastberaden afgepakt en doorgegeven in handen die waardiger waren dan die van haarzelf. Het was een moeilijke tijd, maar het staalde haar. Als gevolg daarvan had ze karakter. Dat had ze aan haar dochter moeten doorgeven.

Nan had zichzelf gevormd naar haar moeders evenbeeld en haar beloning was een koele, onuitgesproken maar niettemin gekoesterde goedkeuring geweest, overgebracht door een enkel koninklijk knikje van het hoofd. Ze had geleefd voor dat knikje. Het zei: kinderen leren van hun ouders, en jij hebt het volmaakt geleerd, Nancy.

Ouders gaven zowel orde als betekenis aan de wereld van hun kinderen. Kinderen leerden wie ze waren, en hoe ze moesten zijn, op de schoot van hun ouders. Wat had Nicola in haar ouders gezien dat resulteerde in wie en wat ze was geworden?

Nan wilde die vraag niet beantwoorden. Die bracht haar rechtstreeks in contact met geesten die ze niet wilde zien. Ze lijkt zo op haar vader, fluisterde Nans innerlijke stem. Maar nee, maar néé. Ze wendde zich af van het raam.

Ze liep de trap op naar de privé-verdieping van Maiden Hall. Daar trof ze haar echtgenoot in hun slaapkamer. Hij zat in het donker in de leunstoel, met zijn hoofd in zijn handen.

Hij keek niet op toen ze de deur achter zich dichtdeed. Ze liep door de kamer naar hem toe, knielde bij de stoel en legde haar hand op zijn knie. Ze zei niet tegen hem wat ze wilde zeggen, dat Christian-Louis weken geleden pijnboompitten tot houtskoolklompjes had laten verbranden, dat het uren had geduurd voor de scherpe stank van de benedenverdieping was verdwenen en dat hij, Andy, er niets over had gezegd omdat hij het niet eens had gemerkt. Ze zei niets van dit alles omdat ze er niet aan wilde denken wat het betekende. In plaats daarvan zei ze: 'Laten we nu ook niet elkaar kwijtraken, Andy.'

Bij die woorden keek hij op. Ze werd getroffen toen ze zag hoe sterk hij de afgelopen paar dagen was verouderd. Zijn natuurlijke veerkracht was weg. Ze kon zich niet voorstellen dat de man die ze voor zich zag, ging joggen van Padley Gorge naar Hathersage, met een noodgang van Whistler Mountain omlaag skiede, of op zijn mountainbike over Tissington Trail racete zonder dat het zweet hem uitbrak. Het leek erop dat hij niet eens de trap zou kunnen aflopen, laat staan dat hij ooit weer zou toekomen aan de vele activiteiten die hij vroeger had beoefend.

'Laat me iets voor je doen,' fluisterde ze. Haar hand ging naar zijn slaap om zijn haar naar achteren te strijken.

'Zeg me wat je ermee hebt gedaan,' antwoordde hij.

Ze liet haar hand zakken. 'Waarmee?'

'Dat hoef ik je niet te vertellen. Heb je hem vanmiddag meegenomen toen je naar de hei ging? Dat moet wel. Het is de enige verklaring.'

'Andy, ik weet niet wat je…'

'Niet doen,' zei hij. 'Zeg het me alleen maar. En vertel me waarom je zei dat je niet wist dat ze er een had. Dat is het belangrijkste wat ik wil horen.'

Nan voelde meer dan ze het hoorde een vreemd gegons in haar hoofd. Het leek er veel op of Nicola's pieper ergens bij hen in de kamer was. Dat was natuurlijk onmogelijk. Hij lag waar ze hem had neergegooid: in een diepe kloof, waar twee kalkstenen heuvels samenkwamen op Hathersage Moor.

'Liefste,' zei ze, 'ik weet echt niet waar je het over hebt.'

Hij keek haar onderzoekend aan. Ze wendde haar blik niet af. Ze wachtte tot hij het directer zou zeggen, dat hij het zou vragen in duidelijke bewoordingen die ze niet kon ontwijken. Ze had nooit bijzonder goed kunnen liegen; ze kon verwarring veinzen en doen of ze er niets van afwist, maar weinig anders. Hij vroeg het niet, maar liet zijn hoofd achterover zakken tegen de rugleuning van de stoel en hij sloot zijn ogen. 'God,' fluisterde hij. 'Wat heb je gedaan?'

Ze gaf geen antwoord. Hij had zich tot God gericht, niet tot haar. En Gods wegen waren ondoorgrondelijk, zelfs voor de gelovigen. Toch vond ze de manier waarop Andy leed zo verschrikkelijk dat ze hem de een of andere aanwijzing wilde geven. Die vond ze in een gedeeltelijke onthulling. Hij kon ervan maken wat hij wilde.

'De zaken moeten niet te ingewikkeld worden,' mompelde ze. 'We moeten alles zo eenvoudig mogelijk houden.'

Daarom had ze ten slotte de pieper weggenomen. Omdat die stem, die haar dochter Nikki belde, die zei dat hij haar miste, wiens leven ondraaglijk was geworden zonder haar, die haar wilde en van haar wilde wat zij alleen hem kon geven… die stem een complicatie betekende die hen allen naar een onvoorstelbare verschrikking kon leiden. En omdat ze de stem niet kon vernietigen, noch de man die de woorden had gesproken, had ze de enige schakel ermee vernietigd die er was, of die er ooit zou zijn.

14

Samantha trof haar oom Jeremy in de zitkamer, toen ze haar laatste ronde van die avond maakte. Ze had deuren en ramen gecontroleerd, meer uit gewoonte dan omdat de familie op dit moment iets bezat wat de moeite van het stelen waard was, en ze was de zitkamer ingelopen met de bedoeling om daar naar de ramen te kijken, voor het tot haar doordrong dat hij er zat.

Er brandde geen licht, maar niet omdat Jeremy sliep. Hij draaide een oude acht millimeterfilm met een projector die klikte en snorde alsof het apparaat op zijn laatste benen liep. Het beeld zelf flakkerde niet op een scherm, omdat Jeremy niet de moeite had genomen om het op te zetten. Het bewoog over een boekenplank, waar de gebolde ruggen van beschimmelde werken de beelden van de mensen die waren gefilmd, vervormde.

Hij beleefde opnieuw iets wat een verjaardag van lang geleden leek te zijn. Broughton Manor verhief zich op de achtergrond, lang voor het gebouw tot een bijna onherstelbare ruïne was vervallen, terwijl op de voorgrond een clown met een flaphoed rattenvanger speelde voor een groep kleine kinderen met feesthoedjes op. De clown leidde hen de heuvel af naar de oude voetbrug die toegang bood tot een weiland dat lager lag dan het huis, aan de overkant van de Wye. In die wei stond een pony klaar. De teugels werden vastgehouden door een man die zo veel op de volwassen Jeremy leek, dat Samantha begreep dat ze naar haar grootvader van moederszijde keek, toen hij nog een heel jonge man was. Terwijl ze bleef kijken holde het jongetje dat ooit haar oom was geweest over het veld, waarna hij zich uitgelaten in zijn vaders armen wierp. Hij werd op de rug van de pony getild terwijl de andere kinderen, onder wie Samantha's moeder, eromheen dromden en de clown op en neer danste op onhoorbare muziek.

Het tafereel veranderde, zoals dat gaat bij familiefilms. Nu waren ze onder een boom, waar een tafel was gedekt met een verjaardagskleed en versiering. Dezelfde kinderen huppelden en krioelden aan beide kanten van de tafel en er kwam een vrouw in beeld met een taart waarop vijf kaarsjes brandden. Het kind Jeremy ging op zijn stoel staan om een wens te doen en de kaarsjes uit te blazen. Hij verloor zijn evenwicht en viel er bijna af, net op tijd gered door zijn moeder. Ze lachte, wuifde naar de camera en hield vervolgens haar zoon stevig op de stoel vast.

'Nog geen twee jaar later was ze dood,' zei Jeremy Britton, zonder zich af te wenden van het beeld dat tegen de ruggen van de boeken golfde. Zijn woorden sleepten slechts licht. Ze waren lang niet zo onverstaanbaar als gewoonlijk nadat hij de hele dag had gedronken. 'Mam legde kleingeld neer om in Longnor een zakje chips voor me te kopen – jezus, kun je dat geloven? – en ze viel dood neer bij de kassa. Ze was al weg voor ze de grond raakte. En ik zei:

"Mam, krijg ik mijn chips nog?" God zij ons allen genadig.' Jeremy pakte zijn glas op en nam een slok. Hij zette het zo zorgvuldig neer op de tafel naast zijn stoel, dat Samantha zich afvroeg wat hij feitelijk dronk. Hij draaide zijn hoofd om en keek loensend in haar richting, alsof het licht dat uit de gang naar binnen viel, te scherp was. 'Ah, ben jij het, Sammy? Kom je de slapeloze huisgenoot gezelschap houden?'

'Ik controleerde de ramen. Ik wist niet dat u nog op was, oom Jeremy.'

'O, nee?' De film ging verder. Nu zaten kleine Jeremy en zijn moeder te paard, Jeremy op de verjaardagspony en zijn moeder op een levendige vos. De paarden galoppeerden naar de camera en Jeremy hield zich uit alle macht vast aan de zadelknop. Hij wipte op en neer alsof zijn achterste van rubber was. Zijn voetjes waren uit de stijgbeugels geschoten. De paarden bleven stilstaan en mam stapte af, waarna ze haar zoon uit het zadel tilde en hem lachend in de rondte zwierde.

Jeremy wendde zijn blik af van Samantha om zijn aandacht weer aan de film te wijden. 'Als je je moeder verliest, ben je voor eeuwig getekend,' mompelde hij en hij pakte nogmaals zijn glas. 'Heb ik je al eens verteld, Sammy…'

'Ja, dat hebt u gedaan.' Sinds ze naar Derbyshire was gekomen had Samantha vele malen het verhaal gehoord dat ze al kende: de dood van zijn moeder, zijn vader die snel hertrouwd was, zijn verbanning naar kostschool op de kwetsbare leeftijd van zeven jaar, terwijl zijn enige zus thuis mocht blijven. 'Het heeft me gesloopt,' had hij telkens weer gezegd. 'Het berooft je van je ziel, en je vergeet het nooit.'

Samantha besloot dat het beter was om hem alleen te laten met zijn overpeinzingen en ze maakte aanstalten om de kamer uit te gaan. Zijn volgende woorden hielden haar echter staande.

'Het is fijn dat ze uit de weg is, vind je niet?' vroeg hij, volkomen helder. 'Dat maakt de weg vrij, zoals het zou moeten zijn. Dat vind ik. En wat denk jij ervan?'

Ze zei: 'Wat? Ik geloof niet… wat?' en in haar verrassing veinsde ze onbegrip in omstandigheden waar onbegrip niet echt geloofwaardig was, zeker niet nu de *High Peak Courier* op de grond naast de stoel van haar oom lag, met op de voorpagina de vette kop die schreeuwde: *Moord bij Nine Sisters Henge*. Het was daarom dwaasheid om haar oom te misleiden. Nicola's dood zou van dit moment af hét onderwerp zijn van elk gesprek dat Samantha met iemand voerde en het zou in haar eigen belang veel beter zijn om gewend te raken aan Nicola Maiden als een Rebecca-achtige figuur op de achtergrond van haar leven, dan om te doen alsof de vrouw nooit had bestaan.

Jeremy keek naar de film; er speelde een glimlach om zijn mondhoeken alsof hij het leuk vond om zichzelf als jongetje van vijf jaar te zien huppelen over het pad in een van de tuinen, waarbij hij een stok langs de rand sleepte van wat toen een goed onderhouden perk met vaste planten was. 'Sammy, engeltje,' zei hij tegen het scherm, en weer viel het op hoe duidelijk hij de woorden uitsprak, 'het gaat er niet om hoe het gebeurde. Het gaat erom dat het gebeurd ís. En wat we moeten doen nu het gebeurd is, is het allerbelangrijkste.'

Samantha gaf geen antwoord. Om een onverklaarbare reden bleef ze als aan de grond genageld staan, zowel gevangen als geboeid door wat haar zou kunnen vernietigen.

'Ze is nooit de ware voor hem geweest, Sammy. Dat was duidelijk wanneer ze bij elkaar waren. Zij had de teugels in handen. En hij werd bereden. Wanneer hij haar niet bereed, natuurlijk.' Jeremy grinnikte om zijn eigen grapje. 'Misschien zou hij uiteindelijk hebben ingezien hoe verkeerd het was. Maar ik geloof het niet. Ze had zich te diep in zijn hart genesteld. Daar was ze goed in. Sommige vrouwen kunnen dat.'

Jíj niet, bedoelde hij. Maar Samantha had hem er niet voor nodig om het te zeggen. Mannen naar zich toe trekken was nooit haar sterke kant geweest. Ze had altijd geloofd dat een directe demonstratie van haar deugden voldoende zou zijn om iemand stevig aan zich te binden. Vrouwelijke deugden hadden iets blijvends waar seksuele aantrekkingskracht niet aan kon tippen. En wanneer lust en hartstocht stierven als gevolg van sleur, had je iets essentieels nodig om hun plaats in te nemen. Dat had ze zichzelf althans leren geloven tijdens een puberteit en een jonge volwassenheid die gekenmerkt werden door eenzaamheid.

'Het had niet beter kunnen aflopen,' zei Jeremy. 'Sammy, je moet altijd maar denken: alles gaat zoals het moet gaan.'

Ze voelde haar handpalmen klam worden; heimelijk veegde ze die af aan de rok die ze voor het diner had aangetrokken.

'Jij bent geschikt voor hem. Die andere... was dat niet. Wat jij te bieden hebt, daar kon zij niet aan tippen. Ze zou niets hebben ingebracht bij een huwelijk met Julie, afgezien van het enige paar fatsoenlijke enkels dat de Brittons de laatste tweehonderd jaar hebben gezien. Maar jij begrijpt onze droom. Jij kunt er deel van uitmaken, Sammy. Jij kunt het laten gebeuren. Samen met jou kan Julie Broughton Manor weer tot leven brengen. Met haar... Nou, ik zei het al, alles gaat zoals het moet gaan. Dus wat wij nu moeten doen...'

'Het spijt me dat ze dood is,' viel Samantha hem in de rede, omdat ze wist dat ze ten slotte iets zou moeten zeggen en een conventionele spijtbetuiging was de enige opmerking die ze op het moment kon bedenken om hem ervan te weerhouden door te gaan. 'Het spijt me om Julian. Hij is er kapot van, oom Jeremy.'

'Ja, dat zal wel. Dat is precies waar we moeten beginnen.'

'Beginnen?'

'Hou je nu niet van de domme. En wees in godsnaam geen stommeling. De weg is vrij, en er moeten plannen worden gesmeed. Je hebt er genoeg moeite voor gedaan om naar zijn gunst te dingen...'

'U vergist u.'

'… en je hebt een behoorlijke basis gelegd. Maar nu is het moment dat we op die basis moeten voortbouwen. Denk erom, niet te snel. Nog niet naar zijn slaapkamer gaan en je broekje uittrekken. Alles op zijn tijd.'

'Oom Jeremy, ik denk toch niet…'

'Goed. Denk maar niet. Laat mij dat doen. Van nu af aan hou je het simpel.' Hij bracht het glas naar zijn lippen en keek haar over de rand ervan scherp aan. 'Wanneer een vrouw haar plannen ingewikkeld maakt, lopen ze in het honderd. Als je begrijpt wat ik bedoel. En ik neem aan dat je me begrijpt.'

Samantha slikte, gevangen door zijn blik. Hoe was het mogelijk dat een bejaarde alcoholicus – verdomme nog aan toe, een zuiplap – haar zo gemakkelijk in verwarring kon brengen? Alleen leek hij nu niet erg op een zuiplap. Met een rood gezicht liep ze naar de ramen, die ze sloot, zoals ze van plan was geweest. Achter haar was de film afgelopen; het laatste stukje klapperde luid tegen de spoel terwijl de projector bleef lopen. *Klikklak, klikklak, klikklak.* Jeremy scheen het niet op te merken.

'Je wilt hem, zo is het toch?' vroeg hij. 'En lieg niet tegen me, want als ik je moet helpen om de jongen te pakken te krijgen, wil ik de feiten weten. O, wees maar niet bang, niet allemaal. Alleen het belangrijkste: dat je hem wilt.'

'Hij is geen jongen. Hij is een man die…'

'Ja?'

'… die weet wat hij wil.'

'Nonsens. Hij weet waar zijn pik zit en waar hij die in wil stoppen. We moeten er alleen voor zorgen dat hij begrijpt dat hij moet wachten om hem in jou te stoppen.'

'Toe, oom Jeremy…' Het was afschuwelijk, onbegrijpelijk, vernederend om hiernaar te luisteren. Ze was een vrouw die haar eigen levensweg had uitgestippeld. Dat ze zichzelf in een positie zou manoeuvreren waarin ze afhankelijk was van een ander om gebeurtenissen en mensen naar haar hand te zetten, ging niet alleen tegen haar eigen opvattingen in, het was ook dom en het kon gevaarlijk zijn.

'Sammy, engeltje, ik sta aan jouw kant.' Jeremy's stem klonk overredend, dwong haar om zich uit te spreken op dezelfde manier waarop je een bange puppy zou proberen over te halen om onder een stoel vandaan te komen. Ze draaide zich om bij het raam en ze zag dat hij naar haar keek, met half geloken ogen, zijn kin steunend op vingers die vroom waren samengevouwen, alsof hij bad. 'Ik sta volledig en voor honderd procent achter je. Maar je moet goed luisteren, engeltje, ik moet precies weten waar je staat voor ik actie voor je ga ondernemen.'

Ondanks haar achterdocht hoorde Samantha zichzelf zeggen: 'Actie? Wat voor actie, oom Jeremy?'

'Dat doet er niet toe. Als je me de waarheid maar vertelt.'

Ze probeerde haar ogen van hem af te wenden, maar ze slaagde er niet in.

'Nog één kleinigheid, Sammy. Je wilt de jongen. Geloof me, meer hoef je niet te zeggen. Feitelijk wíl ik niet meer weten. Alleen dat je hem wilt. Einde verhaal.'

'Dat kan ik niet.'

'Je kunt het wel. Het is zo simpel. Drie woordjes. Je zult er niet aan doodgaan. Aan woorden, bedoel ik. Woorden doden niet. Maar ik neem aan dat je dat al weet, hè?'

Ze kon geen andere kant op kijken. Ze wilde het, ze wilde het zo wanhopig, en toch kon ze het niet.

'Ik wil net zo graag dat jij hem krijgt, als je het zelf wilt,' zei Jeremy tegen haar. 'Zeg het nu maar.'

Eindelijk ontsnapten ze haar, tegen haar wil, alsof hij ze uit haar trok en ze de kracht niet had om hem te laten ophouden. 'Goed dan. Ik wil hem.'

Jeremy glimlachte. 'Meer hoef je me niet te vertellen.'

Barbara Havers had het gevoel dat iemand heel kleine doorns onder haar oogleden had geschoven. Het was het vierde uur van haar avontuur met de SO10-dossiers in CRIS, en ze had veel spijt van haar belofte aan Nkata dat ze 's avonds laat en 's morgens vroeg zou werken om de opdracht die inspecteur Lynley haar had gegeven, uit te voeren. Ze kwam nergens met deze troep, behalve dat ze zich ervan bewust werd dat ze een kandidate werd voor beschadigde netvliezen en dreigende verziendheid.

Nadat ze Terry Coles flat hadden doorzocht waren Nkata en Barbara naar de Yard gereden. Ze hadden de cannabis en de doos met kaarten op de passagiersstoel van Barbara's Mini gezet om die later te bekijken, en toen waren ze uit elkaar gegaan. Nkata was met de Bentley weggereden om die af te leveren bij de woning van de inspecteur in Belgravia. Barbara was met tegenzin weggesjokt om haar belofte aan Nkata na te komen dat ze haar plicht zou doen bij het Crime Recording Information System.

Tot dusver had ze helemaal niets gevonden, wat haar nauwelijks verbaasde. Wat haar betrof waren, na de ontdekking van de kaarten in de flat in Battersea, neonpijlen gaan wijzen naar Terry Cole als voornaamste slachtoffer van de moordenaar, niet naar Nicola Maiden, en tenzij er een manier was waarop ze Cole in verband kon brengen met Andy Maidens werk voor SO10, was dit doorspitten van de dossiers pure tijdverspilling. Slechts een naam die eruit sprong op het scherm en haar toeschreeuwde: 'Ik ben het!' kon haar van mening doen veranderen.

Toch wist ze dat het in haar eigen belang was om aan Lynleys opdracht te voldoen. Daarom had ze bij de vijftien namen die hij haar had gegeven, de zaken opgezocht en die ondergebracht in willekeurige, zij het nutteloze, categorieën die ze Drugs, Mogelijke chantage, Prostitutie, Georganiseerde misdaad en Huurmoord had genoemd. Plichtsgetrouw bracht ze de namen van Lynleys lijst in deze categorieën over, waarna ze er de gevangenissen aan toevoegde waarheen iedere veroordeelde was gestuurd om er op bevel van Hare Majesteit een aantal jaren door te brengen. Tevens had ze de duur van de vonnissen erbij gezet en nu begon ze uit te zoeken wie van de veroordeelden was vrijgelaten. Ze wist echter dat het om deze tijd onmogelijk zou zijn om achter de huidige verblijfplaats van de voormalige bajesklanten te komen. Daarom besloot ze, omdat ze het gevoel had dat ze braaf en gehoorzaam gevolg had gegeven aan het bevel van haar chef om zich weer aan CRIS te wijden, om halfeen 's nachts dat ze er een punt achter kon zetten.

Er was weinig verkeer, dus ze was om één uur thuis. Met het idee dat er tussen het bewijsmateriaal een motief voor de moord op Terry te vinden moest zijn, pakte ze de doos kaarten en sjouwde die door de donkere tuin naar haar huis. Nadat ze met haar schouder de deur had opengeduwd en de kartonnen doos op tafel had gezet, zag ze dat het lichtje van het antwoordapparaat knipperde. Ze deed een lamp aan, pakte een aantal kaarten, die met elastiekjes bijeen werden gehouden, uit de doos en liep de kamer door om naar de gesprekken te luisteren.

De eerste was mevrouw Flo die haar vertelde: 'Vanmorgen keek mam strak naar je foto, Barbie, en ze zei je naam. Zo helder en duidelijk als wat. Ze zei: "Dat is mijn Barbie." Wat vind je daarvan? Ik wilde het je laten weten, omdat... Nou, het is verdrietig wanneer ze weer een van haar verwarde buien heeft, nietwaar? En dat malle verhaal over... hoe heet ze ook weer? Lilly O'Ryan? Nou, het doet er ook niet toe. Ze is de hele dag erg helder geweest. Dus je moet niet bang zijn dat ze je is vergeten, want dat is niet zo. Zie je nu wel, kind? Ik hoop dat het goed met je gaat. Tot gauw. Dag, Barbie. Dag, dag, dag.'

Loof de Heer voor kleine gunsten, dacht Barbara. Eén heldere dag tegenover weken en maanden van dementie was niet veel om blij mee te zijn, maar ze had geleerd zich te verheugen over elke kleinigheid wanneer het ging om haar moeders vluchtige momenten van begrip.

De volgende boodschap begon met een opgewekt: 'Hallo, hallooo', gevolgd door drie schelle muzieknoten. 'Hoorde je dat? Ik leer fluitspelen. Ik heb vandaag na schooltijd les gehad en ik mag meespelen in het orkest! Ze hebben het me speciaal gevraagd en ik heb papa gevraagd of het goed was en hij zei ja dus nu speel ik fluit. Maar ik kan het nog niet erg goed. Maar ik oefen. Ik ken de toonladder. Hoor maar.' Er volgde een gekletter toen de hoorn werd neergelegd op iets hards. Daarna klonken acht aarzelende noten, even vals als de eerste. Daarna: 'Hoorde je het? De leraar zegt dat ik een natuurtalent ben, Barbara. Vind jij dat ook?' De stem werd onderbroken door iemand anders, een mannenstem die zachtjes iets zei op de achtergrond. Dan: 'O. Je spreekt met Khalidah Hadiyyah. Van de benedenflat, aan de straat. Papa zegt dat ik was vergeten om dat tegen je te zeggen. Maar volgens mij weet je wel dat ik het ben, hè? Ik wilde je nog vragen of je mijn naailes niet vergeet. Die is morgen en je zei dat je wilde zien wat ik maak. Wil je nog steeds mee? Dan kunnen we daarna de rest van de gepofte appel opeten. Bel je me terug?' Aan de andere kant werd de hoorn met een bons neergelegd.

Daarna hoorde Barbara de zachte, beschaafde stem van de vrouw van inspecteur Lynley. Helen zei: 'Barbara, Winston heeft net de Bentley teruggebracht. Hij vertelde me dat je hier in de stad aan de zaak werkt. Daar ben ik zo blij om, dat wilde ik je even zeggen. Ik wéét dat je door je werk weer door iedereen bij de Yard gerespecteerd zult worden. Barbara, wil je geduld hebben met Tommy? Hij is echt erg op je gesteld en... Ik hoop dat je dat weet. Het is alleen zo dat de situatie... wat er afgelopen zomer is gebeurd... hem nogal verrast heeft. Dus... Ach, laat maar. Ik wilde je alleen veel succes wensen met de zaak. Je hebt altijd fantastisch met Tommy samengewerkt en ik weet dat het deze keer niet anders zal zijn.'

Bij die woorden kromp Barbara ineen. Ze voelde zich schuldig, maar ze wilde niet luisteren naar het stemmetje dat haar zei dat ze het grootste deel van de dag had doorgebracht met Lynleys opdrachten te negeren. In stilte verklaarde ze dat ze helemaal niemand negeerde. Ze had slechts het initiatief genomen om haar taak uit te breiden met extra activiteiten, die werden vereist door de logica van het zich ontwikkelende onderzoek.

Dat was ook een excuus.

Ze schopte haar schoenen uit en ze liet zich op het vouwbed neervallen, waar ze het elastiekje van het stapeltje kaarten dat ze in de hand hield, afhaalde. Ze begon ze te bekijken. Terwijl ze ermee bezig was, dacht ze aan de talloze manieren waarop het leven van Terry Cole, zoals het zich aftekende in de loop van haar onderzoek, hem aanwees als doelwit voor een moordenaar, terwijl het leven van Nicola Maiden, hoe je het ook bekeek, onthulde dat ze niet méér was dan een seksueel actieve vrouw van vijfentwintig die in elk stadje een ander schatje had en een rijke minnaar aan het lijntje. Hoewel seksuele jaloezie van de kant van een van die mannen hem ertoe gebracht zou kunnen hebben het meisje om te brengen, had hij dat toch niet op de hei hoeven te doen, zeker niet wanneer hij zag dat ze iemand bij zich had. Het zou logischer zijn geweest dat hij gewacht zou hebben tot hij haar alleen aantrof. Tenzij het meisje en Terry op dat moment bezig waren geweest met iets wat hem de indruk gaf dat ze een stel vormden. In dat geval had hij, verblind door woede en jaloezie, heel goed de stenen kring in kunnen stormen om zijn rivaal in de gunsten van Nicola Maiden aan te vallen, om haar vervolgens te doden nadat hij de jongen had verwond. Maar dat leek een onwaarschijnlijk scenario. Uit wat Barbara tot dusver over Nicola Maiden te weten was gekomen, had niets gesuggereerd dat ze uit was op werkloze tieners.

Terry daarentegen begon op een akker te lijken die rijp was om te worden geoogst, wanneer het om activiteiten ging waaruit moord zou kunnen voortvloeien. Volgens Cilla had hij hopen geld op zak gehad. De kaarten, die Barbara nu op haar bed had uitgespreid, spraken van bezigheden in de onderwereld die met veel geweld gepaard gingen. Ondanks wat zijn moeder had beweerd over de grote opdracht die Terry had gekregen, ondanks mevrouw

Badens verklaringen over de goede inborst en de edelmoedigheid van de jongen, begon het er steeds meer op te lijken dat Terry Cole dicht bij, zo niet in de onderbuik van de Engelse samenleving had verkeerd. Wat daarmee samenhing waren drugs, pornografie, snuff-films, pedofilie, exotische en erotische seks, en de handel in blanke slavinnen. Om nog maar niet te spreken van een groot aantal perversiteiten die allemaal heel gemakkelijk het motief voor een moord konden opleveren.

Hoever waren ze gekomen met Nicola? Ze had haar rechtenstudie opgegeven om een baan in financieel management aan te nemen waar ze, als je op de kantoren en de auto's van MKR afging, veel meer had kunnen verdienen. Ze had ergens een rijke minnaar die haar een luxeleventje liet leiden. En ze leek niet al te zeer geneigd te denken dat haar persoonlijk geluk afhing van één enkele man. Het was waar dat Martin Reeve haar als iets minder dan eerlijk had afgeschilderd, maar híj zou heel goed de rijke minnaar kunnen zijn die ze zochten, in welk geval hij zich door de politie zeker niet wilde laten beschouwen als iemand anders dan een van de weinigen die iets ongunstigs over Nicola te zeggen hadden. Bijna alles omtrent Nicola was boven water gekomen: van haar leven in Londen tot haar bron van inkomsten. Ze moesten er alleen nog achter zien te komen waarom ze van de zomer in Derbyshire was gaan werken, maar wat kon dat in 's hemelsnaam te maken hebben met de moord?

Anderzijds had vrijwel niets uit Terry Coles leven enige zin gehad. Tot Barbara de kaarten had gevonden.

Ze keek naar de keurige rijtjes op het bed en ze tuitte haar lippen. Vooruit, zei ze, geef me iets waar ik mee verder kan. Ik weet dat een van jullie het me kan vertellen. Ik weet het, ik wéét het.

Nog steeds kon ze Cilla Thompsons hartstochtelijke reactie bij het zien van de kaarten horen: 'Hij zou me hier nooit iets van hebben verteld. In geen honderd jaar. Hij deed of hij kunstenaar was, jezus nog aan toe. En kunstenaars besteden hun tijd aan hun kunst. Wanneer ze niet scheppend bezig zijn, denken ze na over scheppen. Ze sjokken niet heel Londen rond om deze op te hangen. Kunst brengt kunst voort, dus je stelt jezelf open voor de kunst. Dit,' met een minachtend gebaar naar de kaarten, 'is een leven dat openstaat voor walgelijke rotzooi.'

Terry had nooit echt belangstelling voor kunst gehad, was Barbara's mening. Hij was in iets geheel anders geïnteresseerd geweest.

Het eerste stapeltje bestond in totaal uit vijfenveertig kaarten. Ze waren allemaal verschillend, zag Barbara. En hoe ze ze ook bekeek, in rubrieken indeelde of probeerde om ze stuk voor stuk te elimineren, ten slotte was ze gedwongen het feit te accepteren dat slechts de telefoon, zelfs op dit uur van de nacht, haar kon helpen haar volgende stap in het onderzoek te bepalen.

Met opzet schoof ze elke overweging terzijde dat Terry Cole iets te maken zou kunnen hebben met Andy Maidens werkzaamheden bij SO10. Ze zette het idee dat SO10 iets met de zaak te maken had, totaal uit haar hoofd.

Ze stak haar hand uit naar de telefoon. Ze wist heel goed dat, ondanks het late tijdstip, aan de andere kant van de lijn vijfenveertig verdachten zaten te wachten tot iemand hen zou bellen om een paar vragen te stellen.

Door de volgende ochtend heel vroeg op te staan en naar het vliegveld van Manchester te rijden lukte het Lynley om de eerste vlucht naar Londen te nemen. Om tien over halftien zette de taxi hem af bij de voordeur van zijn huis aan Eaton Terrace.

Hij bleef even staan voor hij naar binnen ging. Ondanks de heldere ochtend en de zonnestralen die schitterden op de bovenramen van de huizen in de stille straat, had hij het gevoel of er een wolk vlak boven hem hing. Zijn ogen namen de mooie, witte gebouwen op met de smeedijzeren hekjes ervoor, zonder een spoortje roest dat de donkerblauwe verf ontsierde. Ondanks het feit dat hij geboren was in de langste vredesperiode die zijn land ooit had gekend, merkte hij dat hij op onverklaarbare wijze aan oorlog moest denken. Londen was verwoest geweest. De ene nacht na de andere vielen bommen op de stad, waarbij grote delen van het centrum veranderden in hopen stenen, metselkalk, balken en puin. Het zakencentrum, het havengebied en de voorsteden, zowel ten noorden als ten zuiden van de rivier, waren de grootste schade bespaard gebleven, maar niemand in de hoofdstad van het land was ontkomen aan de angst die 's nachts werd voorafgegaan door het huilen van de sirenes en het gieren van de bommen, en die werd belichaamd door explosies, branden, paniek, verwarring, onzekerheid en de nasleep van dat alles. Toch had Londen het volgehouden; de stad had zich vernieuwd zoals ze dat al tweeduizend jaar had gedaan. Boadicea's stammen hadden haar niet verslagen, evenmin als de pest of de Grote Brand haar had onderworpen, dus de vurige storm van de blitz had niet kunnen hopen haar te vernietigen. Omdat Londen er altijd weer in slaagde om uit pijn, verwoesting en verliezen te herrijzen. Londen had een eigen karakter en nam de vorm aan van de veranderende tijden. Van de overheersing door de Romeinen tot de bloedige conflicten van de Middeleeuwen, van de burgeroorlog tot de industriële revolutie, van de val van het keizerrijk via de opkomst van het socialisme naar de periode van Thatcher en de waanzin van collectieve hebzucht, was de stad zelf altijd overeind gebleven. Londens uiterlijk mocht van tijd tot tijd gewijzigd worden, het hart van de stad bleef altijd onveranderd.

Misschien zou je kunnen redeneren dat conflicten en problemen iemand tot grootse prestaties konden brengen, dacht Lynley; dat het gevoel een doel te hebben, wanneer het op de proef gesteld werd door tegenspoed betrouwbaar werd. Dat begrip voor de wereld, wanneer eraan getwijfeld werd te midden van verdriet en misvattingen, voorgoed werd verstevigd. Maar de gedachte dat bommen uiteindelijk leidden tot vrede, zoals de barensweeën van een vrouw uiteindelijk tot een geboorte leidden, was niet genoeg om de somberheid, de voorgevoelens en de vrees die hij voelde, te verdrijven. Er kon iets goeds voortkomen uit iets kwaads, dat was waar. De hel die ertussenin lag, daar wilde hij niet over nadenken.

Om zes uur die ochtend had hij inspecteur Hanken opgebeld en hem gezegd dat 'belangrijke informatie die was verkregen door de Londense politiemensen die aan de zaak werkten' het noodzakelijk maakten dat hij naar de stad ging. Hij zou contact opnemen met Derbyshire zodra hij de informatie had nagetrokken, er enige zin in had kunnen ontdekken en had gezien waar die in het totaalbeeld paste. Op Hankens logische vraag of het nodig was dat Lynley zelf naar Londen ging wanneer hij daar al twee mensen op de zaak had zitten en, met één telefoontje, er twee of zelfs twintig collega's bij kon betrekken, had Lynley geantwoord dat zijn team een paar details had ontdekt die erop duidden dat het Londen en niet Derbyshire was waar de feiten naartoe wezen. Het leek niet onverstandig, zei hij, dat een van de twee superieuren die aan de zaak werkten, deze feiten in eigen persoon zou bekijken en ordenen. Zou Hanken hem een kopie van het autopsierapport kunnen bezorgen? vroeg hij. Hij wilde dat document aan een forensisch specialist ter hand stellen om te zien of de conclusie van dokter Myles met betrekking tot het moordwapen juist was.

'Als ze zich vergist heeft in het mes, in de lengte van het lemmet bijvoorbeeld, wil ik dat graag zo snel mogelijk weten,' zei hij.

Hoe zou een forensisch specialist in staat zijn om een vergissing in het rapport te vinden zonder het lichaam, de röntgenfoto's, de politiefoto's of de wond zelf te hebben gezien? wilde Hanken weten.

Dit, zei Lynley tegen hem, was geen gewone specialist.

Toch vroeg hij ook om kopieën van de röntgenfoto's en de politiefoto's. Een snelle stop bij het politiebureau in Buxton, op weg naar het vliegveld, had ervoor gezorgd dat hij alles in handen kreeg.

Hanken zou beginnen een speurtocht op touw te zetten naar het Zwitserse legermes en de ontbrekende poncho van Nicola Maiden. Hij wilde ook persoonlijk gaan praten met de masseuse die dinsdagavond Will Upmans schijnbaar zo gespannen spieren had behandeld. En als de tijd het toeliet wilde hij een bezoek brengen aan Broughton Hall om te zien of Julian Brittons vader het alibi van zijn zoon of dat van zijn niet kon bevestigen.

'Kijk nog maar eens goed naar Julian,' zei Lynley tegen hem. 'Ik heb weer een van Nicola's minnaars gevonden.' Hij bracht verslag uit van zijn gesprek van de vorige avond met Christian-Louis Ferrer.

Hanken floot. 'Zouden we ergens nog een vent aantreffen die dat meisje níét gepakt heeft, Thomas?'

'Ik vermoed dat we moeten zoeken naar de vent die dacht dat hij de enige was.'

'Britton.'

'Hij zei dat hij haar ten huwelijk had gevraagd en dat ze had geweigerd. Maar daarvoor hebben we alleen zijn woord, nietwaar? Het is een goede manier voor hem om zelf uit het licht van de schijnwerpers te blijven door te zeggen dat hij met haar wilde trouwen terwijl hij iets geheel anders wilde én deed.'

Nu hij goed en wel in Londen was, maakte Lynley de voordeur open, waarna hij die zachtjes achter zich dichtdeed. Hij riep zijn vrouw. Half en half verwachtte hij dat Helen al weg zou zijn, dat ze op de een of andere manier had aangevoeld dat hij van plan was om naar huis te komen zonder het haar van tevoren te zeggen, dat ze probeerde hem te ontlopen na hun ruzie van een paar dagen geleden. Toen hij door de hal naar de trap liep, hoorde hij echter een deur hard dichtslaan. Een mannenstem zei: 'Oei. Sorry, ik ken mijn eigen kracht niet.' Even later kwamen Denton en Helen naar hem toe lopen vanuit de keuken. Denton balanceerde een stapel enorme boeken op zijn armen. Helen volgde hem, met een lijst in haar hand. Ze zei: 'Ik heb mijn keus al aardig beperkt, Charlie. En ze waren bereid me de stalenboeken mee te geven tot drie uur, dus ik vertrouw op jouw advies.'

'Ik heb een hekel aan bloemen en linten en al die rommel,' zei Denton. 'Alles wat zoetig is, dus dat hoeft u me niet eens te laten zien. Het doet me aan mijn grootmoeder denken.'

'Ik heb het genoteerd,' antwoordde Helen.

'Mooi.' Toen zag Denton Lynley. 'Kijk eens wie daar staat, lady Helen. U hebt me nu zeker niet meer nodig?'

'Nodig waarvoor?' vroeg Lynley.

Helen hoorde hem en ze zei: 'Tommy! Ben je thuis? Dat was een kort reisje!'

'Behang,' zei Denton, in antwoord op Lynleys vraag. Hij gebaarde met de boeken die hij droeg. 'Stalen.'

'Voor de logeerkamers,' voegde Helen eraan toe. 'Heb je de laatste tijd de muren bekeken, Tommy? Het lijkt erop of ze sinds de eeuwwisseling niet meer zijn behangen.'

'Dat is ook zo.'

'Ik dacht het al. Nou, als we het niet veranderen voor je tante Augusta hier komt, ben ik bang dat zíj het voor ons zal doen. Ik dacht dat we haar voor konden zijn. Gisteren heb ik bij Harrods de stalenboeken doorgekeken en ze waren zo vriendelijk me er een paar te laten meenemen toen de winkel sloot. Maar alleen voor vandaag. Is dat niet aardig van ze?' Ze liep de trap op, over haar schouder roepend: 'Waarom ben je zo gauw terug? Heb je alles al ontrafeld?'

Denton liep vlak achter haar. Lynley vormde de derde persoon in hun kleine optocht, met zijn koffer in de hand. Hij moest wat informatie in Londen natrekken, zei hij tegen zijn vrouw. En er waren documenten waarvan hij wilde dat St. James ernaar keek. 'De autopsie. Een paar politiefoto's en röntgenfoto's,' zei hij.

'Zijn de experts het niet met elkaar eens?' vroeg ze. Een redelijke veronderstelling. Het zou niet de eerste keer zijn dat St. James werd gevraagd om te bemiddelen in een verschil van mening tussen wetenschappers.

'Alleen een paar vragen die bij mij zijn opgekomen,' zei Lynley, 'en ik moet een paar dingen bekijken die Winston heeft kunnen opdiepen.'

'Ah.' Ze keek over haar schouder en schonk hem een vluchtig glimlachje. 'Fijn dat je er weer bent.'

De logeerkamers die opnieuw behangen moesten worden lagen op de tweede verdieping van het huis. Lynley zette zijn koffer achter de deur van hun slaapkamer neer en voegde zich vervolgens bij zijn vrouw en Denton, een verdieping hoger. Helen was bezig stalen behang op het bed in de eerste kamer uit te spreiden; ze pakte stuk voor stuk de boeken van Dentons uitgestrekte armen en maakte uiterst zorgvuldig een keus. De jongeman bleef al die tijd verveeld maar geduldig kijken. Toen Lynley het vertrek binnenkwam klaarde zijn gezicht aanmerkelijk op.

Hoopvol zei hij: 'Zo, daar is hij. Als u mij niet meer nodig hebt...?' tegen Lynleys vrouw.

'Ik kan niet blijven, Denton,' zei Lynley onmiddellijk.

De andere man keek hevig teleurgesteld.

'Is er een probleem?' vroeg Lynley. 'Zit er vandaag ergens een aardig, jong ding op je te wachten?' Dat zou niet ongewoon zijn. Dentons jacht op vrouwen was bijna legendarisch te noemen.

'Ik moet naar de kassa met kaartjes voor de halve prijs,' antwoordde Denton. 'Ik had gehoopt dat ik er kon zijn voor er een hele rij staat.'

'O, ik begrijp het. De schouwburg. Toch niet weer een musical, hoop ik?'

'Nou...'

Denton keek verlegen. Zijn voorliefde voor de opvoeringen die in de theaters van West End werden gegeven, slokte elke maand een flink deel van zijn salaris op. Hij was bijna even erg als een drugsverslaafde wanneer het aankwam op schmink, gedimd licht en applaus.

Lynley nam Denton de stalenboeken af. 'Ga dan maar,' zei hij. 'God verhoede dat we je ervan weerhouden de nieuwste spectaculaire theatervoorstelling te gaan zien.'

'Het is kunst,' protesteerde Denton.

'Ja, dat zeg je altijd. Schiet nu maar op. En als je, zoals gewoonlijk, de bijbehorende cd koopt, verzoek ik je vriendelijk die niet te draaien wanneer ik thuis ben.'

'Hij is een echte cultuursnob, vindt u niet?' vroeg Denton op vertrouwelijke toon aan Helen.

'De ergste die er bestaat.'

Nadat Denton was weggegaan ging ze door met behangstalen op het bed te leggen. Ze schoof er drie opzij, die ze door drie andere verving, en pakte een volgend boek van de armen van haar echtgenoot. Ze zei: 'Je hoeft daar niet te blijven staan om ze vast te houden, Tommy. Je moet toch aan het werk?'

'Dat kan wel een paar minuten wachten.'

'Ik vrees dat dit veel langer gaat duren dan een paar minuten. Je weet hoe hopeloos ik ben wanneer ik ergens een beslissing over moet nemen. Ik hád gedacht aan iets aardigs, met bloemen. Beschaafd en rustgevend. Je weet wel wat ik bedoel. Maar Charlie heeft me dat uit mijn hoofd gepraat. De hemel verhoede dat we hem vragen om tante Augusta naar een kamer te begeleiden die hij als zoetig beschouwt. Hoe vind je dit, eenhoorns en luipaarden? Is het niet afschuwelijk?'

'Wel heel geschikt voor logés van wie je niet wilt dat ze te lang blijven.'

Helen lachte. 'Daar zit wat in.'

Lynley zei niets meer tot ze haar keus had gemaakt uit alle boeken die hij vasthield. Ze legde de stalen op het bed en bedekte er ook een groot gedeelte van de vloer mee. Hij moest er voortdurend aan denken hoe vreemd het was dat ze twee dagen geleden ruzie hadden gemaakt. Hij koesterde nu geen ergernis of wrok meer. Evenmin onderging hij het gevoel van verraden te zijn, dat zoveel gerechtvaardigde verontwaardiging in hem had losgemaakt. Hij voelde slechts dat zijn hart op een rustige manier naar haar uitging, wat sommige mannen misschien zouden uitleggen als opwinding om er vervolgens aan toe te geven, maar waarvan hij wist dat het niets te maken had met seks en alles met liefde.

Hij zei: 'Je had mijn nummer in Derbyshire. Ik heb het aan Denton doorgegeven en ook aan Simon.'

Ze keek op. Een lok kastanjebruin haar viel over haar gezicht, naast haar mond. Ze streek het naar achteren.

'Je hebt niet gebeld,' zei hij.

'Was dat dan de bedoeling?' Zijn opmerking bracht haar niet in verlegenheid. 'Charlie heeft me het nummer gegeven, maar hij zei er niet bij dat je me had gevraagd om…'

'Je hoefde ook niet te bellen. Maar ik hoopte dat je het zou doen. Ik wilde met je praten. De ochtend toen ik wegging liep je midden in ons gesprek het huis uit en ik vond het niet prettig dat we zo uit elkaar waren gegaan. Ik wilde het uitpraten.'

'O.' Het kwam er zacht uit. Ze liep naar de oude, Georgiaanse toilettafel die in de logeerkamer stond en ging aarzelend op de rand van het krukje zitten. Ernstig keek ze hem aan, er speelde een schaduw over haar wang waar haar haren haar gezicht beschermden tegen een straal zonlicht die door het raam viel. Ze leek zo veel op een schoolmeisje dat wachtte tot ze een standje zou krijgen, dat Lynley nog eens goed nadacht over wat volgens hem zijn redelijke klachten waren.

Hij zei: 'Het spijt me van de ruzie, Helen. Je gaf je mening. Daar heb je meer dan recht op. Ik ging tegen je tekeer omdat ik wilde dat je achter me stond. Ze is mijn vrouw, dacht ik, en dit is mijn werk en dit zijn de beslissingen die ik moet nemen tijdens mijn werk. Ik wil dat ze achter me staat, niet voor me om me de weg te versperren. Op dat moment beschouwde ik je niet als een individu, maar als een verlengstuk van mezelf. Dus toen je mijn beslissing over Barbara in twijfel trok, werd ik driftig. Ik werd meegesleept door mijn gevoelens. En dat spijt me.'

Ze sloeg haar ogen neer. Ze liet haar vingers langs de rand van het krukje glijden en keek ernaar. 'Ik ben niet de deur uitgelopen omdat je kwaad werd. God weet dat ik dat wel eerder had meegemaakt.'

'Ik weet waarom je bent weggegaan. Ik had het niet moeten zeggen.'

'Zeggen...?'

'Die opmerking. Over overbodig zijn. Het was onnadenkend en wreed. Ik wil graag dat je me vergeeft dat ik het gezegd heb.'

Ze keek naar hem op. 'Het waren maar woorden, Tommy. Je hoeft me niet om vergeving te vragen voor je woorden.'

'Toch doe ik het.'

'Nee. Wat ik bedoel, is dat ik je al vergeven heb. Op dat moment al, om precies te zijn. Woorden zijn niet echt, weet je. Er wordt slechts door uitgedrukt wat mensen zien.' Ze bukte zich om een van de behangstalen op te rapen, die ze vervolgens op armslengte hield en een tijdlang bekeek. Zijn verontschuldiging was, naar het scheen, geaccepteerd. Maar hij had de stellige indruk dat het nog heel lang zou duren voor het onderwerp zelf tussen hen was afgehandeld.

Hij ging echter mee met wat ze op dit moment blijkbaar wilde doen en hij zei behulpzaam, doelend op het behang: 'Dat lijkt me een goede keus.'

'Vind je?' Helen liet het stukje behangpapier op de grond vallen. 'Het zijn de keuzen, waar ik het zo moeilijk mee heb. Eerst wanneer ik ze moet maken. En daarna om ermee te moeten leven.'

Waarschuwingssignalen schoten door Lynleys hoofd. Zijn vrouw was niet bepaald als een gretige bruid aan hun huwelijk begonnen. Integendeel, het had heel wat tijd gevergd om haar ervan te overtuigen dat een huwelijk in haar belang was. Als jongste van vijf zussen, die zich in allerlei huwelijken hadden gestort, in de Italiaanse aristocratie, op het platteland, met een veeboer uit Montana, was ze getuige geweest van de wisselvalligheden en de grillen die het gevolg waren van een permanente verbintenis. Ze had er nooit omheengedraaid dat ze er weinig voor voelde om ergens aan te beginnen dat meer van haar zou nemen dan het ooit zou kunnen geven. Maar tevens was ze er de vrouw niet naar om een tijdelijke disharmonie de overhand te laten krijgen op haar gezond verstand. Ze hadden een paar harde woorden gewisseld, dat was alles. Woorden hoefden niet per se een slecht voorteken te zijn.

Toch zei hij, als reactie op de bedoeling die achter haar verklaring schuilging: 'Toen ik voor het eerst besefte dat ik van je hield – heb ik je dat ooit verteld? – kon ik niet begrijpen hoe ik zo lang blind was geweest voor dat feit. Daar was jij, je maakte al jaren deel uit van mijn leven, maar je was altijd op veilige afstand gebleven, als een vriendin. En toen ik echt besefte dat ik van je hield, leek het erop dat ik, wanneer ik het waagde meer dan je vriendschap te vragen, alles in de waagschaal zou stellen.'

'Het was een groot risico,' zei ze. 'Na een bepaald punt met iemand te hebben bereikt is er geen weg terug, zo is het toch? Maar ik heb geen moment spijt van dat risico. Jij wel, Tommy?'

Hij werd overspoeld door een golf van opluchting. 'Dan is het weer goed tussen ons.'

'Is het ooit anders geweest?'

'Het leek erop…' Hij aarzelde, er niet zeker van hoe hij de vloedgolf die tussen hen leek op te rijzen, moest omschrijven. Hij zei: 'We konden een periode van aanpassing verwachten, nietwaar? We zijn geen kinderen meer. We hebben allebei een eigen leven geleid voor we met elkaar trouwden, dus het zal wat tijd vergen om ons aan te passen aan een leven waarbij de ander voortdurend betrokken is.'

'Hadden we dat?' Het kwam er nadenkend uit, als een verklaring. Ze keek naar hem op van het behangpapier.

'Hadden we wat?'

'Een eigen leven. O, ik begrijp dat jij het had. Wie zou dat willen betwisten? Maar wat de andere helft van de vergelijking aangaat…' Ze maakte een doelloos gebaar naar de behangstalen. 'Ik zou zonder een moment te hebben geaarzeld, bloemen hebben gekozen. Maar bloemen, is me door Charlie gezegd, zijn zoetig. Weet je, ik heb mezelf nog nooit beschouwd als een hopeloos geval, als het om woninginrichting ging. Misschien heb ik mezelf voor de gek gehouden.'

Lynley kende haar niet voor niets vijftien jaar om nu haar bedoeling te kunnen begrijpen. 'Helen, ik was kwaad. Wanneer ik kwaad ben, klim ik in de hoogste boom die ik kan vinden. Maar, zoals je al zei, het waren alleen maar woorden. Ze bevatten niet méér waarheid dan dat er waarheid schuilt in suggereren dat ik een toonbeeld van fijngevoeligheid ben. Zoals je weet ben ik dat niet. Basta.'

Terwijl hij sprak was ze bezig de stalen met de bloemen opzij te leggen. Toen hij uitgesproken was hield ze op. Ze keek naar hem met scheefgehouden hoofd, haar gezichtsuitdrukking was zacht. 'Je begrijpt niet echt waar ik het over heb, hè? Maar hoe zou je dat ook kunnen? Als ik in jouw plaats was zou ik ook niet weten waarover ik het had.'

'Ik begrijp het wel. Ik verbeterde je woorden. Ik was kwaad omdat je niet mijn kant koos, dus ik reageerde omdat ik geloofde dat je reageerde op de vorm in plaats van op het wezenlijke dat eraan ten grondslag lag. Toen ik dat deed heb ik je gekwetst. En dat spijt me.'

Ze stond op, met de vellen behangpapier tegen haar borst gedrukt. 'Tommy, je hebt me beschreven zoals ik ben,' zei ze eenvoudig. 'Ik liep de deur uit omdat ik niet wilde luisteren naar een waarheid die ik jarenlang niet onder ogen had gezien.'

15

Vrouwen waren altijd een mysterie voor hem geweest. Helen was een vrouw. Ergo, Helen zou altijd een mysterie blijven. Althans, dat dacht Lynley tijdens zijn rit van Belgravia naar Westminster en New Scotland Yard.

Hij had hun gesprek willen voortzetten, maar ze had vriendelijk gezegd: 'Tommy, schat, je bent toch naar Londen teruggekomen omdat je werk te doen hebt? Dan moet je dat doen. Ga nu maar. Later praten we wel, als het nodig is.'

Als iemand die er in het algemeen in slaagde om te krijgen wat hij wilde en ook nog binnen redelijk korte termijn, ergerde Lynley zich aan elke vorm van uitstel. Maar Helen had gelijk. Hij was al langer thuis blijven talmen dan hij oorspronkelijk van plan was. Daarom kuste hij haar en hij ging vervolgens op weg naar de Yard.

In zijn kamer trof hij Nkata aan de telefoon. De rechercheur maakte aanteke-ningen in zijn boekje, terwijl hij zei: 'Beschrijft u het dan zo goed mogelijk voor me... Nou, wat voor kraag heeft het, bijvoorbeeld? Heeft het haakjes, of een ritssluiting?... Hoor eens, álles wat u me maar kunt vertellen... Hmm? Ja, oké. Goed, ik blijf aan de lijn... Geeft u haar ook maar even. Tot ziens.' Toen Lynley de kamer binnenkwam, keek Nkata op, waarna hij aanstalten maakte om uit de bureaustoel op te staan.

Lynley gebaarde dat hij kon blijven zitten. Hij ging achter Nkata staan, waar hij een rijtje briefkaarten kon zien dat op zijn leren vloeiblad was neergelegd. De kaarten namen een hele rand van het blad in beslag. Het waren, volgens Nkata, voorbeelden van wat ze in Terry's flat hadden gevonden.

Lynley zag dat op sommige kaarten straf werd aangeboden; andere beloofden SM; weer andere suggereerden dat iemands ultieme fantasieën in vervulling konden gaan. Er werd gesproken van bubbelbaden, massages, video's en mar-telkamers. Op een paar kaarten werden dieren aangeboden; enkele bevatten de mededeling dat voor kostuums kon worden gezorgd. Vele toonden foto's waarop genoegens waren afgebeeld die werden geboden door de *Transseksuele zwarte zij-man*, of de *ultieme dominante vrouw* of een *Heet verrukkelijk Thais meisje*. Om kort te gaan, er was iets bij voor ieders smaak, neiging en perver-sie. Omdat de kaarten eruitzagen alsof ze zó van de drukker kwamen en nog niet in een telefooncel waren opgehangen om vervolgens door een tiener met het zweet in de handen en masturbatie in gedachten te zijn weggehaald, was de enige conclusie die kon worden getrokken uit de aanwezigheid van een paar duizend van dergelijke kaarten onder het bed van Terry Cole, dat de jon-geman die niet had verzameld maar dat hij deel uitmaakte van de grote machine die in Londen seks te koop aanbood.

Het was tenminste een verklaring voor Cilla Thompsons bewering dat de jongen zo veel geld op zak had gehad. Kaartenjongens die snel genoeg werkten om kaarten in alle telefooncellen van het centrum van Londen op te hangen, konden er een aardige boterham mee verdienen: het huidige tarief bedroeg honderd pond voor elke vijfhonderd kaarten die de jongen kon ophangen. De werkzaamheden van een kaartenjongen waren onontbeerlijk: medewerkers van British Telecom verwijderden dagelijks de kaarten, dus ze dienden voortdurend te worden vervangen.

Twee van deze kaarten waren apart gehouden van het rijtje op Lynleys vloeiblad en lagen midden op het bureau. Een ervan toonde de foto van een zogenaamd schoolmeisje; op de andere stond slechts tekst gedrukt. Lynley pakte ze met een wee gevoel in zijn maag op om ze te bekijken, terwijl Nkata zijn telefoongesprek voortzette.

SSST was boven aan de eerste kaart gedrukt. Onder de foto stonden de woorden NIET TEGEN MAMMIE ZEGGEN WAT ER NA SCHOOLTIJD GEBEURT! De foto liet een rugtas zien waar boeken uitvielen en een meisje dat zich bukte om ze op te rapen, met haar achterste naar de camera. Ze was geen doorsnee schoolmeisje. Haar plooirok was opgetrokken zodat een zwart stringslipje zichtbaar werd en zwarte, tot haar dijen reikende kousen met een kanten boord. Over haar schouder keek ze schalks naar de camera, krullend blond haar viel langs haar gezicht. Onder haar schoenen met stilettohakken stond een telefoonnummer waarnaast met de hand BEL ME! was geschreven.

'Christus,' fluisterde Lynley. Toen Nkata zijn gesprek had beëindigd zei hij, alsof een verklaring bij daglicht het verhaal dat hij midden in de nacht van de rechercheur had gehoord zou ontzenuwen: 'Vertel me het hele verhaal nog eens, van begin tot eind, Winnie.'

'Zal ik Barb halen? Het denkwerk was van haar.'

'Havers?' De toon van Lynleys stem verhinderde dat de rechercheur de telefoon opnam. 'Winston, ik heb haar gezegd dat ik wilde dat ze zich met de computer bezighield. Je hebt me verzekerd dat ze dat ook deed. Waarom is ze bij dit deel van het onderzoek betrokken?'

Nkata hief zijn handen op met de palmen naar voren, leeg en onschuldig. Hij zei: 'Ze is er niet bij betrokken. Ik had de doos met kaarten in uw auto gezet toen ik hier gisteravond terugkwam uit Battersea. Ik reed even langs om te zien hoever ze was met CRIS. Ze vroeg of ze de kaarten kon meenemen wanneer ze naar huis ging. Om ze door te kijken. De rest... Ze kan u beter zelf vertellen hoe het uitpakte.'

Nkata's gezicht droeg de argeloze uitdrukking van een kind op de knie van de kerstman, waaruit bleek dat er meer achter het verhaal stak dan tot dusver was onthuld. Lynley zuchtte. 'Laat haar maar komen.'

Nkata pakte de telefoon. Hij toetste een paar cijfers in en terwijl hij wachtte op verbinding zei hij ernstig: 'Ze werkt nu aan CRIS. Daar is ze sinds zes uur vanochtend mee bezig.'

'Ik zal het gemeste kalf slachten,' was Lynleys antwoord.

Nkata, niet gewend aan bijbelteksten of zinspelingen daarop, zei onzeker: 'O.' Daarna, in de hoorn: 'De chef is hier, Barb.' Dat was alles.

Terwijl ze op Havers wachtten bekeek Lynley de tweede kaart. Hij wilde echter niet denken aan het verdriet dat de ouders van het vermoorde meisje te wachten stond, dus hij richtte zijn aandacht weer op Nkata. 'Was er vanmorgen verder nog iets, Winnie?'

'Ik ben gebeld door de dames Cole. De moeder en de zus. Dat was de zus, die ik net aan de telefoon had.'

'En?'

'Het jack van de jongen is zoek.'

'Jack?'

'Ja. Een zwart, leren jack. Hij droeg het altijd wanneer hij met zijn zware motor eropuit trok. U hebt mevrouw Cole een lijst gegeven met de spullen van de jongen – die ontvangstbewijzen, weet u nog? – en het jack staat er niet op. Ze denken dat iemand van het bureau in Buxton het heeft ingepikt.'

Lynley dacht terug aan de foto's van de plaats van de moord. Hij dacht aan het bewijsmateriaal dat hij in Buxton had onderzocht. Toen zei hij: 'Weten ze het zeker, van dat jack?'

'Hij droeg het meestal, beweren ze. En hij zou niet dat hele eind naar het noorden zijn gereden met niets anders aan dan een T-shirt, en dat lijkt alles wat hij aanhad, volgens de lijst dan. Hij zou nooit met alleen een T-shirt aan de snelweg zijn opgegaan, zeiden ze.'

'Het was anders niet koud.'

'Het jack was niet alleen bedoeld voor de warmte. Het moest hem ook beschermen, voor het geval hij met de motor onderuit zou gaan. Hij zou niet zoveel schaafwonden oplopen als hij het jack droeg, verklaarden ze. Daarom willen ze weten waar het is.'

'Was het niet bij zijn kleren in de flat?'

'Barb heeft zijn boeltje bekeken, dus zij kan u vertellen...' Nkata slikte de rest van zijn woorden in. Hij zag er betrapt uit.

'Ah,' zei Lynley. Het ene woordje klonk veelbetekenend.

'Ze is daarna de halve nacht aan de computers blijven werken,' zei Nkata haastig.

'Zo, heeft ze dat gedaan. En van wie was het idee afkomstig dat ze met je mee zou gaan naar de flat van Terry Cole?'

Havers' komst bespaarde Nkata het antwoord. Ze kwam binnen alsof het afgesproken werk was, strikt zakelijk, met een aantekenboekje in haar hand. Ze zag er passender uit voor haar werk dan Lynley haar ooit had meegemaakt. Ze liet zich niet, zoals gewoonlijk, in de stoel voor zijn bureau neerploffen. Bij de open deur wachtte ze, met de hakken van haar pumps ertegenaan gedrukt alsof ze zich dwong eerbiedig in de houding te staan. Toen Lynley haar naar het jack vroeg, antwoordde ze niet meteen, ze leek een poging te doen iets van het gezicht van haar collega-rechercheur af te lezen, alsof dat een barometer was die haar het klimaat in Lynleys kamer kon laten taxeren.

'De kleding van de jongen?' zei ze voorzichtig, toen Nkata's ernstige knikje in Lynleys richting haar blijkbaar duidelijk maakte dat het op zijn minst betrekkelijk veilig was om toe te geven dat ze voor de zoveelste maal haar plichten had verwaarloosd. 'Nou. Hmm.'

'We hebben het straks wel over wat je verondersteld was te doen, Havers,' zei Lynley. 'Hing er een zwart, leren jack tussen de kleren van de jongen?'

Ze leek zowaar niet op haar gemak, zag Lynley. Dat was tenminste iets. Ze ging met haar tong over haar lippen en ze schraapte haar keel. Alles was zwart, antwoordde ze. Er waren truien, overhemden, T-shirts en spijkerbroeken in zijn kleerkast. Maar er was geen jack bij, althans geen leren jack.

'Maar er was wel een lichter jack, een windjack,' zei ze. 'En een jas. Tamelijk lang, nogal ouderwets. Dat was het.' Een pauze. Dan waagde ze te zeggen: 'Waarom?'

Nkata vertelde het haar.

'Iemand moet het van de plaats delict hebben meegenomen,' was haar onmiddellijke reactie. 'Inspecteur,' voegde ze eraan toe in Lynleys richting, alsof ze met het respectvolle woordje een pasverworven eerbied voor het gezag tot uitdrukking wilde brengen.

Lynley dacht na over wat haar veronderstelling inhield. Nu werden er twee kledingstukken vermist van de plek van de moord: een jack en een poncho. Waren ze dan toch weer terug bij twee moordenaars?

'Misschien wijst het jack de weg naar de moordenaar,' merkte Havers op, alsof ze zijn gedachten kon lezen.

'Als onze moordenaar zich druk had gemaakt over forensisch bewijsmateriaal, had hij het lichaam helemaal moeten uitkleden. Wat schiet hij ermee op door alleen het jack mee te nemen?'

'Om zelf aan te trekken?' zei Nkata.

'Hij had de poncho om het bloed waarmee hij bedekt was, onder te verbergen.'

'Maar als hij wist dat hij na de moord nog ergens naartoe moest, of als hij wist dat hij gezien zou kunnen worden op de terugweg naar huis, dan kon hij toch geen poncho dragen? Waarom zou hij? Het regende dinsdagavond niet.'

Havers stond nog altijd bij de deur. Haar vragen en opmerkingen waren behoedzaam, alsof ze eindelijk begon te beseffen dat ze zich in een proefperiode bevond.

Ze had gelijk en Lynley erkende het met een hoofdknik. Daarna liep hij naar de kaarten en hij zei, terwijl hij ermee zwaaide: 'Laat me het allemaal nog eens horen.'

Havers wierp Nkata een blik toe alsof ze verwachtte dat hij het initiatief zou nemen. Hij begreep haar bedoeling en hij zei: 'Ik zou uit mijn hoofd snel het abc van a tot z kunnen opzeggen, maar ik zou de helft overslaan. Zeg jij het maar.'

'Goed.' Ze bleef bij de deur. 'Ik heb erover zitten denken hoe een van die lui,' met een knikje naar de kaarten op Lynleys bureau, 'een motief kon hebben om Terry Cole te vermoorden. Als hij hen nu eens had bedonderd? Als hij hun kaarten had opgehaald, van iedereen honderd pond in zijn zak had gestoken, maar de kaarten nooit had verspreid? Of tenminste niet het aantal kaarten had opgehangen dat hij zei dat hij had opgehangen. Hoe wist een prostituee tenslotte precies waar, of zelfs óf, haar kaarten werden opgeplakt, tenzij ze het persoonlijk ging controleren? En zelfs al liep ze het hele centrum van Londen af om in elke telefooncel die ze tegenkwam te kijken, wat weerhield Terry Cole ervan om te beweren dat de schoonmaakploeg van British Telecom de kaarten net zo snel uit de cellen weghaalde als hij ze kon ophangen? Daarom besloot ik om hen allemaal te bellen, om te horen wat ze over Terry te vertellen hadden.' Ze had echter weinig geluk gehad met de gesprekken die ze had gevoerd, en ze was juist begonnen het nummer te draaien dat op de kaart van het schoolmeisje vermeld stond, toen ze de foto nog eens goed had bekeken en het tot haar was doorgedrongen dat het meisje er verschrikkelijk bekend uitzag. Omdat ze er vrijwel zeker van was wie de foto voorstelde, had ze het nummer van de kaart gedraaid en gevraagd 'Hallo, spreek ik met Vi Nevin?' toen de telefoon aan de andere kant werd opgenomen. 'Met agente Barbara Havers,' had ze tegen de jonge vrouw gezegd. 'Ik wil nog een paar punten ophelderen, als u tijd hebt. Of zal ik morgenochtend langskomen?'

Vi Nevin had niet eens gevraagd hoe Havers aan haar nummer kwam. Ze had alleen met haar door de toneelschool gevormde stem gezegd: 'Het is al na twaalven. Weet u dat, agente? Probeert u me te intimideren?'

'Ze lijkt jong genoeg om de rol van schoolmeisje te spelen in de seksuele fantasie van een of andere hoerenloper,' besloot Havers. 'En na wat ik gisteren van de inrichting van haar flat gezien heb zou ik...' Ze kromp ineen en ze zweeg, toen het blijkbaar tot haar doordrong wat ze zojuist had losgelaten over de rest van haar activiteiten van de vorige dag. Haastig liet ze erop volgen: 'Hoort u eens, inspecteur. Ik heb Winnie ertoe overgehaald om me overal aan te laten meedoen. Hij wilde echt dat ik achter de computer bleef zitten, precies zoals u me had opgedragen. Hij heeft hier absoluut geen schuld aan. Ik dacht alleen dat, als twee mensen de ondervraging deden in plaats van een, we zouden kunnen...'

Lynley onderbrak de woordenstroom. 'Daar hebben we het later wel over.' Hij schonk zijn aandacht aan de tweede van de beide kaarten die midden op zijn bureau hadden gelegen. Het telefoonnummer was hetzelfde als dat op de kaart met het schoolmeisje. Er werd echter iets heel anders aangeboden. UITDAGENDE NIKKI stond opvallend boven aan de tweede kaart, met vlak onder de naam de woorden ONTDEK DE GEHEIMEN VAN SM. Onder die suggesties werden toespelingen gemaakt op de geheimen zelf: een volledig ingerichte martelkamer, een kerker, een operatiekamer, een klaslokaal. BRENG JE

EIGEN SPEELGOED MEE OF GEBRUIK HET MIJNE was de laatste verleiding, gevolgd door het telefoonnummer. Er stond geen foto bij.

'We weten nu tenminste waarom ze bij MKR Financial zijn weggegaan,' zei Nkata. 'Deze meisjes verdienen vijftig pond per uur tot vijftienhonderd voor een hele nacht. Dat heb ik uit betrouwbare bron,' voegde hij er snel aan toe alsof die verduidelijking nodig was om zijn reputatie onbevlekt te laten. 'Ik heb met Hillinger van Obscene Publicaties gesproken. Die kerels weten er alles van.'

Met tegenzin zag Lynley hoe de verschillende stukjes van de informatie die ze over Nicola Maiden hadden verzameld, in elkaar begonnen te passen. Hij zei: 'De pieper was dus voor haar klanten, wat verklaart waarom haar ouders niet wisten dat ze er een had. Upman en Ferrer, allebei mannen met wie ze een intieme relatie onderhield, wisten het wel.'

'Bedoelt u dat ze er in Derbyshire ook mee bezig was?' vroeg Barbara. 'Met Upman en Ferrer?'

'Misschien. Maar zelfs als ze het met hen alleen deed omdat ze het leuk vond, was ze een zakenvrouw die in contact wilde blijven met haar vaste klanten.'

'Door telefoonseks met hen te bedrijven wanneer ze weg was?'

'Mogelijk.'

'Maar waaróm was ze weg?'

Dat was nog steeds de vraag.

'Wat die mannen uit de Peaks betreft,' begon Nkata nadenkend.

'Ja? Wat is er met hen?'

'Er was ruzie in Islington. Ik vraag me af met wie.'

'Ruzie?'

'Nicola's hospita in Islington hoorde dat ze ruzie had met een man,' bracht Havers vanuit de deuropening naar voren. 'In mei. Net voor ze naar Fulham verhuisde.'

'Ik vraag me af of we eindelijk een keihard motief hebben om Julian Britton mee op te zadelen,' zei Nkata. 'Die man zei dat hij haar liever dood zou zien voor hij haar "het" liet doen... zoiets. Misschien wist hij dat ze van de universiteit en bij MKR was weggegaan om prostituee te worden.'

'Hoe zou hij dat moeten weten?' vroeg Lynley, om deze theorie te testen. 'Julian en Nicola woonden bijna vierhonderd kilometer bij elkaar vandaan. Je gelooft toch niet dat hij naar Londen kwam, een kaart uit een of andere telefooncel meenam, het nummer draaide voor een leuke sessie met zwepen en handboeien, en Nicola Maiden trof, klaar om die te gebruiken. Dat zijn te veel toevalligheden voor één zaak.'

Havers zei: 'Hij had naar de stad kunnen komen om haar op te zoeken zonder het haar van tevoren te vertellen, inspecteur.'

Nkata knikte. 'Hij duikt op in Islington en vindt zijn vriendin bezig tepelklemmen vast te zetten op een vent die een leren harnas draagt. Dat zou toch wel iets zijn om ruzie over te maken.'

Het was inderdaad een mogelijk scenario, moest Lynley toegeven. Maar dan bestond er nog een. 'Er is iemand anders, hier in de stad, die zich even gekrenkt zou voelen wanneer hij achter Nicola's plannen voor een nieuwe carrière kwam. We moeten haar Londense vriend vinden.'

'Kan dat niet gewoon een van haar klanten zijn geweest?'

'Iemand die zo vaak opbelde als Upman en Ferrer beiden beweren? Dat betwijfel ik.'

Havers zei: 'Inspecteur, we moeten Terry Cole niet vergeten.'

'Ik heb het over een man die haar vermoord heeft, agente, niet over een man die tegelijk met haar werd vermoord.'

'Ik wil niet beweren dat Cole haar Londense vriend was,' zei Havers. Tegen haar gewoonte in klonk haar stem behoedzaam. 'Ik bedoelde Cole als Cole. Om naar te kijken. Om over te praten. We hebben nu het verband tussen hen, tussen Maiden en Cole. Kennelijk verspreidde hij kaarten voor haar, zoals hij dat ook deed voor al die andere hoertjes. Maar hij kan niet helemaal naar Derbyshire zijn gegaan om meer kaarten bij haar op te halen die hij in telefooncellen kon ophangen, zeker niet nu ze niet in Londen was om telefoontjes aan te nemen van mannen die haar kaarten meenamen. Wat deed hij daar dan wel? Er moet meer tussen hen zijn geweest.'

'Op het moment is Cole niet aan de orde.'

'Hoe kunt u dat nu zeggen? Hij is dóód, inspecteur. Hebben we nog meer nodig?'

Lynley keek haar nijdig aan. Nkata zei snel, alsof hij een dreigend meningsverschil wilde bezweren: 'Als Cole er nu eens naartoe was gestuurd om haar te vermoorden? En het erop uitdraaide dat hij zelf het loodje legde? Of dat hij probeerde haar ergens voor te waarschuwen? Haar te zeggen dat ze gevaar liep?'

'Dan had hij haar toch ook kunnen bellen,' merkte Barbara op. 'Het is niet nodig dat hij op zijn motor naar Derbyshire zou racen om haar ergens voor te waarschuwen.' Ze kwam een stap bij de deur vandaan alsof ze door dichter bij hen te gaan staan, beide mannen zou kunnen overhalen de kwestie van haar kant te bekijken. 'Het meisje had een pieper, Winston. Als je wilt beweren dat Terry Cole helemaal naar de Peaks is gereden omdat hij haar niet aan de telefoon kon krijgen, waarom heeft hij haar dan niet opgepiept? Als ze op de hoogte moest worden gebracht dat ze gevaar liep, was de kans toch veel te groot dat het haar zou bereiken voor Cole bij haar was?'

'Dat is ook gebeurd,' zei Nkata.

'Ja. Het ergste is gebeurd, en ze zijn allebei om het leven gebracht. Allebei. En ik zeg dat het verstandig zou zijn om hen op die manier te beschouwen: als een stel, niet als een toeval.'

'En ík zeg,' zei Lynley veelbetekenend, 'dat er een taak op je ligt te wachten, Havers. Dank je voor je inbreng. Ik zal het je laten weten als ik meer wil.'

'Inspecteur...'

'Agente?' In de manier waarop hij het woord uitsprak lag meer besloten dan alleen de rang. Nkata bewoog even achter Lynleys bureau. Hij leek te hopen dat Havers zijn kant op zou kijken.

Ze deed het niet. Maar de hand waarin ze haar aantekenboekje hield, viel langs haar zij omlaag en alle zelfverzekerdheid was uit haar stem verdwenen toen ze verderging: 'Inspecteur, ik geloof alleen dat we erachter moeten zien te komen wat Cole precies in Derbyshire deed. Wanneer we de reden voor zijn tocht kennen, hebben we onze moordenaar. Ik voel het. U niet?'

'Ik heb geluisterd naar wat je voelt.'

Ze beet op haar lip. Eindelijk keek ze naar Nkata, alsof ze hoopte dat hij haar een teken zou geven. De rechercheur trok even zijn wenkbrauwen op en knikte in de richting van de deur; misschien om haar duidelijk te maken dat ze er verstandig aan zou doen om zo snel mogelijk terug te gaan naar de computer. Barbara nam de wenk echter niet ter harte. Ze zei tegen Lynley: 'Mag ik het volgen, inspecteur?'

'Wat volgen?'

'De Cole-kant van de zaak.'

'Havers, je hebt een opdracht. En er is je gezegd dat je daarmee door moet gaan. Wanneer je klaar bent met je werk aan CRIS, wil ik dat je een rapport naar St. James brengt. Nadat je dat gedaan hebt zal ik je een nieuwe opdracht geven.'

'Begrijpt u dan niet dat er, als hij helemaal naar Derbyshire is gegaan om haar te ontmoeten, iets meer tussen hen moet zijn geweest?'

Nkata zei: 'Barb...' Het klonk als een voorzichtige aansporing.

'Hij had hopen geld,' drong ze aan. 'Hopen, inspecteur. Goed. Oké. Het kán van de kaarten afkomstig zijn geweest. Maar hij had ook cannabis in zijn flat. En een grote opdracht, waar hij over praatte. Tegen zijn moeder en zijn zus, tegen mevrouw Baden, tegen Cilla Thompson. Eerst dacht ik dat het allemaal verzinsels van hem waren, maar nu die kwestie met de kaarten ook maar niet in de verste verte kan verklaren wat hij in Derbyshire deed...'

'Havers, ik zeg het je niet nog eens.'

'Maar inspecteur...'

'Verdomme. Nee!' Lynley voelde dat hij op het punt stond driftig te worden. De koppigheid van de vrouw werkte op hem als een rode lap op een stier. 'Als je probeert te suggereren dat iemand hem helemaal naar Derbyshire is gevolgd met de opzettelijke bedoeling om zijn slagader door te snijden, dan zeg ik je dat het daar niet om gaat. Alle informatie die we tot dusver hebben verzameld brengt ons direct bij Nicola Maiden en als je dat niet inziet, dan ben je meer kwijtgeraakt dan je rang als gevolg van je dagtochtje in juni op de Noordzee.'

Ze sloot haar mond met een klap. Haar lippen werden zo dun als de verwachtingen van een oude vrijster. Bij het horen van het woord 'verdomme' ontsnapte Nkata een diepe zucht.

'Goed.' Lynley gebruikte het woord om tijd te winnen. Hij gebruikte de tijd om zijn driftbui te bedwingen. 'Als je een verzoek wilt indienen om overplaatsing naar een andere inspecteur, Havers, dan zeg je het maar. Er is werk aan de winkel.'

Vijf seconden tikten voorbij. Nkata wendde zijn ogen van het raam af. Hij en Barbara wisselden een blik die voor hen iets leek te betekenen maar voor Lynley een raadsel inhield.

'Ik verzoek niet om overplaatsing,' zei Havers ten slotte.

'Dan weet je wat je te doen staat.'

Ze wisselde nog een blik met Nkata. Daarna keek ze Lynley aan. 'Inspecteur,' zei ze beleefd. Ze liep de kamer uit.

Lynley besefte dat hij haar geen enkele vraag had gesteld met betrekking tot haar zoektocht in de dossiers. Dat drong echter pas tot hem door nadat hij Nkata's plaats achter zijn bureau had ingenomen. Hij voelde aan dat het in haar voordeel zou zijn als hij haar nu zou terugroepen. Daar had hij op dit moment geen behoefte aan.

'We bekijken het eerst vanuit de hoek van de prostitutie,' zei hij tegen Nkata. 'Een verliefde man zou om die reden een dijk van een aanleiding hebben om een moord te plegen.'

'Het zou hard aankomen als een vent erachter kwam dat zijn vriendin in de prostitutie zat.'

'Als dat in Londen gebeurde, dan bestaat er tevens de mogelijkheid dat iemand hier in de stad er ook achter is gekomen, denk je niet?'

'Daar heb ik niets tegenin te brengen.'

'Dan stel ik voor dat we beginnen de vriend in Londen op te sporen,' besloot Lynley. 'En ik weet wel zo'n beetje waar we moeten beginnen.'

16

Vi Nevin pakte de kaart van Lynley aan en legde die, na hem zorgvuldig te hebben bekeken, op het smetteloze lage, glazen tafeltje dat voor de zachtgele sofa en de bijpassende tweezitsbank stond, die haaks op elkaar stonden. Zelf was ze op de sofa gaan zitten, de kleine bank overlatend aan Lynley en Nkata, om daar dicht naast elkaar op plaats te nemen. Nkata had echter niet meegewerkt aan deze opstelling. Hij had zich bij de buitendeur opgesteld, met over elkaar geslagen armen, in een houding die aangaf dat er geen ontsnapping mogelijk was.

'U bent het schoolmeisje dat op die kaart is afgebeeld, nietwaar?' begon Lynley.

Vi pakte de map die ze de vorige dag aan Havers en Nkata had laten zien. Ze schoof hem die toe over het tafeltje. 'Ik poseer voor foto's, inspecteur. Dat is mijn werk en daar krijg ik voor betaald. Ik weet niet wie ze waarvoor gaat gebruiken en het kan me ook niet echt schelen, zolang ik er maar voor word betaald.'

'Wilt u daarmee zeggen dat u niet meer bent dan een model voor seksuele diensten die iemand anders aanbiedt?'

'Dat klopt.'

'Juist. Wat heeft het dan voor zin om uw telefoonnummer op de kaart te zetten als u niet het betreffende "schoolmeisje" bent?'

Ze wendde haar blik van hem af. Ze was snel, redelijk goed opgeleid, welbespraakt en slim, maar ze had niet zo ver vooruit gedacht.

'Weet u, ik hoef niet met u te praten,' zei ze. 'En wat ik doe is niet onwettig, dus doet u alstublieft niet of het wel zo is.'

De bedoeling van zijn bezoek was niet om haar de fijnere kneepjes van de wet uit te leggen, verklaarde Lynley. Maar als ze zich bezighield met prostitutie...

'Laat u me dan zien waar op die kaart staat dat iemand me ergens voor betaalt,' zei ze bits.

Als, herhaalde Lynley, ze zich bezighield met prostitutie, dan nam hij aan dat ze wist waar ze zich met haar gedrag op dun ijs begaf en waar niet. Als dat het geval was...

'Hang ik ergens rond? Spreek ik mannen aan op straat?'

Als dat het geval was, vervolgde hij vastbesloten, wilde hij ook aannemen dat mevrouw Nevin ervan op de hoogte was hoe gemakkelijk en ruim het woord 'bordeel' kon worden opgevat door een rechter met weinig geduld voor de details van taalkundige spitsvondigheidjes. Hij keek de maisonnette rond voor het geval ze de volledige betekenis van zijn opmerking niet begreep.

Minachtend zei ze: 'Smerissen.'

'Precies,' was Lynleys vriendelijke antwoord.

Hij en Nkata waren rechtstreeks van New Scotland Yard naar Fulham gereden. Ze hadden Vi Nevin aangetroffen terwijl ze bezig was tassen van Sainsbury uit het nieuwste model Alfa Romeo te laden. Toen ze een glimp opving van Nkata, die zijn lange lichaam uit de Bentley wurmde, zei ze: 'Waarom bent u hier alweer? Waarom zit u niet achter Nikki's moordenaar aan? Hoor eens, ik heb geen tijd om met u te praten. Ik heb over drie kwartier een afspraak.'

'Dan neem ik aan dat u graag wilt dat we voor die tijd weer weg zijn,' had Lynley gezegd.

Ze wierp een snelle blik op beide mannen, om te zien wat de bedoeling was. Daarna zei ze: 'Help me dan hiermee,' en ze gaf hun twee volle tassen.

Ze had bederfelijke etenswaren in een grote koelkast opgeborgen: paté, Griekse olijven, rauwe ham, Zwitserse kaas...

'Hebt u vanavond een feestje?' had Lynley haar gevraagd. 'Of hoort het eten misschien bij de... afspraak?'

Vi Nevin had de koelkastdeur met een klap dichtgegooid en was naar de zitkamer gelopen, waar ze haar plaats op de sofa had ingenomen. Daar zat ze nog steeds, een ouderwets gekleed figuurtje met platte schoenen en witte sokjes, een opgerolde spijkerbroek, een witte blouse met opgerolde mouwen en de kraag opgezet, een sjaaltje om de hals geknoopt, en een paardenstaart. Ze zag er uit als een actrice uit een James Dean-film. Het enige wat ontbrak was klapkauwgum.

Ze sprak echter niet als een actrice uit een James Dean-film. Ze mocht dan gekleed zijn als een kauwgum kauwende aanhangster van popmuziek, maar ze sprak als een vrouw van goede komaf of een vrouw die zich had aangeleerd om zo te spreken. Het laatste was waarschijnlijker, dacht Lynley terwijl hij haar ondervroeg. Zo nu en dan sloop er een foutje in haar zorgvuldig opgebouwde imago. Hier en daar een woord, of een slordige uitspraak die onwillekeurig haar afkomst verried. Toch was ze niet wat hij had verwacht te zullen aantreffen op het adres van een kaart in een telefooncel, waarop seks werd aangeboden.

'Mevrouw Nevin,' zei Lynley, 'ik ben hier niet om u hardhandig aan te pakken. Ik ben hier omdat er een vrouw is vermoord, en als die moord op de een of andere manier in verband staat met de manier waarop ze in haar onderhoud voorzag...'

'Daar komen jullie altijd weer terecht, toch? Regelrecht bij een van onze bezoekers. "Ze is een slet en ze kreeg waar ze om gevraagd heeft. Ze heeft nog geluk gehad dat ze het zolang heeft volgehouden, met haar manier van leven en de kerels die er deel van uitmaken." Daar zou u toch een eind aan willen maken? Aan die manier van leven? Dus u hoeft me niet te vertellen wat u al dan niet van plan bent met betrekking tot mijn "manier om in mijn onderhoud te voorzien."' Ze keek hem strak aan. 'U moest eens weten hoeveel arrestatiebevelen opzij worden gelegd wanneer een man haast heeft om zijn broek uit te trekken. Hmm. Dan kan ik wel een paar namen noemen.'

'Ik ben niet geïnteresseerd in uw klanten. Ik wil Nicola Maidens moordenaar vinden.'

'Die volgens u een van haar klanten is. Waarom wilt u het niet toegeven? Hoe denkt u dat die mannen zich zullen voelen wanneer de politie bij hen op bezoek komt? En wat denkt u dat het voor het werk betekent wanneer bekend wordt dat ik namen heb genoemd? Als ik hun namen al zou kennen, wat ik overigens niet doe. We noemen elkaar alleen bij de voornaam en daar komt u niet veel verder mee.'

Aan de andere kant van de kamer sloeg Nkata zijn aantekenboekje open en hij zei: 'We zijn al blij met wat u ons kunt geven, mevrouw.'

'Vergeet het maar, agent. Zo stom ben ik niet.'

Lynley boog zich naar haar toe. 'Dan weet u hoe gemakkelijk het voor me zou zijn om u het werken onmogelijk te maken. Een agent in uniform, die om het kwartier door de straat loopt, zou schade toebrengen aan de privacy van uw klanten. Evenals een tip aan een of twee roddelbladen die graag zouden willen weten of een bekende persoon bij u op bezoek gaat.'

'Dat durft u niet! Ik ken mijn rechten.'

'Geen ervan kan de aanwezigheid voorkomen van journalisten, paparazzi die op zoek zijn naar iedereen, van filmsterren tot leden van de koninklijke familie. Of uw wijkagent, die niet méér doet dan de straat veilig houden voor bejaarde dames die hun hondje uitlaten.'

'Jij schaamteloze...'

'De wereld is hard,' onderbrak Nkata haar ernstig.

Ze keek hen beiden nijdig aan.

De telefoon ging en ze sprong op om het gesprek aan te nemen. Ze zei: 'Wat kan ik voor u doen...?' in de hoorn.

Nkata sloeg zijn ogen ten hemel.

Vi zei: 'Blijft u aan het toestel. Ik zal even in mijn boek kijken,' waarna ze een agenda met afspraken doorbladerde. 'Sorry, dat gaat niet. Dan heb ik al een afspraak...' Ze liet haar vinger over de pagina glijden en ze zei: 'Vier uur lukt wel... Hoelang wilt u...' Ze luisterde en fluisterde vervolgens: 'Zorg ik er niet altijd voor dat u daarna fit bent voor haar?' Ze maakte een aantekening in haar agenda. Daarna beëindigde ze het gesprek. Met haar vingers nog om de hoorn bleef ze in gedachten verzonken staan, met haar rug naar hen toe. Zuchtend zei ze zachtjes: 'Goed dan.' Ze liep naar de keuken en kwam terug met een envelop die ze Lynley overhandigde.

'Dit is wat u nodig hebt. Ik hoop dat het niet uw hart breekt dat u het helemaal mis hebt, wat de klanten betreft.'

De envelop was al opengescheurd. Lynley liet de inhoud eruit glijden. Die bestond uit een velletje papier en een enkele mededeling, samengesteld uit letters die uit dure tijdschriften geknipt leken te zijn. TWEE LOEDERS ZULLEN STERVEN IN HUN EIGEN BRAAKSEL. ZE ZULLEN OM GENADE SMEKEN EN NIETS

ANDERS VOELEN DAN PIJN. Na dit te hebben gelezen gaf Lynley het papier aan Nkata. De rechercheur bekeek het, daarna keek hij op.

'Dezelfde als de andere die op de plaats delict werden aangetroffen,' zei hij.

Lynley knikte. Hij vertelde Vi Nevin van de anonieme brieven die op de plek van de moorden waren gevonden.

'Die heb ik haar gestuurd,' zei ze.

Verbaasd draaide Lynley de envelop om. Hij zag dat deze was geadresseerd aan Vi Nevin, met een Londens poststempel. Hij zei: 'Maar deze lijkt identiek aan de andere.'

Ze zei: 'Ik bedoel niet dat ik ze haar op deze manier heb gestuurd. Zonder naam. Als een bedreiging. Ik bedoel dat ik ze heb ontvangen. Hier. Thuis. Ze bleven de hele zomer komen. Ik zei het steeds tegen Nikki wanneer we elkaar door de telefoon spraken, maar ze lachte er alleen maar om. Daarom heb ik ze ten slotte naar haar toe laten brengen, door Terry, omdat ik wilde dat ze zelf zag dat de situatie uit de hand begon te lopen en dat we allebei voorzichtig moesten zijn. Wat,' voegde ze er verbitterd aan toe, 'Nikki niet was. Lieve god, waarom wilde ze toch nooit luisteren?'

Lynley pakte het papier weer aan van Nkata. Hij bekeek het nog een keer; daarna vouwde hij het zorgvuldig op en stopte het terug in de envelop. Hij zei: 'Misschien kunt u beter bij het begin beginnen.'

'Shelly Platt is het begin,' luidde het antwoord.

Vi liep naar het raam, dat uitzicht bood op de straat. Ze zei: 'We waren vriendinnen. Het was altijd Shelly en Vi, en zo was het jaren geweest. Maar toen kwam Nikki op mijn weg en begreep ik dat het verstandiger zou zijn om samen met haar iets te beginnen. Shelly kon het niet hebben en ze maakte moeilijkheden. Ik wist...' Haar stem trilde. Ze haperde, om dan te vervolgen: 'Ik wíst dat ze uiteindelijk iets zou doen. Maar Nikki wilde me niet geloven. Ze bleef er maar om lachen.'

'Waarom?'

'Om de brieven. En de telefoontjes. We waren nog geen twee dagen hier,' met haar hand wees ze de maisonnette rond, 'voor Shelly het telefoonnummer te pakken kreeg en begon te bellen. En daarna brieven te sturen. En daarna in de straat op te duiken. En daarna de kaarten weg te halen...' Vi liep naar het wagentje met de flessen. Er stond een ijsemmertje op. Ze tilde het op en haalde er een stapeltje kaarten onder vandaan. 'Ze zei dat ze ons zou kapotmaken. Ze is een gemeen, klein, jaloers...' Snel haalde ze adem. 'Ze is jaloers.'

De kaarten waren dezelfde advertentie voor een schoolmeisje die Lynley al eerder had gezien, met één verschil. De gezichten waren allemaal doorgekrast en verscheidene seksueel overdraagbare ziekten waren er met een felgekleurde viltstift dwars overheen geschreven.

'Terry vond deze toen hij zijn vaste ronden langs de telefooncellen maakte,' zei Vi. 'Dat heeft Shelly gedaan, ze heeft ons een rotstreek geleverd. Ze zal niet rusten voor ik geruïneerd ben.'

'Vertelt u ons eens iets over Shelly Platt,' zei Lynley.

'Ze was mijn dienstmeisje. We hadden elkaar ontmoet in C'est la Vie. Kent u die zaak? Het is een Franse bakkerij annex café, bij South Ken Station. Ik had er wat je een overeenkomst zou kunnen noemen met de chef van de bakkerij: stokbrood, quiches en gebakjes in ruil voor een paar gunsten in het herentoilet, en op een ochtend zat Shelly er chocoladecroissants naar binnen te proppen toen Alf en ik naar beneden gingen. Ze zag dat hij me daarna de broodjes gaf zonder geld van me aan te nemen, en ze wilde weten wat er gaande was.'

'Om u te kunnen chanteren?'

Vi leek grimmig geamuseerd bij de vraag. 'Ze wilde weten wat ze moest doen om haar croissants voor niets te krijgen. Bovendien vond ze mijn kleren mooi – ik had die ochtend een Mary Quant-outfit aan – en daar wilde ze ook iets van hebben.'

'Van uw kleren?'

'Van mijn hele leven. Daar kwam het op neer.'

'Ik begrijp het. Als uw dienstmeisje kon ze bij uw spullen komen...'

Vi lachte. Staande bij het wagentje pakte ze twee ijsblokjes uit het emmertje en van de onderste plank een blikje tomatensap. Handig mixte ze voor zichzelf een Bloody Mary met de precisie van lange ervaring. 'Zo'n dienstmeisje was ze niet, inspecteur. Ze was een ander type. Ze nam telefoongesprekken aan van klanten en schreef hun afspraken voor me op.' Vi roerde in haar drankje; op het glazen staafje prijkte een felgroene papegaai. Ze legde het netjes op een papieren servetje en liep terug naar de sofa, waar ze het glas op de salontafel neerzette en haar uitleg vervolgde. Ze had een Filippijnse vrouw van middelbare leeftijd gehad om haar afspraken te regelen voor ze Shelly Platt in C'est la Vie ontmoette. Maar tegenwoordig had iedereen Filippijnse vrouwen van middelbare leeftijd in dienst, dus het leek haar wel interessant om daar een teenager voor te nemen. Als ze een beetje was opgeknapt zou Shelly er niet slecht uitzien. Wat belangrijker was, ze wist zo weinig af van wat er in dit werk omging, dat Vi wist dat ze haar lang niet zoveel hoefde te betalen als wat een doorsnee dienstmeisje verdiende. 'Ik gaf haar kost en inwoning en dertig pond per week,' zei Vi tegen hen. 'En geloof me, dat is meer dan wat ze verdiende met op haar knieën te liggen voor Earl's Court Station, waarmee ze zich in leven hield toen ik haar tegenkwam.'

Ze waren bijna drie jaar bij elkaar gebleven, vervolgde ze. Maar toen had ze Nikki Maiden ontmoet en had ze begrepen dat er veel meer mogelijkheden in zaten als zij met hun tweeën een zaak zouden opzetten. 'In het begin hielden we Shelly bij ons. Maar ze haatte Nikki omdat het, met haar erbij, niet meer zo was als met ons tweeën. Zo zit Shelly in elkaar, al wist ik dat niet toen ik haar leerde kennen.'

'Zo zit ze in elkaar?'

'Ze slaat haar klauwen in mensen en denkt dan dat ze haar eigendom zijn. Ik had het moeten begrijpen toen ze die eerste keer over haar vriend vertelde. Ze was hem vanuit Liverpool achterna gekomen naar Londen en toen ze hier kwam en merkte dat hij haar vriend niet meer wilde zijn, begon ze hem overal te volgen, hem voortdurend op te bellen, bij zijn flat rond te hangen, hem brieven te sturen, hem cadeautjes te brengen. Maar ziet u, ik wist niet dat ze zo'n karakter had. Ik dacht dat het iets eenmaligs was, een reactie omdat haar eerste liefde niet werd wat ze ervan verwachtte.' Ze nam een flinke slok van haar drankje. 'Wat ben ik stom geweest.'

'Heeft ze hetzelfde met u gedaan?'

'Ik had het natuurlijk moeten zien. Sam, dat was haar vriend, kwam naar de flat, nadat ze zijn autobanden had lekgestoken. Hij was razend en hij moet gedacht hebben dat hij het haar betaald kon zetten. Maar hij was degene die het slachtoffer werd.'

'Hoezo?'

'Ze sneed hem met een vleesmes.'

Nkata keek naar Lynley. Deze knikte. Een moordenaar had meestal een geliefkoosd wapen. Maar waarom moest Nicola gedood worden als Shelly het op Vi had voorzien? vroeg hij zich af. En waarom zo veel maanden wachten alvorens het te doen?

Vi leek zijn onuitgesproken vragen aan te voelen. Ze zei: 'Ze wist niet waar Nikki was. Maar ze wist dat Terry goed met haar bevriend was. Als ze hem volgde, was het slechts een kwestie van tijd voor hij Shelly rechtstreeks naar Nikki zou leiden.' Ze sloeg nog meer van haar cocktail achterover, waarna ze een servetje pakte om haar mondhoeken af te vegen. 'Moordzuchtig klein kreng,' zei ze zacht. 'Ik hoop dat ze in de hel zal branden.'

'Dit loeder is er geweest,' mompelde Lynley, nu hij de bron kende van het briefje dat in de zak van Nicola Maiden was gevonden. Hij zei: 'We hebben haar adres nodig, als u het hebt. En we moeten ook een lijst hebben van Nicola's bezoekers.'

Verontwaardigd draaide ze haar hoofd naar hem toe. 'Het gáát hier niet om klanten. Dat heb ik u net verteld.'

'Ja, dat hebt u gedaan. Maar we hebben ook gehoord dat er een man was in Londen, met wie Nicola een relatie had die meer betekende dan wat men zou verwachten tussen een klant en...' Hij zocht naar een omschrijving.

'Zijn gezelschap voor de avond,' vulde Nkata aan.

'Misschien vinden we hem bij de mannen die ze geregeld op bezoek had,' besloot Lynley.

'Nou, als er zo iemand was weet ik niets van hem af,' zei Vi.

'Dat kan ik moeilijk geloven,' zei Lynley. 'U kunt toch niet van me verwachten dat een huis als dit uitsluitend bekostigd kan worden uit uw inkomsten in de seksbusiness.'

'U gelooft maar wat u wilt,' zei Vi Nevin, maar haar vingers kropen naar het sjaaltje om haar hals, dat ze snel wat losser maakte.

'Mevrouw Nevin, we zijn op zoek naar een moordenaar. Als hij de man is die oorspronkelijk Nicola Maiden in deze maisonnette heeft geïnstalleerd, dan moet u ons zijn naam geven. Omdat hij, als hij dacht dat hij bepaalde afspraken met haar had en erachter is gekomen dat het anders lag, misschien ertoe is gedreven om haar te doden. Ik durf te wedden dat hij het niet prettig zal vinden dat u hier op zijn kosten blijft wonen nu zij er niet meer is.'

'U hebt mijn antwoord.'

'Is het Reeve?' vroeg Nkata.

'Reeve?' Vi pakte opnieuw haar glas.

'Martin Reeve. MKR Financial Management.'

Ze dronk niet, maar draaide de vloeistof in het rond en ze bleef kijken hoe die over de ijsblokjes spoelde die tegen het glas tinkelden. Eindelijk zei ze: 'Ik heb gelogen over MKR. Ik heb nooit voor Martin Reeve gewerkt. Ik ken hem niet eens. Het enige wat ik van hem en Tricia weet is wat Nikki me heeft verteld. Toen u gisteren naar hem vroeg heb ik met u meegepraat. Sorry. Ik wist niet wat u wist. Over mij. Over Nikki. En bij mijn werk is het niet verstandig om de politie te vertrouwen.'

'Hoe hebben jullie elkaar dan leren kennen?' vroeg Nkata haar.

'Nikki en ik? We hebben elkaar ontmoet in de kroeg. Jack Horner, aan Tottenham Court Road, vlak bij de universiteit. Ze werd aangesproken door een kale man met een buikje en slechte tanden, en nadat hij haar met rust liet hebben we om hem gelachen. We raakten in gesprek en...' Ze haalde haar schouders op. 'Het klikte tussen ons. Nikki was gemakkelijk om mee te praten. Het was ook gemakkelijk om haar de waarheid te vertellen. Ze was geïnteresseerd in mijn werk en toen ze hoorde hoeveel geld ermee te verdienen was – heel wat meer dan ze bij MKR kreeg – besloot ze om het te proberen.'

'U had geen bezwaar tegen concurrentie?' vroeg Lynley.

'Die was er niet.'

'Dat begrijp ik niet.'

'Nikki hield niet van gewone seks,' verklaarde Vi. 'Ze liet zich alleen in met mannen die iets bijzonders wilden. Verkleden, spelletjes, SM. Ik speel het kleine meisje voor mannen die het graag willen doen met iemand van twaalf zonder het risico te lopen dat ze voor dat genoegen in de gevangenis terechtkomen. Maar verder ga ik niet. Behalve dat ik een schoolmeisje speel, bevredig ik natuurlijk met de hand en oraal. Wat ik verder te bieden heb is precies waar Nikki niet aan wilde beginnen: romantiek, verleiding en begrip. Het zou u verbazen als u wist hoe weinig daarvan bestaat tussen mannen en hun echtgenotes.'

'Dus samen,' concludeerde Lynley, niet ingaand op een discussie over wat een huwelijk kon doen om een relatie in de war te sturen, 'bood u iets voor ieders smaak en afwijking?'

'Zo is het,' antwoordde ze. 'En Shelly wist dat. Dus ze wist ook dat ik haar niet zou verkiezen boven Nikki, als die twee niet met elkaar konden opschieten wanneer Nikki en ik samen een zaak hadden opgezet. Daarom moet u met haar praten. Niet met een of andere niet-bestaande klant met geld genoeg om Nikki dit huis te geven.'

'Waar kunnen we die Shelly vinden?' vroeg Nkata.

Vi had haar adres niet. Maar ze zou gemakkelijk genoeg op te sporen zijn, zei ze. Shelly was vaste klant bij The Stocks, een club in Wandsworth waar 'mensen met speciale wensen' terechtkonden. Ze was, voegde Vi eraan toe, 'goed bevriend' met de barkeeper.

'Als ze er nu niet is, kan hij u vertellen waar u haar kunt vinden,' zei Vi.

Lynley keek naar haar vanaf zijn plaats op de tweezitsbank. Hij wist dat hij, ondanks de hoeveelheid informatie die ze hun had gegeven, nog steeds een bewijs wilde hebben van haar geloofwaardigheid. Gladde praat was een van de essentiële vaardigheden om in haar beroep te overleven, en hij zou er verstandig aan doen – om nog maar niet te spreken van zijn jarenlange contact met mensen die op het randje van de wet balanceerden – om haar woorden niet meteen voor waarheid aan te nemen.

Hij zei: 'Nicola Maidens activiteiten in de maanden voorafgaande aan haar dood lijken met elkaar in tegenspraak, mevrouw Nevin. Zag ze prostitutie als een manier om snel geld te verdienen zodat ze het kon uitzingen tot ze een lucratieve baan als juriste kon krijgen?'

'Geen juristenbaan is zo lucratief als dit,' zei Vi. 'Tenminste niet wanneer je jong bent. Dat is de belangrijkste reden waarom Nikki haar studie eraan gaf. Ze wist dat ze die weer kon oppakken wanneer ze veertig was. Maar op die leeftijd kon ze geen prostituee meer zijn. Het leek haar verstandig om te zorgen dat ze het geld binnenhaalde zolang het kon.'

'Waarom is ze de afgelopen zomer dan bij een advocaat gaan werken? Of deed ze meer voor hem dan alleen werk?'

Vi haalde haar schouders op. 'Dat zult u die advocaat moeten vragen.'

Barbara Havers bleef tot halftwaalf met de computers aan het werk. Ze was Lynleys kamer uitgelopen terwijl ze bezig was haar woede te beheersen, dat ze het eerste uur dat ze voor het oplichtende scherm doorbracht geen stukje informatie in zich kon opnemen. Tegen de tijd dat ze het zevende verslag had doorgenomen was ze gekalmeerd en was haar boosheid overgegaan in koppige vastberadenheid. Haar aandeel in het onderzoek was niet langer een kwestie van een goede indruk maken in de ogen van de man die ze zolang had gerespecteerd. Het werd nu zaak om hun beiden, zowel zichzelf als Lynley, te bewijzen dat ze gelijk had.

Ze had alles aangekund behalve de beroepsmatige onverschilligheid waarmee hij haar de taak had opgedragen waar ze nu mee bezig was. Als ze op zijn patriciërsgezicht ook maar de geringste aanduiding had gezien van minachting, ongeduld, onverschilligheid of afkeer, had ze hem het hoofd kunnen bieden. Dan hadden ze openlijk kunnen strijden, zoals ze dat in het verleden hadden gedaan. Maar hij was kennelijk tot de conclusie gekomen dat ze misdadig onbeholpen was, op de grens van hysterie balanceerde en derhalve zijn aandacht niet waard was. Ze kon niets zeggen om haar handelwijze te verklaren waardoor hij op andere gedachten zou komen. De enige mogelijkheid was hem te laten zien hoe onjuist zijn mening was.

Er was maar één manier waarop ze dit kon doen. Barbara wist dat ze daarbij haar hele carrière op het spel zou zetten. Maar ze wist ook dat haar carrière op dit moment heel weinig voorstelde. En ze zou nooit hogerop kunnen komen tenzij ze zich bevrijdde van de boeien die haar nu vasthielden en waar ze door beoordeeld werd.

Als eerste dacht ze aan een lunch. Sinds de vroege ochtend was ze al op de Yard en ze was aan een pauze toe. Waarom, dacht ze, zou ze geen wandeling kunnen maken in haar eigen tijd? Er stond nergens geschreven dat ze al haar maaltijden in Victoria Street moest nuttigen. Een tochtje door Soho was net wat ze nodig had om een beetje lichaamsbeweging te krijgen voor ze weer een paar uur moest doorbrengen met spitten in de SO10-zaken in CRIS.

Ze was echter niet zo bezeten van het idee om wat lichaamsbeweging te nemen in Soho, dat ze erover dacht om ernaartoe te wandelen. Tijd was van het allergrootste belang. Daarom toog ze naar haar Mini in de ondergrondse parkeergarage van de Yard, om van daar via Charing Cross Road naar Soho te rijden.

Het was druk op straat. In deze buurt van Londen waar alles te vinden was, van boekwinkels tot peepshows, van markten die groenten en bloemen te koop aanboden tot seksshops die vibrerende dildo's en kloppende namaak-vagina's verkochten, zou het altijd druk zijn op de trottoirs. En op een zonnige zaterdag in september, nu het toeristenseizoen nog niet was afgelopen, stroomde de menigte van de trottoirs de rijweg op, zodat het lastig werd om te rijden zodra men de vele theatertjes aan Shaftesbury Avenue gepasseerd was en Frith Street insloeg.

Barbara schonk geen aandacht aan de verleidelijke restaurants. Ze haalde door haar mond adem om de heerlijke geuren van met knoflook doortrokken Italiaans eten die er hingen niet te ruiken. Ze slaakte een zucht van verlichting toen ze eindelijk het houten bouwsel – deels prieel en deels gereedschapsschuurtje – in het oog kreeg dat midden op het plein stond.

Ze reed er een keer omheen, op zoek naar een parkeerplaats. Toen ze niets vond keek ze waar het gebouw stond dat ze zocht en betaalde gelaten een halve dag salaris voor een plek in een parkeergarage, op korte afstand van Dean Street. Te voet ging ze terug in de richting van het plein, terwijl ze in haar schoudertas het adres zocht dat ze had gelezen op het verfrommelde stukje papier dat ze uit een van Terry Coles broekzakken had gehaald bij het doorzoeken van diens flat. Ze controleerde het adres: Soho Square 31-32.

Goed, dacht ze. Laten we maar eens kijken wat die kleine Terry daar uitspookte.

270

Ze sloeg de hoek om van Carlisle Street en slenterde naar het gebouw, dat op de zuidwestelijke hoek van het plein stond, een modern bouwwerk, uit baksteen opgetrokken met een mansardedak en ramen met dwarsbalken. Een luifel, gesteund door Dorische zuilen, hing over de ingang met de glazen deur en boven deze ingang was op een koperen plaat vermeld wat er in het gebouw was gevestigd: Triton International Entertainment.

Barbara wist slechts heel weinig af van Triton, maar wat ze wel wist, was dat ze hun logo had gezien bij de aftiteling van televisiespelen en aan het begin van bioscoopfilms, zodat ze zich afvroeg of Terry Cole had gehoopt op een carrière als acteur, naast zijn andere dubieuze ambities.

Ze probeerde de deur. Die zat stevig op slot. Ze mompelde 'verdomme', en tuurde door het getinte glas om te zien of ze iets wijzer zou worden na een blik in de hal van het gebouw. Het was niet veel, merkte ze.

De hal was een marmeren vlakte, op de gladde vloer waren sepiakleurige leren stoelen geplaatst in een gedeelte dat kennelijk als wachtruimte diende. Midden in de hal stond een zuil, waarop de nieuwste films van Triton werden aangekondigd. Vlak bij de deur bevond zich een halfronde, notenhouten receptiebalie en daartegenover weerspiegelden drie bronzen liftdeuren Barbara's beeld voor haar persoonlijke, zij het twijfelachtige, genoegen.

Op deze zaterdag was er geen levend wezen in de hal te bekennen. Maar net toen Barbara haar pech wilde verwensen en rechtsomkeert wilde maken naar de Yard, gleed een van de liftdeuren open en onthulde een geüniformeerde, grijsharige medewerker van de bewakingsdienst, bezig zijn broek dicht te ritsen. Hij stapte de hal in, keek verbaasd op toen hij Barbara voor de deur zag staan en maakte een afwerend handgebaar.

'Gesloten!' riep hij. Zelfs vanachter het glas kon Barbara het accent horen van de geboren en getogen Noord-Londenaar.

Ze diepte haar legitimatiebewijs op en hield het voor het glas. 'Politie,' riep ze. 'Kan ik u even spreken?'

Hij aarzelde en keek naar een enorme klok met een koperen wijzerplaat, die boven een rij foto's van beroemdheden aan de muur rechts van de deur hing. Hij riep terug: 'Ik heb lunchpauze.'

'Des te beter,' antwoordde Barbara. 'Ik ook. Als u naar buiten komt, nodig ik u uit voor de lunch.'

'Waar gaat het eigenlijk om?' Hij liep naar de deur, maar bleef op enige afstand staan, aan de andere kant van een geribbelde rubberen mat.

'Moordonderzoek.' Barbara wapperde veelbetekenend met haar legitimatiebewijs. Kijk maar eens goed, maakte het gebaar hem duidelijk.

Hij keek. Daarna haalde hij een ring tevoorschijn waaraan tweeduizend sleutels leken te zitten. Hij nam er ruimschoots de tijd voor om de juiste sleutel in de voordeur te steken.

Toen Barbara eenmaal binnen was kwam ze direct terzake. Ze stelde een onderzoek in naar een moord die in Derbyshire was gepleegd op een jongeman uit Londen, ene Terence Cole, vertelde ze de bewaker, wiens naamplaatje hem, jammer genoeg voor hen, aanduidde als Dick Long. Dit adres was tussen Coles spullen gevonden en ze probeerde erachter te komen waarom.

'Cole, zegt u?' herhaalde de bewaker. 'Is Terence de voornaam? Hier is nooit iemand geweest die zo heette. Voorzover ik weet. Dat zegt niet veel want ik werk alleen in de weekeinden. Door de week ben ik bewaker in de hal van de BBC. Beide baantjes betalen niet veel, maar genoeg om de huur te betalen.' Hij peuterde in zijn neus en bekeek vervolgens zijn vinger om te zien of hij iets interessants had opgegraven.

'Terry Cole had dit adres bewaard,' zei Barbara. 'Hij zou hierheen gekomen kunnen zijn en zich hebben voorgedaan als een of andere kunstenaar. Een beeldhouwer. Komt dat u bekend voor?'

'Er is hier niemand die kunst koopt. Wat u zoekt is een van die chique galeries, agente. Ergens in Mayfair, of zo. Hoewel het hier wel een beetje op een galerie lijkt, hè? Vindt u ook niet?'

Wat ze dacht was dat ze geen tijd had om het interieur van Triton Entertainment te bespreken. Ze zei: 'Zou hij een afspraak gehad kunnen hebben met iemand van Triton?'

'Of een van de andere bedrijven,' zei Dick.

'Zijn er op dit adres nog meer bedrijven gevestigd dan Triton?' vroeg ze.

'Ja. Ja zeker. Triton is er maar een van. Hun naam staat boven de deur omdat ze de meeste ruimte in beslag nemen. Het kan de andere bedrijven niet schelen, omdat die minder huur betalen.' Dick knikte in de richting van de lift en nam Barbara mee naar een bord dat tussen twee van de deuren was opgehangen. Er stonden namen, afdelingen en rijen bedrijven op. Ze vertegenwoordigden uitgevers, filmmaatschappijen en ondernemingen die iets met het theater te maken hadden. Het zou uren vergen, misschien dagen, om met iedereen te praten wiens naam op het bord vermeld stond. En met iedereen wiens naam er niet op voorkwam, omdat hij of zij een ondergeschikte rol speelde.

Barbara draaide zich om bij de liften en haar blik viel op het bureau in de receptie. Ze wist wat een dergelijk bureau betekende bij de Yard, waar veiligheid voorop stond. Ze vroeg zich af of dat hier ook het geval was. Ze zei: 'Dick, moeten bezoekers hun naam opgeven?'

'O, ja. Allemaal.'

Geweldig. 'Mag ik het boek inzien?'

'Dat kan ik niet doen, mevrouw... eh, agente. Sorry.'

'Het is een politiekwestie, Dick.'

'Ja. Maar ziet u, het is afgesloten in het weekend. U mag de bureauladen wel proberen, dan weet u het zeker.'

Barbara glipte achter de notenhouten afscheiding en trok zonder resultaat aan de laden. Verdomme, dacht ze. Ze voelde er weinig voor om tot maandag te moeten wachten. Haar handen jeukten om een schuldige in de boeien te slaan, met hem voor Lynley te gaan staan en te roepen: 'Kijk! Ziet u nu wel?' Bijna achtenveertig uur wachten om een stap dichter te komen bij de moordenaar van Derbyshire was net zoiets als jachthonden die een vos op het spoor waren, te zeggen dat ze een poosje konden gaan slapen terwijl ze hun prooi in zicht hadden.

Er was slechts één alternatief. Ze voelde er niet veel voor, maar ze was bereid om er tijd in te steken en het te proberen. Ze zei: 'Vertel eens, Dick, heb je een lijst van de mensen die hier werken?'

'O, mevrouw... eh, agente... wat dat aangaat...' Hij peuterde weer in zijn neus. De man leek zich niet op zijn gemak te voelen.

'Dat heb je dus. Klopt dat? Omdat je, als er iets ongewoons gebeurt in het gebouw, moet weten met wie je contact kunt opnemen. Ja? Dick, ik moet die lijst hebben.'

'Die mag ik niet...'

'... aan iemand geven,' maakte ze de zin voor hem af. 'Ik weet het. Maar je geeft hem ook niet aan zomaar iemand. Je geeft hem aan de politie omdat er iemand is vermoord. En je begrijpt dat het, als je niet meewerkt aan het onderzoek, erop zou kunnen lijken dat je er op de een of andere manier bij betrokken bent.'

Hij keek beledigd. 'O, nee, agente. Ik ben nog nooit in Derbyshire geweest.'

'Iemand die hier werkt kan er wél zijn geweest. Dinsdagavond. En eraan meewerken om die persoon te beschermen... Dat vindt de openbare aanklager meestal niet prettig.'

'Wat? Denkt u dat er hier een moordenaar werkt?' Dick wierp een snelle blik op de liften alsof hij verwachtte dat die Jack the Ripper zouden uitbraken.

'Dat zou kunnen, Dick. Dat zou heel goed kunnen.'

Hij dacht erover na. Barbara liet hem denken. Hij keek nog een keer van de liftdeuren naar de receptie. Eindelijk zei hij: 'Omdat het voor de politie is...' en hij kwam naast Barbara achter de receptiebalie staan, waar hij iets opende wat op een bezemkast leek, die pakken papier en een voorraad koffie bevatte. Van de bovenste plank pakte hij een stapel aan elkaar geniete vellen papier, die hij Barbara overhandigde met de woorden: 'Dit zijn ze.'

Barbara bedankte hem uitvoerig. Hij had een goede daad verricht in het belang van de gerechtigheid, zei ze tegen hem. Ze zou de lijst echter moeten meenemen, omdat ze alle werknemers die erop vermeld stonden, moest opbellen, en ze nam aan dat hij niet wilde dat ze het vanuit de lege hal van het gebouw zou doen.

Aarzelend gaf Dick toestemming. Barbara deed haar best om waardig en niet dansend van vreugde het gebouw uit te schrijden. Ze hield het keurig vol en keek pas op de lijst toen ze de hoek om was, in Carlisle Street. Maar toen ze er was wist ze niet hoe snel ze er op moest kijken.

Haar opgewekte stemming vervloog. De ene bladzijde na de andere. Er stonden niet minder dan tweehonderd namen op.

Ze kreunde bij de gedachte aan de taak die voor haar lag.

Tweehonderd telefoongesprekken en niemand om haar te helpen.

Er moest een efficiëntere manier zijn om Lynley de loef af te steken. Na even te hebben nagedacht, wist ze hoe ze het zou kunnen aanpakken.

17

Inspecteur Peter Hanken had zich voorgenomen er die zaterdag een uur voor uit te trekken om Bella's nieuwe schommel in elkaar te zetten, een plan dat hij nog geen twintig minuten na zijn terugkeer van Manchester Airport moest laten varen. Hij was om twaalf uur 's middags teruggekomen, nadat hij de ochtend eraan had besteed om de masseuse van het Hiltonhotel op het vliegveld op te sporen, die Will Upman afgelopen dinsdagavond had behandeld. Ze had zwoel, sexy en verleidelijk geklonken toen Hanken met haar had gesproken via de telefoon in de lounge van het hotel. Maar ze was een Walküre van vijfenzeventig kilo gebleken, in een wit verpleegstersschort, met de handen van een rugbyspeler en heupen die zo breed waren als de bumper van een vrachtauto.

Ze had Upmans alibi voor de avond van de moord op Nicola Maiden bevestigd. Hij was inderdaad 'behandeld' door mevrouw Freda, zoals ze werd genoemd, en hij had haar de gebruikelijke, grote fooi gegeven toen ze gereed was met het kneden van zijn verkrampte spieren. 'Hij geeft fooien als een Amerikaan,' deelde ze Hanken vriendelijk mee. 'Dat heeft hij van het begin af aan gedaan, dus ik ben altijd blij wanneer hij komt.'

Hij was een van haar vaste klanten, verklaarde mevrouw Freda. Hij maakte minstens twee keer per maand de rit. 'Het werk dat hij doet veroorzaakt veel stress,' zei ze. Upman had een behandeling gehad van slechts een uur. Ze had de advocaat behandeld in zijn kamer, vanaf halfacht.

Hanken rekende uit dat het Upman voldoende tijd gaf om daarna van Manchester naar Calder Moor te rijden, waar hij zich met gemak om halfelf van Nicola en haar metgezel had kunnen ontdoen, om zich vervolgens terug te spoeden naar het Hiltonhotel op het vliegveld en met zijn verblijf aldaar zijn alibi vaste vorm te geven. Dit alles hield de advocaat in het spel. En een telefoontje van Lynley maakte, voor Hanken althans, een hoofdrolspeler van Upman.

Hij kreeg het gesprek via zijn draagbare telefoon thuis door, net toen hij de onderdelen van Bella's schommel op de vloer van de garage had uitgelegd en een stap achteruit had gedaan om ze te bekijken, terwijl hij het aantal schroeven en moeren telde dat in het pakket had gezeten. Lynley meldde dat zijn rechercheurs een jonge vrouw hadden opgespoord, die de nieuwe huisgenote was van Nicola Maiden, en dat hij zelf zojuist een gesprek met haar had gevoerd. Ze had volgehouden dat er geen minnaar in Londen was – een verklaring waarmee Lynley het kennelijk niet eens was – en ze had ook voorgesteld dat de politie nog eens met Upman moest gaan praten als ze wilden weten waarom Nicola had besloten om de zomer in Derbyshire door te brengen. Hierop reageerde Hanken met: 'We hebben alleen Upmans woord dat het meisje een vriend in het zuiden had, Thomas.' Waarop Lynley antwoord-de: 'Maar het slaat nergens op dat ze in mei haar studie afbreekt en toch in de zomer voor Upman gaat werken... tenzij die twee iets met elkaar hadden. Heb je tijd om nog wat meer informatie uit hem te persen, Peter?'

Hanken was blij, eerlijk gezegd dolblij, om de gladde jurist nog wat verder uit te persen, maar hij zocht een stevige basis waarop hij een volgend gesprek kon bouwen met de advocaat uit Buxton, die tot dusver nog geen contact had opgenomen met zijn eigen advocaat om hem bij te staan tijdens de ondervra-ging, maar dit waarschijnlijk wel zou doen wanneer hij begon te geloven dat de verdenking zijn kant opging.

'Nicola had iemand op bezoek, vlak voordat ze van Islington naar Fulham ging verhuizen. Dat moet op 9 mei geweest zijn,' vervolgde Lynley. 'Een man. Ze hadden ruzie. Ze werden afgeluisterd. De man zei dat hij haar liever dood zou zien voor hij haar het liet doen.'

'Haar wat liet doen?' vroeg Hanken.

Lynley vertelde het hem. Hanken luisterde met toenemend ongeloof naar het verhaal. Halverwege zei hij: 'Jezus nog aan toe. Verdomme. Blijf aan het toe-stel, Thomas, ik moet een paar aantekeningen maken.' Hij liep van de garage naar de keuken, waar zijn vrouw toezicht hield op de lunch van hun twee dochtertjes. De baby lag te slapen in een draagstoeltje dat op het aanrecht was neergezet. Hij maakte een plekje vrij naast Sarah, die haar broodje ei in tweeën had gedeeld en het beleg op haar gezicht smeerde. 'Ga door,' zei hij, terwijl hij plaatsen, activiteiten en namen begon op te schrijven. Hij floot zachtjes toen Lynley het verhaal vertelde van Nicola Maidens geheime leven als Londense prostituee. Verbijsterd keek hij naar zijn eigen dochtertjes toen Lynley de specialiteit van het vermoorde meisje uiteenzette. Hij voelde zich heen en weer geslingerd tussen de noodzaak om nauwkeurige aantekeningen te maken en de behoefte om Sarah en Bella, met eiersalade en al, aan zijn hart te drukken, alsof hij er daardoor van verzekerd kon zijn dat hun toekomst gezegend zou worden met de veiligheid van normaal gedrag. Eerlijk gezegd kwam het doordat hij aan zijn meisjes dacht, dat Hanken zei: 'Thomas, hoe zit het met Maiden?' toen Lynley zijn verslag had besloten met de medede-ling dat zijn volgende stap zou zijn om Vi Nevins voormalige huisgenote, Shelly Platt, die de anonieme brieven had geschreven, op te sporen. 'Als hij er op de een of andere manier achter was gekomen wat zijn dochter in Londen uitvoerde... Kun je je voorstellen wat dat voor hem moet hebben betekend?'

'Ik denk dat we er meer aan hebben om na te gaan wat die wetenschap moet hebben betekend voor een man die dacht dat hij haar minnaar was. Upman en Britton, zelfs Ferrer, lijken veel waarschijnlijker om de rol van Nemesis te spelen dan Andy.'

'Niet wanneer je bedenkt hoe een vader redeneert: "Ik gaf haar het leven." Als hij nu ook eens heeft gedacht dat hij het recht had haar het leven te bene-men?'

276

'We hebben het over een politieman, Peter. Een voorbeeldig politieman zonder een enkele smet op zijn hele carrière.'

'Ja. Goed. Maar deze toestand heeft helemaal niets te maken met Maidens carrière. Als hij nu eens naar Londen is gegaan? Als hij daar toevallig achter de waarheid is gekomen? Als hij heeft geprobeerd haar die levensstijl uit het hoofd te praten, en ik word er misselijk van om het een levensstijl te noemen, er niet in is geslaagd en begreep dat er maar één manier was om er een eind aan te maken? Omdat, Thomas, als hij het niet deed, de moeder van het meisje er op den duur achter zou komen en Maiden de gedachte aan wat dat zou betekenen voor de vrouw van wie hij houdt, niet kon verdragen.'

'Dat geldt ook voor de anderen,' wierp Lynley tegen. 'Upman en Britton. Zij zouden het haar ook uit het hoofd willen praten. Om veel meer redenen. Jezus, Peter, seksuele jaloezie gaat heel wat verder dan een moeder te beschermen zodat ze de waarheid over haar kind niet te weten komt. Dat moet je toch inzien.'

'Hij heeft die auto gevonden. Uit het zicht. Achter een muur. Midden in White Peak, verdomme.'

'Pete, de kinderen...' zei Hankens vrouw vermanend, terwijl ze hun dochtertjes een glas melk gaf.

Hanken knikte ten teken dat hij het gehoord had. Lynley zei: 'Ik ken die man. Hij is absoluut niet gewelddadig. Hij moest nota bene ontslag nemen omdat hij het werk niet meer aankon. Dus waar en wanneer heeft hij de capaciteit, de bloeddorst, ontwikkeld die hem in staat stelde zijn eigen kind de hersens in te slaan? Laten we dieper ingaan op Upman en Britton, en Ferrer, als het nodig is. Dat zijn onberekenbare personen. Er zijn minstens tweehonderd mensen bij de Yard die kunnen getuigen dat Andy Maiden het niet is. Nou, de huisgenote, Vi Nevin, dringt erop aan dat we nog eens met Upman praten. Misschien probeert ze tijd te winnen, maar ik stel voor dat we met hem beginnen.'

Het was de logische plaats om te beginnen, besefte Hanken. Maar ergens had hij er geen goed gevoel over om het onderzoek vanuit die hoek aan te pakken. 'Raakt dit je op de een of andere manier persoonlijk?'

'Dan kan ik jou hetzelfde vragen,' was Lynleys antwoord. Voor Hanken ertegenin kon gaan besloot de Londense inspecteur het gesprek met de mededeling dat Terry Coles zwarte, leren jasje ontbrak op de lijst van persoonlijke bezittingen die de vorige ochtend aan zijn moeder was overhandigd. 'Het lijkt me verstandig om er grondig naar te zoeken tussen het bewijsmateriaal, voor we iedereen mobiliseren,' merkte hij op. Daarna voegde hij, alsof hij hun meningsverschil wilde gladstrijken, eraan toe: 'Wat denk je ervan?'

'Ik zal ervoor zorgen,' zei Hanken.

Toen het gesprek was afgelopen keek hij naar zijn gezin. Naar Sarah en Bella die hun brood in stukjes braken om die in hun melk te dopen, naar PJ die wakker was geworden en om zijn lunch jengelde, en naar Hankens eigen, lieve Kathleen, die haar blouse losknoopte, de voedingsbeha openmaakte en hun zoon aan haar gezwollen borst legde. Het betekende een wonder voor hem, zijn gezinnetje. Hij wist dat hij tot het uiterste zou gaan om hen tegen alle kwaad te beschermen.

'We zijn rijk gezegend, Katie,' zei hij tot zijn vrouw die aan tafel was gaan zitten waar Bella een stuk wortel in het rechterneusgat van haar zusje stopte. Sarah brulde verontwaardigd en maakte PJ aan het schrikken. Hij draaide zijn hoofdje van zijn moeders borst weg en begon klaaglijk te jammeren. Kathleen schudde vermoeid haar hoofd. 'Het is maar hoe je het bekijkt.' Dan, met een knikje naar zijn draagbare telefoon: 'Moet je weer weg?'

'Ik ben bang van wel, schat.'

'Hoe staat het met de s-c-h-o-m-m-e-l?'

'Die heb ik op tijd in elkaar gezet. Ik beloof het.' Hij nam zijn dochters de wortels af, griste een vaatdoekje van het aanrecht en begon de rommel op te vegen die ze op de keukentafel hadden gemaakt.

Zijn vrouw maakte zachte, troostende geluidjes tegen PJ. Bella en Sarah sloten aarzelend vrede.

Nadat hij agent Mott had opgedragen om alles na te gaan wat ze van de plaats delict hadden meegenomen en nadat hij met het lab had getelefoneerd om er zeker van te zijn dat Terry Coles jasje niet per ongeluk was afgevoerd van de lijst met kledingstukken die ze hadden ontvangen om te analyseren, ging Hanken op weg naar zijn volgende treffen met Will Upman. Hij trof de advocaat in de kleine garage die aan diens huis in Buxton grensde. Upman was sportief gekleed in een spijkerbroek en een flanellen overhemd, en hij zat gehurkt naast een duur uitziende mountainbike, bezig de ketting en de versnelling schoon te maken met een tuinslang, een spuitflesje met een reinigingsmiddel en een plastic borsteltje met een ronde kop.

Upman was niet alleen. Tegen de motorkap van zijn auto geleund, haar ogen op hem gericht met de onmiskenbare, hongerige blik van een vrouw die wanhopig op zoek is naar een vaste relatie, stond een slanke brunette. Toen Hanken binnenkwam zei ze juist tegen hem: 'Je zéí halfeen, Will. En ik weet dat ik me deze keer niet vergis.'

Upman zei: 'Dat kan ik niet gezegd hebben, schat. Ik weet dat ik van plan was om de fiets schoon te maken. Dus als je al zo vroeg wilt gaan lunchen…'

'Het is niet vroeg. En het zal nog minder vroeg zijn tegen de tijd dat we in het restaurant zijn. Verdomme, ik wilde dat je me ronduit gezegd had dat je geen zin had om te gaan.'

'Joyce, heb ik gezegd… heb ik verdorie laten doorschemeren dat ik…' Upman kreeg Hanken in het oog. 'Inspecteur,' zei hij. Hij stond op en gooide de tuinslang aan de kant, waar die gorgelend een stroompje water uit de garage op het tuinpad sproeide. 'Joyce, dit is inspecteur Hanken, van de recherche van Buxton. Wil jij de kraan even voor me dichtdraaien, schat?'

Met een zucht sloot Joyce het water af, waarna ze terugliep naar de auto en zich voor een van de koplampen opstelde. 'Will,' zei ze. Ik ben zo geduldig geweest als een heilige, lag in haar stem besloten.

Upman schonk haar een flitsende glimlach. 'Werk,' zei hij, met een hoofdbeweging in de richting van Hanken. 'Wil je ons een paar minuten de tijd geven, Joyce? Laten we de lunch maar vergeten, we kunnen hier wel iets eten. Dan kunnen we daarna een ritje naar Chatsworth maken. Een eindje wandelen. Wat praten.'

'Ik moet de kinderen ophalen.'

'Om zes uur. Ik weet het. Dat halen we wel. Geen probleem.' Weer een glimlach. Deze keer was die intiemer, het soort lachje dat een man gebruikt wanneer hij een vrouw wil aangeven dat hij en zij een speciale taal spreken die slechts door hun beiden wordt begrepen. Het was grotendeels een onzintaaltje, vond Hanken, maar Joyce leek gretig genoeg om het hoofdthema te accepteren dat een dergelijke taal inhield. 'Kun je een paar broodjes voor ons klaarmaken, schat? Terwijl ik het hier afhandel? Er ligt kip in de koelkast.' Upman sprak niet over Hankens aanwezigheid of over de privacy die het zou opleveren wanneer Joyce zich in de keuken terugtrok.

Joyce zuchtte nogmaals. 'Goed. Voor deze keer dan. Maar ik wilde dat je het tijdstip opschreef waarop je wilt dat ik naar je toe kom. Met de kinderen is het niet bepaald gemakkelijk om...'

'Ik zal het voortaan doen. Erewoord.' Hij wierp haar een kushandje toe. 'Sorry.'

Ze slikte het allemaal. 'Soms vraag ik me af waarom het me nog iets kan schelen,' zei ze zonder enige overtuiging.

Het antwoord daarop kennen we allemaal, dacht Hanken.

Toen ze was vertrokken om zich te bewijzen op huishoudelijk gebied, ging Upman weer verder met zijn mountainbike. Hij ging op zijn hurken zitten, spoot een beetje reinigingsmiddel op de versnelling en over de ketting. Een aangename citroengeur steeg op in de garage. Hij liet het linkerpedaal achteruit draaien terwijl hij spoot, liet de ketting een hele omwenteling maken en toen alles doordrenkt was, leunde hij naar achteren.

'Ik zou niet weten wat we nog meer te bespreken hebben,' zei hij tegen Hanken. 'Ik heb u verteld wat ik weet.'

'Dat klopt. En ik heb wat u weet. Deze keer wil ik graag weten wat u denkt.'

Upman raapte de plastic borstel van de grond op. 'Waarover?' vroeg hij.

'Nicola Maiden verhuisde vier maanden geleden in Londen. Omstreeks dezelfde tijd ging ze van de universiteit af en ze had geen plannen om haar studie te hervatten. Om precies te zijn, ze was iets heel anders gaan doen. Wat weet u daarvan?'

'Over haar nieuwe werk? Niets, helaas.'

'Dus, waarom besteedde ze de zomer aan het soort werk dat een rechtenstudent tussen de studieperioden door aanpakt om ervaring op te doen? Daar zou ze toch niet veel mee opschieten?'

'Ik weet het niet. Ik heb het haar niet gevraagd.' Upman begon de fietsketting zorgvuldig af te borstelen.

'Wist u dat ze haar studie had opgegeven?' vroeg Hanken. Toen Upman knikte zei hij geërgerd: 'Lieve god, man. Wat mankeert u? Waarom hebt u ons dat niet gezegd toen we gisteren met u gesproken hebben?'

Upman keek hem even aan. 'U hebt het niet rechtstreeks gevraagd,' zei hij droogjes. De bedoeling was duidelijk: iemand die bij zijn volle verstand was gaf nooit antwoord op vragen die de politie niet stelde.

'Goed dan. Mijn fout. Ik vraag het u nu. Heeft ze u verteld dat ze met haar studie was opgehouden? Heeft ze gezegd waarom? En wanneer heeft ze het u verteld?'

Upman keek nauwlettend naar de fietsketting terwijl hij ermee bezig was, centimeter voor centimeter. De blubber die ontstond door de vermenging van stof, modder en smeerolie begon op te lossen in bruine zeepklodders, waarvan sommige op de grond onder de fiets vielen. 'Ze heeft me in april opgebeld,' zei Upman. 'Haar vader en ik hadden vorig jaar de afspraak gemaakt dat ze in de zomer voor mij kon komen werken. Dat was in december. Toen deelde ik haar mee dat ik haar had uitgekozen omdat haar vader een vriend van me was, meer een kennis, eigenlijk, en ik vroeg haar om het me meteen te laten weten als ze iets vond wat meer naar haar smaak was, opdat ik de baan aan een andere student kon geven. Ik bedoelde daarmee: meer naar haar smaak wat de advocatuur betrof, maar toen ze in april belde, vertelde ze me dat ze helemaal wilde stoppen met haar rechtenstudie. Ze had een andere baan die ze leuker vond, zei ze. Meer geld, minder werkuren. Nou, dat willen we toch allemaal?'

'Ze heeft niet gezegd wat voor werk het was?'

'Ze noemde een firma in Londen. Ik kan me niet herinneren hoe die heette. We gingen niet diep op het onderwerp in. We hebben maar een paar minuten met elkaar gesproken, grotendeels over het feit dat ze deze zomer niet voor me zou werken.'

'Ten slotte is ze toch hier gekomen. Waarom was dat? Hebt u haar ertoe overgehaald?'

'Helemaal niet. Een paar weken later belde ze opnieuw om te zeggen dat ze zich bedacht had wat de baan betrof en of ze voor mij kon komen werken zoals we eerder hadden afgesproken, als ik nog niemand anders had.'

'Was ze van gedachten veranderd wat de universiteit betrof?'

'Nee. Ze was nog steeds van plan om op te houden met haar studie. Ik vroeg het haar, en dat zei ze tegen me. Maar ik geloof dat ze er nog niet aan toe was om het aan haar ouders te vertellen. Ze gaven altijd hoog op over haar prestaties. Welke ouders doen dat niet? En tenslotte had haar vader zich uitgesloofd om een baan voor haar te zoeken, en dat wist ze. Ze konden heel goed met elkaar overweg, die twee, en ik denk dat ze zich bedacht had en hem niet wilde teleurstellen omdat hij er zo van genoot om over haar op te scheppen. Mijn dochter, de advocaat. U weet wel wat ik bedoel.'

'Waarom hebt u haar dan aangenomen? Als ze niet meer studeerde, als ze duidelijk had gemaakt dat ze er niet meer aan wilde beginnen... Ze was geen rechtenstudente meer. Waarom nam u haar dan toch aan?'

'Omdat ik haar vader ken, had ik niets tegen een beetje misleiding om zijn gevoelens te sparen, al was het dan maar voorlopig.'

'Waarom komt dat me zo ongeloofwaardig voor, Upman? U en Nicola hadden iets met elkaar, nietwaar? Deze flauwekul over een vakantiebaan was niets anders dan een afleidingsmanoeuvre. En u weet verdomd goed wat ze in Londen uitspookte.'

Upman trok zijn hand met de ronde borstel van de fietsketting terug. Vuil zeepsop drupte eraf op de vloer. Hij keek Hanken aan. 'Ik heb u gisteren de waarheid verteld, inspecteur. Ik geef toe, ze was aantrekkelijk. En ze was intelligent. En de gedachte om een aantrekkelijke, intelligente jonge vrouw om me heen te hebben die het kantoor een beetje opfleurde van juni tot september was me niet bepaald onwelgevallig. Het zou prettig zijn om naar haar te kijken, dacht ik. En ik ben er de man niet naar om me bij mijn werk te laten afleiden door een aardig meisje. Dus toen ze toch wilde komen, was ik blij dat ik haar had. Mijn partners ook, overigens.'

'Haar had, zei u?'

'Verdomme. Toe nou. We spelen niet het spelletje "ondervragen van de vijandige getuige". Het heeft geen zin dat u probeert me op versprekingen te betrappen, want ik heb niets te verbergen. U verdoet uw tijd.'

'Waar was u op 9 mei?' hield Hanken aan.

Upman fronste zijn voorhoofd. 'De negende? Ik moet in mijn agenda kijken, maar ik neem aan dat ik besprekingen had met cliënten. Zoals gewoonlijk. Waarom?' Hij keek naar Hanken en scheen de uitdrukking op het gezicht van de inspecteur juist te interpreteren. 'Ah. Iemand moet naar Londen zijn gegaan om Nicola op te zoeken. Klopt dat? Om haar over te halen, misschien zelfs te dwingen tot een zinderende zomer in Derbyshire, om verklaringen op te nemen van huisvrouwen die van hun echtgenoten vervreemd zijn. Is dat wat u denkt?' Hij kwam overeind en liep naar de tuinslang. Nadat hij de kraan had opengezet, draaide hij de spuitmond open en begon voorzichtig de fietsketting schoon te spuiten met heen en weer gaande bewegingen, kijkend hoe het vuil eraf spoelde.

'Misschien was u het,' zei Hanken tegen hem. 'Misschien wilde u niet dat ze dat andere werk ging doen. Misschien wilde u zeker weten dat u,' hij voelde zijn mond vertrekken, 'de visuele afleiding kreeg die u zocht. Omdat ze zo aantrekkelijk en intelligent was, zoals u zegt.'

'Maandagochtend krijgt u kopieën van mijn agenda,' gaf Upman neutraal ten antwoord.

'Met namen en telefoonnummers, hoop ik?'

281

'Alles wat u wilt.' Upman knikte in de richting van het huis, waar de lijdzame Joyce door de deur was verdwenen. 'Voor het geval u het nog niet had opgemerkt, ik heb al een aantrekkelijke en intelligente vrouw in mijn leven, inspecteur. Gelooft u me; ik zou niet helemaal naar Londen zijn gegaan om er nog een bij te halen. Maar als uw gedachten die kant uit gaan, kunt u er misschien ook eens over denken wie niet kon beschikken over zo'n vrouw. En ik denk dat we allebei weten wie die arme donder is.'

Teddy Webster reageerde niet op het bevel dat zijn vader hem toeblafte. Omdat het uit de richting van de keuken kwam, waar zijn ouders nog steeds aan de lunch zaten, wist hij dat hij nog ruim een kwartier had voor het bevel een tweede maal zou klinken. En omdat zijn moeder deze keer appeltaart had gebakken voor het dessert – een zeldzame gebeurtenis gezien het feit dat er gewoonlijk zonder omhaal een pakje vijgen werd opengemaakt en midden op tafel leeggeschud terwijl ze de borden afruimde – kon dat kwartier wel eens een halfuur worden, waarin Teddy genoeg tijd zou hebben om de rest van *The Incredible Hulk* af te kijken voor zijn vader schreeuwde: 'Zet die verdomde tv uit en ga meteen naar buiten! Ik meen het, Teddy. Ik wil dat je in de frisse lucht bent. Nu. Nu! Voor je er spijt van krijgt dat ik het twee keer heb moeten zeggen.'
De zaterdagen waren altijd zo: een saaie, stomme herhaling van elke saaie, stomme zaterdag sinds ze naar de Peaks waren verhuisd. Wat er op zaterdag gebeurde was het volgende: pa stampte om halfacht om het huis, bulderend hoe héérlijk het was om eindelijk uit de stad weg te zijn. Vonden ze het allemaal niet fantástisch dat ze frisse lucht konden inademen en dat er volop ruimte was en dat de geschiedenis en de cultuur en de traditie van hun land hen uit elke stomme stapel stenen in elk stom veld tegemoet sprong? Maar het waren dan ook geen gewone velden, nietwaar? Het waren heidevelden en hadden ze allemaal niet geweldig geboft en... o, was het niet heel bijzonder om te wonen op een plek waar ze vlak achter hun eigen huis naar het noorden konden lopen en minstens tien miljard kilometer konden wandelen zonder ook maar een levende ziel tegen te komen? Dit was geen armoedige omgeving zoals Liverpool, hè, jongens? Dit was de hemel. Dit was Utopia. Dit was...
Een kloteplek, dacht Teddy. Soms zei hij het ook hardop. Dan werd zijn vader kwaad en begon zijn moeder te huilen en kreeg zijn zus een van haar buien en begon ze te jammeren over hoe ze ooit naar de toneelschool kon gaan en een echte actrice worden als ze zo ver van de bewoonde wereld moest wonen als een of andere lepralijder?
Dan kwam pa pas echt op gang. Het leidde de aandacht af van Teddy, die de gelegenheid altijd te baat nam om naar de tv te sluipen en *Fox Kids* aan te zetten, waar op dit moment het altijd gave moment te zien was waarop dr. David Banner net kwaad genoeg werd op een of andere stomme vandaal om

een van die gave aanvallen te krijgen waarbij zijn ogen achterstevoren in zijn hoofd stonden en zijn armen en benen uit zijn kleren barstten, terwijl zijn borst opzwol en de knopen eraf vlogen en hij iedereen die hem voor de voeten liep in elkaar ramde.

Teddy zuchtte van puur geluk toen de Hulk gehakt maakte van zijn nieuwste kwelgeesten. Het was precies wat Teddy graag zou willen doen met die achterlijke sufferds die hem elke ochtend bij het hek van de school opwachtten om hem scheldend, duwend, struikelend en stompend achterna te zitten vanaf het moment dat hij een voet op het schoolplein had gezet. Hij zou hen in elkaar slaan tot er niets dan kots en darmen en stront over was, als hij de Hulk was. Hij zou hen een voor een te grazen nemen, of allemaal tegelijk. Het kwam er niet opaan want hij zou bijna twee meter lang zijn, honderdvijfenzeventig kilo pure spierkracht, en ze zouden zelfs niet weten waar hij vandaan was gekomen, of waarom. En wanneer ze dan languit in hun kots en hun eigen urine lagen, zou hij een van hen aan zijn haar omhoogtrekken en zeggen: 'Je laat Teddy Webster met rust, hoor je me? Anders kom ik terug.' En hij zou die klootzak weer op de grond laten vallen en over zijn gezicht lopen terwijl hij wegliep. En dan...

'Verdomme, Teddy. Ik wil dat je naar buiten gaat.'

Teddy kwam haastig overeind. Hij was zo in zijn fantasie verdiept geraakt dat hij niet had gemerkt dat zijn vader de kamer was binnengekomen. 'Het is net afgelopen,' zei hij snel. 'Ik wilde even zien hoe het...'

Zijn vader hield een schaar omhoog. Hij trok het snoer achter de tv vandaan. 'Ik heb mijn gezin niet meegenomen naar het platteland om hen in hun vrije tijd met hun snufferd voor de tv te laten zitten. Je hebt vijftien seconden om buiten te komen, anders knip ik het snoer door. Voorgoed.'

'Pap! Ik wilde alleen...'

'Mankeert er iets aan je oren, Ted?'

Hij vloog naar de deur. Daar bleef hij echter staan. 'En Carrie dan? Waarom hoeft zij niet...'

'Je zus is bezig met haar huiswerk. Wil jij ook je huiswerk maken? Of ga je buiten spelen?'

Teddy wist dat Carrie net zomin met haar huiswerk bezig was als dat hij een hersenoperatie zou krijgen. Maar hij wist ook wanneer hij verloren had. Hij zei: 'Spelen, pap,' waarna hij naar buiten rende, trots op zichzelf omdat hij zijn zusje niet had verklikt. Ze zat op haar kamer te zwijmelen bij Flicks en ze schreef idiote liefdesbrieven naar een nog idiotere acteur. Het was een verrekt stomme manier om je tijd door te brengen, vond Teddy, maar hij begreep het. Ze moest íéts doen om niet stapelgek te worden.

De tv deed dat voor hem. Het was leuk om tv te kijken. Trouwens, wat kon hij anders doen?

Hij wist wel beter dan het aan zijn vader te vragen. Wanneer hij het in het begin had gevraagd, kort nadat ze uit Liverpool hier waren komen wonen, kreeg hij als antwoord een karweitje in de schuur opgedragen, zag hij een vinger wijzen in de richting van de groentetuin, of draaide het eropuit dat hij een ladder op zijn schouders gelegd kreeg, gevolgd door een gebaar naar het huis, waarvan de ramen op de eerste verdieping gelapt moesten worden. Dus Teddy vroeg niet meer naar suggesties over wat hij met zijn vrije tijd kon doen. Hij liep naar buiten en trok de deur achter zich dicht, maar niet voordat hij een onheilspellende blik over zijn schouder had geworpen terwijl zijn vader weer naar de keuken liep.

'Voor zijn eigen bestwil', waren de laatste woorden die Teddy zijn vader hoorde zeggen.

Hij wist wat die vier woorden betekenden, en het bracht hem tot wanhoop.

Ze waren buiten gaan wonen om hem: een dik jongetje met een bril met dikke glazen, puistjes op zijn benen, een beugel om zijn tanden en borsten als een meisje, dat op school werd gepest vanaf de eerste dag dat hij ernaartoe ging. Hij had stiekem naar het 'grote plan' geluisterd toen zijn ouders het maakten: 'Als hij buiten woont, krijgt hij meer beweging. Hij zal willen bewegen, zo zijn jongens, Judy, en dan valt hij vanzelf af. Hij hoeft zich er niet druk over te maken dat hij gezien wordt wanneer hij lichaamsbeweging neemt, zoals hier. Trouwens, het is goed voor ons allemaal.'

'Ik weet het niet, Frank...' Teddy's moeder was een weifelachtig type. Ze hield niet van verandering, en naar het platteland verhuizen was een verandering tot de tiende macht.

Teddy's vader was vastbesloten geweest en hier waren ze dan, in een schapenboerderij waarvan de schapen en het land verpacht waren aan een boer uit Peak Forest, het dichtstbijzijnde gehucht dat voor een stad moest doorgaan binnen een straal van vele kilometers. Behalve dan dat het geen stad was. Het was niet eens een dorp. Het bestond uit een handvol huizen, een kerk, een kroeg en een kruidenierswinkel waar, als een jongen van plan was om een zakje chips mee te nemen als tussendoortje voor 's middags – let wel, zelfs al betaalde hij ervoor –, de moeder van die jongen het vast en zeker voor zes uur die avond al te horen kreeg. En dan brak de hel los.

Teddy vond het afschuwelijk. De grote, lege ruimte die zich aan alle kanten tot in de verste verte uitstrekte, de grote hemelkoepel die voor je het wist grauw kon worden van de mist, de wind die de hele nacht om het huis gierde en rammelde aan zijn slaapkamerraam alsof er buitenaardse wezens naar binnen wilden, de stomme honden die helemaal geen echte honden waren maar meer op huppelende robots leken die niets anders deden dan in kringetjes om de schapen heen hollen en ze in de hielen bijten... als schapen tenminste hielen hadden. Teddy had de pest aan deze plek. Toen hij het huis uitkwam en naar de tuin sjokte vloog een sintel, door de wind afgeschoten als een raket, langs zijn bril en ontplofte in zijn oog, zodat hij begon te janken. O, wat had hij de pest aan deze plek.

Hij zette zijn bril af en veegde met de zoom van zijn T-shirt over zijn oog. Het prikte, het brandde en hij voelde zich steeds ellendiger. Met een waas voor zijn ogen strompelde hij naar de achterkant van het huis, waar de was van zaterdag flapperde en wapperde aan de lijn die was gespannen tussen de dakrand en een verroeste paal bij de afbrokkelende stapelmuur.

'Ja, toe maar,' mompelde Teddy. Op de grond bij het huis vond hij een lange, dunne tak. Hij raapte die op en het werd een zwaard. Daarmee naderde hij het wasgoed, met als mikpunt een rijtje spijkerbroeken van zijn vader.

'Blijf waar je bent,' siste hij ze toe. 'Ik ben gewapend, tuig. En als jullie denken dat je me levend te pakken krijgt... Ha! Hier! En hier! En hier!'

Ze waren van de Doodsster gekomen om met hem af te rekenen. Ze wisten dat hij de laatste van de Jedi was. Als ze hem uit de weg konden ruimen, zou de Keizer het universum kunnen regeren. Maar ze konden hem niet doden. Geen sprake van. Ze hadden het bevel gekregen om hem gevangen te nemen zodat hij ten voorbeeld kon worden gesteld aan alle opstandelingen in het sterrenstelsel. Nou, ha! en nog eens ha! Ze zouden hem NOOIT te pakken krijgen. Omdat hij een laserzwaard had waarmee hij kon uithalen. Maar o, jeetje. Wacht eens even. Zíj hadden laserpistolen. En ze wilden hem helemaal niet gevangennemen. Ze wilden hem doden en oeioeioei! Er waren er veel te veel! Lopenlopenlopen!

Teddy draaide zich om en vluchtte, met zijn zwaard in de lucht. Hij zocht de bescherming van de stapelmuur die langs de voorkant van de tuin liep als afscheiding van de weg. In één sprong was hij eroverheen. Zijn hart bonkte. Zijn oren suisden.

Veilig, dacht hij. Hij was ervandoor gegaan met de snelheid van het licht en had de keizerlijke stertroepen achter zich gelaten. Hij was op een onbekende planeet geland. Ze zouden hem hier in geen miljoen jaar vinden. Nu zou híj Keizer zijn.

Woesj. Er flitste iets voorbij over de weg. Teddy knipperde met zijn ogen. De wind stompte op hem in als de vuisten van een kwade geest, zodat zijn ogen waterig werden. Hij kon het niet goed zien. Maar het leek op... Nee. Dat kon niet waar zijn. Teddy tuurde naar rechts en naar links. Geschrokken drong het tot hem door waar hij was geland. Dit was helemaal geen onbekende planeet. Hij was in Jurassic Park terechtgekomen! En wat bliksemsnel voorbij was gekomen, gedreven door honger, was een velociraptor, op zoek naar zijn prooi.

O, jeetje. O, jeetje. En hij had NIETS bij zich. Geen lasergeweer, geen enkel wapen. Alleen een stomme, oude stok en wat kon hij daarmee beginnen tegen een dinosaurus die belust was op mensenvlees?

Hij moest zich verstoppen. Hij moest zich onzichtbaar maken. Een velociraptor was nooit alleen. Er was altijd een tweede bij, en twee betekenden twintig. Of honderd. Duizend!

O, jeetje! Hij rende de weg af.

Iets verderop was het veilig. In de berm stond een gele container tussen het onkruid. Daar kon hij zich in verstoppen tot het gevaar geweken was.

Woesj. Woesj. Meer raptors vlogen langs hem heen toen Teddy zijn lichaam in de container wurmde. Hij dook in elkaar en deed het deksel dicht.

Teddy had gezien wat velociraptors met een mens konden doen. Ze scheurden aan het vlees en zogen oogbollen uit en knarsten op botten alsof het frietjes van McDonald's waren. En ze hadden het liefst jongens van tien.

Hij moest iets doen. Hij moest zich redden. Ineengedoken zat hij in de veilige container en probeerde een bruikbaar plan te bedenken.

De container bevatte het restant van het grit van vorig jaar; vijftien centimeter dik, overgebleven van de winter wanneer het op de weg werd gestrooid om de auto's niet op het ijs te laten slippen. Teddy voelde de steentjes en de brokjes in zijn handpalmen bijten.

Zou hij het grit kunnen gebruiken? Kon hij er een wapen van maken? Kon hij het samenvoegen, er een gemeen projectiel van maken om naar de velociraptors af te vuren en ze zo te verwonden dat ze hem met rust zouden laten? Als hij dat deed, zou hij tijd hebben om…

Zijn vingers voelden iets hards, iets wat bijna tien centimeter diep in het grit begraven lag. Het was smal en paste in zijn handpalm. Nadat hij het met zijn vingers had opgegraven, kon hij het omhooghouden in het zwakke licht dat door de gele wanden van zijn schuilplaats drong.

Gaaf, dacht hij. Wat een vondst. Hij was gered.

Het was een mes.

Julian Britton deed wat hij altijd deed wanneer een reddingsoperatie van Mountain Rescue was afgelopen: hij controleerde zijn uitrusting alvorens die op te bergen. Hij was echter niet zo grondig of zo zorgvuldig als hij meestal was wanneer hij zijn uitrusting ordende en opnieuw inpakte. Zijn gedachten waren niet bij de touwen, laarzen, houwelen, hamers, kompassen, kaarten en al het andere wat ze gebruikten wanneer er iemand verdwaald was, of iemand anders gewond raakte en opgespoord moest worden door een reddingsteam. Zijn gedachten waren bij haar. Bij Nicola. Bij wat er geweest was en geweest had kunnen zijn als zij maar de juiste rol had willen spelen in het stuk dat hij voor hun relatie had geschreven.

'Ik hou toch van je,' had hij tegen haar gezegd en zelfs in zijn eigen oren hadden de vijf woorden zielig en bedroefd geklonken.

'En ik hou ook van jou,' had ze vriendelijk geantwoord. Ze had zelfs zijn hand gepakt en die, met de palm naar boven, vastgehouden alsof ze er iets in wilde leggen. 'Maar het is niet genoeg, het soort liefde dat ik voor je voel. En het soort liefde dat je wilt en verdient te krijgen, Jule... het is niet het soort liefde dat ik waarschijnlijk ooit voor íémand zal kunnen voelen.'

'Ik pas toch goed bij je? Dat heb je de afgelopen jaren vaak genoeg gezegd. Dat is toch voldoende? Kan dat andere soort liefde, de liefde waar jij over praat... niet daaruit voortvloeien? Ik bedoel, we zijn vrienden. We zijn makkers. We zijn... god nog aan toe, we zijn minnaars, als dat niet betekent dat we samen iets bijzonders hebben, verdomme, wat dan wel?'

Ze had gezucht. Ze had uit het raampje van de auto de duisternis in gestaard. Hij kon haar gezicht weerspiegeld zien in het glas. 'Jule, ik ben een escort geworden,' zei ze. 'Weet je wat dat betekent?'

De verklaring en de vraag waren uit het niets gekomen, zodat hij één belachelijk ogenblik had gedacht aan gidsen bij een rondleiding, reisleidsters die voor in een bus in een microfoon staan te praten terwijl het met toeristen volgestouwde voertuig door het land toert. 'Reis je?' vroeg hij.

'Ik ontvang mannen voor geld,' antwoordde ze. 'Ik breng de avond met hen door. Soms ook de nacht. Ik ga naar hotels om hen op te pikken en dan doen we wat zij willen. Wat het ook is. Daarna betalen ze me. Ze geven me tweehonderd pond per uur. Vijftienhonderd als ik de nacht met hen in bed doorbreng.'

Hij staarde haar aan. Hij hoorde haar duidelijk, maar zijn hersens weigerden de informatie te verwerken. Hij zei: 'Ik begrijp het. Dus je hebt iemand anders, in Londen.'

Ze zei: 'Julie, je luistert niet naar me.'

'Dat doe ik wel. Je zei...'

'Je hoort me. Je luistert niet. Mannen betalen me voor mijn gezelschap.'

'Je maakt afspraakjes met hen.'

'Je zou het afspraakjes kunnen noemen: dineren, naar de schouwburg, de opening van een tentoonstelling of een zakenfeest waarbij iemand een goeduitziende vrouw naast zich wil hebben. Daar betalen ze me voor. Ze betalen me ook voor seks. En afhankelijk van wat ik met hen doe wanneer het op seks uitdraait, betalen ze me heel veel. Eerlijk gezegd, meer dan ik ooit voor mogelijk had gehouden voor neuken met een betrekkelijk onbekende.'

De woorden troffen hem als mokerslagen. En hij reageerde zoals hij zou hebben gedaan als hij door een moker was bewerkt. Hij raakte in shock. Niet een normale shock, wanneer iemands lichaamsgestel een fysiek trauma heeft ondergaan zoals een auto-ongeluk of een val van het dak van een schuur, maar het soort shock dat de psyche verplettert zodat men niet meer in zich kan opnemen dan een enkel detail en dat detail is gewoonlijk het minst gevaarlijk voor iemands gemoedsrust.

Hij zag haar haren, hoe het licht erachter scheen en hoe het door de afzonderlijke lokken speelde zodat ze leek op een naar de aarde afgedaalde engel. Wat ze hem verteld had was echter verre van engelachtig. Het was smerig en walgelijk. Ze bleef hem erover vertellen en hij bleef sterven.

'Niemand heeft me ertoe gedwongen,' zei ze, een snoepje uit haar tas halend. 'Tot de escortbusiness. Of het andere. De seks. Het was mijn eigen beslissing toen ik de mogelijkheden had gezien en toen ik begreep hoeveel ik te bieden had. Ik begon met alleen maar iets met hen te gaan drinken. Soms een etentje. Of de schouwburg. Alles heel keurig, weet je wel: een paar uur praten en iemand die wilde luisteren, die antwoord gaf als ze het wilden en die hen verder met grote, stralende ogen aankeek. Maar ze vroegen altijd, stuk voor stuk, of ik meer wilde doen. Eerst dacht ik, nee, dat kan ik niet. Ik kende hen tenslotte niet. En ik had altijd gedacht... ik bedoel, ik kon me niet voorstellen om het te doen met iemand die ik niet goed kende. Maar toen vroeg er een of hij me alleen maar mocht aanraken. Vijftig pond om zijn hand in mijn slipje te stoppen en mijn poesje aan te raken.' Een glimlach. 'Toen ik nog een poesje had tenminste. Voordat... Je weet wel. Dus ik liet het toe en het was helemaal niet zo erg. Eigenlijk was het nogal grappig. Ik begon te lachen – inwendig dan, niet openlijk – omdat het zo... zo grappig was: die man, ouder dan mijn vader, die zwaar begon te ademen en tranen in zijn ogen kreeg, alleen omdat hij met zijn hand aan mijn kruis zat. Dus toen hij zei, wil je alsjeblieft ook aan mij voelen, zei ik tegen hem dat het nog eens vijftig pond moest kosten. Hij zei: "O, god, alles." Dus ik deed het. Honderd pond om aan zijn jongeheer te voelen en me door hem met zijn vingers te laten strelen.'

'Hou op.' Eindelijk kon hij de woorden uitbrengen.

Maar ze wilde zo graag dat hij het begreep. Ze waren tenslotte vrienden. Ze waren altijd vrienden geweest. Ze waren kameraden geweest vanaf het moment dat ze elkaar in Bakewell hadden ontmoet. Zij een schoolmeisje van zeventien met een uitdagende manier van lopen die altijd had gezegd: je kunt me pakken als je wilt, alleen had hij het tot op dit ogenblik niet gezien. Hij, bijna drie jaar ouder dan zij, met vakantie thuisgekomen van de universiteit en verteerd door zorgen vanwege de drankzucht van zijn vader en een huis dat om hem heen ineenstortte. Maar Nicola had zijn zorgen toen niet gezien. Het enige wat ze had gezien was de kans op een beetje plezier. En die had ze gretig aangegrepen. Dat begreep hij nu.

'Wat ik je probeer uit te leggen, is dat het een manier van leven is die me op het moment goed uitkomt. Dat zal niet altijd zo blijven, natuurlijk. Maar vandaag wel. En omdat het zo is, grijp ik de kans aan, Jule. Ik zou een grote stommeling zijn als ik het niet deed.'

'Je bent stapelgek,' was zijn doffe reactie. 'Dit heeft Londen met je gedaan. Je moet naar huis komen, Nick. Je moet onder vrienden zijn. Je hebt hulp nodig.'

Ze keek hem niet-begrijpend aan.

'Het is toch duidelijk, of niet soms? Het is verkeerd. Je kunt niet goed bij je hoofd zijn als je je lichaam de ene nacht na de andere verkoopt.'

'Verscheidene malen per nacht, meestal. Zes op zijn hoogst, als ik werk tot de ochtend aanbreekt.'

Hij had zijn hoofd met beide handen vastgegrepen. 'Jezus, Nick... Je moet met iemand praten. Laat me een dokter voor je zoeken, een psychiater. Ik zal tegen niemand zeggen waarvoor. Het is ons geheim. En wanneer je hersteld bent...'

'Julian.' Ze trok zijn handen van zijn gezicht weg. 'Er is niets mis met me. Als ik dacht dat ik een relatie had met die mannen, zou er iets mis zijn. Als ik dacht dat ik op weg was om de ware liefde te vinden zou er iets mis zijn. Als ik zou proberen om me op iemand te wreken, of iemand pijn zou doen, of in een fantasiewereld zou leven, dan zouden ze me meteen moeten opsluiten. Maar zo is het niet. Ik doe dit omdat ik het leuk vind, omdat ik er goed voor word betaald, omdat ik mannen iets te bieden heb met mijn lichaam, en hoewel ik het raar vind dat ze me betalen om het te krijgen, ben ik volkomen bereid om...'

Toen had hij haar geslagen. God moge het hem vergeven, maar hij had haar geslagen omdat hij zo wanhopig graag wilde dat ze ophield. Daarom had hij haar in het gezicht geslagen met een harde, gebalde vuist, zodat haar hoofd achterover sloeg tegen het raampje.

Daarna hadden ze elkaar aangestaard, zij met haar vingertoppen op de plek waar zijn knokkels in contact waren gekomen met haar gezicht, terwijl hij die knokkels met zijn linkerhand vasthield, met in zijn oren een hoog, luid gesuis als het gekrijs van autobanden in een slip. Er viel niets te zeggen. Geen enkel woord kon een verontschuldiging zijn voor wat hij had gedaan, voor wat zij hen beiden aandeed door de keuzes die ze maakte en het leven dat ze leidde. Toch had hij het geprobeerd.

'Hoe is dit gekomen?' had hij schor gevraagd. 'Het moet toch ergens vandaan gekomen zijn, Nick? Normale mensen leven niet op die manier.'

'Een akelig geheim uit mijn verleden?' had ze luchtig geantwoord, met haar vingers nog steeds tegen haar wang gedrukt. Haar stem was hetzelfde, maar haar ogen waren veranderd, alsof ze hem in een ander licht zag. Als een vijand, had hij gedacht. Hij werd overmand door diepe wanhoop, omdat hij zo veel van haar hield. 'Nee, Jule, ik heb geen handig excuus. Niemand om te beschuldigen. Niemand om te veroordelen. Alleen een paar ervaringen die tot andere ervaringen leidden. Precies zoals ik je verteld heb. Eerst een afspraakje, daarna een beetje voelen en strelen, daarna...' Ze had geglimlacht. 'Daarna ging het steeds verder.'

Op dat moment begreep hij wie ze werkelijk was. 'Je moet ons allemaal wel verachten. Mannen. Wat we willen. Wat we doen.'

Ze had zijn hand gepakt. Die was nog steeds tot een vuist gebald en ze maakte zijn vingers los. Ze bracht ze naar haar lippen en ze kuste de knokkels waarmee hij haar had geslagen. 'Jij bent nu eenmaal die je bent,' had ze gezegd. 'Julian, voor mij geldt hetzelfde.'

Hij kon de ongecompliceerdheid van die uitspraak niet accepteren. Hij verzette zich ertegen, zelfs nu. En hij verzette zich tegen haar. Hij was vastbesloten haar te veranderen, wat het ook van hem mocht vergen. Ze móést tot rede gebracht worden, besloot hij. Ze móést hulp zoeken, als dat nodig was.

In plaats daarvan had ze de dood gevonden. Een eerlijke ruil, zouden sommigen misschien vinden, voor wat ze het leven te bieden had.

Julian voelde zich verdoofd terwijl hij zijn reddingsuitrusting in zijn rugzak pakte. Het duizelde hem van de herinneringen en hij zou er alles voor over hebben om de stemmen in zijn hoofd tot zwijgen te brengen.

Er doemde afleiding op in de persoon van zijn vader, die op de overloop van de eerste verdieping kwam aanslenteren, juist toen Julian zijn rugzak in de antieke voedertrog neerzette. Met een hand hield Jeremy Britton een glas omklemd, wat geen verrassing was. In de andere hield hij een stapeltje brochures, dat was iets nieuws. Hij zei: 'Ah, jongen. Daar ben je dus. Heb je op deze mooie dag even tijd voor je vader?'

Hij sprak duidelijk, zodat Julian nieuwsgierig naar het glas van zijn vader keek. De kleurloze vloeistof zou gin of wodka kunnen zijn. Maar het glas was groot genoeg om minstens een halve liter vloeistof te bevatten en omdat het drie kwart leeg was en ook omdat Jeremy nooit zo weinig in een glas zou gieten dat meer kon bevatten, én omdat zijn woorden niet slepend klonken, kon dat slechts betekenen dat het glas helemaal geen wodka of gin bevatte. Wat op zijn beurt moest betekenen... Julian probeerde zijn gedachten te ordenen. God, hij was nu wel heel erg in de war.

'Natuurlijk.' Hij deed zijn best om niet naar het glas te kijken of te ruiken waaruit de inhoud bestond.

Jeremy begreep het. Glimlachend hief hij het glas op en zei: 'Water. Het goede, oude, H_2O uit de kraan. Ik was bijna vergeten hoe het smaakte.'

De aanblik van zijn vader die water dronk stond voor Julian gelijk aan een visioen van de Hemelvaart tijdens een trektocht over de heide. 'Water?'

'Het beste wat er is. Heb je ooit gemerkt, jongen, dat de smaak van water dat afkomstig is van ons eigen land, beter smaakt dan wat je uit een fles kunt halen? Mineraalwater, bedoel ik,' voegde hij er glimlachend aan toe. 'Evian, Perrier. Je weet wel.' Hij bracht het glas naar zijn mond en nam een teug, waarna hij met zijn lippen smakte. 'Heb je even tijd voor je vader? Ik wil je om raad vragen, kerel.'

Verwonderd, op zijn hoede, verbaasd over de verandering in zijn vader, die ogenschijnlijk uit het niets was voortgekomen, liep Julian achter hem aan naar de zitkamer. Daar ging Jeremy in zijn eigen stoel zitten, nadat hij een andere had omgedraaid zodat die tegenover hem kwam te staan. Hij gebaarde dat Julian erop moest plaatsnemen. Zijn zoon deed het met enige aarzeling.

'Je hebt het niet gemerkt tijdens de lunch?' vroeg Jeremy.

'Wat gemerkt?'

'Water. Niets anders. Dat heb ik gedronken. Heb je het niet gezien?'

'Sorry. Ik had andere dingen aan mijn hoofd. Maar ik ben er blij om, vader. Goed gedaan. Geweldig.'

Jeremy knikte, blijkbaar met zichzelf ingenomen. 'Ik heb de afgelopen week eens nagedacht, Julie. En nu weet ik het. Ik ga een kuur volgen. Ik heb er over gedacht sinds... o, ik weet niet hoelang al. En ik denk dat het ogenblik nu is aangebroken.'

'Hou je ermee op? Met drinken? Hou je óp met drínken?'

'Genoeg is genoeg. Ik ben… ik ben nu zowat vijfendertig jaar dronken geweest. Ik dacht dat ik de volgende vijfendertig jaar de fles maar moest laten staan.'

Dat had zijn vader al vaker gezegd. Maar meestal had hij het verklaard wanneer hij dronken was, of een kater had. Geen van beide leek nu het geval te zijn. 'Ga je bij de AA?' vroeg Julian. Er waren bijeenkomsten in Bakewell, andere in Buxton, in Matlock en in Chapel-le-Frith. Meer dan eens had Julian al die plaatsen gebeld om de data van de bijeenkomsten te vragen, die vervolgens naar het landgoed werden opgestuurd en daarna werden weggegooid.

'Daar wilde ik het met je over hebben,' zei Jeremy. 'Hoe ik de duivel deze keer het best te lijf kan gaan. Dit had ik gedacht, Julie,' en hij kwam met het stapeltje folders dat hij bij zich had en nu op Julians knieën uitspreidde. 'Dit zijn klinieken,' zei hij. 'Ontwenningskuren. Je meldt je aan voor een maand, twee of drie als het nodig is, en je volgt de kuur. Het juiste dieet, lichaamsbeweging, gesprekken met de inwonende psychiater. De hele mikmak. Daar moet je beginnen. Afkicken. Wanneer je de danspassen onder de knie hebt, ga je naar de AA. Kijk maar eens, jongen, en zeg me wat je ervan vindt.'

Julian hoefde er niet naar te kijken om te weten wat hij ervan vond. Het waren privé-klinieken. Ze waren duur. En er was geen geld om ervoor te betalen, tenzij hij zijn werk aan Broughton Manor opgaf, de jachthonden verkocht en een goede baan zocht. Het zou het eind betekenen van zijn droom om het landgoed weer tot leven te wekken, als hij zijn vader naar zo'n kliniek liet gaan.

Jeremy bleef hem hoopvol aankijken. 'Ik weet dat het me deze keer zal lukken, jongen. Ik voel het aan mijn water. Je kent dat gevoel. Met een beetje hulp lukt het me. Ik zal de duivel bij zijn spel verslaan.'

'Denk je niet dat de AA genoeg is om je te helpen?' zei Julian. 'Omdat… weet je, vader, om je naar zo'n inrichting te kunnen sturen… ik bedoel, ik zal er de verzekeringspapieren op nakijken, dat zal ik absoluut doen. Maar ik weet bijna zeker dat ze niet zullen betalen. We hebben de allergoedkoopste particuliere verzekering, dat weet je. Tenzij je wilt dat ik…' Hij wilde het niet. Maar het schuldgevoel over die tegenzin sneed hem door de ziel. Hij dwong zich echter om het te zeggen. Het was tenslotte zijn vader, die daar voor hem zat. 'Ik zou kunnen ophouden met de restauratie van het landgoed. Ik zou een baan kunnen zoeken.'

Jeremy boog naar voren en pakte haastig alle brochures op. 'Dat wil ik niet. Lieve hemel, Julie, dat wil ik niet. Ik wil net zo graag dat Broughton Manor in zijn oude glorie wordt hersteld als jij. Dat kan ik niet van je aannemen, zoon. Nee, ik red me wel.'

'Maar als je denkt dat je naar een kliniek moet…'

'Dat doe ik. Dat doe ik ook. Daar zou ik een tijdje uit de circulatie zijn en een goede basis krijgen. Maar als er geen geld is – en god weet dat ik je geloof,

jongen – dan is er geen geld en daarmee uit. Misschien een andere keer...'
Jeremy stopte de folders in de zak van zijn jasje. Somber richtte hij zijn blik
op de haard. 'Geld,' mompelde hij. 'Ik zal barsten als het niet altijd weer op
geld neerkomt.'
De deur van de zitkamer ging open. Samantha kwam binnen.
Het leek wel afgesproken werk.

18

'Sorry, jongens, alleen voor leden.' Zo werden Lynley en Nkata begroet bij een lessenaar die boven aan een trap stond in Wandsworth. Deze trap leidde naar het duistere hol dat de ingang naar The Stocks leek te zijn en die op deze vroege middag werd bewaakt door een gezette vrouw die zat te borduren. Afgezien van haar vreemde uitmonstering, die bestond uit een zwart leren hemdjurk met een zilveren ritssluiting die tot haar middel openstond en hangborsten met een onappetijtelijke, kippenvelachtige huid onthulde, had ze iemands grootmoeder kunnen zijn, en dat was ze waarschijnlijk ook. Ze had grijs haar, dat in de krul gezet leek voor de zondagse kerkdienst, en een half brilletje op de punt van haar neus. Ze keek eroverheen naar de beide politiemensen en ze liet erop volgen: 'Tenzij jullie lid willen worden. Is dat zo? Hier, kijk maar eens.' Ze gaf beide mannen een folder.

De Stocks, las Lynley, was een besloten club voor kieskeurige volwassenen die plezier hadden in sadomasochisme. Tegen een bescheiden jaarlijkse bijdrage werd hun toegang geboden tot een wereld waarin hun geheimste fantasieën opwindende werkelijkheid zouden worden. In een ambiance van wat hapjes, drank en muziek, omringd door gelijkgestemde enthousiastelingen, konden ze zich uitleven, getuige zijn van of deelnemen aan de verwezenlijking van de duisterste dromen der mensheid. Hun identiteit en hun beroep zouden nauwgezet worden beschermd door een uiterst discrete directie, terwijl aan al hun verlangens zou worden voldaan door personeel dat hen kon voorzien van alles waaraan ze behoefte hadden. The Stocks was van maandag tot en met zaterdag geopend van twaalf uur 's middags tot vier uur 's ochtends, nationale en kerkelijke feestdagen inbegrepen. De zondag was bestemd voor de eredienst.

Dienst ter ere van wie? vroeg Lynley zich af. Hij vroeg er echter niet naar. Hij liet de folder in zijn jaszak glijden, glimlachte vriendelijk en zei: 'Dank u, ik zal het in gedachten houden,' waarna hij zijn legitimatiebewijs tevoorschijn haalde. 'Politie. We willen uw barman graag even spreken.'

De vrouw in de zwarte, leren jurk was nu niet bepaald Cerberus, maar ze wist wat haar te doen stond. Ze zei: 'Dit is een besloten club, alleen voor leden, meneer. Dit is absoluut geen clandestien huis. Niemand komt me voorbij zonder zijn lidmaatschapskaart te laten zien, en wanneer iemand lid wil worden moet hij een identiteitsbewijs met een foto meenemen, waar tevens zijn geboortedatum op vermeld staat. We verlenen het lidmaatschap slechts aan volwassenen en onze werknemers zijn, alvorens ze hier in dienst traden, grondig gescreend of ze geen strafblad hebben.'

Toen ze even zweeg om adem te halen, zei Lynley: 'Mevrouw, als we uw zaak wilden sluiten...'

'Dat kunt u niet. Zoals ik al zei, dit is een besloten club. We hebben een advocaat van Liberty, dus we weten wat onze rechten zijn.'

Lynley probeerde geduldig te antwoorden. 'Daar ben ik blij om. Ik heb gemerkt dat de gemiddelde burger merkwaardig slecht geïnformeerd is. Maar omdat u zelf niet in die positie verkeert, moet u toch weten dat we, als we de zaak wilden sluiten of zelfs maar een poging daartoe zouden ondernemen, ons niet bij de ingang zouden melden met ons legitimatiebewijs. Mijn collega en ik zijn van de recherche, we doen geen undercoveronderzoek.'

Naast Lynley stond Nkata met zijn voeten te schuifelen. Hij zag eruit alsof hij niet wist waarnaar hij moest kijken. Het decolleté van de oudere vrouw bevond zich vlak voor zijn neus en ongetwijfeld had hij niet eerder de kans gehad om vlees te bekijken dat minder geschikt was om te onderzoeken.

'We zijn op zoek naar ene Shelly Platt,' verklaarde Lynley tegen de vrouw. 'Er is ons verteld dat uw barman weet waar ze woont. Als u hem wilt halen, kunnen we hier met hem praten. Of we kunnen naar beneden gaan. U zegt het maar.'

'Hij is aan het werk,' zei ze.

'Wij ook.' Lynley glimlachte. 'En hoe eerder we met hem kunnen praten, des te sneller kunnen we ergens anders gaan werken.'

Met tegenzin zei ze: 'Goed,' waarna ze de telefoon pakte en een nummer intoetste. Ze sprak in de hoorn maar ze hield haar ogen strak op Nkata en Lynley gericht, voor het geval zij de trap af zouden gaan. Ze zei: 'Ik heb hier twee smerissen die op zoek zijn naar ene Shelly Platt... Ze zeggen dat je haar kent... Nee, recherche. Kom je naar boven of zal ik... Weet je het zeker? Goed dan.' Ze legde de hoorn neer en knikte in de richting van de trap. 'Gaat u maar naar beneden,' zei ze. 'Hij kan niet bij de bar vandaan, omdat we op het moment weinig personeel hebben. Hij zegt dat hij vijf minuten tijd voor u heeft.'

'Hoe heet hij?' vroeg Lynley.

'U kunt hem Striem noemen.'

'Meneer Striem?' vroeg Lynley effen.

De vrouw vertrok haar mond in iets wat voor een glimlach moest doorgaan. Ze zei: 'Je hebt een aardig gezicht, lieverd, maar je moet niet te ver gaan.'

Ze gingen de trap af, die uitkwam in een gang waar rode lampen boven kale, zwartgeschilderde muren waren opgehangen. Aan het eind van deze gang hing een zwartfluwelen gordijn voor een deur, waarachter zich kennelijk The Stocks bevond.

Muziek filterde door het fluweel als lichtstralen, niet het ruige, heavy metal geluid van punkgitaren die krijsten als robots die op de pijnbank waren gelegd, maar iets wat klonk als een Gregoriaans gezang, gezongen door monniken op weg naar de mis. Het was echter luider dan monniken het gezongen zouden hebben, alsof het volume belangrijker was voor de ceremonie die plaatsvond dan de betekenis. *Agnus dei qui tollis peccata mundi,* zongen de stemmen. Ten antwoord knalde een zweep, als een pistoolschot.

'Ah. Welkom in de SM-wereld,' zei Lynley tegen Nkata, terwijl hij het gordijn opzijschoof.

'Lieve god, wat zal mijn moeder hiervan zeggen?' was de reactie van de rechercheur.

Lynley had verwacht dat de club zo vroeg op de zaterdagmiddag verlaten zou zijn, maar dat bleek niet het geval. Hoewel hij vermoedde dat er tegen het vallen van de avond veel meer leden tevoorschijn zouden kruipen uit wat voor holen dan ook waar ze zich overdag in schuilhielden, waren er toch voldoende liefhebbers om een idee te krijgen hoe The Stocks eruit zou zien wanneer de club vol zat.

Midden in de zaal bevond zich een middeleeuws aandoende openbare schandeplaats. Er was ruimte voor vijf misdadigers, maar op deze zaterdag betaalde slechts één zondaar de prijs voor een vergrijp: een breedgeschouderde man met een glimmend, kaal hoofd werd met een zweep aferanseld door een dikke vrouw, die: 'Stouterd! Stouterd! Stouterd!' riep bij elke slag. Hij was naakt; zij droeg een zwart leren korset waaraan kanten kousen waren vastgemaakt. Aan haar voeten prijkten schoenen met zulke hoge hakken dat ze zonder al te veel inspanning op haar tenen zou kunnen dansen.

Boven hen draaide een lichtconstructie, voorzien van spotjes. Een ervan wierp een lichtbundel recht omlaag op het schavot, de andere hingen aan armen die met de constructie mee ronddraaiden en langzaam de overige activiteiten binnen de club belichtten.

'Lieve hemel,' mompelde Nkata.

Lynley nam de rechercheur diens reactie niet kwalijk.

Op het ritme van het Gregoriaanse gezang werden verscheidene mannen met een halsband om waaraan een lijn was vastgemaakt, de zaal rondgeleid door streng uitziende vrouwen in zwarte bodystockings of leren G-strings en laarzen die tot hun dijen reikten. Een oudere heer in nazi-uniform bevestigde iets aan de testikels van een naakte, jongere man die aan een zwarte, stenen muur was geketend, en een vrouw die daar vlakbij op een pijnbank was vastgebonden, lag te kronkelen en schreeuwde: 'Meer!' terwijl een dampende substantie uit een blikken kan op haar naakte borst en tussen haar benen werd gegoten. Een slonzige blondine in een plastic jasje met ingesnoerd middel stond met over elkaar geslagen armen op een van de tafeltjes terwijl een man met een leren masker en niets anders aan dan een metalen G-string, met zijn tong langs de naaldhakken van haar lakschoenen likte. Terwijl deze activiteiten gaande waren – in nissen, in hoekjes en in het openbaar – leek een kraampje met kleding goede zaken te doen; clubleden huurden van alles, van rode kardinaalstoga's tot zwepen.

Naast Lynley haalde Nkata een sneeuwwitte zakdoek uit zijn zak, die hij snel tegen zijn voorhoofd drukte.

Lynley keek naar hem. 'Voor iemand die vroeger de messengevechten in Brixton heeft georganiseerd leid je wel een beschermd bestaan, Winston. Laten we eens horen wat Striem te vertellen heeft.'

De man in kwestie leek zich totaal onbewust van wat zich in de club afspeelde. Hij liet niet merken dat hij de beide politiemensen had gezien tot hij zes maatjes gin in een shaker had afgemeten, er vermout aan had toegevoegd en bij het mengsel een paar scheutjes sap uit een pot met groene olijven had gegoten. Hij draaide het deksel op de shaker en begon te mixen. Toen pas keek hij hun kant op.

Toen het licht van een van de draaiende spotjes op hem viel zag Lynley waar de bijnaam van de man vandaan kwam. Een rafelig litteken liep van zijn voorhoofd over een van zijn oogleden, een streep die de punt van zijn neus had weggenomen en de helft van zijn bovenlip. 'Jaap' zou misschien toepasselijker zijn geweest omdat het litteken ongetwijfeld was veroorzaakt door een mes. Maar hij had zich ongetwijfeld aan het thema van de club willen houden. 'Striem' suggereerde dat er een element van vrijwilligheid school in zijn verminking.

Striem keek niet naar Lynley, maar naar Nkata. Abrupt zette hij de shaker weg. 'Fuck,' gromde hij. 'Ik had je moeten vermoorden toen ik je te pakken had, Demon. Dat losgeldplan stelde geen moer voor.'

Nieuwsgierig keek Lynley naar zijn medewerker. 'Kennen jullie elkaar?'

'We...' Nkata zocht kennelijk een subtiele manier om de informatie voor zijn meerdere te verpakken. 'We hebben elkaar een paar maal ontmoet op de volkstuintjes in de buurt van Windmill Gardens,' zei hij. 'Dat is al heel wat jaren geleden.'

'Jullie waren zeker bezig de paardebloemen uit de slabedden te wieden,' merkte Lynley droogjes op.

Striem snoof. 'We zijn aan het wieden geweest, dat is zo,' zei hij. Daarna vervolgde hij tegen Nkata: 'Ik heb me altijd afgevraagd waar jij terechtgekomen was. Ik had kunnen vermoeden dat het zoiets als dit zou zijn.' Hij deed een stap in hun richting en bekeek Nkata van dichtbij. Opeens plooiden zijn misvormde lippen zich tot iets wat voor zijn glimlach doorging. 'Stinkerd!' riep hij uit, waarna hij bulderend begon te lachen. 'Ik wist dat ik je die avond had geraakt. Ik kon zweren dat al dat bloed niet alleen van mij was.'

'Je hebt me toegetakeld,' zei Nkata instemmend. Met een vinger raakte hij het litteken aan dat over zijn wang liep. Hij stak zijn hand uit. 'Hoe gaat het, Dewey?'

Dewey? dacht Lynley verbaasd.

'Striem,' zei Dewey.

'Goed. Striem dan. Ben je een eerlijke kerel geworden, of zo?'

'Of zo,' zei Striem, nog steeds lachend. Hij greep de hand die Nkata hem bood en schudde die. 'Ik wist gewoon dat ik je had toegetakeld, Deem. Je was goed met een mes. Shit. Kijk maar eens naar dit smoel als je me niet gelooft.' Het laatste was tegen Lynley. Daarna vervolgde hij tegen Nkata: 'Maar ik was altijd snel met het scheermes.'

'Dat is maar al te waar,' zei Nkata.

'Wat moeten jullie van Shelly Platt?' Striem grinnikte. 'Jullie zoeken toch zeker niet wat ze gewoonlijk te bieden heeft?'

'We willen haar spreken in verband met een moord,' zei Lynley. 'Nicola Maiden. Zegt die naam je iets?'

Striem dacht erover na terwijl hij martinicocktails in vier glazen schonk die op een blad waren neergezet. Hij spietste twee gevulde olijven per glas op een prikkertje en zette die in de cocktails voor hij antwoordde. 'Sheila!' schreeuwde hij. 'Het staat klaar!' Toen het barmeisje heupwiegend kwam aanlopen op laarzen met plateauzolen en met een pakje van netstof aan die veel meer onthulde dan hij ooit kon verbergen, schoof hij het blad naar haar toe, om zich daarna weer tot Lynley en Nkata te wenden. 'Mooie naam, Maiden. Voor een tent als dit. Die had ik wel onthouden. Nee. Ik ken haar niet.'

'Shelly blijkbaar wel. En nu is ze dood.'

'Shelly is geen moordenares. Een kreng, een loeder met een humeur als een cobra. Maar voorzover ik weet heeft ze nooit iemand kwaad gedaan.'

'Toch willen we met haar praten. Ik heb begrepen dat ze geregeld in de club komt. Als ze er nu niet is, zou je ons dan kunnen vertellen waar we haar kunnen vinden? Ik kan me niet voorstellen dat je het prettig zou vinden als we hier blijven rondhangen tot ze komt.'

Striem keek Nkata aan. 'Praat hij altijd zo?'

'Hij is zo geboren.'

'Shit. Dat is helemaal jouw stijl niet.'

'Ik red me wel,' zei Nkata. 'Kun je ons helpen, Dew?'

'Striem.'

'Striem. Sorry, ik vergeet het steeds.'

'Ik kan het wel,' zei Striem. 'Vanwege de goeie, ouwe tijd en zo. Maar je hebt het niet van mij. Duidelijk?'

'Begrepen,' zei Nkata, en hij pakte zijn keurige, leren aantekenboekje.

Striem grinnikte. 'Godallemachtig. Je bent een échte smeris, hè?'

'Hou het voor je, maat, als je wilt.'

'Shit. Demon des doods is agent geworden.' Hij grinnikte. Shelly Platt tippelde in de straten bij Earl's Court Station, zei hij. Maar om deze tijd zouden ze haar daar niet vinden. Ze werkte 's nachts, en daarom zou ze nu wel slapen in het hok dat voor haar kamer doorging. Hij gaf het adres.

Ze bedankten hem vriendelijk en ze liepen de club uit. Toen ze weer in de gang met de zwarte wanden waren zagen ze dat een afgescheiden deel van de doorgang was geopend. Wat een stuk in begrafeniskleuren geschilderd stucwerk had geleken was nu naar een kant weggeschoven. Er bleek zich een kleine winkel achter te bevinden met een toonbank die de hele breedte in beslag nam. Er stond een gruwelijk uitgedoste vrouw achter met paars haar dat was opgemaakt in een stijl die deed denken aan de *Bruid van Frankenstein*. Haar lippen en oogleden waren zwart aangezet en ze had zo veel knopjes in haar gezicht en haar oren dat ze eruitzag of ze door een kwaadaardige ziekte was getroffen.

'Niets voor jullie, jongens,' zei de vrouw meesmuilend toen Lynley en Nkata haar voorbijliepen. 'Maar het kan de moeite waard zijn om even te kijken, als je er oog voor hebt.'

Lynley richtte zijn aandacht op de artikelen die ze in haar winkel te koop had. Er was van alles, van seksspeeltjes tot pornovideo's. De toonbank was een glazen vitrine, gevuld met een geraffineerde verzameling potjes met *Shaft, het persoonlijke glijmiddel*, naast leren en metalen apparaten van verschillende vormen en afmetingen, naar het doel waarvan Lynley liever niet wilde raden. In het voorbijgaan viel zijn oog echter op een van de instrumenten. Hij begon langzamer te lopen en bleef vervolgens stilstaan, waarna hij op zijn hurken voor de vitrine ging zitten.

Nkata zei: 'Inspecteur,' op de gekwelde toon van een schooljongen wiens vader een onvergeeflijke indiscretie heeft begaan.

'Wacht even, Winnie,' zei Lynley. Daarna vroeg hij aan de vrouw met het paarse haar: 'Kunt u me zeggen wat dit is?'

Hij wees en ze haalde een verchroomde cilinder uit de vitrine, identiek aan het ding dat hij tussen de spullen had gevonden die uit Nicola Maidens auto afkomstig waren.

'Dit,' zei ze trots, 'dit is geïmporteerd uit Parijs. Leuk, vind je niet?'

'Aardig,' zei Lynley. 'Wat is het?'

'Een ballenrekker.'

'Een wat?'

Ze grinnikte. Van de grond achter de toonbank pakte ze een levensgrote, anatomisch gevormde, mannelijke opblaaspop, die ze rechtop neerzette, waarna ze tegen Nkata zei: 'Hou hem overeind, wil je? Meestal ligt hij op zijn rug, maar in bepaalde gevallen, voor een demonstratie... Hé. Pak hem bij zijn kont vast. Hij zal je niet bijten, schat.'

'Ik zal mijn mond houden,' zei Lynley *sotto voce* tegen Nkata. 'Al je geheimen zijn bij mij veilig.'

'Leuk hoor,' zei Nkata. 'Ik heb nog nooit het achterwerk van een man aangeraakt, of het nu van plastic was of van iets anders.'

'Ah. De eerste keer ben je altijd nerveus, vind je ook niet?' Lynley glimlachte. 'Help die mevrouw even.'

Nkata kromp ineen maar hij deed wat ze hem vroeg, met zijn handen op de plastic billen van de pop die wijdbeens tegen de toonbank leunde.

'Mooi,' zei de winkeldame. 'Nu moet je opletten.'

Ze nam de ballenrekker in haar hand en schroefde de twee boutjes die voorzien waren van een oog, aan weerszijden los. Hierdoor kon het apparaat door middel van een scharnier geopend worden, zodat het keurig om het scrotum van de plastic pop kon worden bevestigd en de testikels eronder bleven bungelen. Daarna nam ze de boutjes en bracht die weer op hun plaats, terwijl ze uitlegde dat de meesteres ze zo vast aandraaide als de slaaf wilde, waarbij ze de druk op het scrotum opvoerde tot de slaaf om genade smeekte of het vooraf afgesproken woord uitsprak waardoor de kwelling zou worden beëindigd. 'Je kunt er ook nog gewichten aan hangen,' zei ze opgewekt, wijzend op de oogjes aan de bouten. 'Het hangt er allemaal vanaf wat je lekker vindt en wat er nodig is om je aan je gerief te laten komen. De meeste kerels willen er ook nog bij geslagen worden. Maar ja, zo zijn mannen, hè? Zal ik er een voor je inpakken?'

Lynley onderdrukte een glimlach bij de gedachte dat hij Helen zou verblijden met een dergelijk souvenir van zijn dagelijks werk. 'Een andere keer misschien.'

'Nou, je weet waar je ons kunt vinden,' zei ze.

Toen ze goed en wel op straat stonden, slaakte Nkata een diepe zucht. 'Nooit gedacht dat ik nog eens zoiets zou zien. Man, ik kreeg de rillingen van die hele tent.'

' "Demon des doods?" Wie zou gedacht hebben dat iemand die met meneer Striem in een messengevecht verwikkeld was, zou flauwvallen bij het zien van een beetje martelwerk?'

Nkata's lippen bewogen. Toen grinnikte hij voluit. 'Als je me in het openbaar Demon noemt, man, is het afgelopen tussen ons.'

'Ik zal erom denken. Ga mee.'

Het was, besloot Barbara Havers, belachelijk om helemaal naar de Yard terug te gaan nadat ze haar lunch had gekocht aan een wagentje waar ze gevulde pitabroodjes hadden, achter in Walker's Court. Cork Street was tenslotte heel dichtbij. Om precies te zijn was het naar Cork Street, ten noordwesten van de Royal Academy, maar een kippeneindje vanaf de parkeergarage waar Barbara haar Mini had neergezet alvorens op zoek te gaan naar Soho Square 31-32. En omdat ze toch een vol uur parkeergeld zou moeten betalen, of ze het hele uur gebruikte of niet, leek het veel economischer om naar Cork Street te wandelen nu ze toch in de buurt was dan om aan het eind van de dag terug te gaan, wanneer ze plichtsgetrouw – om het woord zinloos maar niet te gebruiken – weer een paar uur achter de computer had geworsteld.

Ze haalde het visitekaartje tevoorschijn dat ze in de flat van Terry Cole had gevonden om de naam van de galerie te controleren die erop gedrukt stond. BOWERS, stond er, met een adres in Cork Street, en daaronder NEIL SITWELL. De tijd was rijp om te zien wat Terry Cole had gewild of waarop hij had gehoopt, toen hij dat kaartje in zijn zak had gestoken.

Ze slenterde langs Old Compton Street en stak over naar Brewster Street, waar ze de winkeldrukte van elke zaterdag moest ontwijken, het verkeer dat van Picadilly Circus kwam aanracen en de toeristen, op zoek naar Café Royal in Regent Street. Ze vond Bowers zonder moeite, omdat een enorme vrachtauto die direct ervoor stond geparkeerd het verkeer in Cork Street blokkeerde, wat de woede van een taxichauffeur opwekte, die verwensingen schreeuwde terwijl twee mannen een krat op het trottoir neerzetten.

Barbara schoot naar binnen. Het bleek geen galerie te zijn, zoals ze aanvankelijk vermoed had bij het zien van het kaartje, het adres dat erop gedrukt stond en Terry's artistieke aspiraties. Het was een veilinghuis, zoiets als Christies. Er werd blijkbaar een veiling voorbereid en de daarvoor aangeboden goederen werden uit de vrachtauto geladen die voor de deur geparkeerd stond. Het waren schilderijen in bewerkte, vergulde lijsten en ze waren overal: verpakt in kratten, tegen toonbanken gezet, hangend aan de wanden en liggend op de grond. Eromheen en ertussendoor liepen medewerkers in blauwe stofjassen met klemborden in de hand, waarop ze aantekeningen maakten om de kunstwerken naar verschillende plekken te verwijzen die waren aangeduid met de woorden: BESCHADIGDE LIJST, RESTAURATIE en GESCHIKT.

Achter een van de toonbanken waren posters op een glazen bord gehangen waarop reeds plaatsgevonden en toekomstige veilingen werden geadverteerd. Naast schilderijen had het veilinghuis aan de hoogste bieder alles verkocht, van boerderijen in de Republiek Ierland tot zilver, sieraden en kunstobjecten. Bowers was veel groter dan het van de straat af leek, waar twee ramen en een deur een veel bescheidener etablissement deden vermoeden. In werkelijkheid bleek binnen de ene zaal in de andere over te gaan en die weer in een volgende, helemaal tot aan het begin van Old Bond Street. Barbara dwaalde er rond, op zoek naar iemand die haar Neil Sitwell kon aanwijzen.

Sitwell bleek de majordomus van de activiteiten te zijn. Hij was een gezette man met een bos haar die hem het uiterlijk gaf van iemand die de restanten van een overreden dier op zijn hoofd had. Toen Barbara hem vond, zat hij op zijn hurken een schilderij zonder lijst te bekijken van drie jachthonden die onder een eikenboom dartelden. Hij had zijn klembord op de grond gelegd en zijn hand helemaal door een grote scheur in het linnen gestoken, die als een bliksemschicht van de rechterbovenhoek omlaag liep. Of als kritiek op het werk zelf, dacht Barbara, het was een vrij slecht schilderij.

Sitwell trok zijn hand terug en riep: 'Breng dit naar Restauratie. Zeg dat het over zes weken klaar moet zijn,' tegen een jeugdige assistent die voorbij stoof met verscheidene andere schilderijen op zijn uitgestrekte armen gestapeld.

'Goed, meneer Sitwell,' riep de jongeman terug. 'Ik kom eraan. Deze gaan naar Geschikt. Ik ben zo terug.'

Sitwell kwam overeind. Hij knikte tegen Barbara en daarna naar het schilderij dat hij had geïnspecteerd. 'Dat gaat weg voor tienduizend.'

'U meent het,' zei ze. 'Vanwege de schilder?'

'De honden. U weet hoe Engelsen zijn. Kan ze zelf niet uitstaan. Honden, bedoel ik. Wat kan ik voor u doen?'

'Ik zou u graag even willen spreken, als we ergens rustig kunnen praten.'

'Waarover wilt u me spreken? We hebben het op het ogenblik ontzettend druk. En vanmiddag komen er nog twee ladingen.'

'Over moord.' Barbara liet hem haar legitimatiebewijs zien. Bingo. Nu had ze zijn aandacht.

Hij ging haar voor, een smalle trap op, waar zijn kantoor was gevestigd, een klein hokje dat uitzicht bood op de veilingruimte. Het was eenvoudig gemeubileerd met een bureau, twee stoelen en een archiefkast. De enige versiering, als die zo genoemd mocht worden, waren de muren. Ze waren van de grond tot het plafond met kurk bedekt, waarop met punaises en nietjes een uitgebreid overzicht te zien was van de onderneming waar meneer Sitwell werkte. Het veilinghuis had beslist een respectabel verleden. Maar net als een kind dat onopgemerkt bleef in een huis met veel presterende broers en zussen, moest het schreeuwen om zich verstaanbaar te maken boven de aandacht uit die aan Sothebys en Christies werd geschonken.

Barbara bracht Sitwell snel op de hoogte van de moord op Terry Cole: een jongeman, dood aangetroffen in Derbyshire, die naar was gebleken een visitekaartje met Neil Sitwells naam erop, bij zijn spullen had bewaard. Had meneer Sitwell er enig idee van waarom hij dat kon hebben gedaan?

'Hij was een soort kunstenaar,' voegde Barbara er behulpzaam aan toe. 'Een beeldhouwer. Hij knutselde met tuingereedschap en werktuigen die een boer gebruikt. Voor zijn beelden, bedoel ik. Zo kunt u hem ontmoet hebben. Op een tentoonstelling misschien... Komt het u bekend voor?'

'Totaal niet,' zei Sitwell. 'Ik ga natuurlijk naar openingen. Je wilt op de hoogte blijven van wat er omgaat in de kunstenaarswereld. Je moet je instinct laten uitmaken wat al dan niet verkoopbaar is. Maar dat is mijn hobby, het volgen van de nieuwste trends, niet mijn voornaamste bezigheid. Omdat we een veilinghuis zijn en geen galerie kan ik geen reden bedenken waarom ik mijn kaartje aan een jonge artiest zou geven.'

'Omdat u geen moderne kunst veilt, bedoelt u?'

'Omdat we geen werk van onbekende kunstenaars verkopen. De reden spreekt voor zich.'

Barbara dacht hierover na. Ze vroeg zich af of Terry Cole had geprobeerd zich voor te doen als een bekende beeldhouwer. Het leek onwaarschijnlijk. En hoewel Cilla Thompson had beweerd dat ze minstens een van haar weerzinwekkende schilderijen had verkocht, leek het niet waarschijnlijk dat een veilinghuis zou proberen werk van haar in handen te krijgen door aan te pappen met haar huisgenoot. 'Kan hij dan hierheen zijn gekomen, of u misschien elders hebben ontmoet, om een andere reden?'

Sitwell plaatste zijn vingertoppen tegen elkaar onder zijn kin. 'We zijn de afgelopen drie maanden op zoek geweest naar een goede schilderijenrestaurateur. Als hij kunstenaar was...'

'Ik gebruik het woord in de ruimste betekenis,' zei Barbara waarschuwend.

'Juist. Ik begrijp het. Wel, als hij zich als een artiest beschouwde, wist hij misschien iets over het restaureren van schilderijen en is hij hier geweest om daarover met me te spreken. Wacht even.' Hij trok een zwarte agenda uit de middelste lade van zijn bureau, waarna hij door de pagina's terug begon te bladeren, met zijn wijsvinger langs de dagen, terwijl hij de afspraken voor elke dag bekeek. 'Geen Cole, Terry of Terence. Helemaal geen Cole.' Vervolgens wijdde hij zich aan een gedeukte, metalen doos waarin adreskaarten werden bewaard achter omgekrulde alfabetische verdelers. Hij legde uit dat hij de gewoonte had om de namen en adressen te bewaren van personen met een talent waarvan hij dacht dat het op de een of andere manier nuttig zou kunnen zijn voor Bowers. Misschien was Terence Cole een van die personen... Maar nee. Zijn naam kwam ook niet op de kaarten voor. Het speet hem verschrikkelijk, zei Neil Sitwell, maar het zag er niet naar uit dat hij de agente bij haar onderzoek behulpzaam zou kunnen zijn.

Barbara probeerde een laatste vraag. Was het mogelijk, vroeg ze, dat Terry Cole het visitekaartje van meneer Sitwell op een andere manier in zijn bezit had gekregen? Uit gesprekken met de moeder en de zus van de jongeman had ze begrepen dat hij ervan had gedroomd om een eigen galerie te openen. Misschien was hij meneer Sitwell ergens tegengekomen, met hem in gesprek geraakt en had hij toen een van meneer Sitwells kaartjes gekregen met de uitnodiging om eens langs te komen voor een babbeltje en goede raad...

Barbara koesterde weinig hoop dat ze hiermee iets zou bereiken. Maar toen ze de woorden 'een eigen galerie openen' had uitgesproken, stak Sitwell zijn wijsvinger op alsof hem opeens iets te binnen schoot.

'Ja. Ja. De galerie. Natuurlijk. Nu weet ik het weer. Het komt doordat u eerst zei dat hij beeldhouwer was. De jongeman heeft nooit gezegd dat hij beeldhouwer was, toen hij me kwam opzoeken. Zelfs niet eens dat hij kunstenaar was. Hij verklaarde alleen dat hij hoopte...'

'Herinnert u zich hem?' viel Barbara hem gretig in de rede.

'Het leek een nogal eigenaardig plan voor iemand die zo sprak...' Sitwell keek haar aan en schakelde snel over, 'nou, die zich zo kleedde...' Hier aarzelde hij, tussen twee vuren in. Het was duidelijk dat hij begreep dat hij op het punt stond zijn bezoekster te beledigen. Barbara's accent verried haar afkomst, die bijna identiek was aan die van Terry Cole. En wat haar kleding betrof, ze had geen passpiegel nodig om haar te vertellen dat ze niet in aanmerking kwam voor een vermelding in *Vogue*.

'Ja. Hij was geheel in het zwart gekleed en hij sprak met het accent van een arbeider,' zei Barbara. 'Een baardje. Kortgeknipt haar. Een zwarte paardenstaart.'

Ja. Dat was de man, bevestigde Sitwell. Hij was de vorige week bij Bowers geweest. Hij had een monster bij zich van iets waarvan hij dacht dat het veilinghuis het misschien zou willen verkopen. De opbrengst van een dergelijke verkoop, had hij vertrouwelijk gezegd, zou hem helpen bij de financiering van de galerie die hij wilde openen.

Een monster van iets wat geveild kon worden? De eerste gedachte die bij Barbara opkwam was de doos met callgirl-kaarten die ze onder het bed van Terry

Cole had gevonden. Er waren ongetwijfeld wel vreemdere zaken aan het publiek verkocht. Maar ze wist niet of ze er een van kon noemen.

'Wat was het? Toch niet een van zijn beelden?'

'Een blad muziek,' antwoordde Sitwell. 'Hij zei dat hij ergens had gelezen dat iemand een handgeschreven song van Lennon en McCartney had verkocht, of een boekje met aantekeningen van songteksten, zo iets, en dat hij hoopte een pakket muziekbladen te verkopen dat hij in zijn bezit had. Het blad dat hij me liet zien maakte deel uit van dat pakket.'

'Muziek van Lennon en McCartney, bedoelt u?'

'Nee. Dit was een stuk van Michael Chandler. De jongeman zei me dat hij er zo nog een stuk of tien had, en dat hij hoopte dat ze geveild konden worden. Ik vermoed dat hij zich een tafereel voorstelde waarin verscheidene duizenden muziekfans uren in de rij stonden, hopend op de kans om twintigduizend pond neer te tellen voor een blad papier waarop een overleden man ooit een paar potloodkrabbels had gezet.' Sitwell glimlachte, hij keek Barbara aan met dezelfde uitdrukking waarmee hij Terry moest hebben aangekeken: een blik van tolerante, vaderlijke spot. Haar handen jeukten om hem een klap te geven, maar ze beheerste zich.

'Dus de muziek was waardeloos?' vroeg ze.

'Helemaal niet.' Sitwell begon uit te leggen dat de muziek een fortuin waard had kunnen zijn, maar dat het geen verschil maakte omdat ze tot de nalatenschap van Chandler behoorde, ongeacht hoe ze in Terry Coles bezit was gekomen. Daarom kon Bowers de muziek niet op de veiling aanbieden, tenzij de beheerders van Chandlers nalatenschap hun goedkeuring hechtten aan een verkoop. In welk geval de opbrengst trouwens naar de erfgenamen van Chandler zou gaan.

'Hoe zou hij aan die muziek zijn gekomen?'

'Oxfam? Een rommelmarkt? Ik weet het niet. Mensen doen soms waardevolle bezittingen weg zonder te weten wat ze wegdoen, zo is het toch? Of ze stoppen ze weg in een koffer of een doos, en de koffer of de doos komt bij iemand anders terecht. In elk geval, de jongen heeft het niet gezegd en ik heb het niet gevraagd. Ik heb wel aangeboden de notaris die de nalatenschap van Chandler afwikkelde, op te sporen en hem de muziek te overhandigen, om door te geven aan de weduwe en de kinderen. Cole wilde dat echter liever zelf doen, in de hoop, zei hij, dat hij ten minste een beloning zou krijgen voor het terugbrengen van een gevonden voorwerp.'

'Gevonden voorwerp?'

'Zo noemde hij het.'

Het enige wat de jongen na afloop van het gesprek had gevraagd, was hoe hij de notaris van de familie Chandler zou kunnen vinden. Sitwell had hem aangeraden naar King-Ryder Productions te gaan omdat – zoals iedereen wist die zich de afgelopen twintig jaar, al was het slechts in geringe mate, voor muziek had geïnteresseerd – Michael Chandler en David King-Ryder partners waren geweest tot Michael Chandlers voortijdige dood. 'Nu ik er nog eens over nadenk geloof ik dat ik hem ook naar de erfgenamen van King-Ryder had moeten verwijzen,' zei Sitwell peinzend, eraan toevoegend: 'Arme kerel,' blijkbaar met betrekking tot de zelfmoord, eerder die zomer, van David King-Ryder. 'Maar omdat het productiebedrijf nog steeds actief is, leek het me verstandig dat hij daar zou beginnen.'

Wat een interessante wending, dacht Barbara. Ze vroeg zich af of het iets met de moord uitstaande had of dat het een geheel andere kant uitging.

Ze bleef zwijgen en Sitwell verontschuldigde zich uitvoerig. Het speet hem dat hij haar niet beter behulpzaam kon zijn. Er was niets sinisters geweest aan het bezoek van de jongeman. Ook niets uitzonderlijks. Sitwell was totaal vergeten dat hij hem had gesproken en hij begreep nog steeds niet hoe Terry Cole aan zijn kaartje kwam, omdat hij zich niet kon herinneren dat hij hem er een had gegeven.

'Hij heeft er een gepakt,' zei Barbara, met een knikje in de richting van een standaard met kaartjes op Sitwells bureau.

'O, ik begrijp het. Ik heb niet gezien dat hij het heeft gedaan, maar ik neem aan dat hij het had kunnen doen. Ik vraag me echter af waarom.'

'Voor zijn kauwgum,' zei Barbara tegen hem, terwijl ze dacht: godzijdank daarvoor.

Ze liep weer naar buiten. Op straat diepte ze uit haar tas de lijst van werknemers op die Dick Long haar had gegeven op Soho Square 31-32. Het was een lijst in alfabetische volgorde, volgens de achternamen. Ook stond er het zakelijke telefoonnummer op van de persoon in kwestie, het privé-adres en -telefoonnummer, en de organisatie waarbij hij in dienst was.

Barbara zocht de lijst af tot ze vond wat ze zocht.

King-Ryder Productions, las ze achter de tiende naam van onderen.

Bingo, dacht ze.

Beveiliging bestond niet op het adres van Shelly Platt. Ze woonde niet ver van Earl's Court Station, in een verbouwd flatgebouw dat vroeger beschermd was geweest door zo'n deur waarvan het slot kon worden geopend door de bewoner, die binnen in zijn appartement op een knop drukte. Nu stond de deur echter open. Toen Lynley, in een automatische reactie bij het zien van een openstaande deur, bleef staan om het slot te bekijken, zag hij dat, hoewel de deur van de nodige onderdelen was voorzien, de deurpost ergens in het verleden was beschadigd. De deur kon nog wel dichtvallen, maar viel niet in het slot. Er had een bordje op het gebouw kunnen hangen met: WELKOM, INBREKERS.

Er was geen lift, dus Lynley en Nkata namen de trap aan het einde van de gang op de benedenverdieping. Shelly woonde op de vierde etage, wat beide mannen de gelegenheid gaf hun fysieke conditie te testen. Die van Nkata was beter, merkte Lynley. Hij mocht dan vroeger lid zijn geweest van een messentrekkersbende in de straten van Zuid-Londen, maar hij had nog nooit gerookt. Die onthouding, om van de ondraaglijke jeugd van de man nog maar niet te spreken, was te merken. Maar Nkata had voldoende tact om het daar niet over te hebben. Hoewel de verdraaide kerel deed of hij op de overloop van de tweede verdieping pauzeerde om wat voor het uitzicht doorging, te bewonderen en om Lynley de gelegenheid te geven op adem te komen, die hij zelf in het bijzijn van zijn ondergeschikte nooit zou hebben aangegrepen.

Er waren twee flats op de vierde verdieping, de ene zag uit op de straat, de andere op wat er achter het gebouw lag. Shelly Platt woonde in laatstgenoemd appartement, wat niet meer dan een kleine zitslaapkamer bleek te zijn.

Ze moesten verscheidene malen aan de deur kloppen om een reactie te krijgen. Toen de deur eindelijk werd geopend, voorzover een niet al te stevige veiligheidsketting het toeliet, keek een loensend gezicht met door de slaap verward oranje haar hen door de kier aan.

'Wat? O, jullie zijn met z'n tweeën. Ik bedoel het niet kwaad, schat, maar ik doe het niet met zwarten. Geen discriminatie, hoor. Alleen een afspraak die ik heb met een ouder meisje dat triootjes doet. Ik kan jullie haar nummer geven, als je wilt.' Het meisje sprak met het duidelijke, nasale accent van een vrouw die haar jeugd net ten noorden van de Mersey heeft doorgebracht.

'Mevrouw Platt?' vroeg Lynley.

'Wanneer ik bij kennis ben.' Ze grinnikte. Haar tanden waren grijs. 'Kerels als jij komen hier niet vaak. Wat is de bedoeling?'

'Een gesprek.' Lynley liet zijn legitimatiebewijs zien en reageerde snel met zijn voet toen ze de deur wilde dichtgooien. 'Recherche,' zei hij. 'We willen u graag even spreken, mevrouw Platt.'

'Jullie hebben me wakker gemaakt.' Opeens klonk ze gekrenkt. 'Jullie kunnen later terugkomen, wanneer ik uitgerust ben.'

'Ik betwijfel of u dat wilt,' zei Lynley. 'Zeker wanneer u later ergens mee bezig bent. Dat zou niet goed zijn voor de business. Laat ons binnen, alstublieft.'

Ze zei: 'O, verdomme' en daarna schoof ze de ketting van de deur, het aan de beide mannen overlatend om die te openen.

Lynley duwde de deur naar binnen open. Erachter bevond zich een enkele kamer met een raam, waarvoor een kralengordijn hing zoals dat meestal voor een deuropening wordt gebruikt. Onder dit raam diende een matras op de grond als bed. Shelly Platt schuifelde er op blote voeten naartoe en liep er daarna overheen naar een hoopje spijkerstof dat een broek bleek te zijn. Ze trok het kledingstuk aan over het weinige wat ze droeg: een buitengewoon verbleekt T-shirt, bedrukt met het onmiddellijk herkenbare gezicht van de straatjongen uit *Les Misérables*. Ze raapte een paar mocassins op die ze aan haar voeten schoof. De pantoffels waren ooit met kraaltjes versierd geweest, maar er was weinig meer van over dan een paar turkooizen bolletjes die onder het lopen aan draadjes achter haar aansleepten.

Het bed was onopgemaakt; de sprei was een geel met oranje lap Indiase stof, de enige deken was een paars met roze gestreept geval met een behoorlijk gerafelde satijnen rand. Shelly liet het bed achter zich en liep door de kamer naar een wastafel, waar ze een pannetje met water vulde om het op een van de branders van een gasstel te zetten, dat op een gehavende ladekast stond.

Er was slechts één zitplaats in de kamer: een zwarte zitzak vol vlekken, allemaal in dezelfde, grijze tint. Net als wolken hadden ze allerlei vormen en wanneer iemand zijn verbeelding gebruikte kon hij er van alles in zien, van eenhoorns tot zeehonden. Shelly knikte naar de zitzak, terwijl ze naar het bed terugliep. 'Je kunt daar zitten, als je wilt,' zei ze onverschillig. 'Een van jullie zal moeten blijven staan.'

Geen van beide mannen koos voor het groezelige meubelstuk. Ze zei: 'Dan moet je het zelf weten,' en ze plofte neer op de matras, waarna ze een van de twee kussens greep en dat tegen zich aan drukte. Ze schopte een ander stapeltje kleren uit de weg: een rode, plastic minirok, zwarte netkousen die nog aan een jarretelgordeltje vastzaten, en een groen topje dat dezelfde vlekken vertoonde als op de zitzak. Uitdrukkingloos keek ze Lynley en Nkata aan, met ogen die opvallend doods waren, evenals de huid eromheen, wat haar het onaantrekkelijke aan drugs verslaafde uiterlijk verschafte van de modellen die de laatste tijd in de modebladen te zien waren. 'Nou? Wat willen jullie van me? Je zei recherche, niet de zedenpolitie. Dus het heeft zeker niets te maken met mijn werk?'

Lynley haalde de anonieme brief uit zijn zak die Vi Nevin hun eerder die dag had gegeven. Hij gaf de brief aan Shelly, die deed alsof ze hem nauwkeurig bekeek, terwijl ze op haar onderlip zoog en die nadenkend tussen haar tanden klemde.

Intussen had Nkata zijn aantekenboekje opengeslagen en de stift uit zijn vulpotlood geschoven, terwijl Lynley inlichtingen verzamelde door zijn blik door de kamer te laten dwalen. Er vielen hem twee dingen op, afgezien van de onmiskenbare geur van seksuele gemeenschap, die nauwelijks werd overheerst door de geur van pas gebrande jasmijnwierook. Het ene was een oude hutkoffer, die openstond en waarin zwarte, leren kledingstukken, handboeien, maskers, zwepen en dergelijke waren opgeborgen. Het andere was een verzameling foto's die tegen de muren waren geprikt. Er stonden slechts twee personen op afgebeeld: een jonge slungel, meestal met een gitaar ergens om zijn lichaam hangend, en Vi Nevin in een groot aantal poses, van verleidelijk tot speels, met het lichaam van een kind en een ingetogen gezichtje.

Shelly zag Lynley ernaar kijken toen ze haar hoofd ophief na de anonieme brief te hebben bekeken. Ze zei: 'Zo? Wat moet ik hiermee?', kennelijk doelend op hetgeen ze in haar hand hield.

'Hebt u die gestuurd?' vroeg Lynley.

'Ik kan niet geloven dat ze hier de politie bij heeft gehaald. Wat is het toch een ellendig kreng geworden.'

'Dus u hebt hem gestuurd. En nog andere?'

'Dat heb ik toch niet gezegd?' Shelly gooide de brief op de grond. Ze ging languit op haar buik liggen en ze trok een vrolijk bedrukte doos onder een aantal vergeelde exemplaren van de *Daily Express* vandaan. Er zaten chocoladetruffels in, waar ze in rommelde tot ze er een had gevonden die haar beviel. Met haar tong likte ze erlangs, voor ze de truffel langzaam in haar mond stak. Haar wangen bewogen als blaasbalgen toen ze er uitgebreid op begon te zuigen, waarbij ze genietend kreunde.

Aan de andere kant van het vertrek zag Nkata eruit als iemand die zich net is begonnen af te vragen of zijn dag nog beroerder kon worden.

'Waar was u dinsdagavond?' Het was grotendeels een pro forma vraag. Lynley kon zich niet voorstellen dat dit meisje de hersens – om over de kracht nog maar niet te spreken – zou hebben om twee sterke, jonge volwassenen te vermoorden, al dacht Vi Nevin daar anders over. Niettemin vroeg hij het. Je wist nooit hoeveel informatie verkregen kon worden door eenvoudig wat politionele achterdocht te tonen.

'Waar ik altijd ben,' antwoordde ze, zich neervlijend tot ze op een elleboog steunde terwijl een hand haar hoofd met de sluike, oranje haren ondersteunde. 'Ik hang rond in de buurt van Earl's Court Station... natuurlijk om mensen de weg te wijzen die verdwaald zijn wanneer ze uit de metro komen,' dit met een veelbetekenend gegrinnik. 'Ik was er gisteravond. Ik zal er vanavond zijn. Ik was er dinsdagavond ook. Waarom? Zegt Vi soms iets anders?'

'Ze zegt dat u haar brieven hebt gestuurd. Ze zegt dat u haar een paar maanden hebt achtervolgd.'

'Hoor haar eens,' zei Shelly minachtend. 'Dit is een vrij land zover ik weet. Ik kan gaan en staan waar ik wil en als zij toevallig ook daar is, dan is dat verdomd jammer. Voor haar dan. Het kan mij geen ene moer schelen.'

'Ook niet als Nicola Maiden bij haar is?'

Shelly gaf geen antwoord. Ze zocht tussen de chocolaatjes naar een volgende truffel. Ze was broodmager en de slechte conditie waarin haar tanden verkeerden was er een stomme getuige van hoe ze dat bewerkstelligde, ondanks een dieet van truffels. Ze zei: 'Rotmeiden. Ze gebruiken je, die twee. Ik had het eerder moeten begrijpen, maar ik dacht dat vriendschap voor bepaalde mensen iets betekende. Dat was natuurlijk niet zo. Ik hoop dat ze ervoor zullen boeten, hoe ze me behandeld hebben.'

'Dat heeft Nicola Maiden gedaan,' zei Lynley tegen haar. 'Ze is dinsdagavond vermoord. Is er iemand die kan getuigen waar u tussen tien en twaalf uur 's avonds was, mevrouw Platt?'

'Vermoord?' Shelly ging rechtop zitten. 'Nikki Maiden vermoord? Hoe? Wanneer? Ik heb niet... U zegt dat ze vermoord is? Verdomme. Klote. Ik moet Vi bellen. Ik móét Vi bellen.' Ze sprong overeind en ze liep naar de telefoon die, net als de kookplaat, op de ladekast stond. Het water in de pan kookte, wat Shelly er even van weerhield om contact te zoeken met Vi Nevin. Ze nam de pan mee naar de wasbak, waar ze het kokende water in een lila beker goot, terwijl ze zei: 'Vermóórd? Hoe is het met haar? Alles is toch wel goed met Vi? Niemand heeft Vi toch iets gedaan?'

'Het gaat goed met haar.' Lynley stond verbaasd over de plotselinge verandering in de jonge vrouw: over wat het zei over haar, wat het zei over de zaak.

'Heeft ze u gevraagd om het me te komen vertellen? Verdomme. Arm kind.' Shelly deed een kastje boven de wasbak open, waar ze een pot oploskoffie uit pakte, een tweede potje met poedermelk en een bus met suiker. Ze rommelde in de poedermelk, op zoek naar een viezig lepeltje dat ze gebruikte om van alles iets in haar beker te doen, driftig roerend na elke schep, waarna ze zich ruimschoots van het volgende ingrediënt bediende, dit alles zonder de lepel af te drogen. Ten slotte was deze dik aangekoekt met een onsmakelijke, modderkleurige laag. 'Nou, ik moet het maar kalm aan doen,' zei ze. Blijkbaar had ze de tijd waarin ze de koffie klaarmaakte besteed om na te denken over de mededeling die Lynley had gedaan. 'Ik ben niet van plan om halsoverkop naar haar toe te vliegen, wat zij ook wil. Ze heeft me gemeen behandeld, dat weet ze verdomme heel goed, en ze kan het me netjes vragen als ze me terug wil hebben. En misschien ga ik wel niet. Ik heb ook mijn trots.'

Lynley vroeg zich af of ze de vraag die hij haar zojuist had gesteld, had verstaan. Hij vroeg zich af of ze begreep wat het inhield dat hij het haar had gevraagd: niet alleen haar plaats in het onderzoek naar de moord op Nicola Maiden, maar ook over haar relatie tot Vi Nevin. Hij zei: 'Het feit dat u dreigbrieven hebt gestuurd plaatst u onder verdenking, mevrouw Platt. Dat begrijpt u toch wel? Dus u moet met iemand voor de dag komen die kan bevestigen waar u dinsdagavond was tussen tien en twaalf uur.'

'Vi weet toch dat ik nooit...' Shelly fronste haar voorhoofd. Iets leek tot haar bewustzijn door te dringen, als een mol die zich een weg graaft naar de wortels van een rozenstruik. Op haar gezicht stond te lezen wat ze dacht: als de politie hier in haar zitslaapkamer stond om haar te ondervragen over de dood van Nikki Maiden, kon er slechts één reden zijn voor hun bezoek en slechts één persoon die hen op haar attent had gemaakt. 'Vi heeft u naar me toegestuurd, hè? Vi... heeft... u... naar... míj... toegestuurd. Vi denkt dat ík Nikki heb gemold. Verdomme. Wat een kreng. Wat een ellendig klein kreng. Ze zou alles doen om het me betaald te zetten.'

'Om u wát betaald te zetten?' vroeg Nkata. De met een gitaar zwaaiende slungel loerde over zijn schouder vanaf een heel grote foto, zijn tong hing uit zijn mond, doorboord met een rijtje piercings. Een zilveren kettinkje bungelde aan een van de knopjes en liep dwars over zijn wang naar een ringetje in zijn oor. 'Om u wát betaald te zetten?' herhaalde Nkata geduldig, zijn potlood in de aanslag en met een geïnteresseerde blik op zijn gezicht.

'Omdat ik stiekem naar die pooier van een Reeve ben gegaan, daarom,' verklaarde Shelly.

'MKR Financial Management?' vroeg Nkata. 'Martin Reeve?'

'Ja, verdomme.' Shelly beende naar de matras met de beker koffie in haar hand, geen acht slaand op de hete vloeistof die over de rand op de vloer klotste. Ze ging op haar hurken zitten, zocht een truffel uit en liet die in de koffie vallen. Een volgende bonbon propte ze in haar mond. Ze zoog driftig en met intense concentratie. Dit leek veroorzaakt te worden doordat ze eindelijk de ernst van de situatie inzag. 'Oké, ik heb hem dus álles verteld,' kondigde ze aan. 'Wat dan nog? Hij had er recht op te weten dat ze tegen hem logen. O, hij verdiende niet dat hij het wist, die beroerde kleine rukker, maar omdat ze met hem deden wat ze met mij deden en omdat ze het verdomme zouden blijven doen met iedereen die in hun buurt kwam, zolang ze het konden volhouden, had hij er recht op om het te weten. Omdat, wanneer mensen andere mensen gewoon op die manier gebruiken, ze verdomme moeten betalen voor dat gebruik. Op de een of andere manier moesten ze ervoor betalen. Net als de klanten, dat zeg ik.'

Nkata zag eruit als iemand die naar Grieks luistert en probeert het in het Latijn te vertalen. Het werd Lynley niet veel duidelijker. Hij zei: 'Mevrouw Platt, waar hebt u het over?'

'Ik heb het over pooier Reeve. Vi en Nikki molken hem uit als een koe en toen ze hun zakken hadden gevuld,' kennelijk was ze er de vrouw niet naar om haar beeldspraak vol te houden, 'lieten ze hem in de steek. Maar ze zorgden er wel voor dat ze hun klanten meenamen, toen ze hem smeerden. Ze begonnen voor zichzelf en het kostte de pooier een smak geld toen ze een eigen zaakje begonnen. Dat hebben Nikki en Vi gedaan en ik vond het niet eerlijk. Daarom heb ik het hem verteld.'

'Dus Vi Nevin werkte voor Martin Reeve?' vroeg Lynley.

'Natuurlijk werkte ze voor hem. Allebei. Zo hebben ze elkaar leren kennen.'

'Hebt u ook voor hem gewerkt?'

Ze snoof. 'Nee, ik niet. O, ik heb het wel geprobeerd. Meteen toen Vi werd aangenomen heb ik het geprobeerd. Maar ik was niet het type dat hij zocht, zei de Pooier. Hij zocht beschááfde meisjes, zei hij. Hij wilde dat zijn meisjes een 'gesprek' konden voeren en dat ze wisten welke 'vork' ze bij het 'vismes' moesten gebruiken en dat ze naar een 'opera' konden kijken zonder in slaap te vallen en dat ze naar een 'cocktailparty' konden gaan aan de arm van een of andere lelijke, dikke kerel die wilde doen of ze zijn vriendin voor de avond was en...'

'Ik denk dat we het wel begrijpen,' viel Lynley haar in de rede. 'Maar om er zeker van te zijn dat er geen sprake is van een misverstand: MKR is een escortservice?'

'Die zich voordoet als een financiële management-instelling,' voegde Nkata eraan toe.

'Bedoelt u dat?' vroeg Lynley aan Shelly. 'Wilt u daarmee zeggen dat zowel Nicola als Vi voor MKR werkte als escortgirl, tot ze wegging om een eigen zaak te beginnen? Klopt dat, mevrouw Platt?'

'Klopt als een bus,' verklaarde ze. 'Klopt als een zwerende vinger. Martin neemt meisjes in dienst en hij noemt hen stagiaires voor een of andere financiële instelling die helemaal niet bestaat. Hij installeert hen met een stapel boeken die ze zogenaamd moeten bestuderen om "het vak" te leren en na ongeveer een week vraagt hij of ze hem een plezier willen doen en doen alsof ze de vriendin zijn van een van de belangrijke klanten van MKR die in de stad is voor een bespreking en die uit eten wil gaan. Hij zal hen extra betalen, zegt hij, als ze het voor deze ene keer willen doen. En na deze ene keer komt een volgende keer, en tegen de tijd dat ze erachter zijn gekomen wat MKR feitelijk doet, begrijpen ze dat ze veel meer geld kunnen verdienen als ze optreden als escorts voor Koreaanse computerverkopers of Arabische oliesjeiks of Amerikaanse politico's of... wie dan ook, dan wat ze ooit zouden kunnen verdienen met waar ze mee bezig waren voordat ze door de Pooier werden aangenomen. En ze kunnen zelfs nog méér verdienen als ze hun "begeleider" een beetje meer geven dan hun "gezelschap" voor een avond. Dan maakt de Pooier duidelijk waar het in zijn bedrijf echt om gaat. En dat heeft geen ene moer te maken met investeringen, geloof mij maar.'

'Hoe bent u achter dit alles gekomen?' voeg Lynley.

'Vi bracht Nikki een keer mee naar huis. Ze praatten. Ik luisterde. Vi was op een andere manier door de Pooier aangenomen en ze vertelden elkaar hun verhalen, om die te vergelijken.'

'Het verhaal van Vi?'

'Dat was anders. Zij was de enige escort die hij ooit van de straat heeft opgepikt. De anderen waren studenten. Meisjes van de universiteit, die parttime wilden werken. Maar Vi zat al in het leven, ze hing haar kaarten op in telefooncellen...'

'En u was haar dienstmeisje?'

'Ja, dat klopt. De Pooier zag een van haar kaarten, vond dat ze er goed uitzag, ik neem aan dat hij geen ander meisje had dat er uit kon zien als iemand van tien jaar, zoals Vi dat kan wanneer ze zich erop toelegt, en hij belde haar op. Ik maakte een afspraak voor hem, zoals ik dat altijd deed, maar toen hij kwam opdagen wilde hij iets zakelijks met haar bespreken.' Ze bracht de beker naar haar mond en dronk van haar koffie, terwijl ze over de rand Lynley aankeek. Ze zei: 'Toen ging Vi voor hem werken.'

'Ze had u niet meer nodig,' zei Lynley.

'Ik bleef wel bij haar. Ik kookte, deed de was, hield de flat op orde. Maar toen wilde ze Nikki erbij halen als vriendin en als partner, en ik werd overbodig. Zomaar.' Ze knipte met haar vingers. 'De ene dag waste ik haar slipjes. De volgende dag schoof ik die van mij omlaag om tien pond te verdienen aan kerels die wachtten om de trein naar Ealing Broadway te halen.'

'Toen besloot u om Martin Reeve te vertellen wat ze van plan waren,' merkte Lynley op. 'Het was wel een uitdaging voor u om wraak te nemen.'

'Ik heb niemand iets gedaan!' riep Shelly. 'Als u iemand zoekt die een ander iets zou kunnen aandoen, vermoorden, bedoel ik, dan moet u bij de Pooier zijn, niet bij mij.'

'Toch heeft Vi niets in die richting gezegd,' zei Lynley. 'Dat zou je toch verwachten als ze hem ergens van verdacht. Hoe kunt u dat verklaren? Ze beweert zelfs dat ze hem niet kent.'

'Ja, dat is toch logisch?' zei Shelly. 'Als die vent er ooit achter zou komen dat ze over hem gekletst heeft tegen de politie, over... nou, over zijn escortbusiness, behalve dat ze hem al heeft gebruikt om een klantenkring op te bouwen en er daarna vandoor is gegaan om haar eigen bedrijf op te zetten...' Shelly haalde diep adem en maakte met haar duim een beweging over haar hals alsof ze haar keel doorsneed. 'Vi zou geen tien minuten meer blijven leven nadat hij erachter was gekomen. De Pooier wil niet belazerd worden en hij zou er wel voor zorgen dat ze ervoor zou boeten omdat ze hem had belazerd.' Shelly leek zelf te horen wat ze zei, en zich alle mogelijkheden te realiseren die eruit konden voortvloeien. Nerveus keek ze naar de deur, alsof ze verwachtte dat Martin Reeve zou komen binnenstormen, gereed om wraak te nemen omdat ze hem zojuist had verraden.

'Als dat zo is,' zei Lynley, 'als Reeve inderdaad verantwoordelijk is voor de dood van Nicola Maiden, en dat bedoelt u, begrijp ik, wanneer u het erover hebt dat mensen die hem verraden hebben ervoor moeten boeten...'

'Dat heb ik niet gezegd!'

'Begrepen. U hebt het niet rechtstreeks gezegd. Ik trek slechts een conclusie.' Lynley wachtte om te zien of ze zou laten merken dat ze het begreep. Ze knipperde met haar ogen. Hij besloot dat het voldoende was. Hij zei: 'Als we aannemen dat Reeve verantwoordelijk is voor Nicola's dood, waarom zou hij dan zolang gewacht hebben om haar te vermoorden? Ze is in april bij hem weggegaan. Nu is het september. Hoe verklaart u dat hij vijf maanden heeft gewacht om wraak te nemen?'

'Ik heb hem nooit verteld waar ze waren,' zei Shelly trots. 'Ik deed alsof ik het niet wist. Ik vond dat hij moest horen wat ze van plan waren, maar het was aan hem om uit te zoeken waar ze waren. En dat heeft hij gedaan. Daar kun je donder op zeggen.'

19

Inspecteur Peter Hanken was net terug op het bureau na zijn gesprek met Will Upman toen het bericht binnenkwam dat een schooljongen van tien jaar, Theodore Webster, die verstoppertje speelde in een container langs de weg tussen Peak Forest en Lane Head, een mes had gevonden, begraven in de restanten van het grit waarmee de wegen afgelopen winter tegen ijsvorming waren bestrooid. Het was een zakmes van flinke afmetingen, compleet met messen en andere instrumentjes die het onontbeerlijk maakten voor een kampeerder of een ervaren wandelaar. De jongen had het jarenlang verstopt kunnen hebben voor eigen gebruik en plezier, volgens de vader, als het niet onmogelijk was geweest om de lemmeten er zonder hulp uit te krijgen. Daarom had hij het mes meegenomen naar zijn vader met de gedachte dat een paar druppeltjes olie het probleem zouden oplossen. Maar zijn vader had het opgedroogde bloed gezien dat het mes zo stevig gesloten hield en toen was hem het bericht te binnen geschoten over de doden op Calder Moor, dat op de voorpagina van de *High Peak Courier* had gestaan. Hij had meteen de politie gebeld. Het hoefde niet het mes te zijn waarmee een van de beide slachtoffers op Calder Moor was omgebracht, zei de agente die het gesprek had aangenomen tegen Hanken via diens draagbare telefoon, maar misschien wilde de inspecteur het eerst zelf bekijken voor het naar het lab werd gestuurd. Hanken verklaarde dat hij het mes zelf naar het lab zou brengen, dus hij reed eerst naar het noorden, naar de A623 en vervolgens in zuidoostelijke richting naar Sparrowpit. Deze route liep dwars door Calder Moor en maakte een hoek van vijfenveertig graden met de noordwestelijke rand van het gebied, dat werd begrensd door de weg waarlangs de auto van Nicola Maiden was aangetroffen.

Ter plekke bekeek Hanken de gritcontainer waarin het wapen was gevonden. Hij maakte een aantekening van het feit dat een moordenaar, die daar een mes in weggooide, daarna zijn weg had kunnen vervolgen naar een kruispunt nog geen tien kilometer verderop, vanwaar hij naar het oosten kon zijn gegaan en daarna noordwaarts, naar Padley Gorge, of direct naar het zuiden in de richting van Bakewell en Broughton Manor, dat zich op een afstand van ongeveer vier kilometer bevond. Nadat Hanken deze gegevens met een blik op de kaart had gecontroleerd, ging hij zelf het mes bekijken in de keuken van de boerderij waar de familie Webster woonde.

Het was inderdaad een Zwitsers legermes, dat nu in een plastic zak voor bewijsmateriaal op de autostoel naast hem lag. Het lab zou alle vereiste tests uitvoeren om er zeker van te zijn dat het bloed op de beide messen en de buitenkant van Terry Cole was, maar voorafgaand aan deze proeven kon een andere, minder wetenschappelijke identificatie de politie een waardevolle aanwijzing verschaffen.

Hanken trof Andy Maiden in Padley Gorge bij de ingang van de oprit die naar de Hall leidde. De voormalige SO10-medewerker was blijkbaar bezig een nieuw uithangbord voor het hotel te plaatsen, een bezigheid waarvoor een kruiwagen, een schop, een kleine betonmixer, verscheidene meters kabel en een indrukwekkend stel schijnwerpers nodig waren. Het oude bord was al neergehaald en lag in delen onder een boom. Het nieuwe stond er vlakbij, in al zijn sierlijke, met de hand gesneden en beschilderde glorie, om aan een stevige eikenhouten paal met smeedijzeren haken te worden bevestigd.

Hanken parkeerde in de berm. Hij keek naar Maiden, die driftig en energiek aan het werk was, alsof de vervanging van het bord in een recordtijd moest plaatsvinden. Hij transpireerde hevig, het vocht liep in straaltjes langs zijn benen en zijn doordrenkte T-shirt plakte aan zijn bovenlichaam. Het viel Hanken op dat de man in een merkwaardig goede fysieke conditie verkeerde, hij zag eruit als iemand die de kracht en het uithoudingsvermogen bezat van iemand van in de twintig.

'Meneer Maiden,' riep hij, nadat hij het portier had geopend. 'Kan ik u even spreken?' Daarna luider, omdat er geen reactie volgde: 'Meneer Maiden?'

Maiden draaide zich langzaam om, zodat de inspecteur zijn gezicht kon zien. Hanken schrok van de uitdrukking, die alles verklaarde over de geestestoestand waarin Andy zich bevond. Het lichaam van Maiden had weliswaar kunnen behoren aan iemand van een jongere generatie, zijn gezicht was oud. Maiden zag eruit alsof het enige wat hem op de been hield de zinloosheid was van zijn inspanningen van dit moment. Wanneer hem zou worden gevraagd om iets anders te doen dan te zwoegen en te zweten, zou het omhulsel van de man die hij was geworden in stukjes uiteenspatten als een broos schelpdier dat door een hamer wordt getroffen.

Hanken voelde een tweeledige reactie bij het zien van de voormalige politieman: een snel opkomende golf medelijden die even snel werd vervangen door de herinnering aan een belangrijk detail. Als undercover wist Andy Maiden hoe hij een rol moest spelen.

Hanken stopte de plastic zak in zijn jaszak, waarna hij de oprit opliep, naar Andy Maiden. Toen hij dichterbij kwam keek deze hem uitdrukkingloos aan. Hanken knikte naar het bord dat Maiden ging ophangen. Hij bewonderde de kunstzinnigheid waarmee het was vervaardigd en hij zei: 'Mooier dan de wegwijzer naar Cavendish, vind ik.'

'Dank u.' Maiden had zijn tijd bij de Londense politie echter niet doorgebracht om nu te denken dat de inspecteur, belast met het onderzoek naar de moord op zijn dochter, was langsgekomen om een praatje te maken over de manier waarop Maiden Hall reclame maakte. Hij stortte een lading beton in het gat dat hij had gegraven en stak vervolgens zijn spade naast zich in de grond. Hij zei: 'U hebt nieuws voor ons,' en hij scheen een poging te doen het antwoord van Hankens gezicht af te lezen, nog voor deze het kon uitspreken.

'Er is een mes gevonden.' Hanken bracht zijn oud-collega op de hoogte met een korte verklaring hoe de politie het mes in handen had gekregen.

'U wilt dat ik het bekijk,' zei Maiden, hem een stap voor blijvend.

Hanken haalde de plastic zak tevoorschijn en liet die, met het mes er nog in, op zijn handpalm rusten. Maiden vroeg niet of hij de zak zelf mocht vasthouden. Hij bleef ernaar staren alsof de buitenkant, de naar binnen geklapte messen of het bloed op beide hem een antwoord konden geven op vragen die hij nog niet bereid was te stellen.

'U had het erover dat u haar uw eigen mes had gegeven,' zei Hanken. 'Zou dit het kunnen zijn?' En toen Maiden knikte: 'Is er iets aan het mes wat het onderscheidt van andere, gelijksoortige messen, meneer Maiden?'

'Andy? Andy?' Een vrouwenstem werd luider toen de vrouw zelf uit de Hall naar buiten kwam en tussen de bomen doorliep. 'Andy, schat, hier, ik heb iets voor je meegebracht...' Nan Maiden zweeg opeens toen ze Hanken zag. 'Neemt u me niet kwalijk, inspecteur, ik had er geen idee van dat u... Andy, ik heb water voor je meegenomen. De hitte, weet je wel? Pellegrino is toch goed?'

Ze stak haar echtgenoot het water toe. Daarna streek ze met de achterkant van haar vingers langs zijn slaap, en ze zei: 'Je spant je toch niet te veel in, hè?' Hij kromp ineen. Hanken voelde een trilling in zijn nek, alsof een geest over zijn huid streelde. Hij keek van de man naar de vrouw, schatte in wat er zojuist tussen hen was gepasseerd en wist dat nu snel het moment naderde waarop hij de vraag moest stellen die niemand tot dusver onder woorden had gebracht.

Eerst zei hij, nadat hij Maidens vrouw met een knikje had begroet: 'Wat betreft het verschil tussen het mes dat u aan uw dochter hebt gegeven met andere, soortgelijke Zwitserse legermessen...?'

'Een van de punten van het schaartje is een paar jaar geleden afgebroken. Ik heb het nooit laten vervangen,' zei Maiden.

'Verder nog iets?'

'Niet dat ik me herinner.'

'Hebt u, nadat u het mes, mogelijk dit hier, aan uw dochter hebt gegeven, een ander voor uzelf gekocht?'

'Ik heb een ander, ja,' zei hij. 'Maar dat is kleiner dan dit mes. Gemakkelijker om bij je te dragen.'

'Hebt u het bij u?'

Maiden stak zijn hand in de zak van zijn afgeknipte spijkerbroek. Hij haalde er een ander model Zwitsers legermes uit, dat hij aan Hanken gaf. De inspecteur bekeek het. Met de nagel van zijn duim wipte hij het grootste mes eruit. Het leek zo'n vijf centimeter lang te zijn.

Nan Maiden zei: 'Inspecteur, ik begrijp niet wat Andy's mes hiermee te maken heeft.' Daarna, zonder op antwoord te wachten: 'Schat, je hebt vanmiddag niet geluncht. Zal ik je een broodje brengen?'

Andy Maiden bleef toekijken terwijl Hanken het mes opende en de maat nam van beide bladen. Hanken voelde de ogen van de voormalige politieman op zich gericht. Hij kon de spanning voelen achter de blik die op zijn vingers gericht was.

Nan Maiden zei: 'Andy? Zal ik je iets te eten brengen?'

'Nee.'

'Je moet toch iets eten. Je kunt niet blijven...'

'Nee.'

Hanken keek op. Het mes dat Maiden zich had aangeschaft was te klein om het moordwapen te kunnen zijn. Dat nam echter de noodzaak niet weg om de vraag te stellen waarvan beiden wisten dat hij die zou stellen. Maiden had tenslotte toegegeven dat hij zijn dochter dinsdag had geholpen haar kampeerspullen in haar auto te laden. En hij had haar zelf het mes gegeven waarvan hij later had verklaard dat het zoek was.

'Meneer Maiden,' zei hij, 'waar was u dinsdagavond?'

'Dat is een monsterlijke vraag,' zei Nan Maiden zacht.

'Dat zou best kunnen,' gaf Hanken toe. 'Meneer Maiden?'

Maiden keek naar de Hall boven hen, alsof wat hij op het punt stond te gaan zeggen ondersteuning nodig had die kon worden verstrekt door het bestaan van de Hall. 'Ik had dinsdagavond een probleem met mijn ogen. Ik ging vroeg naar boven omdat ik last had van tunnelvisie. Het beangstigde me, dus ik ging liggen om te zien of het daardoor minder werd.'

Tunnelvisie? vroeg Hanken zich ongelovig af. Dat was het beste alibi van de eeuw.

Maiden leidde Hankens gedachten blijkbaar af uit zijn gelaatsuitdrukking. Hij zei: 'Het gebeurde tijdens het diner, inspecteur. Je kunt geen drankjes mixen of het eten opdienen wanneer je gezichtsveld is teruggebracht tot de afmetingen van een muntstuk.'

'Het is waar,' voegde Nan eraan toe. 'Hij ging naar boven, om te rusten in de slaapkamer.'

'Hoe laat was dat?'

Maidens vrouw antwoordde voor hem. 'De eerste gasten waren juist bezig aan het voorgerecht. Dus Andy moet omstreeks halfacht zijn weggegaan.'

Hanken keek naar Maiden om het tijdstip bevestigd te zien. Maiden fronste zijn voorhoofd, alsof hij een ingewikkelde, innerlijke dialoog met zichzelf voerde.

'Hoelang bent u in uw slaapkamer gebleven?'

'De rest van de avond, en de hele nacht,' zei Maiden.

'Uw gezichtsvermogen verbeterde niet. Klopt dat?'

'Ja.'

'Bent u ervoor bij een dokter geweest? Ik zou denken dat een dergelijk probleem u toch wel zorgen baart.'

'Andy heeft er al een paar maal last van gehad,' zei Nan Maiden. 'Het gaat voorbij. Het gaat prima, zolang hij zich rustig houdt. En dat deed hij dinsdagavond. Rusten. Vanwege zijn ogen.'

'Ik mag toch aannemen dat een dergelijke afwijking moet worden onderzocht. Ze zou tot iets veel ergers kunnen leiden. Een beroerte, misschien? Dat is toch het eerste waar je in zo'n geval aan denkt. Ik zou bij de eerste symptomen meteen een ambulance laten komen.'

'We hebben het al eerder meegemaakt. We weten wat we moeten doen,' zei Nan.

'Wat is dat precies?' informeerde Hanken. 'IJs erop leggen? Acupunctuur bij de slapen? Een volledige lichaamsmassage? Zes aspirines? Wat doet u wanneer het ernaar uitziet dat uw echtgenoot een beroerte krijgt?'

'Het is geen beroerte. Dat weten we.'

'Dus u liet hem alleen naar bed gaan, om te rusten. Van halfacht 's avonds tot... hoe laat wel niet, mevrouw Maiden?'

De manier waarop het echtpaar het ontweek elkaar aan te kijken was even duidelijk als wanneer ze plotseling in elkaars armen waren ineengestort. Nan Maiden zei: 'Natuurlijk heb ik Andy niet alleen gelaten, inspecteur. Ik ben twee keer bij hem gaan kijken. Drie keer, misschien. Gedurende de avond.'

'Hoe laat bent u naar boven gegaan?'

'Dat weet ik niet precies. Waarschijnlijk om negen uur. Daarna nog een keer om elf uur.' Toen Hanken Maiden aankeek, vervolgde ze: 'Het heeft geen zin om het Andy te vragen. Hij was in slaap gevallen en ik heb hem niet wakker gemaakt. Maar hij was in de slaapkamer. En daar is hij gebleven. De hele nacht. Ik hoop dat dit alles is wat u te vragen hebt, inspecteur Hanken, want het idee alleen... de gedachte dat...' Haar ogen werden vochtig toen ze naar haar man keek. Andy staarde in de richting van de hoefijzervormige kloof, waarvan de zuidelijke punt net zichtbaar was op de plek waar de weg naar het noorden afboog. 'Ik hoop dat dit alles was wat u wilde vragen,' zei ze nogmaals. Haar woorden klonken rustig en waardig.

Toch zei Hanken: 'Hebt u er enig idee van wat uw dochter van plan was te gaan doen wanneer ze, na de zomer in Derbyshire te hebben doorgebracht, naar Londen terugkeerde?'

Maiden keek hem rustig aan, hoewel zijn vrouw haar blik afwendde. 'Nee,' zei hij. 'Ik weet het niet.'

'Juist. Dat weet u zeker? U hebt er niets aan toe te voegen? Niets te verklaren?'

'Niets,' zei Maiden, en vervolgens, tegen zijn vrouw: 'Jij, Nancy?'

'Niets,' zei ze.

Hanken zwaaide met de plastic zak waarin het gevonden mes was opgeborgen. 'U kent de gang van zaken, meneer Maiden. Wanneer we het rapport van de technische opsporingsdienst binnen hebben, met alle bijzonderheden, zullen u en ik er waarschijnlijk behoefte aan hebben om nog eens met elkaar te praten.'

'Ik begrijp het,' zei Andy. 'Doe uw werk, inspecteur. Doe het goed. Meer vraag ik niet.'

Hij keek zijn vrouw echter niet aan.

Ze kwamen op Hanken over als buitenstaanders op het perron van een station, op de een of andere manier gebonden aan een vertrekkende gast van wie geen van beiden wilde toegeven dat hij een bekende was.

Nan Maiden keek de inspecteur na toen deze wegreed. Zonder het te beseffen begon ze te bijten op wat er nog over was van de nagels van haar rechterhand. Naast haar zette Andy de fles Pellegrino die ze voor hem had meegebracht, in een kuiltje dat hij met zijn hiel had gemaakt in de zachte aarde rondom het met beton volgestorte gat. Hij walgde van Pellegrino. Hij had een afkeer van elk soort water dat werd aangeprezen omdat het beter zou zijn dan een vol glas mineraalwater uit hun eigen bron. Ze wist dat. Maar toen ze uit het raam van de eerste verdieping had gekeken terwijl ze op de overloop liep met een bloemstuk voor de kast boven aan de trap, toen ze door de bomen de auto in de berm had zien stilhouden en de inspecteur had zien uitstappen, was een fles water het enige excuus geweest dat ze kon bedenken om zo snel de heuvel af te lopen dat ze hem kon onderscheppen. Daarom bukte ze zich nu, ze pakte de fles en veegde het zand eraf dat met de condens die zich op het glas had afgezet een schurftige laag vormde.

Andy haalde de dikke, eikenhouten paal met het smeedijzer waaraan het nieuwe bord voor Maiden Hall moest komen te hangen. Hij zette die rechtop in de grond en hield hem op zijn plaats met vier stevige balken. Daarna schepte hij de rest van het beton eromheen.

Wanneer zullen we praten? vroeg ze zich af. Wanneer zal het veilig zijn om het ergste uit te spreken? Ze probeerde zichzelf wijs te maken dat de zevenendertig jaar van hun huwelijk conversatie tussen hen onnodig maakte, maar ze wist dat er weinig waarheid in school. Slechts in de gelukzalige dagen van elkaar het hof maken, een verloving en de opwinding van het pasgetrouwd zijn waren een blik, een aanraking of een glimlach voldoende tussen een man en zijn vrouw. En zij waren tientallen jaren verwijderd van die gelukzalige dagen. Ze waren meer dan dertig jaar en één rampzalige dood verwijderd van die tijd waarin woorden ondergeschikt waren aan het kennen van je partner, wat even gewoon en natuurlijk was als ademhalen.

Zwijgend hoopte Andy het beton om de paal op. Zorgvuldig schraapte hij de rest van het mengsel uit de emmer tot er niets meer over was. Daarna schonk hij zijn aandacht aan de schijnwerpers. Nan klemde de fles Pellegrino tegen haar borst en ze draaide zich om, om naar de Hall terug te klimmen.

'Waarom heb je dat gezegd?' vroeg haar man.

Ze draaide zich naar hem om. 'Wat?'

'Dat weet je wel. Waarom heb je tegen hem gezegd dat je bij me hebt gekeken, Nancy?'

De fles voelde kleverig aan in haar hand. Hij drukte hard tegen haar borst, als de plotselinge waarschuwing van een goedbedoelende vriend die het hart van een jong meisje ervan weerhoudt om zich open te stellen voor het hart van een man die haar liefde belooft. Ze zei: 'Ik heb bij je binnen gekeken.'

'Nee, dat heb je niet. We weten het allebei.'

'Schat, ik heb het wel gedaan. Je sliep. Je moet ingedommeld zijn. Ik heb snel om de deur gekeken en daarna ben ik weer aan het werk gegaan. Het verbaast me niet dat je me niet hebt gehoord.'

Hij stond met de lampen in zijn handen. Ze wilde naar hem toe lopen, zijn lichaam omhullen met een beschermende mantel die de duivels zou uitbannen en de wanhoop zou verdrijven. Maar ze kon niets anders doen dan blijven staan, boven hem op de glooiing, met een fles mineraalwater waarvan ze beiden wisten dat hij die niet wilde en er nooit uit zou drinken.

'Zij was het waarom van alles,' zei hij zacht. 'Elke reis in het leven komt tot een eind. Maar als je geluk hebt, heeft ze een nieuw begin in zich. Nick was het waarom. Begrijp je het, Nancy?'

Hun blikken hielden elkaar een ogenblik gevangen. Zijn ogen, waarin ze zevenendertig jaar van liefde en frustratie en blijdschap en vrees en verrukking en angst had gezien, brachten haar een boodschap over die onmiskenbaar bestond maar waarvan de bedoeling onbegrijpelijk was. Nans lichaam huiverde, verkild van angst. Ze wist dat ze zich van dit ogenblik af niet meer kon veroorloven ook maar iets te begrijpen van wat de man van wie ze hield zou proberen haar te vertellen.

'Ik heb nog iets te doen in de Hall,' zei ze. Ze begon tegen de helling onder de citroenbomen op te klimmen. Ze voelde het koele briesje in de schaduw alsof de bladeren het lieten vallen als een zachte regenbui. Eerst beroerde het haar wangen, daarna gleed het naar haar schouders. Die koele aanraking van haar huid dwong haar zich naar haar echtgenoot om te draaien voor een laatste vraag.

'Andy,' zei ze. Haar stem klonk niet luider of zachter dan anders. 'Kun je me hiervandaan horen?'

Hij reageerde niet. Hij keek niet op. Hij deed niets anders dan de eerste schijnwerper op zijn plaats zetten, op de grond onder de paal waaraan het nieuwe uithangbord voor Maiden Hall zou worden bevestigd. 'O, god,' fluisterde Nan. Ze draaide zich om en ze klom verder.

Na het gesprek dat ze de vorige avond met oom Jeremy had gevoerd, had Samantha al het mogelijke gedaan om hem uit de weg te blijven. Natuurlijk had ze hem aan het ontbijt en bij de lunch wel moeten zien, maar ze had vermeden hem aan te kijken en met hem te spreken, en zodra ze klaar was met eten had ze haar bord van tafel geruimd en was ze de kamer uitgelopen.

Nu was ze buiten, op de oudste binnenplaats, waar ze die vensters waar nog glas in zat wilde ontdoen van iets wat eruitzag als een laag vuil van zeker vijftig jaar. Toen zag ze haar neef. Hij zat achter het bureau in zijn kantoor, net aan de overkant van het plaveisel waarop ze een lange tuinslang afrolde. Ze bleef staan om naar hem te kijken, genietend van de herfstzon die door het openstaande kantoorraam naar binnen viel en de bovenkant van zijn hoofd bescheen, zodat zijn haar een roestgouden gloed kreeg. Terwijl ze hem gadesloeg zag ze hem over de zorgelijke rimpels op zijn voorhoofd wrijven en dat vertelde haar meteen wat hij deed, hoewel het haar niet vertelde waarom.

Hij was heel goed met cijfers, dus hij nam de boekhouding door, zoals hij dat elke week deed, een berekening makend van wat doorging voor het inkomen, de goederen en de investeringen van zijn familiegoed. Hij lette overal op: wat er binnenkwam uit de verkoop van de puppy's en wat eruit ging om de kennel draaiende te houden; wat de inkomsten waren uit de verpachte landerijen en wat er van de winst moest worden afgetrokken om alle boerderijen bewoonbaar te houden; wat er werd verdiend aan de toernooien en de openluchtfeesten die op Broughton Manor werden gehouden en wat daarvan afging als gevolg van de normale slijtage die optrad wanneer men zijn bezit door anderen liet gebruiken; hoeveel rente het geïnvesteerde kapitaal opleverde en hoeveel van dat kapitaal moest worden opgenomen wanneer in een bepaalde maand de uitgaven hoger waren dan de inkomsten.

Wanneer hij daarmee klaar was, zou hij de boeken doornemen waarin hij nauwgezet elk bedrag noteerde dat werd gespendeerd aan de restauratie van Broughton Manor, en daarna zou hij zijn geheugen opfrissen wat de schulden betrof die eveneens deel uitmaakten van het financiële plaatje van de familie Britton. Wanneer dat alles gebeurd was, had hij er een redelijk idee van hoe alles ervoor stond en kon hij beginnen plannen te maken voor de komende week.

Samantha was daarom niet verbaasd toen ze hem met de boekhouding bezig zag. Het verbaasde haar echter dat ze het hem voor de tweede maal binnen vier dagen zag doen.

Terwijl ze bleef kijken zag ze hem een hand door zijn haar halen. Hij voerde een aantal cijfers in een antieke telmachine in en vanaf de overkant van de binnenplaats kon Samantha het gegons en geklik van de oude calculator horen terwijl het apparaat op de sommen zwoegde. Toen de telling klaar was scheurde Julian de strook af en keek er even naar. Daarna verfrommelde hij de telstrook tot een prop die hij over zijn schouder gooide en ging hij weer verder met de boeken.

Samantha voelde een steek in haar hart toen ze het zag. Ze vroeg zich af of er iemand bestond die zo veel verantwoordelijkheidsgevoel bezat als Julian. Een zoon met minder gevoel voor zijn familiegeschiedenis en zijn persoonlijke verplichtingen zou al lang geleden de nachtmerrie van zijn voorvaderlijk huis zijn ontvlucht. Een minder liefhebbend kind zou zijn vader hebben overgelaten aan de verschrikkingen van delirium tremens, levercirrose en een vroegtijdig graf. Maar zo'n kind was haar neef Julian niet. Hij had gevoel voor bloedbanden en de verplichtingen van zijn erfgoed. Beide vormden een zware last, maar die droeg hij majestueus. Als hij ze op een andere manier had benaderd, zou Samantha niet zo veel om hem zijn gaan geven. Ze had geleerd om een doelgerichte kracht te zien in zijn strijd, die sterk was afgestemd op haar eigen levensstijl.

Ze waren voor elkaar geschapen, zij en haar neef. Het deed er niet toe dat ze nauw aan elkaar verwant waren; neven en nichten hadden vroeger ook al verbintenissen gesloten en door dat te doen de familie waaruit ze voortgekomen waren, rijker gemaakt.

Een verbintenis gesloten. Wat een manier om het uit te drukken, dacht Samantha wrang. Maar was men in die periode, toen huwelijken alleen om die reden werden gesloten, niet veel verstandiger geweest dan nu? Er werd niet over ware liefde gesproken in de dagen van politieke en financiële verstandshuwelijken; hunkeren, verlangen en smachten tot de ware liefde kwam opdagen, dat bestond eenvoudig niet. In plaats daarvan kende men een standvastigheid en een toewijding die voortkwamen uit begrip voor wat er van iemand werd verwacht. Geen illusies, geen fantasie, maar een overeenkomst om twee levens met elkaar te verbinden in een situatie waarbij beide partijen veel te verwachten hadden: geld, aanzien, bezittingen, autoriteit, bescherming en authenticiteit. Dat laatste misschien wel het meest van alles. Men was niet compleet tot men getrouwd was; men was niet getrouwd tot het huwelijk was geconsolideerd door de geslachtsdaad en gelegitimeerd door reproductie. Het was zo simpel. Er waren geen verwachtingen van romantiek, hartstocht en subtiele overgave. Er was slechts de vaststaande, levenslange verzekering dat iemands partner precies zo was als de partijen die de overeenkomst hadden gesloten, vooraf hadden vastgesteld.

Verstandig, dacht Samantha. En ze wist dat in een wereld waarin mannen en vrouwen op die manier aan elkaar werden gekoppeld, de onderhandelaars voor haarzelf en Julian allang tot overeenstemming zouden zijn gekomen.

Ze leefden helaas niet in die wereld. En de wereld waar ze wel in leefden was er een die suggereerde dat een permanente zielsverwant slechts een strookje celluloid van iemand was verwijderd. Jongen ontmoet meisje, ze worden verliefd, ze hebben hun problemen die in het derde bedrijf zijn opgelost, het scherm wordt zwart en de rolverdeling schuift voorbij. Het was een wereld om gek van te worden omdat Samantha wist dat ze, als haar neef bleef volharden in zijn geloof in een dergelijke liefde, gedoemd was te mislukken. Ik ben hier, zou ze wel willen uitschreeuwen, met de tuinslang in haar hand. Ik heb wat je nodig hebt. Kijk naar me. Kíjk naar me.

Alsof hij haar zwijgende kreet had gehoord keek Julian juist op dat moment naar buiten en betrapte haar erop dat ze hem gadesloeg. Hij boog naar voren en wierp het raam wijdopen. Samantha liep over de binnenplaats naar hem toe.

'Je kijkt somber. Ik kan er niets aan doen dat het me opviel. Je hebt me

betrapt terwijl ik probeerde een medicijn te vinden voor wat je scheelt.'
'Denk je dat ik een toekomst zou hebben als valsemunter?' vroeg hij. De zon scheen recht in zijn gezicht en hij kneep zijn ogen halfdicht. 'Dat lijkt me de enige oplossing.'
'Denk je?' antwoordde ze luchtig. 'Wacht er geen rijk, jong meisje aan je horizon om te worden verleid?'
'Het ziet er niet naar uit.' Hij zag dat ze keek naar de papieren en kasboeken die op zijn bureau lagen uitgespreid, veel meer dan hij gewoonlijk doornam wanneer hij zijn planning voor de komende week maakte. 'Ik probeer te zien hoe we ervoor staan,' verklaarde hij. 'Ik hoopte dat ik zo'n tienduizend pond kon lospeuteren uit... nou, nergens uit, vrees ik.'
'Waarvoor?' Ze zag hoe terneergeslagen hij keek en haastig liet ze erop volgen: 'Julie, is er een noodgeval? Is er iets mis?'
'Dat is juist het beroerde. Er is iets goeds. Althans, iets wat goed gemaakt kan worden. Maar er zijn niet voldoende liquide middelen om veel meer te doen dan het ons tot het eind van de maand te laten uitzingen.'
'Ik hoop dat je weet dat je me altijd kunt vragen...' Ze aarzelde, omdat ze hem niet wilde beledigen. Ze wist dat hij evenveel trots bezat als verantwoordelijkheidsgevoel. Daarom formuleerde ze het anders. 'We zijn familie van elkaar, Julie. Als zich iets voordoet en je wilt wat geld hebben... het zou niet eens een lening zijn. Je bent mijn neef. Je mag het hebben.'
Hij keek geschokt. 'Ik wilde je niet laten denken...'
'Hou op. Ik denk niets.'
'Mooi. Want dat zou ik niet kunnen aannemen. Nooit.'
'Goed. We praten er niet meer over. Maar dan moet je me wel vertellen wat er gebeurd is. Je lijkt helemaal van slag.'
Hij slaakte een diepe zucht, waarna hij zei: 'O, laat ook maar.' Met een snelle beweging klom hij op het bureau en stapte het raam uit om bij haar op de binnenplaats te komen staan. 'Wat ga je doen? Ah, de ramen, ik zie het al. Heb je er enig idee van hoelang het geleden is dat die zijn schoongemaakt, Sam?'
'Toen Edward alles op het spel zette voor Wallis? De dwaas.'
'Dat lijkt me een redelijke veronderstelling.'
'Wat? De periode? Of dat hij alles voor haar op het spel zette?'
Hij glimlachte berustend. 'Op het moment weet ik dat niet zeker.'
Samantha zei niet wat het eerst in haar opkwam: dat hij een week geleden niet zo'n antwoord zou hebben gegeven. Ze dacht er wel enkele ogenblikken over na wat een dergelijk antwoord betekende.
Genoeglijk slenterden ze samen naar de ramen. Het oude glas was in lood gevat, maar veel te fragiel om er met de tuinslang op los te spuiten, dus ze moesten zich beperken tot het moeizame karwei om het vuil er met natte lappen af te weken, ruitje voor ruitje.
'Dit duurt tot we met pensioen gaan,' merkte Julian grimmig op na tien minuten zwijgend schoonmaakwerk.

'Dat lijkt mij ook,' antwoordde Samantha. Ze wilde hem vragen of hij haar zolang wilde laten blijven, maar ze liet de gedachte varen. Hij had iets belangrijks aan zijn hoofd en ze moest tot hem doordringen, al was het alleen om hem te bewijzen dat ze zich serieus interesseerde voor alle aspecten van zijn leven. Ze zocht naar een begin. Zacht zei ze: 'Julie, het spijt me erg dat je zorgen hebt. Bij al het andere. Ik kan niets doen aan... nou...' Ze merkte dat ze de naam Nicola Maiden niet over haar lippen kon krijgen. Niet hier en nu. Niet tegen Julian. '... aan wat er de laatste paar dagen gebeurd is,' besloot ze ten slotte. 'Maar als er ook maar iets anders is wat ik kan doen...'

'Ik vind het zo erg,' antwoordde hij.

'Natuurlijk. Wat zou je anders kunnen doen dan het erg vinden?'

'Ik bedoel, het spijt me wat ik heb gezegd... wat ik heb gedaan... toen ik je vragen stelde, Sam. Over die avond. Je weet wel.'

Ze richtte haar aandacht op een ruitje vol aangekoekte guano, die honderd jaar lang uit de vogelnesten was gelekt die in een holte boven hen waren weggestopt. 'Je was van streek.'

'Toch had ik je niet moeten beschuldigen. Van... van wat dan ook.'

'Van moord op de vrouw van wie je hield, bedoel je.' Ze keek zijn kant op. De rode kleur op zijn gezicht werd dieper.

'Soms lijkt het of ik de stemmen in mijn hoofd niet onder controle kan houden. Ik begin te praten en alles wat de stemmen hebben geroepen komt eruit. Het heeft niets te maken met wat ik geloof. Het spijt me.'

Ze wilde zeggen: maar ze paste niet bij jou, Julie. Waarom heb je nooit begrepen dat ze niet bij je paste? En wanneer zul je inzien wat haar dood kan betekenen? Voor jou. Voor mij. Voor ons, Julie. Maar ze zei het niet, omdat het, wanneer ze het zei, zou onthullen wat ze zich niet kon veroorloven, wat ze zelfs niet kon verdragen, om tegenover hem te onthullen. In plaats daarvan zei ze: 'Het geeft niet.'

'Dank je, Sam. Je bent een kei,' zei hij.

'Alweer.'

'Ik bedoel...'

Ze schonk hem een stralende glimlach. 'Het is goed. Ik begrijp het. Wil je me de slang aangeven? Ik kan deze nu afspuiten.'

Een dun stroompje water was alles wat ze konden riskeren met de oude vensters. Wanneer ze er meer druk op zetten was het gebeurd met het glas. Ergens in de toekomst zou het nodig zijn om al het lood te laten vervangen, anders zou wat er over was van de antieke beglazing definitief worden vernietigd. Maar dat was iets voor een andere keer. Met zijn huidige geldzorgen had Julian er geen behoefte aan Samantha's ideeën te horen voor het redden van weer een stukje van het voorvaderlijk huis.

Hij zei: 'Het gaat om vader.'

'Wat?'

'Waar ik over tob. Waarom ik de boekhouding heb nagekeken. Het gaat om vader.' Hij legde het uit en besloot spijtig met: 'Ik heb jaren gewacht tot hij zelf met drinken wilde stoppen...'

'We hebben allemaal gewacht.'

'... en nu hij zover is, loop ik vast wanneer ik probeer een manier te vinden om het moment aan te grijpen voor het voorbijgaat. Ik weet hoe het in elkaar zit. Ik heb er genoeg over gelezen om te begrijpen dat hij het voor zichzelf moet doen. Hij moet het zelf willen. Als je hem had kunnen zien, had gehoord hoe hij praatte... Ik geloof niet dat hij de hele dag een druppel gedronken had.'

'Nee? Nee, dat zal wel niet.' Ze dacht aan haar oom zoals hij de vorige avond was geweest: hij lalde niet en hij had haar een bekentenis ontfutseld die ze niet wilde doen. Ze voelde een stilte over zich komen, waarin ze wist dat ook zij het moment kon aangrijpen, dat ze het kon gebruiken en vormen, of het kon laten voorbijgaan. Behoedzaam zei ze: 'Misschien wil hij het deze keer echt, Julie. Hij wordt ouder. Misschien accepteert hij zijn... nou, zijn sterfelijkheid.' Zijn sterfelijkheid, dacht ze, niet zijn uiteindelijke dood. Ze wilde dat woord niet gebruiken, omdat het op dit moment cruciaal was om een wankel evenwicht in het gesprek te bewaren. 'Ik denk dat iedereen op den duur de waarheid onder ogen ziet... de wetenschap dat niets eeuwig duurt. Misschien voelt hij zich opeens ouder worden en wil hij zijn leven beteren nu hij nog de kans heeft.'

'Dat is het nu juist,' zei Julian. 'Heeft hij een kans? Hoe kan hij het zonder hulp klaarspelen wanneer hem dat nog nooit eerder is gelukt? En nu hij eindelijk om hulp heeft gevraagd, hoe kan ik dan weigeren hem die te geven? Want ik wil hem helpen. Ik wil dat het hem lukt.'

'Dat willen we allemaal, Julie. De hele familie wil het.'

'Daarom heb ik de boeken doorgenomen. Vanwege de particuliere verzekering die we hebben. Ik hoef de polissen niet eens te lezen om te weten dat er geen enkele manier is...' Hij keek naar het ruitje waar hij mee bezig was en krabde met zijn nagel over het glas.

Nagels op een schoolbord. Samantha huiverde en wendde haar hoofd af, weg van het geluid.

Toen zag ze hem, waar hij altijd was. Hij stond voor het raam van de zitkamer. Hij zag dat ze met zijn zoon stond te praten. En terwijl ze keek hoe hij naar haar keek, zag Samantha dat haar oom zijn hand ophief. Met een vinger raakte hij zijn voorhoofd aan, daarna liet hij zijn hand zakken. Het was mogelijk dat hij zijn haar uit zijn gezicht streek. Maar eigenlijk leek het gebaar heel veel op een spottend saluut.

20

'Gisteren werden we meteen binnengelaten,' zei Nkata, toen er geen zoemer reageerde nadat ze op de bel naast de witte voordeur hadden gedrukt. 'Misschien hebben ze van het meisje Platt iets over ons gehoord en zijn ze ervandoor gegaan. Wat denkt u?'

'Ik had niet de indruk dat Shelly Platt iets van sympathie voor het echtpaar Reeve voelde. Jij wel?' Lynley drukte nog een keer op de bel van MKR Financial Management. 'Ze leek maar al te graag bereid een spaak in hun wiel te steken, zolang niemand wist dat die van haar afkomstig was. Wonen de Reeves hier ook, behalve dat ze hun zaken van hieruit afhandelen, Winnie? Het lijkt me een woonhuis.' Lynley deed een stap achteruit en daalde vervolgens de treden naar het trottoir af. Hoewel het suikertaartgebouw onbewoond leek, had hij sterk het gevoel dat ze van binnenuit werden gadeslagen. Het kon komen door zijn ongeduld om Martin Reeve de duimschroeven aan te draaien, maar iets zei hem dat een gestalte zich schuilhield net achter de vitrage voor een raam op de tweede verdieping. Terwijl hij ernaar bleef kijken, bewoog de vitrage. Hij riep naar boven: 'Politie. Het is in uw eigen belang om ons binnen te laten, meneer Reeve. Ik wil liever niet naar bureau Ladbroke Grove bellen met een verzoek om assistentie.'

Een minuut verstreek waarin Nkata op de bel bleef drukken en Lynley naar de telefoon liep om bureau Ladbroke te bellen. Dit gaf blijkbaar de doorslag, want terwijl hij met de brigadier van de wacht sprak, riep Nkata: 'We kunnen naar binnen, inspecteur.' Hij duwde de deur open en bleef op de drempel op Lynley staan wachten.

Het was stil in het gebouw, er hing een vage citroengeur, misschien van de was die werd gebruikt om een indrukwekkende Sheratonkast in de hal te wrijven. Terwijl Lynley en Nkata de deur achter zich dichtdeden kwam een vrouw de trap af.

Lynleys eerste gedachte was dat ze op een pop leek. In feite zag ze eruit als een vrouw die behoorlijk wat tijd en energie – om van geld nog maar niet te spreken – erin had gestoken om van zichzelf een opmerkelijk duplicaat van Barbie te maken. Ze was van top tot teen in zwart nylon gestoken dat een lichaam omhulde dat slechts verbeeldingskracht en siliconen konden hebben geproduceerd. Dit moest Tricia Reeve zijn, dacht Lynley. Nkata had haar uitstekend beschreven.

Lynley stelde zich voor en zei: 'We zouden uw man graag even spreken, mevrouw Reeve. Wilt u hem alstublieft voor ons roepen?'

'Hij is er niet.' Ze was op de onderste trede blijven staan. Ze was lang, zag Lynley, en ze maakte zich nog langer door niet helemaal tot hun niveau af te dalen.

'Waar is hij naartoe?' Nkata maakte zich ijverig gereed om de informatie te noteren.

Tricia's hand rustte op de trapleuning: lange, magere vingers vol ringen. Haar greep op het eikenhout was krachtig: de diamanten schitterden toen haar arm trilde van de kracht die ze uitoefende. 'Ik weet het niet.'

'Noemt u ons eens een paar mogelijkheden,' zei Nkata. 'Ik zal ze allemaal opschrijven. We willen best naar hem op zoek gaan. We hebben alle tijd.'

Stilte.

'Of we kunnen hier wachten,' zei Lynley. 'Waar kunnen we dat doen, mevrouw Reeve?'

Haar blik flitste over hem heen. Blauwe ogen, zag Lynley. Enorme pupillen. Nkata had hem verteld dat ze verdovende middelen gebruikte en het zag ernaar uit dat ze er op het ogenblik mee vol zat. 'Portobello Road,' zei ze. Haar bleke tong kwam naar buiten en gleed langs haar opgezwollen lippen. 'Daar woont een handelaar. In miniaturen. Martin verzamelt ze. Hij is gaan kijken naar wat er vorige week uit een erfenis is aangekocht.'

'De naam van de handelaar?'

'Die weet ik niet.'

'De naam van de galerie? De winkel?'

'Die weet ik niet.'

'Hoe laat is hij weggegaan?' vroeg Nkata.

'Ik weet het niet. Ik was afwezig.'

Lynley vroeg zich af in welke context ze het woord 'afwezig' gebruikte. Hij had zo zijn vermoeden. 'Dan blijven we op hem wachten. Kunnen we naar de receptie gaan? Is het deze deur, mevrouw Reeve?'

Ze liep achter hen aan en zei snel: 'Hij is naar Portobello Road gegaan en vandaar naar een bespreking met de schilders die aan het werk zijn in een huis van ons aan Cornwall Mews. Daar heb ik het adres van. Zal ik het u geven?'

De ommezwaai naar haar medewerking ging veel te vlug. Of Reeve was thuis óf ze had een plan bedacht om hem te waarschuwen dat ze naar hem op zoek waren. Dat zou ze gemakkelijk kunnen doen. Lynley kon zich niet voorstellen dat een man als Reeve door de straten van Londen zou zwerven zonder een mobiele telefoon bij zich. Zodra hij en Nkata de voordeur uit waren om hem achterna te gaan, zou Reeves vrouw de telefoon pakken om hem te waarschuwen.

'Ik geloof dat we toch maar zullen wachten,' zei Lynley. 'U blijft bij ons, mevrouw Reeve. Ik kan naar bureau Ladbroke Grove bellen om te vragen of ze een vrouwelijke agent sturen als u het niet prettig vindt om met ons alleen te zijn. Zal ik dat doen?'

'Nee!' Met haar rechterhand omklemde ze haar linkerelleboog. Ze keek op haar horloge, haar nekspieren bewogen krampachtig toen ze slikte. De drugs begonnen hun uitwerking te verliezen, gokte Lynley, en nu probeerde ze te bedenken wanneer het betrekkelijk veilig zou zijn een nieuwe dosis te nemen.

De aanwezigheid van de politie was een obstakel dat haar behoeften in de weg stond, en dat zou nuttig kunnen zijn. Nadrukkelijk zei ze: 'Martin is er niet. Als ik meer wist zou ik het u vertellen. Maar ik weet het werkelijk niet.'

'Daar ben ik niet van overtuigd.'

'Ik zeg u de waarheid!'

'Gaat u daar dan mee door. Waar was uw man dinsdagavond?'

'Dinsdag...' Ze keek oprecht verward. 'Ik heb geen... Hij was hier. Bij mij. Hij was hier. We zijn de hele avond thuisgebleven.'

'Kan iemand dat bevestigen?'

Ze was meteen op haar hoede. Haastig zei ze: 'We zijn omstreeks halfnegen curry gaan eten bij de Star of India in Old Brompton Road.'

'Dus u was niet thuis.'

'We waren de rest van de avond hier.'

'Had u een tafel gereserveerd in het restaurant, mevrouw Reeve?'

'De gerant zal het zich nog wel herinneren. Hij en Martin hadden woorden omdat we niet van tevoren hadden gereserveerd en ze ons eerst geen tafeltje wilden geven, hoewel er verscheidene onbezet waren toen we binnenkwamen. We hebben gegeten. Toen zijn we naar huis gegaan. Het is de waarheid. Dat hebben we dinsdagavond gedaan.'

Het zou heel eenvoudig zijn om hun aanwezigheid in het restaurant bevestigd te krijgen, dacht Lynley. Maar hoeveel gerants zouden zich herinneren op welke speciale dag ze ruzie hadden gehad met een veeleisende klant die had nagelaten te reserveren en dus ook had nagelaten zich van een betrouwbaar alibi te voorzien? Hij zei: 'Nicola Maiden werkte voor u.'

Ze zei: 'Martin heeft Nicola niet vermoord! Ik weet dat u daarom bent gekomen, dus laten we niet doen alsof. Hij was dinsdagavond bij mij. We zijn bij de Star of India gaan eten. We waren om tien uur thuis en we zijn de rest van de avond thuisgebleven. Vraag het maar aan onze buren. Iemand moet ons hebben zien uitgaan, of zien thuiskomen. Wilt u het adres van het huis aan Cornwall Mews nu nog hebben of niet? Als het niet zo is, wil ik dat u weggaat.' Weer een geagiteerde blik op haar horloge.

Lynley besloot haar onder druk te zetten. Hij zei tegen Nkata: 'We zullen een huiszoekingsbevel nodig hebben, Winnie.'

Tricia riep: 'Waarvoor? Ik heb u alles verteld. U kunt het restaurant bellen. U kunt met de buren praten. Hoe kunt u een huiszoekingsbevel krijgen wanneer u niet eerst de moeite hebt genomen om na te gaan of ik de waarheid heb gesproken?' Het klonk geschokt. Beter nog, het klonk bang. Het laatste wat ze wilde, dacht Lynley, was dat een stel agenten haar huis zou doorzoeken, ongeacht waarnaar ze op zoek waren. Misschien had ze niet de hand gehad in de dood van Nicola Maiden, maar het bezit van verdovende middelen zou niet goed vallen bij de openbare aanklager, en dat wist ze.

'Soms nemen we de kortste weg,' zei Lynley vriendelijk. 'Dat lijkt me nu ook nodig. We missen een moordwapen en kledingstukken van het vermoorde meisje en de jongen, en als een van deze voorwerpen hier in huis gevonden wordt, willen we weten waarom.'

'Zal ik even bellen, inspecteur?' vroeg Nkata vlot.

'Martin heeft Nicola niet vermoord! Hij heeft haar in geen maanden gezien! Hij wist niet eens waar ze was! Als u iemand zoekt die haar dood wilde hebben, er zijn mannen genoeg die...' Ze zweeg abrupt.

'Ja?' vroeg Lynley. 'Mannen genoeg?'

Ze bracht haar linkerarm omhoog om haar rechterelleboog te steunen, zoals ze dat zo-even andersom had gedaan, en ze begon in de receptie heen en weer te lopen.

Lynley zei: 'Mevrouw Reeve, we weten precies waar MKR Financial Management als dekmantel voor dient. We weten dat uw man studentes aanneemt om voor hem te werken als escort en als prostituee. We weten dat Nicola Maiden een van die studentes was en dat ze samen met Vi Nevin is opgehouden voor uw man te werken om voor zichzelf te beginnen. De inlichtingen waarover we op dit moment beschikken kunnen ertoe leiden dat er een aanklacht tegen u en uw man wordt ingediend, en ik denk dat u dat heel goed weet. Dus als u wilt voorkomen dat u wordt beschuldigd, moet terechtstaan, wordt veroordeeld en opgesloten, stel ik voor dat u volledig meewerkt.'

Ze verstijfde. Haar lippen bewogen nauwelijks toen ze zei: 'Wat wilt u weten?'

'Ik wil weten hoe de relatie was tussen uw man en Nicola Maiden. Het is bekend dat pooiers...'

'Hij is geen pooier!'

'... het dikwijls erg onaangenaam vinden wanneer iemand uit hun stal besluit om zich van hen los te maken.'

'Zo is het niet. Zo was het helemaal niet.'

'O, nee?' vroeg Lynley. 'Hoe was het dan? Vi en Nicola besloten om voor zichzelf te beginnen, zodat uw man niet meer van hun diensten gebruik kon maken. Maar ze deden het zonder het tegen uw man te zeggen. Dat moet hij niet prettig gevonden hebben, toen hij erachter kwam.'

'U hebt het bij het verkeerde eind.' Ze liep naar het fraai bewerkte bureau. Uit een van de laden haalde ze een pakje Silver Cut, waar ze een sigaret uitnam, die ze opstak. De telefoon begon te rinkelen. Ze keek ernaar, stak een hand uit om een knop in te drukken, maar ze bedacht zich op het laatste moment. Nadat de telefoon twintig keer was overgegaan werd het stil. Nog geen tien seconden later werd er opnieuw gebeld. Ze zei: 'De computer zou dat gesprek moeten aannemen. Ik begrijp niet waarom...' Met een schichtige blik naar de beide mannen griste ze de hoorn van de haak. 'Global,' zei ze kortaf. Na even te hebben geluisterd zei ze uiterst vriendelijk: 'Het hangt ervan af wat u precies wilt... Ja. Dat kan geen probleem zijn. Mag ik uw nummer, alstublieft? Ik zal u zo snel mogelijk terugbellen.' Ze krabbelde iets op een papiertje. Daarna keek ze vijandig op, alsof ze wilde zeggen: bewijs het maar, als reactie op wat Lynley dacht van het gesprek dat ze zojuist had gevoerd.

Lynley wilde haar graag dat genoegen doen. 'Global,' zei hij. 'Is dat de naam van de escortservice, mevrouw Reeve? Global wat? Global Dating? Global Desires?'

'Global Escorts. En het is niet tegen de wet om een zakenman die in de stad is voor een bespreking, van een beschaafde gezelschapsdame te voorzien.'

'Profiteren van op onwettige wijze verkregen verdiensten is dat wel. Mevrouw Reeve, wilt u echt dat de politie uw boekhouding in beslag neemt? Aangenomen dan dat MKR Financial Management er altijd een boekhouding op nahoudt. Dat kunnen we doen, weet u. We kunnen vragen om bewijsstukken voor elk pond dat u hebt verdiend. En wanneer wij gereed zijn met ons deel van het onderzoek kunnen we alles naar de belastingdienst sturen, zodat hun mensen zich ervan kunnen overtuigen dat u een redelijk aandeel hebt geleverd ter ondersteuning van de regering. Hoe klinkt dat?'

Hij liet haar tijd om hierover na te denken. De telefoon ging opnieuw over. Na driemaal bellen schakelde het toestel met een zachte klik over naar een andere lijn. Een opdracht die elders werd behandeld, dacht Lynley. Via een mobiele telefoon, afstandsbediening of per satelliet. Vooruitgang was toch iets geweldigs.

Eindelijk scheen het tot Tricia door te dringen. Ze wist blijkbaar dat Global Escorts, zijzelf en haar echtgenoot in een hachelijke positie verkeerden. Eén woord van Lynley tegen de belastingdienst of zelfs maar tegen de afdeling zedenpolitie van bureau Ladbroke Grove, en de hele levensstijl van de Reeves liep ernstig gevaar. En dat niet alleen, Tricia wist wat er zou gebeuren wanneer een huiszoeking boven water zou halen wat ergens in huis lag te wachten om haar in hoger sferen te brengen. De gedachte aan dit alles leek op haar neer te dalen als roet van een brand die ze zelf had gesticht.

Ze vermande zich. Ze zei: 'Goed dan. Als ik u een naam geef, als ik u dé naam geef, dan hebt u die niet van mij. Is dat duidelijk? Want als bekend wordt dat er sprake is van indiscretie van onze kant...' Ze maakte de zin niet af.

Indiscretie was een unieke manier om het aan te duiden, dacht Lynley. En waarom dacht ze in godsnaam dat ze in een positie verkeerde om met hem te onderhandelen? Hij zei: 'Mevrouw Reeve, uw kant van de zaak, zoals u het noemt, is voorbij.'

'Martin zal het niet met u eens zijn,' zei ze.

'Martin,' zei Lynley, 'zal worden aangeklaagd en vastgehouden als hij het er niet mee eens is.'

'Martin zal op borgtocht worden vrijgelaten. Binnen vierentwintig uur staat hij weer op straat. En waar bent u dan, inspecteur? Niet dichter bij de waarheid, vermoed ik.' Ze mocht er dan uitzien als Barbie, ze mocht dan een deel van haar hersens hebben afgestompt met drugs, maar ergens had ze geleerd hoe ze moest onderhandelen en dat deed ze nu redelijk handig. Lynley geloofde dat haar man trots op haar geweest zou zijn. Wettelijk had ze geen been om op te staan, en toch stond ze daar en deed alsof het wel zo was. Ondanks alles moest hij haar *gotspe* bewonderen. Ze zei: 'Ik kan u een naam geven, dé naam, zoals ik al zei, en dan kunt u vertrekken. Ik kan niets zeggen en u kunt het huis doorzoeken, me naar de gevangenis slepen, mijn man arresteren en toch geen stapje dichter bij Nicola's moordenaar zijn. O, u zult onze boekhouding en onze gegevens hebben, dat wel. Maar u kunt niet verwachten dat we zo dom zijn om onze cliënten bij de naam te noemen. Dus wat bereikt u ermee? En hoeveel tijd verliest u?'

'Ik ben bereid om soepel te zijn, als de informatie goed is. En ik denk dat u en uw man, in de tijd die ik nodig heb om na te gaan hoe waardevol de informatie is, zullen beginnen te overwegen waar u uw bedrijf kunt voortzetten. Melbourne, bijvoorbeeld, waar andere wetten worden toegepast.'

'Dat zou enige tijd vergen.'

'Het natrekken van de informatie ook.'

Leer om leer. Hij wachtte tot ze een besluit had genomen. Ten slotte pakte ze een potlood van het bureaublad. 'Sir Adrian Beattie,' zei ze, terwijl ze iets opschreef. 'Hij was gek op Nicola. Hij wilde haar betalen wat ze maar wilde, als hij haar helemaal voor zich alleen kon hebben. Ik neem aan dat hij het niet prettig zou vinden wanneer ze haar gunsten ook elders verleende. U wel?' Ze gaf hem het adres. Een huis in de Boltons.

Het zag ernaar uit, dacht Lynley, dat ze eindelijk de Londense vriend te pakken hadden.

Toen Barbara Havers bij haar thuiskomst die avond het briefje op haar deur vond, schoot haar met een schok de naailes te binnen. Ze zei: 'Wel verdorie. Verdomme,' en ze mopperde op zichzelf omdat ze het was vergeten. Het was waar, ze was in een zaak verwikkeld en Hadiyyah zou het zeker begrijpen. Maar Barbara vond het vervelend te denken dat ze haar vriendinnetje had teleurgesteld.

'U wordt vriendelijk uitgenodigd om het werk van juf Jane Batemans beginnende naaisters te komen bekijken', kondigde het briefje aan. Het was keurig geschreven in een kinderlijk handschrift dat Barbara meteen herkende. Onder aan het papier was een verwelkende zonnebloem geschetst. Daarnaast stonden de datum en de tijd. Barbara nam zich voor om beide in haar agenda te zetten.

Na haar gesprek met Neil Sitwell had ze nog drie uur op de Yard doorgebracht. Ze popelde om te beginnen met het bellen van iedere werknemer die onder King-Ryder Productions stond vermeld op de lijst die ze eerder die dag had gekregen, maar ze bewandelde de weg der voorzichtigheid voor het geval inspecteur Lynley zou komen opdagen en vragen wat ze uit de computers van de Yard te weten was gekomen. Dat was natuurlijk helemaal niets. Hij kon naar de bliksem lopen, dacht ze, gedurende haar achtste achtereenvolgende uur voor het scherm. Als hij verdomme een rapport wilde hebben van ieder ellendig individu met wie inspecteur Andrew Maiden in de clinch had gelegen tijdens zijn periode als undercover, zou ze het hem met scheppen vol geven. Maar de informatie zou hem niets opleveren wat hem op het spoor zou zetten van de moordenaar van Derbyshire. Daar wilde ze haar eigen leven onder verwedden.

Ze was omstreeks halfvijf weggegaan van de Yard, na bij Lynleys kamer te zijn langsgegaan om een rapport af te leveren en een persoonlijk briefje. Het rapport gaf duidelijk haar mening weer, dacht ze, zonder neerbuigend te doen of op een andere manier dieper in te gaan op wat overduidelijk was. De woorden 'Ik heb gelijk, u hebt het mis, maar ik zal uw stomme spelletje meespelen', hoefde ze niet tegen hem te zeggen. Haar tijd zou komen en ze dankte haar goede gesternte dat de manier waarop Lynley de zaak leidde haar in feite meer de vrije hand liet dan hij besefte. Het persoonlijke briefje dat ze bij het rapport had gevoegd verzekerde Lynley er in uiterst beleefde bewoordingen van dat ze het autopsierapport, opgesteld door dokter Sue Myles in Derbyshire, zou afleveren in Chelsea. Dat had Barbara gedaan zodra ze New Scotland Yard had verlaten.

Ze trof Simon St. James en zijn vrouw in de achtertuin van hun huis aan Cheyne Row, waar St. James toekeek hoe Deborah op handen en knieën over het stenen pad kroop langs de border met vaste planten die langs de hele lengte van de tuinmuur liep. Ze had een spuitpomp bij zich die ze onder het kruipen met zich meesleepte. Na elke meter hield ze stil om de aarde energiek aan te vallen met een regenbui van doordringend ruikende onkruidverdelger. Ze zei: 'Simon, er zijn er miljarden. En zelfs terwijl ik spuit blijven ze in beweging. Mijn god. Als er ooit een atoomoorlog komt, zijn mieren de enige overlevenden.'

St. James die languit op een chaise longue lag en een hoed met een brede rand op had die zijn gezicht overschaduwde, zei: 'Heb je dat stuk bij de hortensia's al gedaan, schat? En ik geloof dat je het gedeelte bij de fuchsia's ook hebt overgeslagen.'

'Je maakt me dol, echt. Wil je het soms liever zelf doen? Ik zou het vervelend vinden als ik je gemoedsrust verstoorde door zulk slordig werk af te leveren.'

'Hmm.' St. James deed alsof hij over haar aanbod nadacht. 'Nee, ik geloof het niet. Je bent er de laatste tijd zo veel beter in geworden. Er is oefening voor nodig om iets goed te doen en ik zou je die gelegenheid niet graag ontnemen.'

Deborah lachte en ze deed of ze hem bespoot. Toen zag ze Barbara bij de keukendeur staan. Ze zei: 'Geweldig. Net wat ik nodig heb. Een getuige. Hallo, Barbara! Let alsjeblieft goed op welke partner in de tuin zwoegt en welke niet. Mijn advocaat zal later een getuigenverklaring van je willen hebben.'

'Je moet geen woord geloven van wat ze zegt,' zei St. James. 'Ik zit hier nog maar net.'

'Iets aan je houding zegt me dat je liegt,' zei Barbara tegen hem, terwijl ze over het grasveld naar de ligstoel liep. 'En je schoonvader heeft tussen twee haakjes net geopperd dat ik een vuurpijl onder je achterste moest aansteken.'

'O, ja?' St. James keek met gefronste wenkbrauwen naar het keukenraam, waarachter hij de gestalte van Joseph Cotter zag rondscharrelen.

'Bedankt, pa!' riep Deborah in de richting van het huis.

Barbara lachte om hun kalme, toegenegen geharrewar. Ze trok een tuinstoel bij, waarop ze zich liet neervallen. Daarna gaf ze de map aan St. James en ze zei: 'Mijn heer en meester wil graag dat je dit bekijkt.'

'Wat is het?'

'De autopsies uit Derbyshire. Van het meisje en van de jongen. De inspecteur zou je vertellen dat je de gegevens van het meisje het meest nauwkeurig moet bekijken.'

'Jij niet?'

Barbara lachte grimmig. 'Ik heb er zo mijn eigen gedachten over.'

St. James sloeg de map open. Deborah kwam over het gras naar hen toe lopen, de pomp achter zich aanslepend. 'Foto's,' waarschuwde St. James haar. Ze aarzelde. 'Erg?'

'Verscheidene steekwonden bij een van de slachtoffers,' zei Barbara tegen haar.

Deborah verbleekte. Ze ging aan de voeten van haar man op de chaise longue zitten. St. James bekeek de foto's slechts vluchtig, voor hij ze ondersteboven op het gras legde. Hij bladerde het rapport door, hier en daar ophoudend om te lezen. Hij zei: 'Is er iets speciaals waar Tommy naar op zoek is, Barbara?'

'De inspecteur en ik hebben geen direct contact. Op het ogenblik ben ik zijn loopjongen. Hij heeft me opgedragen je het rapport te brengen. Ik heb aan mijn pet getikt en gedaan wat hij zei.'

St. James keek op. 'Is het nog niet goed tussen jullie? Helen vertelde me dat je aan de zaak werkt.'

'Zijdelings.'

'Hij trekt wel bij.'

'Dat doet Tommy altijd,' voegde Deborah eraan toe. Man en vrouw keken elkaar even aan. Deborah zei, niet op haar gemak: 'Nou. Dat weet je toch.'

'Ja,' zei St. James, na even te hebben gezwegen, met een vriendelijk lachje in haar richting. Daarna tegen Barbara: 'Ik zal de papieren bekijken, Barbara. Ik neem aan dat hij op zoek is naar onverenigbaarheden, tegenstrijdigheden, afwijkingen. Zoals gebruikelijk. Zeg hem maar dat ik hem zal bellen.'

'Goed,' zei ze. Daarna voegde ze er voorzichtig aan toe: 'Ik vraag me af, Simon...'

'Hmm?'

'Zou je mij ook willen bellen? Ik bedoel, als je iets tegenkomt.' Toen hij niet direct antwoordde, ging ze haastig verder: 'Ik weet dat het tegen de regels is. En ik wil niet dat je er problemen door krijgt met de inspecteur. Maar hij wil me niet veel vertellen en zegt aldoor: "Ga aan het werk met de computer, agente", als ik met een suggestie kom. Dus als je me op de hoogte zou willen houden... Ik bedoel, hij zou de pest in krijgen als hij het wist, maar ik zweer dat ik hem nooit zal vertellen dat je...'

'Ik zal jou ook bellen,' viel St. James haar in de rede. 'Maar misschien is er niets bijzonders. Ik ken Sue Myles. Ze is uiterst grondig. Eerlijk gezegd begrijp ik niet eens waarom Tommy wil dat ik haar werk nog eens bekijk.'

Ik ook niet, wilde Barbara tegen hem zeggen. Zijn belofte om haar te bellen verbeterde haar humeur echter aanzienlijk en ze beëindigde de dag een stuk beter dan toen ze eraan was begonnen.

Toen ze Hadiyyahs briefje zag, voelde ze haar geweten echter prikken. Het meisje had strikt genomen geen moeder, tenminste geen moeder die bij haar was of van wie het waarschijnlijk was dat ze weldra bij haar zou zijn, en hoewel niet van Barbara werd verwacht dat ze de plaats van Hadiyyahs moeder zou innemen, had ze vriendschap met het meisje gesloten waaraan ze beiden veel plezier beleefden. Hadiyyah had gehoopt dat Barbara die middag bij haar naailes zou komen kijken. En Barbara had haar in de steek gelaten. Het gaf haar geen goed gevoel.

Daarom slenterde ze, nadat ze haar tas op de tafel in de kamer had gelegd en haar antwoordapparaat had afgeluisterd – mevrouw Flo die verslag uitbracht over Barbara's moeder, haar moeder die vertelde over een leuke reis naar Jamaica, Hadiyyah die zei dat ze een briefje op de deur had geprikt, had Barbara het gevonden? – naar de voorkant van het grote, edwardiaanse huis. De tuindeuren van de benedenflat stonden open naar het betegelde terras en binnen verklaarde een kinderstem: 'Maar ze passen niet, pap. Echt niet.'

Hadiyyah en haar vader waren binnen. Hadiyyah zat op een crèmekleurige, zachte bank en Taymullah Azhar knielde naast haar als een verliefde Orsino. Het onderwerp van hun aandacht bleken de schoenen te zijn die het meisje droeg. Het waren zwarte, platte schoenen die bij haar schooluniform hoorden en Hadiyyah wriemelde er met haar voeten in alsof ze een nieuw instrument waren om dubbelspionnen informatie te ontlokken.

'Mijn tenen zitten helemaal dubbel. De knokkels doen pijn.'

'Weet je zeker dat die pijn niets te maken heeft met het feit dat je met de mode mee wilt doen, *khushi*?'

'Pap.' Hadiyyahs stem klonk gekweld. 'Toe nou. Dit zijn schoolschoenen, dat weet je toch.'

'Zoals we ons allebei herinneren,' zei Barbara vanaf het terras, 'zijn schoolschoenen nooit cool, Azhar. Ze gaan altijd tegen de mode in. Daarom zijn het schoolschoenen.'

Vader en dochter keken op. Hadiyyah riep blij: 'Barbara! Ik heb een briefje voor je opgehangen. Op de deur. Heb je het gelezen? Ik heb het met plakband vastgemaakt.' Azhar leunde op zijn hielen naar achteren om de schoenen van zijn dochter aan een objectiever onderzoek te onderwerpen. 'Ze zegt

dat ze haar niet meer passen,' zei hij tegen Barbara. 'Ik ben er niet van overtuigd.'
'Hier is een scheidsrechter bij nodig,' zei Barbara. 'Mag ik...?'
'Kom binnen. Ja, natuurlijk.' Azhar stond op met een op zijn formele manier
uitnodigend gebaar.
In de flat rook het heerlijk naar curry. Barbara zag dat de tafel keurig was
gedekt voor de avondmaaltijd en ze zei snel: 'O. Sorry, ik heb er niet op gelet
hoe laat het was, Azhar. Jullie hebben nog niet gegeten en... Zal ik later terugkomen? Ik heb net Hadiyyahs briefje gevonden en ik vond dat ik maar even
moest aanwippen. Je weet wel, over de naailes van vanmiddag. Ik had haar
beloofd...' Ze maakte de zin niet af. Genoeg, dacht ze.
Hij glimlachte. 'Misschien wil je met ons mee-eten?'
'O, gunst, nee. Ik bedoel, ik heb nog niet gegeten, maar ik wil niet...'
'Je moet!' zei Hadiyyah vrolijk. 'Pap, zeg dat ze moet blijven eten. We hebben
kip tikka. En saffraanrijst. En paps speciale groentecurry, die mammie aan
het huilen maakt wanneer ze ervan eet, omdat het zo sterk gekruid is. Ze zegt:
"Hari, je maakt het veel te héét", en dan loopt haar oogmake-up uit. Ja, hè,
pap?'
Hari, dacht Barbara.
Azhar zei: 'Ja, dat is zo, khushi.' Daarna, tegen Barbara: 'We zouden het fijn
vinden als je bij ons bleef eten, Barbara.'
Ze dacht: het is beter om weg te lopen, beter om me te verstoppen. Deson-
danks zei ze: 'Dank je. Ik blijf graag eten.'
Hadiyyah kraaide van plezier. Ze maakte een pirouette in haar zogenaamd te
kleine schoenen. Haar vader keek er ernstig naar en zei veelbetekenend: 'Ah.
Wat je voeten betreft, Hadiyyah...'
'Laat mij eens kijken,' kwam Barbara snel tussenbeide.
Hadiyyah rende naar de bank en plofte erop neer. Ze zei: 'Ze knellen overal.
Ook net, pap. Echt waar.'
Azhar grinnikte. Hij verdween in de richting van de keuken. 'Barbara mag
beslissen,' zei hij tegen zijn dochter.
'Ze zitten echt veel te krap,' zei Hadiyyah. 'Voel maar, mijn tenen zitten hele-
maal dubbel.'
'Ik weet het niet, Hadiyyah,' zei Barbara, voorzichtig op de voorkant van de
schoenen drukkend. 'Wat wil je dan voor schoenen? Dezelfde?'
Het meisje gaf geen antwoord. Barbara keek op. Hadiyyah zoog op haar
onderlip.
'Nou?' vroeg Barbara. 'Hadiyyah, hebben ze gezegd dat je andere schoenen
mag dragen bij je uniform?'
'Deze zijn zo lelijk,' fluisterde ze. 'Het lijkt wel of ik schuiten aan mijn voeten
heb. De nieuwe schoenen zijn instappers, Barbara. Ze hebben een prachtige
vlecht langs de bovenkant en een schattig kwastje dat over je tenen bungelt.
Ze zijn een beetje duur, daarom heeft nog niet iedereen ze, maar ik weet dat

ik ze heel lang zou kunnen dragen als ik ze kreeg. Echt waar.' Ze keek hoopvol op, haar bruine ogen zo groot als twee oude penny-muntstukken.

Barbara vroeg zich af hoe haar vader haar ooit iets kon weigeren. Maar ze bleef in haar rol van scheidsrechter en ze zei: 'Wat denk je van een compromis?'

Hadiyyah fronste haar voorhoofd even sterk als ze haar tenen had omgekruld. Ze zei: 'Wat is een compromis?'

'Een afspraak waarbij beide partijen krijgen wat ze willen, maar niet precies op de manier die ze hadden verwacht.'

Hadiyyah dacht erover na, terwijl ze met haar schoolschoenen tegen de bank schopte. Ze zei: 'Goed. Geloof ik. Maar het zijn echt mooie schoenen, Barbara. Als je ze kon zien zou je het begrijpen.'

'Ongetwijfeld,' zei Barbara. 'Je hebt vast wel gemerkt dat ik graag met de mode meega.' Ze kwam overeind. Met een knipoog naar Hadiyyah riep ze naar de keuken: 'Ik denk dat ze hier nog wel een paar maanden mee toe kan, Azhar.'

Hadiyyah keek diep teleurgesteld. 'Een paar máánden,' jammerde ze.

'Maar ze heeft beslist een paar nieuwe schoenen nodig vóór Guy Fawkes Day,' zei Barbara veelbetekenend. Ze mompelde 'compromis' in Hadiyyahs richting en ze zag dat het meisje stilletjes uitrekende hoelang het duurde van september tot november. Hadiyyah keek tevreden toen ze de weken had geteld.

Azhar verscheen in de deuropening van de keuken. Hij had een theedoek als een schort tussen zijn broek gestopt. In zijn hand hield hij een houten lepel. 'Kun je zo precies zijn wanneer je schoenen bekijkt, Barbara?' vroeg hij rustig.

'Soms sta ik verbaasd over mijn eigen talenten.'

Curry maken was weer een van de dingen die Azhar moeiteloos leek te kunnen klaarspelen. Hij sloeg alle hulp af, zelfs bij de afwas, door te zeggen: 'Jouw aanwezigheid is een geschenk aan onze tafel, Barbara. We vragen niets anders van je', toen ze aanbood hem te helpen. Ze drong er echter op aan dat ze dan tenminste de tafel mocht afruimen. Terwijl hij in de keuken afwaste en afdroogde, hield ze zich met zijn dochter bezig, waar ze van genoot.

Hadiyyah troonde Barbara mee naar haar slaapkamer toen de tafel was afgeruimd. Ze verklaarde dat ze haar 'iets bijzonders, een geheim moest laten zien'. Barbara nam aan dat het een geheimpje was van meisjes onder elkaar. Maar in plaats van een verzameling filmsterrenfoto's of een paar met potlood gekrabbelde briefjes die ze op school toegestopt had gekregen, haalde Hadiyyah een boodschappentas onder haar bed vandaan, waarvan ze de inhoud voorzichtig op de sprei legde.

'Vandaag afgemaakt,' kondigde ze trots aan. 'Bij de naailes. Ik moest het eigenlijk op school laten voor de tentoonstelling – heb je mijn uitnodiging voor de tentoonstelling gekregen, Barbara? – maar ik heb tegen juf Bateman gezegd dat ik het netjes en schoon zal terugbrengen, maar dat ik het aan pap móést geven. Omdat hij al een broek heeft bedorven. Bij het koken.'

Het was een half schortje. Hadiyyah had het in elkaar gezet van lichtgekleur-de chintz waarop een eindeloos patroon was gedrukt van moedereenden die hun kroost voorgingen naar een vijver met wat riet. De moedereenden hadden allemaal dezelfde hoedjes op. Hun kleintjes droegen elk een ander stuk strandspeelgoed onder een vleugeltje.

'Denk je dat hij het mooi vindt?' vroeg Hadiyyah gespannen. 'De eendjes zijn zo lief, vind je ook niet, maar misschien, voor een man... Ik hou zo veel van eendjes, weet je. Pap en ik gaan ze soms voeren in Regent's Park. Dus toen ik deze stof zag... Maar ik geloof dat ik beter iets had kunnen uitzoeken wat meer bij een man past. Wat denk jij?'

De gedachte aan Azhar in het geplooide schortje maakte dat Barbara bijna in de lach schoot, maar ze beheerste zich en bekeek de zigzagnaden en de onge-lijke, liefdevol met de hand genaaide zoom. Ze zei: 'Het is schitterend. Hij zal het prachtig vinden.'

'Denk je? Het is mijn eerste werkstuk, en ik kan het nog niet zo goed. Juf Bateman wilde me laten beginnen met iets gemakkelijks, een zakdoek of zo. Maar ik wist wat ik wilde maken omdat pap zijn broek vies had gemaakt, dat zei ik al, en ik wist dat hij niet nog een broek vies wilde maken wanneer hij ging koken. Daarom heb ik dit mee naar huis genomen om het hem te geven.'

'Zullen we het nu doen?' vroeg Barbara.

'O, nee. Het is voor morgen,' zei Hadiyyah. 'We hebben morgen een bijzon-dere dag, pap en ik. We gaan naar zee. We nemen een picknicklunch mee en die eten we op het strand. Dan geef ik het hem. Als bedankje omdat hij me mee uit heeft genomen. En daarna gaan we in de botsautootjes op de pier en pap zal voor me spelen met de hijskraan. Hij is heel goed met de hijskraan.'

'Ja, dat weet ik. Ik heb het hem zien doen, weet je nog?'

'Ja, dat is zo,' zei Hadiyyah opgewekt. 'Wil je met ons mee naar zee, Barbara? Het wordt zo'n leuke dag. We gaan picknicken op het strand. En dan gaan we naar de pier. Daar is ook het spel met de hijskraan. Ik zal pap vragen of je mee mag.' Ze sprong overeind en ze riep: 'Pap! Pap! Mag Barbara...'

'Nee!' onderbrak Barbara haastig. 'Hadiyyah, nee. Ik kan niet mee, meisje. Ik zit midden in een zaak en ik heb bergen werk te doen. Ik zou eigenlijk niet eens hier moeten zijn, ik moet nog zo veel telefoontjes plegen voor ik naar bed ga. Maar bedankt dat je het me gevraagd hebt. We doen het een andere keer.'

Hadiyyah bleef staan met haar hand op de deurknop. 'We gaan naar de pier,' probeerde ze nog.

'Ik zal aan jullie denken,' verzekerde Barbara haar. Ze peinsde over de veer-kracht van kinderen en ze verbaasde zich over hun vermogen om de dingen te accepteren zoals ze zich voordeden. Wanneer ze eraan dacht wat er de laatste keer gebeurd was toen Hadiyyah naar zee was gegaan, verwonderde Barbara zich erover dat het meisje er weer naartoe wilde. Maar kinderen zijn niet zoals volwassenen, dacht ze. Wat ze niet kunnen verdragen, vergeten ze gewoonweg.

21

'We zien er tenminste uit of we hier horen,' merkte rechercheur Nkata op toen ze in de Boltons waren, een kleine wijk in de vorm van een rugbybal, die tussen Fulham Road en Old Brompton Road lag en bestond uit twee rond lopende, met bomen beplante straten. Ze vormden een ovaal rondom de centrale kerk van St. Mary the Boltons en de voornaamste kenmerken waren de vele beveiligingscamera's die aan de buitenmuren van de villa's waren opgehangen en de Rolls-Royces, Mercedes-Benzes en rangerovers, die achter de smeedijzeren hekken van vele huizen stonden.

Toen Lynley en Nkata de Boltons inreden brandde de straatverlichting nog niet en waren de trottoirs grotendeels verlaten. Het enige levensteken kwam van een poes die door de goot sloop en een andere sluipende kat achtervolgde, en een Filippijnse vrouw, gehuld in de ouderwetse zwart-witte kledij van een dienstmeisje, die een handtas onder haar arm schoof en in een Ford Capri stapte, tegenover het huis dat Lynley en Nkata zochten.

Nkata's opmerking sloeg op Lynleys Bentley, die even goed thuishoorde in deze buurt als de vorige middag in Notting Hill. Maar afgezien van hun auto hoorden beide politiemannen beslist niet thuis in deze buurt: Lynley als gevolg van zijn beroepskeuze, zo onorthodox voor iemand wiens familiewortels teruggingen tot Willem de Veroveraar en wiens meer recente voorvaderen de Boltons als minderwaardig zouden hebben beschouwd, vergeleken bij hun woonplaatsen, en Nkata vanwege het onmiskenbare accent dat hij had.

'Ik denk niet dat de politie hier vaak in actie komt,' zei Nkata. Hij overzag de smeedijzeren leuningen, de camera's, de alarminstallaties en de intercoms waarover elke villa leek te beschikken. 'Je vraagt je wel af wat je aan al dat geld hebt, als je je moet opsluiten om ervan te genieten.'

'Dat ben ik met je eens,' zei Lynley, nadat hij een zuurtje van de rechercheur had geaccepteerd uit diens onuitputtelijke voorraad. Hij haalde het papiertje eraf, dat hij zorgvuldig opvouwde en in zijn zak stak, om het schone trottoir niet te bezoedelen. 'Laten we maar eens horen wat sir Adrian Beattie te zeggen heeft.'

Lynley had de naam herkend toen Tricia Reeve die in Notting Hill had genoemd. Sir Adrian Beattie was de Engelse Christiaan Barnard. Hij had de eerste harttransplantatie in Engeland tot stand gebracht en de laatste tientallen jaren had hij ze met succes over de hele wereld uitgevoerd. Daarmee had hij zo veel succes behaald dat zijn plaats in de medische geschiedenis was verzekerd, en zijn toch al respectabele reputatie verder versterkt, iets wat hem tot een gefortuneerd man had gemaakt. Dit laatste was te zien in de Boltons: Beatties huis was een fort met sneeuwwitte muren, van tralies voorziene vensters en een hek dat de toegang versperde voor iedereen die de bewoners niet kon voorzien van een acceptabele identiteit via een intercom waaruit een lichaamloze stem sprak: 'Ja?', op een toon die suggereerde dat niet elk antwoord zou worden geaccepteerd.

Omdat hij veronderstelde dat 'New Scotland Yard' meer cachet zou hebben dan het simpele woord 'politie', noemde Lynley de afdeling die ze vertegenwoordigden tegelijk met hun rang, toen hij zichzelf en Nkata introduceerde. Ten antwoord klikte het hek open. Tegen de tijd dat beide mannen de zes treden naar de voordeur op waren gelopen, was de deur geopend door een vrouw die een misplaatst puntig feesthoedje ophad.

Ze stelde zich voor als Margaret Beattie, dochter van sir Adrian. De familie vierde op het moment een verjaardag, verklaarde ze haastig, waarna ze het elastiekje om haar kin losmaakte en het hoedje van haar hoofd nam. Haar dochter vierde juist deze avond het gelukkige feit dat ze vijf jaar geleden was geboren. Was er iets aan de hand in de buurt? Toch geen inbraak? hoopte ze. Bezorgd keek ze langs hen heen, alsof inbraak een dagelijkse gebeurtenis was in de Boltons, die ze onwillekeurig zou kunnen aanmoedigen door de voordeur langer dan nodig open te houden.

Ze wilden sir Adrian spreken, legde Lynley uit. En nee, hun bezoek had niets te maken met de buurt en de kwetsbaarheid ervan voor beroepsmisdadigers.

Margaret Beattie zei weifelend: 'Juist,' waarna ze hen binnenliet. Ze zei dat ze, als ze boven in haar vaders studeerkamer wilden wachten, hem zou gaan roepen. 'Ik hoop dat het niet te lang duurt, wat het dan ook is waarover u hem wilt spreken,' zei ze, met die speciale, vriendelijk glimlachende vasthoudendheid die een goedopgevoede vrouw altijd tentoonspreidt om aan te geven wat ze wil zonder het rechtstreeks te zeggen. 'Molly is zijn lievelingskleinkind en hij heeft haar toegezegd dat ze hem vanavond helemaal voor zichzelf kan hebben. Hij heeft beloofd een heel hoofdstuk uit *Peter Pan* voor te lezen. Hij vroeg haar wat ze voor haar verjaardag wilde hebben, en dat was het. Opmerkelijk, vindt u niet?'

'Zeker.'

Margaret Beattie straalde tevredengesteld, wees hen de studeerkamer en ging vervolgens haar vader zoeken.

De studeerkamer van sir Adrian bevond zich op de eerste verdieping van het huis, boven aan een brede trap. Het vertrek was ingericht met donkerrode, leren armstoelen en mosgroen tapijt, er stonden talloze boeken over medische en algemene onderwerpen en het was duidelijk een stille getuigenis van de twee verschillende aspecten van sir Adrians leven. De professionele kant werd vertegenwoordigd door gedenkpenningen, certificaten, onderscheidingen en voorwerpen die varieerden van antieke chirurgische instrumenten tot eeuwenoude gravures van het menselijk hart. De persoonlijke noot was zichtbaar in tientallen foto's. Ze stonden overal, op de schoorsteenmantel, op de boekenplanken en, als dansers die op het punt stonden hun benen hoog in de lucht te werpen, dwars over het schrijfbureau. Ze toonden het gezin van de hartchirurg: op vakantie, thuis, op school en door de jaren heen. Lynley nam een van de foto's op en bekeek die, terwijl Nkata zich bukte om de antieke instrumenten die boven op een lage boekenkast waren uitgestald, aan een nader onderzoek te onderwerpen.

Naar het scheen had de dokter vier kinderen. Op de foto die Lynley vasthield stond Beattie te midden van hen en hun echtgenoten, een trotse *pater familias* met zijn vrouw naast zich en elf kleinkinderen om hem heen gegroepeerd als kleine druppels olie rondom een grote druppel die ze wil absorberen. De foto was gemaakt tijdens een kerstfeest, ieder van de kinderen had een cadeautje bij zich en Beattie zelf was uitgedost als de kerstman, maar zonder baard. Iedereen op de foto glimlachte of lachte breeduit, en Lynley vroeg zich af hoe hun gezicht zou hebben gestaan als de verhouding van sir Adrian met een escort die aan SM deed publiekelijk, of binnen de familie, bekend was geworden.

'Inspecteur Lynley?'

Lynley draaide zich om bij het horen van de aangename tenorstem. Deze zou eigenlijk uit de mond van een jongere man hebben moeten klinken, maar was afkomstig van de gezette chirurg zelf, die in de deuropening stond met een kartonnen kapiteinspet op zijn hoofd en een glas champagne in zijn hand. Hij zei: 'We wilden net een toast uitbrengen op onze kleine Molly. Ze gaat haar cadeautjes openmaken. Kan dit een uurtje wachten?'

'Helaas niet.' Lynley zette de foto terug en stelde Nkata voor, wiens hand naar zijn jaszak ging om zijn aantekenboekje en potlood te pakken.

Merkbaar ontsteld keek Beattie naar hem. Hij kwam de kamer binnen en sloot de deur achter zich. 'Is dit bezoek beroepshalve? Is er iets gebeurd? Mijn familie...' Hij keek in de richting vanwaar hij was gekomen en liet in het midden wat hij had willen zeggen. Slecht nieuws over een van zijn gezinsleden kon niet de reden zijn dat de politie op bezoek kwam. Zijn familieleden waren allemaal in huis aanwezig.

'Een jonge vrouw, Nicola Maiden, is dinsdagavond in Derbyshire vermoord,' zei Lynley tegen de chirurg.

Beatties reactie was stilte, de vleesgeworden afwachting. Zijn ogen waren op Lynley gericht. Zijn doktershanden, de handen van een oude man die nog even vaardig leken als de handen van iemand die dertig jaar jonger was dan hij, trilden niet. Evenmin omklemden ze het glas steviger of bewogen ze zichtbaar. Vervolgens keek hij naar Nkata, liet zijn ogen over het aantekenboekje in de grote hand van de rechercheur gaan en daarna weer terug naar Lynley.

Lynley zei: 'U kende Nicola Maiden, nietwaar, sir Adrian? Hoewel u haar misschien alleen bij haar beroepsnaam kende. Nikki Temptation.'

Beattie kwam over het tapijt naar hem toe. Met bestudeerde zorgvuldigheid zette hij zijn champagneglas op het bureau. Daarna ging hij achter de schrijftafel in een stoel met een hoge rugleuning zitten en knikte naar de leren armstoelen. Eindelijk zei hij: 'Gaat u zitten, inspecteur. U ook, agent.' Toen ze hadden plaatsgenomen vervolgde hij: 'Ik heb geen kranten gelezen. Wilt u me vertellen wat er met haar is gebeurd?'

Het was het soort vraag dat een man die gewend was om de leiding te hebben, aan een ondergeschikte kon hebben gesteld. Lynley probeerde echter antwoord te geven op een manier die duidelijk zou maken wie de richting van het gesprek bepaalde. Op neutrale toon zei hij: 'Dus u kende Nicola Maiden.'

Beattie strengelde zijn vingers in elkaar. Twee ervan, zag Lynley, hadden nagels die zwart waren geworden en misvormd door een of andere schimmel die er blijkbaar welig onder tierde. Het was een onprettig gezicht bij een arts en Lynley verbaasde zich erover dat Beattie er niets aan deed.

'Ja, ik kende Nicola Maiden,' zei Beattie.

'Vertelt u eens iets over uw relatie.'

Behoedzame ogen achter goudomrande brillenglazen. 'Ben ik een verdachte in de moordzaak?'

'Iedereen die haar kende is een verdachte in haar moordzaak.'

'U zei dinsdagavond?'

'Ja, dat zei ik.'

'Dinsdagavond was ik hier.'

'In dit huis?'

'Nee. Maar wel in Londen. Op mijn club in St. James's. Zal ik ervoor zorgen dat het bevestigd wordt, inspecteur? Dat is het juiste woord toch? Bevestigd?'

Lynley zei: 'Ik wil het met u hebben over Nicola. Wanneer hebt u haar voor het laatst gezien?'

Beattie pakte zijn glas en nam een slokje champagne. Om tijd te winnen, om zijn zenuwen tot bedaren te brengen, om plotseling opkomende dorst te lessen. Het was onmogelijk vast te stellen. 'De ochtend van de dag waarop ze naar het noorden vertrok.'

'Dat moet in juni zijn geweest?' voeg Nkata. Toen Beattie knikte, liet de rechercheur erop volgen: 'In Islington?'

'Islington?' Beattie fronste zijn voorhoofd. 'Nee. Hier. Ze kwam naar mijn huis. Ze kwam altijd naar mijn huis wanneer ik... wanneer ik haar nodig had.'

'U had dus een seksuele relatie,' zei Lynley. 'U was een van haar cliënten.'

Beattie wendde zijn hoofd af. Hij keek naar de schoorsteenmantel met de uitgebreide verzameling familiefoto's. 'Ik neem aan dat u het antwoord op die vraag kent. U zou toch niet op een zaterdagavond langs zijn gekomen wanneer men u niet precies had verteld welke rol ik in Nikki's leven speelde. Dus, ja, ik was een van haar cliënten, als u het zo wilt noemen.'

'Hoe zou u het dan noemen?'

'We hadden een overeenkomst die ons wederzijds voordeel bracht. Zij verleende onmisbare diensten. Ik betaalde haar er ruimschoots voor.'

'U bent iemand die erg in de publieke belangstelling staat,' merkte Lynley op. 'U hebt een succesvolle carrière, een vrouw en kinderen, kleinkinderen en alle uiterlijk vertoon van een gelukkig leven.'

'Alle innerlijk vertoon ook,' zei Beattie. 'Het ís een gelukkig leven. Waarom zou ik het risico nemen om dat te verliezen door een verhouding te hebben met een ordinaire prostituee? Dat wilt u toch weten? Maar daar gaat het nu juist om, inspecteur Lynley. Nikki was beslist niet ordinair.'

Ergens in het huis klonk muziek, wild en vakkundig pianospel. Chopin, leek het. Toen werd de melodie abrupt afgebroken te midden van enig geschreeuw, om vervangen te worden door een levendig stuk van Cole Porter dat werd begeleid door uitbundige stemmen die zich er niet om bekommerden de juiste toonhoogte aan te houden. '*Call me irreSPONsible, call me unre-LIable,*' brulden de feestgangers, deels gelachen, deels gezongen. '*But it's undeNIably TRUE...*' gevolgd door veel gelach en goedaardige spot: een gelukkige familie die een feestje viert.

'Dat heb ik over haar begrepen,' zei Lynley instemmend. 'U bent niet de eerste die opmerkt dat ze ver boven de middelmaat uitstak. Maar eerlijk gezegd, waarom u bereid was alles op het spel te zetten met een affaire...'

'Dat was het niet.'

'Met een overeenkomst dan. Waarom u daarvoor alles op het spel wilde zetten is niet wat ik wil weten. Ik ben er meer in geïnteresseerd om precies te weten te komen wat u bereid zou zijn te doen om veilig te stellen wat u hebt, dit uiterlijk en innerlijk vertoon van uw leven, als de voortzetting van het bezit daarvan op de een of andere manier werd bedreigd.'

'Bedreigd?' Beatties stem was te verbaasd om Lynley te laten geloven dat het een eerlijke reactie was. De man wist toch zeker wel wat hij op het spel had gezet door een prostituee te laten meespelen aan de rand van zijn bestaan.

'Iedere man heeft vijanden,' zei Lynley. 'Zelfs u, heb ik het vermoeden. Als een onbetrouwbaar persoon achter uw overeenkomst met Nicola Maiden zou zijn gekomen, als iemand zou hebben besloten u kwaad te berokkenen door die overeenkomst openbaar te maken, zou u heel wat hebben verloren en niet alleen concrete zaken.'

'Ah, ik begrijp het: het traditionele gevolg van sociale minachting. "Hoge bomen..."' mompelde Beattie. Daarna ging hij op normale gesprekstoon verder, waarbij hij Lynley het merkwaardige gevoel bezorgde dat ze het weerbericht voor de volgende dag hadden kunnen bespreken: 'Dat had niet kunnen gebeuren, inspecteur. Nikki kwam naar mijn huis, zoals ik al zei. Ze ging keurig gekleed, had een diplomatenkoffertje bij zich en ze reed in een Saab. Het zag eruit alsof ze kwam om een dictaat op te nemen of te helpen met de voorbereidingen van een feest. En omdat onze ontmoetingen niet vlak bij de vensters plaatsvonden was er absoluut niets te zien, voor niemand.'

'Zij droeg toch geen blinddoek, mag ik aannemen?'

'Natuurlijk niet. Wanneer ze dat gedaan zou hebben zou ze me niet op bevredigende wijze van dienst hebben kunnen zijn.'

'Dan moet u het toch met me eens zijn dat ze bepaalde bijzonderheden over u kende. Bijzonderheden die, wanneer ze openbaar werden, een verhaal konden bevestigen – misschien een dat aan een roddelblad werd verkocht? – dat bepaalde feiten zou kunnen bewijzen die zij kon hebben geselecteerd om ter kennis te brengen van een publiek waarvoor roddel nooit obsceen genoeg kan zijn.'

Beattie zei: 'Goede god.' Het klonk peinzend.

'Daarom hebben we inderdaad bevestiging nodig, zoals u al vermoedde,' zei Lynley. 'We zouden graag de naam van uw club hebben.'

'Wilt u beweren dat ik Nikki heb vermoord omdat ze meer van me wilde dan ik betaalde? Of omdat ik had besloten dat ik haar niet meer nodig had en zij dreigde om alles openbaar te maken als ik haar niet bleef betalen?' Hij sloeg het laatste restje champagne achterover, waarna hij met een treurig lachje het glas wegschoof. Daarna kwam hij overeind. 'God nog aan toe, was het maar zo geweest. Wacht u even?' Hij liep de kamer uit.

In een snelle reactie stond Nkata op. 'Inspecteur, moet ik...'

'Laten we even afwachten.'

'Hij kan zijn gaan bellen om zijn alibi te regelen.'

'Dat denk ik niet.' Lynley kon niet uitleggen waarom hij dat gevoel had, afgezien van het feit dat er iets buitengewoon eigenaardigs was met de reacties van sir Adrian Beattie, niet alleen wat het bericht van de moord op Nicola Maiden betrof, maar ook de logische suggestie dat zijn relatie met haar uitgebreide mogelijkheden in zich had om alles te vernietigen waaraan hij waarde scheen te hechten.

Toen Beattie ongeveer twee minuten later terugkwam, had hij een vrouw bij zich die hij aan de politiemannen voorstelde als zijn vrouw, lady Beattie. Daarna zei hij tot zijn echtgenote: 'Chloe, deze mannen zijn hier vanwege Nikki Maiden.'

Lady Beattie, een magere vrouw met een Wallis Simpson-kapsel en een strakgespannen huid als gevolg van te veel facelifts, greep naar het parelsnoer dat om haar hals hing als een tros golfballen. Ze zei: 'Nikki Maiden? Ze verkeert toch niet in moeilijkheden, hoop ik?'

'Ze is helaas vermoord, schat,' zei haar man en hij schoof zijn hand onder haar elleboog, misschien omdat hij verwachtte dat ze zou schrikken van het nieuws.

Dat deed ze blijkbaar, want ze zei: 'O, mijn god, Adrian...' Ze stak haar hand naar hem uit.

Hij liet zijn hand langs haar arm glijden en pakte haar hand vast, terwijl hij sussende geluidjes maakte met wat op Lynley overkwam als oprechte tederheid. 'Vreselijk,' zei hij. 'Afschuwelijk, ellendig. Deze politiemannen zijn hier omdat ze denken dat ik erbij betrokken zou kunnen zijn. Vanwege de overeenkomst.'

Lady Beattie maakte haar hand los uit die van haar echtgenoot. Ze trok een fraaigevormde wenkbrauw op en ze zei: 'Is het niet veel waarschijnlijker dat Nikki jou iets had kunnen aandoen, en niet andersom? Ze wilde toch niet dat iemand haar domineerde? Ik herinner me dat ze dat heel nadrukkelijk heeft gezegd toen we haar de eerste keer spraken. "Ik wil niet onder liggen," zei ze letterlijk. "Dat heb ik maar één keer geprobeerd en ik vond het walgelijk." Toen verontschuldigde ze zich omdat ze dacht dat ze jou misschien had beledigd. Ik herinner het me nog heel goed. Jij toch ook, schat?'

'Ik denk niet dat ze tijdens een sessie met iemand is gedood,' zei Beattie tegen zijn vrouw. 'Ze zeiden dat het in Derbyshire is gebeurd. Daar had ze die vakantiebaan bij een advocaat, weet je nog?'

'Ging ze in haar vrije tijd niet...?'

'Dat deed ze alleen in Londen, voorzover ik weet.'

'O.'

Lynley had het gevoel of hij zojuist door de spiegel was gestapt. Hij keek naar Nkata en zag dat de rechercheur, wiens gezicht opperste verbazing uitdrukte, hetzelfde idee had. Lynley zei: 'Misschien wilt u ons uitleg geven over die overeenkomst, sir Adrian, lady Beattie. De achtergrond kan ons duidelijk maken waar we mee te doen hebben.'

'Natuurlijk.' Lady Beattie en haar man waren maar al te blij dat ze dieper konden ingaan op de kwestie van sir Adrians seksuele neigingen. Lady Beattie zonk gracieus neer op een bank bij de open haard. De mannen namen hun oorspronkelijke plaatsen weer in. En terwijl haar echtgenoot de exacte aard van zijn relatie met Nicola Maiden uiteenzette, voegde zij belangrijke details toe waar hij die vergat.

Hij had Nicola Maiden afgelopen jaar omstreeks 1 november ontmoet, zo'n negen maanden nadat Chloe's artritis in de handen te pijnlijk was geworden om de vaste rituelen uit te voeren waarvan ze tijdens hun huwelijk hadden leren genieten. 'We dachten eerst dat we er wel buiten konden,' zei sir Adrian. 'De pijn, bedoel ik. Niet de seks zelf. We dachten dat we het wel zouden klaarspelen. Op de traditionele manier. Maar het duurde niet lang voor we inzagen dat mijn behoeften...' Hij zweeg, alsof hij een korte weg zocht om het uit te leggen die hen niet door het doolhof van zijn psyche hoefde te voeren. 'Het ís een behoefte, begrijpt u. Dat moet u begrijpen als u er íéts van wilt begrijpen.'

'Gaat u verder,' zei Lynley. Hij wierp Nkata een snelle blik toe. De rechercheur ging op zijn nauwgezette manier door met aantekeningen maken, hoewel op zijn gezicht een uitdrukking lag van 'O, god, wat zal mijn moeder hiervan zeggen', die even welsprekend was alsof hij de woorden hardop had gezegd.

Omdat ze beseften dat aan sir Adrians wensen tegemoet moest worden gekomen als de Beatties hun eigen seksuele relatie in stand wilden houden, hadden ze iemand gezocht die jong, gezond en sterk was en, het allerbelangrijkste, volkomen discreet en bereid om hen van dienst te zijn.

'Nicola Maiden,' zei Lynley.

'Discretie was, is, van het grootste belang,' zei sir Adrian. 'Voor iemand in mijn positie.' Het was duidelijk dat hij niet blindelings een meesteres kon kiezen door een adres uit een telefooncel te halen of uit een advertentie in een tijdschrift. Evenmin kon hij vrienden of collega's vragen of ze iemand konden aanbevelen. En naar een SM-club gaan, of zelfs naar een van de minder luxueuze gelegenheden in Soho, in de hoop een geschikte kandidate te ontmoeten, was geen verstandige optie, omdat altijd de kans bestond te worden gezien, herkend en vervolgens slachtoffer te worden van een campagne in de roddelbladen die zijn kinderen, de echtgenoten van zijn kinderen en hun nakomelingen gegarandeerd buitengewoon veel verdriet zou doen. 'En Chloe ook, natuurlijk,' voegde sir Adrian er met een knikje aan toe. 'Want hoewel zij op de hoogte is, en ook altijd op de hoogte is geweest van mijn verlangens, weten haar vrienden en familieleden er niets van af. En ik neem aan dat ze dat graag zo wil houden.'

'Dank je, schat,' zei Chloe.

Sir Adrian had daarom een escortbureau benaderd, Global Escorts, om precies te zijn, en via die instelling had hij uiteindelijk Nicola Maiden leren kennen. Hun eerste samenzijn, bestaande uit thee, gebak en een bevredigende conversatie, was gevolgd door een tweede, waarin de definitieve afspraak werd gemaakt.

'Afspraak?' vroeg Lynley.

'Wanneer van haar diensten gebruik zou worden gemaakt,' verklaarde Chloe. 'Wat ze zouden inhouden en wat ze ervoor betaald zou krijgen.'

'Chloe en ik hebben beide keren samen met haar gepraat om de regelingen te treffen,' zei sir Adrian. 'Het was cruciaal dat ze begreep dat ze er niets mee zou winnen wanneer ze me bedreigde met een verhouding die mogelijk pijnlijk kon zijn voor mijn vrouw.'

'Omdat het niet pijnlijk was,' zei Chloe. 'Althans niet voor mij.'

'Wil jij hun de kamer laten zien, schat?' vroeg sir Adrian zijn vrouw. 'Dan ga ik even naar beneden om de kinderen te zeggen dat het niet lang meer duurt voor we bij hen terug zijn.'

'Natuurlijk,' antwoordde ze. 'Gaat u maar mee, inspecteur, agent.' Even gracieus als ze was gaan zitten, rees ze van de bank op. Ze nam hen mee, de deur uit en vervolgens twee trappen op, terwijl sir Adrian een paar woorden met zijn feestende nakomelingen ging wisselen. De ironie wilde dat ze op dat moment zongen: '*I Get No Kick from Champagne.*'

Lady Beattie ging hen voor naar de bovenste verdieping van het huis. Uit een oude mangel die daar op de nauwe overloop stond, haalde ze een sleutel en stak die in een van de deuren. Ze duwde hem open, liep voor de politie uit de kamer in en knipte een zwakke lamp aan.

'In het begin wilde hij alleen gestraft worden,' legde ze uit, 'wat ik, hoewel ik

344

het eerlijk gezegd een tikje eigenaardig vond, wel voor hem kon doen. Klappen met een liniaal op de handen, met peddels op zijn achterste, met een zweep tegen de achterkant van zijn benen. Maar na een paar jaar wilde hij meer en toen kwam het moment dat ik niet sterk genoeg was... Maar dat heeft hij allemaal al uitgelegd, nietwaar? In elk geval, hier hielden ze hun sessies, waar we het samen ook hadden gedaan toen ik het nog kon.'

De kamer, zoals ze die noemden, was ontstaan uit een aantal samengevoegde dienstbodekamertjes. Door tussenmuren uit te breken, de wanden te bekleden, een luchtverversingssysteem te installeren zodat de ramen niet geopend hoefden te worden – de vensters waren voorzien van luiken tegen eventuele nieuwsgierige blikken van buitenaf – hadden de Beatties een fantasiewereld gecreëerd die deels kamer van een schoolhoofd, deels operatiekamer, kerker en middeleeuwse martelkamer was. Onder de balken was een rij kasten aangebracht die lady Beattie opende om de verschillende kostuums en strafwerktuigen, zoals ze die noemde, te laten zien die zij, en later Nicola Maiden, had gebruikt voor sir Adrian.

Het was duidelijk te zien waarom Nicola niets had meegenomen naar het huis behalve haar verlangen om sir Adrian van dienst te zijn en goed betaald te worden voor die diensten: de kostuums in de kasten varieerden van een zwaar, wollen nonnenhabijt tot het uniform van een gevangenbewaarder, compleet met gummiknuppel. Er waren natuurlijk ook de meer traditionele kledingstukken die verband hielden met het SM-spel: korte plastic rokjes in rood en zwart, leren pakjes en maskers, laarzen met hoge hakken. De instrumenten die tot sir Adrians vakgebied behoorden, keurig op een rij net als de antieke, chirurgische instrumenten in de studeerkamer, verklaarden eveneens waarom ze met zo weinig bagage op bezoek was gekomen. Alle benodigdheden voor straf, pijn en vernedering waren hier bijeengebracht en opgeborgen. Lynley geloofde dat hij, na al die jaren bij de politie, nu wel zo ongeveer alles gezien had. Maar telkens als hij dat dacht, gebeurde er iets wat hem verraste. In dit geval was het niet zozeer de aanwezigheid van de kamer in Beatties huis die hem de adem benam. Het was de manier waarop het echtpaar ermee omging, in het bijzonder de vrouw. Ze gedroeg zich alsof ze hun een ultramoderne keuken liet zien.

Ze scheen het te begrijpen. Terwijl ze naar Lynley keek vanuit de deuropening en zag hoe Nkata de kamer doorliep met een uitdrukking op zijn gezicht die suggereerde hoe actief zijn verbeelding hem voorzag van beelden van het gebruik dat van de kostuums en de instrumenten was gemaakt, zei ze zacht: 'Als het aan mij lag had ik het niet zo gewild. Je verwacht een traditioneel huwelijk. Maar soms betekent iemand liefhebben dat er compromissen moeten worden gesloten. En nadat hij had uitgelegd waarom het zo belangrijk voor hem was...' Ze wees naar de kamer met een hand waarvan de knokkels waren opgezet als gevolg van de ziekte die het noodzakelijk had gemaakt dat Nicola Maiden haar intrede had gedaan in het privé-leven van de Beatties. 'Het is niet meer dan een behoefte. Zolang er geen oordeel over wordt geveld heeft zo'n behoefte niet echt de kracht om ons te kwetsen.'

'Vond u het erg dat een andere vrouw in die behoefte voorzag?'

'Mijn man houdt van me. Daar heb ik nooit aan getwijfeld.'

Lynley vroeg het zich af.

Sir Adrian voegde zich bij hen. Hij zei tegen zijn vrouw: 'Ze vragen beneden naar je, schat. Molly wil het openmaken van haar pakjes geen vijf minuten meer uitstellen.'

'Maar kom jij...'

Ze communiceerden met elkaar op de manier van mensen die al meer dan een generatie met elkaar getrouwd zijn. 'Zodra ik hier klaar ben. Het duurt niet lang meer.'

Nadat ze was weggegaan wachtte sir Adrian een ogenblik voor hij rustig zei: 'Er is natuurlijk iets, waarvan ik liever niet heb dat Chloe het weet. Dat zou haar maar onnodig pijn doen.'

Nkata hield zijn boekje gereed terwijl Lynley erover nadacht wat de verklaring van de chirurg inhield. Hij zei: 'U belde haar, Nicola, de hele zomer. Maar omdat ze u niet vanuit Derbyshire kon "straffen" zoals u dat wilde, heb ik het gevoel dat uw overeenkomst meer inhield dan u in aanwezigheid van uw vrouw wilde zeggen.'

'Goed gedacht, inspecteur.' Beattie deed de deur van de kamer dicht. 'Ik hield van haar. Niet in het begin, natuurlijk. We kenden elkaar niet. Maar na een maand of twee besefte ik hoe sterk mijn gevoelens voor haar waren. Aanvankelijk zei ik tegen mezelf dat het niet meer was dan een verslaving: een andere vrouw die me strafte verhoogde mijn opwinding, en die opwinding had ik steeds vaker nodig. Maar uiteindelijk ging het veel verder, omdat ze meer voor me betekende dan ik had verwacht. Daarom wilde ik haar houden. Dat wilde ik meer dan wat ook ter wereld.'

'Om haar als uw vrouw te hebben?'

'Ik hou van Chloe. Maar er is meer dan één soort liefde in een mensenleven, dat weet u misschien al of anders komt u er op den duur achter, en in mijn egoïsme hoopte ik die te beleven.' Zijn ogen bleven rusten op zijn misvormde vingernagels. Hij zei: 'Voor Nikki voelde ik seksuele liefde, de liefde die te maken heeft met fysiek bezit. Dierlijke begeerte. Mijn liefde voor Chloe daarentegen komt voort uit ons verleden. Toen ik wist dat ik die andere liefde voor Nikki voelde, deze seksuele begeerte waarvan ik merkte dat ik die niet uit mijn hoofd kon zetten, zei ik tegen mezelf dat het niet meer dan natuurlijk was om die te voelen. Ze kwam tegemoet aan een ontzaglijke behoefte van me. En wat ik ook wilde, ze was bereid het voor me te doen. Maar toen ik zag dat ze zo veel meer in zich had dan alleen een meesteres voor me te zijn...'

'Het begon u tegen te staan dat u haar met andere mannen moest delen.'

Beattie glimlachte. 'Een intuïtieve gedachtesprong. Ja, u bent werkelijk heel goed.'

Nicola bezocht de Boltons minstens vijfmaal per week, vertelde Beattie. Hij had het grote aantal sessies tegenover Chloe uitgelegd door te spreken over de verhoogde werkdruk nu jongere artsen en nieuwe ontwikkelingen in de medische wetenschap hem dusdanig onder druk zetten dat slechts 'gestraft' worden hem daarvan kon bevrijden.

'Ik zei tegen Nikki dat ik, wanneer die hunkering me overviel, wilde dat ze er onmiddellijk aan zou kunnen voldoen,' zei hij.

'In werkelijkheid was het echter gecompliceerder?'

'De werkelijkheid was oneindig simpel. Ik kon het niet verdragen me voor te stellen dat Nikki met anderen zou doen, en voor anderen zou zijn, wat ze voor mij deed en was. De gedachte dat ze bij iemand anders was, bij wie dan ook, was voor mij een hel. Ik had niet verwacht dat ik dergelijke gevoelens zou kunnen koesteren voor een prostituee. Maar toen ik haar aannam wist ik nog niet hoeveel méér ze zou zijn dan een prostituee.'

Zonder dat zijn vrouw het wist had hij met Nicola een speciale regeling getroffen. Hij zou betalen om haar te onderhouden, en haar goed betalen, veel meer dan ze ooit had kunnen dromen. Ze kon alles krijgen wat ze wilde: een flat, een woning, een penthouse, een landhuis. Het kon hem niet schelen, zolang ze hem beloofde dat haar tijd slechts voor hem beschikbaar zou zijn.

'Ik eiste van haar dat ik niet meer in de rij hoefde te staan of een afspraak hoefde te maken,' verklaarde Beattie. 'Maar als ik wilde dat ze op elk uur van de dag voor me beschikbaar was, moest ik haar in een positie plaatsen waarin ze vrij was.'

De maisonnette in Fulham gaf haar die positie. En omdat Nicola altijd naar sir Adrian kwam, en niet andersom, maakte het hem weinig uit dat ze iemand bij zich in huis wilde hebben als gezelschap voor de perioden waarin hij niet van haar diensten gebruikmaakte. 'Ik vond het prima,' zei hij. 'Ik wilde niets anders van haar dan dat ze voor me beschikbaar was, wanneer ik ook belde. De eerste maand gebeurde dat ook. Vijf of zes dagen per week. Soms tweemaal op een dag. Ze kwam binnen een uur nadat ik haar had gebeld. Ze bleef hier zolang ik wilde. De afspraak werkte goed.'

'Toen ging ze terug naar Derbyshire. Waarom?'

'Ze beweerde dat ze zich moest houden aan een afspraak om daar bij een advocaat te gaan werken, dat ze alleen gedurende de zomer weg zou zijn. Ik was een verliefde dwaas, maar niet zo dwaas om dat te geloven. Ik zei tegen haar dat ik niet zou doorgaan voor het huis in Fulham te betalen, als ze niet voor me in de stad bleef.'

'Ze ging toch. Ze was bereid om het risico te lopen dat ze alles zou kwijtraken wat u haar gaf. Waar wijst dat op?'

'Dat was overduidelijk. Ik wist dat er, als ze naar Derbyshire terugging ondanks wat ik haar betaalde en voor haar deed om hier in Londen te blijven, een reden voor moest zijn, en de reden was geld. Er was daar iemand die haar meer betaalde dan ik. Wat natuurlijk betekende: een andere man.'

'De advocaat.'

'Ik beschuldigde haar. Ze ontkende het. En ik moet toegeven dat een gewone advocaat zich haar niet zou kunnen veroorloven, niet zonder een onafhankelijke bron van inkomsten. Dus het moest iemand anders zijn. Maar ze wilde zijn naam niet noemen, hoe ik ook dreigde. "Het is alleen maar voor de zomer," bleef ze zeggen. En ik bleef haar toeschreeuwen: "Het kan me verdomme niet schelen."'

'U had ruzie.'

'Er vielen bittere woorden. Ik trok mijn betalingen in. Ik wist dat ze terug zou moeten gaan naar de escortservice, of misschien zelfs de straat op, als ze de maisonnette wilde aanhouden wanneer ze naar Londen terugkeerde, en ik gokte erop dat ze dat niet zou willen doen. Maar ik gokte verkeerd. Ze liet me toch in de steek. Ik kon het vier dagen uithouden, toen belde ik haar, bereid om haar alles te geven, als ze maar bij me terugkwam. Meer geld. Een huis. God, zelfs mijn naam.'

'Ze wilde echter niet terugkomen.'

'Het kon haar niet schelen, al moest ze weer de straat op, zei ze. Heel achteloos. Alsof ik haar had gevraagd hoe het haar in Derbyshire beviel. "We hebben kaarten laten drukken en die van Vi zijn al opgehangen," zei ze. "Die van mij worden verspreid zodra ik in Londen terug ben. Ik koester geen wrok over wat er tussen jou en mij is gebeurd, Ady. Trouwens, Vi zegt dat de telefoon dag en nacht rinkelt, dus we redden ons wel."'

'Geloofde u haar?'

'Ik beschuldigde haar ervan dat ze probeerde me gek te maken. Ik viel tegen haar uit. Daarna bood ik mijn excuses aan. Ze begon te vleien, via de telefoon. Toen wilde ik haar wanhopig graag hebben en ik kon het niet verdragen eraan te denken wat ze die ander gaf, wie het ook was. Ik begon opnieuw te schelden. Stom. Verdomd stom. Maar ik werd er gek van, ik moest haar terughebben. Ik zou alles gedaan hebben.' Hij zweeg, blijkbaar omdat het tot hem doordrong hoe zijn woorden konden worden uitgelegd.

Lynley zei: 'Dinsdagavond, sir Adrian?'

'Inspecteur, ik heb Nikki niet vermoord. Ik zou haar niets kunnen aandoen. Ik heb haar sinds juni niet meer gezien. Ik zou hier toch niet kunnen staan en u dit alles vertellen als ik... Ik had haar geen pijn kunnen doen.'

'De naam van uw club?'

'Brooks. Ik heb er dinsdag gedineerd, met een collega. Ik weet zeker dat hij het zal bevestigen. Mijn god, u wilt hem toch niet vertellen dat ik... Niemand weet ervan, inspecteur. Het is iets tussen Chloe en mij.'

En iedereen tegen wie Nicola Maiden het had willen vertellen, dacht Lynley. Wat zou het voor sir Adrian Beattie betekenen dat zijn best bewaarde geheim als het zwaard van Damocles boven zijn hoofd hing? Wat zou hij doen als hij ermee werd bedreigd dat het openbaar zou worden gemaakt?

'Heeft Nicola u ooit aan haar huisgenote voorgesteld?'

'Eén keer, ja. Toen ik haar de sleutels voor de maisonnette gaf.'

'Dus Vi Nevin, de vriendin, wist van de overeenkomst?'

'Misschien. Ik weet het niet.'

Waarom zou hij het risico hebben genomen dat iemand het wist? vroeg Lynley zich af. Waarom zou hij hebben goedgevonden dat er een vriendin in het spel kwam, met het gevaar dat een buitenstaander iets te weten zou komen over een seksuele neiging die een man in Beatties positie zo diep zou kunnen vernederen?

Beattie leek de vraag in Lynleys ogen te lezen. Hij zei: 'Weet u wat voor gevoel het is om zo wanhopig naar een vrouw te verlangen? Zo wanhopig dat je alles wilt doen, álles, om haar te hebben? Zo was het.'

'En Terry Cole? Hoe past hij in het geheel?'

'Ik ken geen Terry Cole.'

Lynley probeerde te peilen hoe waar deze uitspraak was. Hij kon het niet. Beattie was er goed in om zijn gezicht in een onschuldige plooi te houden. Dat feit echter versterkte Lynleys achterdocht.

Hij bedankte de chirurg voor zijn tijd en hij en Nkata namen afscheid, zodat Beattie kon terugkeren in de boezem van zijn familie. Vreemd genoeg had de man tijdens het hele gesprek de kartonnen kapiteinspet opgehouden. Lynley vroeg zich af of het dragen van die pet hem stevig verankerd hield in zijn gezinsleven of dat het diende als onecht symbool van een toewijding die hij niet voelde.

Eenmaal buiten zei Nkata: 'Lieve god. In wat voor situatie werken mensen zich, inspecteur?'

'Hmm. Ja,' zei Lynley. 'En waar werken ze zich weer uit.'

'Gelooft u zijn verhaal niet?'

Lynley antwoordde niet rechtstreeks. 'Ga met de mensen bij Brooks praten. Ze zullen wel een agenda hebben waarin staat wanneer hij er was. Daarna ga je naar Islington. Je hebt sir Adrian Beattie nu in levenden lijve gezien. Je hebt Martin Reeve ook gezien. Praat met de hospita van Nicola Maiden, met de buren. Misschien kan iemand zich herinneren op 9 mei een glimp van een van beide heren te hebben opgevangen.'

'Dat is veel gevraagd, inspecteur. Het is vier maanden geleden.'

'Ik heb het volste vertrouwen in je manier van ondervragen.' Lynley schakelde de alarminstallatie van de Bentley uit. Over het dak van de auto heen zei hij: 'Stap in. Ik zet je af bij de metro.'

'Wat gaat u doen?'

'Ik ga naar Vi Nevin. Als iemand Beatties verhaal kan bevestigen, is zij het.'

Azhar wilde er niet van horen dat Barbara de zeventig meter naar haar huisje achter in de tuin alleen zou afleggen. Ze zou kunnen worden neergeslagen, aangerand, aangesproken of aangevallen door een kat met een voorliefde voor dikke enkels.

Daarom stopte hij zijn dochter in bed, sloot zorgvuldig de voordeur van zijn flat af en liep met Barbara mee naar buiten. Hij bood haar een sigaret aan. Ze nam er een en ze bleven staan om op te steken. De brandende lucifer benadrukte de contrasterende kleur van hun huid toen ze de sigaret naar haar lippen bracht en hij het vlammetje vlak bij haar mond afschermde.

'Slechte gewoonte,' merkte ze op, om iets te zeggen te hebben. 'Hadiyyah dringt er de hele tijd op aan dat ik ermee moet stoppen.'

'Bij mij ook,' zei Azhar. 'Haar moeder is – althans, was – een overtuigd niet-roker en Hadiyyah heeft kennelijk niet alleen Angela's afkeer van tabak geërfd, maar ook haar neiging om campagne te voeren.'

Deze woorden bevatten het meeste wat Azhar tot dusver had gezegd over de moeder van zijn kind. Barbara wilde hem vragen of hij zijn dochter had verteld dat haar moeder voorgoed was vertrokken, of dat hij nog steeds hardnekkig vasthield aan het sprookje van Angela Westons vakantie in Canada, een verblijf dat nu al bijna vijf maanden duurde. Ze zei echter niets anders dan: 'Ja, nou, jij bent haar vader en ik neem aan dat ze je graag nog een paar jaar bij zich wil hebben.' Ze liepen het pad af dat naar haar optrekje leidde.

'Bedankt voor het eten, Azhar. Het was heerlijk. Wanneer ik iets meer kan dan spiesjes grillen, zal ik jullie graag een keer uitnodigen.'

'Dat zou leuk zijn, Barbara.'

Ze verwachtte dat hij nu naar zijn flat terug zou lopen, haar huisje was goed te zien, dus er was weinig kans dat ze gedurende een wandeling van vijf seconden langs de rest van het tuinpad in de problemen zou raken. Hij bleef echter, rustig als altijd, naast haar lopen.

Ze kwamen bij haar voordeur, die ze niet had afgesloten. Toen ze die open-duwde fronste Azhar zijn voorhoofd en zei dat zij iets anders onder beveiliging verstond dan hij. Ze zei ja, maar ze was van plan geweest om maar even aan te wippen en zich bij Hadiyyah te verontschuldigen omdat ze was vergeten bij de naailes te komen kijken. Het had niet in haar bedoeling gelegen om ook te blijven eten. Tussen twee haakjes, bedankt voor die heerlijke maaltijd. Je bent een geweldige kok. Of had ik dat al gezegd?

Azhar deed beleefd alsof ze het tot op dat moment nog niet over zijn kookkunst had gehad, waarna hij erop stond mee naar binnen te gaan om zich ervan te overtuigen dat zich geen ongewenste bezoekers schuilhielden in de douche of onder het bed. Nadat hij het huis had geïnspecteerd en in orde bevonden, raadde hij haar aan om haar voordeur goed af te sluiten wanneer hij wegging. Hij ging echter nog niet weg, maar keek naar de tafel in de kamer, waar Barbara haar spullen op had gegooid toen ze van haar werk thuiskwam. Ze bestonden uit haar vormloze, oude schoudertas en een map waarin ze de lijst met werknemers van Soho Square 31-32 had opgeborgen, met haar eigen heimelijk gekopieerde exemplaar van het autopsierapport dat ze bij St. James had afgeleverd, en de ruwe opzet van het rapport dat ze voor Lynley had gemaakt en dat de informatie bevatte die ze had verkregen na de

SO10-dossiers van Andy Maiden te hebben doorgenomen.

Azhar zei: 'Je hebt het druk met dit nieuwe onderzoek. Je zult wel blij zijn dat je weer met je collega's kunt samenwerken.'

'Ja,' zei Barbara. 'Ik heb er lang genoeg op moeten wachten. Regent Park en ik hebben elkaar beter leren kennen dan ik gedacht had toen het allemaal begon.'

Azhar nam nog een trekje op die speciale manier van hem: eerst keek hij over de sigaret heen naar haar, en daarna door de rook. Ze vond het niet prettig wanneer hij zo naar haar keek. Het was een blik waardoor ze zich altijd begon af te vragen wat er nu weer zou komen.

Ze zei nog een keer: 'Bedankt voor het eten.'

'Ik moet jou bedanken omdat je het met ons hebt willen delen.' Hij maakte nog steeds geen aanstalten om te vertrekken en ze begreep waarom, toen hij eindelijk zei: 'De letters B en R, Barbara. Die duiden toch een rang aan bij de politie?'

Ze schrok. Het liefst zou ze het gesprek dat zich nu zou ontwikkelen, vermijden, maar ze kon er geen snelle manier voor bedenken. Daarom zei ze: 'Ja. In het algemeen, bedoel ik. Het hangt er vanaf waar ze bij horen, die letters. Zoals bij Washington DC, bijvoorbeeld.' Ze glimlachte. Veel te opgewekt, vond ze zelf.

'Maar wanneer ze bij jouw naam staan. BR. Dan betekenen ze toch brigadier-rechercheur?'

Verdomme, dacht Barbara. Ze zei echter alleen: 'O. Ja, dat klopt.'

'Dan ben je gedegradeerd. Ik zag de letters op dat briefje dat die meneer voor je heeft achtergelaten. Eerst dacht ik dat het een vergissing moest zijn, maar omdat je niet meer met inspecteur Lynley samenwerkt...'

'Ik werk niet altijd met de inspecteur samen, Azhar. Soms behandelen we allebei een ander aspect van een zaak.'

'O.' Ze zag dat hij het niet geloofde. Of althans dat hij dacht dat er meer aan de hand was. 'Degradatie. En er is geen sprake van inkrimping van personeel bij de politie, nietwaar? Dat heb je me pas nog gezegd. Als dat zo is, lijkt het erop dat je de waarheid omzeilt. Tegenover mij, bedoel ik. Ik vraag me af waarom.'

'Azhar, ik omzeil niets. Verdomme. We zijn toch geen twee handen op één buik?' zei Barbara. Ze merkte dat ze begon te blozen omdat die opmerking een intimiteit inhield die ze niet had bedoeld. Verdorie, dacht ze. Waarom zat een gesprek met deze man toch altijd zo vol voetangels en klemmen? 'Ik bedoel, we praten niet veel over ons werk, jij en ik. Dat hebben we nooit gedaan. Jij geeft college aan de universiteit. Ik scharrel rond op de Yard en probeer onmisbaar te lijken.'

'Degradatie is in elk beroep een serieuze zaak. En ik vermoed dat het in dit geval is veroorzaakt door je verblijf in Essex. Wat is daar gebeurd, Barbara?'

'Wauw. Hoe ben je dáárop gekomen?'

Hij drukte zijn sigaret uit in een asbak waarin minstens tien Player-peuken uit de tabaksresten omhoogstaken als ontkiemende groenten. Hij keek haar aan. 'Ik heb het bij het rechte eind met mijn veronderstelling, hè? Je bent gestraft vanwege je werk in Essex, afgelopen juni. Wat is er gebeurd, Barbara?'
'Het is een soort privé-kwestie.' Ze stelde het antwoord uit. 'Ik bedoel, zie je, het is persoonlijk. Waarom wil je het weten?'
'Omdat ik de Engelse wetgeving soms verwarrend vind en ik die beter wil begrijpen. Hoe kan ik mijn landgenoten helpen wanneer ze problemen van wettelijke aard hebben als ik niet goed begrijp hoe de wetten van je land worden toegepast op het individu dat ze overtreedt?'
'Dit was geen geval van een wetsovertreding,' zei Barbara. En dat, zei ze bij zichzelf, was een gematigde uitvlucht. Ze had tenslotte niet terecht hoeven staan om zich te verdedigen tegen een aanklacht van het toebrengen van lichamelijk letsel of poging tot moord, dus ze had zichzelf ervan kunnen overtuigen dat ze, volgens de wet althans, niets had misdaan.
'Toch, omdat je mijn vriendin bent, tenminste, ik hoop dat je dat bent...'
'Natuurlijk ben ik dat.'
'Dan wil je me misschien helpen om jouw samenleving beter te begrijpen.'
Flauwekul, dacht Barbara. Hij begreep meer van de Engelse samenleving dan zijzelf. Ze kon de discussie echter moeilijk die kant uitsturen, omdat die al snel zou ontaarden in een welles-nietes spelletje. Daarom zei ze: 'Het heeft echt niet veel te betekenen. In Essex kreeg ik ruzie met de inspecteur die met de zaak belast was, Azhar. We zaten midden in een achtervolging. En wat een ondergeschikte niet mag hebben zijn twijfels over een bevel midden in een achtervolging. Dat is er gebeurd en daarom ben ik een rang teruggezet.'
'Voor het in twijfel trekken van een bevel.'
'Ik twijfel nu eenmaal heftiger dan de meeste mensen,' zei ze luchtig. 'Dat heb ik op school geleerd. Ik ben klein. Ik ga op in de massa als ik mijn stem niet laat horen. Je zou eens moeten horen hoe ik een glas bier bestel in de Load of Hay, wanneer het publiek naar een wedstrijd van Arsenal op televisie zit te kijken. Maar toen ik inspecteur Barlow op dezelfde manier benaderde vond ze dat niet zo prettig.'
'Toch, om een rang teruggezet te worden... Dat is een draconische maatregel. Gebruiken ze je om een voorbeeld te stellen? Kun je er niet tegen protesteren? Is er geen vakbond, of een andere organisatie die je doortastend genoeg kan vertegenwoordigen om...'
'In een situatie als deze,' onderbrak Barbara hem, 'kun je beter geen deining maken. Je moet de lucht laten opklaren, zie je. Geen slapende honden wakker maken.' Ze kreunde inwendig om al die clichés. 'In elk geval, mettertijd komt het wel in orde. Deze hele kwestie. Je weet wel.' Ze maakte haar sigaret uit tussen de peuken, om een eind aan het gesprek te maken. Ze wachtte tot hij haar welterusten zou wensen.
Hij zei echter: 'Hadiyyah en ik gaan morgen naar zee.'

'Dat heeft ze me verteld. Ze verheugt zich erop. Op de pier in het bijzonder. En ze verwacht dat je iets leuks voor haar wint bij het hijskraanspel, Azhar, dus ik hoop dat je hebt geoefend met de grijpers.'

Hij glimlachte. 'Ze vraagt zo weinig. En toch lijkt het leven haar zo veel te geven.'

'Misschien juist daarom,' zei Barbara. 'Als je je tijd niet verdoet met het zoeken naar iets bijzonders, ben je blij met alles wat je krijgt.'

'Wijze woorden,' zei hij instemmend.

Goedkope wijsheid, dacht Barbara. Ze zocht in de map die op tafel lag en haalde de lijst met namen van Soho Square eruit. De plicht roept, maakte die actie hem duidelijk. En Azhar was er de man niet naar om geen conclusie te trekken uit een stille wenk.

De rit van sir Adrian Beatties villa naar Vi Nevins maisonnette was maar een stukje over Fulham Road, waar op dat moment weinig verkeer was. Het duurde echter lang genoeg voor Lynley om te kunnen nadenken over wat hij van Beattie had gehoord en wat hij had gevoeld toen hij het hoorde. Na al die jaren bij de recherche wist hij dat er in elk onderzoek geen ruimte was om stil te staan bij wat hij voelde na het horen van iemands onthullingen, zeker niet die van sir Adrian. Toch deed hij het en hij rechtvaardigde de richting die zijn gedachten insloegen door te verklaren dat het niet meer dan natuurlijk was: seksuele afwijkingen waren net zo goed een rariteit als een kat met twee koppen. Je huiverde weliswaar bij het zien van een dergelijke afwijking, maar je keek er toch naar, al was het maar even.

Dat deed hij nu: eerst keek hij naar het afwijkende gedrag vanwege het vreemde ervan en daarna evalueerde hij de mogelijkheid of een seksuele afwijking op zich het relevante detail was waardoor hij de moordenaar van Nicola Maiden zou vinden. Het enige probleem dat hij had bij zijn pogingen om seksuele afwijkingen te zien als middel om een moordenaar te vinden, was dat hij merkte dat hij maar bleef denken aan de afwijking.

Waarom? vroeg hij zich af. Werd hij erdoor geprikkeld? Veroordeelde hij het? Werd hij erdoor geïntrigeerd? Walgde hij ervan? Werd hij erdoor verleid? Wat was het?

Hij zou het niet kunnen zeggen. Hij wist natuurlijk dat het bestond: wat sommige mensen de duistere zijde van de begeerte zouden noemen. Hij was op de hoogte van althans een paar theoretische referentiekaders die door mensen die de psyche bestudeerden, waren geconstrueerd. Afhankelijk van de gedachtegang die men wilde volgen, kon sadomasochisme beschouwd worden als erotische blasfemie, geboren uit een seksuele afwijking; een kwaal van de aristocratie die voortkwam uit de omstandigheid dat men zijn jeugdjaren doorbracht op kostscholen waar lijfstraffen aan de orde van de dag waren, en hoe meer ritueel ermee gepaard ging, des te beter; een vijandige reactie op een strikt conservatieve opvoeding; de uitdrukking van persoonlijke afkeer voor het simpele bezit van seksuele lusten; of het enige middel van fysieke intimiteit voor diegenen wier angst voor alleen al het vooruitzicht van intimiteit groter was dan hun bereidheid om die te overwinnen. Maar hij wist niet waarom op dit moment de gedachte aan die afwijking zo aan hem knaagde. Het was het waaróm van dat knagen dat in zijn hoofd bleef rond-spoken.

Wat heeft dit alles met liefde te maken? had Lynley de hartchirurg willen vra-gen. Wat had gekneusd, tot bloedens toe geslagen en vernederd worden te maken met de onuitsprekelijke en – ja, het was absurd romantisch maar hij wilde de uitdrukking toch gebruiken – bovenzintuiglijke vreugde die gepaard ging met de daad van bezitten en bezeten te worden door een ander? Was die vreugde niet het doel waarnaar seksuele partners zouden moeten streven wanneer ze gemeenschap met elkaar hadden? Of was hij nog maar te kort getrouwd om een oordeel te vellen over alles wat tussen volwassenen voor toewijding doorging? Had seks trouwens wel iets te maken met liefde? Zou het eigenlijk zo moeten zijn? Of ging iedereen daar al in de fout, door zo veel belang te hechten aan een lichaamsfunctie die niet belangrijker zou moeten zijn dan tandenpoetsen?

Behalve dan dat die gedachtegang spitsvondig was, of niet soms? Je hóéfde je tanden niet te poetsen. Je voelde er zelfs geen behoefte toe. En het was juist het voelen van die behoefte, het langzame opbouwen van een spanning, eerst subtiel en uiteindelijk niet te negeren, dat het echte levensverhaal vertelde. Want het was het voelen van die behoefte dat leidde tot een honger die gestild moest worden. En de wens om die honger te stillen maakte dat iemand alles terzijde schoof wat tussenbeide kwam om de bevrediging die men zocht te verhinderen. Men was maar al te graag bereid om verantwoor-delijkheid, traditie, trouw en plicht te verzaken bij het toegeven aan die harts-tocht. En waarom? Omdat men het nodig had.

Als hij twintig jaar in de tijd terugging, kon Lynley zien hoe die noodzaak zijn eigen familie had verscheurd. Of althans hoe hij zelf had toegelaten dat die noodzaak, die hij destijds maar half had begrepen, zijn familie had ver-scheurd. Eergevoel had ervoor gezorgd dat zijn moeder bij zijn vader was gebleven. Verantwoordelijkheidsgevoel en traditie hadden haar verbonden met het voorouderlijk huis en met de meer dan tweehonderdvijftig jaar oude generatie van gravinnen van Asherton, die hadden gezorgd voor de instand-houding en de bloei ervan. Plichtsgevoel had geëist dat ze zich bezighield met de slechter wordende gezondheid van haar echtgenoot en met het welzijn van haar kinderen. En trouw had geëist dat ze dit alles had gedaan zonder open-lijk, innerlijk of in het geheim te erkennen dat ze zelf misschien wel iets anders wilde, of tenminste iets meer, dan de toekomst waarvoor ze als acht-tienjarige bruid had gekozen. Ze had het allemaal klaargespeeld tot de ziekte aan haar man begon te knagen. Zelfs toen slaagde ze er nog in het leven zoals de familie dat altijd had gekend, bijeen te houden, tot de gedachte het te móéten klaarspelen, een rol te móéten spelen in plaats van die gewoon te kunnen vervullen, haar naar redding had doen verlangen. En die redding was gekomen, al was het slechts tijdelijk.

Kreng, slet, hoer, had hij haar genoemd. Hij zou haar hebben geslagen, de moeder die hij had aanbeden, als zij hem niet eerst had geslagen met een heftigheid, een frustratie en een woede die de klap zo'n kracht hadden verleend dat zijn bovenlip erdoor werd gespleten.

Waarom had hij zo heftig gereageerd op haar ontrouw? vroeg Lynley zich nu af toen hij remde om een groepje fietsers te ontwijken dat rechtsaf sloeg, Northend Road in. Hij keek naar hen zonder hen echt te zien, heel professioneel met helmen en fietsbroeken, en dacht na over de vraag, niet alleen omdat het hem iets duidelijk maakte over zijn puberteit, maar ook om wat het antwoord hem duidelijk zou maken over de zaak waarmee hij bezig was. Het antwoord, besloot hij, had te maken met liefde, en met de bedrieglijke en vaak onredelijke verwachtingen die altijd met liefde gepaard schenen te gaan. Hoe vaak willen we niet dat het onderwerp van onze liefde een verlengstuk is van onszelf? dacht hij. En wanneer dat niet gebeurt, omdat het nu eenmaal niet kan, eist onze frustratie van ons dat we in actie komen om de verwarring die we voelen te verzachten.

Maar, besefte hij, er was meer dan één soort verwarring die naar voren kwam in de relaties die Nicola Maiden had gehad. Hoewel verwrongen begeerte een rol speelde in haar leven en mogelijk in haar dood, kon hij niet de plaats negeren die in beslag genomen werd door jaloezie, wraakgevoelens, hebzucht en haat. Al die verwoestende hartstochten veroorzaakten verwarring. Elk ervan kon iemand aanzetten tot moord.

Lynley zag dat Rostrevor Road nog geen kilometer ten zuiden van Fulham Broadway lag. De deur die toegang gaf tot het gebouw waar Vi Nevin woonde, stond open toen hij de stoeptreden beklom. Een met de hand geschreven briefje op de deurstijl verklaarde waarom, evenals het lawaai, afkomstig uit een appartement op de benedenverdieping, waarvan de deur eveneens openstond. 'Tildy en Steve wonen achterin' waren de woorden die met gekleurde viltstift op een vel dik papier stonden geschreven. 'Buiten roken, svp!' luidde het verzoek eronder.

Het lawaai in de flat was aanzienlijk; de feestgangers genoten van de twijfelachtige talenten van een onherkenbare groep mannen die met diepe keelstemmen de leden van hun sekse adviseerden om haar te gebruiken, te hebben en te verliezen, dit alles onder begeleiding van percussie, snaren en koper. De combinatie klonk niet bijzonder harmonieus, vond Lynley. Hij werd ouder, en helaas, conservatiever, dan hij dacht. Hij ging naar de trap en liep snel naar boven.

Het licht in de hal ging aan via een tijdschakelaar die werd bediend door een knop onder aan de trap. Er waren ramen op de overloop, maar omdat de schemering al was gevallen konden ze de duisternis op de bovenste verdiepingen niet verjagen. Lynley drukte op de lichtknop van Vi Nevins verdieping, waarna hij naar haar deur liep.

Ze was niet bereid geweest om de waarheid te vertellen over hoe ze Nicola Maiden voor het eerst had ontmoet. Ze was niet bereid geweest om de naam te noemen van de man die in het begin de flat waar ze woonde, had gefinancierd. Er waren ongetwijfeld nog een massa andere feiten die ze zou kunnen loslaten als de psychologische duimschroeven met voldoende finesse zouden worden aangedraaid.

Lynley was bereid om ze aan te draaien. Hoewel Vi Nevin niet dom was en waarschijnlijk moeilijk kon worden overgehaald om informatie te geven, leefde ze ook op het randje van de wet en zou ze, evenals het echtpaar Reeve, een compromis willen sluiten als ze daardoor aan het werk kon blijven.

Hij klopte luid aan haar deur. Er was een koperen klopper, dus hij wist dat ze hem kon horen, ondanks de muziek en het feestrumoer beneden. Er kwam echter geen antwoord. Dit leek niet verdacht, omdat het een weekendavond was. Of ze nu op bezoek was bij een cliënt of een andere afspraak had, het feit dat een vrouw op zaterdagavond niet thuis was, was geen reden tot ongerustheid.

Hij haalde een van zijn kaartjes uit zijn jasje, zette zijn bril op en nam een pen uit zijn zak om haar een briefje te schrijven. Nadat hij daarmee gereed was stak hij de pen weer in zijn zak en stak het kaartje tussen de deur, ter hoogte van de knop.

Toen zag hij het.

Bloed. Een onmiskenbare duimafdruk op de deurknop. Een tweede veeg, ongeveer twintig centimeter hoger, die schuin van de deurstijl over de deur liep.

'Christus.' Lynley bonkte met zijn vuist op de deur. 'Mevrouw Nevin?' riep hij. Daarna schreeuwde hij: 'Vi Nevin!'

Er kwam geen antwoord. Binnen was geen enkel geluid te horen.

Lynley haalde zijn portefeuille tevoorschijn, nam er een creditcard uit en schoof die tussen het oude Banham-slot.

22

'Besef je wel wat je hebt gedaan? Heb je er enig idee van?'
Hoelang zou het geleden zijn dat ze een shot had gepakt? vroeg Martin Reeve zich af. Kon hij tegen beter weten in hopen dat die zielige drugsverslaafde zich het bezoek had verbeeld, dat ze het niet echt had meegemaakt? Strikt gesproken was het mogelijk. Tricia deed nooit de deur open wanneer hij niet thuis was. Daarvoor was haar paranoia veel te ver gevorderd. Waarom zou ze het verdomme nu dan wel hebben gedaan, nu bijna alles wat hun levensstijl kon compromitteren op de rand van een klif lag te wachten tot iemand een verkeerde beweging maakte en het op de rotsen in de diepte te pletter kon laten vallen?
Hij kende het antwoord op de vraag echter maar al te goed. Ze zou de deur hebben geopend omdat ze geen hersens had, omdat je er niet op kon vertrouwen dat ze vijf minuten lang in een rechte lijn kon denken, van een handeling tot de gevolgen ervan. Omdat ze, als er iemand ter wereld was die haar ook maar even aanleiding gaf te denken dat haar drugslijn op de een of andere manier geblokkeerd zou raken, alles zou doen om dat te voorkomen, en een deur openen was het minste wat ze kon doen. Ze zou haar lichaam verkopen, ze zou haar ziel verkopen, ze zou hen allebei verraden. En dat was blijkbaar wat het leeghoofdige kreng had gedaan terwijl hij niet thuis was.
Hij had haar in hun slaapkamer aangetroffen, heen en weer wiegend in haar witte, rieten schommelstoel bij het raam, waar een smalle streep licht van de straatlantaarn buiten over haar rechterschouder viel en haar borst verguldde. Ze was volkomen naakt en een ovale, draaibare spiegel die dicht bij de stoel stond, weerspiegelde de spookachtige perfectie van haar lichaam.
Hij zei: 'Wat doe je daar, verdomme, Tricia?' niet eens onvriendelijk omdat hij er, na twintig jaar met de vrouw getrouwd te zijn, aan gewend was om haar in allerlei omstandigheden aan te treffen: van tot in de puntjes gekleed in een haute couture outfit die een klein fortuin had gekost, tot 's middags om drie uur in bed weggekropen, met een T-shirt aan en zuigend aan een flesje piñacolada. Daarom had hij eerst gedacht dat ze er zo bij was gaan zitten om hem te verleiden. En hoewel hij niet in de stemming was om met haar te vrijen, had hij wel kunnen toegeven dat het geld dat hij aan plastisch chirurgen uit Beverley Hills had uitgegeven, geld was dat zichtbaar fraaie resultaten had opgeleverd.
Die gedachte was echter gedoofd als een kaarsvlam in de tocht, toen Martin zag hoever zijn vrouw heen was. Hoewel haar door de drugs veroorzaakte toestand van halfslaap hem gewoonlijk inspireerde om haar te nemen alsof ze een lappenpop was, een manier waaraan hij verreweg de voorkeur gaf boven paren met een vrouw die openlijk bereid was zich aan hem over te geven,

waren de middag en avond niet volgens zijn plannen verlopen. Hij kende de werking van zijn lichaam en geest goed genoeg om te beseffen dat het, als hij vandaag zo opgewonden zou raken dat hij nog een vrouw wilde hebben, in het bijzonder eentje die zich niet op een bevredigende manier tegen hem zou verzetten, het geen vrouw zou zijn wier reactievermogen niet groter was dan dat van een fles plasma. Dat zou hem niet de afleiding geven die hij zocht.

Aanvankelijk zette hij haar, en de mogelijkheid om een zinnig antwoord te krijgen op de vraag die hij haar had gesteld, uit zijn hoofd. En hij negeerde haar helemaal toen ze begon te mompelen: 'We moeten naar Melbourne, Marty. Daar moeten we meteen naartoe.' Typisch iets voor haar, die onzin, dacht hij. Hij liep naar de badkamer, draaide de warmwaterkraan van de douche open en zeepte zijn handen in tot ze schuimden, zijn knokkels en gezicht strelend met de romige zeep waar Tricia zo van hield.

Vanaf haar plaats bij het raam begon ze weer te spreken, luider nu, om zich verstaanbaar te maken boven het geluid van het stromende water uit. 'Dus ik heb een paar telefoontjes gepleegd. Om uit te zoeken wat het ons gaat kosten om te gaan. Zo snel we kunnen, Marty. Schatje? Hoor je me? We moeten naar Melbourne.'

Hij liep naar de deur, intussen voorzichtig zijn handen en gezicht afdrogend met een handdoek. Ze zag hem komen en glimlachend streek ze met haar gemanicuurde vingers over haar dij, haar maag, en dan plagend om haar tepel. De tepel werd hard. Ze glimlachte meer. Martin lachte niet.

'Ik vraag me af hoe warm het is in Australië,' zei ze. 'Ik weet dat je niet goed tegen de hitte kunt. Maar we moeten naar Melbourne, want dat heb ik hem beloofd.'

Toen begon Martin haar serieus te nemen. Het woordje 'hem' trok zijn aandacht. 'Waar heb je het over, Tricia?'

Ze zei pruilend: 'Je luistert niet, Marty. Ik vind het afschuwelijk wanneer je niet naar me luistert.'

Martin wist dat het belangrijk was om zijn stem vriendelijk te laten klinken, voor het ogenblik althans. 'Ik luister wel, schat. Melbourne. De hitte. Australië. Een belofte. Ik heb het allemaal gehoord. Ik begrijp alleen niet hoe het in elkaar zit en waar het op slaat. Als je me dat zou willen uitleggen...?'

'Waar het op slaat...' Ze wuifde achteloos met haar hand naar de kamer, naar alles en naar niets. Daarna veranderde ze abrupt van stemming op die Jekyll en Hyde-manier die junks zo eigen is, en ze zei minachtend: 'Wat doe je toch opgeblazen, Marty. "Als je me dat zou willen uitleggen..."'

Martins geduld was bijna op. Nog twee minuten woordspelletjes en hij zou haar kunnen wurgen. 'Tricia, als je iets belangrijks te zeggen hebt, doe dat dan. Anders ga ik onder de douche. Oké?'

'Ooo,' zei ze spottend. 'Hij gaat onder de douche. En ik denk dat we wel weten waarom, als we aan hem ruiken. We weten wat we zullen ruiken. Nou, wie was het vandaag? Wie van de dames heb je vandaag gehad? En je hoeft niet tegen me te liegen, Marty, want ik weet wat er gaande is tussen jou en de meisjes. Ze vertellen het me, wist je dat? Ze beklagen zich zelfs. Dat had je nooit van hen verwacht, zeker?'

Eventjes geloofde Martin haar. God wist dat er ogenblikken waren wanneer eenvoudig eisen en vragen niet voldoende was om hem te bevredigen. Nu en dan stapelden de gebeurtenissen zich op een zodanige manier op dat slechts een zekere mate van wreedheid hem genoegdoening kon schenken voor zijn gebrek aan controle over de talloze dagelijkse irritaties die om hem heen zwermden als vliegen. Maar het viel te betwijfelen of Tricia dat wist en er was geen enkel meisje in zijn bestand dat stom genoeg zou zijn om het haar te vertellen. Daarom wendde Martin zich van zijn vrouw af zonder op haar opmerking te reageren. Hij trok zijn overhemd uit en maakte zich gereed om te gaan douchen.

Vanuit de slaapkamer zei ze: 'Zeg maar dag met je handje. Dag, tegen dit alles. Wil je dat echt, Marty?'

Hij ritste zijn broek open en liet die op de grond vallen. Hij trok zijn sokken uit. Hij gaf geen antwoord.

Ze riep hem toe: 'Hij zei dat hij, als we naar Australië gingen, jij en ik, zijn mond zou houden over de zaak. Dus ik denk dat we het moeten doen.'

'Hij.' Martin kwam de slaapkamer weer in, slechts gekleed in zijn onderbroek. 'Hij?' zei hij nogmaals. 'Tricia, híj?' Diep vanbinnen begon iets te knagen: een opkomende misselijkheid die aangaf dat iets wat hij niet had kunnen voorzien toch kon zijn gebeurd in de tijd dat hij zijn vrouw alleen thuis had gelaten.

'Ja,' zei ze. 'Hij was net een chocoladereep. En even zoet, denk ik, als ik het had willen proberen. Deze keer had hij dat dikke mens niet bij zich, dus het had gekund, denk ik. Maar hij kwam niet alleen.'

Jezus, dacht Martin. Ze had het over de politie. Ze waren teruggekomen, de klootzakken. En ze had hen binnengelaten. En ze hadden met dat leeghoofd van een vrouw van hem gesproken.

Met grote stappen liep hij naar de schommelstoel. Hij sloeg haar hand van haar borst weg. 'Zeg het,' zei hij scherp. 'De politie was hier. Vertel.'

Ze zei protesterend: 'Hé,' en ze raakte haar tepel weer aan.

Hij pakte haar vingers in zijn hand en kneep erin tot de botten over elkaar schuurden als broze takjes. Hij zei: 'Ik snij hem eraf. Je houdt toch van die mooie tieten van je? Die wil je toch niet kwijt? Je zegt het me nu meteen, anders sta ik niet voor de gevolgen in.' Om er zeker van te zijn dat ze het begreep liet hij haar vingers los en pakte eerst haar hand en daarna haar pols. Wanneer hij die stevig omdraaide, had hij lang geleden ontdekt, was het net zo goed als honderd klappen. En wat nog belangrijker was, het liet geen sporen na die ze later aan mammie en pappie kon laten zien.

Tricia gilde het uit. Hij draaide nog harder. Ze krijste: 'Marty!' Hij zei: 'Praat.' Ze probeerde zich uit de schommelstoel op de grond te laten glijden, maar hij stond haar in de weg. Hij ging schrijlings op haar zitten met een arm over haar keel, zodat haar hoofd hard tegen de stoelleuning werd gedrukt. 'Wil je nog meer?' vroeg hij. 'Of is dit genoeg?'

Ze koos voor het laatste. Ze vertelde het verhaal. Hij luisterde met toenemend ongeloof; hij wilde zijn vrouw zo graag in haar gezicht slaan dat hij zelf niet precies begreep hoe hij zich nog kon beheersen. Dat ze om te beginnen de politie had binnengelaten, grensde aan absolute waanzin. Dat ze met hen had gesproken over de escortservice was ongelooflijk. Maar dat ze zover was gegaan om hen de naam en het adres van sir Adrian Beattie te geven, dat ze het blindelings had verstrekt zonder er ook maar over na te denken wat het betekende om het vertrouwen te schenden van een man aan wiens afwijkende verlangens in het verleden door Global Escorts was voldaan en wiens afwijkende verlangens opnieuw door Global Escorts vervuld zouden moeten worden nu dat grietje Maiden definitief uit de weg geruimd was, was zoiets krankzinnigs dat Martin niet wist hoe hij zijn woede kon bedwingen.

Daarom zei hij: 'Besef je wel wat je hebt gedaan?' terwijl zijn maag aanvoelde als een uitgewrongen vaatdoek. 'Heb je er enig idee van?' Hij greep haar bij de haren en rukte haar hoofd venijnig naar achteren.

'Hou op! Dat doet pijn, Marty! Hou op!'

'Weet je wel wat je hebt gedaan, stomme trut? Heb je er enig idee van hoe grondig je ons naar de bliksem hebt geholpen?'

'Nee! Pijn!'

'O, schat, daar ben ik blij om.' Hij rukte haar hoofd zo ver achterover dat hij haar halsspieren kon tellen. 'Je bent waardeloos, liefste,' zei hij in haar oor. 'Je bent niet meer dan een stuk vuilnis, vrouwtje van me. Als je vader ook maar een half dozijn minder connecties had, zou ik je op straat gooien, om van je af te zijn.'

Daarop begon ze te huilen. Ze was bang voor hem, dat was ze altijd geweest en het feit dat hij het wist werkte gewoonlijk op hem als een afrodisiacum. Maar vanavond niet. Integendeel, vanavond kon hij haar wel vermoorden.

'Ze wilden je arresteren,' jammerde ze. 'Wat had ik dan moeten doen? Het gewoon maar laten gebeuren?'

Hij schoof zijn andere hand onder haar kaak, met zijn duim aan een kant en zijn wijsvinger aan de andere. Deze greep kon een paar blauwe plekken veroorzaken, dacht hij. Maar god nog toe, ze was zo'n ongelooflijke imbeciel dat de gevolgen wanneer hij haar beschadigde, het bijna waard leken. 'O, ja?' zei hij in haar oor. 'En waar word ik dan van beschuldigd?'

'Marty, ze wisten het. Ze wisten alles. Ze wisten van Global en Nicola, en van Vi, en dat die twee voor zichzelf waren begonnen. Ik heb hen daar niets over gezegd. Maar ze wisten het. Ze vroegen waar je dinsdagavond was. Ik zei in het restaurant, maar dat was niet genoeg. Ze wilden huiszoeking doen en de boekhouding in beslag nemen om die aan de belastingdienst te geven en jou arresteren omdat je een escortservice leidt en...'

'Hou op met je gekwebbel!' Hij drukte zijn duim en wijsvinger nog dieper in haar huid om zijn woorden kracht bij te zetten. Hij had tijd nodig om te bedenken wat hij moest doen en dat kon hij niet wanneer ze onzin bleef uit- kramen als een spugende kat.

Goed dan, dacht hij, met zijn ene hand nog steeds in Tricia's haar en de ande- re om haar keel. Het ergste was gebeurd. Zijn allerliefste, die niet meer tegen- woordigheid van geest bezat dan een smeltend ijsblokje, was degene geweest die de inval van de politie had moeten afwenden bij hun tweede bezoek aan Lansdowne Road. Dat trof ongelukkig, maar er was nu niets meer aan te doen. En sir Adrian Beattie, om nog maar niet te spreken over de duizenden ponden die hij bereid was per maand uit te geven, alleen om zijn excentrieke verlangens te bevredigen, was ongetwijfeld verloren voor hun vermogen om aan zijn wensen te voldoen. Hij zou anderen kunnen meeslepen als hij bereid was tegenover vrienden die dezelfde geaardheid hadden als hij, los te laten dat zijn naam en zijn seksuele neigingen aan de politie waren bekendgemaakt door een bron die tot dusver alle mogelijke discretie in acht had genomen. Er was echter één pluspunt: op de lange duur had de politie niets in te brengen tegen Martin Reeve. Niets dan het gebazel van een drugsverslaafde wier geloofwaardigheid ongeveer even twijfelachtig was als die van een oplichter die achttien karaats 'gouden' kettingen verkocht bij Knightsbridge Station.

Misschien zouden ze hem komen arresteren, dacht Martin. Nou, dat moes- ten ze dan maar doen. Hij had een advocaat die hem zo vlot uit de bak zou halen dat het erop zou lijken dat de tralies van de cel met smeerolie waren ingevet, vooruitlopend op zijn snelle aftocht. En áls hij ooit voor een rechter zou moeten staan of áls hij ooit zou worden beschuldigd van iets anders dan heren met een voorkeur voor bizarre relaties in contact te brengen met aan- trekkelijke, intelligente jonge vrouwen die bereid waren om deel uit te maken van een dergelijke relatie, dan had hij de beschikking over een lijst met cliën- ten die zulke hoge posities bekleedden dat de vele touwtjes waaraan ze voor hem konden trekken het gerechtshof, Old Bailey en de Londense politie tot marionetten zouden maken.

Nee. Op de lange duur had hij niets te vrezen. En hij was net zomin van plan om naar Australië te gaan als hij van plan was om naar de maan af te reizen. Het zou misschien een tijdlang onaangenaam zijn. Bepaalde hoofdredacteu- ren zouden omgekocht moeten worden om hier en daar een krantenartikel tegen te houden waarin zijn naam werd gebruikt op een manier die hem niet aanstond. Daar zou het wel op neerkomen, afgezien van het bedrag dat hij zijn advocaat zou moeten betalen. En díe waarschijnlijke, en aanzienlijke onkostenpost maakte hem heel nijdig. Zo nijdig zelfs dat hij, wanneer hij erover nadacht, wanneer hij het allemaal bij elkaar optelde, wanneer hij ook maar een fractie van een seconde bleef stilstaan bij de oorzaak van deze opeenhoping van ergernissen, haar op haar gezicht wilde slaan, haar neus bre- ken, haar blauwe ogen bezorgen, in haar rammen wanneer ze droog was en niet wilde en zou beginnen te schreeuwen en hem smeken om te stoppen zodat hij één ogenblik zo oppermachtig zou zijn dat niemand niemand niemand in zijn leven hem ooit meer zou aankijken en denken dat hij minder of kleiner of zwakker was dan... god, god, god, wat wilde hij haar graag pijn doen en ieder ander verminken die 'Martin Reeve' zei zonder 'meneer' ervoor met een glimlach en minachtende ogen die zijn pad kruiste zonder opzij te gaan die zelfs maar durfde te dénken...

Tricia bewoog niet meer. Ze spartelde niet meer tegen. Haar benen lagen stil en haar armen hingen slap omlaag.

Martin keek op haar neer, naar zijn hand waarvan de duim en wijsvinger de hals van zijn vrouw in een halve cirkel omklemden.

Hij sprong op, sprong van haar af. Deinsde haastig terug. Ze was bleek in het maanlicht, zo onbeweeglijk als een blok marmer.

'Tricia,' zei hij hees. 'Wel verdomme! Loeder!'

Lynley had genoeg aan zijn creditcard om de pal van het slot opzij te schuiven. De deur van de maisonnette ging open. Binnen was alles donker. Er was geen enkel geluid hoorbaar, behalve dat wat omhoog zweefde van het dronkemansfeestje dat in de benedenflat aan de gang was.

'Mevrouw Nevin?' riep Lynley.

Geen antwoord.

Het schijnsel uit de hal vormde een verlicht parallellogram op de grond. Daarin lag een groot kussen, half uit het gele overtrek van tere zijde. Ernaast was een plas gemorste vloeistof in het tapijt gedrongen in de vorm van een krokodil en daar vlak achter lag het serveerwagentje ondersteboven, omringd door de flessen, de karaffen, nu zonder stop en leeggegoten, de glazen en de kannetjes.

Lynley tastte naar de schakelaar rechts van de deur om het licht aan te doen. De in het plafond gebouwde spotjes kwamen tot leven en beschenen een enorme chaos.

Vanuit de deuropening zag hij dat het huis geheel overhoop was gehaald: de banken waren omvergegooid en de kussens uit de hoezen getrokken, de schilderijen waren van de muren gerukt en het leek erop of ze opzettelijk op iemands knie waren stukgeslagen. De stereo-installatie en de televisie lagen vernield op de grond; de achterkant van alle toestellen, van de speakers tot de televisie, was eraf gesloopt. Een map met foto's was in tweeën gescheurd; de foto's lagen door de hele kamer verspreid. Zelfs de vaste vloerbedekking had het moeten ontgelden, die was bij de wanden losgerukt met een kracht die getuigde van een lang gekoesterde woede waarin iemand zich geheel had uitgeleefd.

In de keuken heerste een soortgelijke verwoesting: serviesgoed lag aan scherven op de witbetegelde vloer, alles was van de planken geveegd en lag nu lukraak op het aanrecht of in stukken op de tegels. De koelkast was ook onderhanden genomen, al was het gedeeltelijk: alles lag in plasjes te ontdooien te midden van de rest van de puinhoop, terwijl de inhoud van de groenteladen verpletterd was als slachtoffers van een op hol geslagen vrachtauto, sapvlekken achterlatend op de tegels, in de voegen en tegen de kastdeurtjes.

Door een kapotte fles ketchup en een pot mosterd liepen voetstappen van de keuken naar buiten, de hal in. Een ervan was volmaakt gevormd, alsof iemand die met donkeroranje verf op de tegels had geschilderd.

De schilderijen die bij de opgang van de trap hadden gehangen hadden hetzelfde lot ondergaan als die in de zitkamer. Terwijl hij naar boven liep voelde Lynley een langzame, harde woede in zijn borst ontstaan, die echter vermengd werd met een kille angst. Inwendig bad hij dat de toestand waarin de flat verkeerde betekende dat Vi Nevin niet thuis was geweest toen de indringer, die er kennelijk op uit was geweest om haar iets aan te doen, zijn frustratie had afgereageerd op haar meubilair.

Nogmaals riep hij haar naam. Weer geen antwoord. Hij knipte het licht in de voorste slaapkamer aan. Een complete ruïne werd zichtbaar. Geen enkel meubelstuk was onaangeraakt gebleven.

'Christus,' mompelde hij. Op dat moment hield het gedreun van de muziek beneden opeens op, misschien omdat men zich nu op een andere manier vermaakte.

In die plotselinge stilte hoorde hij het. Een gekrabbel, als muizen die over hout rennen. Het kwam uit de slaapkamer waarin hij stond, vanachter de matras van het bed die schuin tegen een van de muren leunde. In drie stappen was hij erbij. Hij schoof de matras opzij. Met een: 'Mijn god,' bukte hij zich over de gehavende gestalte waarvan het haar – zo lang, zo blond als dat van Alice in Wonderland, waar het niet met bloed bedekt was – hem duidelijk maakte dat Vi Nevin inderdaad thuis was geweest toen de wraak was neergedaald op Rostrevor Road.

Het gekrabbel was afkomstig van haar nagels die krampachtig over het witte voeteneind krasten dat was besmeurd met haar bloed. Het bloed kwam van haar hoofd, in het bijzonder van haar gezicht, dat vele malen was geslagen om het knappe schoolmeisjesuiterlijk dat haar handelsmerk was geweest, te verwoesten.

Lynley hield haar kleine hand vast. Hij durfde haar niet te verplaatsen. Hij had haar het liefst willen optillen nadat hij om hulp had gebeld, en haar gehavende lichaam in zijn armen willen houden tot de ambulance kwam. Maar omdat hij niet wist of ze inwendige verwondingen had opgelopen en hoe ernstig die waren, bleef hij alleen maar haar hand vasthouden.

Het bebloede wapen lag vlakbij: een zware handspiegel, die van een of ander metaal gemaakt leek te zijn maar nu rood was en er afzichtelijk uitzag met plukken blond haar en stukjes huid eraan vastgekleefd. Bij het zien ervan sloot Lynley even zijn ogen. Hij had gedurende zijn jaren bij de politie veel ergere misdaadtaferelen gezien en veel ernstiger gewonde slachtoffers, en hij kon niet zeggen waarom een zo eenvoudig voorwerp als een handspiegel hem zo raakte, behalve dan dat de spiegel op zich zo'n onschuldig voorwerp was, een blijk van vrouwelijke ijdelheid dat Vi Nevin opeens meer tot een levend wezen maakte dan ze eerder was geweest. Waarom? vroeg hij zich af. Nog terwijl hij zich die vraag stelde, zag hij Helen met precies zo'n spiegel in haar hand, kijkend hoe ze haar haren had gekamd en tegen hem zeggend: 'Ik zie er uit als een opgerolde egel. God, Tommy, hoe kun je van zo'n volslagen waardeloze vrouw houden?'

Lynley wilde dat ze op dit moment bij hem was. Hij wilde haar in zijn armen nemen alsof hij, door zijn vrouw op een simpele, primitieve manier vast te houden, alle vrouwen tegen mogelijk kwaad kon beschermen.

Vi Nevin kreunde. Lynley pakte haar hand nog steviger vast.

'U bent nu veilig, mevrouw Nevin,' zei hij tegen haar, hoewel hij betwijfelde of ze hem kon horen of begrijpen. 'De ambulance is onderweg. Hou nog even vol tot die hier is. Ik ga niet weg. U bent veilig. U bent nu echt veilig.'

Voor het eerst zag hij dat ze erop gekleed was om te werken. Ze droeg een schooluniform, waarvan de rok hoog over haar dijen was opgeschoven. Eronder zag hij iets van zwart kant, dat voor een broekje moest doorgaan, en kanten kousen die waren vastgemaakt aan een bijpassend gordeltje. Over de kousen had ze kniekousjes aangetrokken en haar voeten staken in de bij het uniform horende schoenen. Het was ongetwijfeld een outfit die bedoeld was om te prikkelen. Vi Nevin had zich aan haar bezoeker willen presenteren als het verlegen schoolmeisje dat hij verlangde.

God, vroeg Lynley zich af, waarom stellen vrouwen zich zo kwetsbaar op tegenover mannen die hen kwaad kunnen doen? Waarom raakten ze betrokken in een bezigheid die gegarandeerd op vernietiging zou uitdraaien? Als het niet op één manier was, dan toch zeker op een andere.

Het geluid van een sirene verscheurde de nachtelijke rust toen de ambulance Rostrevor Road indraaide. Even later knalde, beneden aan de trap, de deur naar de flat open.

'Boven!' riep Lynley.

Vi Nevin bewoog zich. 'Vergeten...' mompelde ze. 'Houdt van honing. Vergeten.'

Opeens was de slaapkamer vol ambulancepersoneel, terwijl beneden op straat meer sirenes klonken toen de politie arriveerde.

Beneden was blijkbaar nieuwe muziek uitgezocht. De musicalklanken van *Rent* werden hoorbaar. Het ensemble zong zijn ode aan de liefde.

23

Het was deels een zegen en deels een vloek dat een groot aantal van de forensisch medewerkers van het politielaboratorium mannen en vrouwen waren met een onverzadigbare nieuwsgierigheid. De zegen kwam voort uit hun bereidheid om dagen, nachten, weekeinden en vakanties door te werken als ze voldoende geboeid werden door bewijsmateriaal dat hun was gegeven om geëvalueerd te worden. De vloek ontstond doordat mensen persoonlijk afwisten van het bestaan van de zegen. Wanneer je wist dat er in het forensisch lab mensen aan het werk waren wier onderzoekende natuur hen dwong om achter hun microscoop te blijven zitten terwijl normale mensen thuisbleven of de stad uitgingen, voelde je je verplicht om de informatie te verzamelen die de laboratoriumassistenten maar al te bereid waren om te geven.

Daarom bevond inspecteur Peter Hanken zich op een zaterdagavond niet bij zijn vrouw en kinderen in Buxton, maar stond hij achter een microscoop terwijl mevrouw Amber Kubowsky, op dat moment hoofd technisch onderzoek, enthousiast uitweidde over wat ze had ontdekt aan het Zwitserse legermes en aan de verwondingen die het lichaam van Terry Cole waren toegebracht.

Het bloed op het mes, bevestigde ze opgewekt, terwijl ze op haar hoofd krabde met het uiteinde van een potlood waar een gummetje aan zat, alsof ze iets wilde uitwissen wat op haar schedel gegrift stond, was inderdaad van Cole. En nadat ze voorzichtig de verschillende messen en andere instrumentjes uit elkaar had gehaald, had ze kunnen vaststellen dat het linkerblad van de schaar was afgebroken, zoals Andy Maiden had verklaard. Daaruit zou men normaal gesproken de onvermijdelijke conclusie trekken dat het mes in kwestie niet alleen de wonden op Terry's lichaam had veroorzaakt, maar dat het tevens een opmerkelijke gelijkenis vertoonde met het mes dat Andy Maiden volgens zijn zeggen aan zijn dochter had gegeven.

'Juist,' zei Hanken.

Ze keek tevreden toen hij haar opmerkingen bevestigde. Ze zei: 'Nu moet u hier eens naar kijken,' en ze knikte naar de microscoop.

Hanken keek met één dichtgeknepen oog door de lens. Alles wat mevrouw Amber Kubowsky had gezegd was zo pijnlijk vanzelfsprekend dat hij zich afvroeg waarom ze zo opgewonden was. De gang van zaken in het lab, om niet te zeggen in haar leven, moest wel zo flauw zijn als pap van gisteren, als het arme kind hier zo enthousiast van werd. 'Waar moet ik precies naar kijken?' vroeg hij mevrouw Kubowsky. Hij maakte een hoofdbeweging in de richting van de microscoop. 'Dit lijkt me geen blad van een schaar. En evenmin bloed.'

'Dat is het ook niet,' zei ze vrolijk. 'Daar gaat het nu juist om, inspecteur

Hanken. Dat is wat het allemaal zo verdomd interessant maakt.'

Hanken wierp een blik op de klok aan de wand. Hij had meer dan twaalf uur achter elkaar gewerkt en voor de dag om was wilde hij zijn bevindingen nog coördineren met de gegevens die in Londen over de zaak waren verzameld. Het laatste waar hij nu in verwikkeld wilde raken was een raadspelletje met een forensisch technicus met een hoofd vol krullen.

Hij zei: 'Als het niet de schaar is, en niet Coles bloed, waarom moet ik er dan naar kijken, mevrouw Kubowsky?'

'Wat aardig dat u zo beleefd bent,' zei ze tegen hem. 'Niet alle detectives hebben zulke goede manieren als u, heb ik gemerkt.'

Ze zou nog heel wat meer te weten komen als ze nu niet met een verklaring kwam, dacht Hanken. Hij bedankte haar echter voor het compliment en zei dat hij heel benieuwd was te horen wat ze hem nog meer kon vertellen, zolang ze het zo snel mogelijk deed.

'O! Natuurlijk,' zei ze. 'Wat u daar ziet is de wond bij het schouderblad. Niet helemaal, natuurlijk. Als je de hele wond zou vergroten zou die waarschijnlijk zo'n vijftig centimeter lang zijn. Dit is maar een deel ervan.'

'De wond bij het schouderblad?'

'Ja. Het was de grootste snede in het lichaam van de jongen, heeft de dokter dat gezegd? In zijn rug? Die van de jongen, niet van de dokter, bedoel ik.'

Hanken herinnerde zich het rapport van dokter Myles. Een van de messteken was op het linkerschouderblad afgeschampt en was vlak bij de hartslagader terechtgekomen.

Mevrouw Kubowsky zei: 'Normaal gesproken zou ik er niet naar hebben gekeken, maar ik zag in het rapport dat de scapula – dat is een van de botten in de rug, wist u dat? – door het wapen was geraakt, dus ik heb die plek met de bladen van het mes vergeleken. Met alle bladen. En wat denkt u?'

'Nou?'

'Dit mes heeft die wond niet toegebracht, inspecteur Hanken. Absoluut niet, geen sprake van, never nooit niet.'

Hanken staarde haar aan. Hij probeerde dit nieuws in zich op te nemen. Hij vroeg zich ook af of ze zich had vergist. Ze leek zo'n warhoofd, de halve zoom van haar witte jas hing los en op de voorkant zat een koffievlek, dat het zeker tot de mogelijkheden behoorde dat ze bij haar werk even slordig was.

Amber Kubowsky zag blijkbaar niet alleen de twijfel op zijn gezicht, maar ze zag ook de noodzaak ervan in om elk spoor van die twijfel uit te wissen. Toen ze verderging was dat hoogst wetenschappelijk. Ze sprak in termen van röntgenfoto's, bladbreedte, hoeken en millimeters. Ze besloot haar betoog pas toen ze ervan overtuigd was dat hij het belang van haar woorden begreep. De punt van het wapen dat de rug van Terry Cole had doorboord, zijn schouderblad had geschampt en het bot had beschadigd, had niet dezelfde vorm als de punt van een van de bladen van het Zwitserse legermes. Hoewel de messen een scherpe punt hadden – dat moest wel, hoe konden het messen zijn als er

366

geen punt aan zat? zei ze logisch – liepen ze uit in een heel andere hoek dan bij het wapen dat het bot in Terry's rug had geraakt.

Hanken floot zachtjes. Ze had het indrukwekkend voorgedragen, maar hij moest het toch vragen. 'Weet u het zeker?'

'Ik durf het te zweren, inspecteur. We zouden het allemaal over het hoofd hebben gezien als ik die theorie niet had gehad over röntgenfoto's en microscopen, waar ik op dit moment niet verder op zal ingaan.'

'Het mes heeft wel de andere wonden in het lichaam veroorzaakt?'

'Behalve die bij het schouderblad. Ja, dat klopt.'

Er was nog meer dat ze hem wilde laten zien. Ze nam hem mee naar een ander deel van het lab, waar ze uitvoerig sprak over het onderwerp van een grijzige veeg, die ze ook had moeten onderzoeken.

Toen hij had gehoord wat Amber Kubowsky over dit laatste onderwerp te zeggen had, zocht Hanken de dichtstbijzijnde telefoon op. Het werd tijd om contact op te nemen met Lynley.

Hanken belde zijn collega op diens mobiele telefoon. Hij trof Lynley op de eerstehulpafdeling van het Chelsea en Westminster Ziekenhuis. Lynley bracht hem snel en zakelijk op de hoogte: Vi Nevin was op een beestachtige manier aangevallen in de flat die ze met Nicola Maiden had gedeeld.

'Hoe is haar toestand?'

Er was lawaai op de achtergrond. Iemand riep: 'Hierheen!' en het naderende gehuil van de tweetonige sirene van een ambulance werd hoorbaar.

'Thomas?' Hanken verhief zijn stem. 'Hoe is haar toestand? Heb je iets uit haar kunnen krijgen?'

'Niets,' antwoordde Lynley eindelijk. 'We hebben nog geen verklaring kunnen opnemen. We kunnen zelfs niet bij haar in de buurt komen. Ze zijn al een uur met haar bezig.'

'Wat denk je ervan? Staat, wat er gebeurd is, in verband met de zaak?'

'Dat lijkt me zeer waarschijnlijk.' Lynley begon op te sommen wat hij te weten was gekomen sinds ze elkaar voor het laatst hadden gesproken, beginnend met zijn gesprek met Shelly Platt, vervolgens met een resumé van zijn ontdekkingen bij MKR Financial Management en eindigend met zijn bezoek aan sir Adrian Beattie en diens vrouw. 'We hebben de Londense vriend dus gevonden, maar hij heeft een alibi, wat tussen twee haakjes nog moet worden bevestigd. Ik moet zeggen dat ik hem, zelfs al had hij geen alibi, nog niet over de hei zie sluipen om een slachtoffer neer te steken en een ander te achtervolgen. Hij is dik over de zeventig.'

'Dus Upman heeft de waarheid gesproken,' zei Hanken, 'tenminste wat de pieper betreft en die telefoontjes die Nicola Maiden op haar werk kreeg.'

'Daar ziet het wel naar uit, Peter. Maar Beattie beweert dat er iemand in Derbyshire moet zijn geweest die haar van geld voorzag, omdat ze er anders niet naartoe zou zijn gegaan.'

'Upman zal niet zo veel verdienen met zijn echtscheidingszaken. Overigens, hij was in mei niet in Londen. Hij zei dat het uit zijn agenda zou blijken.'

'Hoe zit het met Britton?'

'Hij staat nog steeds op mijn lijst. Ik ben in de war gebracht door het Zwitserse legermes.' Hanken bracht Lynley op de hoogte over dat onderwerp, waar hij het nieuws over de wond bij het schouderblad aan toevoegde. Er was blijkbaar een ander wapen bij de jongen gebruikt, zei hij tegen Lynley.

'Een ander mes?'

'Mogelijk. En Maiden heeft er een. Hij heeft het me zelfs laten zien.'

'Je denkt toch niet dat Andy zo dom is om jou een van de wapens te laten zien. Peter, hij is politieman, geen idioot.'

'Wacht even. Toen ik het zag dacht ik eerst dat Maidens mes niet kon zijn gebruikt bij de moord op de jongen, omdat de bladen te kort zijn. Maar toen dacht ik aan de andere wonden, niet aan die van het schouderblad. Hoe diep ligt dat trouwens onder de huid? En als Kubowsky verklaart dat het ene Zwitserse legermes niet de wond aan het schouderblad heeft toegebracht, volgt daaruit dan dat het evenmin een ander mes van dat type kan zijn geweest?'

'We zijn weer terug bij het motief, Peter. Andy heeft er geen. Maar alle andere mannen in haar leven, om nog maar niet te spreken van een paar vrouwen, hebben dat wel.'

'Streep hem maar niet zo snel van de lijst,' wierp Hanken tegen, 'want er is nog meer. Luister hier maar eens naar. De substantie die we op die eigenaardige chromen cilinder uit de kofferbak van haar auto hebben aangetroffen, is geïdentificeerd. Wat denk je dat het is?'

'Zeg het maar.'

'Sperma. En er zaten nog twee andere spermavlekken op. We hebben er nu twee door medisch onderzoek, de vlek die jij en ik hebben gezien inbegrepen, maar de andere niet. Het enige wat Kubowsky me niet kon vertellen is waar die verdraaide cilinder voor dient. Ik heb nog nooit zo'n ding gezien en zij ook niet.'

'Het is een ballenrekker,' zei Lynley.

'Een wát?'

'Wacht even, Pete.' Hanken hoorde aan het andere eind van de lijn gegons van mannenstemmen, vermengd met ziekenhuisgeluiden. Lynley kwam weer aan het toestel. Hij zei: 'Ze komt erbovenop, godzijdank.'

'Kun je naar haar toe?'

'Op het ogenblik is ze bewusteloos.' Daarna, tegen iemand anders: 'Vierentwintig uur per etmaal bewaking. Geen bezoekers zonder voorafgaand overleg met mij. En als er iemand komt, vraag dan om een legitimatiebewijs... Nee. Ik zou het niet weten... Goed.' Hij kwam terug. 'Sorry. Waar was ik?'

'Een ballenrekker?'

'Ah. Ja.'

Hanken luisterde naar de beschrijving die zijn collega gaf van het martel-werktuig. Als reactie voelde hij zijn eigen testikels krimpen.

'Ik vermoed dat het ding uit een van haar tassen is gerold toen ze op weg was naar of terugkwam van een cliënt in de periode dat ze voor Reeve werkte,' besloot Lynley. 'Het kan maanden achter in haar auto hebben gelegen.'

Hanken dacht hierover na en zag een andere mogelijkheid. Hij wist dat Lyn-ley die zou aanvechten, dus hij bracht het voorzichtig. 'Thomas, ze kan het ding in Derbyshire hebben gebruikt. Misschien bij iemand die het niet wil toegeven.'

'Ik zie Upman of Britton niet als types voor zwepen en handboeien. En het lijkt me waarschijnlijker dat Ferrer zoiets op zijn vrouwen toepast, dan omge-keerd. Wie is er verder nog?'

'Haar vader.'

'Jezus, Peter, dat is een enge gedachte.'

'Zeg dat wel. Maar de hele SM-scene is eng, en uit wat je me zojuist verteld hebt blijkt dat de lui die eraan meedoen juist heel normaal lijken.'

'Je kunt op geen enkele manier...'

'Luister.' Hanken bracht verslag uit van zijn gesprek met de ouders van het vermoorde meisje, waarbij inbegrepen Nan Maidens interruptie van dat gesprek en Andy Maidens zwakke alibi. 'Dus wie kan zonder een spoor van twijfel zeggen dat Nicola naast alle anderen ook niet met haar vader naar bed ging?'

'Peter, je kunt de zaak niet steeds aanpassen aan je verdenkingen. Als ze het met haar vader deed, een veronderstelling waar ik trouwens nadrukkelijk tegen protesteer, dan kan hij haar niet hebben vermoord vanwege de manier waarop ze leefde en dat was, als ik het me goed herinner, tot nu toe je uit-gangspunt.'

'Dus je bent het met me eens dat hij een motief heeft?'

'Ik vind dat je mijn woorden verdraait.' Daarna volgde een nieuwe uitbar-sting van lawaai: sirenes en stemmengemompel. Voor Hanken leek het erop dat zijn collega het gesprek voerde terwijl hij midden op een kruispunt stond. Toen de herrie enigszins afnam zei Lynley: 'We moeten nog steeds in aanmer-king nemen wat er met Vi Nevin is gebeurd. Wat er vanavond is gebeurd. Als dat verband houdt met de gebeurtenissen in Derbyshire zul je toch moeten inzien dat Andy Maiden er niet bij betrokken is.'

'Wie dan wel?'

'Ik gok op Martin Reeve. Hij had een rekening te vereffenen met beide vrou-wen.'

Lynley vervolgde met te zeggen dat het beste waarop ze konden hopen was dat Vi Nevin bij bewustzijn zou komen en de naam van haar aanvaller zou noemen. Dan zouden ze een directe aanleiding hebben om Martin Reeve naar het politiebureau te halen, waar hij hoorde. 'Ik blijf nog een poosje om te zien of ze bijkomt,' zei hij. 'Als dat over een uur of twee nog niet is gebeurd zal ik vragen of ze me bellen zodra er verandering in haar toestand komt. Wat ga jij doen?'

Hanken zuchtte. Hij wreef zich de vermoeide ogen en rekte zich uit om de spanning in zijn rugspieren kwijt te raken. Hij dacht aan Will Upman en zijn massages tegen stress in het Hilton op Manchester Airport. Hij zou zelf best zo'n behandeling kunnen gebruiken.

'Ik hou me bezig met Julian Britton,' zei hij. 'Hoewel ik hem, eerlijk gezegd, niet kan zien als een moordenaar. Een vent die in zijn vrije tijd met puppy's speelt komt op mij niet over als iemand die zijn geliefde de schedel inslaat. En om met een mes gehakt van iemand te maken... hij zou waarschijnlijk eerder de jachthonden op iemand loslaten. Hij zou zijn vader die bij hem woont, niet om zich heen kunnen hebben als hij diep in zijn hart geen zacht eitje was.'

'Als hij nu eens geloofde dat hij een heel goede reden had om haar te doden?' vroeg Lynley.

'O, zeker. Er is niets mis mee om dat te denken,' zei Hanken instemmend. 'Er was in elk geval íemand die geloofde dat hij een heel goede reden had om Nicola Maiden te vermoorden.'

De dokter had haar pillen gegeven om haar te helpen in slaap te komen, maar Nan Maiden had die na de eerste nacht niet meer ingenomen. Ze kon het zich niet veroorloven om minder alert te zijn, dus ze deed niets om ervoor te zorgen dat ze kon slapen. Als ze al naar bed ging, lag ze te dommelen. Maar meestal liep ze door de gangen alsof ze naar iemand op zoek was, of zat ze in de leunstoel in hun slaapkamer om naar haar rusteloos slapende echtgenoot te kijken.

Deze avond zat Nan ineengedoken in de stoel, met haar benen in pyjama-broek onder zich getrokken en een gebreide deken om haar schouders. Ze keek naar haar man, die in bed lag te woelen. Ze wist niet zeker of hij echt sliep of deed alsof, maar het kwam er voor haar niet op aan. Hem daar zo te zien liggen riep een ingewikkelde reeks emoties bij haar op die op dit moment belangrijker waren om over na te denken dan de vraag of haar man werkelijk rustte.

Ze verlangde nog steeds naar hem. Vreemd dat ze na al die jaren nog steeds begeerte voor hem voelde, maar het was zo. Die begeerte was bij hen beiden nooit afgenomen. Ze leek eerder met de jaren te zijn versterkt, alsof de duur van hun huwelijk op de een of andere manier de hartstocht die ze voor elkaar voelden, had gekruid. Daarom had ze het gemerkt toen Andy voor het eerst ophield haar 's nachts aan te raken. Ze had het gemerkt toen hij ophield zijn armen naar haar uit te strekken en haar op te eisen met de zelfverzekerdheid en de vertrouwdheid die waren voortgekomen uit hun lange, gelukkige huwelijk.

Ze was bang voor de betekenis van die verandering.

Het was een keer eerder gebeurd, dit gebrek aan belangstelling van Andy's kant voor wat altijd het meest vitale deel van hun relatie was geweest, maar dat was zo lang geleden dat Nan graag wilde geloven dat ze bijna vergeten was dat het was gebeurd. Maar dat was niet echt waar en Nan merkte dat ze dit althans voor zichzelf kon toegeven in de veilige duisternis terwijl haar man twee meter bij haar vandaan al dan niet sliep.

Hij had undercover gewerkt in een drugszaak. Naarmate het drama zich ontwikkelde was er verleiding aan te pas gekomen. Omdat hij in de hem toebedeelde rol moest blijven, werd van hem vereist dat hij alle avances die in zijn richting werden gemaakt, moest accepteren, ongeacht hoever die avances gingen. Toen verscheidene ervan openlijk seksueel waren... Wat had hij anders kunnen doen dan in zijn rol blijven? had hij haar naderhand gevraagd. Hoe had hij anders kunnen handelen zonder de hele operatie te verraden en het leven van de bij de zaak betrokken collega's op het spel te zetten?

Hij had er geen plezier aan beleefd, had hij gezegd toen hij het haar opbiechtte. De stevige, jonge, mooie lichamen van meisjes die zijn dochter konden zijn geweest, hadden voor hem geen enkele aantrekkingskracht gehad. Wat hij gedaan had, had hij gedaan omdat het van hem verlangd werd, en hij wilde dat zijn vrouw dat zou begrijpen. Zulke vrijpartijen schonken hem geen vreugde. Het was slechts de daad zelf, die werd ontdaan van gevoel wanneer die werd uitgevoerd zonder liefde.

Het waren mooie woorden. Ze vroegen van een intelligente vrouw gevoel, vergeving, aanvaarding en begrip. Het waren echter ook woorden waardoor Nan zich destijds had afgevraagd waarom Andy het eigenlijk nodig had gevonden om haar zijn zonde op te biechten.

Door de jaren heen had ze het antwoord op die vraag gevonden doordat ze geleidelijk aan begon te begrijpen hoe haar man in elkaar stak. Ze had de veranderingen in hem gezien, telkens als hij een rol speelde van iemand die niet was zoals hijzelf. Daarom was SO10 uiteindelijk zo'n nachtmerrie geworden: omdat hij gedwongen werd, dag in dag uit, de ene maand na de andere, iemand te zijn die hij niet was. Omdat hij door zijn werk werd gedwongen lange tijd achtereen iemand anders te zijn, kwam het erop neer dat zijn verstand, zijn ziel, zijn hele wezen niet toelieten dat hij huichelde zonder dat hij daar van zijn lichaam een soort boete voor eiste.

Die boetedoening had zich kenbaar gemaakt op een wijze die in het begin gemakkelijk kon worden genegeerd, die beschouwd kon worden als een allergische reactie op iets of de voorbode van de naderende oude dag. De tong wordt oud, dus het eten smaakt niet goed meer en de enige manier om er smaak aan te geven is om het onder saus te begraven of dik met peper te bestrooien. En wat betekende het nu helemaal wanneer iemand de subtiele geur van jasmijn die bloeit in de avond, niet meer kan ruiken? Of de bedompte lucht van een dorpskerk? Die kleine aanvallen van afnemende zintuiglijke waarneming waren gemakkelijk te negeren en over het hoofd te zien.

Maar toen begonnen zich ernstiger afwijkingen voor te doen, van het soort die niet konden worden genegeerd zonder risico voor de gezondheid. En toen de artsen en de specialisten hun tests hadden gedaan, hun diagnoses hadden gesteld en ten slotte hun schouders hadden opgehaald in een gekmakende combinatie van gefascineerdheid, verbazing en verslagenheid, waren de psychiaters gekomen om Andy's toestand te bekijken, als Vikingen koerszettend naar de nog niet in kaart gebrachte wateren van zijn psyche. Er was nooit een naam gegeven aan wat hem scheelde, slechts een verklaring van de menselijke conditie zoals sommige mensen die konden ervaren. En zo viel hij bij stukjes en beetjes uiteen en was een bekentenis het enige middel waardoor hij weer orde in zijn leven kon scheppen, weer kon worden die hij was door een daad van zuivering. Maar uiteindelijk was al het geschrijf in zijn dagboeken, het analyseren, discussiëren en bekennen niet voldoende om hem weer helemaal gezond te maken.

'Gezien de aard van het werk dat hij doet, kan uw man helaas eenvoudigweg geen tweeledig leven leiden,' was haar verteld na maanden en jaren de ziekenhuizen te hebben platgelopen. 'Dat wil zeggen, niet als hij volkomen geïntegreerd wil worden als een individu.'

Ze had gezegd: 'Wat? Een tweeledig... wat bedoelt u?'

'Andrew kan geen leven van tegenstellingen leiden, mevrouw Maiden. Hij kan zich niet splitsen. Hij kan geen identiteit aannemen die in tegenstelling is met zijn eigen persoonlijkheid. Het is die opeenvolging van identiteiten dat dit blokkeren van een deel van zijn zenuwstelsel schijnt te veroorzaken. Een andere man zou een dergelijk leven misschien opwindend vinden, een acteur, bijvoorbeeld, of, het andere uiterste, een sociopaat of iemand die manisch-depressief is, maar uw man kan het niet.'

'Maar is het niet net zoiets als je verkleden?' had ze gevraagd. 'Wanneer hij undercover werkt, bedoel ik.'

'Met een enorme bijkomende verantwoordelijkheid,' was haar verteld, 'waarbij zeer veel op het spel staat en waaraan hoge kosten zijn verbonden.'

Eerst had ze gedacht dat ze bofte getrouwd te zijn met een man die alleen precies kon zijn wat hij was: die geen leugens kon vertellen, zich niet anders kon voordoen en die niets kon doen wat niet de werkelijkheid weergaf zoals hij die kende en ondervond. En gedurende al die jaren nadat hij ontslag had genomen bij New Scotland Yard was Andy fris en gezond geweest, omdat hij in die werkelijkheid leefde. De toekomst waaraan ze in Derbyshire hadden gewerkt had alle leugens en de ingewikkelde trucs die hij in het verleden gedwongen was geweest tot een deel van zijn leven te maken, weggevaagd.

Tot nu.

Ze had het moeten begrijpen, die eerste keer, toen hij de verbrande pijnboompitten in de keuken niet had geroken, hoewel de stank de Hall had doordrongen als te luide muziek die enthousiast en erg vals werd gespeeld. Toen had ze moeten inzien dat er iets mis was. Maar het was haar niet opgevallen, omdat het zoveel jaren goed was gegaan.

'Kan het niet zeggen...' mompelde Andy vanuit het bed.

Nan boog zich bezorgd naar hem toe. Ze fluisterde: 'Wat?'

Hij draaide zich om en begroef zijn schouder in het kussen. 'Nee.' Hij praatte in zijn slaap. 'Nee. Nee.'

Nans ogen werden vochtig toen ze naar hem keek. Ze ging terug in de afgelopen vier maanden in een wanhopige poging om iets te vinden wat ze had kunnen doen om dit eindpunt dat ze hadden bereikt, te veranderen. Ze kon echter niets anders bedenken dan dat ze om te beginnen de moed en de bereidheid had moeten opbrengen om openheid te vragen, en dat was geen realistische optie geweest.

Andy draaide zich opnieuw om. Hij stompte zijn kussen in model en liet zich van zijn zij op zijn rug rollen. Zijn ogen waren dicht.

Nan kwam van haar stoel af. Ze liep naar het bed en ging erop zitten. Ze stak haar hand uit en streek met haar vingertoppen over het voorhoofd van haar man. Zijn huid voelde klam en warm aan. Zevenendertig jaar was hij het middelpunt van haar wereld geweest en ze was niet van plan in de herfst van haar leven het middelpunt van haar wereld te verliezen.

Op hetzelfde moment dat Nan zich dat voornam, wist ze echter dat het leven, zoals ze het nu kende, vol onzekerheden was. En die onzekerheden brachten haar nachtmerries, een andere reden waarom ze niet wilde gaan slapen.

Lynley stak even na een uur 's nachts de sleutel in zijn voordeur. Hij was uitgeput en het was hem zwaar te moede. Het was moeilijk te geloven dat zijn dag was begonnen in Derbyshire, en nog moeilijker te geloven dat die was geëindigd in de ontmoeting die hij zojuist in Notting Hill had gehad.

Mannen en vrouwen zagen steeds weer kans om hem grenzeloos te verbazen. Hij had dat lang geleden al geaccepteerd, maar nu besefte hij dat hij moe werd van de voortdurende verrassingen waarmee ze hem overvielen. Na vijftien jaar bij de recherche wilde hij kunnen zeggen dat hij het allemaal al eens had gezien. Dat niemand nog iets kon doen wat hem verbaasde, was iets wat hem als een steen op de maag lag. Niet zozeer omdat hij iemands daden niet kon begrijpen, maar omdat hij er steeds weer niet in slaagde om ze te voorzien.

Hij was bij Vi Nevin gebleven tot ze weer bij bewustzijn kwam. Hij had gehoopt dat ze de naam van haar aanvaller had kunnen noemen en hem daardoor een onmiddellijke reden had kunnen geven om de smeerlap te arresteren. Maar ze had haar opgezwollen, ingezwachtelde hoofd geschud en haar blauwomrande ogen waren vochtig geworden toen Lynley haar ondervroeg. Alles wat hij uit de gewonde vrouw kon loskrijgen was dat ze te snel was overvallen om haar aanvaller goed te kunnen zien. Of dat een leugen was die ze vertelde om zichzelf te beschermen, was iets wat Lynley er niet uit kon opmaken. Hij dacht echter dat hij het wist en hij zocht naar een manier om het haar gemakkelijker te maken de noodzakelijke woorden uit te spreken.

'Vertel me dan wat er gebeurd is, vanaf het begin, omdat er iets kan zijn, een bijzonderheid die u zich herinnert, die we kunnen gebruiken om...'

'Nu is het wel genoeg.' De verpleegster die de leiding had over de eerstehulp kwam tussenbeide, met haar Schotse accent een toonbeeld van staalharde vastberadenheid.

'Man of vrouw?' drong Lynley aan bij de gewonde vrouw.

'Inspecteur, wat heb ik u nu gezegd?' zei de zuster bits. Ze boog zich beschermend over haar kinderlijke patiënte, terwijl ze schijnbaar onnodig de dekens en kussens rechttrok en het infuus bijstelde.

'Mevrouw Nevin?' Toch vroeg Lynley het nog een keer.

'Eruit!' zei de zuster, terwijl Vi fluisterde: 'Een man.'

Nadat hij dat had gehoord besloot Lynley dat hij genoeg had aan deze mededeling. Ze vertelde hem tenslotte niets wat hij nog niet wist. Hij had slechts de mogelijkheid willen elimineren dat Shelly Platt, en niet Martin Reeve, haar voormalige huisgenote was komen opzoeken. Nu hij zover was gekomen leek het hem gerechtvaardigd om de zaak verder aan te pakken.

Hij was ermee begonnen bij de Star of India aan Old Brompton Road, waar een gesprek met de gerant bevestigde dat Martin Reeve en zijn vrouw Tricia, beiden vaste bezoekers van het restaurant, daar inderdaad eerder die week een keer hadden gegeten. Niemand kon echter zeggen op welke avond ze aan hun tafeltje bij het raam hadden gezeten. De meningen van de kelners waren gelijkelijk verdeeld tussen maandag en dinsdag, terwijl de gerant zelf zich alleen dat scheen te kunnen herinneren wat hij in zijn boek met reserveringen had geschreven.

'Ik zie dat ze niet hadden gereserveerd,' zei hij met zijn zangerige stem. 'Ah, men moet bij de Star of India reserveren om zeker te zijn van een tafel.'

'Ja. Ze beweert dat ze niet hadden gereserveerd,' zei Lynley. 'Ze zei dat daardoor ruzie was ontstaan tussen u en haar man. Op dinsdagavond.'

'Ik maak geen ruzie met de gasten, meneer,' had de man stijfjes gezegd. Hij had zich zo beledigd gevoeld door Lynleys opmerking, dat het de rest van zijn geheugen had aangetast.

De onzekere aard van de medewerking van de Star of India was voor Lynley, ondanks het late tijdstip, aanleiding geweest om de Reeves te gaan opzoeken. Toen hij eindelijk naar het einde van Kensington Church Street reed en de hoek omsloeg naar Notting Hill Gate, voelde hij een soort langzaam brandende woede die het hem gemakkelijk maakte om op de deurbel van MKR Financial Management te blijven drukken toen niemand op zijn eerste belletje reageerde.

'Weet u eigenlijk wel hoe laat het is?' was de begroeting van Martin Reeve nadat hij de deur met een ruk had opengedaan. Hij hoefde zich niet voor te stellen, Lynley wist zo wel wie hij was. Het licht van de plafondlamp dat op zijn gezicht viel en vier verse, diepe krabben op zijn wang helder bescheen, toonde het maar al te goed.

Hij duwde Reeve achterwaarts terug, de hal in. Daarna drukte hij hem tegen de muur. Het was heel eenvoudig, omdat de pooier zoveel kleiner was dan Lynley had verwacht, en hij hield hem daar vast met een wang tegen het smaakvolle, gestreepte behang gedrukt.

'Hé!' protesteerde Reeve. 'Wat denk je verdomme wel dat je...'

'Vertel me over Vi Nevin,' beet Lynley hem toe, terwijl hij Martins arm omdraaide.

'Hé! Als jij denkt dat je hier kunt komen binnenstormen en...' Lynley draaide nog wat steviger. Reeve brulde: 'Loop naar de hel!'

'Vergeet het maar.' Lynley kwam heel dicht bij hem staan en trok de arm van de man met een ruk omhoog. Hij sprak in zijn oor: 'Vertel me wat u vanmiddag en vanavond hebt gedaan, meneer Reeve. Geef me elk detail. Ik ben tamelijk moe en ik wil graag een sprookje horen voor ik naar bed ga. Doe me dat plezier. Alstublieft.'

'Ben je verdomme helemaal gek geworden?' Reeve draaide zijn hoofd haastig om naar de trap. Hij riep: 'Trish... Tricia... Trish! Bel de politie.'

'Een aardig plannetje,' zei Lynley, 'maar zo werkt het niet. Trouwens, de politie is er al. Ga mee, meneer Reeve. Laten we hier praten.' Hij liet de kleinere man voor zich uit marcheren naar de receptie, waar hij Reeve in een stoel smeet en een lamp aanknipte.

'Je kunt hier maar beter een verdomd goede reden voor hebben,' snauwde Reeve. 'Want als je die niet hebt kun je een aanklacht tegemoet zien zoals je in dit land nog nooit hebt meegemaakt.'

'Bespaar me de bedreigingen,' antwoordde Lynley. 'Misschien werken die in Amerika, maar hier krijgt u er geen voet mee aan de grond.'

Reeve wreef over zijn arm. 'Dat zullen we nog wel eens zien.'

'Ik kan bijna niet wachten. Waar was u vanmiddag? En vanavond? Wat is er met uw gezicht gebeurd?'

'Wat?' Het kwam er ongelovig uit. 'Dacht je dat ik echt antwoord zou geven op die vragen?'

'Als u niet wilt dat de zedenpolitie hier huiszoeking komt doen, neem ik aan dat u het me haarfijn zult vertellen. En stel mijn geduld niet op de proef, meneer Reeve. Ik heb een lange dag achter de rug en wanneer ik moe ben, ben ik niet redelijk.'

'Loop naar de hel.' Reeve draaide zijn hoofd naar de deur en schreeuwde: 'Tricia! Kom als de bliksem naar beneden. Bel Polmanteer. Ik betaal hem geen vermogen om hem...'

Lynley griste een zware asbak van de balie en hij smeet die naar Reeve. De asbak suisde rakelings langs zijn hoofd en kwam tegen een spiegel terecht, die aan scherven vloog.

'Jezus!' schreeuwde Reeve. 'Wat doe je, verdomme!'

'Vanmiddag en vanavond. Ik wil de antwoorden. Nu.'

Toen Reeve geen antwoord gaf liep Lynley naar hem toe, pakte de kraag van zijn pyjamajasje, drukte hem achterover in de stoel en draaide de kraag stijf om zijn nek. 'Vertel me wie u gekrabd heeft, meneer Reeve. Vertel me waarom.'

Reeve begon te kokhalzen. Lynley merkte dat hij het leuk vond.

'Of zal ik zelf de open plekken invullen? Ik durf te wedden dat ik de medespelers ken.' Hij trok de kraag nog verder aan bij elke naam die hij noemde: 'Vi Nevin. Nicola Maiden. Terry Cole. Shelly Platt ook nog, als het eropaan komt.'

Reeve snakte naar adem. 'Je... lijkt... verdomme... wel... gek... geworden.' Zijn handen klauwden aan zijn keel.

Lynley liet hem los, zodat hij als een weggegooid vod voorover viel. 'U stelt mijn geduld op de proef. Ik begin te denken dat een telefoontje naar het dichtstbijzijnde politiebureau nog niet zo'n slecht idee is. Een paar nachten bij de jongens in een cel in Ladbroke Grove is misschien net wat we nodig hebben om uw tong los te maken.'

'Het is afgelopen met je. Ik ken genoeg mensen die...'

'Daar twijfel ik niet aan. U kent waarschijnlijk mensen van hier naar Istanboel. En hoewel ieder van hen u ongetwijfeld graag zou verdedigen als u zou worden aangeklaagd wegens souteneurschap, zult u tot de ontdekking komen dat een vrouw aanvallen niet zo goed valt bij personen die hoog in de publieke belangstelling staan. Niet wanneer u denkt aan het voer dat ze de roddelbladen zullen opleveren als bekend werd dat ze u te hulp kwamen. Zoals de zaak er nu voorstaat zullen ze het al een netelige kwestie vinden om u bij te staan wanneer ik u goed en wel heb gearresteerd omdat u een pooier bent. Om meer van hen te verwachten... zo onverstandig zou ik niet zijn, meneer Reeve. Beantwoord nu mijn vraag. Wat is er met uw gezicht gebeurd?'

Reeve bleef zwijgen maar Lynley kon aan zijn ogen zien dat zijn hersens koortsachtig werkten. De man bedacht welke feiten de politie had. Hij had niet voor niets zolang op het randje van de wet geleefd om nu niet te weten hoe die wet op zijn eigen leven kon worden toegepast. Ongetwijfeld zou hij weten dat, als Lynley iets concreets had, zoals een ooggetuige of een getekende verklaring van zijn slachtoffer, de inspecteur hem onmiddellijk zou hebben gearresteerd. Maar hij moest tevens weten dat hij, omdat hij buiten de wet leefde, minder kansen had wanneer hij in een lastige situatie verzeild raakte.

Reeve zei: 'Goed dan. Het is Tricia. Ze is aan de drugs. Ik kwam thuis van een bezoek aan een paar van mijn meisjes die slecht werk hebben afgeleverd. Ze was van de kaart. Ik raakte buiten mezelf. Jezus, ik dacht dat ze dood was. Ik werd handtastelijk, heb haar geslagen, deels uit angst en deels uit kwaadheid. En toen merkte ik dat ze niet zover heen was als ik dacht. Ze sloeg terug.'

Lynley geloofde geen woord van dat verhaal. Hij zei: 'Probeert u me te vertellen dat uw vrouw, onder invloed van drugs, uw gezicht zo heeft toegetakeld?'

'Ze was boven, versuft, erger dan ze in maanden is geweest. Ik kon het er niet bij hebben, boven op de meisjes en hun problemen. Ik kan geen vadertje spelen voor iedereen. Dus ik verloor mijn zelfbeheersing.'

'Wat voor problemen?'

'Wat?'

'De meisjes. Hun problemen.'

Reeve keek naar de balie met de stapel folders die zogenaamd reclame maakten voor de financiële diensten van MKR. 'Ik weet dat u weet wat voor zaak ik erop nahou. Maar u weet waarschijnlijk niet wat ik allemaal moet doen om hen gezond te houden. Om de vier maanden bloedonderzoek, kijken of ze drugs gebruiken, medische controle, een uitgebalanceerd dieet, fitnesstraining...'

'Dat moet veel van uw financiën vergen,' merkte Lynley droogjes op.

'Verdomme, het kan me niet schelen wat je ervan vindt. Dit is een dienstverlenend bedrijf en als ík die diensten niet verleen doet iemand anders het. Ik hoef me niet te verontschuldigen. Ik lever schone, gezonde, welopgevoede meisjes in een prettige omgeving. Iedere vent die tijd met een van hen doorbrengt krijgt waar voor zijn geld en hoeft niet bang te zijn dat hij een ziekte meeneemt naar huis, naar zijn gevangenis. En daarom had ik de pest in toen ik thuiskwam: twee meisjes met problemen.'

'Ziekten?'

'Geslachtsziekte. Chlamydia. Dus ik was behoorlijk nijdig. En toen ik Tricia zag, knapte er iets. Dat is alles. Als je hun naam, adres en telefoonnummer wilt hebben, zal ik die met genoegen geven.'

Lynley keek hem achterdochtig aan, zich afvragend of het allemaal een berekenend risico was van de kant van de pooier of een toevalligheid dat zijn vrouw sporen van haar nagels op zijn gezicht had achtergelaten, precies op de avond dat Vi Nevin was aangevallen. Hij zei: 'Haal mevrouw Reeve dan maar naar beneden om haar kant van het verhaal te vertellen.'

'O, toe nou toch. Ze slaapt.'

'Dat leek u een ogenblik geleden anders niet ervan te weerhouden haar toe te schreeuwen dat ze de politie moest bellen. En Polmanteer... uw advocaat zeker? We kunnen hem nog steeds bellen, als u wilt.'

Reeve staarde naar Lynley, walging en afkeer stonden op zijn gezicht te lezen. Ten slotte zei hij: 'Ik zal haar halen.'

'Maar niet in uw eentje.' Het laatste wat Lynley wilde was Reeve de kans geven om zijn vrouw te instrueren zijn verhaal te ondersteunen.

'Goed. Ga mee dan.'

Reeve ging Lynley voor, de twee trappen op naar de tweede verdieping. In een slaapkamer die uitzicht bood op de straat liep hij naar een bed ter grootte van een voetbalveld. Hij knipte het lampje naast het bed aan. Het licht viel op de gedaante van zijn vouw. Ze lag op haar zij, opgerold in foetushouding, diep in slaap.

Reeve draaide haar op haar rug, greep haar onder de oksels en sleurde haar overeind. Haar hoofd bungelde naar voren als dat van een lappenpop. Hij liet haar achterover zakken en zette haar tegen het hoofdeinde. 'Veel succes,' zei hij glimlachend tegen Lynley. Hij wees op een aantal lelijke kneuzingen rondom haar hals en hij zei: 'Ik moest het loeder harder aanpakken dan ik wilde. Ze wist niet meer wat ze deed. Ik dacht dat ze me zou vermoorden.'

Lynley maakte een snelle hoofdbeweging, weg van de vrouw, om Reeve aan te geven dat hij wilde dat deze achteruit ging. Reeve deed wat de inspecteur wilde en Lynley liep naar het bed. Hij pakte Tricia's arm, zag de blauwe plekken van de injecties en voelde haar pols. Terwijl hij dit deed haalde ze een keer diep adem, zodat zijn gebaar overbodig bleek. Hij sloeg haar zacht in het gezicht. 'Mevrouw Reeve,' zei hij. 'Mevrouw Reeve. Kunt u wakker worden?'

Achter hem kwam Reeve in beweging en voor Lynley begreep wat de man van plan was, had deze een vaas met bloemen gepakt, de bloemen op de grond gegooid en het water in het gezicht van zijn vrouw gesmeten. 'Verdomme, Tricia. Word wakker!'

'Achteruit,' beval Lynley.

Tricia's ogen gingen moeizaam open toen het water langs haar wangen droop. Haar verwilderde blik gleed van Lynley naar haar man. Ze kromp ineen. Die reactie zei voldoende.

Tussen opeengeklemde tanden door zei Lynley: 'De kamer uit, Reeve.'

'Vergeet het maar,' zei Reeve. Kortaf vervolgde hij: 'Hij wil dat je hem vertelt dat we hebben gevochten, Tricia. Dat ik jou aanviel en jij mij. Je weet toch nog hoe het is gebeurd. Dus zeg hem dat je mijn gezicht hebt opengekrabd en dan kan hij opdonderen.'

Lynley vloog overeind. 'Ik zei, de kamer uit!'

Reeve priemde met een vinger in de richting van zijn vrouw. 'Zeg het hem. Hij kan zien dat we gevochten hebben wanneer hij naar ons kijkt, maar hij wil me niet geloven voor jij hem hebt gezegd dat het waar is. Zég het.'

Lynley duwde hem de kamer uit. Hij gooide de deur met een klap dicht. Hij liep terug naar het bed. Daar zat Tricia nog precies zoals hij haar had achtergelaten. Ze maakte geen aanstalten om zich af te drogen.

Lynley liep naar de aangrenzende badkamer om een handdoek te pakken. Voorzichtig veegde hij haar gezicht af, haar beschadigde hals, haar drijfnatte borst. Even keek Tricia hem suffig aan, voor ze haar hoofd omdraaide en naar de deur keek waardoor hij haar man naar buiten had gewerkt.

Hij zei: 'Vertelt u me nu eens wat er tussen u beiden is voorgevallen, mevrouw Reeve.'

Ze keek hem weer aan, haar tong gleed langs haar lippen.

'Uw man heeft u aangevallen, is het niet? Hebt u teruggevochten?' Het was een belachelijke vraag en dat wist hij verdomde goed. Hij vroeg zich af hoe ze ertoe in staat was geweest. Het laatste waar iemand onder invloed van heroïne goed voor was, was een serieuze poging tot zelfverdediging. 'Laat me iemand voor u bellen. U moet hier weg. U hebt toch wel vrienden? Broers of zussen? Ouders?'

'Nee!' Ze pakte zijn hand. Haar greep was niet stevig maar haar nagels, lang en even kunstmatig als de rest van haar lichaam, begroeven zich in zijn vlees. 'Ik geloof geen moment dat u een gevecht met uw man bent aangegaan, mevrouw Reeve. En omdat ik dat niet kan geloven wordt het moeilijk voor u wanneer uw man goed en wel op borgtocht is vrijgelaten. Ik zou graag willen dat u hier weg bent voor dat allemaal gebeurt, dus als u me de naam kunt geven van iemand die ik kan bellen...'

'Arresteren?' fluisterde ze. Ze leek een heldhaftige poging te doen om helder te denken. 'U... gaat hem arresteren? Maar u zei...'

'Ik weet het. Maar dat was eerder op de dag. Er is vanavond iets gebeurd waardoor ik me onmogelijk aan mijn woord kan houden. Het spijt me, maar ik heb geen keus. Nu wil ik iemand voor u bellen. Kunt u me een nummer geven?'

'Nee. Néé. Het was... Ik heb hem geslagen. Dat heb ik gedaan. Ik probeerde... hem te bijten.'

'Mevrouw Reeve, ik weet dat u bang bent. Maar probeert u te begrijpen dat...'

'Ik heb hem gekrabd. Met mijn nagels. In zijn gezicht. Gekrabd. Gekrábd. Omdat hij probeerde me te wurgen en ik wilde... dat hij ophield. Alstublieft. Alstublieft. Ik heb hem gekrabd... in zijn gezicht. Tot bloedens toe. Dat heb ik gedaan.'

Lynley zag dat ze steeds nerveuzer werd. Hij vloekte in stilte: hij vervloekte Reeves glibberigheid en de manier waarop de man zich met succes in het gesprek met zijn vrouw had gemengd; hij vervloekte zijn eigen tekortkomingen, waarvan de ergste was dat hij zich kwaad maakte, wat zijn gezichtsvermogen verduisterde en zijn denkvermogen bewolkte. Zoals vanavond.

Nu, in zijn huis aan Eaton Terrace, dacht Lynley over alles na. Zijn gevoel van wrok en zijn behoefte om zich te wreken hadden hem in de weg gestaan en ervoor gezorgd dat Martin Reeve hem buitenspel had gezet. Tricia's angst voor haar echtgenoot, waarschijnlijk in combinatie met de heroïneverslaving die hij ongetwijfeld aanmoedigde, hadden haar ten slotte ertoe gebracht om alles wat Reeve had verklaard te bevestigen. Lynley kon de smerige, kleine rat nog steeds op het bureau laten vasthouden om daar zes of zeven uur te worden ondervraagd, maar de Amerikaan was niet gekomen als hij niet zijn rechten had gekend. Hij had recht op juridische bijstand en die zou hij zeker hebben geëist voor hij het huis verliet. Dus wat ze ermee zouden hebben gewonnen was een slapeloze nacht voor alle betrokkenen. En ten slotte zou Lynley niet dichter bij een arrestatie zijn dan hij die ochtend was geweest toen hij in Londen aankwam.

In Notting Hill waren de dingen geëindigd zoals ze waren geëindigd als gevolg van een misrekening van Lynleys kant, en dat moest hij toegeven. In zijn haast om Tricia Reeve tot bewustzijn te brengen en haar samenhangend genoeg te laten denken om haar te kunnen laten deelnemen aan een gesprek, had hij haar man lang genoeg bij haar laten zijn om haar het script te geven dat ze nodig had voor haar gesprek met Lynley. Op die manier had hij elk voordeel dat hij op Martin Reeve had kunnen behalen, verloren door in het holst van de nacht naar diens huis te gaan. Het was een kostbare fout, een vergissing die een serieuze maar onmiskenbare beginneling had kunnen maken.

Hij wilde het liefst geloven dat de misrekening het gevolg was van een lange dag, een misplaatst gevoel van ridderlijkheid en totale uitputting. Maar de onrust in zijn ziel, die hij was beginnen te voelen op het moment dat hij de kaart uit de telefooncel had gezien met Nikki's naam erop, sprak van een heel andere oorzaak. En omdat hij niet wilde nadenken over de oorzaak, noch over wat die met zich meebracht, liep Lynley naar beneden, naar de keuken, waar hij in de koelkast zocht tot hij een schaal vond met een restant kip *tikka massala*.

Hij pakte een blikje Heineken om dat bij zijn geïmproviseerde maaltijd te drinken, trok het open en liep ermee naar de tafel. Vermoeid liet hij zich op een van de stoelen neervallen en hij nam een flinke teug bier. Een dun tijdschrift lag naast een schaal appels en terwijl hij wachtte tot de magnetron zijn wonderen verrichtte met de kip, haalde Lynley zijn bril uit zijn zak om een blik te werpen op iets wat een bewaard schouwburgprogramma bleek te zijn. Denton, zag hij, was erin geslaagd de massa voor te zijn die een poging deed om kaartjes te bemachtigen voor de populairste show in West End. Het enkele woord *Hamlet* prijkte opvallend in zilver op een zwarte omslag, met een degen en de woorden King-Ryder Productions smaakvol aangebracht boven de titel van het stuk. Grinnikend schudde Lynley zijn hoofd toen hij de pagina's met glanzende foto's doorbladerde. Als hij Denton goed kende, zou Easton Terrace de eerstkomende paar maanden eindeloos worden blootgesteld aan alle melodieën uit de pop-opera die in diens door toneel bezeten ziel weerklonken. Voorzover hij zich herinnerde had het bijna negen maanden geduurd eer Denton ophield om bij de minste of geringste aanleiding los te barsten in *The Music of the Night*.

Dit nieuwe stuk was tenminste geen Lloyd-Webber, dacht hij met enige dankbaarheid. Er was een moment geweest waarop hij zelfmoord had beschouwd als de enig denkbare mogelijkheid om niet te hoeven luisteren naar Denton die weken achter elkaar de voornaamste, en schijnbaar de énige, melodie uit *Sunset Boulevard* kweelde.

Het belletje van de magnetron ging. Hij haalde de schaal met kip eruit en schoof de inhoud zonder veel omhaal op een bord. Hij viel aan op zijn nachtelijke maaltijd, maar het eten op zijn vork nemen, kauwen en doorslikken was niet genoeg om zijn gedachten af te leiden, dus hij zocht naar iets anders waarmee hij zich kon bezighouden.

Hij vond het door aan Barbara Havers te denken.

Ze moest nu toch wel iets nuttigs hebben opgediept, dacht hij. Ze had sinds die ochtend achter de computer gezeten en hij kon slechts aannemen dat het hem eindelijk gelukt was om de boodschap in haar hoofd te hameren dat hij van haar verwachtte dat ze bleef doorgaan met CRIS tot ze iets waardevols en bruikbaars te melden had.

Hij pakte de telefoon die op het aanrecht lag en toetste, ondanks het late uur, haar nummer in. Ze was in gesprek. Met gefronste wenkbrauwen keek hij op zijn horloge. Christus. Met wie zou Havers 's nachts om tien voor halftwee in 's hemelsnaam praten? Hij kon niemand bedenken, dus de enige conclusie was dat ze de hoorn ernaast had gelegd, dat ellendige mens. Hij legde zijn eigen hoorn neer en dacht er vluchtig over na wat hij met Havers aan moest. Maar die gedachtegang beloofde hem slechts een stormachtige nacht en zou er niet toe bijdragen zijn prestaties van de volgende dag te verbeteren.

Daarom beëindigde hij zijn maaltijd met zijn aandacht nogmaals op het programma van *Hamlet* gericht, in stilte Denton dankend omdat die hem wat afleiding bezorgde.

De foto's waren goed. En de tekst was interessant om te lezen. De zelfmoord van David King-Ryder lag het publiek nog vers genoeg in het geheugen om een romantisch en melancholiek tintje te geven aan alles wat met zijn naam in verband werd gebracht. Bovendien was het geen zware taak om te moeten kijken naar de sensuele maagd die door de producer was uitgekozen om de rol van Ophelia te spelen. En wat slim van de kostuumontwerper om haar de dood tegemoet te laten gaan in een jurk die zo doorzichtig was dat ze net zo goed niets had kunnen aanhebben. Ze stond afgetekend tegen een lichte achtergrond, op het punt zich te verdrinken, een schepsel dat al tussen twee werelden was gevangen. De doorschijnende jurk gaf aan dat haar ziel bestemd was voor de hemel, terwijl haar aan de aarde gebonden lichaam haar, in al haar zinnelijke schoonheid, stevig aan deze wereld geketend hield. Het was de perfecte combinatie van...

'Zit je daar echt vieze boekjes te lezen, Tommy? Drie maanden getrouwd en nu moet ik je er al op betrappen dat je verlekkerd naar een andere vrouw kijkt?' Helen stond in de deuropening, knipperend met haar ogen, verwarde haren van de slaap, bezig de ceintuur van haar ochtendjas te strikken.

'Alleen omdat jij sliep,' zei Lynley.

'Dat antwoord kwam te vlot. Ik vermoed dat je het wel wat vaker gebruikt hebt dan ik zou willen weten.' Ze liep door de keuken naar hem toe om over zijn schouder te kijken, waarbij ze een slanke, koele hand in zijn nek legde. 'Ah, ik zie het al.'

'Lichte lectuur bij de maaltijd, Helen. Meer niet.'

'Hmm. Ja. Ze ís mooi, vind je niet?'
'Ze? O, Ophelia, bedoel je? Ik had er niet zo op gelet.' Hij sloeg het programma dicht en pakte de hand van zijn vrouw, waarvan hij de palm tegen zijn mond drukte.
'Je bent een armzalige leugenaar.' Helen kuste hem op zijn voorhoofd. Ze maakte haar hand uit de zijne los en liep naar de koelkast, waar ze een fles mineraalwater uit pakte. Tegen het aanrecht geleund stond ze te drinken, liefdevol naar hem kijkend over haar glas heen. 'Je ziet er vreselijk uit,' merkte ze op. 'Heb je vandaag iets gegeten? Nee. Zeg het maar niet. Dit is zeker je eerste behoorlijke maaltijd sinds het ontbijt?'
'Moet ik nu antwoorden of niet?' vroeg hij.
'Laat maar. Ik kan het aan je gezicht zien. Hoe komt het toch, schat, dat jij zestien uur lang kunt vergeten te eten, terwijl het mij niet lukt om ook maar tien simpele minuten niet aan voedsel te denken?'
'Dat is de tegenstelling tussen zuivere en onzuivere harten.'
'Dát is nog eens een nieuwe kijk op gulzigheid.'
Lynley grinnikte. Hij stond op, liep naar haar toe en nam haar in zijn armen. Ze rook naar citrusfruit en naar slaap, en haar haren waren zo zacht als een briesje toen hij zijn hoofd omlaag bracht om zijn wang ertegenaan te drukken. 'Ik ben blij dat ik je wakker heb gemaakt,' fluisterde hij, genietend van haar omarming die hem een heel behaaglijk gevoel gaf.
'Ik sliep niet.'
'Nee?'
'Nee. Ik probeerde het wel, maar helaas ben ik er niet ver mee gekomen.'
'Dat is niets voor jou.'
'Nee, ik weet het.'
'Dan zit je iets dwars.' Hij liet haar los en streek, terwijl hij op haar neerkeek, haar haren uit haar gezicht. Haar donkere ogen ontmoetten de zijne en hij keek er ernstig naar: naar wat ze onthulden en naar wat ze probeerden te verbergen. 'Vertel het maar.'
Ze raakte zijn lippen aan met haar vingertoppen. 'Ik hou van je,' zei ze. 'Veel meer dan toen ik met je trouwde. Zelfs meer dan ik van je hield toen je de eerste keer met me naar bed ging.'
'Daar ben ik blij om. Maar iets zegt me dat dát niet is wat je dwarszit.'
'Nee. Dat zit me niet dwars. Maar het is laat, Tommy. En je bent veel te moe om te praten. Laten we naar bed gaan.'
Hij wilde het dolgraag. Niets leek heerlijker dan zijn hoofd in een dik, donzen kussen te laten zinken en kalmerende vergetelheid te vinden terwijl zijn vrouw, warm en behaaglijk, naast hem lag te slapen. Maar iets in Helens gezicht zei hem dat dit op het moment niet het verstandigste was wat hij kon doen. Er waren momenten wanneer vrouwen het ene zeiden terwijl ze het andere bedoelden, en dit leek een van die momenten te zijn. Hij zei, en het was half waarheid en half leugen: 'Ik bén moe, ja. Maar we hebben vandaag

nog niet goed met elkaar kunnen praten en ik kan niet slapen tot we het hebben gedaan.'

'Echt?'

'Je weet hoe ik ben.'

Ze keek hem onderzoekend aan en scheen tevreden met wat ze zag. Ze zei: 'Het heeft echt niet veel te betekenen. Hersengymnastiek, denk ik. Ik heb er de hele dag aan moeten denken hoever mensen gaan wanneer ze de confrontatie met iets uit de weg willen gaan.'

Er liep een rilling over zijn rug.

'Wat is er?' vroeg ze.

'Er liep iemand over mijn graf. Waar is dit allemaal door gekomen?'

'Het behang.'

'Behang?'

'Voor de logeerkamers. Weet je nog wel, ik had de keus tot zes beperkt – dat leek heel bewonderenswaardig, als je bedenkt hoeveel moeite het me kost om te kiezen – en ik ben er de hele dag mee bezig geweest. Ik heb de stalen tegen de muren geprikt. Ik heb er meubels voor gezet. Ik heb er schilderijen naast gehangen. En toch kon ik geen keus maken.'

'Omdat je aan dat andere dacht?' vroeg hij. 'Aan mensen die niet onder ogen willen zien waar ze mee worden geconfronteerd?'

'Nee. Dat is het juist. Ik werd totaal in beslag genomen door behang. Een beslissing erover te nemen, of liever, te merken dat ik niet in staat was om een beslissing te nemen, werd tekenend voor de manier waarop ik mijn leven leid. Begrijp je?'

Lynley begreep het niet. Hij was veel te uitgeput om ook maar iets te kunnen begrijpen. Maar hij knikte, keek nadenkend en hoopte dat het genoeg zou zijn. 'Jij zou hebben gekozen en dat was dat. Maar ik kon het niet, hoe ik het ook probeerde. Waarom niet? vroeg ik me ten slotte af. En het antwoord was zo simpel: om wie ik ben. Om hoe ik gevormd ben. Van de dag waarop ik ben geboren tot de ochtend van mijn trouwdag.'

Lynley knipperde met zijn ogen. 'Tot wat voor iemand ben je dan gevormd?'

'Tot je vrouw,' zei ze. 'Of tot de vrouw van iemand die precies zo is als jij. We waren met ons vijven en ieder van ons, íeder van ons, Tommy, werd een rol toebedeeld. Het ene ogenblik waren we veilig in de schoot van onze moeder en het volgende lagen we in de armen van onze vader en hij keek op ons neer en zei: "Hmm. De vrouw van een graaf, denk ik." Of: "Ik durf te wedden dat zij geschikt zou zijn als de nieuwe Prinses van Wales." En wanneer we wisten welke rol hij voor ons in petto had, speelden we het spel mee. O, we hoefden het niet te doen, natuurlijk. En god weet dat noch Penelope noch Iris danste op de muziek die hij voor hen had geschreven. Maar de andere drie, Cybele, Daphne en ik, nou, wij drieën waren als klei in zijn handen. En toen ik dat eenmaal besefte, Tommy, moest ik de volgende stap zetten. Ik moest vragen waarom.'

'Waarom je als klei was.'

'Ja. Waaróm. En toen ik die vraag had gesteld en goed naar het antwoord erop had geluisterd, wat denk je dat het antwoord was?'

Zijn hoofd tolde en zijn ogen brandden van vermoeidheid. Lynley zei, heel redelijk, dacht hij: 'Helen, wat heeft dit te maken met behang?' en een moment later wist hij dat hij op de een of andere manier tegenover haar tekort was geschoten.

Ze maakte zich los uit zijn omarming. 'Laat maar. Dit is niet het juiste moment. Ik wist het. Ik kan zien dat je doodmoe bent. Laten we nu maar naar bed gaan.'

Hij probeerde zijn gedachten erbij te houden. 'Nee. Ik wil dit horen. Ik geef toe dat ik moe ben. En ik raakte het spoor bijster toen ik die dansende, warme klei probeerde te volgen. Maar ik wil praten. En luisteren. En weten...'

Wat weten? vroeg hij zich af. Hij zou het niet kunnen zeggen.

Ze keek hem met gefronste wenkbrauwen aan, een waarschuwing waar hij acht op had moeten slaan, maar hij deed het niet. 'Wat? Dansende warme klei? Waar heb je het over?'

'Nergens over. Het was dom van me. Ik ben een idioot. Vergeet het. Alsjeblieft. Kom terug. Ik wil je vasthouden.'

'Nee. Leg uit wat je bedoelde.'

'Helen, het was niets. Gewoon, een futiliteit.'

'Maar dan wel een futiliteit die voortkwam uit mijn verhaal.'

Hij zuchtte. 'Het spijt me. Je hebt gelijk. Ik kan niet meer. Wanneer ik me zo voel zeg ik dingen zonder erbij na te denken. Je zei dat twee van je zussen niet naar zijn pijpen dansten en de rest van jullie wel, waardoor je je als klei voelde. Dat heb ik opgepikt en ik vroeg me af hoe klei naar zijn pijpen kon dansen en... Sorry. Het was een stomme opmerking. Ik kan niet goed meer denken.'

'En ik denk helemaal niet,' zei ze. 'Dat zou, denk ik, geen verrassing voor ons beiden moeten zijn. Maar dat wilde je toch?'

'Wat?'

'Een vrouw die niet kon denken.'

Hij kreeg een gevoel alsof ze hem een klap had gegeven. 'Helen, dat is niet alleen baarlijke nonsens, het is ook een belediging voor ons allebei.' Hij liep naar de tafel, pakte zijn bord en bestek en liep ermee naar de gootsteen. Hij spoelde alles af, besteedde er veel te veel tijd aan om te kijken hoe het water wervelend in de afvoer verdween, en zei eindelijk met een zucht: 'Verdomme.' Hij wendde zich tot haar. 'Het spijt me, schat. Ik wil niet dat we met elkaar overhoop liggen.'

Haar gezicht verzachtte. 'Dat doen we niet,' zei ze.

Hij ging weer naar haar toe en trok haar opnieuw tegen zich aan. 'Wat is er dan?' vroeg hij.

'Ik lig overhoop met mezelf.'

24

Degene vinden die Terry Cole was gaan opzoeken bij King-Ryder Productions was niet zo gemakkelijk gebleken als Barbara Havers had verwacht na haar gesprek met Neil Sitwell, zelfs niet nu ze de beschikking had over de lijst van werknemers. Niet alleen kwamen er drie dozijn personen op voor, maar op zaterdagavond waren de meesten van die drie dozijn niet thuis gebleken. Het waren tenslotte theatermensen. En theatermensen, merkte ze, hadden niet de gewoonte om vredig onder hun eigen dak te rusten op de avond van een weekend waarin ze de stad uit konden gaan. Het was al over twee uur 's nachts voor ze de contactpersoon van Terry Cole op Soho Square 31-32 had opgespoord: Matthew King-Ryder, zoon van de overleden oprichter van de theaterproductiemaatschappij.

Hij had met haar afgesproken dat ze kon langskomen – 'na negen uur, als u het niet erg vindt. Ik ben compleet gevloerd' – in zijn huis aan Baker Street.

Het was halftien toen Barbara het adres vond dat achter Matthew King-Ryders naam en telefoonnummer stond. Het was een flatgebouw, een van die enorme, bakstenen Victoriaanse bouwsels dat, tegen het eind van de negentiende eeuw, de verandering in levensomstandigheden had meegemaakt van ruim en fraai naar bescheiden en ietwat beperkt. Relatief gesproken dan. Vergeleken met Barbara's optrekje was King-Ryders flat een waar paleis, hoewel het wel zo'n slecht doordacht gedeelte van een groter appartement bleek waar voldoende frisse lucht en daglicht waren opgeofferd om iemands zakken te spekken met de maandelijkse huur.

Zo had Barbara de flat getaxeerd toen Matthew King-Ryder haar binnenliet. Hij vroeg haar 'om alstublieft niet op de rommel te letten, ik ga verhuizen', wat sloeg op een hoop afval en vuilniszakken die op de stoep bij de voordeur klaar stonden voor de schoonmakers en de vuilnisophaaldienst. Voor haar uit liep hij door een korte, slecht verlichte gang naar een zitkamer. Daar stonden open kartonnen dozen met boeken, souvenirs en diverse siervoorwerpen die onverschillig in krantenpapier waren gewikkeld, terwijl ingelijste foto's en toneelaffiches tegen de muren geleund stonden, klaar om ingepakt te worden. 'Ik begeef me eindelijk in de wereld van huiseigenaren,' vertrouwde King-Ryder haar toe. 'Ik heb genoeg voor het huis, maar niet genoeg voor het huis én de verhuizers. Dus het is een soort doe-het-zelfonderneming. Vandaar de troep. Sorry. Hier, gaat u zitten.' Hij veegde een stapel schouwburgprogramma's op de grond. 'Wilt u koffie? Ik wilde juist gaan zetten voor mezelf.'

'Graag,' zei Barbara.

Hij liep naar de keuken, die zich vlak achter een kleine eethoek bevond. In een van de wanden was een doorgeefluik gemaakt, waar hij informeel doorheen bleef praten, terwijl hij intussen een schep koffiebonen in een molen gooide. 'Ik ga aan de zuidkant van de rivier wonen, dat ligt niet zo gunstig ten opzichte van West End. Maar het is een huis, geen flat. Het heeft een behoorlijke tuin en, wat nog belangrijker is, het is een onvervreemdbaar eigendom. En het is van mij.' Met scheefgehouden hoofd grinnikte hij in haar richting. 'Sorry. Ik ben nogal opgewonden. Drieëndertig, en ik heb eindelijk een hypotheek kunnen krijgen. Wie weet? Misschien is de volgende stap wel dat ik ga trouwen. Ik hou van sterk. De koffie, bedoel ik. Is dat goed?'

Sterk was prima, zei Barbara tegen hem. Hoe meer cafeïne hoe beter, wat haar betrof. Achteloos bekeek ze onder het wachten een van de stapels ingelijste foto's die naast haar stoel stond. Op de meeste ervan was dezelfde persoon afgebeeld, jarenlang geportretteerd naast een aantal bekendere gezichten uit de toneelwereld.

'Is dit uw vader?' riep Barbara boven het geknars van de koffiemolen uit om iets te zeggen, al was het niet nodig.

King-Ryder wierp een blik door het dienluik om te zien wie ze bedoelde. 'O,' zei hij. 'Ja, dat is mijn vader.'

De beide mannen leken totaal niet op elkaar. Matthew was gezegend met alle fysieke voordelen die de natuur zijn vader had ontzegd. Zijn vader was een kleine man, met een gezicht als een kikker en de uitpuilende ogen van een schildklierpatiënt, de wangen van iemand met leverklachten en wratten in zijn gezicht als bij de schurk uit een sprookje. De zoon was langer, had een aristocratische neus, en om zijn huid, ogen en mond te kunnen krijgen zouden vrouwen heel wat overhebben bij de plastisch chirurg.

'Jullie lijken niet erg op elkaar,' merkte Barbara op. 'U en uw vader.'

Vanuit de keuken wierp Matthew haar een spijtige blik toe. 'Nee. Om te zien was hij niet veel bijzonders, hè? En dat wist hij, helaas. Als jongen werd hij behoorlijk gepest. Ik denk dat hij daarom in de loop der jaren steeds weer een nieuwe vrouw zocht, om zich te bewijzen.'

'Jammer dat hij dood is. Het speet me te moeten horen... nou, u weet wel.'

Barbara voelde zich niet op haar gemak. Wat kon je eigenlijk zeggen over zelfmoord?

Matthew knikte, maar hij gaf geen antwoord. Hij wijdde zich weer aan het koffiezetten en Barbara bekeek de andere foto's. Ze zag dat er maar één was waar vader en zoon samen op stonden: een oude schoolfoto waarop een kleine Matthew stond afgebeeld met een beker in zijn hand en een verrukte, stralende lach op zijn gezicht, en zijn vader die een of ander opgerold programma in zijn hand hield en keek alsof hij innerlijk door iets geheel anders in beslag genomen werd. Matthew droeg trots de kleding van een sportteam, een of andere leren riem liep dwars over zijn bovenlichaam zoals bij een soldaat uit de Eerste Wereldoorlog. David ging gekleed in zijn eigen uniform: een goedgesneden, zakelijk kostuum dat aangaf hoeveel belangrijke vergaderingen hij miste.

'Op deze foto ziet hij er niet erg gelukkig uit,' merkte Barbara op, die de foto van de stapel had gepakt om hem beter te kunnen bekijken.

'O, dat. Sportdag van school. Pap had er een enorme hekel aan. Hij was zo atletisch als een os. Maar mam had er slag van om op zijn schuldgevoelens te werken wanneer ze hem aan de telefoon kon krijgen, dus meestal kwam hij wel kijken. Maar hij vond het niet leuk. Hij kon je heel goed laten merken wanneer hij iets niet prettig vond om te doen. Hij was echt een artiest.'

'Dat moet pijn gedaan hebben.'

'Af en toe. Maar toen waren mijn ouders al gescheiden, dus mijn zus en ik profiteerden zo veel mogelijk van de tijd die hij voor ons had.'

'Waar is ze nu?'

'Isadora? Ze ontwerpt kostuums. Meestal voor het Nationaal Toneel.'

'Dus jullie zijn beiden in zijn voetsporen getreden.'

'Isadora meer dan ik. Net als Pa is zij creatief ingesteld. Ik ben meer van de cijfers en de zakelijke kant.' Hij kwam terug in de zitkamer met een oud, blikken dienblad waarop hij koffiebekers had gezet, een kannetje melk en een paar suikerklontjes op een schoteltje. Hij zette het op een wankele stapel tijdschriften op een sofa, waarna hij verklaarde dat hij de zakelijk manager en agent van zijn vader was geweest. Hij onderhandelde over contracten, de royalty's van de talloze producties van zijn vader die over de hele wereld werden opgevoerd, verkocht rechten op toekomstige producties van de stukken en hield de vinger aan de pols van de onkosten wanneer het gezelschap een nieuwe pop-opera uitbracht in Londen.

'Dus uw werk is niet afgelopen na de dood van uw vader.'

'Nee. Omdat zijn werk, de muziek althans, niet echt is afgelopen. Zolang zijn opera's ergens worden opgevoerd, gaat mijn werk door. Op den duur zullen we het aantal personeelsleden van de productiemaatschappij wel terugbrengen, maar iemand moet een oogje houden op alle rechten. En dan is er altijd nog het fonds dat instandgehouden moet worden.'

'Het fonds?'

Matthew liet drie klontjes suiker in zijn beker vallen en roerde in zijn koffie met een lepeltje met een porseleinen steel. Zijn vader, legde hij uit, had een paar jaar geleden een stichting opgericht om creatieve artiesten te steunen. Het geld werd gebruikt om acteurs en musici te laten studeren, nieuwe producties te steunen, nieuwe stukken van onbekende toneelschrijvers uit te brengen en tekstschrijvers en componisten te helpen met de start van hun carrière. Na de dood van David King-Ryder ging de hele opbrengst van zijn werk naar die stichting. Afgezien van een legaat voor zijn vijfde en laatste vrouw, was de David King-Ryder Stichting de enige erfgenaam van King-Ryders nalatenschap.

'Dat wist ik niet,' zei Barbara vol ontzag. 'Een vrijgevig man. Aardig van hem om anderen een duwtje in de goede richting te geven.'

'Mijn vader was een fatsoenlijke kerel. Hij was niet zo'n geweldige vader toen mijn zus en ik jong waren, hij geloofde niet in toelages en legde niemand in de watten. Maar hij steunde talent waar hij het aantrof, als de artiest bereid was om te werken. Dat is een prachtige nalatenschap, als je het mij vraagt.'

'Jammer wat er gebeurd is. Ik bedoel... u weet wel.'

'Dank u. Het was... ik begrijp het nog steeds niet.' Matthew staarde naar de rand van zijn koffiebeker. 'Wat zo verdomd vreemd eraan was is het feit dat hij een hit had. Een hít, na al die beroerde jaren. Het publiek werd wild nog voor de spelers het applaus in ontvangst namen, en hij was erbij. Hij zag het. Zelfs de critici gaven een staande ovatie. Dus de recensies moesten geweldig zijn. Dat móét hij geweten hebben.'

Barbara kende het verhaal. Het was nog maar zo kort geleden gebeurd dat het niet in de vergetelheid was geraakt door andere, schokkender gebeurtenissen. De première van *Hamlet*. Een geweldig succes na jaren van mislukking. Zonder een briefje achter te laten om zijn daad te verklaren had de componist/tekstschrijver zich om het leven gebracht met een enkel schot door zijn hoofd, terwijl zijn vrouw in de aangrenzende kamer een bad nam.

'U kon het erg goed met uw vader vinden,' merkte Barbara op bij het zien van het verdriet dat nog steeds duidelijk op Matthews gezicht te lezen stond.

'Niet als kind of als puber. Maar de laatste jaren wel. Ja, dat is zo. Maar het was blijkbaar niet genoeg.' Matthew knipperde met zijn ogen en nam een flinke slok koffie. 'Maar genoeg hierover. U bent hier gekomen om te werken. U zei dat u me wilde spreken over Terence... die jongen in het zwart, die bij me op bezoek kwam in Soho.'

'Ja. Terence Cole.' Barbara gaf Matthew de feiten om die door de jongeman te laten bevestigen. 'Neil Sitwell, hij is de grote baas van Bowers in Cork Street, zei dat hij hem naar u toe had gestuurd met een handgeschreven blad muziek van Michael Chandler dat hij op de kop had getikt. Hij nam aan dat u zou weten hoe Terry in contact kon komen met de notaris die de nalatenschap van Chandler beheert.'

Verbaasd trok Matthew zijn wenkbrauwen op. 'Zei hij dat? Wat eigenaardig.'

'U weet niet hoe Terry die notaris had kunnen benaderen?' vroeg Barbara. Dat leek nauwelijks geloofwaardig.

Matthew haastte zich om haar te verbeteren. 'Natuurlijk weet ik wie de notaris van de Chandlers is. Bovendien ken ik de familie Chandler ook. Michael had vier kinderen en die wonen allemaal nog in Londen. Evenals zijn weduwe. Maar de jongen heeft het helemaal niet over Bowers gehad, toen hij me kwam opzoeken. Hij heeft de naam Neil Sitwell ook niet genoemd. En, wat het belangrijkste is, hij heeft het niet over muziek gehad.'

'O, nee? Waarom wilde hij u dan spreken?'

'Hij zei dat hij iets had gehoord over de stichting. Nou, dat kan best waar zijn, want bij de dood van mijn vader is er veel aandacht aan besteed in de pers. Cole hoopte op een beurs. Hij had foto's van zijn werk meegebracht om me te laten zien.'

Barbara kreeg het gevoel dat haar hoofd vol spinnenwebben zat. Ze was totaal niet voorbereid op deze informatie. 'Weet u het zeker?'

'Natuurlijk weet ik het zeker. Hij had een map bij zich en eerst dacht ik dat hij hoopte op financiële steun voor een studie om decor- of kostuumontwerper te worden. Omdat, zoals ik al zei, dat de mensen zijn die een beroep kunnen doen op de stichting; kunstenaars die op de een of andere manier met het theater te maken hebben. Niet artiesten in het algemeen. Maar dat wist hij niet. Of hij had het verkeerd begrepen. Of hij had ergens de voorwaarden niet goed gelezen... ik weet het niet.'

'Heeft hij u laten zien wat hij in de map had?'

'Foto's van zijn werk, het meeste was nogal afschuwelijk. Tuingereedschap dat alle kanten op verbogen was. Harken en schoffels. Troffels die in stukken waren gezaagd. Ik weet niet veel van moderne kunst, maar voorzover ik kon zien leek het erop dat hij maar beter een ander beroep kon kiezen.'

Barbara verwerkte de informatie. 'Wanneer,' vroeg ze, 'heeft het bezoek van Terry Cole plaatsgevonden?'

Na even te hebben nagedacht liep Matthew de kamer uit om zijn agenda te halen. Hij kwam terug met het opengeslagen boekje in zijn hand. Hij had geen aantekening gemaakt van het bezoek omdat Cole niet van tevoren had gebeld om een afspraak te maken. Maar het was op een dag geweest dat Ginny, de weduwe van zijn vader, op kantoor was geweest en dat had hij wél opgeschreven. Matthew gaf Barbara de datum. Het was de dag van Terry Coles dood.

'Natuurlijk heb ik niet tegen hem gezegd hoe ik over zijn werk dacht. Dat had geen zin, nietwaar? Bovendien, hij deed er zo serieus over.'

'Cole heeft nooit over muziek gesproken? Over een blad muziek? Of over Michael Chandler? Of zelfs over uw vader?'

'Nee. Hij wist natuurlijk wie mijn vader was. Dat heeft hij gezegd. Maar dat kan alleen zijn geweest omdat hij hoopte wat geld van de stichting te krijgen. Om een beetje te slijmen met een paar complimenten, als u begrijpt wat ik bedoel. Maar dat was alles.' Matthew ging weer zitten. Hij klapte de agenda dicht en pakte zijn beker met koffie. 'Sorry. Ik heb u niet veel kunnen helpen, zeker?'

'Ik weet het niet,' antwoordde Barbara nadenkend.

'Mag ik vragen waarom u inlichtingen over de jongen wilt hebben? Heeft hij iets gedaan...? Ik bedoel, u bent tenslotte van de politie.'

'Iemand heeft hém iets gedaan. Hij is vermoord op dezelfde dag waarop hij bij u op bezoek is geweest.'

'Dezelfde...? God. Wat erg. Bent u zijn moordenaar op het spoor?'

Dat vroeg Barbara zich af. Het had zeker aangevoeld als een spoor. Het had geleken op, geroken als en er uitgezien als een spoor. Maar voor het eerst sinds inspecteur Lynley haar aan het Criminal Record Information System had gezet met de opdracht de zaken waaraan Andrew Maiden had gewerkt na te pluizen op een mogelijk verband met de dood van zijn dochter, en voor het eerst sinds ze die richting van het onderzoek als zinloos en nutteloos voor de zaak had verworpen, was ze gedwongen zich af te vragen of ze een aanwijzing of een dood spoor volgde. Ze zou het niet kunnen zeggen.

Daarom diepte ze haar autosleutels op uit haar schoudertas, waarna ze tegen Matthew King-Ryder zei dat ze contact met hem zou opnemen als ze nog meer vragen had. En als hij zich nog iets meer herinnerde van zijn gesprek met Terry Cole... Ze gaf hem haar telefoonnummer. Wilde hij dan bellen? vroeg ze hem. Je wist maar nooit of er zich nog een detail uit je geheugen naar boven zou werken wanneer je dat het minst verwachtte.

Natuurlijk, zei Matthew King-Ryder. En voor het geval Terry Cole erin was geslaagd om de naam van de notaris van Chandler te pakken te krijgen zonder de hulp van King-Ryder, wilde hij de politie de naam van diens kantoor en zijn telefoonnummer geven. Hij keek achter in zijn agenda, vond een adreslijst en liet zijn vinger over een bladzijde met namen en nummers glijden. Toen hij had gevonden wat hij zocht, las hij de gegevens voor. Barbara schreef ze op. Ze bedankte de jongeman voor zijn medewerking en wenste hem veel geluk bij zijn verhuizing naar de zuidelijke rivieroever. Hij bracht haar naar de deur. Zoals iedere verstandige Londenaar deed hij die achter haar op slot.

Toen ze alleen in de gang voor zijn flat stond, dacht Barbara na over wat ze had gehoord. Ze overwoog hoe, en óf, de informatie die ze had verzameld, paste in de puzzel van Terry Coles dood. Terry had gesproken over een grote opdracht, herinnerde ze zich. Zou hij gesproken kunnen hebben over zijn hoop op een beurs van de King-Ryder Stichting? Ze had de haastige conclusie getrokken dat zijn bezoek aan King-Ryder iets te maken moest hebben gehad met de muziek van Michael Chandler die hij in zijn bezit had. Maar als hem was gezegd dat de muziek hem niets zou opleveren, waarom zou hij dan de moeite hebben genomen om een notaris op te sporen en de muziek aan de erfgenamen van Chandler ter hand te stellen? Zeker, hij had misschien gehoopt op een beloning van de Chandlers. Maar zelfs al had hij die gekregen, zou die te vergelijken zijn geweest met een toelage van King-Ryder die hem in staat zou hebben gesteld om zijn twijfelachtige carrière als beeldhouwer voort te zetten? Nauwelijks, besloot Barbara. Hij had veel beter kunnen proberen indruk met zijn talent te maken op een bekende mecenas, dan te hopen op de edelmoedigheid van onbekende personen die dankbaar waren dat ze hun eigendom terugkregen.

Ja. Daar zat iets in. Tien tegen een had Terry Cole elke gedachte aan het verkrijgen van geld voor Chandlers handgeschreven muziek uit zijn hoofd gezet nadat hij had begrepen hoe noodzakelijk de vriendelijkheid en goedgeefsheid van vreemden was voor een succesvolle vervulling van zijn ambities. Nadat hij met Sitwell had gesproken had hij de muziek waarschijnlijk weggegooid, of mee naar huis genomen en ergens tussen zijn spullen opgeborgen. Wat natuurlijk de vraag opriep waarom zij, of Nkata, die niet waren tegengekomen toen ze de flat doorzochten. Maar zou een blad muziek tussen zijn spullen hen wel zijn opgevallen? Zeker wanneer ze terugdacht aan de manier waarop hun zintuigen waren getroffen door de kunstuitingen van beide flatbewoners.

Kunst. Dat was een gemeenschappelijke factor bij alle aspecten van de zaak, dacht ze. Kunst. Kunstenaars. De King-Ryder Stichting. Matthew had gezegd dat beurzen slechts werden verstrekt aan artiesten die iets met het theater te maken hadden. Wat kon een artiest er echter van weerhouden om over te stappen naar het theater als dat geld opleverde? Als Terry Cole dat had begrepen, als hij zich inderdaad had uitgegeven voor ontwerper en niet voor beeldhouwer, als zijn grote opdracht in werkelijkheid had bestaan uit het bezwendelen van een stichting die bedoeld was als blijvende herinnering aan een grote theaterpersoonlijkheid...

Nee. Ze liep op de zaken vooruit. Ze mengde te veel ingrediënten in haar brouwsel. Ze stond op het punt zichzelf een forse hoofdpijn te bezorgen en ze viste in troebel water. Ze moest nadenken, de frisse lucht in, een fikse wandeling maken door Regent's Park om alles op een rijtje te zetten wat er tot nu toe...

Barbara's gedachten hielden op met rondtollen toen haar blik viel op de verzameling afval voor de deur van King-Ryder. Op weg naar binnen had ze er geen aandacht aan geschonken. Nu deed ze het wel. Ze hadden over artiesten gesproken, hij had gezegd dat hij niet veel wist van moderne kunst. Wat ze voor King-Ryders deur zag drong zich aan haar op, juist vanwege dat gesprek. Te midden van de spullen die King-Ryder had afgedankt bevond zich een schilderij. Het stond met de voorkant naar de muur, ervoor waren vuilniszakken opgestapeld.

Barbara keek naar links en naar rechts. Ze nam het besluit om te kijken wat Matthew King-Ryder dan wél als kunst beschouwde, afgedankt of niet. Ze schoof de vuilniszakken opzij en vervolgens trok ze het schilderij bij de muur vandaan.

'Krijg nou wat,' fluisterde ze, toen ze zag wat erop was afgebeeld: een bizarre, blonde vrouw met een enorme, wijd geopende mond waarin een kat te zien was die zijn behoefte deed op haar tong.

Barbara had al eerder een stuk of tien variaties op dit bedenkelijke thema gezien. Tevens had ze de kunstenares gezien en gesproken: Cilla Thompson, die trots had aangekondigd dat ze een schilderij had verkocht 'vorige week nog, aan een heer met een goede smaak'.

Barbara keek naar de gesloten deur van Matthew King-Ryders flat. Ze voelde zich tegelijkertijd koud en opgetogen worden. Daarbinnen woont een moordenaar, zei ze tegen zichzelf. Op dat moment nam ze zich voor dat zíj de aangewezen smeris was om hem voor de rechter te brengen.

Lynley vond Barbara's rapport op zijn bureau toen hij om tien uur die ochtend op de Yard kwam. Hij las de samenvattingen en de conclusies die ze had getrokken met betrekking tot de dossiers die ze bij CRIS had doorgenomen en hij nam notitie van de wrokkige ondertoon die haar woordkeuze kleurde. Op dit moment kon hij het zich echter niet veroorloven om waarde te hechten aan haar nauwelijks verholen kritiek op de opdrachten die hij haar had gegeven. De ochtend was al moeilijk genoeg geweest en hij had andere, dringender zaken aan zijn hoofd dan een agent die ontevreden was over haar opdrachten. Tijdens de rit van Eaton Terrace naar Victoria Street had hij een omweg gemaakt van zijn normale route. Hij was naar Fulham gereden om bij het Chelsea en Westminster Ziekenhuis te informeren naar de toestand van Vi Nevin. De artsen die de jonge vrouw behandelden, hadden hem een bezoek van een kwartier toegestaan. Ze zat echter onder de verdovende middelen en al die tijd had ze zich niet verroerd. Er was een plastisch chirurg langsgekomen om haar te onderzoeken, waarvoor het nodig was het verband te verwijderen, maar ook daar was ze doorheen geslapen.

Tijdens het bezoek van de chirurg aan haar vriendin was Shelly Platt naar het ziekenhuis gekomen. Ze was gekleed in een linnen broekpak en sandalen, haar oranje haar was verborgen onder een raffia hoed met brede rand en haar ogen gingen schuil achter een zonnebril. Onder het voorwendsel haar deelneming te betuigen met de dood van Nicola Maiden had ze Vi herhaaldelijk gebeld nadat Lynley haar een bezoek had gebracht op haar zitslaapkamer in Earl's Court. Omdat ze haar niet had kunnen bereiken was ze ten slotte naar Rostrevor Road gegaan, waar de mishandeling van haar voormalige huisgenote hét gesprek van de buurt was.

'Ik moet haar zien!' hoorde Lynley in de ziekenkamer, terwijl de plastisch chirurg de ruïne die eens Vi's gezicht was geweest onderzocht en zachtjes sprak over beenderen die als glas waren versplinterd, huidtransplantaties en littekenweefsel, met de ongeïnteresseerde houding van iemand die zich liever bezighoudt met medische research dan met de behandeling van patiënten. Lynley, die niet de stem maar wel het accent herkende dat in de hal te horen was, verontschuldigde zich en ging de kamer uit waar hij Shelly Platt aantrof die probeerde zich een weg te banen langs de agent die de wacht hield en een afdelingszuster.

'Hij heeft het gedaan, toch?' riep Shelly Platt toen ze hem zag. 'Ik heb het hem verteld en hij heeft haar gevonden, hè? Zo is het. En hij heeft haar te pakken genomen, precies zoals ik dacht. En nu zal hij achter mij aankomen als hij weet dat ik u de waarheid heb verteld over zijn bedrijf. Hoe is het met haar? Hoe gaat het met Vi? Laat me bij haar. Ik moet haar zien.'

Haar stem was op het hysterische af en de zuster vroeg of 'dit mens' familie was van de patiënte. Shelly zette haar zonnebril af, zodat haar bloeddoorlopen ogen zichtbaar werden die ze in een zwijgende smeekbede op Lynley vestigde.

'Dit is haar zus,' zei Lynley tegen de verpleegster. Hij nam Shelly bij de arm. 'Ze mag naar binnen.'

In de kamer wierp Shelly zich op het bed, waar een andere verpleegster Vi Nevin opnieuw verbond terwijl de plastisch chirurg zijn handen waste bij de wastafel en vervolgens vertrok. Shelly begon te huilen. Ze zei: 'Vi, Vi, Vi, schatje. Ik heb het niet zo bedoeld. Geen woord ervan.' Ze pakte de slappe hand die op de dekens lag en drukte die tegen haar hart alsof de warmte in haar magere borst op de een of andere manier kon overbrengen wat ze zei. 'Wat is er met haar?' vroeg ze dringend aan de zuster. 'Wat hebt u met haar gedáán?'

'Ze heeft slaapmiddelen gekregen, mevrouw.' De verpleegster tuitte misprijzend haar lippen terwijl ze het laatste stukje leukoplast op het gaas aanbracht.

'Het komt toch wel weer goed met haar?'

Lynley keek de verpleegster aan voor hij zei: 'Ze wordt weer beter.'

'En haar gezicht dan? Al dat verband. Wat heeft hij met haar gezicht gedaan?'

'Daar heeft ze de meeste klappen gekregen.'

Shelly Platt begon nog harder te huilen. 'Nee. Néé. O, Vi, het spijt me zo verschrikkelijk. Ik wilde niet dat je echt iets zou overkomen. Ik was gewoon nijdig. Je weet hoe ik ben.'

De verpleegster trok haar neus op bij deze emotionele uitbarsting. Ze ging de kamer uit.

'Ze zal plastische chirurgie nodig hebben,' zei Lynley tegen Shelly, toen ze alleen waren. 'En daarna...' Hij zocht een duidelijke, maar meelevende manier om het meisje uit te leggen hoe Vi Nevins toekomst er waarschijnlijk zou uitzien. 'De kans is groot dat ze in haar werk beperkter zal zijn dan ze was.' Hij zweeg om te zien of Shelly het zou begrijpen zonder dat hij er dieper op in hoefde te gaan. Ze was onaantrekkelijk, maar ze werkte nog steeds en ze zou moeten weten wat littekens in het gezicht voorspelden voor een vrouw die haar aanzienlijke inkomen verdiende door Lolita te spelen voor haar cliënten.

Shelly wendde haar gekwelde blik van Lynleys gezicht af. Ze keek naar haar vriendin. 'Dan zal ik voor haar zorgen. Van nu af aan, elke minuut. Ik zal voor mijn Vi zorgen.' Ze kuste Vi's hand, hield die vervolgens nog steviger vast en begon opnieuw hard te huilen.

'Ze heeft nu rust nodig,' zei Lynley tegen haar.

'Ik ga niet bij Vi weg tot ze weet dat ik bij haar ben.'

'U kunt bij de agent wachten. Ik zal ervoor zorgen dat hij u om het uur bij haar laat.'

Met tegenzin liet Shelly Vi's hand los. Op de gang zei ze: 'U gaat toch wel achter hem aan? Zorgt u ervoor dat ze hem meteen de gevangenis in gooien?'

Die twee vragen achtervolgden Lynley de hele rit naar de Yard.

Martin Reeve was de meest geschikte kandidaat voor de aanval op Vi Nevin: motief, middelen en gelegenheid. Hij had een levensstijl die hij wilde voortzetten en een vrouw wier drugsverslaving veel geld vergde. Hij kon zich niet veroorloven om een deel van zijn inkomen te verliezen. Als één meisje er met succes in slaagde om hem in de steek te laten, was er niets wat een ander meisje – of desnoods tien – ervan kon weerhouden haar voorbeeld te volgen. Als hij dat liet gebeuren, zou hij weldra niets meer te doen hebben, want de twee noodzakelijke elementen in de prostitutie zijn de prostituees zelf en hun bereidwillige klanten. Pooiers zijn te vervangen. En Martin Reeve was zich daarvan bewust. Hij zou over zijn vrouwen heersen door voorbeelden te stellen en hun angst in te boezemen: door te laten zien tot welke uitersten hij bereid was te gaan om zijn domein te beschermen en door te benadrukken – door die uitersten – dat het lot dat een van de meisjes trof ook een van de anderen te beurt kon vallen. Vi Nevin had gediend als voorbeeld voor de rest van Reeves vrouwen. De enige vraag was of Nicola Maiden en Terry Cole eveneens als voorbeeld waren bedoeld.

Er was maar één manier om erachter te komen: Reeve naar de Yard halen zonder zijn advocaat en hem te slim af te zijn wanneer hij er goed en wel was. Maar Lynley wist dat hij, om dat te bereiken, de man buitenspel zou moeten zetten, en zijn mogelijkheden op dat gebied waren beperkt.

Lynley zocht naar een middel om de man te manipuleren met behulp van de foto's van de flat die de politiefotograaf hem die ochtend met spoed had laten bezorgen. In het bijzonder bekeek hij een schoenafdruk op de keukenvloer, zich afvragend of het patroon van zeshoeken op de schoenzool apart genoeg was om iets te betekenen. Het zou zeker voldoende moeten zijn om een huiszoekingsbevel te verkrijgen. En met een huiszoekingsbevel in de hand konden drie of vier rechercheurs MKR Financial Management doorzoeken om het bewijs te vinden van Reeves zakelijke bezigheden, ook al zou hij slim genoeg zijn geweest om zich van de schoenen met het patroon op de zolen te ontdoen. Wanneer ze dat bewijsmateriaal eenmaal in handen hadden, zouden ze in de positie zijn om de pooier te intimideren. En dat was precies waar Lynley naartoe wilde.

Hij bestudeerde de andere foto's, die hij stuk voor stuk op zijn bureau gooide. Hij was nog bezig te zoeken naar iets bruikbaars, toen Barbara Havers zijn kamer kwam binnenstormen.

'Jezus,' zei ze zonder inleiding, 'luister eens wat ik te vertellen heb, inspecteur.' Ze begon te ratelen over een veilinghuis in Cork Street, iemand die Sitwell heette, Soho Square, en King-Ryder Productions. 'Dus ik zag dat schilderij toen ik uit zijn flat kwam,' besloot ze triomfantelijk. 'En gelooft u me, als u een glimp van Cilla's werk in Battersea had opgevangen, zou u het met me eens zijn dat het veel méér is dan een toevallige samenloop van omstandigheden dat ik íemand op de wereld moest tegenkomen die werkelijk een van haar walgelijke schilderijen heeft gekocht.' Ze plofte neer op een van de stoelen voor zijn bureau en pakte de foto's die hij erop had gegooid. Nadat ze die vluchtig had bekeken zei ze: 'King-Ryder is onze man. Dat kunt u met mijn bloed opschrijven als u het zou willen.'

Lynley keek naar haar over zijn brillenglazen. 'Wat heeft je die richting uitgestuurd? Heb je verband ontdekt tussen meneer King-Ryder en Maidens werk voor SO10? Want in je rapport staat niet vermeld...' Hij fronste zijn voorhoofd, omdat hij zich iets afvroeg en het niet prettig vond dat hij het deed. 'Havers, hoe ben je bij King-Ryder terechtgekomen?'

Ze bleef stug naar de foto's kijken terwijl ze antwoord gaf. Maar haar antwoord kwam haperend. 'Het ging als volgt, inspecteur. Ik vond een visitekaartje in de flat van Terry Cole. En een adres. En ik dacht... Ja, ik weet dat ik die meteen aan u had moeten geven, maar het was me ontschoten toen u me terugstuurde naar CRIS. Toevallig had ik gisteren wat tijd over toen ik klaar was met het rapport en...' Ze aarzelde, haar aandacht nog steeds bij de foto's. Maar toen ze eindelijk opkeek toonde haar gezicht een andere uitdrukking, minder zeker dan toen ze de kamer was binnengestormd. 'Omdat ik dat kaartje had, en het adres, ben ik eerst naar Soho Square gegaan en daarna naar Cork Street en... goh, inspecteur, wat maakt het uit hoe ik bij hem terechtkwam? King-Ryder liegt en als hij liegt weten we allebei dat hij daarvoor maar één reden kan hebben.'

Lynley legde de overige foto's op zijn bureau. Hij zei: 'Ik kan dit niet volgen. We hebben het verband aangetoond tussen onze twee slachtoffers: prostitutie en reclame voor prostitutie. We hebben begrepen dat er mogelijk een ander motief kan zijn: de gebruikelijke wraak van een pooier die bedrogen is door twee van de meisjes die hij voor zich liet werken, van wie hij er, tussen twee haakjes, gisteravond een in elkaar heeft geslagen. Niemand kan het alibi van de pooier voor dinsdagavond bevestigen, behalve zijn vrouw, en haar woorden zijn de adem niet waard die ze nodig heeft om ze uit te spreken. Wat we nu nog moeten vinden is het ontbrekende wapen, dat heel goed ergens in het huis van Martin Reeve kan liggen. Nu dat alles is vastgesteld, Havers, en het is vastgesteld, zou ik eraan willen toevoegen, door het soort politiewerk te doen dat jij tegenwoordig liever schijnt te ontlopen, zou ik het op prijs stellen als je de feiten zou willen opsommen die jou aanleiding geven aan te nemen dat Matthew King-Ryder onze moordenaar is.'

Ze gaf geen antwoord, maar Lynley zag lelijke, rode vlekken in haar hals verschijnen.

Hij zei: 'Barbara, ik hoop dat je gevolgtrekkingen het resultaat zijn van speurwerk, niet van intuïtie.'

Havers werd nog roder. 'U zegt toch altijd dat er geen toevalligheden bestaan wanneer het op moord aankomt, inspecteur.'

'Ja. Maar wat is die toevalligheid?'

'Dat schilderij. Cilla Thompsons wangedrocht. Wat moet hij met een schilderij dat gemaakt is door de huisgenote van Terry Cole? U kunt niet beweren dat hij het gekocht heeft om aan de muur te hangen omdat het buiten stond, bij het afval, dus het móét iets betekenen. En ik geloof dat het moet betekenen...'

'Jij gelooft dat het betekent dat hij een moordenaar is. Maar je hebt geen motief voor hem voor het begaan van deze moord, nietwaar?'

'Ik ben nog maar net begonnen. Aanvankelijk ging ik King-Ryder opzoeken omdat Terry Cole naar hem toe was gestuurd door die man, Neil Sitwell. Ik verwachtte niet dat ik een van Cilla's schilderijen naast zijn voordeur zou aantreffen, en toen dat gebeurde was ik stomverbaasd. Wie zou dat niet geweest zijn? Nog geen vijf minuten daarvoor had King-Ryder me verteld dat Terry Cole met hem kwam praten over een beurs. Ik loop de flat uit, probeer mijn gedachten over deze nieuwe informatie te ordenen, en daar staat dat schilderij bij het afval, dat me vertelt dat er verband bestaat tussen King-Ryder en deze moord, waarover hij niets heeft gezegd.'

'Een verband met de moord?' Lynley liet zijn scepsis in zijn woorden doorklinken. 'Havers, alles wat je tot dusver hebt ontdekt is het feit dat er misschien verband bestaat tussen hem en iemand die misschien in verband te brengen is met iemand die is vermoord tegelijk met een vrouw met wie hij totaal niet in verband te brengen is.'

'Maar…'

'Nee. Geen máár, Havers. Nee, en ook geen áls wanneer het eropaan komt. Je hebt elke centimeter van de weg die ik in deze zaak afleg, dwarsgelegen, en daar moet een eind aan komen. Ik heb je een order gegeven, die je grotendeels hebt genegeerd omdat die je niet aanstaat. Je bent je eigen weg gegaan en je hebt het team schade berokkend…'

'Dat is niet eerlijk!' wierp ze tegen. 'Ik héb het rapport gemaakt. Ik heb het op uw bureau gelegd.'

'Ja. En ik heb het gelezen.' Lynley rommelde tussen de paperassen. Hij vond het rapport en gebruikte het om zijn woorden kracht bij te zetten toen hij vervolgde: 'Barbara, denk je dat ik achterlijk ben? Denk je dat ik niet in staat ben om tussen de regels door te lezen van iets wat moet doorgaan voor het werk van iemand die haar vak verstaat?'

Ze sloeg haar ogen neer. Nog steeds had ze een paar van de foto's van Vi Nevins overhoop gehaalde flat in haar hand en daar richtte ze haar blik op. Haar vingers werden wit toen haar greep verstevigde en de veelzeggende kleur op haar gezicht werd dieper.

Godzijdank, dacht Lynley. Eindelijk had hij haar aandacht. Hij begon warm te lopen voor zijn onderwerp. 'Wanneer je een taak toebedeeld krijgt wordt van je verwacht dat je die volbrengt. Zonder vragen en zonder tegensputteren. En wanneer je ermee klaar bent wordt van je verwacht dat je een rapport inlevert dat de neutrale toon van de neutrale politievrouw weergeeft. En daarna wordt van je verwacht dat je je volgende opdracht afwacht met een instelling die openstaat voor het verwerken van informatie. Wat niet van je wordt verwacht is dat je bedekt commentaar levert op de manier waarop het onderzoek zijn loop neemt, mocht je het er toevallig niet mee eens zijn. Dit,' hij sloeg met haar rapport in zijn hand, 'is een uitstekend voorbeeld ervan waarom je je in je huidige positie bevindt. Wanneer je een opdracht krijgt die je niet bevalt en waarmee je het niet eens bent, neem je de zaak in eigen handen. Je gaat je eigen gang met volslagen minachting voor alles, van hiërarchie tot publieke veiligheid. Dat heb je drie maanden geleden in Essex gedaan en nu doe je het weer. Waar iedere andere agent zich rustig zou houden in de hoop zijn naam en zijn reputatie te zuiveren, om nog maar niet te spreken van het veiligstellen van zijn carrière, ga jij koppig je eigen weg langs het pad dat jou op het moment het beste uitkomt. Of niet soms?'

Met haar hoofd nog steeds gebogen gaf ze geen antwoord. Haar ademhaling was echter veranderd, ze hijgde licht in een poging haar emoties terug te dringen. Voor het ogenblik althans leek de reprimande voldoende te zijn. Hij was blij het te zien.

'Mooi,' zei hij. 'Nu moet je eens goed luisteren. Ik wil een huiszoekingsbevel om Reeves huis ondersteboven te halen. Ik heb vier rechercheurs nodig om het te doen. Ik wil dat in dat huis een enkel paar schoenen wordt gevonden met een zeshoekig patroon op de zolen, plus alle mogelijke bewijsmateriaal dat te vinden is over de escortservice. Kan ik je hierop zetten en er zeker van zijn dat je doet wat je wordt opgedragen?'

Ze reageerde niet.

Wanhoop overviel hem als een zwerm vliegen. 'Havers, luister je naar me?'

'Huiszoeking.'

'Ja. Dat zei ik, ik wil een huiszoekingsbevel. En wanneer je dat hebt, wil ik dat je deel uitmaakt van het team dat naar Reeves huis gaat.'

Ze keek op van de foto's. 'Verdomme, een huiszoeking,' zei ze en haar gezicht was op onverklaarbare wijze veranderd, er lag nu een brede glimlach op. 'Ja, ja. Verdomme, inspecteur. God, ja. Dat is het helemaal.'

'Wat bedoel je?'

'Begrijpt u het niet?' Opgewonden zwaaide ze met een van de foto's. 'Inspecteur, begrijpt u het dan niet? U denkt aan Martin Reeve omdat hij een motief heeft en het zo voor de hand liggend is dat elk ander motief daarbij vergeleken niets te betekenen heeft. En omdat zijn motief voor u zo absoluut vaststaat, wordt alles wat u vindt er uiteindelijk mee in verband gebracht, of het terzake doet of niet. Maar als u Reeve even vergeet, kunt u op deze foto's zien dat...'

'Havers.' Lynley vocht tegen zijn opkomende ongeloof. De vrouw was niet kapot te krijgen, niet te temmen en niet onder controle te houden. Voor het eerst vroeg hij zich af hoe hij zo lang met haar had kunnen samenwerken. 'Ik ga je opdracht niet herhalen. Ik geef je die. En jij voert hem uit.'

'Maar ik wil alleen dat u inziet dat...'

'Nee! Verdomme! Nu is het genoeg. Zorg voor dat huiszoekingsbevel. Het kan me niet schelen wat je moet doen om het los te krijgen. Zorg dat je het krijgt. Vorm een team van rechercheurs. Ga naar dat huis. Doorzoek het van onder tot boven. Breng me schoenen met een zeshoekig patroon op de zolen en bewijsmateriaal van de escortservice. Nog beter, breng me een wapen dat gebruikt kan zijn bij de moord op Terry Cole. Is dat duidelijk? Gá dan.'

Ze staarde hem aan. Even dacht hij dat ze hem wilde trotseren. En op dat ogenblik wist hij hoe inspecteur Barlow zich op de Noordzee moest hebben gevoeld, bezig een verdachte te achtervolgen terwijl elke beslissing werd tegengesproken door een ondergeschikte die haar mening niet voor zich kon houden. Havers had verdomd veel geluk gehad dat Barlow in die boot niet degene was geweest met een wapen. Als de inspecteur gewapend was geweest, zou de jacht op de Noordzee wel eens heel anders kunnen zijn afgelopen.

Havers stond op. Zorgvuldig legde ze de foto's van Vi Nevins maisonnette op zijn bureau. Ze zei: 'Een huiszoekingsbevel en een huiszoeking. Een team van vier rechercheurs. Ik zal ervoor zorgen, inspecteur.'

Haar toon was afgemeten. Uiterst beleefd, zeer respectvol en volkomen gepast.

Lynley dacht er maar niet bij na wat dat alles betekende.

Martin Reeves handpalmen jeukten. Hij drukte zijn vingernagels er diep in. Ze begonnen te gloeien. Tricia had hem geholpen toen hij haar hulp nodig had met die klootzak van een politieman, maar hij kon er niet op rekenen dat ze bij haar verhaal zou blijven. Als iemand haar genoeg drugs beloofde op een moment dat haar voorraad klein was en ze die wilde aanvullen, zou ze alles doen of zeggen. De agenten hoefden haar alleen maar te spreken zien te krijgen waar hij niet bij was, haar uit huis halen, en dan zou ze binnen twee uur als was in hun handen zijn. En hij kon haar verdomme de rest van hun leven niet elke minuut van elke dag in de gaten houden om er zeker van te zijn dat het niet zou gebeuren.

Wat willen jullie weten? Geef me wat ik nodig heb.

Tekent u maar daar, mevrouw Reeve, dan krijgt u het.

Dan was het afgelopen. Nee. Erger nog. Dan was het afgelopen met hém. Hij moest zijn verhaal door iemand anders bevestigd zien te krijgen.

Enerzijds kon hij iemand een leugen laten vertellen die toch al wist wat de gevolgen zouden zijn als hij er ook maar over dacht om zijn verzoek in te willigen, laat staan om het vierkant te weigeren. Anderzijds kon hij van iemand eisen dat hij de waarheid sprak. Die persoon zou, omdat hij een verzoek om normale oprechtheid als een teken van zwakte beschouwde, kunnen denken dat dit een mooie gelegenheid was om van Reeve iets los te krijgen van datgene wat Reeve zijn hele volwassen leven bij elkaar had geschraapt. De eerste optie zou eropuit draaien dat hij iemand iets schuldig was, wat betekende dat hij die persoon de teugels van zijn leven in handen zou geven. Koos hij voor de tweede mogelijkheid, dan zou hij beschouwd worden als een slappeling die uitgekleed kon worden zonder angst voor vergelding.

Hij kon gewoon niet winnen: hij zat gevangen tussen twee rotsen en Martin

wilde genoeg dynamiet zoeken om een doortocht te forceren en toch de schade van vallende stenen tot een minimum te beperken.

Hij zou naar Fulham gaan. Alle problemen waar hij op dit moment mee worstelde hadden daar hun oorsprong gevonden en hij was vastbesloten daar ook
de oplossing vandaan te halen.

Hij kwam het gebouw aan Rostrevor Road heel gemakkelijk binnen: hij
drukte snel achter elkaar op alle bellen, wachtend op de dwaas die op de zoemer zou drukken om hem binnen te laten zonder hem via de intercom te vragen om zich te identificeren.

Hij rende de trap op, maar op de overloop bleef hij staan. Er zat een briefje
op de deur van de maisonnette en zelfs vanwaar hij stond kon hij het lezen.
Plaats delict, kondigde het aan. Verboden toegang.

'Shit,' zei Martin.

Weer hoorde hij de zachte, gespannen stem van de inspecteur, even duidelijk
alsof de man naast hem op de overloop stond. 'Vertel me over Vi Nevin.'

'Fuck,' zei Martin. Zou ze dood zijn?

Hij kreeg het antwoord door de trap af te gaan en op de deur te kloppen van
de bewoners van de flat recht onder Vi Nevins voordeur. Ze hadden de vorige
avond een feest gegeven, maar ze hadden zich niet zo druk beziggehouden
met hun gasten – of met de drank – dat ze de komst van een ziekenauto niet
hadden opgemerkt. De jongens van de ambulance hadden er wel voor
gezorgd de door een laken bedekte gestalte die ze het gebouw uitdroegen, af
te schermen, maar de haast waarmee ze haar wegbrachten en de daaropvolgende komst van iets wat leek op een groot aantal politiemensen die waren
begonnen met vragen stellen aan alle bewoners van het gebouw, wezen erop
dat ze het slachtoffer van een misdrijf was geworden.

'Dood?' Martin greep de jongeman bij de arm toen deze zijn woning weer
wilde binnengaan om de slaap in te halen waaruit hij was gewekt toen Martin
aan zijn deur was verschenen. 'Wacht even, verdomme. Was ze dood?'

'Ze zat niet in een zak,' was het onverschillige antwoord. 'Maar misschien is
ze vannacht in het ziekenhuis de pijp uitgegaan.'

Martin verwenste zijn pech. Toen hij weer in zijn auto zat, haalde hij de
stadsgids van Londen tevoorschijn. Het dichtstbijzijnde ziekenhuis was het
Chelsea and Westminster aan Fulham Road. Hij reed er meteen naartoe. Als
ze dood was, was het afgelopen met hem.

De verpleegster op de Eerste Hulp deelde hem mee dat mevrouw Nevin naar
een andere kamer was gebracht. Was hij familie van haar?

Een oude vriend, zei Martin tegen haar. Hij was bij haar langsgegaan en had
gehoord dat er een ongeluk was gebeurd... waren er problemen...? Als hij Vi
maar even kon zien, om zeker te weten dat het goed ging met haar... Zodat
hij op zijn beurt hun gezamenlijke vrienden en haar familie kon inlichten...?
Hij had zich moeten scheren, dacht hij. Hij had zijn Armani-jasje moeten
aantrekken. Hij had voorbereid moeten zijn op een onvoorziene gebeurtenis

die ver uitging boven eenvoudig aan een deur kloppen, binnengelaten worden en medewerking afdwingen.

Zuster Schubert – volgens de naam op haar speldje – keek hem aan met de openlijke vijandigheid van iemand die is overwerkt en onderbetaald. Ze raadpleegde een klembord en gaf hem een kamernummer. Het ontging hem echter niet dat ze, nadat hij haar had bedankt en naar de lift liep, de telefoon pakte.

Hij was daarom niet geheel onvoorbereid bij het zien van een agent in uniform die voor de gesloten deur van Vi Nevins kamer zat. Hij was echter volkomen onvoorbereid op de verschijning van de feeks met oranje haren en een verkreukeld broekpak, die naast de agent zat. Ze vloog overeind en stoof op Martin af zodra ze hem zag.

Ze krijste: 'Dat is hem, dat is hem, dat ís hem!' Ze dook op Martin af als een uitgehongerde havik op een konijn, boorde haar klauwen in zijn overhemd en ze gilde: 'Ik vermoord je! Klootzak. Klootzak!'

Ze duwde hem tegen de muur en begon met haar hoofd op hem in te bonken. Zijn hoofd vloog achterover en bonsde tegen de rand van een mededelingenbord. Zijn mond klapte dicht en hij voelde zijn tanden in zijn tong dringen. Hij proefde bloed. Ze had de knopen van zijn overhemd gescheurd en zocht zijn hals toen de agent er eindelijk in slaagde haar van hem af te trekken. Daarop begon ze te schreeuwen: 'Arresteer hem! Hij is het! Arresteer hem! Arresteer hem!' De agent vroeg om Martins identiteitsbewijs. Op de een of andere manier dreef hij een kleine menigte uiteen die zich aan het eind van de gang had verzameld om het schouwspel gade te slaan, iets waarvoor Martin dankbaar was.

Toen de vrouw op armslengte bij hem vandaan stond, herkende Martin haar eindelijk. Het was de haarkleur die hem in verwarring had gebracht. Toen ze elkaar hadden gesproken, toen ze voor haar eerste en enige gesprek naar MKR was gekomen, had ze zwart haar gehad. Voor het overige was ze weinig veranderd. Nog steeds broodmager, nog steeds een gelige huid, heel slechte tanden, nog slechtere adem en de lichaamsgeur van drie dagen geleden gevangen heilbot.

'Shelly Platt,' zei hij.

'Jij hebt het gedaan! Jij hebt geprobeerd haar te vermoorden!'

Martin vroeg zich af of zijn dag nog slechter kon worden. Zijn antwoord kwam een moment later. De agent bekeek zijn identiteitsbewijs, terwijl hij Shelly nog steeds in de houdgreep hield. Hij zei: 'Mevrouw, mevrouw, een ding tegelijk,' waarna hij haar meenam en naar de telefoon bij de zusterpost liep, waar hij een nummer intoetste.

'Hoor eens,' riep Martin hem achterna. 'Ik wil alleen weten hoe het met mevrouw Nevin gaat. Ik heb met iemand op de Eerste Hulp gesproken. Er werd me gezegd dat ze naar deze afdeling was overgebracht.'

'Hij wil haar vermoorden,' riep Shelly.

'Doe niet zo stom,' zei Martin. 'Ik zou hier toch zeker niet midden op de dag komen opdagen en mijn identiteitspapieren laten zien als ik van plan was om haar te vermoorden. Wat is er in godsnaam gebeurd?'

'Dat zul jij niet weten!'

'Ik wil alleen maar met haar praten,' zei hij tegen de agent toen hij zijn papieren terugkreeg, maar hem de toegang geweigerd werd. 'Dat is alles. Het vergt nog geen vijf minuten.'

'Sorry,' was het antwoord.

'Hoor eens, ik geloof dat u het niet begrijpt. Dit is een dringende kwestie en…'

'Arresteert u hem niet?' wilde Shelly weten. 'Wat moet hij haar nog meer aandoen voor jullie hem in de bak stoppen?'

'Wil je tenminste lang genoeg je kop dichthouden om me te laten uitleggen dat…'

'Orders zijn orders,' zei de agent en hij liet zijn greep op Shelly Platt net genoeg verslappen om Martin duidelijk te maken dat deze beter tijdelijk de aftocht kon blazen.

Hij vertrok zo waardig als hij kon opbrengen, in aanmerking genomen dat de oranjeharige helleveeg zo veel deining had veroorzaakt dat hij de aandacht van de hele verdieping had getrokken. Hij liep naar de Jaguar, stapte haastig in en zette de airconditioning in de hoogste stand met alle ventilatoren op zijn gezicht gericht.

Shit, dacht hij. Fuck, verdomme, shit. Hij koesterde weinig twijfel over wie de agent had gebeld, dus hij moest zich voorbereiden op een volgend bezoek van de politie. Hij overwoog welk licht hij moest laten schijnen op zijn bezoek aan het Chelsea and Westminster Ziekenhuis. 'Bevestiging vragen van mijn verhaal van gisteravond', leek nauwelijks geloofwaardig wanneer je bedacht van wie hij feitelijk die bevestiging probeerde los te krijgen.

Met een ruk schakelde hij in de eerste versnelling, om met gierende banden het parkeerterrein af te stuiven. Toen hij weer op Fulham Road was trok hij de zonneklep naar beneden en keek in het spiegeltje om te zien hoeveel schade Shelly Platt had aangericht. Jezus, wat een venijnige, kleine kat. Ze had zelfs bloedige strepen op zijn borst veroorzaakt toen ze hem bij zijn overhemd had gegrepen. Hij zou er verstandig aan doen om zo snel mogelijk een tetanusprik te halen.

Hij draaide Finborough Road in, op weg naar huis, nadenkend welke mogelijkheden nu nog voor hem openstonden. Het zag ernaar uit dat hij op korte termijn niet de kans zou krijgen om bij Vi Nevin in de buurt te komen en, omdat de agent die haar deur bewaakte ongetwijfeld die idioot had opgebeld die midden in de nacht bij Lansdowne Road was langsgekomen, zag het er eveneens niet naar uit dat hij Vi ooit nog te spreken zou krijgen. Tenminste niet zolang de politie als een bloedhond achter de moordenaar van dat hoertje Maiden aanzat, en dat zou nog maanden kunnen duren. Hij moest een ander plan bedenken om zijn alibi bevestigd te krijgen. Koortsachtig zocht hij naar een scenario, maar telkens als hij er een had moest het plaatsmaken voor het volgende.

Bij Exhibition Hall, voor Earl's Court Station, moest hij stoppen voor een verkeerslicht. Hij gebaarde een straatjongen die zijn voorruit wilde wassen voor vijftig penny, dat hij moest ophoepelen en hij keek naar een hoertje dat met een mogelijke klant onderhandelde bij de ingang van de metro. Hij taxeerde haar zo snel als een kniereflex bij het zien van haar minieme rokje van paarse, elastische stof, haar zwarte nylon blouse met de laag uitgesneden hals en de zinloze ruches, haar naaldhakken en haar netkousen: ze was maar een hand-of-mond hoertje, dacht hij. Vijfentwintig pond als de kerel wanhopig was; niet meer dan tien als zij en haar cocaïneverslaving samen de straat afschuimden.

Het licht sprong op groen en terwijl hij verderreed nam Martins kwaadheid op de politie toe. Hij bewees deze hele klotestad een enorme dienst, dacht hij, en niemand – de politie het minst van allemaal – scheen het te beseffen of te waarderen. Zijn meisjes maakten de trottoirs niet onveilig terwijl ze op zoek waren naar klanten en ze vervuilden zeker niet het stadsgezicht door zich te kleden als iemand uit de natte droom van een puber. Ze waren chic, welopgevoed, aantrekkelijk en discreet. Als ze al geld aanpakten om zo nu en dan een seksuele relatie te hebben en áls ze hem daarvan een percentage gaven, dan was dat alleen omdat hij ervoor zorgde dat ze in het gezelschap van rijke, succesvolle mannen konden verkeren die bereid waren om hun rijkelijk te belonen voor hun diensten. Wie had er verdomme last van? Niemand. Waar het om ging was dat seks een plaats in het leven van mannen inneemt die het niet inneemt in het leven van vrouwen. Voor mannen is het iets om zich te bewijzen, een oerdaad die noodzakelijk is voor hun identiteit. Hun vrouwen kregen er genoeg van, of het begon hen te vervelen, maar bij de mannen was dat niet zo. En als iemand bereid was om die mannen in contact te brengen met vrouwen die van hun attenties genoten, vrouwen die bereid waren hun lichamen tot de zachte, kneedbare was te maken waar mannen hun sap in vergoten, om nog maar niet te spreken van de onuitwisbare indruk die ze met hun karakter maakten, waarom mocht er dan geen geld staan tegenover een dergelijke service? En waarom mocht iemand zoals hij, met organisatorisch talent en de visie om uitzonderlijke vrouwen te werven voor het genot van uitzonderlijke mannen, daarmee niet in zijn onderhoud voorzien?

Als de wetten waren gemaakt door mannen met een vooruitziende blik zoals hij, en niet door een stel ruggengraatloze rukkers die zich er liever druk om maakten om uit de staatsruif te eten dan ook maar marginaal realistisch te zijn waar het activiteiten betrof waarin volwassenen met wederzijds goedvinden deelnamen, dacht Martin, dan zou hij niet in de positie verkeren waarin hij zich op dit moment bevond. Dan zou hij niet op zoek zijn naar iemand die wilde instaan voor zijn doen en laten en die de politie bij hem vandaan zou houden, omdat de politie hem dan niet eens op de huid zou zitten. En zelfs als ze waren gekomen en hun vragen hadden gesteld en hun eisen kenbaar hadden gemaakt, dan nog zouden ze niets hebben waarmee ze zijn medewerking konden afdwingen, omdat hij dan niet aan de verkeerde kant van de wet had geleefd.

Wat was het trouwens voor een land waar prostitutie volgens de wet was toegestaan, maar geld verdienen met prostitutie niet? Wat was prostitutie anders dan een middel van bestaan? En wie probeerden ze verdomme voor de gek te houden door te proberen het vanuit Westminster te reguleren, wanneer drie kwart van die huichelaars die met hun kont op die leren banken zaten er zelf op los neukte met iedere secretaresse, studente of parlementair medewerkster die daar ook maar enigszins toe bereid was?

Verdomme, deze hele zaak maakte dat hij met zijn vuisten gaten in een muur wilde rammen. Hoe meer hij erover nadacht, des te kwader hij werd. En hoe kwader hij werd, des te meer hij zich concentreerde op de oorzaak van al zijn huidige problemen. Vergeet Maiden en Nevin, die waren ten slotte uitgeschakeld. Zij waren niet degenen die hun ellendige verhaal aan de politie zouden doen. Tricia, dat was degene met wie hij moest afrekenen.

Hij gebruikte de rest van de rit om te bedenken hoe hij dit het best zou kunnen aanpakken. Wat bij hem opkwam was niet plezierig, maar wanneer was het plezierig wanneer iemand uit de betere kringen zijn vrouw kwijtraakt aan de heroïne, ondanks zijn uiterste inspanningen om haar tegen zichzelf te beschermen en haar te behoeden voor de minachting van haar familie en de censuur van een meedogenloos publiek?

Hij voelde zijn goede stemming terugkeren. Zijn mond vertrok zich tot een glimlach en hij begon te neuriën. Hij sloeg de hoek om van Lansdowne Walk, Lansdowne Road in.

Toen zag hij hen.

Vier mannen liepen de treden naar zijn voordeur op, 'politie in burger' was hen op het lijf geschreven. Ze waren potig, groot en gemaakt om bruut op te treden. Ze zagen eruit als aangeklede gorilla's.

Martin gaf gas. Hij draaide de oprit in, een spoor van rubber nalatend waar hij de bocht had gemaakt. Hij was de Jaguar uit en achter hen aan de stoep op, voor ze de kans hadden om op de bel te drukken.

'Wat moeten jullie?' vroeg hij fel.

Gorilla Eén haalde een witte envelop uit de zak van zijn leren pilotenjack. 'Huiszoekingsbevel,' zei hij.

'Huiszoeking waarvoor?'

'Doet u de deur open of moeten we hem intrappen?'

'Ik ga mijn advocaat bellen.' Martin wrong zich langs de mannen en maakte de deur open.

'U doet maar,' zei Gorilla Twee. Ze liepen achter hem aan naar binnen.

Gorilla Eén gaf instructies terwijl Martin naar de telefoon rende. Twee agenten volgden hem op de hielen zijn kamer in. De twee anderen liepend bonkend de trap op. Shit, dacht hij, en hij riep: 'Hé! Mijn vrouw is boven!'

'Ze zullen netjes goedendag zeggen,' zei Gorilla Eén.

Terwijl Martin haastig het telefoonnummer intoetste begon Eén boeken van de planken te halen en liep Twee naar een archiefkast. 'Ik wil verdomme dat jullie hier weggaan,' zei Martin tegen hen.

'Ja,' zei Twee, 'dat begrijp ik.'

'We willen allemaal wel iets,' zei Eén grinnikend.

Boven aan de trap sloeg een deur tegen een muur. Gesmoorde stemmen vergezelden het geluid van meubels die ruw door een kamer heen en weer geschoven werden. In Martins kantoor voerden de rechercheurs hun onderzoek uit met een minimum aan inspanning en een maximum aan rommel. Ze gooiden boeken op de grond, namen schilderijen van de muren en maakten de kast leeg waarin Martin nauwgezette aantekeningen voor de escortservice had opgeborgen. Gorilla Twee bukte zich en begon er met zijn sigarenstompjes van vingers door te bladeren.

'Shit,' siste Martin, met de hoorn tegen zijn oor gedrukt. Waar zat die klootzak van een Polmanteer?

Aan de andere kant van de lijn ging de telefoon in het huis van zijn advocaat viermaal over. Het antwoordapparaat schakelde automatisch in. Martin vloekte, verbrak de verbinding en probeerde de gsm van de advocaat. Waar kon de man in godsnaam zijn, op een zondag? De slijmjurk zou toch niet in de kerk zitten?

De mobiele telefoon leverde geen beter resultaat op. Hij smeet de hoorn op het toestel en begon in zijn bureau naar het visitekaartje van Polmanteer te zoeken. Gorilla Twee schoof hem opzij. Hij zei: 'Sorry, meneer. U mag hier niets uit halen…'

'Ik haal er verdomme niets uit! Ik zoek de pieper van mijn advocaat!'

'Die bewaart hij toch zeker niet in uw bureau?' vroeg Eén bij de planken vandaan, waar hij doorging met zijn werk. Boeken vielen dreunend op de grond.

'Je weet best wat ik bedoel,' zei Martin tegen Twee. 'Ik zoek het nummer van zijn pieper. Het staat op een kaartje. Ik ken mijn rechten, dus ga opzij, anders sta ik niet in voor…'

'Martin? Wat gebeurt er? Wat is er aan de hand? Er zijn mannen in onze kamer en ze maken de kleerkast leeg en… Wat gebeurt er toch?'

Martin draaide zich meteen om. Tricia stond in de deuropening, ongewassen, ongekleed en onopgemaakt. Ze zag eruit als een van de oude heksen die op hun slaapzakken in de gangen van de metro bij Hyde Park Corner om geld zaten te bedelen. Ze leek precies wat ze was: een junk.

Zijn handen begonnen weer te gloeien. Weer begroef hij zijn nagels in zijn handpalmen. Tricia was de afgelopen twintig jaar de enige oorzaak geweest van al zijn problemen. En nu was ze de oorzaak van zijn ondergang.

Hij zei: 'Verdomme. Verdómme! Jij!' Hij schoot dwars de kamer door, greep haar bij de haren en begon haar hoofd tegen de deurpost te rammen voor de politie hem kon tegenhouden. 'Stomme trut!' schreeuwde hij toen ze hem van haar af trokken. Daarna, tegen de politie: 'Goed dan. Góéd dan!' terwijl hij hen van zich afschudde. 'Bel je baas maar. Zeg hem dat ik wil onderhandelen.'

25

Het was al bijna middag voordat St. James eraan toekwam tijd te besteden aan de autopsierapporten uit Derbyshire die Lynley hem via Barbara Havers had gestuurd. Hij wist niet precies waarnaar hij moest zoeken. Het onderzoek van het lichaam van Nicola Maiden leek in orde. De conclusie van een epiduraal hematoom kwam overeen met de klap op haar schedel. Dat die was toegebracht door iemand die rechtshandig was en haar van boven had aangevallen klopte met de veronderstelling dat ze was weggerend en was gestruikeld, of ten val was gebracht, tijdens haar vlucht over de heide in de duisternis. Afgezien van de slag op haar hoofd en de schrammen en kneuzingen die te verwachten waren na een harde val op oneffen grond, was er niets aan haar lichaam wat hem eigenaardig voorkwam. Tenzij je natuurlijk het buitengewoon groot aantal gaatjes dat ze overal in had geprikt, van haar wenkbrauwen tot haar genitaliën, als zodanig wilde beschouwen. En dat leek nauwelijks een aangewezen weg om in te slaan, omdat het steken van naalden in verschillende lichaamsdelen al geruime tijd een van de betrekkelijk weinige uitdagende handelingen was die was overgebleven voor een generatie jonge mensen van wie de ouders alles al hadden gedaan.

Na het lezen van het rapport over Nicola Maiden leek het St. James dat alle factoren waren behandeld: van de tijd, de oorzaak en de manier waarop de dood was ingetreden tot het bewijs, of gebrek daaraan, van een worsteling. Röntgenopnamen en foto's waren volgens de voorschriften genomen en het lichaam was van top tot teen onderzocht. De verschillende organen waren bestudeerd, uitgenomen en besproken. Monsters van lichaamsvloeistoffen waren naar het lab gestuurd voor analyse. Aan het eind van het rapport was de conclusie kort en duidelijk samengevat: het meisje was overleden als gevolg van een slag op het hoofd.

St. James liep nog een keer de onderzoeksresultaten door om zich ervan te overtuigen dat hij geen opvallend detail over het hoofd had gezien. Toen pakte hij het tweede rapport en hij verdiepte zich in de dood van Terence Cole.

Lynley had hem opgebeld met de mededeling dat een van de wonden van de jongen niet was veroorzaakt door het Zwitserse legermes waarmee blijkbaar de andere steken waren toegebracht, met inbegrip van het met fataal gevolg doorboren van de dijslagader. Nadat hij de feiten in het rapport had gelezen, schonk St. James zorgvuldiger aandacht aan alles wat met deze speciale wond te maken had. Hij noteerde de grootte, de positie ervan op het lichaam en de kras die op het bot eronder was gemaakt. Hij bleef een poosje naar de woorden staren, waarna hij diep in gedachten naar het raam van zijn lab liep en keek hoe Peach beneden hem verzaligd in een plek zonlicht in de tuin lag te rollen, waarbij ze haar pluizige hondenbuik blootstelde aan de hitte van twaalf uur 's middags.

Het Zwitserse legermes, wist hij, was gevonden in een gritcontainer. Waarom was het tweede wapen niet eveneens in deze container achtergelaten? Waarom het ene wapen wel verstoppen maar het andere niet? Deze vragen behoorden natuurlijk tot het werk van de rechercheurs die met de zaak bezig waren en niet tot dat van de wetenschapper, maar hij geloofde dat ze toch dienden te worden gesteld.

Wanneer ze eenmaal waren gesteld schenen er slechts twee antwoorden mogelijk: óf het tweede wapen vestigde te veel de aandacht op de moordenaar om op de plaats van het misdrijf achter te laten, óf het tweede wapen wás op die plek achtergelaten maar de politie had het per ongeluk voor iets anders aangezien.

Als de eerste veronderstelling juist was, kon hij Tommy niet behulpzaam zijn. Als de tweede klopte, was een nauwkeuriger onderzoek van alles wat op de plaats delict was gevonden, gewenst. Hij beschikte niet over dat bewijsmateriaal en hij wist dat hij niet welkom zou zijn in Derbyshire om het te onderzoeken. Daarom keerde hij terug naar het autopsierapport en zocht of er iets in te vinden was wat hem een aanwijzing zou kunnen geven.

Dokter Sue Myles had niets overgeslagen: van de insecten die zich in en op de beide lichamen hadden genesteld tijdens de uren dat ze op de hei hadden gelegen voor ze waren gevonden, tot de bladeren, bloemen en takjes die in de haren van het meisje waren terechtgekomen en in de wonden van de jongen. Het was dit laatste detail, een houtsplinter van ongeveer twee centimeter die op het lichaam van Terence Cole was aangetroffen, waar St. James nieuwsgierig zijn aandacht op richtte. De splinter was naar het lab gestuurd voor analyse en iemand had met potlood een aantekening gemaakt in de kantlijn van het verslag, om het te identificeren, ongetwijfeld naar aanleiding van een telefoontje. Wanneer de politie onder druk stond, wachtte ze niet altijd op officieel bericht van het forensisch lab alvorens verder te gaan.

'Ceder' had iemand netjes in de kantlijn geschreven. En ernaast, tussen haakjes, de woorden 'Port Orford'. St. James was geen botanicus, dus hij werd niet wijzer van Port Orford. Hij wist dat de kans klein was om op een zondag de forensisch botanicus te achterhalen die het hout had herkend, dus hij pakte zijn papieren bij elkaar en liep de trap af naar zijn studeerkamer.

Daar trof hij Deborah, verdiept in het magazine van de *Sunday Times*. Ze zei: 'Problemen, schat?'

Hij antwoordde: 'Onwetendheid. Wat op zich een probleem is.'

Hij vond het boek dat hij zocht bij de stoffigste exemplaren van zijn naslagwerken en begon het door te bladeren. Deborah kwam naast hem staan bij de boekenkast.

'Wat is het?'

'Ik weet het niet,' zei hij. 'Ceder. En Port Orford. Zegt het jou iets?'

'Het klinkt als een plaatsnaam. Port Isaac, Port Orford. Waarom?'
'Er is een houtsplinter gevonden op het lichaam van Terence Cole. Die jongen van de hei.'
'Tommy's zaak?'
'Hmm.' St. James keek achter in het boek en liep met zijn vinger langs de inhoudsopgave onder ceder. 'Atlas, blauw. Chileense Wierook. Wist je dat er zo veel soorten cederhout waren?'
'Is het belangrijk?'
'Ik begin te geloven van wel.' Hij keek nogmaals naar de bladzijde. Toen zag hij de twee woorden Port Orford. Ze waren opgenomen als een variëteit van de boom.
Hij ging naar de aangegeven pagina, waar hij eerst naar de foto keek die een voorbeeld liet zien van het gebladerte van de op een conifeer lijkende boom. Daarna las hij het bijschrift. 'Dit is vreemd,' zei hij tegen zijn vrouw.
'Wat?' vroeg ze, terwijl ze haar arm door de zijne stak.
Hij vertelde haar wat de autopsie had opgeleverd: dat een houtsplinter, die door de forensisch botanicus was beschreven als Port Orford ceder, gevonden was in een van de wonden op het lichaam van Terence Cole.
Deborah keek hem nadenkend aan en ze streek een dikke lok haar naar achteren. 'Waarom is dat vreemd? Ze zijn toch buiten vermoord? Op de hei?' Toen sperde ze haar ogen wijdopen. 'O, ja. Ik begrijp het.'
'Precies,' zei St. James. 'Op welke hei groeien cederbomen? Maar het is nog vreemder, lieveling. Deze speciale ceder komt voor in de Verenigde Staten, in Oregon en Noord-Californië, staat hier.'
'De boom zou geïmporteerd kunnen zijn,' zei Deborah. 'Voor iemands tuin, of voor een park? Of zelfs een kas. Of een serre. Je weet wel wat ik bedoel: zoals palmbomen of cactussen.' Ze lachte, waarbij ze haar neus optrok. 'Of is het cacti?'
St. James liep naar zijn bureau en legde het boek neer. Langzaam ging hij in zijn stoel zitten om na te denken. 'Goed. Laten we zeggen dat de boom werd geïmporteerd voor iemands tuin of voor een park.'
'Natuurlijk.' Ze dacht met hem mee, koppelde haar eigen ideeën aan die van haar man. 'Dat roept een voor de hand liggende vraag op, nietwaar? Hoe is een cederboom die was bestemd voor iemands tuin of voor een park, op de hei terechtgekomen?'
'En hoe kwam die boom eigenlijk op een deel van de hei waar nergens iemands tuin of een park in de buurt is?'
'Zou iemand hem daar geplant kunnen hebben met een religieuze bedoeling?'
'Het is waarschijnlijker dat niemand hem heeft geplant.'
'Je zei toch...' Deborah fronste haar voorhoofd. 'O, ja. Ik begrijp het. Dan neem ik aan dat de forensisch botanicus zich heeft vergist.'
'Ik geloof het niet.'

'Maar Simon, als er maar één splinter was om mee te werken…'

'Dat is alles wat een goede botanicus nodig zou hebben.' St. James begon het uit te leggen. Zelfs een klein fragment hout, zei hij tegen haar, bevatte het patroon van aderen en nerven die vloeistoffen van de voet van de boom naar de kruin transporteerden. Bomen van zacht hout – en alle coniferen, zei hij, horen tot het zachte hout – zijn in hun evolutie minder ontwikkeld en derhalve gemakkelijker te herkennen. Wanneer een splinter onder de microscoop werd bekeken, zou die een aantal kenmerken onthullen die zijn soort van alle andere soorten onderscheidt. Een forensisch botanicus zou de kenmerken verzamelen, om die in te voeren in een systeem, waarschijnlijk via de computer, en uit de verkregen informatie een exacte identificatie krijgen van de boom. Het was een foutloos en accuraat proces, althans even accuraat als elke andere identificatie die werd verricht via microscopische, menselijke en computeranalyse.

'Juist,' zei Deborah langzaam en met merkbare twijfel. 'Dus het ís cederhout?'

'Port Orford ceder. Ik geloof dat we daar wel van op aan kunnen.'

'Het is dus een stukje cederhout dat niet afkomstig is van een boom die in dat gebied groeit?'

'Ja. Dus blijft de vraag waar dat stukje cederhout vandaan kwam en hoe het op het lichaam van de jongen terecht is gekomen.'

'Ze waren toch aan het kamperen?'

'Het meisje kampeerde, ja.'

'In een tent? Zou het van een haring kunnen zijn? Zo'n ding dat je in de grond steekt om de tent vast te zetten? Als de haring nu eens was gemaakt van cederhout?'

'Ze was een ervaren kampeerster. Ik betwijfel of het zo'n soort tent was.'

Deborah sloeg diep in gedachten haar armen over elkaar en leunde tegen het bureau. 'Een krukje dan? Van de poten, bijvoorbeeld.'

'Mogelijk. Als er een krukje is aangetroffen bij de spullen op de plaats van het misdrijf.'

'Of gereedschap. Ze moet toch kampeergerei bij zich gehad hebben. Een bijl om hout te hakken, een schepje, iets dergelijks. De splinter kan van een handvat afkomstig zijn.'

'Het zouden wel lichtgewicht gereedschappen moeten zijn, als ze die in een rugzak moest meenemen.'

'Benodigdheden om te koken, dan? Houten lepels?'

St. James glimlachte. 'Gourmets in de wildernis?'

'Lach me niet uit,' zei ze, maar ze moest zelf ook lachen. 'Ik probeer je te helpen.'

'Ik heb een beter idee,' zei hij. 'Ga mee.'

Hij ging haar voor naar boven, naar het lab, waar zijn computer zachtjes stond te zoemen in een hoek bij het raam. Hij ging erachter zitten en terwijl

Deborah over zijn schouder meekeek, zocht hij toegang tot Internet. 'Laten we de Grote on-line Intelligentie raadplegen.'

'Van computers krijg ik altijd klamme handen.'

St. James pakte haar hand, waarvan de palm niet vochtig was, en kuste die. 'Je geheim is bij mij veilig.'

Even later kwam het computerscherm tot leven en St. James koos het zoekprogramma dat hij gewoonlijk gebruikte. Hij tikte het woord ceder in het hokje, om vervolgens verschrikt met zijn ogen te knipperen toen het resultaat ruim zeshonderd ingangen bleek te zijn.

'Lieve god,' zei Deborah. 'Dat helpt je niet veel verder.'

'Laten we onze opties beperken.' St. James bracht zijn keus terug tot Port Orford ceder. Hij hield honderddrieëntachtig mogelijkheden over. Toen hij de gegevens over het scherm liet rollen merkte hij dat hij van alles had opgeroepen, van een artikel over Port Orford, Oregon, tot een verhandeling over verrotting van hout. Hij leunde achterover, dacht even na en tikte toen het woord toepassing in achter ceder, met de bijbehorende aanhalingstekens en streepjes. Dat leverde hem totaal niets op. Hij ging over van toepassing op afzetgebied en drukte op return. Het scherm veranderde en gaf hem zijn antwoord.

Hij las de allereerste regel en zei: 'Goede god,' toen hij zag wat er stond.

Deborah, die naar haar doka was afgedwaald, kwam weer bij hem staan. 'Wat is er?'

'Het is het wapen,' zei hij, naar het scherm wijzend.

Deborah las het zelf. Ze slaakte een diepe zucht. 'Zal ik Tommy opsporen?'

St. James dacht na. Lynleys verzoek om de autopsierapporten te bekijken was hem via Barbara overgebracht. Dat wees op een bepaalde hiërarchie, die hem het excuus gaf dat hij nodig had om vrede tot stand te brengen waar wrijving heerste.

'Laten we Barbara te pakken zien te krijgen,' zei hij tegen zijn vrouw. 'Dan kan zij degene zijn die Tommy het nieuws brengt.'

Barbara Havers zoefde de hoek van Anhalt Road om. Ze hoopte dat haar geluk nog een paar uur zou voortduren. Ze was erin geslaagd om Cilla Thompson te vinden in haar studio in de spoorwegarcade, waar ze haar twijfelachtige talent botvierde op een doek waarop een wijde mond met amandelen als blaasbalgen zich opende en een meisje met drie benen liet zien dat ze aan het touwtjespringen was op een sponzige tong. Een paar vragen waren voldoende geweest om vollediger informatie te krijgen over de 'heer met goede smaak' die zich vorige week een van Cilla's meesterwerken had aangeschaft.

Cilla kon zich zijn naam niet een, twee, drie herinneren. Nu ze erover nadacht, zei ze, had hij haar die niet genoemd. Maar hij had een cheque voor haar uitgeschreven waarvan ze een fotokopie had gemaakt, volgens Barbara waarschijnlijk om de wereld van artistieke, ongelovige Thomassen te bewijzen dat het haar werkelijk gelukt was om een doek te verkopen. Ze had die fotokopie aan de binnenkant van haar houten schilderskist geplakt en ze liet die bereidwillig zien. Ze zei: 'O ja, hier staat de naam van die vent. Tjee. Kijk eens. Ik vraag me af of hij familie is?'

Matthew King-Ryder, zag Barbara, had een idioot exorbitant bedrag betaald voor een waardeloos schilderij, met een cheque die was uitgegeven door een bank in St. Helier op het eiland Jersey. Boven zijn naam stond gedrukt: privé-rekening. Hij had het bedrag uitgeschreven alsof hij haast had gehad. Dat was misschien ook het geval geweest, dacht Barbara.

Hoe was Matthew King-Ryder in Portslade Road terechtgekomen? vroeg ze de schilderes. Cilla zou toch moeten toegeven, nietwaar, dat deze rij spoorwegarcades in Londen nu niet direct bekendstond als een bakermat van moderne kunst.

Cilla haalde haar schouders op. Ze wist niet hoe hij bij de studio was beland. Maar ze was kennelijk niet het soort meisje om een gegeven paard in de bek te kijken. Toen hij was binnengestapt, had gevraagd of hij mocht rondkijken en belangstelling voor haar werk had getoond, was ze maar al te bereid geweest om hem tussen haar schilderijen te laten rondneuzen. Alles wat ze uiteindelijk kon vertellen was dat de man met het chequeboek ruim een uur bezig was geweest om alle kunstwerken in de studio te bekijken...

Die van Terry ook? wilde Barbara weten. Had hij naar Terry's werk gevraagd? Terry's naam genoemd?

Nee. Hij had alleen háár schilderijen willen zien, verklaarde Cilla. Allemaal. En toen hij niets kon vinden wat hem aanstond had hij gevraagd of ze ergens anders nog iets had staan wat hij kon zien. Daarom had ze hem naar de flat gestuurd, nadat ze mevrouw Baden had opgebeld en haar had gevraagd hem binnen te laten wanneer hij kwam. Hij was er direct naartoe gegaan en had een keus gemaakt uit een van die schilderijen. Hij had haar prompt de volgende dag per post een cheque gestuurd. 'Hij betaalde zelfs de vraagprijs,' zei Cilla trots. 'Hij heeft niet eens afgedongen.'

Dat punt alleen, dat Matthew King-Ryder toegang had gekregen tot de flat van Terry Cole, om welke reden dan ook, was voor Barbara aanleiding om het gaspedaal diep in te trappen toen ze door Battersea terugreed naar Cilla's flat.

Ze dacht er helemaal niet bij na wat ze verondersteld was te doen, nu ze in plaats daarvan achteruit een parkeerplaats indraaide achter aan Anhalt Road. Ze had het huiszoekingsbevel losgekregen, zoals haar was opgedragen, en ze had het dienstrooster geraadpleegd om een team samen te stellen. Ze had hen zelfs gesproken voor het chique huis in Notting Hill Gate en het hele team op de hoogte gesteld van wat het was waar de inspecteur hen naar wilde laten zoeken in de woning van Martin Reeve. Ze had alleen niet gezegd dat van haar werd verwacht dat ze met hen meeging. Deze nalatigheid was gemakkelijk te rechtvaardigen. Het team dat ze had samengesteld, waarvan twee leden in hun vrije tijd amateur-bokser waren, kon veel beter een huis overhoop halen en de bewoners intimideren wanneer ze geen vrouw bij zich hadden die hun imposante gestalten en hun neiging om in eenlettergrepige woorden te communiceren, zou afzwakken. Bovendien, was het niet zo dat ze twee vliegen in één klap sloeg – misschien wel drie of vier – door rechercheurs naar Notting Hill te sturen en het echtpaar Reeve de stuipen op het lijf te jagen zonder dat zij erbij bleef? Terwijl ze daarmee bezig waren kon zij haar tijd gebruiken om te proberen informatie los te krijgen in Battersea. Ze beschouwde het als delegeren van verantwoordelijkheden en het kenmerk van een politievrouw die over leiderscapaciteiten beschikte. Ze bracht het vervelende stemmetje van haar geweten dat probeerde het anders te noemen, tot zwijgen.

Ze drukte op de bel van de benedenflat waar mevrouw Baden woonde. Het zwakke geluid van haperende pianomuziek zweeg abrupt. De vitrage voor het erkerraam werd een paar centimeter opzijgeschoven.

Barbara riep: 'Mevrouw Baden? Hier is Barbara Havers nog een keer. Recherche, Scotland Yard.'

De zoemer om het slot te openen klonk, en Barbara schoof naar binnen.

Mevrouw Baden zei vriendelijk: 'O, hemeltje. Ik wist niet dat rechercheurs ook op zondag moesten werken. Ik hoop dat ze u tijd geven om naar de kerk te gaan.'

Ze was zelf naar de vroege kerkdienst geweest, vertrouwde de vrouw haar toe zonder Barbara's antwoord af te wachten. Daarna had ze een vergadering van het kerkbestuur bijgewoond om haar mening naar voren te brengen over het plan bingoavonden te organiseren om de luifel van de preekstoel te herstellen. Ze was ervoor, hoewel ze in het algemeen niet veel op had met gokken. Maar dit was gokken voor God, wat een heel ander soort kansspel was dan dat wat de profane zakken vulde van casinohouders die hun geld verdienden door hebberige mensen de kans te bieden een gokje te wagen.

'Ik kan u dus helaas geen cake aanbieden,' besloot mevrouw Baden spijtig. 'Ik heb de rest meegenomen om vanochtend uit te delen tijdens de vergadering. Het is veel prettiger om zaken te bespreken bij koffie en cake, dan op een knorrende maag, vindt u ook niet? Zeker,' en ze lachte om haar eigen grapje, 'wanneer er al genoeg geknord wordt.'

Even keek Barbara haar niet-begrijpend aan. Toen schoot haar het vorige bezoek te binnen. 'O, de citroencake. Ik denk dat die een heerlijke traktatie was voor het kerkbestuur, mevrouw Baden.'

De oude dame sloeg verlegen haar ogen neer. 'Ik geloof dat het belangrijk is om je steentje bij te dragen wanneer je lid bent van een gemeente. Voor dit verschrikkelijke trillen begon,' ze hief haar handen op die vandaag zo beefden dat het leek of ze malaria had, 'bespeelde ik het orgel tijdens de kerkdiensten. Ik hield eerlijk gezegd het meest van begrafenissen, maar dat heb ik natuurlijk nooit tegen het kerkbestuur gezegd, omdat die mijn voorkeur misschien wat macaber gevonden zou hebben. Toen het trillen begon moest ik dat alles opgeven. Nu speel ik in plaats daarvan piano voor het koor van de kleuterschool, waar het er niet zo erg op aankomt als ik zo nu en dan een verkeerde noot aansla. De kinderen nemen me dat heus niet kwalijk. Maar ik neem aan dat mensen bij een begrafenisdienst veel minder reden tot begrip hebben, denkt u ook niet?'

'Daar zit iets in,' zei Barbara instemmend. 'Mevrouw Baden, ik kom net bij Cilla vandaan.' Ze legde uit wat ze van de schilderes had gehoord.

Terwijl Barbara sprak liep mevrouw Baden naar de ouderwetse piano die tegen een van de muren stond, waar een metronoom ritmisch tikte en een tijdklok zoemde. Ze zette de metronoom en de tijdklok stil. Daarna schoof ze de pianokruk op zijn plaats, maakte een keurig stapeltje van verscheidene muziekbladen, zette die terug op de standaard en vervolgens ging ze zitten en luisterde, met gevouwen handen. Tegenover de piano fladderden de vinkjes in hun enorme volière van het ene stokje naar het andere. Mevrouw Baden keek liefdevol naar de vogels, terwijl Barbara verderging.

'O, ja, hij is hier geweest. Die meneer King-Ryder,' zei mevrouw Baden toen Barbara was uitgesproken. 'Ik herkende zijn naam natuurlijk toen hij zich voorstelde. Ik heb hem een plak chocoladecake aangeboden, maar die sloeg hij af. Hij stapte zelfs niet eens over mijn drempel, zo veel haast had hij om die schilderijen te gaan bekijken.'

'Hebt u hem binnengelaten? In de flat van Terry en Cilla, bedoel ik.'

'Cilla belde me op om te zeggen dat er een meneer naar haar schilderijen zou komen kijken en of ik de deur voor hem open wilde doen en hem binnenlaten. Ze noemde zijn naam niet – het domme meisje had hem er niet eens naar gevraagd, kunt u zich dat voorstellen? – maar omdat er gewoonlijk geen kunstliefhebbers bij me aanbellen om te vragen of ze haar werk mogen zien, nam ik aan dat hij er een was toen hij voor de deur stond. Trouwens, ik heb hem in het appartement niet alleen gelaten. Tenminste niet voor ik het met Cilla had besproken.'

'Dus hij was alleen boven? Nadat u haar had gevraagd of ze het goed vond?' Inwendig wreef Barbara zich in de handen. Eindelijk kwamen ze ergens. 'Heeft hij u gevraagd of u hem alleen wilde laten?'

'Toen ik hem in de flat had gelaten en hij zag dat er heel veel schilderijen waren, zei hij dat hij wat tijd nodig had om ze goed te bekijken voor hij een keus maakte. Als verzamelaar wilde hij…'

'Zei hij dat hij verzamelaar was, mevrouw Baden?'

'Kunst is zijn grote passie, vertelde hij me. Maar omdat hij niet rijk is, verzamelt hij werk van onbekende artiesten. Dat herinner ik me heel goed, omdat hij praatte over de mensen die werk van Picasso kochten vóór Picasso… nou, voor Picasso Picasso was. "Ze vertrouwden op hun oordeel en lieten de rest over aan de kunstgeschiedenis," zei hij. Hij vertelde dat hij hetzelfde deed.'

Daarom had mevrouw Baden hem alleen gelaten in de bovenflat. En hij had Cilla's werk meer dan een uur bekeken voor hij een keus had gemaakt.

'Hij liet het me zien nadat hij de deur had afgesloten en de sleutel kwam terugbrengen,' zei ze tegen Havers. 'Ik kan niet zeggen dat ik zijn keus begreep. Maar ja... ik ben ook geen verzamelaar, nietwaar? Afgezien van mijn vogeltjes verzamel ik helemaal niets.'

'Weet u zeker dat hij er wel een uur is gebleven?'

'Meer dan een uur. Je moet weten dat ik 's middags piano studeer. Elke dag, anderhalf uur. Op het moment heeft het weinig zin, nu het zo slecht gesteld is met mijn handen. Maar ik geloof toch dat het goed is om het te blijven proberen. Ik had net de metronoom opgewonden en de tijdklok ingesteld toen Cilla belde om te zeggen dat hij er aankwam. Ik besloot om niet met pianospelen te beginnen tot hij was gekomen en weer weggegaan. Ik vind het vervelend om te worden gestoord... maar dat moet u zich alstublieft niet persoonlijk aantrekken, agent. Dit gesprek is een uitzondering op de regel.'

'Dank u. En...?'

'Toen hij zei dat hij er ruim de tijd voor wilde nemen om de schilderijen goed te bekijken, besloot ik om door te gaan met spelen. Ik ben er – zonder veel succes, helaas – een uur en tien minuten mee bezig geweest toen hij voor de tweede maal op mijn deur klopte. Hij had een schilderij onder zijn arm en hij vroeg of ik tegen Cilla wilde zeggen dat hij haar een cheque zou sturen. O, hemeltje.' Mevrouw Baden ging opeens rechtop zitten, haar hand ging naar haar gerimpelde hals waaromheen ze een vierrijig snoer dikke kralen droeg. 'Heeft hij Cilla die cheque niet gestuurd, kind?'

'Hij heeft de cheque gestuurd.'

De hand ging omlaag. 'De hemel zij dank. Wat een opluchting om dat te horen. Ik moet zeggen dat ik die dag erg in beslag genomen werd door mijn muziek omdat ik aan het eind van de week minstens één stuk voor die beste Terry wilde kunnen spelen. Het was tenslotte een lief bedoeld cadeau geweest. Ik was niet eens jarig, en het was ook geen Moederdag en hij gaf toch... Niet dat ik voor Moederdag iets verwacht van een jongen die niet mijn zoon is, dat niet, maar hij was een lieverd en altijd zo goedgeefs, en ik vond dat ik hem moest laten zien hoe ik zijn cadeau op prijs stelde door het te kunnen spelen. Maar het was helemaal niet goed gegaan – het oefenen, bedoel ik – omdat mijn ogen niet meer zijn wat ze geweest zijn en handgeschreven muziek is nogal een probleem. Daarom was ik nogal verstrooid, begrijpt u? Maar de jongeman, die meneer King-Ryder, leek eerlijk en oprecht, dus toen het eropaan kwam dat ik hem moest geloven toen hij zei dat hij de cheque zou opsturen, heb ik er geen moment aan gedacht dat hij oneerlijk zou kunnen zijn. En ik ben blij te weten dat hij het niet was.'

Barbara hoorde de laatste opmerkingen maar half. Ze was volkomen verbijsterd over wat de vrouw daarvóór had gezegd. Ze zei: 'Mevrouw Baden,' terwijl ze heel langzaam en voorzichtig ademhaalde alsof ze, door het te snel te doen, de feiten zou verjagen waarvan ze geloofde dat ze die aan de oude vrouw kon ontfutselen. 'Probeert u me te vertellen dat Terry Cole u muziek heeft gegeven, die u op de piano kon spelen?'

'Zeker, kind. Maar ik geloof dat ik dat de vorige keer al heb verteld, toen u hier was. Zo'n aardige jongen, die Terry. Zo'n goede jongen, eigenlijk. Hij wilde altijd wel een paar karweitjes in huis doen als ik hem nodig had. Hij gaf mijn vogeltjes ook te eten, als ik niet thuis was. En hij vond het leuk om de ramen te lappen en de vloerkleden te stofzuigen. Dat zei hij tenminste altijd.' Ze lachte vertederd.

Barbara loodste de oude dame bij haar vloerkleden vandaan, terug naar het onderwerp van gesprek. 'Mevrouw Baden, hebt u die muziek nog?' vroeg ze.

'Jazeker. Hier ligt ze.'

Lynley had Martin Reeve naar een van de verhoorkamers van de Yard laten brengen. Hij had geweigerd om door de telefoon met hem te spreken toen rechercheur Steve Budde, een van de leden van het huiszoekingsteam, vanuit het huis van de pooier aan Notting Hill naar de Yard had gebeld om door te geven dat Reeve had aangeboden om te onderhandelen. Reeve, had Budde gezegd, wilde met informatie komen die waardevol voor de politie zou kunnen zijn, in ruil voor de gelegenheid om naar Melbourne te emigreren, een stad waar Reeve opeens dolgraag naartoe scheen te willen verhuizen. Wat wilde inspecteur Lynley hiermee doen? Scotland Yard, zei Lynley, onderhandelde niet met moordenaars. Hij droeg rechercheur Budde op die boodschap over te brengen en de pooier te arresteren.

Zoals Lynley had gehoopt verscheen Reeve zonder zijn advocaat op sleeptouw. Hij zag er slecht uit, ongeschoren en gekleed in een spijkerbroek en een felgekleurd gebloemd overhemd, dat openstond en een bleke borst vrijliet waarop verse, bloederige krabben van iemands nagels zichtbaar waren.

'Stuur je gorilla's weg,' zei Reeve zonder inleiding toen Lynley binnenkwam. 'De kameraden van deze hufter,' met een hoofdbeweging naar rechercheur Budde, 'zijn nog steeds bezig mijn huis overhoop te halen. Ik wil dat ze ermee ophouden, anders werk ik niet mee.'

Lynley beduidde rechercheur Budde met een hoofdbeweging dat hij op een stoel tegen de muur moest gaan zitten, vanwaar hij waakzaam bleef toekijken. De rechercheur was een forsgebouwde man en het metalen stoeltje kraakte onder zijn gewicht.

Lynley en Reeve namen plaats aan de tafel. Lynley zei: 'U verkeert niet in een positie om eisen te stellen, meneer Reeve.'

'Nou en of. Dat kan ik wel, als je informatie wilt hebben. Zorg dat die stommelingen uit mijn huis verdwijnen, Lynley.'

Ten antwoord schoof Lynley een nieuw bandje in de cassetterecorder, drukte op Opname en noemde de datum, de tijd en de namen van de aanwezigen. Hij dreunde de formele waarschuwing voor Reeve op, waarna hij zei: 'U maakt geen gebruik van uw recht op een advocaat?'

'Jezus, wat is dit? Willen jullie de waarheid, of moet ik soms gaan tapdansen?'

'Beantwoord alleen mijn vraag, alstublieft.'

'Ik heb geen advocaat nodig voor datgene waarvoor ik hier ben.'

'Verdachte ziet af van zijn recht op juridische bijstand,' zei Lynley volledigheidshalve. 'Meneer Reeve, kende u Nicola Maiden?'

'Laten we er niet omheendraaien, oké? Je weet dat ik haar kende. Je weet dat ze voor me werkte. Zij en Vi Nevin zijn in het voorjaar ermee opgehouden en sindsdien heb ik hen geen van beiden meer gezien. Einde verhaal. Maar daar wil ik hier niet over praten…'

'Hoelang na hun vertrek was het dat Shelly Platt u vertelde dat Nicola Maiden en Vi Nevin voor zichzelf waren begonnen als callgirls?'

Reeve kneep zijn ogen half dicht. 'Wie? Shelly wie?'

'Shelly Platt. U kunt niet ontkennen dat u weet wie ze is. Volgens mijn agent in het ziekenhuis herkende ze u vanochtend op het moment dat ze u zag binnenkomen.'

'Er zijn heel wat mensen die me herkennen. Ik kom overal. Tricia ook. Onze gezichten staan minstens een keer per week in de krant.'

'Shelly Platt verklaart dat ze u heeft verteld dat beide meisjes voor zichzelf waren begonnen. Dat moet u niet prettig gevonden hebben. Het kan uw reputatie als iemand die zijn dames onder controle heeft, geen goed hebben gedaan.'

'Hoor eens, als een hoer denkt dat ze het alleen kan klaarspelen, kan het me geen reet schelen, begrijp je? Ze komen er gauw genoeg achter hoeveel werk en geld ermee gemoeid is om het kaliber cliënten aan te trekken waaraan ze gewend zijn. Dan komen ze terug, en als ze geluk hebben en ik een goede bui heb, neem ik hen terug. Het is al eerder gebeurd. Het zal weer gebeuren. Ik wist dat het met Maiden en Nevin ook zou gebeuren als ik lang genoeg wachtte.'

'Als ze nu eens niet terug wilden komen? Als ze meer succes hadden dan u had verwacht? Wat dan? En wat kunt u doen om te verhinderen dat de andere meisjes proberen op eigen houtje hun geluk te beproeven?'

Reeve leunde achterover op zijn stoel. 'Zijn we hier om over prostitutie in het algemeen te praten of wil je een paar directe antwoorden op je vragen van gisteravond? Jij mag het zeggen, inspecteur. Maar doe het snel. Ik heb geen zin om hier mijn tijd met jou te zitten verdoen.'

'Meneer Reeve, u verkeert niet in een positie om te onderhandelen. Een van uw meisjes is dood. Het andere, haar partner, is in elkaar geslagen en men heeft haar voor dood achtergelaten. Of dit is een merkwaardige samenloop van omstandigheden óf de gebeurtenissen houden verband met elkaar. Het verband lijkt te bestaan uit u en uit hun beslissing om bij u weg te gaan.'

'Dus dan zijn het mijn meisjes niet meer,' zei Reeve. 'Ik ben er niet bij betrokken.'

'U wilt ons dus laten geloven dat een escort bij u weg kan gaan, voor zichzelf beginnen en u beconcurreren, zonder represaille? Een vrijemarkteconomie, waarin de grootste opbrengst naar hem of haar gaat die het beste product levert? Bedoelt u dat?'

'Ik had het niet beter kunnen zeggen.'

'De beste man wint? Of, misschien, de beste vrouw?'

'Dat is het grondprincipe van zakendoen, inspecteur.'

'Ik begrijp het. Dan zult u er geen bezwaar tegen hebben om me te vertellen waar u gisteren was, op het moment dat Vi Nevin werd aangevallen.'

'Ik zal het u graag vertellen, als mijn aandeel van de deal. Zodra ik hoor wat uw aandeel zal zijn.'

Lynley werd doodmoe van het gesjacher van de pooier. 'Berg hem maar op,' zei hij tegen rechercheur Budde. 'Lichamelijk letsel en moord.' De rechercheur stond op.

'Hé! Wacht eens even! Ik ben hier gekomen om te praten. Gisteren heb je Tricia een deal aangeboden. Die eis ik vandaag op. Je hoeft het alleen maar op tafel te gooien, dan weten we allebei waar we het over hebben.'

'Zo werkt het niet.' Lynley stond op.

Budde pakte de pooier bij de arm. 'Vooruit, ga mee.'

Reeve schudde hem van zich af. 'Hou op met die flauwekul. Je wilt weten waar ik was? Goed, ik zal het je vertellen.'

Lynley ging weer zitten. Hij had de recorder niet uitgezet en in zijn opwinding had de pooier het niet gemerkt. 'Ga door.'

Reeve wachtte tot Budde weer op zijn stoel zat. Hij zei: 'Hou Rufus aan de lijn. Ik wens niet ruw behandeld te worden.'

'Is genoteerd.'

Reeve wreef over zijn arm alsof hij nadacht over een klacht wegens hardhandig politieoptreden die hij later zou kunnen indienen. Hij zei: 'Goed dan. Ik was gisteren niet thuis. Ik ben 's middags weggegaan en ik ben pas 's avonds teruggekomen. Om een uur of negen, tien.'

'Waar was u al die tijd?'

Het leek erop dat Reeve overwoog hoe groot de schade was die hij zichzelf ging toebrengen. Hij zei: 'Ik ben naar haar toegegaan. Dat geef ik toe. Maar ik was er niet toen…'

Voor alle duidelijkheid zei Lynley: 'Bent u naar Fulham gegaan? Naar Rostrevor Road?'

'Ze was niet thuis. Ik had de hele zomer geprobeerd om hen te vinden, Vi en Nikki. Toen die twee smerissen, de zwarte en de dikke griet met de scheve voortanden, vrijdag met me kwamen praten, kreeg ik het gevoel dat zij me naar Vi konden leiden als ik het goed speelde. Daarom liet ik hen volgen. Ik ben er de volgende dag naartoe gegaan.' Hij grinnikte. 'De omgekeerde wereld, hè? De politie achtervolgen, in plaats van andersom.'

'Voor de zekerheid, meneer Reeve: u ging gisteren naar Rostrevor Road.'

'En ze was niet thuis. Er was niemand.'

'Waarom bent u haar gaan opzoeken?'

Reeve bestudeerde zijn nagels. Ze leken pas gepolijst. Zijn knokkels waren echter blauw en gezwollen. 'Laten we zeggen dat ik erheen ging om haar iets duidelijk te maken.'

'Met andere woorden, u hebt Vi Nevin in elkaar geslagen.'

'Helemaal niet. Ik zei toch al dat ik er de kans niet voor kreeg. En u kunt me toch zeker niet arresteren voor iets wat ik wílde doen. Als ik haar al een aframmeling had willen geven, iets wat ik overigens niet toegeef.' Hij ging verzitten op zijn stoel, hij leek nu meer op zijn gemak, zekerder van zichzelf. 'Zoals ik al zei, ze was niet thuis. Ik ben die middag drie keer teruggegaan, maar telkens zonder resultaat en ik begon geil te worden. Wanneer dat gebeurt...' Reeve sloeg met zijn vuist in zijn handpalm. 'Dan moet ik iets dóén. Ik ga tot actie over. Ik ga niet naar huis als een slappe lul om te wachten tot iemand me opfokt.'

'Hebt u niet geprobeerd om haar te vinden? U moet toch een lijst hebben gehad van haar cliënten, althans van de mannen met wie ze omging toen ze nog voor u werkte. Als ze niet thuis was, lijkt het logisch dat u haar bent gaan zoeken. Zeker wanneer u, hoe noemde u het ook weer, geil was.'

'Ik zei dat ik dan iets dóé, Lynley. Ik moet iets doen wanneer ik op stang gejaagd word. Ik wilde die hoer iets duidelijk maken en ik kon het niet en dat maakte me razend. Daarom besloot ik om iemand anders iets duidelijk te maken.'

'Ik begrijp niet hoe dat in uw behoeften kon voorzien.'

'Het voorzag prima in mijn behoeften van dat moment omdat ik begon te denken dat het tijd werd om de rest van het stelletje strenger aan te pakken. Ik wilde dat ze het uit hun hoofd zouden laten om zich zoals Nikki en Vi te gedragen. Hoeren geloven dat mannen slappelingen zijn. Dus als je hen in de hand wilt houden kun je maar beter doen wat nodig is om hun respect te behouden.'

'Daar is geweld bij nodig, neem ik aan.' Lynley verwonderde zich over Reeves overmoed. Hoe kon de pooier niet inzien dat hij zijn eigen graf groef met elke zin die hij uitsprak? Dacht hij nu echt dat zijn positie er beter op werd door zijn uitspraken?

Reeve ging door. Hij was die middag begonnen bij zijn werkneemsters langs te gaan, zei hij, onverwachte bezoekjes die bedoeld waren om zijn macht over hen te versterken. Hij had hun bankafschriften, agenda's en rekeningen meegenomen met de bedoeling die met zijn eigen boekhouding te vergelijken. Hij had naar boodschappen op hun antwoordapparaten geluisterd om erachter te komen of ze hun cliënten aanmoedigden afspraken te maken buiten Global Escorts om. Hij had in hun kasten gekeken, op zoek naar kleding die erop wees dat ze meer verdienden dan hij hun betaalde. Hij had hun voorraad condooms, glijmiddel en seksspeeltjes gecontroleerd om te zien of het allemaal klopte met wat hij afwist van de klantenkring van ieder meisje.

'Sommigen vonden het niet leuk wat ik deed,' zei Reeve. 'Ze beklaagden zich. Dus ik wees hen terecht.'

'U sloeg hen.'

'Slaan?' Reeve lachte. 'Nee, verdomme, ik neukte hen. Dat heb je gisteravond aan mijn gezicht gezien. Ik noem het "voorspel met je nagels".'

'Er is een ander woord voor.'

'Ik heb niemand verkracht, als je daar naartoe wilt. En geen van de meisjes zal zeggen van wel. Maar als je hen wilt ophalen – de drie die ik geneukt heb – om hen te verhoren, ga gerust je gang. Ik was trouwens toch al van plan om je hun namen te geven. Ze zullen mijn verhaal bevestigen.'

'Daar ben ik van overtuigd,' zei Lynley. 'De vrouw die het niet doet zal zeker niet... hoe noemde u het ook weer? Door u terechtgewezen willen worden.' Hij kwam overeind en schakelde de cassetterecorder uit. Daarna zei hij tegen rechercheur Budde: 'Ik heb genoeg voor een aanklacht. Zorg dat hij bij een telefoon komt, want hij zal wel om zijn advocaat beginnen te schreeuwen nog voor we...'

'Hé!' Reeve vloog overeind. 'Wat denk je wel? Ik heb die trutten niet aangeraakt. Je kunt me niets maken.'

'U bent een souteneur, meneer Reeve. Ik heb op de band staan dat u het toegeeft. Dat is een goed begin.'

'Je hebt me een deal aangeboden. Ik ben hier om je eraan te houden. Ik praat, en dan smeer ik hem naar Melbourne. Dat heb je tegen Tricia gezegd en...'

'En Tricia mag zich eraan houden, als ze dat wil.' Tegen Budde zei Lynley: 'We zullen een team van de zedenpolitie naar Lansdowne Road moeten sturen. Bel naar het huis en zeg tegen Havers dat ze blijft wachten tot ze er zijn.'

'Hé! Luister naar me!' Reeve liep om de tafel heen. Rechercheur Budde greep hem bij zijn arm. 'Hou verdomme je poten thuis!'

'Ze heeft waarschijnlijk tijd gehad om genoeg bewijsmateriaal te verzamelen om hem te kunnen vasthouden wegens souteneurschap,' zei Lynley tegen Budde. 'Dat is voorlopig voldoende.'

'Klootzakken, jullie weten niet wie je voor je hebt!'

Rechercheur Budde omklemde de arm steviger. 'Havers? Inspecteur, die is niet in Notting Hill. Jackson, Still en Smiley doen de huiszoeking. Wilt u dat ik uitzoek waar ze is?'

Lynley zei: 'Is ze er niet? Waar kan ze...'

Reeve verzette zich tegen Budde. 'Dit gaat je de kop kosten.'

'Kalm aan, jongen. Jij gaat nergens heen.' Budde zei tegen Lynley: 'Ze heeft ons daar opgewacht en ons het huiszoekingsbevel gegeven. Moet ik proberen...'

'Wat een klerezooi!'

De deur van de verhoorkamer vloog open. 'Inspecteur?' Het was Winston Nkata. 'Hebt u hulp nodig?'

'Alles is onder controle,' zei Lynley. Daarna, tegen Budde: 'Geef hem een telefoon. Laat hem zijn advocaat bellen. En begin daarna met de arrestatiepapieren.'

Budde schoof Reeve langs Nkata heen de gang in. Lynley bleef bij de tafel staan, met zijn hand op de cassetterecorder omdat hij iets nodig had om vaste grond onder zijn voeten te houden. Hij wist dat hij, als hij iets anders deed, zonder de tijd te nemen om de gevolgen van zijn handelingen te overdenken, er later spijt van zou krijgen.

Havers, dacht hij. Christus. Wat kon hij nog meer doen? Ze was nooit de gemakkelijkste partner geweest om mee te werken, maar dit ging alle perken te buiten. Het was onbegrijpelijk dat ze een directe order had genegeerd, na alles wat ze al had uitgehaald. Of ze wilde dood, óf ze was gek geworden. Maar wat het ook was, Lynley wist dat hij nu niets meer kon hebben van die vrouw.

'… het vergde enige tijd om uit te zoeken welk bedrijf in die buurt de wielklemmen plaatst, maar het was alleszins de moeite waard,' zei Nkata.

Lynley keek op. 'Sorry,' zei hij. 'Ik was met mijn gedachten ergens anders. Wat heb je, Winnie?'

'Ik ben bij Beatties club geweest. Hij gaat vrijuit. Daarna ben ik naar Islington gegaan,' zei Nkata. 'Ik heb met de buren van Nicola's vorige huis gesproken. Niemand had bezoekers gezien die op Beattie of Reeve leken, ook niet toen ik hun foto's liet zien. Ik heb van beide mannen trouwens een foto gevonden bij de *Evening Standard*. Het is altijd goed om iemand te kennen op de krantenredacties.'

'Dus geen succes aan die kant?'

'Niet noemenswaardig. Maar toen ik daar was zag ik een Vauxhall bij een dubbele, gele streep staan, met een wielklem. Toen dacht ik dat er nog een mogelijkheid kon zijn.'

Nkata vervolgde zijn verhaal met de mededeling dat hij alle bedrijven in Londen die wielklemmen aanbrachten, had gebeld om te weten te komen wie actief was in de straten van Islington. Het was een schot in het duister, maar omdat niemand met wie hij had gesproken had gezien dat Martin Reeve of sir Adrian Beattie in Nicola Maidens zitslaapkamer op bezoek was geweest voor ze naar Fulham was verhuisd, had hij besloten om na te gaan of iemand die op 9 mei in die buurt een wielklem had gekregen, iets met Nicola te maken had.

'Daar heb ik goud aangeboord,' zei hij.

'Goed gedaan, Winnie,' zei Lynley hartelijk. Nkata's gevoel voor initiatief was sinds lang een van zijn beste eigenschappen. 'Wat heb je ontdekt?'

'Iets vervelends.'

'Vervelend? Waarom?'

'Om degene die de wielklem kreeg.' De rechercheur leek plotseling niet op zijn gemak, iets wat een waarschuwing had moeten zijn. Lynley zag het echter niet en hij was bovendien afgeleid doordat hij zo'n positief gevoel had over het verloop van het verhoor van Martin Reeve.

'Wie?' vroeg hij.

'Andrew Maiden,' zei Nkata. 'Het lijkt erop dat hij de avond van 9 mei in de stad was. Hij kreeg een wielklem vlak om de hoek bij Nicola's kamer.'

Met een misselijk gevoel in zijn maag sloot Lynley zijn voordeur. Hij liep de trap op, ging naar zijn slaapkamer, haalde dezelfde koffer tevoorschijn waarmee hij de vorige dag uit Derbyshire was gekomen, legde die op het bed en maakte hem open. Hij begon te pakken voor de terugreis, gooide er pyjama's, overhemden, broeken, sokken en schoenen in zonder erbij na te denken wat hij daarginds precies nodig zou hebben. Hij zocht zijn scheerspullen bij elkaar en vond een nieuwe tube tandpasta tussen Helens bodylotions en potjes gezichtscrème. Tot slot stopte hij een flesje shampoo in een toilettas en pikte Helens stuk zeep bij het bad vandaan.

Zijn vrouw kwam binnen toen hij het kofferdeksel sloot boven een staaltje inpakwerk waar Denton een beroerte van zou hebben gekregen. Ze zei: 'Ik dacht al dat ik je hoorde. Wat is er gebeurd? Moet je al zo gauw weer weg? Tommy, schat, is er iets misgegaan?'

Lynley zette de koffer op de grond en probeerde een verklaring te vinden. Hij somde de feiten op zonder die te interpreteren. 'Het spoor leidt terug naar het noorden,' vertelde hij haar. 'Andy Maiden blijkt erbij betrokken te zijn.'

Helen sperde haar ogen wijdopen. 'Maar waarom? Hoe? God, dat is verschrikkelijk. Je had toch zo veel bewondering voor hem?'

Lynley vertelde haar wat Nkata had ontdekt. Hij zei ook wat de rechercheur eerder had gehoord over de ruzie en de bedreiging, in mei. Hij voegde eraan toe wat hij zelf had vergaard tijdens zijn gesprekken met de voormalige politieman van SO10 en diens vrouw, eindigend met het nieuws dat Hanken hem via de telefoon had doorgegeven. Waar hij zich niet aan waagde was een monoloog over de mogelijkheid dat Andy Maiden speciaal had verzocht om ene hoofdinspecteur Thomas Lynley – die toch opvallend had geblunderd bij SO10 – naar het noorden te sturen om namens Scotland Yard te helpen bij het onderzoek. Dat onderwerp zou hij later onder ogen zien, wanneer zijn trots het kon verdragen.

'Eerst leek het zinvol om naar Julian Britton te kijken,' zei hij tot besluit. 'Daarna naar Martin Reeve. Ik klampte me eerst vast aan de een en toen aan de ander en heb alle aanwijzingen die naar iemand anders leidden genegeerd.'

'Maar, schat, misschien heb je toch gelijk,' zei Helen. 'Zeker wat Martin Reeve betreft. Zijn motief is veel sterker dan dat van de anderen, nietwaar? En hij kán Nicola Maiden achterna gegaan zijn naar Derbyshire.'

'Tot op de hei?' zei Lynley. 'Hoe zou hij dat voor elkaar gekregen kunnen hebben?'

'Misschien is hij de jongen gevolgd. Of heeft hij de jongen door iemand anders laten volgen.'

'Niets wijst erop dat Reeve de jongen kende, Helen.'

'Hij kan toch van hem gehoord hebben via de kaarten in de telefooncellen? Hij is toch een man die de concurrentie in de gaten houdt? Als hij ontdekt had wie Vi Nevins kaarten verspreidde en hem daarna liet volgen, zoals hij ook Barbara en Winston heeft laten volgen toen ze naar Fulham gingen... Waarom zou hij Nicola niet op die manier hebben kunnen vinden? Iemand kan de jongen al weken achternagelopen zijn, Tommy, in de wetenschap dat die hem uiteindelijk bij Nicola zou brengen.'

Helen begon warm te lopen voor haar theorie. Waarom, vroeg ze, zou iemand die door Reeve was ingehuurd om de jongen te volgen, hem niet achtergegaan zijn van Londen naar Derbyshire, en vervolgens over de hei waar Terry Nicola zou ontmoeten? Wanneer het meisje eenmaal was opgespoord, zou één telefoontje naar Martin Reeve vanuit het dichtstbijzijnde café voldoende zijn geweest. Op dat moment zou Reeve de moordenaars uit Londen op weg hebben kunnen sturen, of had hij zelf naar Manchester kunnen vliegen, of in minder dan drie uur naar Derbyshire rijden, en naar de kring van oude stenen gaan om zelf met hen af te rekenen.

'Het hóéft Andy Maiden niet te zijn,' besloot ze.

Lynley streelde met zijn vingers over haar wang. 'Dank je dat je zo voor me opkomt.'

'Tommy, je moet me wel serieus nemen. En jezelf ook. Uit wat je me verteld hebt blijkt dat Martin Reeve een keihard alibi heeft. Waarom zou Andy Maiden in 's hemelsnaam zijn dochter vermoorden?'

'Om wat ze was geworden,' antwoordde Lynley. 'Omdat hij het haar niet uit het hoofd kon praten. Omdat hij haar niet kon tegenhouden door te redeneren, te overreden of te dreigen. Daarom hield hij haar tegen op de enig andere manier die hij kende.'

'Waarom liet hij haar dan niet gewoon arresteren? Zij en het andere meisje...'

'Vi Nevin.'

'Ja. Vi Nevin. Ze waren samen voor zichzelf begonnen. Noem je dat geen bordeel, als er twee werken? Had hij niet eenvoudig een oude vriend bij de Londense politie kunnen bellen om haar op die manier te laten oppakken?'

'Zodat al zijn collega's van vroeger zouden weten wat er van haar was geworden? Wat zijn eigen dochter was geworden? Hij is een trotse man, Helen. Dat zou hij nooit doen.' Lynley kuste haar, eerst op haar voorhoofd, daarna op haar mond. Hij nam zijn koffer op. 'Ik kom zo snel mogelijk terug.'

Ze liep achter hem aan de trap af. 'Tommy, je bent moeilijker voor jezelf dan welke andere man ook die ik ken. Hoe kun je er zeker van zijn dat je het jezelf nu niet moeilijk maakt? En met veel rampzaliger gevolgen?'

Hij draaide zich om om zijn vrouw antwoord te geven, maar toen ging de bel. Het gerinkel klonk dringend en aanhoudend, alsof iemand buiten op de drukknop bleef leunen. Het suggereerde een urgentie die hem totaal deed vergeten wat hij had willen zeggen.

De bezoekster bleek Barbara Havers te zijn en nadat Lynley zijn koffer bij de deur had neergezet en haar had binnengelaten, stoof ze langs hem heen met een dikke, bruine envelop in haar hand. Ze zei: 'Verdomme, inspecteur, wat ben ik blij dat ik u nog tref. We zijn een stap dichter bij het paradijs.'

Ze begroette Helen en liep vervolgens door naar de salon, waar ze op een bank neerplofte en de inhoud van haar envelop op de lage tafel uitspreidde. 'Hier zat hij achteraan,' zei ze duister. 'Hij is meer dan een uur in de flat van Terry Cole gebleven, zogenaamd om Cilla's schilderijen te bekijken. Ze dacht dat hij haar werk bewonderde.' Havers woelde driftig met haar handen door haar haren, het gebaar was een teken van haar opwinding. 'Maar hij was alléén in die flat, inspecteur, en hij had tijd genoeg om die grondig te door-zoeken. Hij kon echter niet vinden wat hij zocht. Omdat Terry het aan mevrouw Baden had gegeven nadat hij had begrepen dat hij het niet op de veiling van Bowers kwijt kon. En mevrouw Baden heeft het mij gegeven. Hier, kijkt u maar.'

Lynley bleef staan waar hij was, bij de deur van de salon. Helen ging naast Barbara zitten om een blik te werpen op de grote stapels papier die de agente uit de envelop had gehaald.

'Het is muziek,' zei Barbara tegen hen. 'Een hele berg muziek. Een hele berg muziek van Michael Chándler, verdomme. Neil Sitwell van Bowers vertelde me dat hij Terry Cole naar King-Ryder Productions had doorverwezen om achter de naam van de notaris van Chandler te komen. Maar Matthew King-Ryder ontkende alles. Híj zei dat Terry was gekomen om te proberen een beurs van hem los te krijgen. Verdomme, waarom heeft níémand met wie we hebben gesproken ook maar een woord gezegd over Terry en een beurs?'

'Zeg jij het maar,' zei Lynley vlak.

Havers lette niet op de klank van zijn stem, of ze merkte die niet op. 'Omdat King-Ryder liegt dat hij barst. Hij is hem gevolgd. Hij is door heel Londen achter Terry Cole aangegaan om te proberen die muziek in handen te krij-gen.'

'Waarom?'

'Omdat het melkkoetje dood is.' Havers klonk triomfantelijk. 'En King-Ryders enige hoop om het schip nog een paar jaar drijvend te houden, was om een volgende succesvolle show te produceren.'

'Je haalt je beeldspraak door elkaar,' merkte Lynley op.

'Tommy.' Op Helens gezicht stond een onuitgesproken smeekbede te lezen. Zij kende hem tenslotte beter dan wie ook, en in tegenstelling tot Havers had zij de klank in zijn stem wel opgemerkt. Ook was haar opgevallen dat hij op zijn plek bij de deur was blijven staan, en ze wist wat dat betekende.

Nietsvermoedend ging Havers met een brede lach door: 'Ja. Sorry. In elk geval, King-Ryder zei tegen me dat volgens het testament van zijn vader alle opbrengsten van zijn lopende producties naar een speciaal fonds gaan, dat theatermensen steunt. Acteur, schrijvers, decorontwerpers. Die lui. Zijn laatste vrouw krijgt een legaat, maar zij is de enige begunstigde. Matthew en zijn zus krijgen geen cent. Hij heeft een soort functie als voorzitter of directeur of wat dan ook bij dat fonds, maar hoe kun je dat vergelijken met de poen die hij zou krijgen als hij weer een productie van zijn vader zou uitbrengen? Een níeuwe productie, inspecteur. Een postume productie. Een productie die niet onder de voorwaarden van het testament valt. Daar hebt u het motief. Hij moest deze muziek in handen krijgen en de enige man die wist dat Michael Chandler, en niet David King-Ryder, die had geschreven, uit de weg ruimen.'

'En Vi Nevin dan?' vroeg Lynley. 'Hoe past zij in het plaatje, Havers?'

Haar gezicht begon nog meer te stralen. 'King-Ryder dacht dat Vi de muziek had. Hij had die niet in de flat gevonden. Hij had die niet gevonden toen hij Terry Cole volgde en hem van kant maakte en het hele kampeerterrein had afgezocht. Daarom ging hij terug naar Londen en bracht een bezoek aan Vi Nevins flat, toen ze niet thuis was. Hij was bezig alles overhoop te halen bij het zoeken naar de muziek, toen ze thuiskwam.'

'De flat was een puinhoop. Het huis was niet doorzocht, Havers.'

'Geen sprake van, inspecteur. De foto's wijzen uit dat er gezocht is. Kijk er nog maar eens goed naar. Dingen zijn van hun plaats gehaald en opengemaakt en op de grond gesmeten. Maar als iemand ervoor wilde zorgen dat Vi Nevin haar werk niet meer kon doen, zou hij de muren hebben volgekliederd met een spuitbus. Hij zou de meubels hebben stukgesneden en de tapijten hebben losgetrokken en gaten in de deuren hebben gemaakt.'

'En hij zou haar gezicht tot pulp hebben geslagen,' kwam Lynley tussenbeide. 'En dat heeft Reeve gedaan.'

'Dat heeft King-Ryder gedaan. Ze had hem gezíén. Of hij dacht tenminste dat ze hem gezien had. En hij kon het risico niet lopen dat het niet het geval was. Voorzover hij wist was ze ook op de hoogte van het bestaan van de muziek, omdat ze Terry ook kende. Trouwens, wat maakt het uit? Laten we hem arresteren en hem de duimschroeven aandraaien.' Ze scheen nu pas de koffer te zien die bij de deur stond. Ze vroeg: 'Waar gaat u eigenlijk naartoe?'

'Ik ga iemand arresteren. Omdat rechercheur Nkata, terwijl jij in Londen een verkeerd spoor volgde – strijdig met je orders – in Islington het speurwerk deed dat hem was opgedragen. En wat hij ontdekt heeft, heeft geen bliksem te maken met Matthew King-Ryder of met iemand anders die dezelfde achternaam draagt.'

Havers verbleekte. Vlak bij haar zette Helen een blad muziek dat ze had bekeken, op de piano. Waarschuwend bracht ze een hand omhoog, die tegen haar hals bleef rusten. Lynley herkende het gebaar maar sloeg er geen acht op. Hij zei tegen Havers: 'Je had een opdracht.'

'Ik héb het huiszoekingsbevel gehaald, inspecteur. Ik heb een team voor de huiszoeking samengesteld en ik heb gewacht tot ze er waren. Ik heb hun gezegd waarnaar ze…'

'Er was je bevolen dat je zelf deel moest uitmaken van dat team, Havers.'

'Maar ik geloofde dat deze aanwijzing… ik had de stellige overtuiging…'

'Nee. Er is geen aanwijzing. Er is geen stellige overtuiging. Niet in jouw positie.'

Helen zei: 'Tommy…'

Hij zei: 'Nee. Vergeet het maar. Het is over. Je hebt me voortdurend dwarsgezeten, Havers. Ik haal je van de zaak af.'

'Maar…'

'Moet ik het voor je spellen?'

'Tommy.' Helen stak een hand naar hem uit. Hij merkte dat ze wilde bemiddelen. Ze had er zo'n hekel aan wanneer hij kwaad werd. Terwille van haar deed hij zijn best die woede te bedwingen.

'Ieder ander in jouw positie, gedegradeerd, nauwelijks ontkomen aan een aanklacht, en met jouw achtergrond, met al je mislukkingen bij de recherche…'

'Dat is gemeen.' Havers woorden klonken zwak.

'… zou zich op de achtergrond hebben gehouden vanaf het moment dat commissaris Hillier zijn vonnis had uitgesproken.'

'Hillier is een schoft. Dat weet u.'

'Ieder ander,' ging hij vastberaden door, 'zou ten overvloede alle puntjes op de i hebben gezet. In jouw geval was alles wat er van je werd gevraagd, een beetje onderzoek te doen naar een paar zaken van SO10, een onderzoek waarnaar je de afgelopen paar dagen meer dan eens teruggestuurd moest worden.'

'Ik heb het toch gedaan. U hebt het rapport. Ik heb het afgemaakt.'

'Daarna ben je je eigen weg gegaan.'

'Omdat ik die foto's had gezien. Bij u op kantoor. Vanochtend. Ik zág dat de flat in Fulham doorzocht was en ik probeerde het u te vertellen, maar u wilde me niet laten uitspreken. Wat kon ik anders doen?' Ze wachtte niet op antwoord, ongetwijfeld omdat ze wist wat hij zou gaan zeggen. 'En toen mevrouw Baden me die muziek gaf en ik zag wie die had geschreven, wist ik dat we onze man gevonden hadden, inspecteur. Goed, ik had met het team naar Notting Hill moeten gaan. U had het me gezegd en ik heb het niet gedaan. Maar alstublieft, ziet u dan niet in hoeveel tijd ik ons uiteindelijk heb bespaard? U stond op het punt om naar Derbyshire terug te gaan, nietwaar? Ik heb u die tocht bespaard.'

Lynley knipperde met zijn ogen. Hij zei: 'Havers, denk je nu echt dat ik deze onzin geloof?'

Onzin.

Het was meer een beweging van haar lippen dan dat ze het woord uitsprak.

Helen keek van de een naar de ander. Ze liet haar hand omlaag glijden. Met een spijtige uitdrukking op haar gezicht pakte ze een van de muziekbladen. Havers keek naar haar, wat Lynleys woede aanwakkerde. Hij wilde niet dat zijn vrouw hierbij betrokken raakte.

'Meld je morgenochtend bij Webberly,' zei hij tegen Havers. 'Wat je volgende opdracht ook mag zijn, die krijg je van hem.'

'U kijkt niet eens naar wat er vlak voor u ligt,' zei Havers, maar het klonk niet langer twistziek of verdedigend, alleen stomverbaasd. Dat maakte hem nog kwader.

'Kun je de weg naar buiten niet meer vinden, Barbara?' vroeg hij haar.

'Tommy!' riep Helen.

'De pot op,' zei Barbara.

Zo waardig mogelijk stond ze op van de bank. Ze pakte haar haveloze schoudertas. Toen ze langs de lage tafel liep en de deur uit zeilde, dwarrelden vijf van de bladen met Chandlers muziek naar de grond.

26

Het weer in Derbyshire paste precies bij inspecteur Peter Hankens stemming: grimmig. Terwijl een zilverkleurige hemel zich in regen ontlaadde reed hij over de weg tussen Buxton en Bakewell, zich afvragend wat het betekende dat er een zwart, leren jack ontbrak aan het bewijsmateriaal dat van Nine Sisters Henge was meegenomen. De ontbrekende regenponcho was gemakkelijk genoeg te verklaren. Het ontbrekende jack echter niet. Want één moordenaar had geen twee kledingstukken nodig om het bloed van de messteken waarmee hij zijn slachtoffer had gedood, te verbergen.

Hij had niet geheel zonder assistentie gezocht naar het ontbrekende leren jack van Terry Cole. Agent Mott was bij hem geweest, met een dubbelgevouwen pannenkoekje in zijn hand. Hij had echter maar heel weinig gedaan om bij het zoeken behulpzaam te zijn. Hij had luid en waarderend gekauwd en luid met zijn lippen gesmakt en gezegd 'dat hij nooit geen zwart leren jack had gezien, inspecteur' gedurende Hankens speurtocht.

Motts administratie was in orde gebleken. Er was geen jack. Nadat hij die mededeling naar Londen had doorgegeven, ging Hanken op weg naar Bakewell en Broughton Manor. Jack of niet, Julian Britton moest nog steeds óf onschuldig worden verklaard, óf op de lijst van verdachten blijven staan.

Toen Hanken over de brug was gereden die de Wye overspande, kwam hij onverwacht een andere eeuw binnen. Ondanks de regen die onverminderd bleef vallen als een voorbode van ophanden zijnd verdriet, was een hevige strijd gaande rondom het landgoed. Op de heuvelflank die naar de rivier afdaalde kruisten een stuk of vijftig soldaten van het koninklijke leger, die de diverse kleren droegen van de koning en de edelen, hun zwaarden met die van een gelijk aantal gewapende Parlementariërs met ronde helmen. Op een lager gelegen weiland waren meer gewapende soldaten bezig een kanon in positie te rollen, terwijl op een verder gelegen helling een divisie gehelmde infanteristen met pistolen op weg was naar de zuidpoort van het kasteel, een stormram met zich meevoerend.

De Cavaliers en de Roundheads lieten een veldslag uit de burgeroorlog herleven, begreep Hanken. Julian Britton had weer een middel gevonden om geld bijeen te brengen voor de restauratie van zijn voorouderlijk huis.

Een zeventiende-eeuws melkmeisje onder een Burberry-paraplu verwees Hanken naar een geïmproviseerd parkeerterrein op korte afstand van het kasteel. Daar wemelde het van verscheidene andere spelers in het historische spel, verkleed als royalisten, pachters, boeren, edelen, legerartsen en musketiers. Koning Charles, die aan de verliezende hand was, stond met een bebloed verband om zijn hoofd in de deuropening van een caravan soep te eten uit een kom, intussen pratend met een boerenmeid die een mand droeg met brood dat doorweekt was van de regen. Niet ver daarvandaan probeerde een in het zwart gehulde Oliver Cromwell zich uit zijn wapenrusting te wurmen zonder de riemen los te maken. Honden en kinderen vlogen in de menigte heen en weer en een kraampje deed goede zaken met alles wat er aan dampende, warme etenswaren te bieden was.

Hanken parkeerde zijn auto en vroeg waar de Brittons zich schuilhielden. Hij werd naar een tribune verwezen die een derde van de verwoeste kasteeltuin in beslag nam. Daar, aan de zuidwestkant van het landgoed, zat een volhardend publiek op geïmproviseerde banken en tuinstoelen het schouwspel dat zich ontrolde, gade te slaan onder een ongeregelde, op paddenstoelen lijkende verzameling paraplu's.

Opzij van de toeschouwers zat een eenzame man op een driepotig krukje, zoals dat rond de eeuwwisseling gebruikt werd door schilders of door jagers tijdens een safari. Hij droeg een ouderwets tweedkostuum en een oude tropenhelm en beschutte zich tegen de regen met een gestreepte paraplu. Door een uitschuifbare kijker volgde hij de veldslag. Aan zijn voeten lag een wandelstok. Jeremy Britton, dacht Hanken, als altijd gehuld in de kleding van zijn voorvaderen.

Hanken liep naar hem toe. 'Meneer Britton? U zult me wel niet meer kennen. Inspecteur Peter Hanken, recherche Buxton.'

Britton draaide zich half om op zijn kruk. Hij was sterk verouderd, zag Hanken, sinds hun enige ontmoeting op het politiebureau van Buxton, nu vijf jaar geleden. Bij die gelegenheid was Britton dronken geweest. Zijn auto was opengebroken in High Street terwijl hij 'water innam', ongetwijfeld een eufemisme voor het tot zich nemen van iets sterkers dan het mineraalwater waar de stad om bekendstond, en hij eiste actie, voldoening en onmiddellijke wraakneming op de slechtgeklede en nog slechter opgevoede hooligans die hem zo ontzettend hadden lastiggevallen.

Nu keek Hanken naar Britton en zag de gevolgen van een leven, gewijd aan de drank. Brittons gelaatskleur, huid en zijn op gekookte eierdooiers lijkende ogen wezen op een leverkwaal. Hanken zag een thermosfles naast het kampeerstoeltje staan waarop Britton zat. Hij betwijfelde of die koffie of thee bevatte.

'Ik ben op zoek naar Julian,' zei Hanken. 'Doet hij mee aan de veldslag, meneer Britton?'

'Julie?' Britton tuurde door de regen. 'Ik weet niet waar hij uithangt. Maar hij doet hier niet aan mee.' Hij wees naar het drama beneden hen. De stormram was vastgelopen in een modderige greppel en de Cavaliers deden hun voordeel met deze tegenslag voor de Roundheads. Met getrokken zwaard zwermde een flink aantal soldaten over de helling die van het huis omlaag liep, om de strijdmacht van de Parlementariërs tegen te houden. 'Julie is nooit erg dol geweest op een oproer als dit,' zei Britton. Hij had moeite met het woord 'geweest' waar hij sj aan toevoegde. 'Ik kan me niet voorstellen waarom hij het terrein voor zoiets laat gebruiken. Maar het is erg leuk om te zien, vindt u ook niet?'

'Iedereen lijkt er helemaal in op te gaan,' zei Hanken instemmend. 'Bent u een liefhebber van geschiedenis, sir?'

'Helemaal niet,' zei Britton. Daarna riep hij naar de soldaten: 'Weg met de verraders! Jullie zullen branden in de hel als je Gods uitverkorenen ook maar een haar krenkt!'

Een royalist, dacht Hanken. Destijds een ongewone positie voor iemand van adel, maar niet ondenkbaar als de man in kwestie geen banden had met het Parlement. 'Waar kan ik hem vinden?'

'Hij is het slagveld afgedragen, met een hoofdwond. Niemand kan de arme donder ervan beschuldigen dat hij niet dapper zijn steentje bijdraagt.'

'Ik bedoelde Julian, niet koning Charles.'

'Ah. Julie.' Met onvaste hand richtte Britton zijn kijker naar het westen. Een verse groep Cavaliers was zojuist per bus aangekomen. Het voertuig zette hen af aan de overkant van de brug, waar ze zich nu haastig bewapenden. Te midden van hen leek een fraai uitgedoste edelman aanwijzingen te roepen. 'Dat zouden ze niet moeten toelaten, als je het mij vraagt,' was Brittons commentaar. 'Als ze niet op tijd kunnen zijn, zouden ze niet meer mogen meespelen, toch?' Hij wendde zich weer tot Hanken. 'De jongen was hier, als u daarvoor bent gekomen.'

'Gaat hij vaak naar Londen? Omdat zijn overleden vriendin daar woonde, neem ik aan…'

'Vriendin?' Minachtend haalde Britton diep adem. 'Onzin. Vriendin betekent dat het een kwestie is van geven en nemen. Dat was er niet bij. O, hij wilde het wel, Julie. Hij wilde háár. Maar zij had hem nergens anders voor nodig dan om een nummertje te maken, als ze ervoor in de stemming was. Als hij de ogen die God hem heeft gegeven, nu maar had gebruikt, dan had hij het van het begin af aan gezien.'

'U mocht Nicola Maiden niet.'

'Ze had weinig toe te voegen…' Britton keek weer naar de veldslag en riep: 'Let op wat er achter je gebeurt, stomkoppen!' tegen de Parlementariërs, toen de Cavaliers door de Wye begonnen te waden en drijfnat de aanval inzetten, tegen de heuvel op in de richting van het kasteel. Een man die gemakkelijk van partij wisselt, dacht Hanken.

Hij zei: 'Kan ik Julian in het kasteel vinden, meneer Britton?'

Britton keek naar het eerste treffen toen de Cavaliers de Roundheads bereikten, die achtergebleven waren als gevolg van hun poging om de stormram uit de modder te trekken. Opeens keerde het getij van de strijd. Voor iedere Roundhead leken er drie tegenstanders te zijn. 'Loop voor je leven, idioten!' schreeuwde Britton. Hij lachte vol leedvermaak toen de opstandelingen zich niet meer staande konden houden. Verscheidene mannen vielen op de grond, waarbij ze hun wapens verloren. Britton applaudisseerde.

Hanken zei: 'Ik ga het binnen proberen.'

Toen de inspecteur aanstalten maakte om weg te lopen, hield Britton hem tegen. 'Ik was bij hem. Die dinsdagavond, weet u wel.'

Hanken draaide zich om. 'Bij Julian? Waar? Hoe laat was dat?'

'In de kennel. Ik weet niet hoe laat het was. Waarschijnlijk omstreeks elf uur. Een van de honden kreeg jongen. Julie was bij haar.'

'Toen ik hem heb gesproken heeft hij niet gezegd dat u bij hem was, meneer Britton.'

'Dat kan ook niet. Hij heeft me niet gezien. Toen ik zag waar hij mee bezig was, liet ik hem met rust. Ik bleef een poosje bij de deur staan kijken. Er is iets heel speciaals aan een geboorte, ongeacht wie er baart, vindt u ook niet? Daarna ben ik weggegaan.'

'Is dat een gewoonte van u? Naar de kennel gaan om elf uur 's avonds?'

'Ik hou er geen vaste gewoonten op na. Ik doe wat ik wil en wanneer ik het wil.'

'Waarom bent u die avond naar de kennel gegaan?'

Britton tastte met onvaste hand in zijn jaszak. Hij haalde een aantal zwaar gekreukte brochures tevoorschijn. 'Ik wilde hierover met Julie spreken.'

Het waren, zag Hanken, allemaal folders van klinieken die een kuur voor alcoholisten aanboden. Ze waren besmeurd en hadden ezelsoren, en ze leken op afdankertjes uit een tweedehands boekwinkel. Of Britton had ze wekenlang bij zich gedragen, óf hij had ze ergens tweedehands meegenomen om ze op een moment als dit te kunnen tonen.

'Ik wil zo'n kuur volgen,' zei Britton. 'Het wordt tijd, vind ik. Ik wil niet dat Julies kinderen een zuiplap als grootvader hebben.'

'Denkt Julian erover om te gaan trouwen?'

'O, er broeit beslist iets in die richting.'

Britton stak zijn hand uit naar de folders. Hanken bukte zich onder de paraplu om ze terug te geven.

'Het is een goede jongen, die Julie van ons,' zei Britton. Hij nam de brochures aan en propte ze weer in zijn jaszak. 'Vergeet dat niet. Hij zal een goede vader zijn. En ik wil een grootvader worden op wie hij trots kan zijn.'

Dat althans viel te betwijfelen. Wanneer je een lucifer bij Brittons adem hield zou die in brand vliegen, zo sterk was de ginlucht.

Julian Britton was op het dak achter de kantelen in gesprek met de organisatoren van de nagebootste veldslag, toen inspecteur Hanken hem vond. Hij had de inspecteur zien praten met zijn vader en hij had ook gezien dat Jeremy zijn folders door de ander had laten bekijken. Hij wist hoe onwaarschijnlijk het was dat Hanken naar Broughton Manor was gekomen om een gesprek over het onderwerp alcoholisme aan te gaan, dus hij was niet geheel en al onvoorbereid toen de inspecteur hem eindelijk had gevonden.

Hun gesprek was kort. Hanken wilde precies de datum weten waarop Julian voor het laatst in Londen was geweest. Julian nam hem mee naar zijn kantoor, waar zijn agenda tussen de op zijn bureau neergegooide kasboeken lag, en hij gaf hem het boekje. De manier waarop hij zijn aantekeningen bijhield was vlekkeloos. Uit de agenda bleek dat zijn laatste reis naar Londen met Pasen was geweest, begin april. Hij had gelogeerd in hotel Lancaster Gate. Hanken kon bellen om het te verifiëren want het telefoonnummer stond naast de naam van het hotel in de agenda. 'Ik logeer daar altijd wanneer ik in de stad ben,' zei Julian. 'Waarom wilt u het weten?'

Hanken beantwoordde de vraag met een tegenvraag. 'U logeerde niet bij Nicola Maiden?'

'Ze had alleen maar een zitslaapkamer.' Julian kreeg een kleur. 'Bovendien vond ze het prettiger dat ik in een hotel verbleef.'

'U was toch naar de stad gegaan om haar op te zoeken?'

Dat was zo.

Het was eigenlijk nogal stom geweest, zei Julian nu tegen zichzelf, terwijl hij keek hoe Hanken zich een weg baande door de Cavaliers die de binnenplaats bevolkten, weggedoken onder afdakjes en paraplu's terwijl ze zich gereed-maakten voor de volgende fase van de strijd. Hij was naar Londen gegaan omdat hij het gevoel had dat ze veranderd was. Niet alleen omdat ze met Pasen niet naar Derbyshire was gekomen, zoals ze dat elke vakantie deed tij-dens haar studie aan de universiteit, maar omdat hij bij hun ontmoetingen sinds de herfst telkens weer had gemerkt dat de afstand tussen hen steeds gro-ter werd. Hij vermoedde dat er een andere man in het spel was en hij wilde het ergste liever zo snel mogelijk horen.

Nu hij eraan terugdacht welde er een bitter lachje bij hem op: ja, die reis naar Londen. Hij had haar nooit rechtstreeks gevraagd of er een ander was, omdat hij het diep in zijn hart niet had willen weten. Hij had er genoegen mee geno-men dat hij haar bij zijn onaangekondigde bezoek niet met iemand anders had betrapt en dat hij bij een steelse blik in de badkamerkastjes, het medi-cijnkastje en haar ladekast niets had aangetroffen wat een man daar zou kun-nen bewaren voor de ochtend na nachtelijke intimiteiten. Bovendien had ze met hem gevrijd. En omdat hij toen zo'n hopeloze sukkel was geweest had hij werkelijk gedacht dat die vrijpartij iets voor haar betekende.

Het was echter alleen maar een onderdeel van haar werk geweest, besefte hij nu. Een deel van wat Nicola deed voor geld.

'Alles oké met de smerissen, Julie, mijn jongen?'

Julian draaide zich met een ruk om en zag dat zijn vader het kantoor was bin-nengekomen. Kennelijk had hij genoeg gekregen van de regen, de nagespeel-de veldslag of het gezelschap van de andere toeschouwers. Over Jeremy's arm hing een druipende paraplu, hij hield een kampeerstoeltje in zijn ene hand en een thermosfles in de andere. De verrekijker van zijn oudoom stak uit de borstzak van zijn grootvaders jasje.

Jeremy glimlachte; hij leek tevreden met zichzelf. 'Ik heb je een alibi gegeven, jongen. Zo vast als een huis.'

Julian staarde hem aan. 'Wát zegt u?'

'Ik heb tegen die politieman gezegd dat ik dinsdagavond bij jou en de nieuwe puppy's was. Dat ik ze geboren heb zien worden en dat ik zag dat jij ze opving. Dat heb ik gezegd.'

'Maar, pa, ik heb nooit gezegd dat u erbij was! Ik heb hun nooit verteld...' Julian zuchtte. Hij begon de kasboeken naar jaartal op volgorde te leggen. 'Nu zullen ze zich afvragen waarom ik het niet over je heb gehad. Dat begrijp je toch, of niet soms? Begrijp je het, pa?'

Jeremy tikte met een bevende vinger tegen zijn slaap. 'Daar heb ik van tevoren over nagedacht, mijn jongen. Ik heb gezegd dat ik je niet heb gestoord. Je was bezig voor vroedvrouw te spelen en ik wilde je niet uit je concentratie halen. Ik zei dat ik naar je toe was gegaan omdat ik je wilde zeggen dat ik van de drank af wilde. Zei dat ik je deze wilde laten zien.' Weer haalde Jeremy de folders tevoorschijn. 'Slim, vind je niet? Je had ze toch al gezien? Dus toen hij je ernaar vroeg heb je het hem gezegd, klopt dat?'

'Hij heeft me niets gevraagd over dinsdagavond. Hij wilde weten wanneer ik voor het laatst naar Londen was geweest. Ongetwijfeld vraagt hij zich nu af waarom je verdomme de moeite hebt genomen om me een alibi te bezorgen hoewel hij er niet eens naar vroeg.' Julian besefte ondanks zijn wanhoop opeens de bedoeling van wat zijn vader had gedaan. Hij zei: 'Waarom heb je me een alibi gegeven, pa? Je weet toch dat ik er geen nodig heb. Ik wás bij de honden. Cassie kréég jongen. Trouwens, hoe wist je dat, zodat je het hem kon vertellen?'

'Je nicht heeft gezegd dat ik het moest doen.'

'Sam? Waarom?'

'Ze zegt dat de politie je raar aankijkt, en dat ze het niet prettig vindt. "Alsof Julie ooit een hand tegen iemand zou opheffen," zegt ze. Ze is een en al gerechtvaardigde verontwaardiging, Julie. Wat een vrouw. Zo loyaal... Dat is iets om over na te denken.'

'Ik heb Sams loyaliteit niet nodig. Jouw hulp trouwens ook niet. Ik heb Nicola niet vermoord.'

Jeremy wendde zijn ogen van zijn zoon af en keek naar het bureaublad. 'Niemand zegt dat je dat gedaan hebt.'

'Als jij denkt dat je tegen de politie moet liegen, dan moet dat betekenen... Pa, geloof jij dat ik haar vermoord heb? Geloof je écht... jezus.'

'Je moet je niet zo opwinden. Je gezicht is helemaal rood en ik weet wat dat betekent. Ik heb niet gezegd dat ik iets dacht. Ik denk helemaal niets. Ik wil het alleen een beetje gemakkelijker maken. We hoeven het leven niet helemaal te nemen zoals het komt, Julie. We kunnen iets doen om onze toekomst veilig te stellen, weet je.'

'Was je daarmee bezig? Mijn toekomst veilig te stellen?'

Hij schudde zijn hoofd. 'Zelfzuchtige schooier. Ik zorg voor mijn eigen toekomst.' Hij vestigde de aandacht op de folders door ze tegen zijn hart te

432

drukken. 'Ik wil van de drank af. Dit is het moment. Ik wil het. Maar god weet dat ik het niet alleen kan.'

Julian had zijn vader lang genoeg om zich heen gehad om te begrijpen wanneer hij gemanipuleerd werd. Gele alarmvlaggetjes doemden voor hem op. 'Pa, ik weet dat je van de drank af wilt. Ik bewonder je erom. Maar zo'n kuur... wat die kost...'

'Jij kunt het voor me doen. Je kunt het omdat je weet dat ik het voor jou zou doen.'

'Het gaat er niet om dat ik het niet voor je wíl doen. Maar we hebben er de middelen niet voor. Ik heb telkens en telkens weer de boeken doorgekeken en we hebben gewoonweg geen geld. Heb je er al eens over gedacht om tante Sophie te bellen? Als ze zou weten wat je met het geld van plan bent, denk ik dat ze je het wel zou willen lenen...'

'Lenen? Bah!' Jeremy veegde het idee terzijde met de hand waarin hij de brochures hield. 'Daar trapt je tante niet in. "Hij kan ophouden wanneer hij wil ophouden", dat denkt ze. Ze zal geen vinger uitsteken om me erbij te helpen.'

'Als ik haar nu eens bel?'

'Wat ben jij voor haar, Julie? Een familielid dat ze nog nooit heeft gezien, dat komt vragen om een aalmoes, afkomstig van het geld waar haar man hard voor gewerkt heeft. Nee. Jij kunt het niet vragen.'

'Praat dan eens met Sam.'

Jeremy weerde het plan af als een lastige vlieg. 'Dat kan ik haar niet vragen. Ze heeft al veel te veel gegeven. Haar tijd. Haar inspanningen. Haar betrokkenheid. Haar liefde. Ik kan haar niet nog meer vragen, en ik wil het ook niet.' Hij slaakte een diepe zucht en stak de brochures weer in zijn zak. 'Laat maar. Ik sla me er wel doorheen.'

'Ik kan Sam toch vragen of ze met tante Sophie wil praten. Ik kan het uitleggen.'

'Nee. Vergeet het maar. Ik zet wel door. Ik heb het eerder gedaan...'

Veel te vaak, dacht Julian. Het leven van zijn vader omspande meer dan vijftig jaar verbroken beloften en goede voornemens die op niets uitdraaiden. Hij had Jeremy vaker horen zeggen dat hij de fles zou laten staan, dan hij zich kon herinneren. En even zovele keren had hij hem weer naar de fles zien grijpen. Hij had gelijk. Als hij ditmaal het beest wilde verslaan, kon hij die strijd niet in zijn eentje voeren.

'Hoor eens, pa, ik zal met Sam praten. Echt.'

'Echt?' herhaalde Jeremy. 'Wil je het echt? Denk je niet dat je het móét doen om wat je je ouwe heer verschuldigd bent?'

'Nee. Ik wil het. Ik zal het haar vragen.'

Jeremy keek hem aan met een paar trouwe hondenogen die zich zowaar met tranen vulden. 'Ze houdt van je, Julie. Zo'n goede vrouw, en ze hóúdt van je, jongen.'

'Ik zal met haar praten, pa.'

Het regende nog steeds toen Lynley de oprit naar Maiden Hall in draaide. Barbara Havers was er zowaar in geslaagd hem een paar minuten af te leiden van de verwarring die bezit van hem had genomen toen hij had gehoord dat Andy Maiden in Londen was geweest. Hij had die verwarring zelfs geheel van zich af kunnen zetten in ruil voor woede over Barbara's ongehoorzaamheid die niet in het minst was vergoelijkt door Helens voorzichtige poging om enige logica te ontdekken in het gedrag van de agente. 'Misschien heeft ze je opdracht verkeerd begrepen, Tommy,' had ze gezegd nadat Havers het huis aan Eaton Terrace had verlaten. 'In het vuur van het ogenblik heeft ze misschien begrepen dat het niet jouw bedoeling was haar te laten meewerken aan de huiszoeking in Notting Hill.'

'Christus,' had hij nijdig gezegd. 'Je hoeft haar niet te verdedigen, Helen. Je hoorde toch wat ze zei. Ze wist wat ze moest doen en ze koos ervoor om het niet te doen. Ze ging haar eigen gang.'

'Maar je hebt bewondering voor initiatief. Dat heb je altijd gehad. Je hebt altijd tegen me gezegd dat het initiatief van Winston een van de beste...'

'Verdomme, Helen. Wanneer Nkata de zaak in eigen handen neemt doet hij het nadat hij een opdracht heeft uitgevoerd, niet ervoor. Hij levert geen commentaar, hij moppert niet en hij negeert niet wat hij vlak voor zijn neus ziet omdat hij gelooft dat hij een beter idee heeft. En wanneer hij een standje krijgt, wat overigens hoogst zelden gebeurt, past hij zich aan en maakt dezelfde fout niet voor de tweede keer. Je zou toch denken dat Barbara deze zomer zou hebben geleerd wat de gevolgen zijn van het niet opvolgen van een order. Maar dat is niet zo. Ze heeft een bord voor haar hoofd.'

Helen had zorgvuldig de muziekbladen bijeengezocht die Barbara had achtergelaten. Ze zei: 'Tommy, als Winston Nkata en niet Barbara Havers bij inspecteur Barlow in die boot had gezeten... Als Winston Nkata en niet Barbara Havers dat pistool had gepakt...' Ze had hem ernstig aangekeken. 'Zou je dan even kwaad zijn geweest?'

Zijn antwoord was zowel snel als driftig. 'Dit heeft niets met sekse te maken. Je kent me toch wel beter.'

'Ik ken je, ja,' had ze zacht geantwoord.

Toch moest hij vaak aan haar vraag terugdenken tijdens het eerste gedeelte van de rit naar Derbyshire. Maar hoe hij zijn mogelijke reacties ook bekeek, zowel op de vraag als op Havers' ongelooflijke insubordinatie op de Noordzee, zijn antwoord bleef hetzelfde. Havers was tot de aanval overgegaan, ze had geen initiatief getoond. Er was niets wat dat rechtvaardigde. Als Winston Nkata het wapen zou hebben getrokken, wat een belachelijke veronderstelling was, zou hij precies zo hebben gereageerd. Dat wist hij.

Nu hij het parkeerterrein van Maiden Hall opreed was zijn boosheid allang verdwenen om plaats te maken voor dezelfde moedeloosheid die hem was overvallen toen hij van Andy Maidens bezoek aan zijn dochter had gehoord. Hij liet de auto stilhouden en tuurde door de regen naar het hotel.

Hij wilde niet geloven wat de feiten hem vroegen te geloven over Andy, maar hij raapte alle vastberadenheid die hij kon opbrengen, bijeen en pakte zijn paraplu van de achterbank. In de regen liep hij over het parkeerterrein. Toen hij in het hotel was vroeg hij de eerste de beste werknemer die hij tegenkwam om Andy Maiden te roepen. Toen de voormalige SO10-medewerker vijf minuten later kwam aanlopen, was hij alleen.

'Tommy,' luidde zijn begroeting. 'Heb je nieuws? Ga mee.'

Hij ging hem voor naar het kantoortje bij de receptie en sloot de deur achter hen.

'Vertel me wat er in mei in Islington is voorgevallen, Andy,' zei Lynley zonder inleiding, omdat hij wist dat hij, wanneer hij aarzelde, sympathie voor de man zou gaan voelen en dat kon hij zich niet veroorloven. 'Vertel me waarom je hebt gezegd "ik zie je nog liever dood dan dat ik je het laat doen".'

Maiden ging zitten. Hij wees Lynley een stoel. Hij zei niets voor Lynley was gaan zitten en zelfs toen leek hij een ogenblik met zichzelf te overleggen, alsof hij al zijn moed verzamelde voor hij antwoord gaf.

Toen zei hij: 'De wielklem.'

Waarop Lynley reageerde met: 'Je bent altijd een goede politieman geweest.'

'Hetzelfde kan van jou gezegd worden. Je hebt goed werk geleverd, Tommy. Ik heb altijd wel geweten dat je bij de recherche zou uitblinken.'

Het compliment betekende een slag in Lynleys gezicht, omdat het alle nu zo duidelijke redenen naar voren bracht waarom Andy Maiden, verblind als hij was door bewondering, hém had gekozen om naar Derbyshire te komen. Lynley zei rustig: 'Ik heb een goed team. Vertel me over Islington.'

Eindelijk waren ze eraantoe, en in Maidens ogen stond zo veel smart te lezen dat Lynley merkte dat hij zich nog steeds, zelfs nu, hard moest opstellen om geen medelijden met zijn oude vriend te voelen. 'Ze vroeg of ik wilde komen,' zei Maiden. 'Dus ik ben gegaan.'

'In mei. Naar Londen,' verduidelijkte Lynley. 'Je bent naar Islington gegaan om je dochter op te zoeken.'

'Dat klopt.'

Hij had gedacht dat Nicola met hem wilde afspreken om haar spullen voor de zomer naar Derbyshire te brengen, als voorbereiding op haar langdurige vakantiebaan bij Will Upman, zoals ze dat in december hadden geregeld. Daarom was hij met de landrover gegaan in plaats van het vliegtuig of de trein te nemen, om zodoende alvast wat spullen mee naar huis te nemen, als ze die een paar weken kon missen tot haar colleges aan de universiteit waren afgelopen.

'Maar ze wilde niet naar huis,' zei Maiden. 'Daarom had ze me niet naar Londen laten komen. Ze wilde met me praten over haar toekomstplannen.'

'Prostitutie,' zei Lynley. 'Ze wilde voor zichzelf beginnen in Fulham.'

Maiden schraapte ruw zijn keel en hij fluisterde: 'O, god.'

Ook al verzette Lynley zich tegen meegevoel, hij merkte dat hij de man niet kon dwingen om de feiten op tafel te leggen die hij op de bewuste dag in Londen had vernomen. Daarom deed hij het voor hem. Lynley nam alles door zoals hij het zelf te weten was gekomen: van Nicola's baan, eerst als stagiaire, later als escortgirl bij MKR Financial Management, tot haar samenwerking met Vi Nevin en de keuze van SM als haar specialiteit. Hij besloot met: 'Sir Adrian gelooft dat er maar één reden kan zijn waarom ze de afgelopen zomer toch naar het noorden kwam in plaats van in Londen te blijven. Geld.' 'Het was een compromis. Ze deed het voor mij.'

Ze hadden verbitterd ruzie gemaakt, maar ten slotte had hij haar zover gekregen dat ze die zomer bij Upman zou gaan werken, om tenminste te proberen carrière te maken als juriste. Door haar meer te betalen dan ze zou hebben verdiend als ze in Londen bleef, zei hij, had hij haar medewerking gekregen. Hij had een lening bij de bank moeten afsluiten om het bedrag bij elkaar te krijgen dat ze als compensatie eiste, maar hij had het de moeite waard gevonden.

'Had je er zo veel vertrouwen in dat ze voor de advocatuur zou kiezen?' vroeg Lynley. Het leek geen erg waarschijnlijk vooruitzicht.

'Ik vertrouwde erop dat Upman haar ertoe zou overhalen,' antwoordde Maiden. 'Ik heb gezien hoe hij met vrouwen omspringt. Hij heeft iets over zich... Ik dacht dat hij en Nicola... Tommy, ik was bereid om álles te proberen. De juiste man, bleef ik maar denken, zou haar tot bezinning kunnen brengen.'

'Zou Julian Britton geen betere keus zijn geweest? Hij hield immers al van haar?'

'Julian wilde haar te graag. Ze had een man nodig die haar kon verleiden, maar die haar voortdurend in het onzekere hield. Upman leek de geschikte figuur.' Maiden scheen zijn eigen woorden te horen, omdat hij meteen nadat hij die uitspraak had gedaan, ineenkromp. Hij begon te huilen. 'O, god, Tommy. Zij heeft me ertoe gebracht,' zei hij, met een vuist tegen zijn mond gedrukt alsof dat zijn pijn zou kunnen wegnemen.

Eindelijk zag Lynley zich voor de feiten geplaatst die hij niet had willen zien. Hij had zich afgewend van de schuld van deze man, om wat hij bij New Scotland Yard was geweest, terwijl juist wát hij bij New Scotland Yard was geweest voortdurend en nadrukkelijk op zijn schuld wees. Andy Maiden, meester in misleiding en in het verbergen van gevoelens, had zich tientallen jaren bewogen in die schemerige undercover-wereld waar de grenzen tussen feiten en fantasie, tussen onwettigheid en eer aanvankelijk vervaagden om ten slotte geheel te verdwijnen.

'Vertel me hoe het gebeurd is,' zei Lynley keihard. 'Vertel me wat je nog meer hebt gebruikt, behalve het mes.'

Maiden liet zijn hand zakken. 'Lieve god...' Zijn stem klonk schor. 'Tommy, je denkt toch niet...' Toen leek hij na te denken over wat hij had gezegd, om het punt te vinden waar het misverstand tussen hen was ontstaan. 'Ze heeft zich door me laten omkopen. Ze heeft zich laten betalen om voor Upman te gaan werken, zodat hij haar zou kunnen overreden... zodat haar moeder er nooit achter zou komen wat ze was, omdat het haar kapot zou hebben gemaakt. Maar nee. Néé. Je kunt niet denken dat ik haar vermoord heb. Ik was hier op de avond van haar dood. Hier, in dit hotel. En... god, ze was mijn enig kind.'

'Ze had je verraden,' zei Lynley. 'Na alles wat je voor haar had gedaan, na het leven dat je haar had gegeven…'

'Nee! Ik hield van haar. Heb jij kinderen? Een dochter? Een zoon? Weet jij wat het betekent om de toekomst in je kind te zien en te weten dat je door-leeft, ongeacht wat er gebeurt, juist omdat ze bestaat?'

'Als hoer?' vroeg Lynley. 'Als prostituee die haar geld verdient door bij man-nen op bezoek te gaan die ze met een zweep tot onderdanigheid dwingt? "Ik zie je nog liever dood dan dat ik het je laat doen." Dat zijn je eigen woorden. En een week later zou ze naar Londen teruggaan, Andy. Je hebt voor jezelf slechts uitstel van het onvermijdelijke gekocht toen je haar betaalde om in Buxton te komen werken.'

'Ik heb het niet gedaan! Tommy, luister naar me! Ik was dinsdagavond híér!'

Maiden was luider gaan spreken en er klonk een klop op de deur. De deur werd opengedaan voor een van beide mannen iets kon zeggen. Het was Nan Maiden. Zwijgend keek ze van Lynley naar haar man. Ze hoefde ook niets te zeggen om uit te leggen wat Lynley van haar gezicht kon aflezen. Ze weet wat hij gedaan heeft, dacht hij. Mijn god, ze heeft het van het begin af aan gewe-ten.

'Ga weg,' riep Andy Maiden tegen zijn vrouw.

'Dat hoeft niet,' zei Lynley.

Barbara Havers was nog nooit in Westerham geweest en ze kwam al snel tot de ontdekking dat er geen gemakkelijke manier was om er te komen vanaf het huis van St. James in Chelsea. Na haar vertrek van Eaton Terrace was ze snel bij het echtpaar St. James langsgereden. Waarom niet? had ze gedacht, nu ze zich zo dicht bij King's Road bevond, waar ze slechts een klein eindje langs hoefde te rijden om in Cheyne Row te komen en ze dolgraag stoom wilde afblazen bij de mensen van wie ze heel goed wist dat ze zeer waarschijn-lijk op een gegeven moment ook ervaring hadden opgedaan met inspecteur Lynleys verwaande onredelijkheid. Ze had echter niet de kans gekregen om haar verhaal te vertellen. Want Deborah St. James had de deur opengedaan, opgetogen iets geroepen naar de studio en haar vervolgens het huis in getrok-ken als een vrouw die iemand begroet die onverwacht uit de oorlog is terug-gekeerd.

'Simon, kijk eens!' had ze aangekondigd. 'Dit heeft zo moeten zíjn!'

Het bezoek aan Simon en Deborah had Barbara ertoe aangespoord om naar Kent te rijden. Om er te komen moest ze zich echter storten in de doolhof van naamloze straten die de woorden 'ten zuiden van de rivier' synoniem lieten staan voor een verblijf in de hel. Ze was verdwaald nadat ze Albert Bridge was overgestoken, waar een ogenblik van onoplettendheid resulteerde in twintig minuten wanhopig door Clapham Common rijden, vergeefs op zoek naar de A205. Toen ze die had gevonden en in de richting van Lewisham reed, begon ze zich af te vragen of het wel verstandig was Internet te gebruiken om een getuige-deskundige op te sporen.

De getuige in deze zaak woonde in Westerham, waar hij ook een klein bedrijf runde, vlak bij Quebec House. 'U kunt het niet missen,' had hij aan de telefoon tegen haar gezegd. 'Quebec House staat aan het eind van Edenbridge Road. Het heeft een uithangbord. Het is vandaag open – Quebec House, bedoel ik – dus er zullen waarschijnlijk bussen op het parkeerterrein staan. U vindt me minder dan vijfhonderd meter ten zuiden daarvan.'

Daar trof ze hem, in een houten gebouwtje met de naam Quiver Me Timbers boven de deur.

Hij heette Jason Harley en zijn bedrijf was in zijn woonhuis gevestigd. Het oorspronkelijke gebouw was in tweeën gedeeld door een muur die precies in het midden liep, als een Salomonsoordeel. Een extra brede deur was in die muur aangebracht en door deze deur kwam Jason Harley binnenrollen in de uiterst moderne rolstoel van een marathonatleet, nadat Barbara op de bel bij de winkeldeur had gedrukt.

'Bent u agente Havers?' vroeg Jason.

'Barbara,' zei ze.

Hij schudde een bos blond, heel dik en steil haar achterover. 'Barbara dan. Je hebt geboft dat je me thuis trof. Meestal ga ik zondags schieten.' Hij rolde achteruit en wenkte haar binnen, terwijl hij zei: 'Let erop dat het bordje GESLOTEN goed zichtbaar blijft, wil je? Ik heb een plaatselijke fanclub, waarvan de leden graag binnenkomen wanneer ze zien dat ik open ben.' De laatste opmerking kwam er ironisch uit.

'Problemen?' vroeg Barbara, denkend aan inbrekers, vandalen en wat die konden aanrichten bij iemand die verlamd is.

'Jongens van negen. Ik heb een praatje gehouden op hun school. Nu ben ik hun held.' Harley grinnikte innemend. 'Zo. Wat kan ik voor je doen, Barbara? Je zei dat je wilde zien wat ik heb?'

'Ja.'

Ze had hem gevonden op Internet, waar zijn bedrijf een website had. Dat hij dicht bij Londen woonde was voor Barbara de beslissende factor geweest om hem als getuige-deskundige te kiezen. Aan de telefoon, die zowel in zijn huis als zijn winkel overging, had Jason Harley tegen haar gezegd dat de zaak op zondag niet open was, maar toen ze had verteld waarom ze contact met hem zocht had hij erin toegestemd haar te ontvangen.

Nu stond ze in de kleine ruimte van Quiver Me Timbers en ze bekeek de uitgestalde goederen: fiberglas, taxushout en carbon, de handel van Jason

Harley. Tegen de muren waren rekken geplaatst. Langs het enige looppad van de winkel stonden vitrines. Aan het uiterste eind was een werkplaats. Het middelpunt van alles werd gevormd door een standaard van esdoornhout, met achter glas een medaille aan een lint. Het was een olympische gouden plak, zag Barbara, toen ze de medaille van dichtbij bekeek. Jason Harley was niet alleen in Westerham een beroemdheid.

Toen ze haar aandacht weer op hem richtte, zag ze dat hij naar haar keek. 'Ik ben onder de indruk,' zei ze. 'Heb je die vanuit je stoel behaald?'

'Het had gekund,' zei hij. 'Het zou vandaag nóg kunnen, als ik wat meer vrije tijd had om te oefenen. Maar toen zat ik nog niet in een rolstoel. Die kwam later pas. Na een ongeluk met een hangglider.'

'Beroerd voor je,' zei ze.

'Ik kan ermee leven. Beter dan de meesten, durf ik te zeggen. Nou, hoe kan ik je helpen, Barbara?'

'Vertel me eens iets over pijlen van cederhout,' zei ze.

Jason Harleys olympische gouden medaille was te danken aan jaren van wedstrijden en training. Jaren van wedstrijden en training maakten hem tot een van de zeldzame experts op het gebied van boogschieten. Het ongeluk met de hangglider had hem gedwongen erover na te denken hoe hij zijn atletische bekwaamheid en zijn kennis kon gebruiken om zichzelf en het gezin dat hij en zijn vriendin wilden stichten, te onderhouden. Het resultaat was zijn winkel, Quiver Me Timbers, waar hij de dunne carbonpijlen verkocht die werden afgeschoten met moderne bogen, gemaakt van fiberglas of gelaagd hout, en waar hij eigenhandig de houten pijlen maakte en verkocht die werden gebruikt bij de traditionele *long bows* waarom de Engelse boogschutters sinds historische tijden bekendstonden, vanaf de Slag bij Agincourt.

In zijn winkel voorzag hij zijn klanten tevens van alle accessoires voor het boogschieten: van de ingewikkelde borst- en armbeschermers en de tabs, die door de boogschutters werden gedragen tot en met de pijlpunten, die sterk van elkaar verschilden, afhankelijk van het gebruik dat van de boog werd gemaakt.

Als je een jongen van negentien in de rug zou willen schieten, wilde Barbara de boogschutter vragen, wat voor pijlpunt zou je daarvoor nodig hebben? Maar ze moest voorzichtig beginnen, omdat ze wist dat ze een hele massa informatie nodig zou hebben om Lynley voor te leggen, als ze ook maar een kleine deuk wilde maken in zijn wapenrusting.

Ze vroeg Harley haar iets te vertellen over de houten bogen die hij maakte, in het bijzonder die welke vervaardigd werden uit Port Orford cederhout.

Hij corrigeerde haar door te zeggen dat hij uitsluitend cederhouten pijlen maakte. De schachten werden hem opgestuurd uit Oregon. Daar waren ze afzonderlijk gewogen, gesorteerd en aan een buigtest onderworpen voor ze werden verzonden. 'Ze zijn verdomd betrouwbaar,' zei hij. 'Dat is belangrijk, omdat je, wanneer de trekkracht van de boog groot is, een pijl nodig hebt die sterk genoeg is om daar tegen te kunnen. Je kúnt pijlen krijgen van grenen- of essenhout,' vervolgde hij even later, nadat hij haar een complete cederhouten pijl had gegeven om die te bekijken, 'sommige zijn gemaakt van hout dat hier voorkomt, andere komen uit Zweden. Maar cederhout uit Oregon is gemakkelijker te krijgen, omdat er zo veel van is, denk ik, en ik neem aan dat je tot de ontdekking zult komen dat elke winkel in Engeland waar ze artikelen voor boogschutters hebben, ze verkoopt.'

Hij loodste haar naar zijn werkplaats achter in de winkel. Daar maakte een kleine, lopende band ter hoogte van zijn middel het mogelijk dat hij zich gemakkelijk kon bewegen van de cirkelzaag die de gleuf in de pijlschacht maakte tot het apparaat waarmee de veren op hun plaats werden gelijmd. Hars hield de pijlpunt op zijn plaats. En, zoals hij straks al had gezegd, de pijlpunten verschilden van elkaar, afhankelijk waarvoor ze werden gebruikt.

'Sommige boogschutters geven er de voorkeur aan zelf hun pijlen te maken,' zei hij samenvattend. 'Maar omdat het een erg arbeidsintensief karwei is — nou, ik denk dat je het zelf wel ziet — zoeken de meesten een pijlenmaker die ze aardig vinden en dan kopen ze hun pijlen bij hem. Hij kan ze precies zo maken als ze zelf willen, binnen redelijke grenzen, natuurlijk, als ze maar zeggen welke *crestings* ze willen.'

'Crestings?' vroeg Barbara.

'Vanwege de wedstrijden,' zei Harley. 'Daar worden long bows tegenwoordig meestal voor gebruikt.'

Er waren, legde hij uit, twee soorten wedstrijden waar schutters met een long bow aan deelnamen: toernooischieten en *animal rounds*. In het eerste geval schoten ze op traditionele schijven: twaalf dozijn pijlen werden van verschillende afstanden op een roos afgeschoten. In het tweede geval schoten ze in beboste gebieden of op heuvels: de pijlen werden afgeschoten op dieren die op papier waren afgebeeld. Maar in beide gevallen was de enige manier waarop kon worden vastgesteld wie de winnaar was, door de crestings te bekijken, de individuele merktekens die op de afgeschoten pijlen waren aangebracht. En iedere wedstrijdschutter in Engeland moest er zeker van zijn dat zijn pijlen konden worden onderscheiden van de pijlen van zijn tegenstanders. 'Hoe zouden ze anders moeten weten wiens pijl het doel trof?' vroeg Harley logisch.

'Juist,' zei Barbara. 'Hoe anders?'

Ze had het autopsierapport met betrekking tot Terry Cole gelezen. Ze wist uit haar gesprek met St. James dat Lynley had gehoord dat er een derde wapen moest zijn, behalve het mes en de steen waarvan al was vastgesteld dat ze bij de moorden waren gebruikt. Nu dat derde wapen zo goed als geïdentificeerd was, begon ze te begrijpen hoe de misdaad was gepleegd.

Ze zei: 'Vertel me eens, Jason, hoe snel kan een goede boogschutter, laten we zeggen iemand met meer dan tien jaar ervaring, achter elkaar pijlen afschieten op een doel? Met een long bow, bedoel ik.'

Hij dacht na over de vraag, zijn vingers plukten aan zijn onderlip. 'Tien seconden, denk ik. Op zijn hoogst.'

'Zó lang?'

'Ik zal het je laten zien.'

Ze dacht dat Harley van plan was om het haar zelf te demonstreren. Maar hij pakte een pijlkoker van het rek, schoof er zes pijlen in en beduidde Barbara dat ze bij zijn stoel moest komen staan. 'Ben je links of rechts?' vroeg hij.

'Rechts.'

'Oké. Draai je om.'

Ze voelde zich een beetje dwaas, maar ze liet toe dat hij de pijlkoker met een leren riem om haar bovenlijf vastmaakte. 'Nu doe je of je de boog in je linkerhand houdt,' legde hij uit toen de koker op de juiste plaats zat. 'En nu steek je je hand naar achteren om een pijl te pakken. Eén tegelijk.' Toen ze de pijl beethad, pas na onhandig te hebben rondgetast, maakte hij duidelijk dat ze die nu op de dacron pees van de boog moest leggen. Daarna zou ze de pees naar achteren moeten trekken en mikken. 'Het is niet zoals bij een pistool,' zei hij tegen haar. 'Je moet na elk schot opnieuw een pijl pakken en opnieuw mikken. Een goede schutter kan het in iets minder dan tien seconden. Maar iemand zoals jij... sorry.'

Barbara lachte. 'Geef me twintig minuten.'

Ze bekeek zich in de spiegel die tegen de deur hing waardoor Jason zo-even de winkel was binnengerold. Ze bleef staan en oefende om achter zich te voelen naar de pijl. Ze deed alsof ze een boog vasthield en ze probeerde zich het doel voor te stellen dat zich vóór haar bevond: geen schietschijf of een papieren dier, maar een levend menselijk wezen. Twee, om precies te zijn, zittend bij een kampvuur. Dat zou het enige beschikbare licht geweest zijn.

Hij had niet op het meisje geschoten omdat hij niet achter het meisje aanzat, dacht ze. Maar hij had geen ander wapen bij zich en hij was er wanhopig op gebrand om de jongen te doden, dus hij moest gebruiken wat hij bij zich had en hopen dat het schot Terry zou doden omdat hij, nu er nog iemand aanwezig was, niet de kans zou krijgen een tweede pijl op Cole af te schieten.

Dus, wat was er gebeurd? Het schot was niet dodelijk geweest. Misschien had de jongen zich op het laatste moment bewogen. Misschien had de schutter op de nek gemikt, maar in plaats daarvan lager getroffen, in de rug. Het meisje, dat besefte dat er in het donker iemand was die hen wilde aanvallen, zou overeind gesprongen zijn in een poging om te vluchten. En omdat ze hard liep en omdat het donker was, kon hij de pijl en boog niet tegen haar gebruiken. Daarom was hij haar achternagegaan. Hij had haar neergeslagen en was teruggegaan om de jongen te doden.

Barbara zei: 'Jason, als je in de rug getroffen werd door een van deze pijlen, wat zou je dan voelen? Zou je weten dat je geraakt was? Door een pijl, bedoel ik.'

441

Harley keek aandachtig naar het rek met bogen alsof het antwoord daar ergens verborgen lag. 'Ik denk dat je eerst een harde klap zou voelen,' zei hij langzaam. 'Alsof je door een hamer werd geraakt.'

'Zou je je kunnen bewegen? Kunnen opstaan?'

'Ik zou niet weten waarom niet. Tot je besefte wat er met je gebeurd was, natuurlijk. Daarna zou je waarschijnlijk in shock raken. Zeker als je je hand naar je rug bracht en de schacht eruit voelde steken. God, dat zou afschuwelijk zijn. Je zou daardoor best…'

'Flauw kunnen vallen,' zei Barbara. 'Buiten bewustzijn kunnen raken. Om kunnen vallen.'

'Ja,' zei hij instemmend.

'Dan zou de pijl afbreken, hè?'

'Dat zou ervan afhangen hoe je viel, maar het zou kunnen.'

En dan zou er, dacht ze in stilte, een houtsplinter kunnen achterblijven wanneer de moordenaar, die wist dat hij het enige ding moest verwijderen waardoor de politie hem uiteindelijk op het spoor zou kunnen komen, de pijl uit de rug van het slachtoffer trok. Maar op dat moment zou Terry Cole nog niet dood geweest zijn. Hij verkeerde in shocktoestand. Dus de moordenaar moest het karwei afmaken toen hij terugkwam na het meisje de schedel te hebben ingeslagen. Hij had geen ander wapen bij zich dan de long bow. De enige mogelijkheid was een wapen te zoeken op het kampeerterrein.

Nadat hij dat had gedaan en de jongen had neergestoken, was hij vrij om te gaan zoeken naar datgene waarvan hij geloofde dat Terry Cole het bij zich had: de muziek van Chandler, de bron van een fortuin dat hem werd ontzegd vanwege de voorwaarden van zijn vaders testament.

Er moest nog een laatste punt worden opgehelderd door Jason Harley. Ze zei: 'Jason, kan een pijlpunt menselijk vlees doorboren? Ik bedoel, ik dacht altijd dat pijlen een rubberen punt moeten hebben of zoiets, als je ermee in het openbaar rondliep.'

Hij lachte. 'Een zuignap, bedoel je? Zoals bij de pijl en boog van een kind?' Hij rolde met zijn stoel langs haar heen naar een van de vitrines, waar hij een kleine doos uitnam, die hij omkeerde op de glazen toonbank. Dit, zei hij, waren de punten die werden bevestigd op de uiteinden van de cederhouten pijlen. Het gewoonste type, dat werd gebruikt voor boogschieten op open terrein, was een bodkinpunt. Als ze wilde kon Barbara voelen hoe scherp die was.

Ze voelde. Het stukje metaal was cilindervormig, aangepast aan de vorm van de pijl, maar het liep uit in een gemene vierzijdige punt die dodelijk zou zijn wanneer hij met kracht werd afgeschoten. Terwijl ze om het te proberen de punt tegen haar vinger drukte, praatte Harley door over de andere pijlpunten die hij verkocht. Hij legde *broadheads* en *huntingheads* voor haar neer en verklaarde de toepassing ervan. Ten slotte legde hij de middeleeuwse replica's apart.

'Deze,' besloot hij, 'zijn voor demonstraties en veldslagen.'

'Veldslagen?' vroeg Barbara ongelovig. 'Schieten mensen echt op elkaar met pijlen?'

Hij lachte. 'Geen echte veldslagen, natuurlijk, en wanneer het gevecht begint worden rubberen dopjes op de uiteinden van de pijlen geschoven zodat ze ongevaarlijk zijn. Ze worden nagespeeld, die veldslagen. Een groep weekend-soldaten komt bijeen op het terrein van een of ander kasteel of een groot landgoed en dan spelen ze de Rozenoorlog na. Dat gebeurt in het hele land.'

'Dus mensen reizen ernaartoe? Met pijlen en bogen in de kofferbak van hun auto?'

'Inderdaad, ja. Dat doen ze.'

27

Het regende onafgebroken en er was een harde wind opgestoken. Op het par-keerterrein van hotel Black Angel speelden wind en regen een drijfnat spelle-tje met de bovenste laag afval in een veel te volle container. De wind tilde kar-tonnen dozen en oude kranten op en smeet ze de lucht in; bij het neerkomen bleven ze plakken tegen de voorruiten en de wielen van de lege auto's.

Lynley stapte uit de Bentley en stak zijn paraplu op tegen de late zomerstorm. Met zijn koffer in zijn hand haastte hij zich om de zijkant van het gebouw heen, naar de voordeur. Aan een kapstok vlak achter de ingang hingen de druipende mantels en jacks van een stuk of tien zondagse bezoekers die Lyn-ley kon zien zitten door het doorzichtige gele glas in de bovenste helft van de deur naar de bar. Naast de kapstok stonden meer dan tien paraplu's in een langwerpige, ijzeren standaard, vochtig glinsterend in het licht van de lamp in het portaal waar Lynley zijn schoenen droogstampte. Hij hing zijn jas bij de andere en schoof zijn paraplu naast de verzameling in de standaard, waar-na hij door de bar naar de receptie liep.

Als de eigenaar van de Black Angel al verbaasd was hem zo snel terug te zien, liet hij het niet merken. Het toeristenseizoen liep tenslotte bijna ten einde. Hij was allang blij met iedere gast die hij de komende maanden kon verwel-komen. Hij gaf de inspecteur een sleutel – helaas voor dezelfde kamer die hij de vorige keer had gekregen, zag Lynley – en vroeg of de bagage van de inspecteur naar boven moest worden gebracht of dat hij er liever zelf voor wilde zorgen. Lynley gaf zijn koffer af en liep vervolgens naar de bar om iets te eten.

De zondagse lunch was al voorbij, maar ze konden een koude hamsalade voor hem maken of een gepofte aardappel, werd hem meegedeeld, als hij niet te kieskeurig was wat de vulling van de aardappel betrof. Hij zei dat die hem niet kon schelen, en hij bestelde beide gerechten.

Toen het eten voor hem stond merkte hij echter dat hij niet zo veel honger had als hij had gedacht. Hij stak zijn vork in de aardappel met de gesmolten kaas, maar toen hij de hap naar zijn mond bracht werd zijn tong dik bij de gedachte iets stevigs te moeten doorslikken, al dan niet voorgekauwd. Hij liet de vork zakken en pakte zijn glas bier. Hij kon ook nog dronken worden.

Hij wilde hen geloven. Hij wilde hen geloven, niet omdat ze hem ook maar het geringste stukje bewijsmateriaal konden geven om hun verklaringen te ondersteunen, maar omdat hij niets anders wilde geloven. Zo nu en dan ging het met een politieman de verkeerde kant op, slechts een dwaas zou dat feit ontkennen. Birmingham, Guildford en Bridgewater waren slechts drie van de plaatsnamen waar cijfers aan werden gekoppeld – respectievelijk zes, vier en vier – die betrekking hadden op beklaagden die waren veroordeeld op vervalst bewijsmateriaal, na mishandeling in de verhoorkamer en in elkaar gedraaide bekentenissen met valse handtekeningen. Elke veroordeling was het resultaat geweest van een ambtsmisdrijf van de politie, waarvoor geen enkel excuus kon worden gemaakt. Dus er waren foute agenten: of men hen nu overmatig ijverig noemde, regelrecht tendentieus, door en door corrupt, of gewoon te lui of te dom om hun werk te doen zoals dat van hen werd verwacht.

Lynley wilde echter niet geloven dat Andy Maiden een foute politieman was. Evenmin wilde hij geloven dat Andy slechts een vader was die niet meer wist wat hij met zijn kind moest beginnen. Zelfs nu, na zijn gesprek met Andy, na het samenspel van man en vrouw te hebben gezien en nadat hij had moeten evalueren wat elk woord, elk gebaar en elke nuance tussen die twee betekenden, merkte Lynley dat zijn hart en zijn hoofd nog steeds met elkaar overhoop lagen vanwege de voornaamste feiten.

Nan Maiden had zich bij hen gevoegd in het bedompte kantoortje achter de receptie in Maiden Hall. Ze had de deur achter zich dichtgedaan. Haar man had gezegd: 'Laat maar, Nancy. De gasten... Nan, we hebben je hier niet nodig,' en hij had Lynley een smekende blik toegeworpen met een onuitgesproken verzoek waaraan Lynley niet had voldaan. Want Nan Maiden was hier zeer zeker bij nodig als ze precies wilden weten wat er op Calder Moor met Nicola was gebeurd.

Ze zei tegen Lynley: 'We verwachten vandaag niemand meer. Ik heb gisteren tegen inspecteur Hanken gezegd dat Andy die avond thuis was. Ik heb uitgelegd...'

'Ja,' zei Lynley. 'Ik heb het gehoord.'

'Dan begrijp ik niet waarom u maar blijft vragen.' Stijfjes bleef ze bij de deur staan, haar woorden waren even strak als haar lichaam toen ze vervolgde: 'Ik weet dat u daarom bent gekomen, inspecteur, om Andy te ondervragen in plaats van ons nieuws over Nicola's dood te brengen. Andy zou er niet zo uitzien, alsof hij van binnen verteerd wordt, als u niet was gekomen om hem te vragen of hij werkelijk... of hij de hei op is gegaan om te kunnen...' Daar haperde haar stem. 'Hij was híér, dinsdagavond. Dat heb ik inspecteur Hanken vertéld. Wat wilt u nog meer van ons?'

De volledige waarheid, dacht Lynley. Die wilde hij horen. Meer nog, hij wilde dat ze die beiden onder ogen zouden zien. Maar op het laatste moment, toen hij haar had kunnen zeggen wat voor leven haar dochter in Londen leidde, had hij het niet gedaan. Alle feiten over Nicola zouden op den duur aan het licht komen – in verhoorkamers, in verklaringen onder ede en bij het proces – maar ze hoefden nu niet tevoorschijn te worden geroepen als het gebeente van een lachend skelet dat uit een kast was gehaald waarvan de moeder van het meisje niet eens wist dat die bestond. Wat dat betrof kon hij Andy's wensen respecteren, althans voor het ogenblik.

Hij zei: 'Wie kan uw verklaring bevestigen, mevrouw Maiden? Inspecteur

445

Hanken vertelde me dat Andy die avond vroeg naar bed is gegaan. Is er nog iemand die hem heeft gezien?'

'Wie zou hem gezien moeten hebben? Het personeel komt niet in de privé-vertrekken van het huis, tenzij hun dat is opgedragen.'

'U hebt die avond niet aan een van hen gevraagd om te gaan kijken hoe het met Andy ging?'

'Ik ben zelf bij hem gaan kijken.'

'Dan begrijpt u toch wat de moeilijkheid is?'

'Nee, dat begrijp ik niet. Omdat ik u zeg dat Andy niet...' Ze drukte haar vuisten tegen haar hals en ze kneep haar ogen stijf dicht. 'Hij heeft haar niet vermoord!'

Eindelijk waren de woorden uitgesproken. Maar nog terwijl dat gebeurde, bleef de ene, logische vraag die Nan Maiden had kunnen stellen, totaal onuitgesproken. Ze zei niet eens: 'Waarom? Waarom zou mijn man zijn eigen dochter vermoorden?' Dat was een veelzeggende nalatigheid.

Die vraag was de enige goede manier waarmee Nan Maiden de vermoedens van de politie met betrekking tot haar echtgenoot had kunnen aanvallen; het was een handschoen die ze kon hebben toegeworpen, die van de politie eiste dat die met een geloofwaardige reden zou komen waarom een ondenkbaar, tegen de menselijke natuur ingaand misdrijf zou zijn gepleegd. Maar ze vroeg het niet. En zoals de meeste mensen die geen vragen stellen wanneer vragen noodzakelijk zijn, gaf ze zich bloot. Het stellen van de vraag zou Lynley een opening hebben gegeven om het zaad van de twijfel in haar gedachten te planten dat ze zich kennelijk niet kon veroorloven daar te laten groeien. Beter te ontkennen en te vermijden dan eerst het ondenkbare te moeten denken en vervolgens te moeten leren het te aanvaarden. Lynley dwong haar niet de vraag te stellen, en evenmin beantwoordde hij die zonder dat ze hem onder woorden had gebracht. Hij zei slechts tegen hen beiden: 'Hoeveel wist u van uw dochters plannen voor de toekomst?' het aan Andy Maiden overlatend tegenover zijn vrouw het ergste wat er over hun enig kind te weten viel, te onthullen.

'Onze dochter heeft geen toekomst,' antwoordde Nan. 'Dus haar plannen, wat ze ook geweest mogen zijn, doen in het geheel niet terzake.'

'Ik ben bereid een test met de leugendetector te ondergaan,' zei Andy Maiden opeens. Lynley begreep uit zijn antwoord hoezeer de man erop gebrand was om zijn vrouw te besparen dat ze een verslag te horen zou krijgen van het leven dat hun dochter in Londen had geleid. 'Dat moet toch niet moeilijk te regelen zijn? We kunnen iemand zoeken... ik wil het, Tommy.'

'Andy, nee.'

'Ik kan het voor ons beiden regelen, als je dat wilt,' zei Maiden, geen acht slaand op de uitroep van zijn vrouw.

'Andy!'

'Hoe kunnen we hem anders laten inzien dat hij in de verkeerde richting zoekt?' vroeg Maiden haar.

'Met jouw zenuwen,' zei ze, 'de toestand waarin je verkeert... Andy, ze zullen alles verdraaien. Doe het niet.'

'Ik ben niet bang.'

Lynley zag dat hij niet bang was. Dat was een punt waaraan hij zich de hele rit naar Tideswell en hotel Black Angel vastklampte.

Nu, met het eten voor zich, dacht Lynley na over die afwezigheid van angst bij Andy Maiden en wat die zou kunnen betekenen: onschuld, overmoed, of huichelarij. Het zou elk van die drie mogelijkheden kunnen zijn, dacht Lynley, en ondanks alles wat hij van de man te weten was gekomen, wist hij op welke van de drie hij hoopte.

'Inspecteur Lynley?'

Hij keek op. De serveerster stond bij hem; met opgetrokken wenkbrauwen keek ze naar de niet-opgegeten maaltijd. Hij stond op het punt zich te verontschuldigen omdat hij iets had besteld wat hij niet had kunnen wegkrijgen, toen ze zei: 'Er is een gesprek uit Londen voor u. U kunt de telefoon achter de bar gebruiken, als u wilt.'

Winston Nkata kwam aan de lijn en de woorden van de rechercheur klonken dringend. 'We hebben het, inspecteur,' zei hij kortaf toen hij Lynleys stem hoorde. 'In het autopsierapport wordt melding gemaakt van een splinter cederhout die is gevonden op het lichaam van Terry Cole. St. James zegt dat het eerste wapen een pijl is geweest. Een schot in het duister. Het meisje ging ervandoor, dus hij kon niet op haar schieten. Hij moest haar achterna rennen en haar met de steen neerslaan.'

Nkata legde precies uit wat St. James in het autopsierapport had gelezen, hoe hij die informatie had geïnterpreteerd en wat hij – Nkata – te weten was gekomen over pijlen en bogen, van een boogschutter in Kent.

'De moordenaar moet de pijl hebben meegenomen van de plek van het misdrijf, omdat de meeste long bows in wedstrijden worden gebruikt,' besloot Nkata, 'en alle pijlen voor long bows zijn gemerkt om ze te kunnen herkennen.'

'Op welke manier gemerkt?'

'Met de initialen van de schutter.'

'Goede god. Dat zou een handtekening achterlaten op de plaats van de moord.'

'Dat is maar al te waar. De initialen kunnen in het hout gebrand zijn, of gesneden, of erop geplakt. Maar in alle gevallen zouden ze, op een plaats delict, even bruikbaar zijn als vingerafdrukken.'

'Klasse, Winnie,' zei Lynley. 'Uitstékend werk.'

De rechercheur schraapte zijn keel. 'Ja. Nou, ik doe mijn werk.'

'Dus als we de boogschutter vinden hebben we onze moordenaar,' zei Lynley.

'Het lijkt er wel op.' Nkata stelde de volgende, logische vraag. 'Hebt u met de Maidens gesproken, inspecteur?'

'Hij wil een test met de leugendetector ondergaan.' Lynley deed verslag van zijn gesprek met de ouders van het vermoorde meisje.

'Ja,' zei Nkata. 'We moeten proberen erachter te komen of hij op zijn vrije middagen de Honderdjarige Oorlog naspeelt.'

'Sorry?'

'Dat doen ze met long bows. Wedstrijden, toernooien en historische spelen. Dus vecht onze meneer Maiden voor zijn plezier tegen de Fransen, daar in Derbyshire?'

Lynley haalde diep adem. Hij had het gevoel of er een zware last van zijn schouders was genomen op hetzelfde moment dat de mistbank in zijn hersens optrok. 'Broughton Manor,' zei hij.

'Wat?'

'Daar zal ik een long bow vinden,' verduidelijkte Lynley. 'En ik heb zo een vermoeden van wie daarmee weet om te gaan.'

In Londen keek Barbara naar Nkata, toen deze het gesprek beëindigde. Hij keek haar somber aan.

'Wat is er?' Ze kreeg een benauwd gevoel bij haar hart. 'Vertel me niet dat hij je niet geloofde, Winnie.'

'Hij geloofde me.'

'Godzijdank.' Ze keek hem oplettender aan. Hij leek zo ernstig. 'Wat is er dan?'

'Het is jouw werk, Barb. Ik vind het niet prettig dat ik met de eer ga strijken.'

'O, dat. Nou, je gelooft toch niet dat hij naar mij geluisterd zou hebben als ik hem met het nieuws had opgebeld? Zoals het nu gelopen is, is het beter.'

'Het plaatst mij in een beter licht dan jou. Ik hou er niet van wanneer ik niets gedaan heb om dat te verdienen.'

'Laat maar. Het was de enige manier. Je laat mij erbuiten, dan raakt zijne hoogheid niet van slag. Wat gaat hij nu doen?'

Ze luisterde naar Nkata die Lynleys plan om de long bow op Broughton Manor te zoeken, onthulde; hoofdschuddend over de zinloosheid van die gedachtegang. 'Hij zit achter de verkeerde aan, Winnie. Er is geen long bow in Derbyshire.'

'Hoe kun je dat zo zeker weten?'

'Ik voel het.' Ze zocht bij elkaar wat ze had meegebracht naar Lynleys kamer. 'Misschien bel ik dat ik een paar dagen thuis blijf met griep, maar dat heb je niet van mij. Oké?'

Nkata knikte. 'Wat ben je van plan?'

Barbara hield omhoog wat Jason Harley haar had gegeven voor ze wegging uit zijn winkel in Westerham. Het was een lange verzendlijst van mensen die elk kwartaal zijn catalogus toegestuurd kregen. Die had hij met plezier gegeven, tegelijk met de gegevens van iedereen die het afgelopen jaar een bestelling bij Quiver Me Timbers had geplaatst. Hij had gezegd: 'Ik denk niet dat u hier veel aan hebt omdat er in het hele land veel winkels met artikelen voor boogschutters zijn waar uw man zijn pijlen kan hebben besteld. Maar als u ze wilt doorkijken kunt u ze gerust meenemen.'

Ze was dolblij geweest met het aanbod. Bovendien had ze twee van zijn catalogi meegenomen. Om lichte lectuur voor de zondagavond te hebben, dacht ze terwijl ze die in haar tas stopte. Zoals de zaak er nu voorstond had ze zeker niet veel anders te doen.

'En jij?' vroeg ze Nkata. 'Heeft de inspecteur je een nieuwe opdracht gegeven?'

'Een vrije zondagavond die ik met mijn ouders kan doorbrengen.'

'Dat noem ik nog eens een opdracht.' Ze salueerde en ze stond op het punt om weg te gaan, toen de telefoon op Lynleys bureau begon te rinkelen. Ze zei: 'O, o. Vergeet die zondagavond maar, Winston.'

'Verdomme,' bromde hij en hij nam de telefoon op.

Zijn aandeel in het gesprek bestond uit: 'Nee. Hij is er niet. Sorry... In Derbyshire... rechercheur Nkata... Ja. Juist. Zo ongeveer, maar het is niet precies dezelfde zaak...' Een langere pauze terwijl iemand bleef doorpraten, gevolgd door: 'O, ja?' en een glimlach. Nkata keek naar Barbara en stak om de een of andere reden zijn duim omhoog. 'Dat is goed nieuws. Het beste wat er is. Bedankt.' Hij luisterde nog even, intussen op de wandklok kijkend. 'Ja. Komt in orde. Over een halfuur?... Ja. O, we hebben zeker iemand die een verklaring kan opnemen.' Toen het gesprek was afgelopen knikte hij tegen Barbara. 'Dat ben jij.'

'Ik? Ga nou gauw, Winnie, je kunt niet de baas over me spelen,' zei Barbara, verontwaardigd omdat ze haar plannen voor de zondagavond de mist in zag gaan.

'Dat is zo. Maar ik denk dat je dit niet wilt mislopen.'

'Ik werk niet meer aan de zaak.'

'Ik weet het. Maar volgens de inspecteur heeft dit niet direct meer met de zaak te maken, dus ik zie niet in waarom jij het niet zou doen.'

'Wat doen?'

'Naar Vi Nevin gaan. Ze is weer bij bewustzijn, Barb. En iemand zal haar verklaring moeten opnemen.'

Lynley belde inspecteur Hanken thuis op. Hij trof hem aan in zijn garage, waar hij bezig was enige zin te ontdekken in de aanwijzing voor het in elkaar zetten van een kinderschommel. 'Ik ben verdomme toch geen ingenieur,' mopperde hij, kennelijk dankbaar voor alles wat hem zou kunnen weghalen van een hopeloze onderneming.

Lynley bracht hem op de hoogte van het verhaal van de long bow en de pijl. Hanken was het met hem eens dat een pijl die uit een boog was afgeschoten heel goed het vermiste wapen zou kunnen zijn. 'Dat verklaart waarom het niet tegelijk met het mes in die gritcontainer was verstopt,' zei hij. 'En als we initialen op de pijl kunnen vinden durf ik erop te wedden dat ik weet van wie die hoogstwaarschijnlijk zijn.'

449

'Ik herinner me dat je me hebt verteld over de verschillende manieren waarop Julian Britton geld verdient met Broughton Manor,' merkte Lynley op. 'Het lijkt erop dat we eindelijk het net om hem kunnen sluiten, Peter. Ik ga er nu heen om een…'

'Je gaat erheen? Waar zit je dan?' wilde Hanken weten. 'Ben je niet in Londen?'

Lynley was er vrijwel van overtuigd welke kant Hankens gedachten zouden uitgaan wanneer hij hoorde waarom Lynley zo snel naar Derbyshire was teruggekeerd, en zijn collega stelde hem niet teleur. 'Ik wíst wel dat het Maiden was,' riep Hanken aan het slot van Lynleys uitleg. 'Hij heeft die auto op de hei gevonden, Thomas. En er is absoluut geen kans dat hij die zou hebben gevonden als hij van het begin af aan niet had geweten waar ze naartoe was gegaan. Hij wíst dat ze in Londen in de prostitutie zat en dat kon hij niet aan. Daarom heeft hij haar vermoord. Het was de enige manier, durf ik te zeggen, waarop hij kon voorkomen dat ze het aan haar moeder vertelde.'

Dit kwam zo dicht bij wat Maiden op het moment wilde, dat Lynley zich koud voelde worden bij Hankens scherpzinnigheid. Toch zei hij: 'Andy heeft gezegd dat hij een test met de leugendetector wil regelen. Ik kan niet geloven dat hij een dergelijk aanbod zou doen als Nicola's bloed aan zijn handen kleefde.'

'Daar geloof ik geen bliksem van,' wierp Hanken tegen. 'Deze vent heeft undercover gewerkt, laten we dat niet vergeten. Als hij de allersterkste tegenstanders niet had kunnen voorliegen zou hij nu allang dood zijn. Een leugentest, ondergaan door Andy Maiden, is niet meer dan een grap. Ten koste van ons, overigens.'

'Toch heeft Julian Britton nog steeds een sterker motief,' zei Lynley. 'Laat me proberen hem onder druk te zetten.'

'Dan speel je Maiden in de kaart. Dat weet je toch? Hij gedraagt zich alsof jullie naar dezelfde school zijn geweest.'

Dat deden ze ook, bij wijze van spreken dan. Maar Lynley weigerde zich te laten verblinden door hun achtergrond. Hij weigerde om zich te laten verblinden, welke kant het ook uitging. Het was even dwaas om zonder meer aan te nemen dat Andy Maiden de moordenaar was, als om de mogelijke schuld te negeren van iemand met een sterker motief.

Hanken beëindigde het gesprek. Lynley had met hem gebeld vanuit zijn hotelkamer. Hij nam er vijf minuten de tijd voor om zijn spullen uit te pakken alvorens op weg te gaan naar Broughton Manor. Hij had zijn paraplu en zijn regenjas beneden in de hal achtergelaten toen hij naar boven was gegaan om te bellen, dus hij ging die halen na zijn sleutels op de receptiebalie te hebben gelegd.

De meeste gasten die op zondagmiddag in hotel Black Angel hadden gegeten, waren vertrokken, zag hij. Er stonden nog maar drie paraplu's in de standaard en afgezien van zijn eigen jas hing er nog maar één jack aan de kapstok.

Onder andere omstandigheden zou een jack aan een kapstok niet zijn aandacht hebben getrokken. Maar terwijl hij bezig was de haak van zijn paraplu los te maken uit de baleinen van een andere, duwde hij met zijn schouder het jack van zijn plaats, zodat hij zich genoodzaakt zag het van de grond op te rapen.

Eerst viel het hem niet op dat het kledingstuk uit leer was vervaardigd, evenmin als het feit dat het zwart was onmiddellijk indruk op hem maakte. Pas toen de stilte en de duisternis van de straks nog zo drukbezette hotelbar hem duidelijk maakten dat alle bezoekers waren vertrokken, begreep hij dat het jack geen eigenaar had.

Hij keek van de nu donkere bar naar het zwarte, leren jack, en zijn hoofdhuid begon te tintelen. Hij dacht: nee, dat kan niet. Maar nog terwijl de woorden zich in zijn hoofd vormden, voelden zijn vingers aan de harde voering. Een voering die hard was geworden op de enige manier waarop een substantie een gewoonlijk zachte stof hard kan maken, omdat de substantie zelf niet zozeer opdroogt danwel stolt...

Lynley liet zijn paraplu vallen. Hij liep met het jack naar het raam van de hal, waar hij meer licht had om het te bekijken. Daar zag hij dat, naast de niet genoemde substantie die de stof van de voering had verhard, het leer op een andere manier beschadigd was. Een gat, misschien ter grootte van een muntstuk, had de rug doorboord.

Naast de wetenschap dat de voering van het jack met bloed doordrenkt moest zijn geweest, hoefde Lynley geen anatomiestudent te zijn om ook te weten dat het gat in het jack precies ter hoogte zat van het linkerschouderblad van de ongelukkige die het had gedragen.

Nan Maiden vond hem in zijn toevluchtsoord naast hun slaapkamer. Hij was het kantoortje uitgelopen zodra de inspecteur het hotel had verlaten en ze was hem niet achternagegaan. In plaats daarvan was ze bijna een uur bezig geweest met het opruimen van de lounge nadat de laatste eters van die zondag waren vertrokken en had ze in de eetkamer gedekt voor hun gasten en anderen die een licht zondags diner zouden verlangen. Nadat ze deze taken had volbracht, in de keuken had gecontroleerd of de soep voor de avond werd klaargemaakt en verscheidene Amerikaanse wandelaars die blijkbaar de bedoeling hadden om *Jane Eyre* na te spelen op North Lees Hall, aanwijzingen had gegeven, ging ze op zoek naar haar echtgenoot.

Haar excuus was een maaltijd. Ze had hem in dagen niet zien eten en als hij zo doorging zou hij beslist ziek worden. In werkelijkheid ging het om iets heel anders: Andy mocht zijn plan niet doorzetten om te worden ondervraagd terwijl er elektroden op zijn lichaam waren bevestigd. Geen van zijn reacties kon accuraat zijn wanneer je rekening hield met de toestand waarin hij verkeerde.

Ze laadde een dienblad vol met alles wat hij lekker zou kunnen vinden. Ze zette er twee drankjes bij waaruit hij kon kiezen en daarna ging ze de trap op om het hem te brengen.

Hij zat aan het schrijfbureautje. Voor hem stond een schoenendoos, waar het deksel vanaf was gehaald. De inhoud lag dwars over de uitgetrokken lade verspreid. Nan riep zijn naam, maar hij hoorde haar niet, zo verdiept was hij in de papieren die uit de doos afkomstig waren.

Ze liep dichter naar hem toe. Over zijn schouder kon ze zien dat hij een verzameling brieven, aantekeningen, tekeningen en felicitatiekaarten bekeek die bijna een kwart eeuw omspande. Ze waren allemaal ter gelegenheid van een andere gebeurtenis, maar van dezelfde bron afkomstig. Ze vertegenwoordigden elke tekening die en elk ander bericht dat Andy tijdens Nicola's leven van haar had ontvangen.

Nan zette het blad neer op een tafeltje naast de gemakkelijke, oude leunstoel waarin Andy soms zat te lezen. Ze zei: 'Ik heb iets te eten voor je meegebracht, schat,' en ze was niet verbaasd toen ze geen antwoord kreeg. Ze wist niet of hij haar niet kon verstaan of dat hij alleen maar met rust gelaten wilde worden en niet bereid was dat rechtstreeks te zeggen. Wat het ook was, het deed er niet toe. Ze zou ervoor zorgen dat hij haar hoorde en ze zou niet weggaan.

Ze zei: 'Doe die leugentest alsjeblieft niet, Andy. Ik weet dat ze betrouwbaar heten te zijn, maar dat geldt toch alleen onder normale omstandigheden? Jouw toestand is niet normaal, al maanden niet.' Ze wilde er niet over nadenken waarom dat zo was, daarom ging ze haastig verder: 'Ik zal morgenochtend die politieman bellen en hem zeggen dat je van gedachten bent veranderd. Daar steekt geen kwaad in. Je hebt er volkomen het recht toe. Hij zal het begrijpen.'

Andy bewoog zich. Hij hield een onhandige kindertekening tussen zijn vingers van 'pappa komt uit bad' die zo veel jaren geleden zo'n hartelijk gelach aan hen had ontlokt. Maar nu veroorzaakte het zien van die weergave door het kleine meisje van haar naakte vader, compleet met een penis van belachelijke proporties, een huivering bij Nan; ergens leken een deel van haar lichaam en haar hart zich uit walging ervan af te keren. 'Ik doe die test.' Andy legde de tekening opzij. 'Het is de enige weg.'

Ze wilde vragen: de enige weg waarheen? en ze zou het gevraagd hebben als ze er beter op voorbereid was geweest om het antwoord te horen. Ze zei echter: 'En als de test nu eens negatief uitvalt?'

Toen draaide hij zich naar haar om. Hij had een oude brief tussen zijn vingers. Nan kon de woorden 'lieve pappie' lezen, in Nicola's kloeke, forse handschrift. 'Waarom zou die negatief uitvallen?' vroeg hij.

'Vanwege de toestand waarin je verkeert,' antwoordde ze. Te snel, dacht ze. Veel te snel. 'Als je zenuwen niet in orde zijn zullen ze onjuiste gegevens opleveren. De politie zal die gegevens lezen en ze verkeerd uitleggen. De machine zal zeggen dat je lichaam niet werkt. De politie zal het anders noemen.'

Ze zullen het schuld noemen. De zin bleef tussen hen hangen. Plotseling kreeg Nan het gevoel of haar man en zij in verschillende werelddelen leefden. Ze had het gevoel dat zij degene was die de oceaan ertussen had geschapen, maar ze kon het risico niet nemen om die te verkleinen.

Andy zei: 'Een leugentest meet iemands temperatuur, hartslag en ademhaling. Het zal geen probleem geven. Het heeft niets met zenuwen te maken. Ik wil het doorzetten.'

'Waarom toch? Waarom?'

'Omdat het de enige weg is.' Hij streek de brief glad langs de bovenkant van de bureaulade. Met zijn wijsvinger liep hij langs de woorden 'lieve pappie'. 'Ik slaap niet,' zei hij tegen haar. 'Ik probeerde te slapen maar ik kon het niet omdat ik zo overstuur raakte toen ik slecht begon te zien. Waarom heb je hun verteld dat je bij me binnen hebt gekeken, Nancy?' Toen keek hij op en hij hield haar blik vast met zijn ogen.

'Ik heb je iets te eten gebracht, Andy,' zei ze opgewekt. 'Hier moet toch iets bij zijn wat je kan verleiden. Zal ik wat paté op een stukje stokbrood smeren?'

'Nancy,' zei hij, 'zeg het me. Zeg me alsjeblieft de waarheid.'

Ze kon het niet. Ze kón het gewoonweg niet. Hij had haar leven geschapen. Hij had haar zien opgroeien. Hij had elke boodschap bewaard en elk woord gekoesterd. Hij had haar bijgestaan tijdens kinderziektes en opstandige buien toen ze een tiener was, tot aan de volwassenheid waarop hij zo trots was geweest. Dus als er een kans bestond, al was het ook maar de geringste mogelijkheid, dat zijn fysieke conditie niets te maken had met Nicola's dood, dan moest ze met die kans leren leven. Ze zou ervoor sterven, als dat nodig mocht zijn.

'Ze was geweldig, hè?' fluisterde Nan Maiden, wijzend naar de herinneringen aan Nicola die haar man uit hun bergplaats tevoorschijn had gehaald. 'Was ons meisje niet de allerbeste?'

Vi Nevin was niet alleen in haar kamer toen Barbara Havers in het Chelsea and Westminster Ziekenhuis aankwam. Naast haar bed, met haar hoofd tegen de matras geduwd als een smekeling met oranje haar aan de voeten van een zwaar verbonden godin, zat een meisje met ledematen als fietsspaken en de enkels van iemand die lijnt tot het haar dood wordt. Toen de deur achter Barbara dichtviel keek ze op.

'Hoe bent u hier binnengekomen?' vroeg ze, terwijl ze opstond en een verdedigende houding aannam, haar nietige lichaam tussen de indringster en het bed plaatsend. 'Die agent buiten mag niemand…'

'Rustig maar,' zei Barbara, in haar tas zoekend naar haar legitimatiebewijs. 'Ik sta aan de goede kant.'

Het meisje kwam aarzelend naar voren, griste Barbara de kaart uit de hand en bekeek die, met één oog op de kaart en het andere op Barbara voor het geval deze een onverhoedse beweging zou maken. Op het bed achter haar bewoog de patiënte zich. Ze fluisterde: 'Het is goed, Shell. Ik heb haar al eens gesproken. Met die donkere man, laatst. Je weet wel.'

Shell, die zei dat ze Vi's beste vriendin op de hele wereld was, Shelly Platt, die van plan was om tot in alle eeuwigheid voor Vi te zorgen, vergeet dat niet, gaf de kaart aan Barbara terug, waarna ze zich weer op haar plaats liet zakken. Barbara haalde een opschrijfboekje en een afgekloven balpen tevoorschijn. Ze schoof de andere stoel die in de kamer stond naar een plek vanwaar zij en Vi Nevin elkaar konden zien.

Ze zei: 'Het spijt me dat u zo mishandeld bent. Ik ben een paar maanden geleden zelf in elkaar geslagen. Een beroerde zaak, maar ik kon de dader tenminste aanwijzen. Kunt u dat ook? Wat kunt u zich herinneren?'

Shelly liep naar het hoofdeind van het bed; ze pakte Vi's hand en ze begon die te strelen. Haar aanwezigheid irriteerde Barbara, als een plotseling opkomende contactallergie, maar de jonge vrouw in het bed leek erdoor op haar gemak gesteld te worden. Als het maar helpt, dacht Barbara. Ze zat met de balpen in de aanslag.

Onder het verband was het enige wat te zien was van Vi Nevins opgezwollen gezicht haar ogen, een klein stukje van haar voorhoofd en een onderlip met hechtingen. Ze zag eruit als een slachtoffer van een explosie waarbij granaatsplinters waren vrijgekomen. Met een stem die zo zwak was dat Barbara haar uiterste best moest doen om die te verstaan, zei ze: 'Er zou een klant komen. Een oude man. Hij wil er graag honing bij. Ik smeer hem eerst in... Begrijpt u? Dan lik ik het af.'

Wat een traktatie, dacht Barbara. Ze zei: 'Juist. Honing, zei u? Prachtig. Ga door.'

Vi Nevin ging door. Ze zei dat ze zich voor de afspraak had verkleed in het schooluniform waar haar klant de voorkeur aan gaf. Maar toen ze de honing had gepakt, had ze gezien dat er niet genoeg was om alle lichaamsdelen in te smeren waarom hij meestal vroeg. 'Genoeg voor zijn pik,' zei Vi met beroepsmatige openhartigheid. 'Maar als hij meer wilde moest ik het bij de hand hebben.'

'Ik begrijp de bedoeling,' zei Barbara tegen haar.

Aan het hoofdeind van het bed ging Shelly met haar magere dij wat gemakkelijker op de matras zitten. Ze zei: 'Ik kan het vertellen, Vi. Je wordt hier veel te moe van.'

Vi schudde haar hoofd en ze ging door met haar verhaal. Het was echter maar heel weinig.

Ze was even de deur uit gewipt om honing te halen voor haar klant zou komen. Bij haar terugkomst had ze de honing in de daarvoor bestemde pot gedaan en ze had een blad klaargemaakt met servetten en andere diverse zaken – die allemaal óf eetbaar óf drinkbaar bleken te zijn – dat ze gebruikte tijdens haar geregelde sessies met de man. Ze bracht juist het blad naar de zitkamer toen ze een geluid hoorde uit een van de slaapkamers op de bovenverdieping.

Hebbes, dacht Barbara. Haar interpretatie van de foto's die genomen waren op de plaats delict in Fulham stonden op het punt bevestigd te worden. Om er absoluut zeker van te zijn vroeg ze: 'Was het uw klant? Was hij vóór u binnengekomen?'

'Hij was het niet,' zei Vi.

Shelly zei tegen Barbara: 'U ziet toch dat ze afgepeigerd is. Voor nu is het genoeg.'

'Wacht even,' zei Barbara tegen haar. 'Dus er was een man boven, maar het was geen klant van u? Hoe was hij dan binnengekomen? Had u de deur niet afgesloten?'

Vi tilde de hand op die Shelly niet vasthield, tot vijf centimeter boven het bed, daarna liet ze hem weer vallen. Ze herhaalde tegen Barbara: 'Alleen even weggeglipt om honing te halen. Tien minuten, meer niet.' Dus ze had het niet nodig gevonden om de deur af te sluiten. Toen ze boven geluid had gehoord, ging ze verder, was ze op onderzoek uitgegaan en toen had ze een man in haar slaapkamer aangetroffen. In de kamer was het een puinhoop.

'Hebt u hem gezien?' vroeg Barbara.

Alleen een schimmige glimp, toen hij haar aanviel, verklaarde Vi.

Mooi, dacht Barbara. Een glimp was misschien net genoeg. Ze zei: 'Dat is mooi. Dat is geweldig. Vertel me wat u nog weet. Wat dan ook. Een bijzonderheid. Een litteken. Iets opvallends. Alles,' en in gedachten riep ze het beeld op van Matthew King-Ryders gezicht, om dat te vergelijken met wat Vi Nevin zou zeggen.

Vi gaf haar echter een beschrijving die op iedereen kon slaan: gemiddelde lengte, gemiddelde bouw, bruin haar, een blanke huid. En hoewel die precies klopte met Matthew King-Ryder, was ze ook van toepassing op minstens zeventig procent van de mannelijke stadsbewoners.

'Te snel,' bracht Vi hijgend uit. 'Het ging te snel.'

'Maar het was niet de klant die u verwachtte? Dat weet u zeker?'

Vi glimlachte, ze kromp ineen toen de hechtingen begonnen te trekken. 'Die man is eenentachtig. Op zijn beste dagen kan hij niet eens de trap op lopen.'

'Het was niet Martin Reeve?'

Ze schudde haar hoofd.

'Een van uw andere klanten? Een vroeger vriendje, misschien?'

'Ze zei...' viel Shelly Platt haar driftig in de rede.

'Ik probeer duidelijkheid te krijgen,' zei Barbara tegen haar. 'Dit is de enige manier. U wilt toch dat we degene die haar heeft aangevallen, te pakken krijgen?'

Shelly bromde iets en ze klopte Vi op haar schouder. Barbara tikte met haar pen tegen haar boekje en dacht na over wat hen nu te doen stond.

Ze konden Vi moeilijk naar de Yard laten komen om een stel verdachten te bekijken en zelfs als dat mogelijk was, ze hadden op het ogenblik geen enkele reden om Matthew King-Ryder naar het bureau te halen om in een rijtje

mannen te gaan staan. Dus ze hadden een foto nodig, maar die zou afkomstig moeten zijn uit een krant of een tijdschrift. Of van King-Ryder Productions, na een of ander uitstekend, maar onwaar excuus. Want één tip dat ze hem op het spoor waren en King-Ryder zou zijn long bow en zijn pijlen met beton verzwaren en ze sneller in de Theems gooien dan je Robin Hood kon zeggen. Het verkrijgen van een foto zou echter enige tijd kosten, omdat ze een echte nodig hadden, scherp en duidelijk, niet een die per fax naar het ziekenhuis werd gestuurd. Fax of niet, hoe moesten ze verdomme aan een foto van Matthew King-Ryder komen om – Barbara keek op haar horloge – halfacht op een zondagavond? Daar was geen kans op. Het werd tijd voor een laatste poging. Ze haalde diep adem en ze waagde de sprong. 'Kent u toevallig een knaap die Matthew King-Ryder heet?'
Volkomen onverwacht zei Vi: 'Ja.'

Lynley hield het jack bij de satijnen voering vast. Ongetwijfeld was het door een stuk of tien mensen aangeraakt sinds het dinsdagavond van Terry Coles lichaam was meegenomen. Maar de moordenaar had het in handen gehad, en als hij niet had beseft dat vingerafdrukken bijna even gemakkelijk van leer konden worden afgenomen als van glas of geverfd hout, was de kans groot dat hij zonder het te weten zijn visitekaartje op het kledingstuk had achtergelaten. Toen de eigenaar van de Black Angel goed en wel het belang van Lynleys verzoek inzag, liet hij alle personeelsleden met grote spoed naar de bar komen om te worden ondervraagd. Hij bood de inspecteur thee, koffie of een hartversterking aan bij zijn werkzaamheden, in een poging behulpzaam te zijn met de gretigheid die mensen gewoonlijk tonen wanneer ze merken dat ze zonder het te weten op de grens tussen moord en fatsoen leven. Lynley sloeg alle drankjes af. Hij had alleen wat informatie nodig, zei hij.
Hij liet het jack aan de hoteleigenaar en diens werknemers zien, maar kwam er niet veel verder mee. Het ene jack leek voor hen erg veel op het andere. Niemand kon zeggen hoe of wanneer het kledingstuk dat Lynley vasthield, in het hotel terecht was gekomen. Ze maakten gepaste geluiden van afgrijzen en weerzin toen hij wees op de overvloedige hoeveelheid opgedroogd bloed op de voering en op het gat in de rug, en hoewel ze hun gezicht in de juiste, treurige plooi trokken toen hij over de recente twee doden op Calder Moor sprak, knipperde geen van hen ook maar met zijn ogen bij de suggestie dat er zich een moordenaar in hun midden kon hebben bevonden.
'Ik denk dat iemand dat ding hier heeft achtergelaten. Dat is er gebeurd. Zonder mankeren,' zei het barmeisje.
'Er hangen de hele winter jassen aan de kapstok in de hal,' voegde een van de kamermeisjes eraan toe. 'Ik let er nooit zo precies op.'
'Dat is het hem nu juist,' zei Lynley. 'Het is geen winter. En ik durf te zeggen dat het tot de dag van vandaag niet hard genoeg heeft geregend voor regenjassen, jacks of mantels.'

'Wat is het probleem dan?' vroeg de eigenaar.

'Hoe kan het dan dat geen van u een leren jack aan de kapstok heeft opgemerkt, als er niets anders hing dan dat ene jack?'

De tien personeelsleden die in de bar bijeenstonden begonnen te schuifelen, schaapachtig of spijtig kijkend. Maar niemand kon enig licht op het jack werpen of wist hoe het aan de kapstok in de hal was terechtgekomen. Ze kwamen door de achterdeur binnen wanneer ze aan het werk gingen, niet door de voordeur, vertelden ze hem. Ze gingen langs dezelfde weg naar huis. Dus tijdens een normale werkdag zouden ze de kapstok niet eens hebben gezien. Bovendien werden er vaak dingen vergeten in hotel Black Angel: paraplu's, wandelstokken, regenkleding, rugzakken, kaarten. Alles werd opgeborgen bij de gevonden voorwerpen en tot de spullen daar belandden schonk niemand er veel aandacht aan.

Lynley ging over tot een frontale benadering. Kenden ze de familie Britton? wilde hij weten. Zouden ze Julian Britton herkennen als ze hem zagen?

De hoteleigenaar sprak voor allemaal. 'Bij de Black Angel kent iedereen de Brittons.'

'Heeft een van u Julian dinsdagavond gezien?'

Niemand had hem gezien.

Lynley liet hen gaan. Hij vroeg om een papieren tas waar hij het jack in kon doen en terwijl die voor hem werd gehaald liep hij naar het raam, keek naar de stromende regen en dacht na over Tideswell, de Black Angel en de misdaad.

Hij had zelf gezien dat Tideswell grensde aan de oostelijke rand van Calder Moor, en de moordenaar, die zeker veel beter bekend was in White Peak dan Lynley, zou het ook geweten hebben. Dus, toen hij in het bezit was van een jack met een bezwarend gat dat het verhaal van de moord snel zou hebben verteld als het op de plaats van het misdrijf zou zijn aangetroffen, moest hij zich er zo snel mogelijk van ontdoen. Wat kon eenvoudiger zijn geweest dan op weg naar huis van Calder Moor bij hotel Black Angel langs te gaan? Als geregelde bezoeker van de bar moest hij hebben geweten dat jassen en jacks een heel seizoen aan de kapstok in de hal konden blijven hangen voor het bij iemand opkwam om ze nader te bekijken.

Kon Julian Britton echter erin zijn geslaagd om het leren jack in de hal op te hangen zonder door iemand die binnen zat te worden gezien? Het was mogelijk, dacht Lynley. Verdomd riskant, maar het was mogelijk.

Op dat moment was Lynley bereid om alles wat mogelijk was, aan te nemen. Wat waarschijnlijk was werd daardoor uit zijn gedachten gebannen.

Barbara leunde naar voren in haar stoel. Ze zei: 'U kent hem? Matthew King-Ryder? U ként hem?' terwijl ze probeerde haar stem niet opgewonden te laten klinken.

'Terry,' mompelde Vi.

457

Haar oogleden werden zwaar. Maar toch bleef Barbara bij de jonge vrouw aandringen, tegen de steeds luider wordende protesten van Shelly Platt in. 'Terry kende Matthew King-Ryder? Hoe?'

'Muziek,' zei Vi.

Barbara was onmiddellijk teleurgesteld. Verdomme, dacht ze. Terry Cole, de muziek van Chandler, en Matthew King-Ryder. Dat was niets nieuws. Ze waren weer nergens.

Toen zei Vi: 'Terry heeft het in de Albert Hall gevonden.'

Barbara fronste haar wenkbrauwen. 'De Albert Hall? Heeft Terry daar de muziek gevonden?'

'Onder een stoel.'

Barbara was stomverbaasd. Ze probeerde te verwerken wat Vi Nevin haar vertelde, nog terwijl Vi doorging met spreken.

Tijdens zijn werk als kaartenjongen hing Terry geregeld kaarten op in telefooncellen in South Kensington. Hij deed het altijd 's nachts, omdat hij na het invallen van de duisternis minder kans liep om door de politie te worden lastiggevallen. Hij had zijn reguliere ronde in de buurt van Queen's Gate gemaakt, toen de telefoon in een van de cellen was overgegaan.

'Op de hoek van Elvaston Place en een van de hofjes,' zei Vi.

In een opwelling had Terry de telefoon gepakt en hij had een mannenstem horen zeggen: 'Het pakje ligt in de Albert Hall. Vak Q, rij 7, stoel 19.' Daarna werd de verbinding verbroken.

Het geheimzinnige van het telefoontje prikkelde Terry's nieuwsgierigheid. Het woord pakje, wat geld of drugs of een anonieme brievenbus suggereerde, bracht hem op een idee. Omdat hij toch dicht bij Kensington Gore was, waar de Royal Albert Hall uitkeek op de zuidkant van Hyde Park, ging hij op onderzoek uit. Er was juist een concert afgelopen, dus de Hall was open. Hij vond de stoel, hoog op een van de balkons, en trof eronder een pakje met muziek aan.

De muziek van Chandler, dacht Barbara. Maar wat deed die verdomme dáár? Eerst dacht hij dat hij voor de gek gehouden was, door af te gaan op een boodschap die iedere gek had kunnen aannemen via de telefoon op de hoek van Elvaston Place. Toen hij bij Vi was gekomen om een serie kaarten te halen die hij moest ophangen, had hij haar van zijn kortstondige avontuur verteld.

'Ik dacht dat er misschien geld mee te verdienen was,' zei Vi tegen Barbara. 'Dat dacht Nikki ook, toen we het haar vertelden.'

Shelly liet abrupt Vi's hand los en ze zei: 'Ik wil niets over dat kreng horen.'

Waarop Vi antwoordde: 'Toe nou, Shell. Ze is dood.'

Shelly slenterde naar de stoel waarop ze eerder had gezeten. Ze liet zich erop neervallen en bleef mokkend zitten, haar armen over haar magere borst geslagen. Barbara dacht even na over de onzekere toekomst van een relatie tussen twee vrouwen wanneer een van de vrouwen zo snel gepikeerd was. Vi sloeg geen acht op deze demonstratie.

Ze hadden allemaal ambities, zei ze tegen Barbara. Terry had zijn Destination Art, en Vi en Nikki hadden plannen om een eersteklas escortbureau op te zetten. Ze moesten ook in hun eigen onderhoud kunnen voorzien nadat Nikki met sir Adrian Beattie had gebroken. Beide plannen konden alleen slagen als er geld in werd gepompt, en de muziek leek een mogelijke bron. 'Ziet u, ik herinnerde me dat Sotheby, of een andere veiling, van plan was een stuk van Lennon en McCartney te verkopen. En dat was maar één enkel blad muziek, waarvan werd verwacht dat het een paar duizend pond zou opleveren. Dit was een heel pak met muziek. Ik zei dat Terry moest proberen om het te verkopen. Nikki bood aan om naspeuringen te doen en het juiste veilinghuis te zoeken. Als de muziek verkocht kon worden zouden we de opbrengst delen.'

'Waarom wilde hij jullie erbij halen?' vroeg Barbara. 'U en Nikki. Terry had het tenslotte gevonden.'

'Ja. Maar hij had een zwak voor Nikki,' zei Vi eenvoudig. 'Hij wilde indruk op haar maken en dit was de manier.'

Barbara kende de rest van het verhaal. Neil Sitwell van Bowers had Terry's ogen geopend wat het copyright betrof. Hij had hem het adres Soho Square 31-32 gegeven en tegen de jongen gezegd dat King-Ryder Productions hem wel in contact zou brengen met de beheerder van de Chandler-nalatenschap. Terry was met de muziek naar Matthew King-Ryder gegaan. Matthew had de muziek gezien en begrepen hoe hij die kon gebruiken om het fortuin in handen te krijgen dat hem door zijn vaders testament werd ontzegd. Waarom had hij op dat moment niet gewoon de muziek van de jongen gekocht? vroeg ze zich af. Waarom moest hij hem vermoorden om het pakket in handen te krijgen? Nog beter, waarom had hij de rechten van de muziek niet van Chandlers erfgenamen gekocht? Als de productie die uit de muziek voortkwam net zoiets was als de King-Ryder/Chandlers producties uit het verleden, zou er voldoende geld binnenkomen via de royalty's, zelfs al ging vijftig procent ervan naar de Chandlers.

Vi zei: '... kon de naam niet krijgen,' toen Barbara zich losrukte uit haar gedachten. Ze zei: 'Wat? Sorry, wat zei u?'

'Matthew King-Ryder heeft Terry niet de naam van de notaris gegeven. Hij gaf hem zelfs niet de kans om ernaar te vragen. Hij schopte hem zijn kantoor uit zodra hij zag wat Terry bij zich had.'

'Toen hij de muziek zag.'

Ze knikte. 'Terry zei dat hij de bewakingsdienst erbij haalde. Twee mannen kwamen meteen naar boven en ze smeten hem eruit.'

'Terry was er toch speciaal naartoe gegaan om het adres van de notaris te krijgen? Dat was toch alles wat hij van Matthew King-Ryder wilde? Hij vroeg toch geen geld? Een beloning of zoiets?'

'We wilden dat de Chandlers hem geld zouden geven. Toen we eenmaal wisten dat de muziek niet op de veiling kon worden aangeboden.'

Een verpleegster kwam de kamer binnen, met een klein, vierkant blaadje in haar hand. Er lag een injectienaald op. Tijd voor de pijnstiller, zei de zuster.

'Nog een laatste vraag,' zei Barbara. 'Waarom is Terry die dinsdag naar Derbyshire gegaan?'

'Omdat ik het hem had gevraagd,' zei Vi. 'Nikki vond dat ik me te druk maakte om Shelly…' Nu hief de andere vrouw haar hoofd op. Vi sprak meer tegen haar dan tegen Barbara. 'Ze bleef maar brieven sturen en bij ons huis rondhangen, en ik was bang.'

Shelly hief een dunne hand op en ze wees naar haar borst. 'Voor mij?' vroeg ze. 'Was je bang voor míj?'

'Nikki lachte erom toen ik haar over de brieven vertelde. Ik dacht dat we, als ze ze zelf had gezien, plannen konden maken om Shelly er op de een of andere manier mee te laten ophouden. Ik schreef Nikki een briefje en ik vroeg Terry om dat, en Shelly's brieven, aan haar te brengen. Zoals ik al zei, hij had een zwak voor haar. Hij greep elke gelegenheid aan om haar te zien. U begrijpt me wel.'

Op dat moment kwam de zuster tussenbeide. Ze zei: 'Ik moet er nu echt op aandringen…' en ze hield de injectiespuit omhoog.

'Ja, goed,' zei Vi Nevin.

Op weg naar huis in Chalk Farm stopte Barbara om inkopen te doen, dus het was al over negenen toen ze thuiskwam. Ze haalde haar boodschappen uit de auto en borg ze op in kasten en in de piepkleine koelkast van haar huisje. Terwijl ze ermee bezig was dacht ze voortdurend na over de informatie die Vi Nevin had haar gegeven. Ergens in hun gesprek lag de sleutel begraven tot alles wat er was gebeurd: niet alleen in Derbyshire maar ook in Londen. Wanneer ze alle inlichtingen in de goede volgorde had, zouden die haar zeker vertellen wat ze moest weten.

Met een bord kant-en-klaar lamsvlees *rogan josh* uit de afdeling kant-en-klare maaltijden van de supermarkt – waar Barbara al snel vaste klant was geworden toen ze in de buurt was komen wonen – ging ze aan haar kleine tafel zitten bij het raam aan de voorkant van het huis. Ze sloot haar maaltijd af met een blikje lauw bier en daarna legde ze haar opschrijfboekje naast de koffiebeker waaruit ze wel genoodzaakt was te drinken omdat serviesgoed, bestek en glaswerk van verscheidene dagen zich hadden opgehoopt in het gootsteentje van haar keuken. Ze nam een flinke slok bier, stak een vork vol lamsvlees in haar mond en begon door de aantekeningen van haar gesprek met Vi Nevin te bladeren.

Nadat de pijnstiller was toegediend was de patiënte geleidelijk aan in slaap gesukkeld, maar niet alvorens nog enkele vragen te hebben beantwoord. In haar rol van Argos die over Io waakt had Shelly Platt geprotesteerd tegen Barbara's voortdurende aanwezigheid. Maar Vi, die zich beter voelde door de medicijnen, had gewillig antwoorden gefluisterd tot haar ogen dicht vielen en ze zwaarder begon te ademen.

Nu ze haar aantekeningen terugzag besloot Barbara dat de logische plek om te beginnen een hypothese over de zaak te ontwikkelen, het telefoontje zou moeten zijn dat Terry Cole in South Kensington had onderschept. Die gebeurtenis had alle andere gebeurtenissen in beweging gebracht. Ze riep tevens genoeg vragen op om te veronderstellen dat begrijpen wat het telefoontje betekende, wat het had veroorzaakt en wat er precies uit was voortgekomen, onvermijdelijk zou leiden tot het bewijsmateriaal dat haar in staat zou stellen Matthew King-Ryder als moordenaar te ontmaskeren.

Hoewel het nu september was, had Vi Nevin duidelijk verklaard dat Terry Cole het telefoongesprek in South Kensington in juni had onderschept. Ze kon de juiste datum niet noemen, maar ze wist dat het aan het begin van de maand moest zijn geweest, omdat ze begin juni een nieuwe hoeveelheid kaarten had opgehaald en die aan Terry had doorgegeven om op te hangen, op dezelfde dag dat zij ze van de drukker had meegenomen. Toen had hij haar over het merkwaardige telefoontje verteld.

Niet begin juli? had Barbara gevraagd. Niet augustus? Ook niet september?

Het was juni, had Vi volgehouden. Ze herinnerde het zich omdat ze al naar Fulham waren verhuisd, zij en Nikki, en omdat Nikki naar Derbyshire was vertrokken, had Terry gevraagd of hij Nikki's kaarten wel in de telefooncellen moest ophangen nu ze niet in de stad was. Dat wist Vi heel zeker. Ze wilde dat Terry háár kaarten zo snel mogelijk verspreidde, zei ze, zodat ze kon doorgaan met het opbouwen van haar klantenkring en ze had de jongen gezegd dat hij Nikki's kaarten moest achterhouden tot de herfst, wanneer hij ze een dag voordat de jonge vrouw terugkwam, moest ophangen.

Waarom had Terry dan zo lang gewacht met naar Bowers te gaan met de muziek die hij had gevonden?

In de eerste plaats, deelde Vi haar mee, omdat ze Nikki niet meteen over Terry's vondst had verteld. En in de tweede plaats omdat het, toen ze het Nikki eenmaal had verteld en het plan bij hen was opgekomen om te proberen wat geld aan de muziek te verdienen, Nikki de nodige tijd had gekost om te zoeken naar het beste veilinghuis dat in aanmerking kwam om een verkoop zoals die hun voor ogen stond, af te handelen. 'We wilden niet veel commissie betalen,' fluisterde ze, terwijl haar ogen langzaam dichtvielen. 'Nikki dacht eerst aan een veilinghuis buiten Londen. Ze voerde telefoongesprekken. Praatte met mensen die er verstand van hadden.'

'Toen kwam ze met Bowers?'

'Ja.' Vi ging op haar zij liggen. Shelly trok de deken over de schouders van haar vriendin en stopte haar in tot aan haar hals.

Terwijl Barbara van haar portie lamsvlees rogan josh zat te eten in haar huisje in Chalk Farm, dacht ze nog eens na over dat telefoongesprek. Maar hoe ze het ook bekeek, ze kwam telkens weer tot dezelfde conclusie. Het gesprek moest bedoeld zijn geweest voor Matthew King-Ryder, die echter niet op het afgesproken tijdstip in de telefooncel was geweest om het aan te nemen. Omdat de beller slechts het ene woordje 'ja' had gehoord, uitgesproken door een mannenstem – de stem van Terry Cole – had hij aangenomen dat zijn boodschap over de Albert Hall was terechtgekomen bij degene voor wie ze was bedoeld. En omdat degene die de muziek van Chandler in zijn bezit had niet gezien wilde worden – waarom zou hij anders naar een telefooncel hebben gebeld? – leek het logisch daaruit te concluderen dat er iets onwettigs school in het overdragen van de muziek, óf dat de beller de muziek op een illegale manier in handen had gekregen, óf dat de muziek door King-Ryder zou worden gebruikt voor een op zich onwettig doel. In elk geval, de beller had gedácht dat hij de muziek aan King-Ryder had doorgegeven, die er ongetwijfeld een fors bedrag voor had betaald om eraan te komen. Met dat bedrag op zak, waarschijnlijk vooruit en contant betaald, verdween de beller in een mistige duisternis, King-Ryder achterlatend zonder geld en zonder muziek. Dus toen Terry Cole bij hem op kantoor was gekomen, wapperend met een bladzijde Chandler-muziek, moest Matthew King-Ryder gedacht hebben dat hij opzettelijk belachelijk werd gemaakt door iemand die hem al had bedrogen. Omdat hij, als hij ook maar een minuut te laat in South Kensington was gearriveerd om het telefoontje aan te nemen, hij uren zou hebben staan wachten tot de telefoon in die cel zou gaan rinkelen en daarna hebben aangenomen dat hij voor gek was gezet.

Daarvoor zou hij wraak willen nemen. Hij zou ook die muziek willen hebben. En er was maar een manier om beide voornemens te verwezenlijken.

Vi Nevins verhaal steunde Barbara's overtuiging dat Matthew King-Ryder de man was die ze zochten. Helaas had ze er geen bewijzen voor en Barbara wist dat ze, zonder iets concreters dan een vermoeden om een zaak op te bouwen, niets had om Lynley voor te leggen. De enige manier waarop ze zich ooit in zijn ogen zou kunnen rehabiliteren, was bij hem aankomen met onweerlegbare feiten. Hij had haar openlijke ongehoorzaamheid beschouwd als nog meer bewijs van haar onverschilligheid ten opzichte van de hiërarchie. Hij moest diezelfde ongehoorzaamheid gaan zien als de dynamiek die een moordenaar ten val bracht.

Terwijl ze hierover zat na te denken hoorde Barbara buiten haar naam roepen. Ze keek op en ze zag Hadiyyah over het pad huppelen dat naar de achtertuin leidde. De detectielampen sprongen aan toen ze eronderdoor liep. Het had het effect van schijnwerpers die een danseres volgen terwijl deze over het toneel zweeft.

'We zijn terug, we zijn terug, we zijn terug van de zee!' riep Hadiyyah juichend. 'Kijk eens wat pap voor me heeft gewonnen!'

Barbara wuifde naar het meisje en klapte haar aantekenboekje dicht. Ze liep naar de deur, die ze opende op het moment dat Hadiyyah een pirouette maakte. De strik in een van haar lange vlechten was losgeraakt waardoor de vlecht ook begon los te raken, een strookje zilverkleurig satijn zweefde erachteraan als de staart van een komeet. Hadiyyahs sokjes waren afgezakt en op haar T-shirt zaten mosterd- en ketchupvlekken, maar haar gezichtje straalde. 'We hebben het zo leuk gehad!' riep ze. 'Ik zou het zo fijn gevonden hebben als je erbij was geweest, Barbara. We zijn in de achtbaan geweest en in de bootjes en de vliegtuigjes en... o, Barbara, moet je horen: ik mocht de trein besturen! We zijn ook nog naar hotel Burnt House geweest en ik heb mevrouw Porter even opgezocht, maar niet de hele dag want toen kwam pap me weer halen. We hebben op het strand gegeten en daarna gingen we poot-jebaden, maar het water was zó koud dat we toen maar naar de winkelgalerij zijn gegaan!' Ze moest ophouden om adem te halen.

'Het verbaast me dat je nog op je benen kunt staan na zo'n drukke dag.'

'Ik heb in de auto geslapen,' verklaarde Hadiyyah. 'Bijna de hele weg naar huis.' Ze stak haar arm uit en Barbara zag dat ze een kleine pluchen kikker bij zich had. 'Kijk eens wat pap voor me heeft gewonnen bij de hijskraan, Barbara? Hij kan het zo goed, met de hijskraan.'

'Hij is leuk,' zei Barbara, met een knikje naar de kikker. 'Je kunt vast oefenen, nu je nog jong bent.'

Hadiyyah keek met gefronste wenkbrauwen naar het stuk speelgoed. 'Oefenen? Waarmee?'

'Ja. Oefenen. Kussen.' Barbara lachte toen ze zag dat het meisje haar niet begreep. Ze legde haar hand op Hadiyyahs schouder, duwde haar naar de tafel en ze zei: 'Laat maar. Het was trouwens een flauw grapje. Ik weet zeker dat het veel gemakkelijker zal zijn geworden om afspraakjes te maken tegen de tijd dat jij eraantoe bent. Zo. Wat heb je nog meer?'

Wat ze bij zich had was een plastic tas, die ze aan een van de lusjes waar haar ceintuur doorheen liep, had vastgemaakt. Ze zei: 'Dit is voor jou. Dat heeft pap ook gewonnen met de hijskraan. Hij kan het zo...'

'Goed met de hijskraan,' maakte Barbara de zin voor haar af. 'Ja, ik weet het.'

'Omdat ik het al heb gezegd.'

'Sommige dingen kun je niet vaak genoeg zeggen,' zei Barbara tegen haar. 'Geef eens hier, dan kunnen we zien wat het is.'

Met enige moeite maakte Hadiyyah de tas los en gaf hem aan Barbara. Ze maakte hem open en haalde er een klein, maar mooi roodfluwelen hart uit, afgezet met witte kant.

'Nou. Tjee,' zei Barbara. Ze legde het hart voorzichtig op tafel.

'Is het niet prachtig?' Hadiyyah keek vol ontzag naar het hart. 'Pap heeft het gewonnen met de hijskraan, Barbara. Net als de kikker. Ik zei: "Je moet een kikker voor haar pakken, pap, dan heeft zij er ook een en dan kunnen ze vriendjes worden." Maar hij zei: "Nee. Een kikker is niet goed genoeg voor onze vriendin, kleine khushi." Zo noemt hij me altijd.'

'Khushi. Ja, dat weet ik.' Barbara voelde haar hart bonzen tot in haar vinger-toppen. Ze staarde naar het hart als de volgeling van een heilige bij het zien van diens relikwieën.

'Daarom heeft hij op het hart gemikt. Hij moest het drie keer proberen. Hij had misschien de olifant kunnen pakken, want dat zou veel gemakkelijker zijn geweest. Of hij had eerst de olifant eruit kunnen halen, zodat die niet meer in de weg stond en die had hij dan aan mij kunnen geven, maar ik heb al een olifant en ik denk dat hij dat nog wist. In elk geval, hij wilde het hart hebben. Ik denk dat hij het je zelf wel gebracht zou hebben, maar ik wilde het zo graag en hij zei dat het mocht als je lamp nog brandde en je nog op was. Mocht het wel? Je kijkt een beetje vreemd. Maar je licht was nog aan. Ik zag je bij het raam. Had ik het je niet moeten geven, Barbara?'

Bezorgd keek Hadiyyah haar vriendin aan. Barbara lachte en ze sloeg een arm om haar heen. 'Het is gewoon zo mooi dat ik niet weet wat ik moet zeggen. Wel bedankt. En wil je je vader ook namens mij bedanken? Wat jammer dat hij niet meer kan doen met die handigheid bij het hijskraanspel.'

'Hij kan het zo…'

'Goed. Ja. Dat heb ik zelf gezien, weet je nog?'

Hadiyyah wist het nog. Ze wreef met haar kikker langs haar wang. 'Het is heel bijzonder om een souvenir te hebben als je een dag naar zee bent geweest, vind je ook niet? Telkens als we samen iets bijzonders doen koopt pap een souvenir voor me, wist je dat? Dan kan ik er nog eens aan denken hoe leuk we het hebben gehad. Hij zegt dat het belangrijk is. Om eraan terug te denken. Hij zegt dat terugdenken aan een leuke dag net zo belangrijk is als de dag zelf.'

'Dat ben ik met hem eens.'

'Toch wilde ik dat je mee had kunnen gaan. Wat heb jij vandaag gedaan?'

'Gewerkt, helaas.' Barbara wees naar de tafel waar haar opschrijfboekje lag. Ernaast lagen de verzendlijst en de catalogi van Quiver Me Timbers. 'Ik ben er nog steeds mee bezig.'

'Dan ga ik maar weer.' Het meisje liep naar de deur.

'Nee, het is goed,' zei Barbara snel. Nu besefte ze pas hoe ze naar gezelschap had verlangd. 'Ik bedoelde niet…'

'Pap zei dat ik maar vijf minuutjes mocht blijven. Hij wilde dat ik meteen naar bed ging, maar ik vroeg of ik je je souvenir mocht brengen en hij zei: "Vijf minuten, khushi." Zo…'

'Noemt hij je. Ja. Ik weet het.'

'Het was heel lief van hem om me mee te nemen naar de zee, hè, Barbara?'

'Het was heel lief.'

'Dus dan moet ik ook luisteren wanneer hij zegt: "Vijf minuten, khushi." Dat is een manier om hem te bedanken.'

'Ja. Oké. Dan kun je er nu maar beter vandoor gaan.'

'Je vindt het hart toch écht mooi?'

'Het is het mooiste wat ik ooit gekregen heb,' zei Barbara.

Toen Hadiyyah weg was liep Barbara naar de tafel. Ze deed het voorzichtig, alsof het hart een schuchter diertje was dat bang zou worden van een onver-

hoedse beweging. Met haar ogen gericht op het rode fluweel en de kant tastte ze naar haar schoudertas, haalde het pakje sigaretten eruit en stak er een op met een lucifer. Ze rookte peinzend, maar ze bleef naar het hart kijken.
'Een kikker is niet goed genoeg voor onze vriendin, kleine khushi.'
Nooit hadden elf woorden zo vol betekenis geleken.

28

Hanken behandelde het zwarte, leren jack bijna eerbiedig. Hij trok rubberen handschoenen aan alvorens hij de papieren tas aanpakte waar Lynley het kledingstuk in had gedaan en toen hij het jack op een van de tafels in de lege eetzaal van hotel Black Angel legde, deed hij het met een devotie die over het algemeen was voorbehouden aan religieuze diensten.

Lynley had zijn collega gebeld, kort na zijn vergeefse gesprek met het personeel van de Black Angel. Hanken had het gesprek gevoerd tijdens de avondmaaltijd en beloofd dat hij binnen een halfuur in Tideswell zou zijn. Hij had zich aan zijn woord gehouden.

Nu boog hij zich over het leren jack en bekeek het gat in de rug ervan. Het leek pas te zijn aangebracht, merkte hij op tegen Lynley, die aan de andere kant van de tafel stond en toekeek hoe de inspecteur elke millimeter van de omtrek van het gat nauwkeurig bekeek. Ze zouden het natuurlijk niet zeker weten voor het jack onder een microscoop was gelegd, vervolgde Hanken, maar het gat leek nieuw vanwege de toestand van het leer eromheen. Zou het niet geweldig zijn als ze in het lab ook maar een microscopisch stukje cederhout zouden vinden aan de rand van dat gat?

'Wanneer we eenmaal weten dat het bloed van Terry Cole is, is meer cederhout overbodig, denk je niet?' merkte Lynley op. 'We hebben tenslotte de splinter uit de wond.'

'Die hebben we,' zei Hanken. 'Maar ik wil graag het onderste uit de kan.' Hij stopte het jack weer in de zak, na de met bloed doordrenkte voering te hebben bestudeerd. 'Dit moet voldoende zijn om ons een huiszoekingsbevel te bezorgen, Thomas. Verdomme, dit móét voldoende zijn voor een huiszoekingsbevel.'

'Het zal de zaak gemakkelijker maken,' zei Lynley instemmend. 'En het feit dat hij het kasteel laat gebruiken voor toernooien en dergelijke zou voldoende moeten zijn om ons te laten…'

'Wacht even. Ik heb het niet over een huiszoekingsbevel om het terrein van de Brittons overhoop te halen. Dit,' Hanken tilde de zak op, 'geeft ons weer een nagel om aan Maidens doodkist te spijkeren.'

'Ik zou niet weten hoe.' Toen Lynley zag dat Hanken wilde uitweiden over zijn redenen om een huiszoekingsbevel te krijgen om Maiden Hall te doorzoeken, zei hij snel: 'Luister even naar me. Ben je het met me eens dat een long bow waarschijnlijk ons derde wapen is?'

'Wanneer ik die suggestie vergelijk met het gat in dit jack, ja,' zei Hanken. 'Waar wil je heen?'

'Ik wil naar het feit dat we al een plek weten waar long bows waarschijnlijk zijn gebruikt. Op Broughton Manor worden immers toernooien gehouden?

Om veldslagen na te spelen en in openluchtspelen, dat heb je me verteld. Nu dat het geval is, en Julian de man is die hoopte met een vrouw te trouwen die, en dat weten we zeker, hem alleen al in Derbyshire bedroog met twee andere mannen, waarom zouden we dan huiszoeking willen doen in Maiden Hall?'

'Omdat de vader van het vermoorde meisje de man was die haar in Londen bedreigde,' wierp Hanken tegen. 'Omdat hij haar toeriep dat hij haar liever dood zou zien dan dat hij haar liet doen wat ze wilde doen. Omdat hij verdomme een lening bij de bank afsloot om haar om te kopen zodat ze het leven zou gaan leiden dat hij wilde dat ze zou leiden. Omdat ze het geld in haar zak heeft gestoken, drie korte maanden het spel volgens zijn regels heeft gespeeld en toen heeft gezegd: "Nou, heel erg bedankt voor de bijdrage. Het is leuk geweest, pa, maar ik ga naar Londen, waar ik de ballen van kerels in een cilinder ga fijnknijpen om in mijn onderhoud te voorzien. Ik hoop dat je het begrijpt." Hij deed het niet. Begrijpen, bedoel ik. Wat zou pa hebben gedaan?'

Lynley zei: 'Peter, ik weet dat het er beroerd uitziet voor Andy...'

'Hoe je het ook wendt of keert, het ziet er beroerd uit voor Andy.'

'Toen ik het hotelpersoneel heb gevraagd of ze de Brittons kenden, was het antwoord ja. Eerlijk gezegd, het was meer dan ja. Het was: we kennen de Brittons van gezicht. Nu, waarom zouden ze dat gezegd hebben?' Lynley wachtte Hankens antwoord niet af. 'Omdat ze hier komen. Omdat ze iets drinken in de bar. Omdat ze dineren in de eetzaal. En het is gemakkelijk genoeg voor hen om dat te doen omdat Tideswell praktisch aan de weg van Broughton Manor naar Calder Moor ligt. En je kunt niet naar Maiden Hall stormen en daar de zaak overhoop halen zonder erover na te denken wat dat alles betekent.'

Terwijl Lynley sprak hield Hanken zijn blik strak op hem gericht. Toen Thomas zijn monoloog had beëindigd zei hij: 'Ga eens mee, jongen,' en hij nam zijn collega mee naar de receptiebalie van het hotel, waar hij om een kaart vroeg van de White en de Dark Peaks. Daarna liep hij met Lynley naar de bar waar hij de kaart uitvouwde op een tafeltje in de hoek.

Lynley had gelijk, gaf hij toe. Tideswell lag aan de oostelijke grens van Calder Moor. Een goede wandelaar met moord in zijn gedachten kon vertrekken uit hotel Black Angel, naar het bovenste deel van de stad klimmen en daarna over de hei naar Nine Sisters Henge lopen. Het zou een paar uur vergen, omdat de hei zo groot was, en het zou niet zo efficiënt zijn als het simpelweg volgen van de route die het meisje had genomen, vanaf de plek net achter het gehucht Sparrowpit. Maar het was te doen. Anderzijds was er iets voor te zeggen dat diezelfde moordenaar zijn auto had geparkeerd op dezelfde plek waar Nicola haar Saab achter de stenen muur had neergezet en dat hij, na het plegen van de moorden, naar huis was teruggekeerd, niet alleen langs de Black Angel, maar ook langs het dorpje Peak Forest, waar hij zich van het mes had ontdaan.

'Precies,' zei Lynley. 'Dat bedoel ik nu precies. Dan zie je toch…'

Maar, ging Hanken verder, als zijn collega de kaart beter bekeek, dan zou hij zien dat dezelfde omweg van minder dan vier kilometer die hun moordenaar zou hebben moeten maken om het leren jack in de Black Angel achter te laten en daarna zuidwaarts te gaan in de richting van Bakewell en Broughton Manor, precies gelijk was aan de korte omweg van nog geen vier kilometer die hun moordenaar nodig gehad zou hebben om het leren jack in de Black Angel achter te laten en vervolgens naar het noorden te gaan, naar Padley Gorge en Maiden Hall.

Lynley volgde de beide routes die Hanken hem aanwees. Hij moest toegeven dat de inspecteur niets deed om de feiten te verdraaien om die in een zinloze veronderstelling te laten passen. Hij kon zien hoe hun moordenaar, nadat hij de plaats van het misdrijf had verlaten, door Peak Forest was gereden om zich van het mes te ontdoen in de gritcontainer, en een korte omweg had gemaakt over Tideswell om het jack in het hotel achter te laten waar het onopgemerkt zou blijven hangen, naar het kruispunt kon zijn gereden bij Wardlow Mires. Vandaar voerde de ene weg naar Padley Gorge en de andere naar Bakewell. En wanneer middel en gelegenheid op twee verdachten wezen tijdens een onderzoek, was de politie gedwongen door álles, van logica tot ethiek, om eerst de voornaamste verdachte onder de loep te nemen. Dus het was noodzakelijk om huiszoeking te doen op Maiden Hall.

Het zou een ellendige zaak zijn voor Andy en zijn vrouw, maar Lynley moest wel tot de conclusie komen dat het onvermijdelijk was. Toch dwong een restant van de oude loyaliteit die hij tegenover Andy voelde hem om Hanken te vragen of deze hem één ding wilde verzekeren. Er mocht natuurlijk niet tegen de Maidens worden gezegd waarnaar de politie zocht bij de huiszoeking op Maiden Hall. Daarom sprak het vanzelf dat het niet nodig was om bij de huiszoeking dieper in te gaan op Nicola's leven in Londen.

'Je stelt het onvermijdelijke alleen maar uit, Thomas. Tenzij Nan Maiden dood is voor we een arrestatie verrichten en er een proces plaatsvindt, zal ze op den duur het ergste horen over haar dochter. Zelfs – en ik geloof het niet, maar op dit moment wil ik het ter wille van jou aannemen – zelfs als pa haar niet heeft vermoord. Als Britton haar heeft omgebracht…' Hanken gebaarde vaag met zijn hand.

Dan kwam het ergste toch uit, maakte Lynley de zin zwijgend af. Hij wist het. Maar als hij zijn voormalige collega de vernedering van een formeel onderzoek van zijn huis en zijn hotel niet kon besparen, kon hij hem tenminste voor het ogenblik het verdriet besparen dat eraan zou worden toegevoegd wanneer hij getuige moest zijn van het lijden van de enige persoon die hij nog op de wereld had.

'We doen het morgen,' zei Hanken. Hij vouwde de kaart op en pakte de papieren tas met zijn bezwarende inhoud. 'Ik zal dit naar het lab brengen. Ga jij maar een poosje slapen.'

Dat was een raadgeving waaraan hij waarschijnlijk geen gehoor zou kunnen geven, dacht Lynley.

In Londen sliep Lynleys vrouw eveneens onrustig. De volgende ochtend werd ze in een nadenkende stemming wakker. Slecht slapen was niets voor Helen. Meestal zonk ze, kort nadat haar hoofd het kussen raakte, weg in een toestand die veel op bewusteloosheid leek en dat bleef zo tot de ochtend. Daarom zag Helen in het feit dat ze slecht had geslapen, een aanwijzing dat iets haar hinderde en ze hoefde niet diep in haar ziel te graven om te ontdekken wat dat iets was.

Tommy's reacties op Barbara Havers en de manier waarop hij haar behandelde, waren de afgelopen dagen als een splinter geweest die vlak onder Helens huid prikte: iets waarmee ze tijdens haar normale dagelijkse bezigheden niet mee geconfronteerd hoefde te worden maar iets wat zowel verontrustend als pijnlijk was, wanneer ze zich ervan bewust werd. En ze was zich ervan bewust geworden – luid en duidelijk – tijdens Lynleys laatste confrontatie met Barbara.

Helen begreep Tommy's positie: hij had Barbara een reeks opdrachten gegeven en Barbara was niet al te bereid geweest om die uit te voeren. Tommy had dit gezien als een test waarvoor zijn ex-partner was gezakt; Helen had het beschouwd als een oneerlijke straf. Geen van beiden wilde het standpunt van de ander in deze kwestie respecteren en Barbara was degene die het minst stevig in haar schoenen stond wanneer het eropaan kwam haar visie te verdedigen. Daarom vond Helen het niet moeilijk om toe te geven dat Tommy's laatste reactie op Barbara's negeren van zijn bevelen gerechtvaardigd was, en ze wist dat zijn meerderen het eens zouden zijn met de stappen die hij had genomen.

Maar juist met die stappen, wanneer ze die beschouwde in samenhang met zijn eerdere beslissing om met Winston Nkata samen te werken en niet met Barbara Havers, had Helen het moeilijk. Wat, vroeg ze zich af, terwijl ze uit bed stapte en haar ochtendjas aantrok, was eigenlijk de kern van Tommy's vijandige houding ten opzichte van Barbara: het feit dat ze hem had getrotseerd of het feit dat het een vrouw was die hem trotseerde? Natuurlijk had Helen hem een variatie op deze vraag gesteld, voor hij de vorige dag was vertrokken en het had haar niet verbaasd dat hij driftig had ontkend dat sekse iets te maken had met de manier waarop hij op Barbara reageerde. Maar logenstrafte Tommy's hele achtergrond niet elke ontkenning die hij zou uitspreken? vroeg Helen zich af.

Ze waste haar gezicht, haalde een borstel over haar haren en dacht na over die vraag. Tommy's verleden was bezaaid met vrouwen: vrouwen die hij had willen hebben, vrouwen die hij had gehad, vrouwen met wie hij had samengewerkt. Zijn allereerste minnares was de moeder van een schoolvriendje geweest, met wie hij meer dan een jaar een hartstochtelijke relatie had gehad, en voor zijn relatie met Helen was zijn hart geheel in beslaggenomen geweest door de vrouw die nu de echtgenote was van zijn beste vriend. Afgezien van die laatste passie hadden Tommy's relaties met vrouwen voorzover Helen het zag één ding gemeen: het was Tommy die bepaalde hoe alles zou verlopen. De vrouwen gingen bereidwillig daarin mee.

Het was heel eenvoudig voor hem om de leiding te verkrijgen en te behouden. Door de jaren heen waren tientallen vrouwen zo weg geweest van zijn uiterlijk, zijn titel of zijn rijkdom, dat ze zich graag aan hem wilden overgeven, niet alleen met hun lichaam maar ook met hun geest, en dat het voor hen weinig had betekend in vergelijking met wat ze hoopten ervoor terug te krijgen. Tommy was gewend geraakt aan die macht. Welke man zou niet hetzelfde hebben gedaan?

De belangrijke vraag was waarom hij die macht gegrepen had, die allereerste keer met die allereerste vrouw. Toegegeven, hij was toen nog jong, maar hoewel hij ervoor had kunnen kiezen om die en iedere volgende minnares te ontmoeten op een terrein dat hij zelf had afgebakend, ondanks dat de vrouwen er niet voor voelden of niet in staat waren om aan te dringen op die afbakening, had hij het niet gedaan. Helen was ervan overtuigd dat het waarom van Tommy's macht over vrouwen achter de problemen met Barbara Havers stak. Maar Barbara had ongelijk, kon Helen haar man horen beweren, en er is verdomme geen enkele manier waarop je de feiten zo kunt verdraaien dat het erop lijkt dat ze gelijk had.

Wat dat betrof moest Helen het met Tommy eens zijn. Maar ze wilde hem zeggen dat Barbara Havers niet meer was dan een symptoom. De ziekte was iets anders, dat wist ze zeker.

Ze liep de slaapkamer uit en ging naar beneden, naar de eetkamer, waar Denton het ontbijt had klaargezet zoals zij het graag wilde hebben. Ze bediende zich van eieren en champignons, schonk een glas vruchtensap en een kop koffie in en zette alles op tafel, waar haar ochtendeditie van de *Daily Mail* naast haar bestek lag, met Tommy's *Times* eronder. Gedachteloos keek ze de ochtendpost door, terwijl ze melk en suiker in haar koffie deed. Ze legde de rekeningen apart – het had geen zin om haar ontbijt te bederven, dacht ze – en ze legde tevens de *Daily Mail* terzijde, waar op de voorpagina de nieuwste, beslist onaantrekkelijke koninklijke geliefde werd betiteld als 'stralend tijdens de jaarlijkse teaparty ten bate van Kinderen in Nood'. Het had geen zin, dacht Helen grimmig, om ook háár hele dag te bederven.

Ze maakte net een brief open van haar oudste zus – het poststempel van Positano vertelde haar dat Daphne haar zin had gekregen van haar man over waar ze de dag dat ze twintig jaar getrouwd waren, zouden vieren – toen Denton binnenkwam. 'Goedemorgen, Charlie,' zei Helen opgewekt tegen hem. 'Je hebt je vandaag overtroffen met de champignons.'

Denton begroette haar niet met hetzelfde enthousiasme. Hij zei: 'Lady Helen...' en aarzelde, althans zo scheen het Helen toe, ergens tussen verwarring en ergernis.

'Ik hoop dat je niet op me gaat mopperen vanwege het behang, Charlie. Ik heb Harrods gebeld en gevraagd of ik de boeken nog een dag mocht houden. Echt waar.'

Denton zei: 'Nee. Het gaat niet om het behang,' en hij hief de grote, bruine envelop die hij vasthield, ter hoogte van zijn borst.

Helen legde haar toast neer. 'Wat is er dan? Je kijkt zo...' Hoe keek hij eigenlijk? vroeg ze zich af. Hij keek beslist opgewonden, besloot ze. Ze zei: 'Is er iets gebeurd? Je hebt toch geen slecht nieuws gekregen? Is alles goed met je familie? O, god, Charlie, heb je een vrouw in moeilijkheden gebracht?'

Hij schudde zijn hoofd. Helen zag dat er een stofdoek over zijn arm hing en de stukjes vielen op hun plaats: hij was bezig geweest met schoonmaken, besefte ze, en ongetwijfeld wilde hij haar vermanend toespreken over de rommel die ze zoals gewoonlijk had gemaakt. Arme man. Hij kon niet bedenken hoe hij moest beginnen.

Hij was uit de salon gekomen en Helen herinnerde zich dat ze de muziekbladen niet had opgeraapt die Barbara de vorige middag bij haar overhaaste vertrek had achtergelaten. Denton zou het niet prettig vinden, dacht Helen. Hij was al even precies als Tommy.

'Je hebt me betrapt,' bekende ze, met een knikje naar de envelop. 'Barbara heeft dat gisteren gebracht om Tommy ernaar te laten kijken. Ik vrees dat ik het helemaal vergeten was, Charlie. Geloof je me als ik je beloof dat ik zoiets niet meer zal doen? Hmm, waarschijnlijk niet. Dat beloof ik immers voortdurend?'

'Waar hebt u dit vandaan, lady Helen? Dit... ik bedoel, dit...?' Denton zwaaide met de envelop alsof er geen woorden waren om te beschrijven wat die bevatte.

'Ik heb net tegen je gezegd dat Barbara Havers het heeft gebracht. Waarom? Is het belangrijk?'

Ten antwoord deed Charlie Denton iets volslagen onverwachts. Voor het eerst sinds Helen de man kende, trok hij een stoel onder de tafel uit en ging, zonder dat het hem gevraagd was, zitten.

'Het bloed komt overeen,' was Hankens korte mededeling aan Lynley. Hij belde uit Buxton, waar hij zojuist bericht had gekregen van het gerechtelijk laboratorium. 'Het jack is van de jongen.'

Hanken vertelde verder dat ze binnen enkele ogenblikken het bevel voor de huiszoeking in Maiden Hall zouden krijgen. 'Ik heb zes mannen die diamanten kunnen vinden in een hondendrol. Als hij de long bow daar heeft verstopt, zullen we die vinden.' Hanken mopperde over het feit dat Andy Maiden sinds de nacht van de moorden meer dan genoeg tijd had gehad om zich van de boog te ontdoen op drie dozijn locaties in en om White Peaks, wat hun taak om die te zoeken dubbel zo moeilijk maakte. Maar hij wist tenminste niet dat ze erachter gekomen waren dat een pijl het ontbrekende wapen was, wat hun het voordeel van de verrassing gaf als hij zich niet van de rest van zijn uitrusting had ontdaan.

'We hebben niet de geringste aanwijzing dat Andy Maiden kan boogschieten,' merkte Lynley op.

'Hoeveel rollen heeft hij undercover gespeeld?' was Hankens vinnige antwoord. Hij besloot het gesprek met: 'Je kunt erbij zijn als je wilt. Dan moet je over anderhalf uur bij de Hall zijn.'

Met een bezwaard gemoed legde Lynley de hoorn neer.

Hanken had gelijk met zijn achtervolging van Andy Maiden. Wanneer letterlijk elk stukje informatie dat was verzameld naar een bepaalde verdachte wees, ging je met die verdachte verder. Je lette niet op wat er vlak voor je lag omdat je het niet wilde zien. Je ontkwam er niet aan het onvermijdelijke te denken omdat je je gedachten niet kon losmaken van het verleden en van de herinnering aan de tijd toen je vijfentwintig was en aan een undercover-operatie waaraan je zo graag wilde meewerken. Je deed wat je moest doen, uit hoofde van je beroep.

Toch merkte Lynley, hoewel hij wist dat inspecteur Hanken de procedure volgde zoals die gevolgd diende te worden bij zijn huiszoeking op Maiden Hall, dat hij ronddoolde in het moeras van bewijsmateriaal, feiten en veronderstellingen, zoekend naar iets wat Andy kon vrijspreken. Het was, bleef hij hardnekkig geloven, toch wel het minste wat hij kon doen.

Er leek slechts één bruikbaar feit te zijn: dat Nicola's regenponcho ontbrak aan haar spullen die waren gevonden bij Nine Sisters Henge. Alleen op zijn kamer, terwijl de ochtendgeluiden van het hotel om hem heen opstegen, dacht Lynley aan niets anders dan aan die poncho en aan wat de afwezigheid ervan op de plaats delict betekende.

Oorspronkelijk hadden ze gedacht dat de moordenaar de poncho had meegenomen om die over zijn met bloed bevlekte kleren aan te trekken. Maar als hij dinsdag na de moord bij hotel Black Angel langs was gegaan, zou hij toch geen regenponcho hebben gedragen op wat een mooie zomernacht was geweest. Hij zou niet het risico hebben willen lopen om op te vallen en niets zou opvallender zijn geweest dan iemand die midden in Derbyshire in een plastic poncho rondliep terwijl het prachtig weer was.

Om er zeker van te zijn belde Lynley echter de eigenaar van de Black Angel. Een enkele vraag – op de benedenverdieping van de ene werknemer naar de andere doorgeschreeuwd – was voor Lynley voldoende om ervan overtuigd te raken dat er zich kortgeleden voorzover men het zich kon herinneren niets dergelijks had afgespeeld in het hotel. Wat was er dan met de poncho gebeurd?

Lynley begon in de kamer op en neer te lopen. Hij dacht na over de hei, de moorden en de wapens en hij bleef stilstaan bij het beeld dat hem voor ogen stond over de manier waarop de moorden waren gepleegd.

Als de moordenaar de poncho van de plaats delict had meegenomen maar die niet had gedragen, leken er slechts twee mogelijkheden te zijn waarom hij dat had gedaan. Of de poncho was gebruikt als een soort draagtas om iets mee te nemen van de Henge toen de moordenaar vertrok, of de poncho was op de een of andere manier door de moordenaar gebruikt tijdens het plegen van de misdaad.

Lynley verwierp de eerste mogelijkheid als onwaarschijnlijk. Beide slachtoffers waren te voet naar de kring gegaan. Wat konden ze bij zich gehad hebben dat iets ter grootte van een poncho vergde om het te vervoeren? Hij ging verder met de tweede mogelijkheid. En nadat hij die ten slotte had gevoegd bij wat ze wisten over de moorden, wat ze aannamen over de moorden en wat ze in hotel Black Angel hadden ontdekt, zag hij eindelijk het antwoord.

De moordenaar had de jongen met een pijl onschadelijk gemaakt. Daarna was hij achter het vluchtende meisje aangegaan en had hij zonder veel moeite met haar afgerekend. Toen hij weer in de kring terugkwam had hij gezien dat de jongen ernstig gewond was, maar niet dodelijk. Hij had om zich heen gekeken, op zoek naar een snelle manier om hem te doden. Hij had Terry rechtop kunnen zetten, zoals voor een vuurpeloton, en een moderne St.-Sebastiaan van hem kunnen maken, maar daar zou de jongen niet aan hebben meegewerkt. Dus de moordenaar had tussen de spullen op de kampeerplaats gezocht en het mes en de poncho gevonden. Hij had de poncho aangetrokken om zijn kleding te beschermen terwijl hij op de jongen instak. Op die manier kon hij later ongestraft de Black Angel binnengaan.

Een met bloed bevlekte poncho had hij echter niet naast het zwarte, leren jack kunnen ophangen. Het bloed op het jack was in de voering getrokken, waar het werd gecamoufleerd door de kleur van de stof. Dus het had maanden kunnen duren voor het jack iemand was opgevallen. Maar een met bloed bevlekte poncho zou niet zo gemakkelijk over het hoofd worden gezien.

Toch moest de moordenaar de poncho kwijt. Hoe eerder hoe liever. Dus waar...?

Lynley bleef door de kamer ijsberen terwijl hij zich die nacht, de moorden en de gebeurtenissen erna voor ogen haalde.

Het mes was ergens langs de ontsnappingsroute van de moordenaar achtergelaten. Het was gemakkelijk genoeg geweest om het te begraven onder een paar centimeter grit in een langs de weg staande container, een karwei dat waarschijnlijk niet meer dan een halve minuut zou hebben gevergd. Maar de poncho kon er niet worden begraven omdat er niet genoeg grit voorhanden was en bovendien zou het, zelfs 's nachts, pure waanzin zijn geweest om zo lang op een openbare weg te stoppen als nodig zou zijn geweest om iets zo omvangrijks in een container te verstoppen.

Toch zou iets wat veel leek op een container die langs de weg stond een heel goede plaats hebben kunnen zijn om de poncho te verstoppen, iets wat dagelijks gebruikt werd, iets wat men zag zonder erbij na te denken, en iets op de weg naar het hotel waar, zoals de moordenaar wist, een zwart, leren jack duidelijk zichtbaar zou kunnen worden opgehangen waar niemand er in der eeuwigheid naar zou kijken...

Een brievenbus? vroeg Lynley zich af. Maar die mogelijkheid verwierp hij bijna even snel als hij erop was gekomen. Afgezien van het feit dat de moordenaar niet de moeite zou hebben willen nemen om de poncho centimeter voor centimeter door de voor brieven bestemde gleuf te proppen, werd de bus elke dag gelicht.

Iemands vuilnisbak? Maar daar kwam hij weer bij vrijwel hetzelfde probleem terecht. Tenzij de moordenaar erin geslaagd was om de poncho diep onder iemands afval te begraven zou het kledingstuk de volgende keer dat de eigenaar van de bak er een vuilniszak in wilde gooien, zijn gevonden. Tenzij het de moordenaar was gelukt een bak te vinden die zo was geconstrueerd dat het afval dat zich erin bevond niet zichtbaar was voor iemand die er nog iets bij gooide. Een bak in een park zou heel geschikt zijn geweest, zo een waar afval door een opening in het deksel of aan de zijkant in wordt gedeponeerd. Maar waar bevond zich een dergelijk park met een dergelijke container langs de route van Calder Moor naar Tideswell?

Lynley liep de trap af en haalde bij de receptie dezelfde kaart van de Peaks die Hanken de vorige avond had gebruikt. Bij het bekijken van het gebied kwam een natuurgebied bij Hargatewall het dichtst bij iets wat Lynley als een park kon beschouwen. Hij fronste zijn voorhoofd toen hij zag hoe ver het van de directe route af lag. De moordenaar zou er kilometers voor hebben moeten omrijden. Maar het was de moeite van het proberen waard.

Buiten zag de ochtend er vrijwel hetzelfde uit als de vorige dag: grijs, winderig en regenachtig. Maar in tegenstelling tot gisteren, toen Lynley was aangekomen, lag het parkeerterrein van de Black Angel er geheel verlaten bij, omdat het veel te vroeg was voor zelfs de drankzuchtigste vaste bezoeker van het hotel om in de bar te gaan zitten. Met opgestoken paraplu en de kraag van zijn jack opgeslagen ontweek Lynley de plassen om zich langs de zijkant van het gebouw naar de enige plek te haasten die hij de vorige middag voor de Bentley had kunnen vinden.

Toen zag hij eindelijk wat hij zonder zich ervan bewust te zijn bij zijn aankomst ook al had gezien.

De plek die hij voor de Bentley had gevonden was gisteren vrij geweest omdat het altijd de laatste plaats zou zijn die iemand zou kiezen om zijn auto neer te zetten. Niemand met hart voor het lakwerk van zijn wagen zou die vlak naast een stampvolle vuilcontainer neerzetten waar op dit moment, in de wind en de regen, het afval uitpuilde.

Natuurlijk, dacht Lynley, toen een knarsende versnellingsbak achter hem de nadering van een vrachtauto aankondigde.

Hij was de vuilnismannen die waren gekomen om het afval van de Black Angel van de afgelopen week op te halen, net één stap voor.

Samantha hoorde het lawaai voor ze haar oom zag. Het geluid van rinkelende flessen weergalmde op de oude, stenen trap toen Jeremy Britton afdaalde naar de keuken, waar Samantha na het ontbijt de afwas deed. Ze keek op haar horloge, dat ze op een plank naast de diepe gootsteen had gelegd. Zelfs volgens de normen van oom Jeremy leek het nog te vroeg op de dag om te drinken.

Ze schuurde de koekenpan waarin ze die ochtend spek had gebakken en ze probeerde te doen of ze niet merkte dat haar oom binnenkwam. Achter haar klonken schuifelende voetstappen. De flessen bleven rinkelen. Toen Samantha het niet meer kon vermijden keek ze om, om te zien wat haar oom deed.

Jeremy had een grote mand aan zijn arm hangen. Daarin had hij een tiental drankflessen gedaan, voornamelijk gin. Hij bukte zich naar de lage keuken-kastjes, door de inhoud rommelend om nog meer flessen tevoorschijn te halen. Dit waren miniatuurflesjes en hij haalde ze uit de meelbus, uit de dozen met rijst en spaghetti en gedroogde bonen, tussen de blikjes met diver-se vruchten vandaan en diep uit de bergplaats voor potten en pannen. Naar-mate de verzameling in de mand aan zijn arm groeide, dreunde en stampte oom Jeremy de keuken rond als het spook uit *A Christmas Carol*.

Hij mompelde: 'Deze keer moet ik het doen. Het moet lukken.'

Samantha zette de laatste pan op het afdruiprek en trok de stop uit de goot-steen. Ze droogde haar handen af aan de voorkant van haar schort en ze bleef kijken. Haar oom zag er ouder uit dan ze hem ooit had gezien sinds haar komst naar Derbyshire. En de bevingen die zijn lichaam lieten schokken wekten de indruk dat hij een ernstige ziekte onder de leden had.

Ze zei: 'Oom Jeremy? Bent u ziek? Wat scheelt eraan?'

'Het komt omdat ik gestopt ben,' antwoordde hij. 'Het is een duivel. Eerst brengt hij je in verleiding, daarna stuurt hij je naar de hel.'

Hij was begonnen te transpireren en in het schemerige licht van de keuken leek zijn huid op de schil van een met olie bedekte citroen. Met handen die niet wilden doen wat hij ze opdroeg, zette hij de afgeladen mand op het aan-recht. Hij greep de eerste fles, Bombay Sapphire, zijn enige echte liefde. Hij schroefde de dop eraf en zette de fles ondersteboven in de gootsteen. De lucht van gin steeg op als een gaslek.

Toen de fles leeg was sloeg Jeremy hem stuk tegen de rand van het aanrecht. 'Nooit weer,' zei hij. 'Het is voorbij met dat vergif. Ik zweer het. Nooit weer.' Toen begon hij te huilen. Hij huilde met droge, harde snikken die zijn lichaam harder lieten schudden dan de afwezigheid van alcohol in zijn ade-ren. Hij zei: 'Ik kan het niet alleen.'

Samantha kreeg medelijden met hem. 'O, oom Jeremy. Kom maar. Ik zal u helpen. Zal ik de mand vasthouden? Of zal ik de flessen voor u openmaken?' Ze nam er een uit, Beefeater ditmaal, en gaf die aan haar oom.

'Het wordt mijn dood nog eens,' zei hij huilend. 'Kijk dan wat het al gedaan

475

heeft. Kijk naar me. Kijk alleen maar.' Hij hief zijn handen op om haar te laten zien wat ze al gezien had: hoe verschrikkelijk ze trilden. Hij griste haar de fles Beefeater uit handen en sloeg hem stuk tegen de gootsteen zonder hem eerst leeg te gieten. Ze kregen allebei de gin over zich heen. Hij pakte de volgende. 'Beroerd,' zei hij huilend. 'Ellendig. Ik heb er drie weggejaagd, maar het was niet genoeg. Nee. Nee. Hij is niet eerder tevreden dan wanneer de laatste ook weg is.'

Samantha probeerde er enige zin in te ontdekken. Zijn vrouw en de kinderen Britton, dacht ze. Julians zus, zijn broer en zijn moeder waren jaren geleden van huis weggevlucht, maar ze kon niet geloven dat Julian zijn vader ooit in de steek zou laten. Ze zei: 'Julian houdt van u, oom Jeremy. Hij zal niet bij u weggaan. Hij wil alleen wat goed voor u is. U moet begrijpen dat hij daarom zo hard gewerkt heeft om het kasteel te restaureren,' terwijl Jeremy een volgende halve liter gin in de gootsteen goot.

'Hij is een geweldige jongen. Altijd geweest. En ik wil het niet, ik wil het niet, ik wil het niet. Niet meer.' De inhoud van een nieuwe fles volgde de andere. 'Hij heeft zo hard gewerkt om er weer iets van te maken en al die tijd heeft zijn dronkelap van een vader alles verzopen. Maar nooit weer. Nooit weer.'

De gootsteen raakte weldra vol glas, maar dat kon Samantha niet schelen. Ze zag dat haar oom bezeten was van een ommezwaai die zo belangrijk was dat een paar kilo glas daarmee vergeleken niets te betekenen had. Ze zei: 'Stopt u met drinken, oom Jeremy? Stopt u er serieus mee?' Ze had haar twijfels over zijn oprechtheid, maar toch ging de ene fles na de andere de eerste achterna. Toen Jeremy ze allemaal had leeggemaakt, leunde hij over de gootsteen en begon met zo veel ernst te bidden dat Samantha het in haar botten voelde.

Hij zwoer bij het leven van zijn kinderen en zijn toekomstige kleinkinderen dat hij geen druppel meer zou drinken. Hij wilde, zei hij, geen toonbeeld zijn van wat levenslange drankzucht iemand kon aandoen. Hij zou nu, op dit moment, bij de fles vandaan lopen en nooit omkijken. Dat was hij verplicht, zo niet aan zichzelf dan toch aan de zoon wiens liefde hem hier bij zich had gehouden, in het vervallen ouderlijk huis, hoewel hij ergens anders naartoe had kunnen gaan om een fatsoenlijk, gezond, normaal leven te leiden.

'Als ik er niet geweest was, zou hij nu getrouwd zijn. Een vrouw hebben, kinderen. Een leven. En dat heb ik hem afgenomen. Ik heb het gedaan. Ik.'

'Oom Jeremy, dat mag u niet denken. Julie houdt van u. Hij weet hoe belangrijk Broughton Manor voor u is als het eropaan komt, en hij wil er weer een echt thuis van maken. Bovendien, hij is nog geen dertig. Hij heeft nog jaren de tijd om een gezin te stichten.'

'Het leven gaat aan hem voorbij,' zei Jeremy. 'Het gaat aan hem voorbij terwijl hij hier ploetert. En hij zal me erom haten wanneer hij wakker wordt en het inziet.'

'Dit ís toch het leven?' Samantha legde troostend een hand op de schouder van haar oom. 'Wat we hier doen, in het kasteel, elke dag. Dit ís leven, oom Jeremy.'

Hij richtte zich op bij de gootsteen, intussen een keurig opgevouwen zakdoek uit zijn zak halend, waarin hij luidruchtig zijn neus snoot alvorens hij haar aankeek. Arme man, dacht ze. Wanneer had hij voor het laatst gehuild? En waarom schaamden mannen zich zo wanneer ze eindelijk toegaven aan de kracht van een begrijpelijke emotie?

'Ik wil er weer bijhoren,' zei hij.

'Erbij horen?'

'Bij het leven. Ik wil leven, Sammy. Dit,' hij wees naar de gootsteen, 'dit is geen leven. Ik zeg je dat het nu genoeg is.'

Vreemd, dacht Samantha. Hij klonk plotseling zo sterk, alsof er niets tussen hem en zijn hoop op ontnuchtering stond. En even plotseling wilde ze dat voor hem: het leven zoals het hem voor ogen stond, gelukkig zijn in zijn huis, omringd door kleinkinderen van wie hij hield. Ze kon ze zelfs zien, die schattige kleinkinderen die nog niet bestonden. Ze zei: 'Ik ben zo blij, oom Jeremy. Ik ben zo vreselijk, vreselijk blíj. En Julian... Julie zal opgetogen zijn. Hij zal u willen helpen. Dat weet ik zeker.'

Jeremy knikte, zijn ogen strak op haar gericht. 'Denk je?' zei hij aarzelend. 'Na al die jaren... met mij... zoals ik was?'

'Ik weet dat hij u zal helpen,' zei ze. 'Ik weet het gewoon.'

Jeremy trok zijn kleren recht. Hij snoot nogmaals luidruchtig zijn neus en stak daarna de zakdoek weer in zijn zak. Hij zei: 'Je houdt van hem, hè, kind?' Samantha schuifelde met haar voeten.

'Jij bent niet zoals die andere. Jij zou alles voor hem doen.'

'Ja,' zei Samantha. 'Ja, dat zou ik.'

Toen Lynley in Padley Gorge arriveerde was de huiszoeking op Maiden Hall in volle gang. Hanken had zes agenten meegenomen en hij had hen even economisch als grondig ingedeeld. Drie doorzochten de privé-verdieping, de gastenkamers en de begane grond van de Hall. Een doorzocht de bijgebouwen van het hotel. Twee anderen speurden het omringende terrein af. Hanken zelf coördineerde de werkzaamheden en toen Lynley op de parkeerplaats stopte zag hij zijn collega somber onder een paraplu zitten naast een politieauto, terwijl de agent van de privé-verdieping verslag uitbracht.

'Ga dan maar buiten verder met de anderen,' droeg Hanken hem op. 'Als er ergens gegraven is, wil ik dat jullie erin duiken als jachthonden in een vossenhol. Begrepen?' De agent draafde weg in de richting van de heuvel die naar de weg omlaag liep. Daar zag Lynley twee andere agenten bedrijvig in de regen onder de bomen heen en weer lopen.

'Tot dusver niets,' zei Hanken tegen Lynley. 'Maar het is hier ergens. Of iets wat er verband mee houdt. En we zullen het vinden.'

'Ik heb de poncho,' zei Lynley.

Hanken trok een wenkbrauw op en gooide zijn sigaret op de grond. 'O, ja? Dat is goed werk, Thomas. Waar heb je die gevonden?'

Lynley vertelde hem over de gedachtegang die hem naar de afvalcontainer had geleid. Onder een week vuilnis van het hotel had hij de poncho gevonden, door te vertrouwen op een hooivork en op het geduld van de vuilnismannen die net achter hem aan waren gekomen om de container te legen.

'Je ziet er niet echt naar uit of je in een vuilnisbak hebt gesnuffeld,' zei Hanken.

'Ik heb gedoucht en me verkleed,' gaf Lynley toe.

Het afval in de container dat zich bijna een week lang op de poncho had opgestapeld, had die uiteindelijk afgeschermd voor de regen, die anders alle sporen die erop waren achtergebleven, zou hebben weggespoeld. Nu was het plastic kledingstuk door niets anders aangeraakt dan koffieprut, groenteafval, van borden geschraapte restjes, oude kranten en verfrommelde stukken keukenrol. En omdat de poncho bovendien binnenstebuiten was gedraaid, had zelfs deze rommel zich slechts aan de binnenkant gehecht, zodat het op een afgedankt stuk zeildoek leek. De buitenkant was grotendeels onberoerd gebleven, zodat de bloedspatten erop waren gebleven zoals ze er de vorige dinsdagavond op waren gekomen: stomme getuigen van wat er bij Nine Sisters Henge was gebeurd. Lynley had de poncho in een boodschappentas van de supermarkt gestopt. Die lag, zei hij, in de kofferbak van de Bentley.

'Laat dan maar eens zien.'

'Eerst een vraag,' zei Lynley, 'zijn de Maidens hier?'

'We hoeven de poncho niet te laten identificeren als het bloed van de jongen erop zit, Thomas.'

'Daar vroeg ik het niet om. Hoe houden ze zich onder de huiszoeking?'

'Maiden beweert dat hij een vent in Londen bereid heeft gevonden om hem een test af te nemen met de leugendetector. Een zaak die Polygraph Professionals heet, of zoiets.'

'Als hij dat wil…'

'Flauwekul,' viel Hanken hem geïrriteerd in de rede. 'Je weet dat zo'n test niets voorstelt. Maiden weet het ook. Maar het is verdomme wel een middel om uitstel te krijgen, nietwaar? "Arresteert u me alstublieft niet. Ik heb een afspraak voor een test met de leugendetector." Niets meer dan een afleidingsmanoeuvre. Laat zien die poncho.'

Lynley gaf hem. De poncho was binnenstebuiten gekeerd, zoals hij hem had gevonden. Maar een van de hoeken was omgeslagen, en daarop was een paarse bloedvlek te zien in de vorm van een boomblad.

'Aha,' zei Hanken toen hij het zag. 'Ja. We moeten dit naar het lab brengen. Maar ik zou zeggen dat het spel gespeeld is.'

Lynley was er niet zo zeker van. Maar hij vroeg zich af waarom hij er niet zo zeker van was. Was het omdat hij niet kon geloven dat Andy Maiden zijn eigen dochter had vermoord? Of was het omdat de feiten werkelijk een andere kant op wezen? 'Het ziet er verlaten uit,' zei hij, met een knikje naar de Hall.

'Dat komt door de regen,' zei Hanken. 'Maar ze zijn binnen. Allemaal. Omdat het maandag is zijn de meeste gasten vertrokken. Maar de Maidens zijn er. En het personeel. Behalve de kok. Hij komt meestal pas na twee uur opdagen, hebben ze me verteld.'

'Heb je hen gesproken? De Maidens?'

Hanken leek de onderliggende bedoeling te begrijpen, omdat hij zei: 'Ik heb de vrouw niets verteld, Thomas.' Daarna legde hij de poncho op de passagiersstoel van de politieauto. 'Fryer!' schreeuwde hij naar de helling. De agent die de privé-vertrekken had doorzocht keek op, om vervolgens te komen aandraven toen Hanken hem wenkte. 'Naar het lab,' zei de inspecteur, met een hoofdbeweging naar de auto. 'Breng die tas weg voor bloedonderzoek. Probeer of je het kunt laten doen door een meisje dat Kubowsky heet. Ze laat er geen gras over groeien, en we hebben haast.'

De agent leek maar al te blij dat hij niet meer in de regen hoefde te lopen. Hij trok zijn gele windjack uit en sprong de auto in. Binnen tien seconden was hij weg.

'Het onderzoek is een wassen neus,' zei Hanken. 'Het bloed is van de jongen.'

'Ongetwijfeld,' zei Lynley instemmend. Toch keek hij weer naar de Hall. 'Vind je het goed dat ik even met Andy praat?'

Hanken keek hem aan. 'Je bent er niet gelukkig mee, hè?'

'Ik kan maar niet van me afzetten dat hij een politieman is.'

'Hij is ook een mens. Ten prooi aan dezelfde hartstochten die ons allemaal beïnvloeden,' zei Hanken. Lynley was dankbaar dat hij de rest er niet aan toevoegde: dat Andy Maiden beter met deze hartstochten kon omgaan dan de meeste mensen. Hanken zei nog wel: 'Denk daar goed aan,' waarna hij wegslenterde in de richting van de bijgebouwen.

Lynley vond Andy en zijn vrouw in de lounge, in dezelfde nis waar hij en Hanken die eerste keer met hen hadden gesproken. Ze zaten ditmaal echter niet naast elkaar, maar, zwijgend, op de tegenover elkaar staande banken. Ze zaten in gelijke posities: voorover gebogen met hun armen net boven hun knieën rustend. Andy wreef zijn handen over elkaar. Zijn vrouw keek naar hem.

Lynley zette de gedachte aan Shakespeare, die werd opgeroepen door de beweging van Andy's handen, uit zijn hoofd. Hij sprak de naam van zijn voormalige collega uit. Andy keek op.

'Wat zoeken ze?' vroeg hij.

Het woordje 'ze' ontging Lynley niet, evenmin als het daarmee gemaakte onderscheid tussen hemzelf en de plaatselijke politie.

Hij zei: 'Hoe gaat het met jullie?'

'Wat denk je? Is het niet genoeg dat Nicola van ons is weggenomen? Nu

479

komen jullie en halen ons huis en ons hotel overhoop zonder het fatsoen te hebben om ons te vertellen waarom. Alleen maar zwaaien met een flodderig papiertje van een rechter en binnenstormen als een groep hooligans met…'

Nan Maiden was zo kwaad dat ze bijna in tranen uitbarstte. Ze balde haar handen op haar schoot tot vuisten en, met een beweging die leek op die van haar echtgenoot, ze sloeg ze tegen elkaar alsof ze daardoor een zelfbeheersing kon bewaren die ze al kwijt was.

Maiden zei: 'Tommy?'

Lynley vertelde hem wat hij kon vertellen. 'We hebben haar poncho gevonden.'

'Waar?'

'Er zit bloed op. Waarschijnlijk van de jongen. We nemen aan dat de moordenaar die heeft aangetrokken om zijn kleren te beschermen. Misschien zitten er nog andere sporen op. Hij moet hem over zijn hoofd getrokken hebben.'

'Vraag je mij om een hoofdhaar?'

'Misschien wil je een advocaat bellen.'

'Je kúnt niet geloven dat hij het heeft gedaan!' riep Nan Maiden. 'Hij was hier. Waarom wil je me in godsnaam niet geloven als ik zeg dat hij hier was?'

'Geloof je dat ik een advocaat nodig heb?' vroeg Maiden aan Lynley. Ze wisten allebei wat hij werkelijk wilde weten. Hoe goed ken je me, Thomas? En: geloof je dat ik ben wie ik schijn te zijn?

Lynley kon niet antwoorden op de manier die Maiden wilde. In plaats daarvan zei hij: 'Waarom heb je juist naar mij gevraagd? Toen je naar de Yard belde, waarom vroeg je toen naar mij?'

'Om je kwaliteiten,' antwoordde Maiden. 'Eer kwam altijd op de eerste plaats, ik wist dat ik daarop kon vertrouwen. Jij zou doen wat goed was. En, als het eropaan kwam, zou je je woord houden.'

Ze bleven elkaar lange tijd aankijken. Lynley begreep de bedoeling, maar hij kon het risico niet lopen om gemanipuleerd te worden. Hij zei: 'We naderen het einde, Andy. Of ik mijn woord hou of niet, maakt dan geen verschil uit. Je moet een advocaat bellen.'

'Die heb ik niet nodig.'

'Natuurlijk heb je die niet nodig,' stemde zijn vrouw zacht met hem in. Kennelijk had ze kracht geput uit de kalmte van haar echtgenoot. 'Je hebt niets gedaan. Je hebt geen advocaat nodig wanneer je niets te verbergen hebt.'

Andy's blik viel weer op zijn handen, die hij opnieuw begon te masseren. Lynley liep de lounge uit.

Het daaropvolgende uur werd de huiszoeking op Maiden Hall en het omliggende terrein voortgezet. Maar toen het was afgelopen hadden de vijf overgebleven agenten niets gevonden wat leek op een long bow, op de overblijfselen van een long bow, of op een voorwerp dat iets met boogschieten te maken had. Hanken stond in de regen, de wind liet zijn regenjas om zijn benen wapperen. Somber rookte hij zijn sigaret, naar Maiden Hall kijkend alsof het kalkstenen gebouw de boog voor zijn ogen verborgen hield. Zijn team wachtte op nadere instructies, met opgetrokken schouders, hun haren plat tegen hun schedels en hun wimpers plakkerig van de regen. Lynley voelde zich gerehabiliteerd door Hankens gebrek aan succes. Als zijn collega nu zou opperen dat Andy Maiden als hun moordenaar elk laatste stukje bewijsmateriaal dat iets te maken had met boogschieten uit zijn huis had verwijderd, zonder ook maar te weten dat ze een van de twee moorden in verband hadden gebracht met boogschieten, was hij bereid om op dat punt tegen hem in te gaan. Geen enkele moordenaar dacht overal aan. Zelfs als die moordenaar een politieman was, zou hij een fout maken en die fout zou hem uiteindelijk de das omdoen.

Lynley zei: 'Laten we naar Broughton Manor gaan, Peter. We hebben het team nog en het zal niet veel tijd vergen om een tweede huiszoekingsbevel te krijgen.'

Hanken rukte zich los uit zijn overpeinzingen. Hij zei tegen zijn mannen: 'Ga terug naar het bureau.' En vervolgens tot Lynley, toen de agenten vertrokken waren: 'Ik wil dat verslag van SO10. Dat wat je man in Londen heeft samengesteld.'

'Je kunt toch niet nog steeds denken dat dit een moord uit wraak is. Tenminste niet een die voortkomt uit Andy's verleden.'

'Dat denk ik niet,' zei Hanken. 'Maar onze man met een verleden zou dat verleden gebruikt kunnen hebben op een manier waaraan we nog niet hebben gedacht.'

'Hoe dan?'

'Door iemand bereid te vinden om een smerig karwei voor hem op te knappen. Ga mee, inspecteur. Ik ben van plan om het hotelregister door te nemen in jouw Black Angel.'

29

Hoewel ze grondig te werk waren gegaan was de politie toch redelijk behoedzaam omgesprongen met de persoonlijke bezittingen van de Maidens en het meubilair van de Hall. Andy Maiden had in zijn diensttijd veel ergere huiszoekingen meegemaakt en hij probeerde hoop te putten uit het feit dat zijn politiebroeders zijn woning niet hadden vernield. Toch moest de Hall weer op orde worden gebracht. Nadat de politie was vertrokken namen Andy, zijn vrouw en hun personeelsleden ieder een afzonderlijk deel voor hun rekening om op te ruimen.

Andy was opgelucht dat Nan had ingestemd met deze verstandige indeling. Dat hield haar een poosje bij hem vandaan. Hij had een hekel aan zichzelf omdat hij niet bij haar wilde zijn. Hij wist dat ze hem nodig had, maar na het vertrek van de politie merkte Andy dat hij graag alleen wilde zijn. Hij had er behoefte aan om na te denken en hij wist dat hij het niet zou kunnen doen wanneer Nan om hem heen hing en haar verdriet verdrong door zich te wijden aan vruchteloze pogingen om voor hem te zorgen. Op dit moment kon hij de zorgzaamheid van zijn vrouw niet verdragen. Daar was het al veel te ver voor gekomen.

Nicola's dood kwam steeds dichter naar een punt waarop ze beiden zouden worden gebroken, besefte Andy. Hij kon Nan ertegen beschermen terwijl het onderzoek gaande was, maar hij zou niet weten hoe hij ermee zou kunnen doorgaan wanneer de politie een arrestatie had verricht. Dat ze er heel dichtbij waren was hem maar al te duidelijk geworden uit zijn korte gesprek met Lynley. En in Tommy's voorstel dat Andy de hulp van zijn advocaat moest inroepen lag een redelijke aanwijzing besloten wat de volgende stap van de detectives zou zijn.

Tommy was een goede man, dacht Andy. Maar zelfs van een goede man kon je niet te veel vragen. Wanneer de grens was bereikt kon je nog slechts op jezelf vertrouwen.

Dit was een principe dat Nicola had begrepen. Samen met haar onverzadigbare verlangen om, wanneer ze haar zinnen op iets had gezet, het te krijgen – nú – had het vertrouwen dat ze in zichzelf had, meer dan in anderen, haar langs de weg geleid die ze was ingeslagen.

Andy had allang geweten dat zijn dochter maar één ambitie in haar leven had en die was, simpel uitgedrukt, dat ze nooit zonder geld wilde zitten. Ze had gezien hoe zuinig haar ouders waren geweest, zowel om te sparen voor de aankoop van een huis op het platteland als om Andy's vader, wiens pensioen niet toereikend was voor zijn verkwistende levenswijze, geldelijk te steunen. Meer dan eens, in het bijzonder wanneer haar ouders weigerden aan een van haar eisen toe te geven, had ze aangekondigd dat zíj nooit in de positie wilde verkeren dat ze moest beknibbelen en sparen en zich de eenvoudigste genoegens ontzeggen. Dat ze zich verre zou houden van bezuinigingen als het verstellen van lakens en kussenslopen, het keren van overhemdsboorden, het stoppen van sokken, of het drogen van koffiedik en theeblaadjes om die nog een keer te kunnen gebruiken. 'Je kunt maar beter niet zo worden als opa, pap,' had ze meer dan eens tegen Andy gezegd. 'Want ik ben van plan om al mijn geld aan mezelf te besteden.'

Toch werd haar gedrag niet alleen bepaald door hebzucht. Het leek er eerder op dat ze vanbinnen een diepe leegte voelde en die probeerde te vullen met een nutteloze bezitterigheid. Hoe vaak had hij niet geprobeerd om haar het essentiële dilemma van de mens uit te leggen. We zijn geboren uit ouders en in families, dus we hebben relaties, maar uiteindelijk zijn we alleen. Ons oergevoel van alleenzijn veroorzaakt een leegte in ons. Die leegte kan slechts worden opgevuld door de geest te voeden. 'Ja, maar ik wíl die bromfiets,' had ze geantwoord, alsof hij niet juist had geprobeerd haar uit te leggen waarom het kopen van een bromfiets niet een geest die snakte naar erkenning, tot rust kon brengen. Of die gitaar, had ze geantwoord. Of dat stel gouden oorbellen, die reis naar Spanje, die opvallende auto. 'En als er genoeg geld is om die te kopen begrijp ik niet waarom we het niet zouden doen. Wat heeft je geest er nu mee te maken of je het geld hebt om een brommer te kopen, pa? Zelfs als ik het wilde kan ik toch geen geld uitgeven voor mijn geest? Dus wat moet ik dan met geld doen, als ik het eenmaal heb? Weggooien?' En dan had ze een massa mensen opgenoemd wier prestaties of positie hun grote hoeveelheden geld opleverde: de koninklijke familie, voormalige rocksterren, bekende zakenlieden en ondernemers. 'Zij hebben huizen en auto's en boten en vliegtuigen, pap,' placht ze te zeggen. 'En ze zijn ook nooit alleen. En als je het mij vraagt zien ze er toch niet uit of ze ergens diep in hun binnenste een groot gat hebben.' Nicola kon erg overtuigend zijn wanneer ze iets wilde en hij kon haar niet laten inzien dat ze slechts de buitenkant zag van het leven van de mensen wier bezittingen ze zo bewonderde. Wie ze vanbinnen waren, en wat ze voelden, was iets wat niemand dan zijzelf konden zien. En wanneer ze had gekregen waarom ze zo vurig had gevraagd, kon ze niet inzien dat het haar slechts kort voldoening schonk. Ze sloot zich af voor die wetenschap, omdat altijd weer het verlangen naar het volgende voorwerp waarvan ze dacht dat het haar ziel zou verrijken, in de weg stond.

Dit alles – wat ieder kind al moeilijk opvoedbaar zou maken – ging gepaard met Nicola's aangeboren neiging om op het randje te leven. Die neiging had ze van hem geleerd, door hem al die jaren van undercoverwerk van persoonlijkheid te zien veranderen en door te luisteren naar de verhalen die door zijn collega's werden verteld tijdens huiselijke etentjes waarbij te veel wijn werd geschonken. Andy en zijn vrouw hadden hun dochter niets laten merken van de andere kant van die dappere daden die haar zo aanspraken. Ze had nooit iets afgeweten van de persoonlijke prijs die haar vader ervoor had betaald toen zijn gezondheid achteruitging doordat zijn geest zich niet in verschillende vakjes kon verdelen, in wie hij was en wie hij, gedwongen door zijn werk, moest zijn. Ze moest haar vader zien als sterk, compleet en onbedwingbaar. Iets anders zou haar beroven van haar zekerheden, hadden ze aangenomen.

Daarom was het niet meer dan natuurlijk dat Nicola er geen problemen mee had gehad toen het erop aankwam hem de waarheid te vertellen over haar toekomstplannen. Ze had hem opgebeld en gevraagd of hij naar Londen wilde komen. 'Laten we een vader-dochterafspraak maken,' had ze gezegd. Opgetogen omdat hij dacht dat zijn mooie dochter wat extra tijd met hem wilde doorbrengen was hij naar Londen gegaan. Ze hadden hun afspraak gemaakt – ze mocht alles doen wat ze wilde, had hij haar gezegd – en hij zou vast wat spullen van haar meenemen naar Derbyshire, omdat ze daar gedurende de zomer zou komen werken. Toen hij in haar keurige zitslaapkamer had rondgekeken, in zijn handen had gewreven en haar had gevraagd wat hij voor haar in de landrover moest zetten, had ze hem de waarheid verteld.

Ze was begonnen met: 'Ik ben van plan veranderd wat dat werk voor Will betreft. Ik ben ook van gedachten veranderd over mijn rechtenstudie. Daarover wilde ik met je praten, pap. Hoewel,' met een lachje, en god, wat was ze mooi wanneer ze lachte, 'ons uitstapje geweldig was. Ik was nog nooit naar het Planetarium geweest.'

Ze had thee voor hem gezet, gevraagd of hij wilde gaan zitten terwijl ze een schaaltje broodjes voor hem had neergezet die ze uit een doos van Marks and Spencer had gehaald, en gezegd: 'Ben je ooit met SM in aanraking gekomen toen je undercover werkte, pap?'

Eerst had hij gedacht dat ze een beleefd gesprek met elkaar voerden: herinneringen van een ouder wordende vader die werden opgeroepen door de naïeve vragen van zijn dochter. Hij had niet veel met SM te maken gehad, zei hij haar. Dat werd behandeld door een andere afdeling van de Yard. O, hij was wel een paar maal in SM-clubs en -winkels geweest en dan was er dat feest geweest waar een gekke kerel die zich had verkleed als schoolmeisje, aan een kruis met een zweep werd geslagen. Maar dat was het wel zo ongeveer. Godzijdank, omdat er dingen in het leven waren die iemand het gevoel gaven dat ze zo smerig waren dat een eenvoudig bad ze niet kon verjagen, en sadomasochisme stond boven aan zijn lijst.

'Het is gewoon een levensstijl, pap,' had Nicola tegen hem gezegd, terwijl ze een broodje ham pakte en er in gedachten van begon te eten. 'Het verbaast me dat je het veroordeelt, na alles wat je hebt meegemaakt.'

'Het maskeert een ziekte,' zei hij tegen zijn dochter. 'Die mensen hebben problemen die ze niet onder ogen durven zien. Ze denken dat perversie het antwoord is, terwijl het aldoor slechts een deel is van wat hun scheelt.'

'Dat is wat je dénkt,' bracht Nicola vriendelijk naar voren. 'In werkelijkheid zou het toch iets heel anders kunnen zijn? Wat jij een afwijking noemt kan iemand anders volkomen normaal vinden. In hun ogen zou jij wel eens degene met een afwijking kunnen zijn.'

Hij nam aan dat het zou kunnen, gaf hij toe. Maar werd normaal niet bepaald door de aantallen? Was dat niet wat het woord norm eigenlijk betekende? Werd de norm niet vastgesteld door wat de meeste mensen deden?

'Dan zou kannibalisme normaal moeten zijn, pap, onder kannibalen.'

'Onder kannibalen? Ja, ik geloof het wel.'

'Als een groep mensen onder de kannibalen besluit dat ze geen mensenvlees willen eten, zijn die dan abnormaal? Of kunnen we zeggen dat hun smaak een verandering heeft ondergaan? En als iemand uit onze maatschappij bij de kannibalen gaat wonen en ontdekt dat hij mensenvlees wil eten maar dat hij zich daar niet van bewust was, is hij dan abnormaal? En in wiens ogen?'

Bij die woorden had Andy geglimlacht. Hij had gezegd: 'Je wordt een prima advocaat.'

Na die opmerking was de hel losgebarsten.

'Daar wilde ik het over hebben, pap,' was ze begonnen. 'Wat die rechtenstudie betreft...'

Ze was begonnen met haar besluit om niet bij Will Upman te gaan werken, maar in plaats daarvan de zomer in Londen door te brengen. Eerst had hij gedacht dat ze bedoelde dat ze een leukere baan had gevonden, bij een firma in de stad. Misschien, dacht hij hoopvol, heeft ze wel iets gevonden bij een van de Ordes van Advocaten. Hij had niet durven dromen dat ze daar terecht zou komen, maar hij was niet blind voor het feit dat zo'n positie een compliment voor zijn dochter betekende. Hij had gezegd: 'Ik ben natuurlijk teleurgesteld. Je moeder zal het ook zijn. Maar we hebben Will altijd beschouwd als een mogelijkheid, als er zich niets beters voordeed. Wat ga je doen?'

Ze had het hem verteld. Eerst had hij gedacht dat ze een grapje maakte, hoewel Nicola nooit een kind was geweest dat grapjes maakte wanneer het erom ging wat ze wilde doen. Om precies te zijn, ze had haar bedoelingen altijd heel duidelijk gemaakt, zoals ze dat nu ook deed, op die dag in Islington. Hier is het plan, daar gaat het om, dat wil ik ermee bereiken.

'Ik vond dat je het moest weten,' had ze tot slot gezegd. 'Je hebt er recht op, omdat je mijn studie hebt betaald. Trouwens, ik ben van plan om het je terug te betalen.' Weer die lach, die lieve, razendmakende Nicola-lach die altijd gepaard was gegaan met iets wat ze als een fait accompli aankondigde. Ik loop weg, had ze tegen haar ouders gezegd wanneer ze een onredelijk verzoek hadden geweigerd. Ik kom vandaag niet thuis uit school. Eerlijk gezegd ga ik helemaal niet naar school. Denk maar niet dat ik thuis kom eten. Of dat ik morgenochtend aan het ontbijt zit. Ik loop weg. 'Ik heb het geld om je terug te betalen voor het einde van de zomer. Ik zou het al gehad hebben, maar ik heb attributen moeten kopen en die zijn erg duur. Trouwens, wil je ze zien?'

Hij was blijven geloven dat het een soort grap was. Zelfs toen ze haar uitrusting tevoorschijn had gehaald en het gebruik van elk obsceen voorwerp had uitgelegd: de leren zwepen, de banden, bezet met verchroomde spijkertjes, de

485

maskers en de handboeien, de kettingen en de halsbanden. 'Weet je, pap, sommige mannen kunnen gewoon niet klaarkomen tenzij er pijn of vernedering aan te pas komt,' had ze tegen haar vader gezegd, alsof hij niet jarenlang blootgesteld was geweest aan zo ongeveer elke vorm van menselijke afwijkingen. 'Ze willen seks – nou, dat is natuurlijk, nietwaar? Ik bedoel, dat willen we toch allemaal? – maar tenzij die verbonden is met vernedering of pijn, vinden ze er geen bevrediging in, of kunnen ze het zelfs niet doen. En dan zijn er anderen, die de behoefte schijnen te voelen om ergens voor te boeten. Het is alsof ze een zonde hebben begaan en als ze nu maar hun medicijn slikken zoals van hen wordt verwacht, zes flinke klappen voor stoute jongens of iets dergelijks, zijn ze gelukkig, ze hebben vergeving gevonden en ze kunnen doorgaan met wat ze deden. Ze gaan naar huis, naar hun vrouw en kinderen en ze voelen zich, nou, ze voelen zich... Ik denk dat het verschrikkelijk raar lijkt om het te zeggen, maar ze schijnen zich verkwikt te voelen.' Ze scheen iets op het gezicht van haar vader te lezen, toen, wat maakte dat haar eigen gezicht zich tot een glimlach plooide, omdat ze haar hand uitstrekte over de tafel waaraan ze zaten en ernstig Andy's gebalde vuist ermee bedekte. 'Pap, ik ben altijd de meesteres. Dat weet je toch? Ik zal nooit iemand met me laten doen wat ik doe... Nee, daar ben ik gewoonweg niet in geïnteresseerd. Ik doe het omdat het fantastisch veel geld oplevert, echt ongelooflijk, en nu ik jong ben, er goed uitzie en sterk genoeg ben om het acht of negen keer op een dag te doen...' Ze lachte ondeugend, toen ze het laatste voorwerp pakte om aan hem te laten zien. 'De paardenstaart is feitelijk het belachelijkste. Je kunt je niet voorstellen hoe mal een vent van zeventig er uitziet wanneer dit ding uit zijn... nou, je weet wel, hangt.'

'Zeg het,' zei hij, toen hij eindelijk zijn stem teruggevonden had.

Ze had hem niet-begrijpend aangekeken, terwijl de zwarte, plastic plug met leren franje aan haar prachtige, slanke hand bungelde. 'Wat?'

'Het woord. Het hangt uit zijn... wat? Als je het niet kunt zeggen, hoe kun je het dan doen?'

'O. Dát. Nou, ik zeg het alleen maar niet omdat je mijn vader bent.'

Toen ze dat toegaf was er iets in hem geknapt, een laatste spoortje zelfbeheersing en een ouderwetse terughoudendheid die was ontstaan uit levenslange verdringing. 'Kont!' had hij geschreeuwd. 'Het hangt verdomme uit zijn kónt, Nick,' en hij had alle martelwerktuigen die ze had uitgestald zodat hij ze kon bekijken, van tafel geveegd.

Nicola besefte – eindelijk – dat ze de zaak te ver had doorgedreven. Ze deinsde voor hem terug toen hij zijn woede, zijn onbegrip en zijn wanhoop de vrije loop liet. Hij gooide meubels om, smeet serviesgoed aan diggelen en scheurde haar studieboeken uit de band. Hij had de angst in haar ogen gelezen en hij had teruggedacht aan die keren in het verleden dat hij angst bij haar had kunnen oproepen en had verkozen om het niet te doen. Dat maakte hem nog razender, tot de enorme verwoesting die hij in haar zitslaapkamer aanrichtte zijn dochter ineen liet krimpen tot een zielig hoopje zijde, suède en linnen, waaruit haar kleding bestond. Ze was in een hoek weggedoken met haar armen over haar hoofd en dat was niet genoeg voor hem. Hij smeet de walgelijke attributen naar haar toe en hij bulderde: 'Ik zie je nog liever dood voor ik het je laat doen!'

Pas later, toen hij de tijd had gehad om zich in Nicola's gedachtegang te verplaatsen, besefte hij dat er een andere manier was om zijn dochter ervan te weerhouden het nieuwe leven te leiden dat ze had gekozen. Er was Will Upman en de mogelijkheid dat hij met haar zou doen wat hij, volgens zijn reputatie, met zoveel andere vrouwen deed. Daarom had hij haar twee dagen na zijn bezoek aan Londen opgebeld en haar een voorstel gedaan. En Nicola, die begreep dat ze in Derbyshire meer kon verdienen dan in Londen, was bereid een compromis te sluiten.

Hij had uitstel gekocht, dacht hij. En ze hadden niet meer gesproken over wat er die dag in Islington tussen hen was voorgevallen.

Ter wille van Nancy had Andy de hele zomer geprobeerd om te doen alsof alles uiteindelijk goed zou komen. Als Nick die herfst weer naar college zou gaan, zou hij feitelijk bereid zijn geweest om tot zijn dood toe te doen alsof er in Islington nooit iets was gebeurd.

'Je mag je moeder hier niets van vertellen,' had hij tegen zijn dochter gezegd toen ze hun afspraak hadden gemaakt.

'Maar pap, mammie…'

'Néé. Verdomme, Nick, ik ga hier niet over in discussie. Ik wil dat je me je woord geeft dat je over dit alles zwijgt wanneer je thuiskomt. Is dat volkomen duidelijk? Want als hiervan ook maar één gefluisterd woord je moeder ter ore komt, krijg je geen cent van me, en dat meen ik. Dus geef me je woord erop.'

Ze had het gedaan. En als er íéts was wat de smerigheid van Nicks leven en de verschrikking van haar dood kon verzachten, was het dat Nancy de wetenschap van wat dat leven inhield, bespaard was gebleven.

Nu dreigde die wetenschap Andy's wereld echter nog meer te verwoesten. Hij had zijn dochter verloren aan vernedering en smeerlapperij. Hij was niet van plan zijn vrouw te verliezen aan de smart en de pijn die ze zou voelen wanneer ze het wist.

Hij zag dat er slechts één manier was om het wiel van Nicola's dood midden in zijn verwoestende omwenteling stop te zetten. Hij kon alleen maar bidden dat hij er op het laatste moment ook de moed voor kon opbrengen.

Wat deed het ertoe dat er nóg iemand met zijn leven voor zou boeten? Mannen waren voor minder gestorven als het om een goede zaak ging. Vrouwen ook.

Midden op de maandagochtend was Barbara's kennis met betrekking tot boogschieten aanzienlijk uitgebreid. In de toekomst zou ze met de beste schutters kunnen debatteren over de verdiensten van kunststof- in plaats van natuurveren, of de verschillen tussen long, *compound* en *recurve* bows. Maar om een stap dichter te komen bij het moment waarop ze de Wilhelm Tell-medaille op Matthew King-Ryders borst kon spelden... daarmee had ze minder geluk gehad.

Ze had Jason Harleys lijst doorgenomen. Ze had zelfs via de telefoon elke naam op die lijst waar een adres in Londen bij hoorde, nagetrokken om te zien of King-Ryder een pseudoniem gebruikte. Maar na drie uur was ze nog geen stap verder gekomen met de lijst. De catalogus, hoewel die haar voorraad onderwerpen voor die momenten op feestjes wanneer mensen hun hoofd afpijnigen op zoek naar een bijdrage aan de conversatie had vergroot, had evenmin iets opgeleverd. Dus toen de telefoon ging en ze Helen Lynley aan de lijn kreeg die haar vroeg of ze naar Belgravia kon komen, ging ze maar al te graag op de uitnodiging in. Helen was in elk geval heel precies wat betreft de tijden waarop er werd gegeten en het liep tegen lunchtijd, terwijl er in de koelkast niet veel meer lag dan nog meer kant-en-klare maaltijden zoals lamsvlees rogan josh. Barbara was wel toe aan iets anders.

Binnen een uur was ze in Eaton Terrace. Helen deed zelf open. Ze zag er, zoals gewoonlijk, perfect uit in een keurige, beige broek en een mosgroene blouse. Bij het zien van Helen voelde Barbara zich als een brok beschimmelde kaas. Omdat ze zich bij de Yard had ziekgemeld, had ze zich met nog minder zorg gekleed dan haar gewoonte was. Ze droeg een wijd, grijs T-shirt op een zwarte legging en haar blote voeten staken in hoge, rode gympen.

'Let maar niet op hoe ik eruitzie, ik ben incognito,' zei ze tegen Lynleys vrouw.

Helen lachte. 'Bedankt dat je zo gauw gekomen bent. Ik had wel naar jou toe willen komen, maar ik dacht dat je misschien liever in deze buurt wilde blijven wanneer we klaar zijn.'

Klaar? dacht Barbara. Geweldig nieuws. Dan wás er een lunch in het vooruitzicht.

Helen liet Barbara binnen en ze riep: 'Charlie? Barbara is er. Heb je al gelunchd, Barbara?'

'Nou, nee,' zei Barbara en ze voegde eraan toe: 'Ik bedoel, niet echt,' omdat ze in alle eerlijkheid gedwongen was toe te geven dat geroosterd brood met romige Chicken Tonight knoflooksaus bij wijze van een laat ontbijt in sommige kringen als een vroege lunch zou kunnen worden beschouwd.

'Ik moet weg, Pen komt vanmiddag zonder kinderen uit Cambridge en we hebben afgesproken om in Chelsea te gaan eten, maar Charlie kan een broodje of een salade voor je maken als je je licht in het hoofd voelt.'

'Ik overleef het wel,' zei Barbara, hoewel het zelfs in haar eigen oren weifelend klonk.

Achter Helen aan liep ze naar de fraai ingerichte salon, waar ze zag dat de kast die Lynleys stereo-installatie bevatte, openstond. Alle lampjes brandden en er lag een cd-hoesje op de tuner. Helen voeg Barbara te gaan zitten en ze koos dezelfde plaats waar ze de vorige middag had gezeten, voor Lynley haar van de zaak af had gehaald.

Ze zei: 'Ik neem aan dat de inspecteur veilig in Derbyshire is aangekomen?' als neutrale gespreksopening.

Helen zei: 'Ik vind het zo ontzettend vervelend dat jullie ruzie hebben. Tommy is... nou, Tommy is gewoon Tommy.'

'Dat is ook een manier om het uit te drukken,' gaf Barbara toe. 'De mal is gebroken nadat hij erin was gegoten, zoveel is zeker.'

'We willen graag dat je ergens naar luistert,' zei Helen.

'Jij en de inspecteur?'

'Tommy? Nee, hij weet hier niets van.' Helen leek iets op Barbara's gezicht te lezen, omdat ze er haastig en nogal duister aan toevoegde: 'We weten niet zeker wat we precies aan moeten met wat we hebben. Dus ik zei: "Zullen we Barbara bellen?"'

'We,' zei Barbara.

'Charlie en ik. Ha, daar is hij. Laat het Barbara maar horen, alsjeblieft, Charlie?'

Denton begroette Barbara en gaf haar wat hij bij zich had toen hij de kamer in kwam: een blad met een bord waarop een sappig stuk kippenborst lag genesteld in een berg driekleurige pasta. Een glas witte wijn en een broodje vergezelden het geheel. Een linnen servet omhulde het bijpassende bestek op een artistieke manier. 'Ik dacht dat je wel een hapje zou lusten,' zei hij tegen haar. 'Ik hoop dat je van basilicum houdt.'

'Dat noem ik het antwoord op het gebed van een jong meisje.'

Denton grinnikte. Hij liep naar de kast en Barbara viel op haar lunch aan. Helen ging naast Barbara op de bank zitten, terwijl Denton in de weer ging met knopjes en wijzertjes. Hij zei: 'Luister hier eens naar.'

Barbara luisterde, kauwend op Dentons onovertroffen kip en toen een orkest begon met een indringende intro van houtblazers bedacht ze zich dat er beslist een slechtere manier was om een middag door te brengen.

Een bariton begon te zingen. Barbara ving iets van de woorden op, maar niet alles:

... to live, to live, to live onward or die
the question lingers in the mind till mankind questions why
to die, to die, to end the aching heart
to nevermore be shocked and scored as flesh accepts its part
in what it is to be a man, vows made in haste, afraid
why not take death into my breast, eternal sleep within my grave
to sleep, that sleep, the terrors waiting there
what dreams may come to men asleep who think without a care
that they've escaped the whips, the scorns that time brings those who live
That sleep allows a peace to grow within a man who can't forgive...

'Het is mooi,' zei Barbara tegen Denton en Helen. 'Het is echt fantastisch. Ik heb het nog nooit gehoord.'

'Daarom niet.' Helen gaf haar de bruine envelop die Barbara zelf naar Eaton Terrace had gebracht.

Toen Barbara de stapel papier eruit liet glijden zag ze dat de envelop nog steeds de handgeschreven bladen muziek bevatte die mevrouw Baden haar had gegeven. Ze zei: 'Ik begrijp het niet.'

'Kijk.' Helen vestigde Barbara's aandacht op het eerste blad. Even later kon Barbara volgen wat de bariton zong. Ze las de titel van de song boven aan de pagina, *What Dreams May Come,* en ze verwerkte het feit dat de song met zijn eigen hand was geschreven met zijn onmiskenbare handtekening erboven gekrabbeld: Michael Chandler.

Haar eerste reactie was diepe teleurstelling. Ze zei: 'Verdomme,' nu haar theorie over het motief voor de moorden in Derbyshire in duigen viel. 'Dus de muziek is al uitgebracht. Dat is een serieuze aanslag op mijn gedachtegang.' Want het had zeker geen zin dat Matthew King-Ryder Terry Cole en Nicola Maiden vermoord zou hebben, om nog maar niet te spreken van de aanval op Vi Nevin, als de muziek waar hij verondersteld was achteraan te zitten, al was uitgebracht. Hij kon geen splinternieuwe productie uitbrengen met oude muziek. Hij kon er alleen een heropvoering van maken. En dat was niet de moeite waard om er een moord voor te plegen, omdat de opbrengst van het opnieuw uitbrengen van een werk van Chandler en King-Ryder besteed zou worden overeenkomstig de voorwaarden van zijn vaders testament.

Ze wilde de muziek op de salontafel leggen, maar Helen hield haar tegen met een hand op haar arm. 'Wacht,' zei ze. 'Ik geloof niet dat je het begrijpt. Charlie? Laat het haar eens zien.'

Denton gaf haar twee dingen: het ene was het doosje van de cd die op stond, het andere was een schouwburgprogramma, zo een dat de koper meestal een smak geld kost. Zowel op de cd als op het programma stond het woord *Hamlet* gedrukt. En op de cd stond bovendien: 'Tekst en muziek: David King-Ryder'. Barbara bleef enkele seconden naar die laatste mededeling staren terwijl langzaam tot haar doordrong wat dit alles betekende. Die betekenis kwam neer op één enkel, heerlijk feit: eindelijk had ze Matthew King-Ryders onbetwistbare motief voor moord.

Hanken stond erop. Hij wilde het gastenboek van de Black Angel en hij zou geen plezierige man zijn om bij je in de buurt te hebben vóór hij het had. Lynley kon met hem meegaan op de expeditie, of hij kon in zijn eentje naar Broughton Manor gaan, wat Hanken hem niet aanried, omdat hij niets had om een huiszoekingsbevel voor Broughton Manor los te krijgen en hij niet dacht dat de Brittons iemand aan hun gezamenlijke boezem zouden drukken die de waardeloze rotzooi van een paar honderd jaar familiegeschiedenis zou willen doorspitten.

'Er is een team van twintig man nodig om daar rond te kijken,' zei Hanken. 'Als het moet zullen we het doen. Maar ik durf er heel wat onder te verwedden dat het niet nodig zal zijn.'

Ze kregen in buitengewoon korte tijd het hotelregister in hun bezit. Terwijl Lynley naar Londen belde om Nkata op te dragen hem Barbara's resultaten van het onderzoek naar SO10 door te faxen, nam Hanken de registratiekaarten van het hotel mee naar de bar, waar varkensvlees met appel voor de lunch op het menu stond. Toen Lynley zich bij hem voegde met de fax van Barbara's rapport, at zijn collega de specialiteit van de dag, terwijl hij tegelijkertijd door de kaarten ging. Een tweede, dampend bord met een soortgelijke maaltijd, stond tegenover hem, met een glas bier ernaast.

'Bedankt,' zei Lynley, en overhandigde hem de fax.

'Je moet altijd het dagmenu nemen,' was Hankens raadgeving. Hij knikte naar de papieren die Lynley in zijn hand hield. 'Wat hebben we daar?'

Lynley dacht niet dat ze iets hadden, maar hij herinnerde zich drie namen waarvan hij moest toegeven, zelfs tegen zijn eigen vooroordelen in, dat ze de moeite waard waren om nader te bekijken. Een van hen was een voormalige verklikker van Maiden. Twee anderen waren schimmige tweederangsfiguren die aan de rand van Maidens onderzoeken hadden geopereerd maar nooit in de gevangenis hadden gezeten. Ben Venables was de verklikker, Clifford Thompson en Gar Brick waren de anderen.

Tijdens hun rit naar de Black Angel had Hanken een nieuwe theorie uitgedacht. Maiden, zei hij, was veel te slim om zijn eigen dochter persoonlijk te vermoorden, hoe graag hij haar ook dood wilde hebben. Hij zou het karwei hebben uitbesteed aan een van de schurken uit zijn verleden en dan zou hij de politie een rad voor ogen hebben gedraaid door te zeggen dat het een moord uit wraak was, om hun aandacht op de boeven te richten die óf in de gevangenis zaten óf voorwaardelijk waren vrijgelaten, terwijl alle anderen die met Maiden in conflict waren geweest maar geen reden hadden om zich op hem te wreken, aan de aandacht van de politie zouden ontsnappen. Het was een slim plan. Daarom wilde Hanken dat SO10-rapport om te zien of er namen in stonden die overeenkwamen met iemand die zich in het hotel had laten inschrijven.

'Je ziet toch hoe het gegaan kan zijn?' vroeg Hanken aan Lynley. 'Nadat Maiden die vent had ingehuurd, hoefde hij hem alleen maar aan te wijzen waar het meisje ging kamperen. En hij wist waar ze haar kamp zou opslaan, Thomas. Dat hebben we van het begin af aan gezien.'

Lynley wilde ertegenin gaan, maar hij deed het niet. Andy Maiden zou de eerste zijn om te begrijpen hoe riskant het was om een huurmoord te regelen. Dat hij het kon hebben gedaan om zich te ontdoen van een kind wiens levensstijl hij niet kon accepteren, was een ondenkbare veronderstelling. Als de man Nicola uit de weg had willen ruimen omdat hij haar niet kon dwingen haar leven te veranderen, zou hij niet iemand anders hebben gezocht om het voor hem op te knappen, zeker niet iemand die gemakkelijk zou door-slaan tijdens een ondervraging en dan met de vinger naar hem zou wijzen. Nee. Lynley wist dat, als Andy Maiden zijn dochter uit de weg had willen ruimen, hij het zelf zou hebben gedaan. En ze hadden totaal geen bewijs dat erop duidde dat hij het gedaan had.

Lynley nam zo nu en dan een hap van zijn maaltijd terwijl Hanken het verslag las. Zijn collega werkte zijn eigen eten gulzig naar binnen. Hij was tegelijk klaar met het rapport en de maaltijd en hij zei: 'Venables, Thompson en Brick,' op indrukwekkende wijze tonend dat hij tot dezelfde conclusie was gekomen als Lynley. 'Maar ik vind dat we het hotelregister op alle namen moeten controleren.'

Dat deden ze. Ze namen de kaarten van de afgelopen week en vergeleken de namen van alle hotelgasten gedurende die periode met de namen in Havers' rapport. Omdat het verslag meer dan twintig jaar van Andy Maidens politie-loopbaan omspande, vergde het geruime tijd. Maar aan het eind van hun onderzoek bevonden ze zich in dezelfde positie als toen ze ermee waren begonnen. Geen enkele naam kwam overeen.

Het was Lynley die opmerkte dat iemand die was gekomen om Nicola Maiden te vermoorden, zich toch niet in een plaatselijk hotel zou hebben laten inschrijven en zijn eigen naam hebben gebruikt. Hanken zag daar de redelijkheid van in. Maar liever dan die redelijkheid te gebruiken om het idee van een huurmoordenaar die in het hotel had gelogeerd en het jack en de poncho had achtergelaten, te laten varen, zei hij vaag: 'Natuurlijk. Laten we naar Buxton gaan.'

En Broughton Manor dan? wilde Lynley weten. Lieten ze dat schieten ten gunste van... wat? Een jacht op iemand die misschien niet eens bestond?

'De moordenaar bestaat, Thomas,' antwoordde Hanken. Hij stond op. 'En ik heb zo'n gevoel dat we hem via Buxton op het spoor zullen komen.'

Barbara keek Helen aan en ze zei: 'Maar waarom heb je mij gebeld? Waarom niet de inspecteur?'

Helen zei: 'Dank je, Charlie. Wil jij ervoor zorgen dat die boeken met behangstalen bij Harrods terugkomen? Ik heb mijn keus gemaakt. Die is gemerkt.'

Denton knikte, zei: 'Het komt in orde', en verdween de trap op, nadat hij de stereo had uitgezet en zijn cd uit de speler had gehaald.

'Godzijdank houdt Denton van West End-buitensporigheden,' zei Helen toen ze met Barbara alleen was. 'Hoe beter ik hem leer kennen, des te meer ik merk hoe waardevol hij is. Wie had kunnen denken dat het zo zou gaan, want toen ik met Tommy trouwde vroeg ik me af hoe ik me zou voelen met de huisbediende van mijn echtgenoot, of hoe je Charlie Denton dan ook mag noemen, om me heen hangend als een negentiende-eeuwse bewaker. Maar hij is onvervangbaar. Dat heb je net gezien.'

'Waarom, Helen?' vroeg Barbara, niet van haar onderwerp afgebracht door de luchtige opmerkingen van haar gastvrouw.

Helens gezicht werd zachter. 'Ik hou van hem,' zei ze. 'Maar hij heeft niet altijd gelijk. Dat heeft niemand.'

'Hij zal het niet prettig vinden dat je mij hierbij hebt gehaald.'

'Ja. Nou, dat zie ik dan wel wanneer het zover is.' Helen wees naar de muziek. 'Wat maak je eruit op?'

'In het licht van de moord?' Toen Helen knikte, dacht Barbara na over alle mogelijke antwoorden. David King-Ryder, herinnerde ze zich, had zelfmoord gepleegd op de premièreavond van zijn productie van *Hamlet*. Uit de woorden van zijn zoon had ze opgemaakt dat King-Ryder diezelfde avond moest hebben geweten dat de voorstelling een overweldigend succes was. Niettemin had hij zich van het leven beroofd en toen Barbara dit feit niet alleen koppelde aan de ware herkomst van de muziek en de tekst, maar ook aan het verhaal dat Vi Nevin haar had verteld over hoe Terry Cole de muziek in handen had gekregen, kon ze slechts tot één conclusie komen. Iemand had geweten dat David King-Ryder noch de muziek, noch de tekst had geschreven van de show die hij onder zijn eigen naam uitbracht. Die persoon had het geweten omdat diezelfde persoon op de een of andere manier de hand had weten te leggen op het origineel. Het telefoontje dat Terry Cole in Elvaston Place had onderschept had plaatsgevonden in juni, toen *Hamlet* net was uitgebracht. Daarom leek het een redelijke gevolgtrekking dat het bewuste telefoontje niet bestemd was geweest voor Matthew King-Ryder, die maar al te graag een show wilde uitbrengen die niet onder de bepalingen van zijn vaders testament viel, maar voor David King-Ryder zelf, die wanhopig graag die muziek terug wilde hebben om voor de wereld het simpele feit te verbergen dat het niet zijn eigen werk was.

Waarom zou King-Ryder anders zelfmoord gepleegd hebben, tenzij hij slechts vijf minuten te laat bij die telefooncel was gekomen om dat gesprek aan te nemen? Waarom zou hij anders zelfmoord hebben gepleegd tenzij hij geloofde dat hij, ondanks dat hij een afperser had betaald die hem zou bellen met aanwijzingen waar hij 'het pakje kon ophalen', tot in eeuwigheid gechanteerd zou worden? Of, nog erger, dat het bekend zou worden bij dezelfde roddelbladen die hem jarenlang de grond in hadden geschreven. Natuurlijk pleegde hij zelfmoord, dacht Barbara. Hij kon op geen enkele manier weten dat Terry Cole het telefoontje had aangenomen dat voor hém bestemd was. Hij kon op geen enkele manier weten hoe hij contact moest opnemen met de afperser om te zien wat er was misgegaan. Dus toen dat telefoontje niet was gekomen in die cel op Elvaston Place, nadat hij er eindelijk naartoe had kunnen gaan, moest hij gedacht hebben dat het afgelopen was met hem.

De vraag restte: wie had David King-Ryder afgeperst? Er was slechts één antwoord dat in de verte redelijk leek: zijn eigen zoon. Daar was bewijs voor, al was het indirect. Matthew King-Ryder wist al voor de zelfmoord van zijn vader dat hij niets zou krijgen wanneer David King-Ryder stierf. Als hij het King-Ryder Fonds zou gaan beheren, en dat had hij toegegeven toen Barbara met hem sprak, zou hij op de hoogte moeten zijn gebracht van de bepalingen van zijn vaders testament. Dus de enige manier om de hand te kunnen leggen op een deel van het geld van zijn vader was hem dat af te persen.

Barbara legde dit alles aan Helen uit. Toen ze was uitgesproken vroeg Lynleys vrouw: 'Maar heb je daar bewijzen voor? Omdat je zonder bewijs...' Haar gezichtsuitdrukking zei de rest: ... nergens bent, beste meid.

De vraag bleef in Barbara's hoofd rondtollen terwijl ze de rest van de lunch opat die Denton voor haar had klaargemaakt. Ze vond het antwoord in een korte terugblik op haar bezoek aan King-Ryder in zijn appartement in Baker Street.

'Het huis,' zei ze tegen Lynleys vrouw. 'Helen, hij ging verhuizen. Hij zei dat hij eindelijk het geld bij elkaar had om een huis te kopen ten zuiden van de rivier.'

'Ten zuiden van de rivier...? Kan hij niet gewoon hebben gespaard om daar een woning te kopen? Ik bedoel...' Helen leek beslist niet op haar gemak en Barbara vond het aardig van haar dat ze er moeite mee had om de aandacht te vestigen op Lynleys aanzienlijke rijkdom. Je zou emmers vol geld nodig hebben om zelfs maar een kast te kopen in Belgravia. Maar de zuidelijke oever van de rivier, waar minderbedeelde stervelingen hun huizen kochten, zou geen probleem opleveren. King-Ryder zou jarenlang kleine bedragen kunnen hebben gespaard om daar een huis te kopen. Daar kon Barbara inkomen.

Toch zei ze: 'Er is geen andere verklaring voor wat King-Ryder heeft gedaan: liegen over wat er gebeurde toen Terry Cole bij hem op kantoor kwam, Terry's flat in Battersea doorzoeken, een van Cilla Thompsons afschuwelijke schilderijen kopen, naar Vi Nevins woning gaan om die overhoop te halen. Hij wil die muziek hebben. Hij moet die muziek in handen krijgen en daar zal hij alles voor doen. Zijn vader is dood, en dat is zijn schuld. Hij wil niet dat de herinnering aan die arme man ook nog eens besmeurd wordt. Hij wil een deel van zijn vaders geld, dat staat vast. Maar hij wil zijn nagedachtenis niet onteren.'

Helen dacht hierover na, terwijl ze met haar vingers over de plooi van haar vlotte, beige broek streek. 'Ik zie hoe het in elkaar past,' gaf ze toe. 'Maar het bewijs dat hij een afperser is, laat staan een moordenaar...?' Ze keek op en ze spreidde haar handen alsof ze wilde zeggen: waar is het?

Barbara dacht na over wat ze van King-Ryder wist, behalve dat wat ze wist over de voorwaarden van zijn vaders testament. Terry was hem gaan opzoeken, hij had Terry's flat doorzocht, hij was naar de studio aan Portslade Road gegaan. 'De cheque,' zei ze. 'Hij heeft een cheque uitgeschreven voor Cilla Thompson toen hij een van haar nachtmerrie-in-de-spoorwegarcades schilderijen kocht.'

'Ja,' zei Helen voorzichtig. 'Maar waar brengt dat jou?'

'Naar Jersey,' zei Barbara met een glimlach. 'Cilla heeft een kopie van de cheque gemaakt, waarschijnlijk omdat ze nog nooit van haar leven één doek had verkocht en ze een herinnering aan die gelegenheid wil hebben omdat je wel kunt aannemen dat het nooit weer zal gebeuren. Het was een cheque van een bank in St. Helier. Nou, waarom zou onze vriend een bankrekening op de Kanaaleilanden hebben, tenzij hij geld moest wegsluizen, Helen? Zoiets als een aanbetaling van een paar duizend pond, misschien een paar honderdduizend, die hij zijn vader heeft afgeperst omdat die wilde dat een afperser zijn mond hield? Een bedrag waarvan hij wilde dat niemand er vragen over stelde? Dat is je bewijs.'

'Toch zijn het nog steeds veronderstellingen, nietwaar? Hoe kun je daar iets van bewijzen? Van die bank kun je geen gegevens loskrijgen. Wat ga je nu doen?'

Dat was inderdaad een probleem, dacht Barbara. Ze kon niets bewijzen. De politie zou geen toegang krijgen tot King-Ryders bankzaken, en zelfs als zij het op de een of andere manier voor elkaar kon krijgen, wat zou een groot bedrag dat vlak voor het telefoontje in juni gestort was, bewijzen, afgezien van iemands pogingen om te ontkomen aan de speurende ogen van de inkomstenbelasting?

Er was natuurlijk die voetafdruk op de vloer in Vi Nevins flat, die schoenzool met het zeskantige patroon. Maar als zo'n schoenzool even vaak bleek voor te komen als geroosterd brood op de ontbijttafel, wat zou dat bijdragen aan het onderzoek? Natuurlijk, King-Ryder zou overal in Vi Nevins woning sporen hebben achtergelaten. Maar was het waarschijnlijk dat hij zou willen meewerken als de politie hem vroeg om een paar haren of een buisje bloed voor een DNA-test? Zelfs al gaf hij hun alles, van teennagels tot tandfloss, dan zou het hem nog niet in verband brengen met de moorden in Derbyshire, tenzij de smerissen daar ook een hoeveelheid bewijsmateriaal op de plaats delict hadden aangetroffen.

Barbara wist dat haar meer te wachten stond dan een degradatie en van de zaak afgehaald worden, als ze inspecteur Lynley belde voor een gesprekje over het bewijsmateriaal in Derbyshire. Ze had zijn opdrachten genegeerd; ze was haar eigen weg gegaan. Hij had haar van het onderzoek afgehaald. Wat hij zou doen als hij erachter kwam dat ze zich weer met het onderzoek bemoeide, daaraan kon ze maar beter niet denken. Dus als ze wilde dat King-Ryder in staat van beschuldiging werd gesteld zou ze het min of meer in haar eentje moeten doen. Er bleef één kleinigheid over: hoe moest ze het aanpakken?

'Hij is zo verdomd slim geweest,' zei Barbara tegen Helen. 'Deze knaap is niet achterlijk, maar als ik een manier kan bedenken om hem een stap voor te blijven... als ik iets kan gebruiken van alles wat ik te weten ben gekomen...'

'Je hebt de muziek,' merkte Helen op. 'Daar zat hij van het begin af achteraan, nietwaar?'

'Hij heeft er in elk geval overal naar gezocht. Hij heeft de kampeerplaats overhoop gehaald. Hij heeft de flat in Battersea doorzocht. Hij heeft Vi's maisonnette gesloopt. Hij is net zolang in de studio van Cilla Thompson gebleven tot hij had uitgevonden of daar ergens een bergplaats was. Ik durf te zeggen dat we veilig mogen aannemen dat hij achter die muziek aan zit. En hij weet dat die niet bij Terry, Cilla of Vi lag.'

'Hij weet echter wel dat de muziek ergens moet zijn.'

Dat is waar, dacht Barbara. Maar waar, en bij wie? Wie was voor King-Ryder de grote onbekende die hem ervan kon overtuigen dat de muziek meer dan eens in andere handen was overgegaan en dat hij – King-Ryder – stappen moest ondernemen om die muziek te krijgen? En hoe kon verdomme het feit dat hij stappen ondernam om muziek te krijgen, waarvan hij kon ontkennen dat hij er iets van afwist, tevens dienen als het feit dat hem tot moordenaar bestempelde?

Krijg nou wat, dacht Barbara. Ze had het gevoel of haar hersens in atomen werden opgesplitst. Waar ze nu behoefte aan had was een gesprek met een collega. Wat ze nodig had was diepgaand overleg met iemand die niet alleen alle vangarmen van deze octopusmisdaad kon zien, maar die ook kon meedenken, de oplossing aandragen, deel uitmaken van de oplossing en zich verdedigen tegen King-Ryder als alles in een enkel ogenblik naar de bliksem dreigde te gaan.

Inspecteur Lynley was de voor de hand liggende keus. Maar daarvan kon geen sprake zijn. Dus ze had iemand als hij nodig. Ze had zijn kloon nodig. Ze moest iemand hebben die dacht als Lynley en die ze volkomen kon vertrouwen, niet iemand die...

Barbara kwam weer tot zichzelf en ze lachte. 'Natuurlijk,' zei ze.

Helen trok een wenkbrauw op. 'Heb je een idee?'

'Verdomd nog aan toe, ik krijg een ingeving.'

Het was al één uur toen het tot Nan Maiden doordrong dat haar man er niet was. Ze was druk bezig geweest de benedenverdieping van Maiden Hall weer op orde te brengen en ze had toezicht gehouden op het gereedmaken van de kamers voor de gasten. Ze had zich zo veel moeite gegeven om te doen alsof een onverwachte huiszoeking door de politie een onderdeel vormde van de normale dagelijkse gang van zaken, dat het haar niet was opgevallen wanneer Andy was verdwenen.

Toen hij niet in huis bleek te zijn nam ze eerst aan dat hij ergens op het terrein was. Maar toen ze een van de keukenhulpen vroeg om meneer Maiden te gaan zoeken en hem de boodschap te brengen dat de lunch gereed was, zei de jongen tegen haar dat Andy nog geen halfuur tevoren met de landrover was weggegaan.

'O, juist,' zei Nan en ze probeerde eruit te zien alsof dit onder de gegeven omstandigheden volkomen logisch gedrag was. Ze had ook geprobeerd om zichzelf ervan te overtuigen: omdat het onbegrijpelijk was dat Andy, na wat ze beiden hadden doorgemaakt, zou zijn weggegaan zonder een woord tegen haar te zeggen.

Ze had gezegd: 'Huiszoeking?' tegen de onbewogen inspecteur Hanken. 'Huiszoeking waarnaar? We hebben niets... we verbergen niets... U zult niets vinden...'

'Schat,' zei Andy. Hij had gevraagd het huiszoekingsbevel te mogen zien, en nadat hij het had bekeken had hij het teruggegeven. 'Je gaat je gang maar,' had hij tegen Hanken gezegd.

Nan wilde er niet aan denken wat het kon zijn waarnaar ze zochten. Ze wilde er niet over nadenken wat hun aanwezigheid betekende. Toen ze met lege handen waren vertrokken had ze zo'n opluchting gevoeld dat haar benen het onder haar dreigden te begeven en ze snel moest gaan zitten om niet op de grond in elkaar te zakken.

Toen de politie er niet in was geslaagd te vinden wat ze zochten verdween haar nervositeit, maar bezorgdheid kwam ervoor terug toen ze merkte dat Andy weg was. De bereidheid die hij had uitgesproken om iemand te zoeken die hem een test met de leugendetector kon afnemen hing hen nog steeds boven het hoofd en ondanks het feit dat niemand, noch bij de politie, noch bij de rechtbank, een dergelijke test als bruikbaar, laat staan accuraat, beschouwde, wist Nan hoe Andy's bereidwilligheid om eraan mee te werken kon worden uitgelegd.

'Hij denkt dat hij zich hieruit kan liegen,' zou de politie zeggen. 'Hij heeft jarenlang gelogen toen hij bij SO10 werkte. Hij denkt dat hij het nog wel een keer voor elkaar kan krijgen.'

Het deed er niet toe dat Andy's huidige lichamelijke conditie elke uitslag zou beïnvloeden. De politie zou aannemen dat, als een leugentest aantoonde dat een erkend, meesterlijk leugenaar werkelijk loog, de uitslag die het apparaat gaf zonder meer onjuist zou zijn.

Daar is hij naartoe gegaan, besloot Nan. Hij heeft iemand gevonden die hem die test kan afnemen. Deze huiszoeking op de Hall heeft hem ertoe gedreven. Hij is vastbesloten de test te ondergaan en zichzelf tegenover iedereen te bewijzen door iemand die bij het onderzoek betrokken is, er getuige van te laten zijn.

Ze moest hem tegenhouden. Ze moest hem laten inzien dat hij hen in de kaart speelde. Ze waren gekomen met een huiszoekingsbevel, in de wetenschap dat zo'n actie hem van streek zou brengen, en dat was gebeurd. Ze waren er beiden door van streek geraakt.

Nan beet op haar nagels. Als ze zich niet tijdelijk zo slap had gevoeld, had ze naar hem toe kunnen gaan, zei ze bij zichzelf. Dan hadden ze kunnen praten. Ze had hem naar zich toe kunnen trekken en zijn knagende geweten kunnen sussen en... nee. Daar wilde ze niet aan denken. Niet aan zijn geweten. Nooit aan zijn geweten. Ze wilde alleen denken aan wat ze kon doen om haar man van zijn plannen te laten afzien.

Ze besefte dat er één enkele mogelijkheid was. Ze liep naar de telefoon.

Ze durfde niet het risico te nemen om bij de receptie te bellen, dus ze liep naar boven, naar de privé-verdieping, om de telefoon naast hun bed te gebruiken. Ze had de hoorn al in haar hand en wilde juist het nummer intoetsen, toen ze het opgevouwen papiertje op haar kussen zag.

De boodschap van haar man bestond uit één zin. Nan Maiden las die en liet de hoorn uit haar hand vallen.

Ze wist niet waar ze naartoe moest gaan. Ze wist niet wat ze moest doen. Ze holde de slaapkamer uit. Ze vloog de trap af, met Andy's briefje in haar hand geklemd en zo veel stemmen in haar hoofd die om actie riepen, dat ze niet een zinnig woord eruit kon opmaken dat haar kon vertellen welke stap ze het eerst moest nemen.

Ze wilde iedereen aanklampen die ze zag: op de gastenverdieping, in de lounge, in de keuken, aan het werk in de tuin. Ze wilde schreeuwen: waar is hij help me wat gaat hij doen waar is hij naartoe gegaan wat betekent het dat hij... o, god, zeg het me niet omdat ik weet ik weet ik weet wat het betekent en ik heb het altijd geweten en ik wil het niet horen niet onder ogen zien niet voelen om me op de een of andere manier neer te leggen bij wat hij... nee nee nee... help om hem te vinden hélp me.

Ze merkte dat ze over het parkeerterrein holde voor ze besefte dat ze ernaartoe was gegaan en toen begreep ze dat haar lichaam haar hersens, die hadden opgehouden te functioneren, beheerste. Zelfs toen het tot haar doordrong wat ze moest doen zag ze wat haar al verteld was: de landrover stond er niet. Andy had die meegenomen omdat hij haar hulpeloos wilde achterlaten.

Ze wilde het niet accepteren. Snel draaide ze zich om en ze vloog terug naar het hotel, waar de eerste die ze zag een van de twee vrouwen uit Grindleford was – waarom had ze in vredesnaam altijd aan hen gedacht als aan de vrouwen uit Grindleford, alsof ze geen eigen naam hadden? – en ze klampte haar aan.

Nan wist dat ze er verwilderd uitzag. Ze voelde zich zeker verwilderd. Maar dat mocht er nu niet toe doen.

Ze zei: 'Je auto. Alsjeblieft,' en dat was zo ongeveer het enige wat ze kon uitbrengen omdat ze merkte dat ze onregelmatig ademhaalde.

De vrouw knipperde met haar ogen. 'Mevrouw Maiden? Bent u ziek?'

'De sleutels. Je auto. Alsjeblieft. Het gaat om Andy.'

Goddank was die mededeling voldoende. Enkele ogenblikken later zat Nan achter het stuur van een Morris die zo oud was dat de bestuurdersstoel bestond uit een dun laagje bekleding vlak boven de veren.

Ze startte de motor en reed de heuvel af. Haar enige gedachte was dat ze hem moest vinden. Waar hij naartoe was gegaan en waarom hij was weggegaan was iets waar ze niet bij wilde blijven stilstaan.

Barbara merkte dat het niet eenvoudig was om Winston Nkata ervan te overtuigen zich ermee te bemoeien. Hij had haar dan wel bij het onderzoek betrokken toen ze niet meer was dan een agente die op een volgende opdracht wachtte, terwijl hij zelf met Lynley naar Derbyshire was getogen. Maar het was voor haar iets heel anders om hém te vragen haar te helpen bij een deel van datzelfde onderzoek, nadat ze er uitgeschopt was. Het plan dat ze opperde om op vossenjacht te gaan was niet goedgekeurd door de man die hun meerdere was. Dus toen ze met Nkata sprak voelde ze zich een beetje als meneer Christian, terwijl haar collega nu niet bepaald klonk als iemand die een tochtje op de *Bounty* wilde maken.

Hij zei: 'Geen denken aan, Barb. Dit is heel link.'

Ze zei: 'Winnie. Het gaat maar om één telefoontje. En het is nu toch je lunchtijd? Tenminste, dat zou het kunnen zijn. Je moet toch eten. Dus kom naar me toe. We kunnen in de buurt iets gaan eten. We kunnen alles nemen wat je wilt. Ik betaal. Beloofd.'

'Maar de inspecteur…'

'… hoeft er niets van te weten als het op niets uitdraait,' maakte Barbara de zin voor hem af, eraan toevoegend: 'Winnie, ik heb je nodig.'

Hij aarzelde. Barbara hield haar adem in. Winston Nkata was geen man die zich overhaast ergens instortte, dus ze liet hem de tijd om haar verzoek van alle kanten te overwegen. En terwijl hij dacht, deed ze een schietgebedje. Als Nkata niet aan haar plan wilde meewerken, had ze geen idee wie ze er anders voor zou kunnen vragen.

Ten slotte zei hij: 'De inspecteur heeft gevraagd om je rapport van CRIS naar hem door te faxen, Barb.'

'Zie je nu wel?' antwoordde ze. 'Hij zit nog steeds op het verkeerde spoor en aan het eind ervan zal hij niets vinden. Dáár is het niet, Winnie. Kom nou. Toe. Je bent mijn enige hoop. Dit is het. Ik wéét het. Je hoeft alleen maar één enkel telefoontje te maken.'

Ze hoorde hem slechts zuchtend één woord uitspreken. 'Verdomme.' Daarna zei hij: 'Geef me een halfuur.'

'Geweldig,' zei ze, en ze wilde ophangen.

'Barb.' Hij kon haar nog net bereiken. 'Zorg dat ik hier geen spijt van krijg.'

Ze ging op weg naar South Kensington. Nadat ze alle straten op en neer was gereden, van Exhibition Road tot Palace Gate, vond ze eindelijk een parkeerplaats in Queen's Gate Gardens. Daarna liep ze naar de hoek van Elvaston Place en Petersham Mews, waar de enige telefooncellen van Elvaston Place stonden. Het waren er twee en ze waren volgeplakt met minstens drie dozijn kaarten met advertenties van het soort dat Barbara onder Terry Coles bed had gevonden.

Nkata, die vanuit Westminster een grotere afstand moest afleggen, was er nog niet, dus Barbara stak Gloucester Street over, op weg naar de Franse bakkerij die ze had opgemerkt toen ze in de buurt rondreed, op zoek naar een parkeerplaats. Zelfs midden op straat en in haar auto had ze de verleidelijke geur van chocoladecroissants geroken. Nu ze toch op Winston moest wachten, besloot ze dat het geen zin had het wanhopige geroep te negeren van haar lichaam om de twee voedselbestanddelen die ze zich die dag tot dusver had ontzegd: boter en suiker.

Twintig minuten nadat Barbara in de wijk South Kensington was gearriveerd zag ze Winston Nkata's slanke lichaam de straat in komen, uit de richting Cromwell Road. Ze stopte de rest van de croissant in haar mond, veegde haar vingers af aan haar T-shirt, sloeg het laatste beetje cola achterover en stak haastig de straat over, net toen hij bij de hoek was.

'Bedankt dat je bent gekomen,' zei ze.

'Als je het zo zeker weet, van die vent, waarom arresteren we hem dan niet gewoon?' vroeg Nkata. Hij liet erop volgen: 'Er zit chocola op je kin, Barb,' met de nonchalance van iemand die sinds lang gewend was geraakt aan haar slechte gewoonten.

Ze gebruikte haar T-shirt om het probleem op te lossen. 'Je weet wat de bedoeling is. Wat hebben we als bewijsmateriaal?'

'De inspecteur heeft dat leren jack gevonden, om te beginnen.' Nkata gaf haar de bijzonderheden van Lynleys ontdekking in hotel Black Angel.

Barbara was heel blij dat te horen, in het bijzonder omdat het haar vermoeden bevestigde dat een pijl een van de moordwapens was geweest. Maar Nkata was degene geweest die de informatie over de pijl aan Lynley had doorgegeven. Barbara wist dat als Nkata nu zijn chef weer belde om te zeggen: 'Tussen twee haakjes, inspecteur, waarom laten we die King-Ryder niet naar het bureau komen om zijn vingerafdrukken te nemen, dan kunnen we hem intussen het vuur aan de schenen leggen over leren jacks en ritjes naar Derbyshire?' Lynley de naam Havers dwars over het voorstel zou zien staan en dat hij Nkata zou bevelen zo veel stappen terug te doen dat hij in Calais zou zijn voor hij ophield met lopen.

Nkata zou voor geen geld of goede woorden nalaten orders op te volgen. En hij zou zeker niet opeens van opvatting veranderen ter wille van Barbara. Dus ze moesten Lynley er kost wat kost buiten houden, tot het vogelkooitje was neergezet en King-Ryder erin zat te zingen.

Barbara legde het allemaal uit aan Nkata. De rechercheur luisterde zonder commentaar te leveren. Toen ze zweeg, knikte hij. Maar hij zei wel: 'Ik vind het nog steeds rot om eropaf te gaan zonder dat hij het weet.'

'Dat weet ik, Winnie. Maar ik geloof niet dat hij ons een andere mogelijkheid heeft gelaten. Jij wel?'

Nkata moest toegeven dat het niet het geval was. Met een knikje naar de telefooncellen zei hij: 'Welke moet ik nemen?'

Barbara zei: 'Op het moment doet het er niet toe, zolang we ze allebei maar vrijhouden wanneer je het gesprek hebt gevoerd. Ik zou de linker maar nemen. Daar hangt een schitterende kaart voor Tedere Travestieten, voor het geval je op een avond aan een beetje opwinding toe bent.'

Nkata rolde met zijn ogen. Hij ging de telefooncel binnen, viste kleingeld uit zijn zak en voerde het gesprek. Over zijn schouder luisterde Barbara mee naar zijn aandeel van het gesprek. Hij sprak met het West-Indische accent van een kleurling ten zuiden van de rivier. Omdat het de stem was van de eerste twintig jaar van zijn leven, was het een briljante opvoering.

Het script was de eenvoud zelf toen hij Matthew King-Ryder eenmaal aan de telefoon had: 'Ik geloof dat ik een pakje heb dat u zoekt, meneer King-Ryder,' zei Nkata. Daarna bleef hij een ogenblik luisteren. 'O, ik denk dat u wel weet welk pakje. Ik bedoel... zegt Albert Hall u iets? Hé, *no way, man*. U wilt bewijs? U kent de telefooncel. U kent het nummer. U wilt de muziek? Dan belt u.'

Hij hing de hoorn op en keek Barbara aan. 'Het aas zit aan de haak.'

'Laten we hopen dat je beet hebt.' Barbara stak een sigaret op en liep een paar meter in de richting van Petersham Mews, waar ze tegen de zijkant van een stoffige Volvo ging leunen en vijftien seconden aftelde voor ze terugliep naar de telefooncel en vervolgens weer naar de auto. King-Ryder zou moeten nadenken voor hij in actie kwam. Hij zou het risico en wat het hem kon opleveren moeten afwegen wanneer hij de telefoon in Soho opnam en zichzelf blootgaf. Dat zou een paar minuten vergen. Hij was bang, hij was wanhopig, hij was tot moord in staat. Maar hij was niet dom.

Meer seconden gingen voorbij. De seconden werden minuten. Nkata zei: 'Hij hapt niet.'

Barbara maakte een afwerend handgebaar. Ze keek van de telefooncellen over Elvaston Place, in de richting van Queen's Gate. Ondanks haar onbehaaglijke gevoel merkte ze dat ze zich nog steeds kon voorstellen hoe het die avond, drie maanden geleden, moest zijn gegaan: Terry Cole komt de straat inscheuren op zijn motorfiets, wipt er snel af om een nieuwe stapel kaarten op te plakken in de twee telefooncellen, die ongetwijfeld deel uitmaken van zijn vaste route. Het vergt een paar minuten, hij moet flink wat kaarten kwijt. Terwijl hij ermee bezig is, gaat de telefoon en in een opwelling neemt hij hem op en hoort de boodschap die voor King-Ryder bestemd is. Hij denkt, waarom zou ik niet even kijken waar het om gaat, en hij begeeft zich op weg. Nog geen kilometer op zijn BMW en dan is hij bij de Albert Hall. Intussen arriveert David King-Ryder, vijf minuten te laat, misschien nog minder. Hij parkeert in een van de hofjes, hij loopt haastig naar de telefooncellen, hij wacht. Een kwartier gaat voorbij. Misschien meer. Maar er gebeurt niets en hij weet niet waarom. Hij weet niets af van Terry Cole. Uiteindelijk gelooft hij dat hij voor de gek is gehouden. Hij denkt dat hij geruïneerd is. Zijn carrière, en zijn leven, zijn voer voor een afperser die hem wil kapotmaken. Om kort te gaan, het is afgelopen met hem.

Een enkele minuut moet alles geweest zijn wat ervoor nodig was. En hoe gemakkelijk kon je te laat komen in Londen, waar je zo afhankelijk was van het verkeer, waarop je feitelijk nooit kon vertrouwen. Er was nooit echt een manier om te weten wanneer een rit van punt A naar punt B één kwartier zou duren, of drie. Misschien had King-Ryder niet eens geprobeerd om in de stad van A naar B te gaan. Misschien was hij van buiten de stad gekomen, over de snelweg, waar van alles kon gebeuren om een spaak in iemands wiel te steken. Of misschien had hij autopech gehad, een lege accu, een lekke band. Wat deden de juiste omstandigheden ertoe? Het enige waar het op aankwam was dat hij het telefoontje was misgelopen. Het telefoontje van zijn zoon. Het gesprek dat niet zo veel verschilde van dat waar Barbara en Nkata nu op wachtten.

Nkata zei: 'Hij bijt niet.'

Barbara zei: 'Wel verdomme.'

Toen ging de telefoon.

Barbara gooide haar smeulende sigaret op straat. Ze vloog naar de telefooncel. Het was niet dezelfde waaruit Nkata daarstraks had gebeld, maar de cel ernaast. Dat kon alles of niets betekenen, dacht Barbara, omdat ze niet wisten in welke van de twee cellen Terry Cole het gesprek had onderschept.

Nkata nam op nadat de telefoon drie keer had gerinkeld. Hij zei: 'Meneer King-Ryder?' Barbara hield haar adem in.

Ja, ja, ja, dacht ze, toen Nkata zijn duim naar haar opstak. Eindelijk was het zover.

'Verdomde rotcomputers! Wat heb je aan die dingen als ze om de haverklap kapotgaan? Vertel me dat maar eens.'

Agente Peggy Hammer had deze vraag blijkbaar al vele malen horen stellen door haar meerdere. 'Hij is niet echt kapot, inspecteur,' zei ze met bewonderenswaardig geduld. 'Het is net als laatst. Om de een of andere reden zijn we off line. Ik denk dat het probleem ergens in Swansea zit. Of misschien zou het zelfs aan Londen kunnen liggen. Dan is er altijd nog onze eigen…'

'Ik vraag je niet om een analyse, Hammer,' snauwde Hanken haar toe. 'Ik vraag alleen om actie.'

Ze hadden de stapel kaarten van hotel Black Angel meegenomen naar de meldkamer van het politiebureau in Buxton met wat een simpele instructie had geleken die hen binnen enkele minuten in staat zou stellen om informatie te verzamelen: zoek verbinding met de Dienst Motorrijtuigen in Swansea. Voer de nummerplaten in van elke auto waarvan de bestuurder de afgelopen twee weken in hotel Black Angel heeft gelogeerd, om de naam van de wettige bestuurder van die auto te vinden. Vergelijk die naam met degene die op de hotelkaart staat vermeld. Doel: zien of iemand zich onder een valse naam in het hotel heeft laten inschrijven. Ondersteuning voor die mogelijkheid: een naam op de hotelkaart, een andere naam bij de gegevens van de Dienst Motorvoertuigen over de eigenaar van die auto. Het was een simpele taak. Het zou een paar minuten duren omdat de computers snel waren en er, omdat het hotel niet groot was en slechts weinig kamers had, niet al te veel kaarten waren. Het zou maximaal een kwartier werk zijn geweest. Als die verdomde computer deze keer had gefunctioneerd.

Lynley zag dat dit alles in inspecteur Hanken omging. Hij was zelf eveneens gefrustreerd. De bron van zijn frustratie was echter een andere. Hij kon Hanken niet van Andy Maiden afbrengen.

Lynley begreep Hankens redenering wel. Andy had een motief en de gelegenheid. Of hij er tevens ook maar een flauw benul van had hoe hij een long bow moest hanteren maakte geen verschil als iemand die zich onder een valse naam in de Black Angel had laten inschrijven, die bekwaamheid bezat. En Lynley wist dat Hanken, tot ze ontdekten of er in Tideswell valse namen waren gebruikt, niet van plan was om het onderzoek een andere kant uit te sturen.

Die logische kant was Julian Britton. Die logische kant was aldoor Britton geweest. In tegenstelling tot Andy Maiden had Britton alles waarnaar ze op zoek waren in hun moordenaar. Hij had genoeg van Nicola gehouden om met haar te willen trouwen en hij had zelf toegegeven dat hij haar in Londen had opgezocht. Hoe waarschijnlijk was het dat hij nooit achter iets zou zijn gekomen wat hem op de hoogte had gebracht van haar nieuwe leven? Buiten dat, hoe waarschijnlijk was het dat hij er nooit ook maar het flauwste idee van had gehad dat ze in Derbyshire nog andere minnaars had dan alleen hijzelf?

Dus Julian Britton had een levensgroot motief. Hij had tevens geen goed alibi voor de avond van de moord. En wat schieten met een long bow betrof, hij had ongetwijfeld genoeg long bows gezien op Broughton Manor tijdens toernooien, nagespeelde veldslagen en dergelijke. Hoe vergezocht zou het zijn om aan te nemen dat Julian wist hoe hij zo'n boog moest gebruiken?

Huiszoeking op Broughton Manor zou dat bevestigen. Julians vingerafdrukken, vergeleken met de vingerafdrukken die ze in het forensisch laboratorium van het leren jack konden halen, zouden er een punt achter zetten. Maar Hanken was niet van plan in die richting te zoeken, tenzij de kaarten van de Black Angel niets zouden opleveren. Ongeacht het feit dat Julian dat jack in de Black Angel kon hebben achtergelaten. Ongeacht het feit dat hij die regenponcho in de afvalcontainer kon hebben gedumpt. Ongeacht het feit dat hij daarvoor slechts vijf minuten had moeten afwijken van de rechtstreekse route van Calder Moor naar zijn huis. Hanken zou Andy Maiden grondig afhandelen en tot hij daarmee gereed was, kon Julian Britton net zo goed niet bestaan.

Toen hij werd geconfronteerd met het defect aan de computer slaakte Hanken een aantal grondige verwensingen aan het adres van de moderne technologie. Hij gooide agente Hammer de hotelkaarten toe en gaf haar opdracht zich te bedienen van dat aloude communicatiemiddel: de telefoon. 'Bel Swansea en zeg dat ze het handmatig moeten doen als dat verdomme nodig is,' zei hij kortaf.

Waarop Peggy Hammer alleen maar gedwee zei: 'Inspecteur.'

Ze liepen de meldkamer uit. Hanken verklaarde nijdig dat alles wat ze verdomme nu konden doen was, wachten tot agente Hammer en de Dienst Motorvoertuigen de informatie boven water hadden gehaald die ze nodig hadden. Lynley vroeg zich af hoe hij het best de schijnwerper op Julian Britton kon richten, toen een secretaresse achter hen aankwam om te zeggen dat iemand bij de receptie naar Lynley had gevraagd.

'Het is mevrouw Maiden,' zei ze. 'En ik moet u wel waarschuwen, ze is volkomen overstuur.'

Dat klopte. Ze werd een paar minuten later naar Hankens kamer gebracht en ze was de verpersoonlijking van pure paniek. In haar hand hield ze een verkreukeld stukje papier geklemd en toen ze Lynley zag riep ze: 'Help me!' Daarna, tegen Hanken: 'U hebt hem ertoe gedwongen. U wilde het er niet bij laten. U kón het er niet bij laten. U wilde niet inzien dat hij uiteindelijk iets zou doen... Hij heeft het gedaan... Hij hééft het gedaan... Iets...' Ze sloeg met de vuist waarin ze het papiertje hield, tegen haar voorhoofd.

'Mevrouw Maiden,' begon Lynley.

'U hebt met hem gewerkt. U was zijn vriend. U kent hem. U kende hem. U moet iets doen, want als u het niet doet... als u het niet kunt... Alstublieft. Alstublíéft.'

'Wat is er verdomme aan de hand?' vroeg Hanken. Hij koesterde duidelijk weinig sympathie voor de vrouw van zijn voornaamste verdachte.

Lynley ging naar Nan Maiden toe en hij pakte haar hand, trok langzaam haar arm naar beneden en haalde voorzichtig het briefje tussen haar vingers uit. Ze zei: 'Ik zocht... ik ben hem gaan zoeken... maar ik wist niet waar en ik ben zo bang.'

Lynley las de woorden. Er liep een koude rilling over zijn rug.

IK REGEL DIT ZELF, had Andy Maiden geschreven.

Julian was net klaar met het wegen van Cass' puppy's toen zijn nicht de kennel binnenkwam. Ze was blijkbaar naar hem op zoek geweest, omdat ze vrolijk zei: 'Julie! Natuurlijk. Wat dom van me. Ik had meteen aan de honden moeten denken.'

Hij wreef Cass' tepels in met anijsolie, als voorbereiding op de reuktest van haar puppy's. Als jachthonden moesten ze uitstekende speurzoekers zijn.

Cass gromde onrustig toen Samantha binnenkwam, maar ze kalmeerde snel toen Julians nicht haar stem aanpaste aan de sussende toon waaraan de honden meer gewend waren.

Sam zei: 'Julie, ik heb vanochtend iets heel bijzonders met je vader meegemaakt. Ik dacht dat ik er tijdens de lunch over kon vertellen, maar toen je niet kwam opdagen... Julie, heb je vandaag wel iets gegeten?'

Julian had het niet kunnen opbrengen om aan het ontbijt te verschijnen. En tegen lunchtijd was daar weinig verandering in gekomen. In plaats daarvan had hij zich op zijn werk gestort. Hij had een paar bedrijven van zijn pachters geïnspecteerd, daarna had hij in Bakewell geïnformeerd welke weg bewandeld moest worden wanneer je veranderingen wilde aanbrengen in een bestaand gebouw, en vervolgens had hij zich aan de duizend en één karweitjes in de kennel gewijd. Op die manier had hij niet hoeven denken aan iets wat rechtstreeks in verband stond met wat hij het allereerst had moeten doen.

Sams komst naar de kennel maakte elke verdere poging tot afleiding onmogelijk. Toch zei hij, proberend het gesprek uit te stellen dat hij zich had voorgenomen met haar te voeren: 'Sorry, Sam, het werk hier heeft me helemaal in beslag genomen.' Hij probeerde een verontschuldigende klank in zijn stem te leggen. En, eerlijk gezegd, had hij ook het gevoel dat hij zich moest verontschuldigen, wanneer het erop aankwam, omdat Sam zo ontzettend hard werkte op Broughton Manor. Het minste wat hij kon doen om zijn dankbaarheid te tonen, dacht Julian, was om aan de maaltijden te verschijnen en te laten merken dat hij haar inspanningen op prijs stelde.

Hij zei: 'Jij houdt ons bij elkaar, en dat weet ik. Bedankt, Sam. Ik ben je heel dankbaar. Echt.'

Sam zei hartelijk: 'Ik doe het graag. Eerlijk, Julie. Ik heb het altijd zo jammer gevonden dat we nooit de gelegenheid hebben gehad om…' Ze aarzelde… Ze scheen te beseffen dat ze het over een andere boeg moest gooien. 'Het is verbazingwekkend om te bedenken dat als onze ouders alleen maar hun vete hadden bijgelegd, jij en ik hadden kunnen…' Opnieuw veranderde ze van tactiek. 'Ik bedoel, we zijn toch immers familie. En het is triest om je familieleden niet te leren kennen. Zeker wanneer je hen uiteindelijk toch leert kennen en ze dan… nou, zulke aardige mensen blijken te zijn.' Ze speelde met de vlecht die lang en zwaar over haar schouder hing. Julian merkte voor het eerst op hoe keurig die was gevlochten en hoe het licht erop viel.

Hij zei: 'Ja, ik ben er nu eenmaal niet zo goed in wanneer het erop aankomt om iemand te bedanken.'

'Ik vind dat je het prima doet.'

Julian voelde zich rood worden, als gevolg van die verwenste gevoelige huid. Hij wendde zich van haar af en wijdde zijn aandacht weer aan de hond. Ze vroeg wat hij deed, en waarom, en hij was blij dat een uitleg over anijsolie en wattenproppen een middel was om een moment van verlegenheid te overbruggen. Maar nadat hij alles had gezegd wat er te zeggen viel over Pavlov, conditionering en hoe hij, door een onaangename geur te associëren met de moedermelk, de ontwikkeling van de reukzin van de puppy's kon testen, kwam het moment van verlegenheid weer terug. Opnieuw was Sam degene die hen eruit redde.

Ze zei: 'O, god. Ik ben helemaal vergeten waarom ik met je wilde praten. Je vader, Julie. Er is iets heel eigenaardigs gebeurd.'

Julian smeerde olie op de laatste van Cass' gezwollen tepels, waarna hij de hond weer bij haar puppy's liet. Terwijl hij het dopje op de fles draaide vertelde zijn nicht wat er tussen haar en Jeremy was voorgevallen. Ze besloot met: 'Het waren alle flessen, Julie. Alle flessen uit het hele huis. En hij huilde erbij.'

'Hij heeft me verteld dat hij wil stoppen,' zei Julian. Om volkomen eerlijk te zijn liet hij erop volgen: 'Maar dat heeft hij al eerder gezegd.'

'Dus je gelooft hem niet? Want hij was zo... Julie, je had hem moeten zien. Het leek wel of hij plotseling door wanhoop werd overvallen. En, eerlijk gezegd, kwam het door jou.'

'Door mij?' Julian zette het flesje olie in de kast.

'Hij zei dat hij je leven had verwoest, dat hij je broer en zus de deur uit had gejaagd...'

Dat was zeker niet gelogen, dacht Julian.

'... en dat hij eindelijk was gaan inzien dat hij, als hij zijn leven niet beterde, jou ook zou wegjagen. Ik heb natuurlijk tegen hem gezegd dat jij hem nooit in de steek zou laten. Tenslotte kan iedereen zien hoe toegewijd je bent. Maar het punt is dat hij wil veranderen. Hij is eraan toe. En ik ben naar je op zoek gegaan omdat... Nou, ik moest het je vertellen. Ben je er niet blij om? En ik heb er geen woord van verzonnen. Het was de ene fles na de andere. Hij goot de gin eruit en sloeg de flessen stuk in de gootsteen.'

Julian wist diep in zijn hart dat deze handeling van zijn vader op meer dan een manier bekeken kon worden. Het kon best waar zijn dat hij van de drank af wilde, maar zoals alle doorgewinterde alcoholisten zou hij ook bezig kunnen zijn zijn spelers in de positie te plaatsen waarin hij hen wilde hebben. De enige vraag was waarom hij zijn spelers juist op dit moment in hun positie wilde brengen. Wat wilde hij, en wat betekende het dat hij het nú wilde?

Als zijn vader deze keer echter nu eens meende wat hij zei? vroeg Julian zich af. Als een verblijf in een kliniek en wat er verder zou moeten gebeuren na de kliniek genoeg zou zijn om hem te genezen? Hoe kon hij, het enige kind dat Jeremy nog had dat voldoende met hem meevoelde om iets aan de situatie te willen doen, er ook maar aan denken hem die kans te ontzeggen? Zeker wanneer er maar zo verdomd weinig voor nodig was om hem die kans te geven.

Julian zei: 'Ik ben hier klaar. Zullen we naar het huis teruggaan?' Hij had tijd nodig om zijn gedachten te ordenen.

Ze liepen de kennel uit, het overwoekerde pad op. Hij zei: 'Pa heeft het er al eerder over gehad om ermee op te houden.'

'Ja. Dat heb je al gezegd, Julie.'

'Hij heeft het zelfs gedaan. Ermee gestopt, bedoel ik. Maar dat houdt hij niet meer dan een paar weken vol. Nou... één keer duurde het drieënhalve maand. Maar kennelijk is hij nu tot de overtuiging gekomen...'

'Dat hij het kan.' Samantha maakte de zin voor hem af en ze stak haar arm door de zijne. Terwijl ze die zacht drukte zei ze: 'Julie, je had hem moeten zien. Weet je, als je hem gezien had denk ik dat je zou weten dat het hem dit keer zal lukken, als wij met een plan komen om hem te helpen. In het verle-

506

den heeft weggooien van de gin blijkbaar niet geholpen, hè?' Ze keek hem ernstig aan, misschien probeerde ze erachter te komen of ze hem op de een of andere manier beledigd had door te wijzen op wat hij eerder had gedaan om zijn vader van de fles af te brengen. 'En we kunnen hem niet tegenhouden om naar een slijterij te gaan als hij weer nieuwe wil kopen, zo is het toch?'

'Om nog maar niet te spreken van verhinderen dat hij alle hotels en bars tussen hier en Manchester binnenstapt.'

'Dat is zo. Dus als er een manier is... Julian, we kunnen toch zeker wel de hoofden bij elkaar steken en iets bedenken?'

Julian begreep dat zijn nicht hem zojuist de perfecte kans had geboden om met haar te spreken over de kliniek en het geld voor de kliniek. Maar de woorden die met die kans samenhingen waren zwaar en onverteerbaar en ze bleven in zijn keel steken als een stuk bedorven lamsvlees. Hoe kon hij haar om geld vragen? Om zo veel geld? Hoe kon hij zeggen: kun je ons tienduizend pond geven, Sam? Niet: kun je het ons lenen, Sam? omdat de kans dat hij het haar op korte termijn zou kunnen terugbetalen even groot was als de kans op een sneeuwbal in de Sahara. Nee, kun je je ons het geld geven. Veel geld. En snel, voor Jeremy van gedachten verandert. Investeer alsjeblieft in een jengelende zuiplap die nog nooit van zijn leven zijn woord heeft gehouden.

Julian kon het niet. Ondanks zijn beloften aan zijn vader merkte hij dat hij, nu hij eindelijk met zijn nicht was geconfronteerd, het niet eens kon proberen.

Toen ze aan het eind van het pad waren gekomen en de oude weg overstaken om naar het huis te lopen, kwam een zilverkleurige Bentley om de zijkant van het gebouw aanrijden, gevolgd door een politieauto. Eerst stapten twee agenten in uniform uit, die het terrein verkenden alsof ze verwachtten dat er zich ninjavechters in de bosjes hadden verscholen. Uit de Bentley stapte de lange, blonde inspecteur die al eens eerder naar Broughton Manor was gekomen, in gezelschap van inspecteur Hanken.

Samantha legde een hand op Julians arm. Hij voelde dat ze verstijfde.

'Kijk eerst of in huis alles veilig is,' zei inspecteur Lynley tegen de agenten, die hij voorstelde als Emmes en Benson. 'Daarna het terrein. Waarschijnlijk kunnen jullie het best met de tuin beginnen. Daarna de kennel, en het bos.'

Emmes en Benson liepen onder de poort door. Stomverbaasd keek Julian toe. Samantha was degene die zei: 'Wacht eens even, jullie.' Haar stem klonk kwaad. 'Verdomme, inspecteur, wat doet u hier? Hebt u een huiszoekingsbevel? Wat geeft u het recht om ons leven binnen te dringen en…'

'Ik wil dat u naar binnen gaat,' zei Lynley tegen haar. 'Snel. Nu meteen.'

'Wat?' Samantha's stem klonk ongelovig. 'Als u denkt dat we naar uw pijpen zullen dansen alleen omdat u het van ons vraagt, dan moet u zich nog maar eens goed bedenken.'

Julian kreeg zijn spraakvermogen terug. 'Wat is er aan de hand?'

'Je ziet toch wat er aan de hand is,' zei Samantha. 'Dit leeghoofd heeft besloten Broughton Manor te doorzoeken. Hij heeft geen enkele reden om de zaak overhoop te halen, afgezien van het feit dat jij en Nicola met elkaar omgingen. Wat blijkbaar een soort misdaad is. Ik wil uw huiszoekingsbevel zien, inspecteur.'

Lynley deed een stap naar voren en hij pakte haar bij de arm. Ze zei: 'Laat me los,' en ze probeerde zijn hand van zich af te schudden.

Hij zei: 'Meneer Britton is in gevaar. Ik wil dat hij zich verbergt.'

Samantha riep uit: 'Julie? Julian? In gevaar?'

Julian verbleekte. 'Gevaar, hoezo? Wat is er toch?'

Lynley zei dat hij alles zou uitleggen wanneer de agenten zich ervan hadden overtuigd dat het in huis veilig was. Toen ze binnen waren, trok het drietal zich terug in de lange galerij. Dat was, zei Lynley toen hij het zag, een plek die goed kon worden overzien.

'Overzien?' vroeg Julian. 'Wie zou er moeten zijn? En waarom?'

Lynley legde het uit. Zijn mededeling was beperkt en direct, maar Julian merkte dat hij het nieuws niet kon verwerken. De politie geloofde dat Andy Maiden voor eigen rechter wilde spelen, zei Lynley tegen hem, een risico dat altijd bestond wanneer een familielid van een politieman slachtoffer was geworden van een geweldsmisdrijf.

'Ik begrijp het niet,' zei Julian. 'Omdat, als Andy hiernaartoe komt... hier, naar Broughton Manor...' Hij probeerde te begrijpen wat de betekenis was van hetgeen de inspecteur hem had verteld. 'Wilt u zeggen dat Andy achter míj aanzit?'

'We weten niet precies achter wie hij aanzit,' antwoordde Lynley. 'Inspecteur Hanken heeft zich belast met de veiligheid van de andere mogelijke persoon.'

'De andere...?'

'O, mijn god.' Samantha stond vlak naast Julian en onmiddellijk trok ze hem bij de glas-in-loodramen van de lange galerij vandaan. 'Julie, ga zitten. Hier. Bij de haard. Die is van buitenaf niet te zien, en zelfs al zou iemand hier binnenstormen, ben je te ver van de deur verwijderd... Julie... Julie. Toe nou.'

Julian liet zich meevoeren, maar hij was totaal verward. Hij zei: 'Wat bedoelt u daar precies mee?' tegen Lynley. 'Denkt Andy dat ik... Andy?'

Het was absurd, kinderachtig, maar hij kon wel huilen. Plotseling vielen de afgelopen zes afschuwelijke dagen sinds hij, met een hart dat overliep van liefde, Nicola had gevraagd of ze met hem wilde trouwen, over hem heen als een aardverschuiving en kon hij niets meer verdragen. Hij was volkomen verslagen door dit laatste feit, dat de vader van de vrouw van wie hij hield, werkelijk kon geloven dat hij haar had vermoord. Hij was niet verslagen geweest door haar weigering toen hij haar ten huwelijk had gevraagd; hij was niet verslagen geweest door de onthullingen die ze die avond had gedaan; hij was niet verslagen geweest door haar verdwijning, zijn aandeel in de zoektocht, of haar uiteindelijke dood. Maar dit simpele feit, de verdenking door haar vader, was om de een of andere reden de laatste druppel. Hij voelde tranen opkomen en de gedachte dat hij in huilen zou uitbarsten waar deze buitenstaander bij was, zijn nicht, iedereen, brandde in zijn keel.

Samantha legde haar arm om hem heen. Hij voelde haar ruwe kus op zijn slaap. 'Het is goed,' zei ze tegen hem. 'Je bent hier veilig. En wie kan het verdomme iets schelen wat ze denken. Ik ken de waarheid. Dat is het enige wat erop aankomt.'

'Welke waarheid?' Inspecteur Lynley sprak vanaf zijn plek bij het raam, waar hij scheen te wachten op een teken van de agenten dat het huis veilig was. 'Mevrouw McCallin?' zei hij, toen Samantha geen antwoord gaf.

'O, hou toch op,' zei ze scherp. 'Julie heeft Nicola niet vermoord. Ik evenmin. Noch iemand anders hier in huis, als u dat soms denkt.'

'Over welke waarheid hebt u het dan?'

'De waarheid over Julie. Dat hij lief is, en goed, en dat lieve, goede mensen elkaar gewoonlijk niet vermoorden, inspecteur.'

'Zelfs niet,' zei Lynley, 'als een van hen níét zo lief en goed is?'

'Ik weet niet waar u het over hebt.'

'Ik denk dat meneer Britton het wel weet.'

Ze liet haar arm van zijn schouders vallen. Julian voelde meer dan hij zag dat ze zijn gezicht afzocht. Ze sprak zijn naam aarzelender uit dan ze tot dusver had gedaan en ze wachtte tot hij de opmerkingen van de inspecteur zou verduidelijken.

Zelfs nu kon hij het niet. Hij zag haar nog steeds voor zich, zo veel levender dan hij zelf ooit was geweest. Ze genóót van het leven. Hij kon geen woord in haar nadeel zeggen, hoeveel redenen hij ook had om het te doen. Volgens de normen en waarden van de wereld van alledag had Nicola hem verraden. Julian wist dat hij, als hij het verhaal vertelde van haar leven in Londen, zoals zij het hem had geopenbaard, zelf zou overkomen als de zwaar benadeelde partij. Zo zou hij worden beschouwd door iedereen die hem en Nicola had gekend. Daar zou hij inderdaad voldoening uit kunnen putten. Maar in werkelijkheid zou het altijd zo zijn dat hij slechts in de ogen van degenen die over de simpele feiten beschikten, ooit kon worden beschouwd als een man met een wrok. Degenen die Nicola hadden gekend zoals ze werkelijk was en altijd was geweest, zouden weten dat hij het verdriet zelf over zich had uitgeroepen. Nicola had nooit tegen hem gelogen. Hij had alleen zijn ogen gesloten voor alles aan haar wat hij niet wilde zien.

Het zou haar totaal niets hebben kunnen schelen als hij nu de waarheid over haar vertelde, besefte Julian. Maar dat zou hij niet doen. Niet zozeer om haar nagedachtenis te beschermen, maar om de mensen te beschermen die van haar hadden gehouden zonder te weten wie ze echt was.

'Ik weet niet wat u bedoelt,' zei Julian tegen de inspecteur uit Londen. 'En ik begrijp niet waarom u ons niet met rust kunt laten, zodat we met ons leven kunnen doorgaan.'

'Dat kan ik niet tot de moordenaar van Nicola is gevonden.'

'Dan moet u ergens anders gaan zoeken,' zei Julian. 'Hier zult u hem niet vinden.'

Aan de andere kant van de galerij ging een deur open. Een agent kwam met Julians vader de galerij op lopen. Hij zei tegen Lynley: 'Deze meneer heb ik in de salon gevonden, inspecteur. Rechercheur Emmes is naar de tuin gegaan.'

Jeremy Britton maakte zijn arm los uit rechercheur Bensons greep. Hij leek in de war door de gang van zaken. Hij leek bang. Maar hij leek niet dronken. Hij liep naar Julian toe en hij ging op zijn hurken voor hem zitten.

'Gaat het, jongen?' vroeg hij, en hoewel de woorden er een beetje moeizaam uitkwamen, hoorde Julian dat de manier waarop zijn vader articuleerde werd veroorzaakt door Jeremy's oprechte bezorgdheid voor hem en niet door zijn drankprobleem.

Hij kreeg een warm gevoel in zijn hart toen hij dit begreep. Warm ten opzichte van zijn vader, warm ten opzichte van zijn nicht en warm omdat zijn familie zo veel voor hem betekende. Hij zei: 'Alles is oké, vader,' en hij maakte plaats voor Jeremy op de grond bij de haard, door dichter naar Sam toe te schuiven.

Ze reageerde erop door haar arm weer om hem heen te leggen. 'Daar ben ik erg blij om,' zei ze.

30

Barbara had een ontmoetingsplaats gekozen waarvan ze wist dat Matthew King-Ryder die goed moest kennen: Theater Agincourt, waar zijn vaders productie van *Hamlet* werd opgevoerd. Maar nadat Nkata vanuit de telefooncel in South Kensington deze boodschap aan King-Ryder had doorgegeven, maakte hij duidelijk dat hij niet van plan was zijn collega in haar eentje een moordenaar te laten ontmoeten.

'Dus je bent bekeerd tot de theorie dat King-Ryder de moordenaar is?' vroeg Barbara.

'Er kan maar één reden zijn waarom hij het nummer van deze telefooncel zou kennen zonder dat het hem gezegd werd, Barb.' Nkata's stem klonk echter treurig en toen hij verderging begreep Barbara waarom. 'Ik kan me niet voorstellen waarom hij zijn eigen vader zoiets zou aandoen. Dat vraag ik me af.'

'Hij wilde meer geld dan zijn vader voor hem opzij had gelegd. Hij zag maar één manier om het te krijgen.'

'Maar hoe zou hij aan die muziek zijn gekomen? Zijn vader zal het hem toch zeker niet hebben verteld.'

'Je eigen zoon vertellen, of ook maar aan iemand vertellen dat je plagiaat pleegt met het werk van je oude vriend? Ik denk het niet. Maar hij was zijn vaders manager, Winnie. Hij moet die muziek ergens zijn tegengekomen.'

Ze liepen naar Barbara's auto in Queen's Gate Gardens. Nkata had met King-Ryder afgesproken dat ze elkaar een halfuur na het gesprek in Theater Agincourt zouden treffen. 'Als je te vroeg bent laat ik mijn gezicht niet zien,' had hij waarschuwend tegen King-Ryder gezegd. 'Je mag nog blij zijn dat ik bereid ben om op je eigen terrein met je te onderhandelen.'

King-Ryder moest ervoor zorgen dat de toneelingang open was. Hij moest zich er tevens van overtuigen dat er niemand in het gebouw aanwezig was.

De rit naar West End duurde nog geen twintig minuten. Daar stond Theater Agincourt naast het Museum voor Toneelgeschiedenis, aan een smalle zijstraat van Shaftesbury Avenue. De toneelingang bevond zich tegenover een rij afvalcontainers van hotel Royal Standard. Er zagen geen vensters op uit, dus Barbara en Nkata konden ongezien het theater binnengaan. Nkata nam plaats in de laatste rij van de stalles; Barbara ging tussen de coulissen staan, in de diepe duisternis die werd veroorzaakt door een omvangrijk decorstuk. Hoewel het verkeer en de voetgangers buiten het theater veel lawaai hadden gemaakt dat zich over de hele lengte van Shaftesbury Avenue leek te verplaatsen, was het in het gebouw zo stil als het graf. Dus toen hun prooi een minuut of zeven later via de toneelingang binnenkwam, hoorde Barbara hem.

Hij deed precies wat Nkata hem had opgedragen. Hij sloot de deur. Hij liep naar de achterkant van het toneel. Hij knipte de schijnwerpers boven het toneel aan. Hij liep naar het midden van de bühne, waar hij bleef staan, zo ongeveer waar Hamlet waarschijnlijk zou sterven in de armen van Horatio, dacht Barbara. Het was een aardige bijkomstigheid.

Hij keek de donkere zaal in en hij zei: 'Goed dan, verdomme. Hier ben ik.'

Nkata sprak van achter uit de zaal, waar hij in de schaduw gehuld zat. 'Ik zie het.'

King-Ryder deed een stap naar voren en zei onverwachts met een hoge, schrille stem: 'Jij hebt hem vermoord, smerige schoft. Jij hebt hem vermóórd. Jullie allebei. Jullie allemaal. En ik zweer bij god dat ik je ervoor zal laten boeten.'

'Ik heb niemand vermoord. Ik ben de laatste tijd niet in Derbyshire geweest.'

'Je weet heel goed wat ik bedoel. Je hebt mijn vader vermoord.'

Barbara fronste haar wenkbrauwen toen ze het hoorde. Waar had hij het in vredesnaam over?

'Ik dacht dat ik gehoord had dat die man zich door zijn hoofd had geschoten,' zei Nkata.

King-Ryder balde zijn vuisten. 'En waarom? Waarom denk je verdomme dat hij zelfmoord heeft gepleegd? Hij had die muziek nodig. En die zou hij verdomme gekregen hebben, tot de laatste bladzijde, als jij en je kameraden er niet tussen waren gekomen. Hij heeft zich doodgeschoten omdat hij dacht... hij geloofde... Mijn vader geloofde...' Toen brak zijn stem. 'Jij hebt hem vermoord. Geef me die muziek. Je hebt hem vermóórd.'

'Dan zullen we toch eerst een afspraak moeten maken.'

'Kom dan naar voren, in het licht, waar ik je kan zien.'

'Ik denk er niet over. Ik zeg maar zo: wat je niet kunt zien, kun je ook geen kwaad doen.'

'Je bent gek als je denkt dat ik een pak geld zal overhandigen aan iemand die ik niet eens kan zien.'

'Je verwachtte anders dat je vader het wel zou doen.'

'Spreek niet over hem tegen me. Waag het zelfs niet om zijn naam uit te spreken.'

'Voel je je schuldig?'

'Geef me die muziek nu maar. Kom naar voren. Wees een man. Geef het me.'

'Dat gaat je wel wat kosten.'

'Goed. Wat?'

'Wat je vader moest betalen.'

'Je bent gek.'

'Dat was een aardig pakje poen,' zei Nkata. 'Ik zal het graag van je aannemen. En speel geen spelletjes, man. Ik weet hoeveel het was. Ik geef je vierentwintig uur om het hier te krijgen, contant. Ik neem aan dat het wat langer duurt omdat het van St. Helier moet komen en ik ben een begrijpend type.'

Het noemen van St. Helier gaf de doorslag. Barbara zag het aan King-Ryders

512

lichaamstaal: zijn rug verstrakte plotseling alsof elke zenuw gespannen was. Een gewone vent die iemand probeerde af te persen kon niets afgeweten hebben van dat geld op de bank in St. Helier.

King-Ryder liep naar voren. Hij tuurde de duisternis van de stalles in. Achterdochtig zei hij: 'Verdomme, wie ben je?'

Barbara nam het over.

'Ik denk dat u het antwoord wel weet, meneer King-Ryder.' Ze stapte uit het donker het toneel op. 'De muziek is trouwens niet hier. En eerlijk gezegd zou die nooit boven water gekomen zijn als u Terry Cole niet had vermoord om die terug te krijgen. Terry had de muziek aan zijn buurvrouw gegeven, aan die oude dame, mevrouw Baden. En zij had er geen flauw idee van wat het was.'

'Jij,' zei King-Ryder.

'Ja, ik. Gaat u rustig mee, of maken we er een drama van?'

'U kunt me niets maken,' zei King-Ryder. 'Ik heb niets gezegd waardoor u kunt bewijzen dat ik iemand ook maar met een vinger heb aangeraakt.'

'Dat is misschien waar.' Nkata liep door het middenpad naar het toneel. 'Maar we hebben een aardig leren jack in Derbyshire gevonden. En als uw vingerafdrukken overeenkomen met de afdrukken die we daarop aantreffen, zal het u heel wat moeite kosten om uit handen van de politie te blijven.'

Barbara zag de radertjes driftig onder King-Ryders schedel ronddraaien terwijl hij naging welke mogelijkheden hij had: vechten, vluchten of zich overgeven. Hij maakte weinig kans, ondanks het feit dat een van zijn tegenstanders een vrouw was, en hoewel het theater en de omringende buurt honderden plekken hadden om naartoe te rennen en zich te verstoppen, zou het, ook al probeerde hij te vluchten, slechts een kwestie van tijd zijn voor ze hem te pakken hadden.

Zijn houding veranderde opnieuw. 'Ze hebben mijn vader vermoord,' zei hij duister. 'Ze hebben pa vermoord.'

Toen Andy Maiden na twee uur nog niet op Broughton Manor was verschenen, begon Lynley te twijfelen aan de conclusie die hij getrokken had uit het briefje dat de man op Maiden Hall had achtergelaten. Een telefoontje van Hanken, die hem meedeelde dat Will Upman volkomen veilig was, versterkte Lynleys twijfels.

'Hier is hij ook niet komen opdagen,' zei Lynley tegen zijn collega. 'Pete, ik heb een akelig voorgevoel.'

Zijn voorgevoel werd nog onheilspellender toen Winston Nkata hem vanuit Londen belde. Hij had Matthew King-Ryder op de Yard, zei Nkata tegen hem in een snel verslag dat geen gelegenheid bood voor interrupties. Barbara Havers had een plan bedacht om hem te arresteren en het had wonderbaarlijk goed gewerkt. De man was bereid om over de moorden te praten. Nkata en Havers konden hem opsluiten en op de inspecteur wachten, of ze konden hem zelf ondervragen. Wat wilde Lynley?

'Het ging allemaal om die muziek die Barb in Battersea heeft gevonden. Terry Cole raakte verzeild tussen de muziek en wat er met de muziek zou moeten gebeuren, en King-Ryders vader schoot zich ervoor door het hoofd. Matthew heeft zich "voor die dood gewroken", althans dat beweert hij. Hij wilde die muziek natuurlijk ook terughebben.'

Lynley luisterde verbijsterd toen Nkata sprak over West End, de nieuwe productie van *Hamlet*, telefooncellen in South Kensington, en Terry Cole. Toen hij was uitgesproken, nadat hij zijn vraag had herhaald – wilde de inspecteur dat ze wachtten tot hij terugkwam om de verklaring van Matthew King-Ryder op te nemen? – zei Lynley dof: 'En het meisje? Nicola? Wat gebeurde er met haar?'

'Ze was op het verkeerde moment op de verkeerde plaats,' antwoordde Nkata. 'King-Ryder doodde haar, omdat ze er was. Toen de pijl Terry trof zag ze hem met de boog. Tussen twee haakjes, Barb zegt dat ze een foto van hem heeft gezien in zijn flat: Matthew als kind, met zijn vader gefotografeerd tijdens een sportdag van school. Ze denkt dat hij een pijlkoker droeg, zegt ze. Ze zag de riem dwars over zijn borst lopen. Ik denk dat we, als we een huiszoekingsbevel krijgen, die long bow in zijn flat zullen vinden. Wilt u dat ik daar ook achteraan ga?'

'Hoe raakte Havers erbij betrokken?'

'Ze heeft Vi Nevin aan de tand gevoeld toen die gisteravond weer bij bewustzijn was gekomen. Ze heeft de meeste bijzonderheden van haar gekregen.'

Lynley hoorde dat Nkata diep ademhaalde om door te kunnen gaan. 'Omdat Nevin niets met de zaak te maken leek te hebben, inspecteur, vanwege die kwestie in Islington, de bedreiging, de wielklem en Andy Maiden en dat alles, heb ik haar opgedragen om het te doen. Ik heb tegen Barb gezegd dat ze met haar moest gaan praten. Als daar een berisping uit voortvloeit, dan is die voor mij.'

Lynley was overdonderd door de hoeveelheid informatie die Nkata op hem had losgelaten, maar hij kon nog juist uitbrengen: 'Goed werk, Winston.'

'Ik ben alleen met Barb meegegaan, inspecteur.'

'Dan heeft agente Havers ook goed werk verricht.'

Lynley legde de hoorn neer. Hij merkte dat zijn bewegingen langzamer waren dan normaal. Verrassing, shock waren de oorzaak daarvoor. Maar toen hij eindelijk de volle draagwijdte begreep van wat er zich in Londen tijdens zijn afwezigheid had afgespeeld, voelde hij een wolk van bezorgdheid op zich neerdalen.

Na haar verschijning op het politiebureau van Buxton was Nan Maiden naar huis gegaan om daar te wachten op nieuws over de verblijfplaats van haar echtgenoot. Ze had halsstarrig het aanbod afgeslagen om een vrouwelijke agent bij haar te laten blijven tot Andy kwam opdagen, en ze had tegen Lynley gezegd: 'U moet hem vinden. Alstublieft,' waarna ze het bureau was uit gelopen. Haar ogen hadden geprobeerd iets op hem over te brengen wat ze niet onder woorden kon brengen.

Nu zei Lynley tegen de Brittons en Samantha McCallin dat ze tot nader order in de Lange Galerij moesten blijven, met de beide agenten. Daar liet hij hen achter.

Hij besefte dat het een hels karwei zou zijn om Andy Maiden te zoeken. Als hij de afgelopen dagen iets had geleerd, was het dat Peak District uitgestrekt was: doorkruist door wandelpaden, bezaaid met allerlei uitzonderlijke door de natuur gevormde verschijnselen en gemarkeerd door de sporen van vijf-honderdduizend jaar menselijke bewoning. Maar wanneer hij erover nadacht hoe wanhopig Andy was geweest toen ze elkaar die laatste keer hadden gesproken en hij dat combineerde met de woorden 'ik regel dit zelf', had hij er een vrij goed idee van waar hij zijn zoektocht moest beginnen.

Van Broughton Manor reed hij snel naar het noorden, in de richting van Bakewell, opgejaagd door een dwang die voortkwam uit vrees. Als Andy niet van plan was geweest om 'dit zelf te regelen' door de confrontatie met de moordenaar van zijn dochter aan te gaan, was er slechts één andere manier waarop Lynley zich kon voorstellen dat hij een eind zou maken aan de vloek van de afgelopen paar dagen.

Andy geloofde dat het onderzoek onstuitbaar zijn richting op kwam en alles wat Lynley en Hanken hadden gezegd tijdens hun laatste twee ontmoetingen met de man had dat wrede feit benadrukt. Als hij gearresteerd zou worden voor de moord op zijn dochter, of als hij ook maar iets grondiger zou worden ondervraagd over de moord op zijn dochter, zou de waarheid over Nicola's leven in Londen aan het licht komen. En hij had al laten zien tot welke uiter-sten hij wilde gaan om de waarheid omtrent dat leven verborgen te houden.

Lynley scheurde door het district en haastte zich over de landweg naar het witte, ijzeren hek, waarachter de ononderbroken vlakte van Calder Moor lag. Aan het eind van de korte weg die rechtstreeks naar de hei voerde, stond een landrover, met er vlak achter een roestige Morris.

Op een drafje liep Lynley over het modderige, hobbelige pad. Omdat hij niet wilde nadenken over het uiterste waar Andy toe zou hebben willen overgaan om Nicola's leven voor haar moeder geheim te houden, concentreerde hij zich op die ene herinnering die hem meer dan tien jaar met de man had verbonden. Een zendertje bij je dragen is het gemakkelijkste eraan, m'n jongen, had Den-nis Hextell tegen hem gezegd. Je mond opendoen zonder dat het klinkt alsof je een hete aardappel in je mond hebt is iets geheel anders. Hextell had hem veracht; hij had geduldig gewacht tot het Lynley niet zou lukken om zich undercover voor te doen als iemand anders dan hij was: de bevoorrechte zoon van een bevoorrechte zoon. Andy Maiden daarentegen had gezegd: geef hem een kans, Dan. En toen die kans erop was uitgedraaid dat een hele vrachtwa-gen met semtex – bedoeld als lokaas – was gekaapt door juist die mensen die in de val hadden moeten lopen, kwam de boodschap: 'Amerikanen gebruiken niet het woord zaklantaarn, Jack', nog geen uur later bij de Yard binnen, als illustratie hoe een enkele lettergreep levens kan kosten en carrières kan vernietigen. Dat het Lynley niet zijn loopbaan had gekost was te danken aan Andy Maiden. Hij had de geschokte jonge politieman apart genomen na de bomaanslag in Belfast die erop was gevolgd en hij had gezegd: 'Kom binnen, Tommy. Praat tegen me. Práát.'

En uiteindelijk had Lynley gepraat. Hij had zijn schuld, zijn verwarring en zijn verdriet de vrije loop gelaten op een manier die hem uiteindelijk duidelijk maakte hoezeer hij iemand nodig had die in zijn leven de rol van ouder kon spelen.

Andy Maiden had die rol op zich genomen zonder ooit te vragen waarom Lynley er zo'n wanhopige behoefte aan had dat hij het deed. Hij had gezegd: 'Luister eens naar me, zoon,' en Lynley had geluisterd, deels omdat de ander zijn meerdere was, maar veel meer nog omdat nog nooit iemand hem met het woord 'zoon' had aangesproken. Lynley kwam uit een wereld waar mensen hun plaats kenden in de sociale hiërarchie en zich daar gewoonlijk aan hielden of de gevolgen ervan moesten ondergaan wanneer ze het niet deden. Maar Andy Maiden was niet zo iemand. 'Jij bent niet uit het goede hout gesneden voor SO10,' had Andy tegen hem gezegd. 'Wat je hebt doorgemaakt, bewijst dat, Tommy. Maar je moest het doormaken om erachter te komen, begrijp je? En het is geen schande iets te moeten leren, zoon. Het is alleen een schande wanneer je weigert in te zien wat je hebt geleerd en daar iets mee te doen.'

Die begeleidende filosofie van Andy Maidens leven klonk nu door in Lynleys gedachten. De SO10-medewerker had die gebruikt om zijn hele carrière uit te stippelen en tijdens de laatste paar dagen van hun hernieuwde kennismaking was Lynley er niet bepaald van overtuigd geraakt dat Andy diezelfde filosofie vandaag niet zou volgen.

Lynleys angst dreef hem naar Nine Sisters Henge. Toen hij er aankwam was het er stil, afgezien van de wind, die blies en afnam en opnieuw blies in grote golven, als lucht uit een blaasbalg. De wind kwam bij de Ierse Zee vandaan en beloofde de komende uren nog meer regen.

Lynley naderde de open plek. De grond was nog vochtig van de regen die 's morgens was gevallen en de afgewaaide berkenbladeren vormden een sponzige laag onder zijn voeten. Hij volgde het pad dat van de grote steen, die als een schildwacht aan de rand stond, voerde naar het midden van de open plek. Eenmaal uit de wind was het enige geluid dat van het ritselen van de bladeren, afgezien van zijn eigen ademhaling, onregelmatig als gevolg van de inspanning.

Op het laatste moment merkte hij dat hij niet dichterbij wilde komen. Hij wilde het niet zien, en bovenal, hij wilde het niet weten. Maar hij dwong zich de kring binnen te gaan. En in het middelpunt van de kring vond hij hen.

Nan Maiden lag half op haar knieën, haar benen onder zich gevouwen en met haar rug naar Lynley toegekeerd. Andy Maiden lag met een been opgetrokken en het andere rechtuit gestrekt. Zijn hoofd en schouders rustten in de schoot van zijn vrouw.

Het rationele deel van Lynleys gedachten zei: daar komt al het bloed vandaan, van zijn hoofd en zijn schouders. Maar Lynleys hart zei: lieve god, nee, en hij wenste dat wat hij zag toen hij om de twee gestalten heen liep, slechts een droom was: een nachtmerrie die was voortgekomen, zoals alle dromen voortkomen, uit wat in het onderbewuste sluimert en wat schreeuwt om aandacht wanneer men de meeste angst voelt.

Hij zei: 'Mevrouw Maiden. Nancy.'

Nan hief haar hoofd op. Ze had zich over Andy heen gebogen, dus haar wangen en voorhoofd waren met bloed bespat. Ze huilde niet; misschien had ze het punt bereikt waarop ze geen tranen meer had. Ze zei: 'Hij dacht dat hij had gefaald. En toen hij merkte dat hij het niet meer kon goedmaken...' Haar handen grepen het lichaam van haar man steviger vast, in een poging de gapende wond in zijn hals dicht te drukken waar het bloed uit hem was gegutst, in zijn kleren was gedrongen en een plas onder hem had gevormd. 'Hij moest... iets doen.'

Naast haar zag Lynley een met bloed bespat vel papier verfrommeld op de grond liggen. Hij las wat hij had verwacht: Andy Maidens onware bekentenis van de moord op een dochter van wie hij zielsveel had gehouden.

'Ik wilde het niet geloven, ziet u,' zei Nan Maiden, terwijl ze neerkeek op het asgrauwe gezicht van haar man en ze zijn haar gladstreek. 'Ik kon het niet geloven en ermee in het reine komen. En doorgaan met hem samen te leven. Ik zag dat er iets verschrikkelijk mis was toen zijn zenuwen het begaven, maar ik had niet kunnen denken dat hij haar ooit iets zou aandoen. Hoe kon ik dat denken? Zelfs nu. Hoe? Zeg het me. Hoe?'

'Mevrouw Maiden...' Wat kon hij zeggen? vroeg Lynley zich af. Ze verkeerde op dit moment te zeer in shock om de toedracht te begrijpen die achter de daden van haar man schuilging. Op dit ogenblik was haar afschuw, voortgekomen uit de vermeende moord op haar dochter door haar echtgenoot, al genoeg om mee te worstelen.

Lynley ging naast Nan Maiden op zijn hurken zitten en hij legde zijn hand op haar schouder. 'Mevrouw Maiden,' zei hij. 'Ga mee, hiervandaan. Ik heb mijn mobiele telefoon in de auto laten liggen en we moeten de politie bellen.'

'Hij is de politie,' zei ze. 'Hij hield van zijn werk. Hij kon het niet volhouden omdat zijn zenuwen het niet meer konden verdragen.'

'Ja,' zei Lynley. 'Ja, dat is me verteld.'

'Daarom wist ik het, ziet u. Maar toch was ik er niet zeker van. Ik zou er nooit zeker van kunnen zijn, dus ik wilde niets zeggen. Ik kon het er niet op wagen.'

'Natuurlijk.' Lynley probeerde haar te laten opstaan. 'Mevrouw Maiden, gaat u nu mee...'

'Ik dacht, als ik alleen maar kan voorkomen dat hij het ooit te weten komt...
Dat wilde ik. Maar het bleek dat hij alles al wist, nietwaar, dus we hadden er
tenminste over kunnen praten, Andy en ik. En als we erover gepraat hadden... Begrijpt u wat dat betekent? Als we gepraat hadden, had ik hem kunnen tegenhouden. Dat weet ik. Ik vond het verschrikkelijk wat ze deed, eerst
dacht ik dat ik zou doodgaan toen ik het wist, en als ik had geweten dat ze
hem had verteld wat ze deed...' Nan boog zich opnieuw over Andy heen.
'Dan zouden we elkaar nog gehad hebben. We hadden kunnen praten. Ik zou
de juiste woorden hebben gevonden om hem tegen te houden.'
Lynleys hand viel van haar schouder. Hij had aldoor geluisterd, maar opeens
drong het tot hem door dat hij het niet had verstaan. Het zien van Andy, zijn
keel opengereten door zijn eigen hand, had al zijn zintuigen tijdelijk uitgeschakeld, behalve zijn gezichtsvermogen. Maar ten slotte hoorde hij wat Nan
Maiden zei. En toen hij het hoorde begreep hij het eindelijk.
'U wist het, van haar,' zei hij. 'U wíst het.'
Een gapende kloof van verantwoordelijkheid opende zich onder zijn voeten
toen hij inzag welke rol hij zelf had gespeeld in Andy Maidens zinloze dood.

'Ik ben hem gevolgd,' zei Matthew King-Ryder.
Ze hadden hem naar een verhoorkamer gebracht, waar hij aan een tafel met
een formicablad zat, met Barbara Havers en Winston Nkata tegenover zich.
Tussen hen in stond op een hoek van de tafel een bandrecorder te zoemen,
die zijn antwoorden opnam.
King-Ryder leek verslagen door meer dan een aspect van de situatie waarin
hij zich bevond. Nu zijn toekomst was bezegeld door het bestaan van een
leren jack en de aanwezigheid van een splinter Port Orford cederhout in de
wond van een van zijn slachtoffers, was hij er blijkbaar toe overgegaan terug
te blikken op een paar van de onaangename feiten die hem in deze positie
hadden gebracht. Deze feiten uit het verleden mengden zich met zijn toe-
komstvooruitzichten en veranderden hem aanzienlijk. Na zijn komst in de
verhoorkamer was de wraakzuchtige woede waarmee hij Theater Agincourt
was binnengekomen veranderd in de verpletterende onderwerping van de
strijder die gedwongen is zich over te geven.
Eentonig vertelde hij het eerste deel van zijn verhaal. Dit was de achtergrond
waartegen hij de wrok had opgebouwd die hem ertoe had aangezet zijn eigen
vader af te persen. David King-Ryder, die goed was voor zo veel miljoenen dat
er een legertje accountants voor nodig was om al zijn geld in het oog te houden, had besloten na zijn dood zijn fortuin te bestemmen voor een fonds ten
behoeve van creatieve artiesten en zijn eigen kinderen geen cent na te laten.
Een van die kinderen aanvaardde de termen van het King-Ryder testament
met de berusting van een dochter die maar al te goed wist dat het vruchteloos
zou zijn om actie te ondernemen tegen een dergelijke gang van zaken. Het andere kind, Matthew, had een manier gezocht om de situatie te omzeilen.

'Ik wist al jaren van die muziek voor *Hamlet* af, maar pa wist dat niet,' vertelde Matthew. 'Hij had het ook niet kunnen weten omdat hij en mijn moeder allang gescheiden waren toen Michael de muziek schreef, en het nooit tot hem was doorgedrongen dat Michael met ons in contact was gebleven. Michael Chandler was feitelijk meer een vader voor me dan pa ooit geweest is. Hij speelde de muziek voor me – dat wil zeggen, gedeelten ervan – wanneer ik bij hem ging eten in mijn schoolvakanties. Hij was toen niet getrouwd, maar hij verlangde naar een zoon en ik wilde maar al te graag dat hij voor mij de rol van een vader vervulde.'

David King-Ryder had niet gedacht dat er veel mogelijkheden waren voor de *Hamlet*-muziek, dus toen Michael Chandler tweeëntwintig jaar geleden de compositie had gemaakt, hadden ze die in het archief gestopt. Daar had ze gelegen, begraven te midden van de aandenkens aan King-Ryder/Chandler, in het kantoor van King-Ryder Productions in Soho. Dus toen David King-Ryder die muziek had gepresenteerd als zijn nieuwste prestatie, had Matthew onmiddellijk niet alleen de muziek en de tekst herkend, maar ook begrepen wat die voor zijn vader vertegenwoordigden: een laatste poging om een reputatie te redden die bijna was stukgelopen door twee opeenvolgende, dure mislukkingen om alleen verder te gaan nadat de partner met wie hij zo lang had samengewerkt, was verdronken.

Het had Matthew weinig moeite gekost om de originele muziek te vinden. Toen hij die eenmaal in handen had, begreep hij hoe hij daar geld aan kon verdienen. Zijn vader hoefde niet te weten wie de muziek had, iedereen op kantoor had die uit het archief kunnen wegnemen als ze hadden geweten waar ze moesten zoeken, en omdat zijn reputatie bij hem op de eerste plaats kwam zou hij alles betalen wat hem werd gevraagd om de muziek terug te krijgen. Op die manier zou Matthew de erfenis krijgen die zijn vaders testament hem had onthouden.

Het plan was simpel geweest. Vier weken voor de première van *Hamlet* had Matthew een pagina van de muziek per post naar het huis van zijn vader gestuurd, vergezeld van een anonieme afpersingsbrief. Als er niet een miljoen pond zou worden overgemaakt naar een rekening in St. Helier, zou de muziek naar het grootste, landelijke roddelblad worden gestuurd, vlak voor de première. Wanneer het geld op de bank stond zou David King-Ryder worden meegedeeld waar hij de rest van de muziek kon ophalen.

'Toen ik het geld had, wachtte ik tot een week voor de première,' zei Matthew tegen hen. 'Ik wilde hem laten zweten.'

Hij had zijn vader opgebeld en hem opgedragen om naar de telefooncel in South Kensington te gaan en daar op nadere instructies te wachten. Om tien uur, had hij tegen hem gezegd, zou David King-Ryder horen waar hij de muziek kon vinden.

'Maar Terry Cole nam die avond de telefoon op, niet uw vader,' zei Barbara. 'Hoe kwam het dat u niet hoorde dat het een andere stem was?'

'Hij zei "ja", dat was alles,' antwoordde Matthew. 'Hij leek me zenuwachtig, gehaast. En hij klonk als iemand die het telefoontje verwachtte.'

De daaropvolgende dagen had hij gemerkt dat zijn vader ergens geagiteerd over was, maar hij had aangenomen dat het King-Ryder niet lekker zat dat hij een miljoen pond had moeten betalen. Hij kon niet weten dat zijn vader met de dag nerveuzer werd toen het telefoontje waarop hij bleef hopen – van de afperser die, naar hij geloofde, niet had gebeld naar de telefooncel op Elvaston Place – uitbleef. Naarmate de première van Hamlet dichterbij kwam was David King-Ryder tot de overtuiging gekomen dat hij in handen was gevallen van een man die hem de komende jaren zou ruïneren door steeds meer geld te vragen, of hem voorgoed kapot zou maken door de muziek van Michael Chandler naar de roddelbladen te sturen.

'Toen hij op de avond van de première nog steeds niets had gehoord en de productie zo'n succes was... U weet wat er gebeurde.'

Toen bedekte Matthew zijn gezicht met zijn handen. Hij zei: 'Het was niet mijn bedoeling dat hij zou doodgaan. Hij was mijn vader. Maar ik vond het niet eerlijk dat al zijn geld... elke cent van zijn geld, behalve dat armzalige legaat voor Ginny...' Hij liet zijn handen zakken en begon op heftige toon meer daartegen te spreken dan tegen Barbara en Winston. 'Hij was toch wel iets aan me verplicht. Hij was niet zo'n geweldige vader voor me geweest. Dit was hij me toch zeker schuldig.'

'Waarom hebt u hem er niet gewoon om gevraagd?' wilde Nkata weten.

Matthew lachte, een kwetsbaar lachje. 'Vader heeft gewerkt om te worden wie en wat hij was. Hij verwachtte dat ik hetzelfde zou doen. En dat heb ik altijd gedaan, ik werkte en werkte, en ik zou zijn blijven werken. Maar toen begreep ik dat hij via Michaels muziek de kortste weg nam naar zijn eigen succes. En ik besloot dat, als hij de kortste weg nam, ik dat ook kon. Het zou uiteindelijk allemaal goed gekomen zijn als die verdomde kleine rotzak niet tussenbeide was gekomen. En toen ik inzag dat hij van plan was om de muziek te gebruiken en hetzelfde vuile spelletje met mij te spelen, moest ik iets doen. Ik kon het niet zomaar laten gebeuren.'

Barbara fronste haar voorhoofd. Tot dat moment had alles precies in het plaatje gepast. Ze zei: 'Hetzelfde spelletje spelen? Hoezo?'

'Chantage,' zei Matthew King-Ryder. 'Cole kwam mijn kantoor binnenstappen met een gemene grijns op zijn gezicht en zei: "Ik heb hier iets waar ik uw hulp bij nodig heb, meneer King-Ryder" en zodra ik het zag – een enkel blad, net zoals ik aan mijn vader had gestuurd – wist ik precies wat die kleine schoft van plan was. Ik vroeg hem hoe hij eraan gekomen was, maar hij wilde het me niet vertellen. Dus ik gooide hem eruit. Maar ik ben hem gevolgd. Ik wist dat hij het niet alleen afkon.'

Op zijn jacht naar de muziek was hij Terry gevolgd naar de spoorwegarcades in Battersea, en vandaar naar de flat aan Anhalt Road. Toen de jongen de studio was binnengegaan, had Matthew de gok gewaagd en in de zijtassen gezocht die aan zijn motorfiets hingen. Toen hij daarin niets vond, moest hij hem blijven volgen tot de knaap hem óf naar de muziek bracht óf naar degene die de muziek had.

Toen hij hem achterna was gegaan naar Rostrevor Road had hij voor het eerst begrepen dat hij op het goede spoor zat. Want Terry was uit Vi Nevins flat gekomen met een grote, bruine envelop, die hij in zijn zijtas had gestopt. Volgens Matthew zat de muziek daarin.

'Toen hij de snelweg opreed had ik er geen idee van waar hij naartoe ging. Maar ik hield vol. Dus ik bleef hem volgen.'

Toen hij had gezien dat Terry en Nicola Maiden elkaar ergens in niemandsland ontmoetten, was hij ervan overtuigd dat zij de aanstichters waren van zijn vaders dood en zijn eigen pech. Zijn enige wapen was de long bow die hij in zijn auto had liggen. Hij ging die halen, wachtte tot het donker was, en ontdeed zich toen van de beide jonge mensen.

'Maar de muziek was niet op de kampeerplaats,' zei Matthew. 'Alleen een envelop met brieven, opgeplakte letters uit tijdschriften en kranten.'

Hij moest dus blijven zoeken. Hij móést de muziek van Hamlet vinden en hij was teruggekeerd naar Londen om te zoeken op de plaatsen waar Terry hem naartoe had geleid.

'Ik had niet aan die oude vrouw gedacht,' zei hij ten slotte.

'U had de cake moeten accepteren die ze u aanbood,' zei Barbara tegen hem. Opnieuw keek Matthew naar zijn handen. Zijn schouders schokten. Hij begon te huilen.

'Ik wílde niet dat hem iets overkwam. Dat zweer ik bij God. Als hij alleen maar had gezegd dat hij me íéts zou nalaten. Maar dat wilde hij niet. Ik was zijn zoon, zijn enige zoon, maar het was niet de bedoeling dat ik iets zou krijgen. O, hij zei dat ik zijn familiefoto's mocht hebben. Zijn verdomde piano, en zijn gitaar. Maar geld... of iets van het geld... één enkele cent van zijn verdomde geld... Waarom begreep hij niet dat het me zo vernederde om niets te krijgen? Ik werd geacht dankbaar te zijn, alleen omdat ik zijn zoon was, alleen omdat ik leefde dankzij hem. Hij zou me een baan geven, maar wat de rest betrof... Nee. Ik moest het helemaal zelf klaarspelen. En dat was niet eerlijk. Omdat ik van hem hield. Al die jaren toen hij mislukte ben ik van hem blijven houden. En als hij een mislukkeling was gebleven had het niets uitgemaakt. Niet voor mij.'

Zijn ontreddering leek echt. Barbara wilde medelijden met hem voelen, maar ze besefte dat ze het niet kon toen het tot haar doordrong hoe graag hij haar medelijden wilde. Hij wilde dat ze hem beschouwde als slachtoffer van zijn vaders onverschilligheid. Het deed er niet toe dat hij zijn vader een miljoen pond had afgeperst, het deed er niet toe dat hij twee wrede moorden had gepleegd. Ze moesten medelijden met hem hebben, omdat omstandigheden buiten zijn schuld hem ertoe hadden gedwongen, omdat David King-Ryder hem in zijn testament geen geld had willen nalaten, wat zou hebben voorkomen dat de misdaden ooit werden gepleegd.

God, dacht Barbara, daar had je het: de malaise van deze tijd. Doe het met Julia. Doe een ander kwaad. Geef een ander de schuld. Maar doe mij geen kwaad en geef mij niet de schuld.

Ze piekerde er niet over om die gedachtegang te volgen. Elk medelijden dat Barbara misschien voor de man had kunnen opbrengen werd weggevaagd door twee zinloze slachtoffers in Derbyshire en het beeld van wat hij Vi Nevin had aangedaan. Hij moest boeten voor die misdaden. Maar gevangenisstraf, hoe lang ook, leek niet voldoende compensatie voor afpersing, zelfmoord, moord, mishandeling, en de nasleep van dat alles. Ze zei: 'Misschien wilt u weten wat in werkelijkheid Terry Coles bedoeling was, meneer King-Ryder. Eerlijk gezegd denk ik dat het belangrijk is dat u het weet.'

Daarom vertelde ze hem dat wat Terry Cole had gewild niet méér was geweest dan een adres en een telefoonnummer. Om precies te zijn, als Matthew King-Ryder had aangeboden de muziek van hem te kopen en hem er een aanzienlijk bedrag voor te betalen omdat hij ermee naar het kantoor van King-Ryder Productions was gekomen, zou de jongen waarschijnlijk in de wolken zijn geweest.

'Hij wist niet eens wat het was,' zei Barbara. 'Hij had er geen flauw idee van dat hij de hand had gelegd op de muziek van Hamlet.'

Langzaam verwerkte Matthew King-Ryder die informatie. Maar als Barbara had gehoopt dat ze hem een dodelijke slag toebracht die zijn toekomstige leven in de gevangenis nog veel onaangenamer zou maken, kwam ze bedrogen uit. Hij reageerde met: 'Hij is schuldig aan de zelfmoord van mijn vader. Als hij zich er niet mee had bemoeid, zou mijn vader nu nog leven.'

Om tien uur die avond kwam Lynley thuis, aan Eaton Terrace. Hij vond zijn vrouw in de badkamer, liggend in bad onder een naar citroen geurende schuimlaag. Haar ogen waren gesloten, haar hoofd rustte op een kussentje van badstof, en haar handen, vreemd genoeg gehuld in witsatijnen handschoenen, rustten op het smetteloze, roestvrij stalen blad dat over de breedte van het bad was geplaatst en waar haar zeep en haar sponzen op lagen. Op de toilettafel stond een cd-speler te midden van een aantal potjes met Helens zalfjes, lotions en crèmes. Er klonk muziek. Een sopraan zong.

'They lay him – gently and softly – in the cold cold ground,
they lay him – gently and softly – in the cold cold ground.
And here am I, a child without a light, to see me through the coming storm, oh,
hold me near and tell me
I am not alone.'

Lynley stak zijn hand uit om de cd-speler af te zetten. 'Ophelia, geloof ik, nadat Hamlet Polonius heeft vermoord.'

Achter hem spetterde Helen in het bad. 'Tommy! Ik schrik me halfdood van je.'

'Sorry.'

'Ben je net thuisgekomen?'

'Ja. Vertel eens, waarom die handschoenen, Helen?'

'De handschoenen?' Helens blik dwaalde naar haar handen. 'O. De hándschoenen. Voor mijn nagelriemen. Ik behandel ze met een combinatie van warmte en olie.'

'Daar ben ik blij om,' zei hij.

'Waarom? Waren mijn nagelriemen je opgevallen?'

'Nee. Maar ik dacht dat je je als toekomstige koningin zag, wat zou betekenen dat er een eind zou komen aan onze relatie. Heb je de koningin ooit zonder handschoenen gezien?'

'Hmm, nee, ik geloof het niet. Maar je denkt toch niet dat ze er ook mee in bad gaat?'

'Het is mogelijk. Misschien heeft ze een hekel aan menselijk contact, zelfs met zichzelf.'

Helen lachte. 'Ik ben zo blij dat je weer thuis bent.' Ze trok de handschoenen uit en dompelde haar handen in het water. Daarna leunde ze achterover tegen haar kussentje en ze keek hem aan. 'Vertel het me,' zei ze zacht. 'Alsjeblieft.'

Zo was ze, en Lynley hoopte dat ze altijd zo zou blijven: om hem zo snel te doorgronden en zich voor hem open te stellen met die vier simpele woordjes. Hij trok een krukje naast het bad. Hij deed zijn jasje uit, gooide het op de grond, rolde zijn mouwen op en pakte een van de sponzen en een stuk zeep. Hij begon met haar arm en liet de spons langs de slanke, volle lengte glijden. En terwijl hij haar afsponsde vertelde hij haar alles. Ze luisterde zonder iets te zeggen, maar ze bleef hem aankijken.

'Het ergst van alles is dit,' zei hij, toen hij aan het eind van zijn verhaal was gekomen. 'Andy Maiden zou nog leven als ik me aan de procedure had gehouden toen we elkaar gistermiddag spraken. Maar zijn vrouw kwam binnen, en in plaats van haar te ondervragen over Nicola's leven in Londen, wat zou hebben aangetoond dat ze er zelfs nog langer van afwist dan Andy, zweeg ik erover. Omdat ik hem wilde helpen haar te beschermen.'

'Terwijl ze zijn bescherming helemaal niet nodig had,' zei Helen. 'Ja, ik begrijp hoe het gebeurd is. Wat vreselijk. Maar Tommy, op dat moment deed je wat je dacht dat het beste was.'

Lynley kneep de spons uit en liet het zeepwater over de schouders van zijn vrouw lopen voor hij de spons op het blad teruglegde. 'Het beste wat ik destijds had moeten doen was me aan de procedure houden, Helen. Hij was een verdachte. Zij ook. Ik heb geen van beiden als zodanig behandeld. Als ik dat wel had gedaan, zou hij nu niet dood zijn.'

Lynley wist niet wat het ergste was geweest: het zien van het bebloede, Zwitserse legermes dat nog steeds in Andy's verstijfde hand geklemd was. Proberen Nan Maiden weg te krijgen bij het lijk van haar man. Teruglopen naar de Bentley met haar achter zich aan, elk moment doodsbang dat haar shock zou omslaan in een allesverterend verdriet waarmee hij zich geen raad zou hebben geweten. Het naar het scheen eindeloze wachten op de komst van de politie, het lichaam een tweede keer zien en ditmaal zonder dat Andy's vrouw erbij was om zijn aandacht af te leiden van de manier waarop zijn voormalige collega was gestorven.

'Het lijkt het mes wel dat hij me heeft laten zien,' had Hanken gezegd, ernaar kijkend toen het op de grond lag.

'Dat is logisch, nietwaar?' was Lynleys enige antwoord. Daarna, hartstochtelijk: 'Verdomme. Wel verdomme, Peter. Het is allemaal mijn schuld. Als ik hun al mijn troeven had laten zien toen ze alletwee bij me waren... Maar dat heb ik niet gedaan. Ik heb het níét gedaan.'

Hanken had toen tegen zijn team geknikt en hun opgedragen het lichaam in een zak te schuiven. Hij had een sigaret uit zijn pakje geschud en daarna Lynley het pakje voorgehouden. Hij had gezegd: 'Neem er een, verdomme. Je hebt het nodig, Thomas,' en Lynley was gezwicht. Ze waren uit de kring van oude stenen weggelopen, maar bij de schildwachtsteen blijven staan, om daar hun Marlboro op te roken. 'Niemand werkt volgens het boekje,' zei Hanken. 'De helft van ons werk drijft op intuïtie, en die komt uit het hart. Jij hebt je hart gevolgd. Ik kan niet zeggen dat ik het in jouw plaats anders zou hebben aangepakt.'

'Nee?'

'Nee.'

Lynley had geweten dat zijn collega loog. Omdat het belangrijkste deel van het werk eruit bestond dat je moest weten wanneer je je hart kon volgen, maar ook wanneer het, als je dat deed, tot een catastrofe zou leiden.

'Barbara heeft van het begin af aan gelijk gehad,' zei Lynley tegen Helen, toen ze uit bad stapte en de handdoek nam die hij haar aanreikte. 'Als ik dat had begrepen zou dit niet zijn gebeurd, omdat ik dan in Londen zou zijn gebleven en het deel van de zaak dat zich in Derbyshire afspeelde zou hebben afgesloten, terwijl we King-Ryder arresteerden.'

'Als dat zo is,' zei Helen rustig, terwijl ze de handdoek om haar lichaam sloeg, 'dan heb ik net zo goed schuld aan wat er is gebeurd, Tommy.' En ze vertelde hem hoe Barbara erop gekomen was om achter King-Ryder aan te gaan, nadat ze van de zaak was afgehaald. 'Ik had je kunnen bellen toen Denton me vertelde over de muziek. Daar heb ik niet voor gekozen.'

'Ik betwijfel of ik geluisterd zou hebben als ik had geweten dat wat je me vertelde Barbara in het gelijk zou stellen.'

'Wat dat aangaat, schat...' Helen liep naar de toilettafel om een flesje lotion te pakken, die ze op haar gezicht begon te smeren. 'Wat zat je eigenlijk zo dwars over Barbara? Over die kwestie op de Noordzee en dat ze dat pistool heeft afgevuurd? Omdat ik weet dat jij weet dat ze een prima detective is. Ze mag dan af en toe haar eigen gang gaan, maar ze heeft het hart toch altijd op de juiste plaats.'

Daar was het weer, het woord hart en alles wat het met zich meebracht over de redenen die ten grondslag lagen aan iemands handelwijze. Toen hij zijn vrouw het woord hoorde gebruiken werd Lynley herinnerd aan iemand anders, die het zo veel jaren geleden had gebruikt, een vrouw die huilde en tegen hem zei: 'Mijn god, Tommy, wat is er van je hart geworden?' toen hij had geweigerd haar te zien, of met haar te spreken, nadat hij haar overspel had ontdekt.

Toen wist hij het eindelijk. Hij begreep het voor de allereerste keer en het begrip liet hem terugdeinzen van wie hij was geweest en wat hij de afgelopen twintig jaar had gedaan. 'Ik kon haar niet aan,' zei hij zacht, meer tegen zichzelf dan tegen zijn vrouw. 'Ik kon haar niet vormen naar het beeld dat ik van haar had. Ze ging haar eigen weg en dat kon ik niet verdragen. Hij is stervende, dacht ik, en zij zou zich verdomme moeten gedragen als een vrouw wier man stervende is.'

Helen begreep het. 'Ah, je moeder.'

'Ik dacht dat ik haar lang geleden al had vergeven. Maar misschien heb ik haar helemaal niet vergeven. Misschien is ze er nog altijd, in iedere vrouw met wie ik moet omgaan, en misschien blijf ik proberen van haar iemand te maken die ze niet wil zijn.'

'Of misschien heb je gewoonweg jezelf nooit vergeven dat je niet in staat was om haar tegen te houden.' Helen zette het flesje lotion neer en ze kwam naar hem toe. 'Wat slepen we toch veel bagage mee, schat. En telkens als we denken dat we eindelijk alles hebben uitgepakt, staat het er weer, voor onze slaapkamerdeur, gereed om ons te laten struikelen wanneer we 's morgens opstaan.'

Ze had een band om haar hoofd gewikkeld en die deed ze nu af, om haar haren uit te schudden. Ze had zich niet helemaal afgedroogd, er glinsterden nog waterdruppels op haar schouders en ze verzamelden zich in de holte van haar hals.

'Jouw moeder, mijn vader,' zei ze. Ze pakte zijn hand en drukte die tegen haar wang. 'Het is altijd iemand. Ik was helemaal in de war vanwege dat belachelijke behang. Ik had gedacht dat ik, als ik dan niet de vrouw was geworden zoals mijn vader het wilde, de vrouw van iemand met een titel, ik toch zeker wel een beslissing zou kunnen nemen over dat behang. En omdat ik mijn eigen beslissing niet kon nemen stelde ik hem teleur. Mijn vader. Maar in feite is het zo dat ik altijd mijn eigen weg had kunnen gaan, zoals Pen en Iris dat deden. Ik had nee kunnen zeggen. Maar ik deed het niet, omdat de weg die voor me was uitgestippeld zo veel gemakkelijker en zo veel minder angstaanjagend was dan mijn eigen weg te banen.'

Lynley streelde liefdevol met zijn vingers over haar wang, langs haar kaak en haar lange, slanke hals.

'Soms vind ik het afschuwelijk om volwassen te zijn,' zei Helen tegen hem. 'Je hebt zo veel meer vrijheid wanneer je nog een kind bent.'

'Dat is waar,' zei hij instemmend. Hij pakte de handdoek vast die haar lichaam omhulde. Hij kuste haar hals en daarna vervolgde hij: 'Maar volwassenheid heeft meer voordelen, geloof ik.'

Hij maakte de handdoek los en trok haar naar zich toe.

31

Toen de wekker de volgende ochtend afliep liet Barbara Havers zich met een denderende hoofdpijn uit bed rollen. Ze strompelde naar de badkamer, waar ze op zoek ging naar een flink aantal aspirines en blindelings naar de douchekranen tastte. Verdorie, dacht ze. Ze had de afgelopen jaren blijkbaar een veel te voorbeeldig leven geleid. Het gevolg daarvan was dat ze behoorlijk uit conditie was geraakt wanneer het om feestjes ging.

Het was niet eens zo'n geweldig feest geweest. Na het opnemen van Matthew King-Ryders verklaring, waren zij en Nkata op bescheiden manier de bloemetjes buiten gaan zetten. Ze waren in maar vier kroegen geweest en geen van beiden had echt sterke drank achterover geslagen, maar wat ze hadden gedronken was voldoende geweest. Barbara voelde zich alsof ze onder een vrachtauto had gelegen.

Ze bleef onder de douche staan en liet het water op zich neerkletteren tot de aspirine begon te werken. Ze boende haar lichaam af en waste haar haren, waarbij ze zwoer dat ze alles wat ook maar in de verste verte op alcohol leek, de eerstkomende weken niet zou aanraken. Ze wilde Nkata bellen en hem vragen of hij ook een kater had. Maar toen bedacht ze hoe zijn moeder erop zou reageren wanneer haar lievelingszoon vóór zeven uur 's morgens een telefoontje kreeg van een haar onbekende vrouw, dus ze zag ervan af. Het was niet nodig om mevrouw Winston ongerust te maken over de reinheid naar lichaam en geest van haar geliefde Winnie. Barbara zou hem trouwens snel genoeg zien op de Yard.

Na haar ochtendritueel te hebben uitgevoerd slofte Barbara naar haar kleerkast, waar ze overwoog wat ze vandaag zou aantrekken. Ze koos voor iets bescheidens en haalde een broekpak tevoorschijn dat ze al minstens twee jaar niet meer had gedragen.

Ze gooide de kleren op het rommelige bed en liep naar de keuken. Nadat ze de waterkoker had aangezet en watermeloentaartjes in het broodrooster had gestopt, droogde ze haar haren met een handdoek en kleedde zich aan. Ze zette de nieuwsberichten van de BBC aan en hoorde dat wegwerkzaamheden overlast bezorgden aan het verkeer in de binnenstad, dat er een grote aanrijding had plaatsgevonden op de M1, iets ten zuiden van afrit nummer vier, en dat een gesprongen hoofdwaterleiding onder de A23 een meertje had gevormd ten noorden van Streatham. Het werd weer een leuke dag voor forensen.

De ketel schakelde zichzelf uit. Barbara slenterde naar de keuken, waar ze oploskoffie in een beker schepte die was versierd met een karikatuur van de Prins van Wales: een gezicht zonder kin, een grote neus en flaporen boven een miniatuurlichaam dat in een Schotse kilt was gestoken. Ze pakte de taartjes, gooide die op een theedoek en nam dit uitgebalanceerde meesterwerk op voedingsgebied mee naar de eettafel.

Het fluwelen hart lag in het midden, waar Barbara het had neergelegd toen Hadiyyah het haar zondagavond had gegeven. Daar lag het klaar voor haar bespiegelingen, als een zelfvoldaan valentijnscadeautje, afgezet met witte kant en vol verborgen bedoelingen. Barbara had meer dan zesendertig uur vermeden om eraan te denken en omdat ze Hadiyyah noch haar vader gedurende die periode had gezien, had ze er ook niet over hoeven praten. Maar dat kon ze niet blijven volhouden. Al was het alleen maar uit beleefdheid, ze zou er iets over moeten zeggen tegen Azhar, de eerstvolgende keer dat ze hem zag. Wat moest ze zeggen? Hij was tenslotte een getrouwde man. Toegegeven, hij leefde niet samen met zijn vrouw. Toegegeven, de vrouw met wie hij had samengeleefd sinds hij met zijn vrouw samenleefde, was zijn vrouw niet. Díe vrouw was er blijkbaar voorgoed vandoor gegaan, met achterlating van een schattig acht jaar oud meisje en een sombere, hoewel attente en vriendelijke, vijfendertig jaar oude man die behoefte had aan het gezelschap van een volwassen vrouw. Geen van die feiten droeg er echter iets toe bij om van de situatie iets te maken wat gemakkelijk kon worden besproken volgens de aloude regels van de etiquette. Niet dat Barbara zich ooit de moeite had gegeven om zich aan de aloude regels van de etiquette te houden. Maar dat kwam doordat ze nooit echt ergens was geweest waar die regels van toepassing waren. Geen regels voor een man-vrouwrelatie. En geen regels voor een man-vrouw-kind-relatie. En zeker geen man-vrouw-geen vrouw-kind-aangewaaide vrouw relaties. Toch moest ze, wanneer ze Azhar de volgende keer zou spreken, voorbereid zijn. Ze moest iets zeggen wat snel, bruikbaar, direct, veelbetekenend, achteloos en verstandig klonk. En het zou haar spontaan over de lippen moeten komen, alsof ze het op het moment zelf had bedacht.

Dus... wat moest het worden? Heel erg bedankt, makker...? Wat bedoel je er precies mee...? Wat lief van je om aan me te denken.

Verdomme, dacht Barbara en ze propte de rest van de taartjes in haar mond. Relaties tussen mensen waren verdraaid lastig.

Er werd één keer hard op haar deur geklopt. Barbara schrok op en keek op haar horloge. Het was nog veel te vroeg voor godsdienstfanaten om de straat op te gaan, en de meteropnemer was vorige week al geweest. Dus wie...?

Kauwend stond ze op. Ze deed de deur open. Daar stond Azhar.

Verbluft keek ze hem aan, wensend dat ze haar bedankjes serieuzer had gerepeteerd. Ze zei: 'Hallo. Eh... goedemorgen.'

Hij zei: 'Je bent gisteravond erg laat thuisgekomen, Barbara.'

'Nou... ja. De zaak was afgerond. Ik bedoel, afgerond voorzover deze dingen afgerond kunnen zijn wanneer we een arrestatie verrichten. Dat wil zeggen dat alle feiten nog moeten worden verzameld, om over te dragen aan de openbare aanklager. Maar wat het feitelijke onderzoek aangaat...' Ze dwong zich op te houden. 'Ja. We hebben iemand gearresteerd.'

Met een ernstig gezicht knikte hij. 'Dat is goed nieuws.'

'Goed nieuws. Ja.'

Hij keek langs haar heen naar binnen. Ze vroeg zich af of hij probeerde te ontdekken of ze de afloop van het onderzoek had gevierd met een groep Griekse balletdansers die zich nog ergens schuilhielden. Toen herinnerde ze zich wat de beleefdheid vereiste en ze zei: 'O. Kom binnen. Koffie? Ik heb alleen oploskoffie, helaas,' en ze liet erop volgen: 'Vanochtend,' alsof ze anders altijd driftig koffiebonen stond te malen in de keuken.

Hij zei, nee, hij kon niet lang blijven. Heel even, om precies te zijn, want zijn dochtertje was zich aan het aankleden en hij moest haar haren vlechten.

'Juist,' zei Barbara. 'Vind je het erg als ik...?' En ze wees met haar Prins van Wales-beker naar de waterkoker.

'Nee. Natuurlijk niet. Ik heb je bij je ontbijt gestoord.'

'Dat is niet veel zaaks,' zei Barbara verontschuldigend.

'Ik zou wel een geschikter moment hebben gekozen, maar vanochtend vond ik dat ik niet langer kon wachten.'

'Ah.' Barbara liep naar de ketel en zette die aan, zich afvragend waarom hij zo ernstig was en wat het voorspelde. Hoewel hij de hele zomer, telkens als ze elkaar hadden gesproken, ernstig was geweest, was er vanochtend nog iets bijgekomen door de manier waarop hij naar haar keek. Ze vroeg zich af of ze ergens kruimels op haar gezicht had. 'Nou, ga dan even zitten, als je wilt. Er liggen sigaretten op tafel. Weet je het zeker, van de koffie?'

'Ja, heel zeker.' Hij bediende zich van haar sigaretten en bleef zwijgend naar haar kijken terwijl ze een tweede kop koffie maakte. Pas toen ze bij hem aan tafel ging zitten, met het fluwelen hart als een onuitgesproken verklaring tussen hen in, zei hij weer iets. 'Barbara, dit is moeilijk voor me. Ik weet niet precies hoe ik moet beginnen.'

Ze slurpte van haar koffie en probeerde aanmoedigend te kijken.

Nerveus stak Azhar een hand uit naar het fluwelen hart. 'Essex.'

'Essex,' herhaalde Barbara behulpzaam.

'Hadiyyah en ik zijn zondag naar zee geweest. In Essex. Maar dat weet je al,' verklaarde hij.

'Ja. Ik weet het.' Nu was het moment om te zeggen 'Dank je wel voor het hart', maar de woorden wilden niet komen. 'Hadiyyah kwam vertellen dat jullie het zo leuk hebben gehad. Ze zei ook dat jullie bij hotel Burnt House waren langsgegaan.'

'Zij is er langsgegaan,' verduidelijkte hij. 'Dat wil zeggen, ik heb haar ernaartoe gebracht om bij die aardige mevrouw Porter te blijven wachten, je herinnert je haar vast nog wel…'

Barbara knikte. Zittend achter haar looprek had mevrouw Porter op Hadiyyah gepast terwijl haar vader optrad als verbindingsman tussen de politie en een kleine, maar onrustige Pakistaanse gemeenschap, in de loop van een moordonderzoek. 'Ja,' zei ze. 'Ik herinner me mevrouw Porter nog goed. Aar-

dig van je dat je haar bent gaan opzoeken.'
'Zoals ik al zei, het was Hadiyyah die mevrouw Porter opzocht. Zelf ben ik naar de plaatselijke politie gegaan.'
Barbara merkte dat haar nekharen overeind gingen staan. Ze wilde een opmerking maken om het gesprek dat zou volgen, in andere banen te leiden, maar ze kon niet snel genoeg iets bedenken omdat Azhar doorging.
'Ik heb met rechercheur Fogarty gesproken,' zei hij tegen haar. 'Brigadier Michael Fogarty, Barbara.'
Barbara knikte. 'Ja. Mike. Juist.'
'Hij gaat over de wapens van de politie in Balford-le-Nez.'
'Ja. Mike. Wapens. Dat klopt.'
'Hij heeft me verteld wat er op de boot gebeurd is, Barbara. Wat inspecteur Barlow zei over Hadiyyah, wat ze van plan was, en wat jij hebt gedaan.'
'Azhar…'
Hij stond op. Hij liep naar het bankbed. Barbara trok een lelijk gezicht omdat ze het nog niet had opgemaakt. Het afgrijselijke T-shirt met de smile-opdruk dat dienstdeed als pyjama, lag nog verfrommeld tussen de lakens. Even dacht ze dat hij van plan was het bed op te maken – hij wás tenslotte de meest dwangmatig keurige man die ze ooit had ontmoet – maar hij draaide zich om en keek haar aan. Ze kon zien dat hij gespannen was.
'Hoe kan ik je bedanken? Wat kan ik zeggen dat je ook maar in de verte kan bedanken voor de manier waarop jij je voor mijn kind hebt opgeofferd?'
'Je hoeft me niet te bedanken.'
'Dat is niet waar. Inspecteur Barlow…'
'Em Barlow is geboren met te veel ambitie, Azhar. Dat heeft haar beoordelingsvermogen vertroebeld. Ik had er geen last van.'
'Maar als gevolg daarvan ben je je rang kwijtgeraakt. Je bent gedegradeerd. Je samenwerking met inspecteur Lynley, en ik weet hoe je hem hoogacht, is beëindigd, nietwaar?'
'Nou, het zit niet bepaald lekker tussen ons,' moest Barbara toegeven. 'Maar de inspecteur heeft de wet en de voorschriften aan zijn kant, dus hij heeft er alle recht toe om kwaad op me te zijn.'
'Maar dit… dit alles is het gevolg van wat je gedaan hebt… dat je Hadiyyah in bescherming hebt genomen toen inspecteur Barlow haar in de steek wilde laten, toen ze haar een Pakistaans mormel noemde en het haar niet kon schelen dat Hadiyyah dreigde in zee te verdrinken.'
Hij was zo ontredderd dat Barbara vurig wenste dat rechercheur Michael Fogarty zich die zondag ziek had gemeld, dat hij niet op het politiebureau in Essex was geweest en dat inspecteur Barlow de enige aanwezige was geweest die een aangepast verslag had kunnen – en willen – geven van de achtervolging op de Noordzee die ermee was geëindigd dat Barbara een wapen op haar had afgevuurd. Zoals het er nu voorstond kon ze slechts dankbaar zijn voor het feit dat Fogarty, toen hij Azhar zijn verhaal deed, gelukkig niet het woord

'ellendig' had toegevoegd dat Emily Barlow die dag had gebezigd vóór de woorden 'Pakistaans mormel'.

'Ik dacht niet aan de gevolgen,' zei Barbara tegen Azhar. 'Op dat moment was alleen Hadiyyah belangrijk. En dat is ze nog steeds. Punt uit.'

'Ik moet een manier vinden om je te tonen wat ik voel,' zei hij, ondanks haar geruststellende woorden. 'Ik moet je niet laten denken dat je opoffering…'

'Geloof me, het was geen opoffering. En wat dat bedankje betreft... Nou, je hebt me toch een hart gegeven? Dat is meer dan genoeg.'

'Een hart?' Hij leek verbaasd. Toen volgde hij de richting van Barbara's uitgestrekte hand en zag het hart dat hij bij het hijskraanspel had gewonnen. 'Dat. Het hart. Maar dat is niets. Ik dacht alleen aan de woorden die erop staan, Barbara, en hoe je zou lachen wanneer je ze zag.'

'De woorden?'

'Ja. Heb je ze niet gezien…?' Hij liep naar de tafel en draaide het hart om. Op de achterkant, die ze had moeten zien als ze de moed had kunnen opbrengen om het verdraaide ding goed te bekijken toen Hadiyyah het haar had gegeven, stond geborduurd: 'I ♥ Essex'. Het was een grapje, zie je. Omdat je, na alles wat je in Essex hebt doorgemaakt, er nauwelijks meer van kunt houden. Had je de woorden niet gezien?'

'O, díé woorden,' zei Barbara haastig, met een luid ha-ha dat bedoeld was om te laten zien hoe ze zijn grapje waardeerde. 'Ja. Dat goeie, ouwe 'I ♥ Essex'. Het is zo ongeveer de laatste plek op aarde waar ik nog ooit naar terug wil. Dank je, Azhar. Dit is toch veel leuker dan een pluchen olifant?'

'Maar het is niet genoeg. En er is niets anders wat ik je kan geven om je te bedanken. Niets wat te vergelijken is met wat jij me hebt gegeven.'

Barbara herinnerde zich wat ze over zijn volk had geleerd: *lenā-denā*. Het geven van een geschenk dat groter is dan dat wat men heeft ontvangen. Het was de manier waarop ze lieten merken dat ze bereid waren om een relatie aan te gaan, een openlijke manier om je bedoelingen duidelijk te maken zonder de delicate woorden openlijk te hoeven uitspreken. Wat waren ze verstandig, de Aziaten, dacht ze. In hun cultuur hoefde niets aan gissingen te worden overgelaten.

'Dat je iets van gelijke waarde wilde vinden, daar komt het toch op aan?' vroeg Barbara hem. 'Ik bedoel, het willen vinden van iets telt toch ook, als we dat wensen, is het niet zo, Azhar?'

'Ik geloof het wel,' zei hij weifelend.

'Dan beschouwen we dit als een gelijkwaardig cadeau. Nu moet je Hadiyyahs haar gaan vlechten. Ze zit vast al op je te wachten.'

Hij keek alsof hij meer wilde zeggen, maar in plaats daarvan drukte hij zijn sigaret uit. 'Dank je, Barbara Havers,' zei hij zacht.

'Graag gedaan,' antwoordde ze. Hij raakte heel even haar schouders aan toen hij achter haar langs naar de deur liep.

Toen die achter hem was dichtgevallen grinnikte Barbara vermoeid om haar grenzeloze dwaasheid. Ze nam het hart op en hield het tussen duim en wijs-vinger. 'I love Essex', dacht ze. Nou, er waren slechtere grapjes die hij voor haar had kunnen bedenken.

Ze goot de rest van haar koffie in de gootsteen en werkte snel de rest van haar ochtendbezigheden af. Met gepoetste tanden en gekamde haren, en een vleugje blusher op haar wangen bij wijze van vrouwelijk accent, pakte ze haar schoudertas, sloot de deur achter zich en slenterde langs het pad naar de straat. Ze liep het hek uit, maar bleef staan toen ze het zag.

Lynleys zilverkleurige Bentley stond op de oprit geparkeerd.

'Een beetje bij u uit de buurt, nietwaar, inspecteur?' vroeg ze toen hij uitstapte.

'Winston heeft me gebeld. Hij zei dat je gisteravond je auto bij de Yard had laten staan en een taxi naar huis had genomen.'

'We hadden wat gedronken en dat leek me beter.'

'Dat zei hij. Het was verstandig om niet achter het stuur te gaan zitten. Ik dacht dat je wel een lift naar Westminster kon gebruiken. Er zijn vanochtend problemen op de Northern Line.'

'Wanneer zijn er geen problemen op de Northern Line?'

Hij glimlachte. 'Dus...?'

'Graag.'

Ze gooide haar schoudertas op de achterbank en stapte in. Lynley kwam naast haar zitten, maar hij startte de motor niet. Hij haalde iets uit zijn jaszak en gaf het haar.

Barbara bekeek het nieuwsgierig. Hij had haar een registratiekaart van hotel Black Angel gegeven. Het was echter geen blanco kaart, wat haar ertoe gebracht zou kunnen hebben te denken dat hij haar een vakantie in Derby-shire aanbood. Er stonden een naam op, een adres en andere duidelijke infor-matie over automerken, nummerplaten, paspoorten en nationaliteiten. De kaart was uitgeschreven op naam van ene M.R. Davidson, die een adres in West Sussex had opgegeven en een Audi als het voertuig dat hem of haar naar het noorden had gebracht.

'Oké,' zei Barbara. 'Ik geef het op. Wat is het?'

'Een souvenir voor je.'

'Ah.' Barbara verwachtte dat hij nu de Bentley zou starten. Hij deed het ech-ter niet. Hij bleef wachten. Daarom zei ze: 'Een souvenir waarvan?'

Hij zei: 'Inspecteur Hanken geloofde dat de moordenaar de nacht van de moorden in hotel Black Angel had gelogeerd. Hij liet de kaarten van alle hotelgasten natrekken door de Dienst Motorvoertuigen om te zien of een van hen in een auto reed die op een andere naam stond dan de naam die hij op de kaart had ingevuld. Dit was de kaart die niet klopte.'

'Davidson,' zei Barbara, naar de kaart kijkend. 'O, ja, ik begrijp het. Davids zoon. Dus Matthew King-Ryder heeft in de Black Angel gelogeerd.'

'Niet ver van de hei, niet ver van Peak Forest, waar het mes werd gevonden. Niet ver van alles, als het erop aankomt.'

'Bij de Dienst Motorvoertuigen bleek dat deze Audi op zijn naam stond,' besloot Barbara. 'En niet op die van ene M.R. Davidson.'

'Gisteren ging alles opeens zo snel dat we het rapport van de DM pas laat in de middag onder ogen kregen. De computers in Buxton waren defect, dus de informatie moest per telefoon worden doorgegeven. Als ze niet defect waren geweest...' Lynley keek door de voorruit naar wat zich voor hen bevond. Daar bevond zich feitelijk niets, behalve de achterkant van Taymullah Azhars Fiat. Lynley zuchtte. Peinzend zei hij: 'Ik wil zo graag geloven dat de fout bij de techniek ligt, dat, als we de informatie van de DM snel genoeg hadden binnengekregen, Andy Maiden nu nog zou leven.'

'Wat?' Barbara zei het verbaasd en heel zacht. 'Nog leven? Wat is er met hem gebeurd?'

Lynley vertelde het haar. Hij spaarde zichzelf niet, merkte Barbara. Maar zo was hij nu eenmaal.

Hij besloot met: 'Het was een beoordelingsfout van mijn kant om niet openlijk over Nicola's prostitutie te praten waar haar moeder bij was. Dat wilde Andy, en ik ging met hem mee. Als ik alleen maar had gedaan wat ik had moeten doen...' Hij gebaarde doelloos naar Azhars rode auto. Maar het was niet de Fiat waar hij wilde dat ze naar keek. 'Ik heb mijn gevoelens voor de man tussenbeide laten komen. Ik heb het verkeerd aangepakt, en als gevolg daarvan is hij dood. Zijn bloed kleeft aan mijn handen, even onbetwistbaar alsof ik zelf het mes had gehanteerd.'

'Nu bent u wel een beetje hard voor uzelf,' zei Barbara. 'U had niet bepaald veel tijd om te bedenken wat de beste manier was om de zaak aan te pakken toen Nan Maiden tijdens uw gesprek met haar man binnenkwam.'

'Nee. Ik kon zien dat ze iets wist. Maar ik dacht dat ze wist, of althans geloofde, dat Andy hun dochter had vermoord. En ook toen bracht ik de waarheid niet aan het licht omdat ík niet kon geloven dat hij hun dochter had vermoord.'

'Dat had hij ook niet gedaan,' zei Barbara. 'Dus uw beslissing was juist.'

'Ik geloof niet dat je die los kunt zien van het resultaat,' zei Lynley. 'Dat dacht ik eerst ook, maar nu niet meer. Het resultaat is er als gevolg van de beslissing. En als het resultaat een nutteloze dood is, was de beslissing verkeerd. We kunnen de feiten niet verdraaien, hoe graag we het ook zouden willen.'

Het leek Barbara een definitieve uitspraak. Zo reageerde ze ook. Ze pakte de veiligheidsgordel en trok die om zich heen. Juist toen ze hem wilde vastmaken, begon Lynley weer te spreken.

'Jij hebt de juiste beslissing genomen, Barbara.'

'Ja, maar ik wist meer dan u,' zei Barbara. 'Ik had zelf met Cilla Thompson gesproken. U niet. Ik had ook zelf met King-Ryder gesproken. En toen ik zag dat hij zelfs een van haar monsterlijke schilderijen had gekocht, was het

gemakkelijk om tot de conclusie te komen dat hij onze man moest zijn.'
'Ik heb het niet over deze zaak,' zei Lynley. 'Ik heb het over Essex.'
'O.' Barbara voelde zich onverklaarbaar klein worden. 'Dat,' zei ze. 'Essex.'
'Ja. Essex. Ik heb geprobeerd de beslissing die je die dag hebt genomen, los te zien van de afloop. Ik bleef volhouden dat het kind zou zijn blijven leven, ook als jij niet tussenbeide was gekomen. Maar je kon je de luxe niet permitteren om berekeningen te maken over de afstand van de boot tot het kind en of iemand haar een reddingsboei zou kunnen toegooien, nietwaar, Barbara? Je had maar heel even om te beslissen wat je moest doen. En als gevolg van de beslissing die je hebt genomen is het meisje blijven leven. Toch heb ik, hoewel ik uren de tijd had om na te denken over Andy Maiden en zijn vrouw, in hun geval de verkeerde beslissing genomen. Zijn dood rust op mijn schouders. Het leven van het kind rust op de jouwe. Je kunt de situaties bekijken zoals je wilt, maar ik weet aan welk resultaat ik de voorkeur geef als het op verantwoordelijkheid aankomt.'
Barbara keek de andere kant op, naar het huis. Ze wist niet goed wat ze moest zeggen. Ze wilde hem vertellen dat ze nachten had wakker gelegen en dagen had rondgelopen, wachtend op het moment dat hij zou zeggen dat hij het begreep en dat hij goedkeurde wat ze die dag in Essex had gedaan, maar nu dat moment eindelijk was aangebroken merkte ze dat ze er niet toe kon komen om de woorden uit te spreken. Ze mompelde alleen maar: 'Dank u, inspecteur. Dank u wel,' en ze slikte een paar maal.
'Barbara! Barbara!' De kreet klonk van het betegelde terras voor de benedenflat. Daar stond Hadiyyah, niet op de stenen maar op de houten bank voor de tuindeuren van de flat die ze met haar vader deelde. 'Kijk eens, Barbara!' juichte ze, en ze maakte een paar danspasjes. 'Ik heb nieuwe schoenen! Pap zei dat ik niet hoefde te wachten tot Guy Fawkesdag. Kijk! Kijk dan! Ik heb nieuwe schoenen!'
Barbara draaide haar raampje open. 'Prachtig!' riep ze. 'Je bent een plaatje, meisje.'
Het meisje huppelde en lachte.
'Wie is dat?' vroeg Lynley naast haar.
'Dat is het kind om wie het ging,' antwoordde Barbara. 'Zullen we gaan, inspecteur Lynley? We willen toch zeker niet te laat op ons werk komen.'

Dankwoord

Zij die bekend zijn met Derbyshire en Peak District zullen weten dat Calder Moor niet bestaat. Ik vraag excuus voor de vrijheden die ik me heb veroorloofd om het landschap zo te veranderen dat het in mijn verhaal past.

Ik spreek mijn oprechte dank uit aan de mensen in Engeland die me hebben geholpen tijdens mijn research voor en het schrijven van *Wie zonder zonde is...* Zonder hen zou ik het niet hebben klaargespeeld. In het noorden bedank ik inspecteur David Barlow in Ripley en Paul Rennie van Outdoor Pursuits Services in Disley, die me op de hoogte brachten van de gang van zaken bij Mountain Rescue; Clare Lowery van het forensisch laboratorium in Birmingham voor een spoedcursus in forensische botanie; Russell Jackson van Haddon Hall voor een blik achter de schermen in een architectonisch juweel uit de veertiende eeuw. In het zuiden dank ik hoofdinspecteur Pip Lane in Cambridge voor zijn inspanningen om me letterlijk elk terrein van het politiewerk te laten begrijpen, van de Criminal Reporting Information Service tot huiszoekingsbevelen; James Mott in Londen voor de nuttige achtergrondinformatie over de juridische faculteit in Londen; Tim en Pauline East in Kent voor hun informatie over en demonstratie van modern boogschieten; Tom Foy in Kent voor zijn lessen in het maken van pijlen en een beter begrip van het misdrijf in deze roman; en Bettina Jamani in Londen voor het uitzonderlijkste speurwerk dat ik ooit ben tegengekomen. Ook wil ik mijn uitgever bij Hodder & Stoughton in Londen bedanken, Sue Fletcher, omdat ze een boek dat in haar eigen achtertuin was gesitueerd zo enthousiast heeft ontvangen en omdat ze me Bettina Jamani heeft uitgeleend wanneer ik haar maar nodig had. Tevens gaat mijn dank uit naar Stephanie Cabot van William Morris Agency, voor haar bereidheid om met me in de sekswinkels van Soho rond te neuzen.

In Frankrijk ben ik dank verschuldigd aan mijn Franse vertaalster, Marie-Claude Ferrer, niet alleen omdat ze me heeft voorzien van extra geschreven en visuele informatie over SM, maar ook omdat ze bereid was een meesteres voor me te zoeken, Claudia, die me een interview wilde toestaan.

In de Verenigde Staten dank ik dr. Tom Ruben voor de medische informatie die hij altijd verstrekt; de vrouw die al heel lang mijn uitgever is bij Bantam, Kate Miciak, niet alleen omdat ze me de handschoen toewierp met de vier simpele, maar gekmakende woorden: 'Ik zie twee lijken', maar ook omdat ze eindeloos de verschillende plots met me wilde bespreken die opdoemden toen ik die twee lijken op papier begon te zetten; mijn fantastische assistente, Dannielle Azoulay, omdat ik zonder alle hulp die ze me verleende niet de vele uren die voor dit boek nodig waren achter mijn tekstverwerker had kunnen doorbrengen; en mijn studenten voor hun bijdragen die me scherp en eerlijk lieten zijn in mijn benadering van het werk.

Tot slot dank ik Robert Gottlieb, Marcy Posner en Stephanie Cabot van William Morris Agency: buitengewoon literaire agenten.